板六一

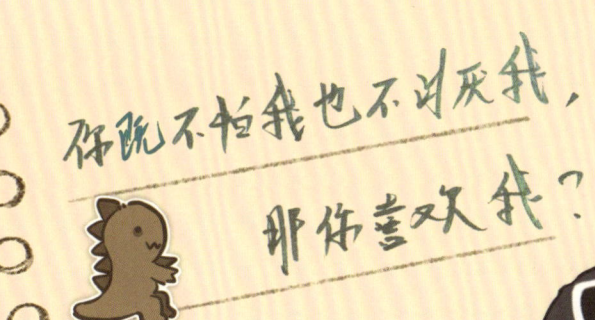

你既不怕我也不讨厌我，那你喜欢我？

余烬

斑衣 著

中国致公出版社

第一卷　　女巫之槌

第一章	003	暴雨之下
第二章	021	神秘女子
第三章	038	酒吧
第四章	044	曙光街
第五章	051	花城小区
第六章	064	徐苏苏
第七章	080	门牌
第八章	098	反转
第九章	113	于尽

第二卷　　人间四劫

第 十 章　　131　　杀手

第十一章　　155　　许家胡同

第十二章　　165　　行刑

第十三章　　176　　线索

第十四章　　194　　少女

第十五章　　215　　暗杀

第十六章　　235　　实验

第十七章　　249　　不由己

第十八章　　264　　疑点

第十九章　　282　　罪恶

第二十章　　302　　危机

第二十一章　324　　活着

第一卷 女巫之槌

十五世纪，克拉玛的《女巫之槌》面世，作者在书中根据女性的相貌、衣着、行为等各方面的细节将大批女人判定为女巫，于是宗教裁判所便以此作为"鉴别手册"，对大批女性施以酷刑，加剧了当时欧洲社会对女性的偏见与迫害，残害了数以万计的女性，成为历史上有名的"女巫大清洗"事件。

——《犯罪心理画像》

第一章
暴雨之下

芜津市突降暴雨，冲散了弥漫在城市上空回溯而来的秋老虎带来的热潮。豆大的雨滴滚着雾霭瓢泼般地落下，城市的排水系统跟不上，路面上的积水越来越多，芜津市一夜之间变成一座湿雾凝结的汪洋城市。

旺阳路同其他街道一样，地面上积着没过脚踝的水，车辆碾着雨水驶过，掀起一阵阵水浪。人行道上打伞、披雨衣的行人不约而同地避开路边，埋着头，躲着风雨匆匆走路。恶劣的天气下，这座城市显得比往日更加匆忙。

只见一个肩膀上的警衔是二级警督的男警察撑着伞站在路边，朝路面上来往的车流张望。

受雨天湿滑的路面影响，一辆出租车老早就打开了双闪，谨慎地将车子以龟速缓缓行驶了几十米，才慢悠悠地停在路边。警察撑着伞，缩起脖子躲避风雨，跑向停在路边的出租车。

"你要是再不来，我就派人去接你了。"警察说着，把伞挡在了车顶，从出租车里接下来一个穿登山靴、黑色风衣，手持一把黑伞的男人。该男人身材偏瘦，个子很高，站在伞下不得不弯着腰，随即把伞从警察手里接过去，迈步走向停着两辆警车的小区门口。

这个小区不愧为高档小区，就算大雨倾盆，外立面上的瓷砖依旧鲜亮，就像一条用琉璃铺成的溪流，清晰地映照出两个男人不断走近的身影。

穿着风衣，拄着黑色雨伞的男人顶着漫天风雨，他眼神冰冷，面色沉郁，皮肤在侵肌裂骨般的冷雨中呈毫无生气的冷白色，他从容地说："既然你认为是自杀，还找我来干什么？"

男人的手中拿着伞，却不撑开，而是把伞当作手杖拄着。他的步伐平稳却有些缓慢，貌似是依附着手中的雨伞才可以走路。

警察笑了一声："这不是以防万一吗，断错了上面这位大爷的死因可是大事。"

说话间，他们走到了小区一栋单元楼下，一辆白色林肯停在甬道边的一棵合欢树下。这辆车的车身遭到了程度不一的损坏，车窗玻璃破裂，车顶和车门处都有深陷的凹痕，明显是受到外力的严重击打造成的。车身上还有用利器刻下的字，净是些脏话。

警察道："这就是死者郭建民的车，恨他的人太多了，所以我找你来看看，他到底是不是自杀。"

男人并没有上前，仅仅是往轿车的方向瞥了一眼，就走进单元楼，按下电梯，问道："什么人？"

警察惊讶地问道："这件事都传疯了，你竟然不知道？"

男人虽然按了电梯，但是指示灯却没亮，或许是因为他用力过小，或许是因为指尖沾了雨水打了滑，总之电梯并没有运行。他明明看到了，却没有按第二下，一副既不在乎又不专心的模样。

警察看了一眼他冷峻的侧脸，又按了一下电梯，等电梯门开了，便和他并肩走进去，解释道："大型国企矿物集团旭日钢铁上个礼拜宣布破产，几万名工人失业。这几天工人们不断闹事，个别激进分子砸了集团领导的车，今天这个死者就是破产重组小组的领导。检察院提起公诉，把几个直接领导查了个底儿掉，其中情况最严重的就是这个郭建民，据说至少贪污了……"

话还没说完，电梯门开了，男人把伞还给他，拄着自己的伞率先走了出去："哪个房间？"

警察忙跟上他："往右拐，801。"

801号房门前站着两个警察，见到他，都抬了抬手向他打招呼："魏老师。"随后看向他的身后道，"周所。"

周毅清站在门口拍了两下手，引起房间里几名警察的注意，朗声道："大伙儿先停一停，让魏老师看看。"

魏恒已经穿上了鞋套，把随身携带的雨伞靠在门外的墙边，取下手上的黑皮手套揣进口袋里，然后从一名警察手中接过一双白手套戴好，迈着平稳而缓慢的步子进屋了。

周毅清说他是自杀不是没有道理的。郭建民死在书房，死时衣着齐整地坐在书房的椅子上，身上无伤，房间整洁，面容安详，而且桌上摆着一封遗书。

魏恒拿起遗书看了一眼，遗书里交代了一些个人财产的处分内容，符合自杀的推测。除此之外，桌面上还堆着一摞乱七八糟的文件，他用肉眼把遗书上的字迹和文件上的签名简单地比对了一下，粗略地确认字迹出于同一人之手。有遗书在，现场既没有经过破坏，也没有打斗的痕迹，结合郭建民此时的处境，倒是很符合死者在舆论的谴责和司法的紧逼之下选择一死了之的逻辑。

魏恒放下遗书，站在死者身旁，先细细观察死者的面部神态和身体形态，然后凑近死者的颈部闻了闻，道："氰化物中毒。"

周毅清问："液体还是气体？"

魏恒："液体，死者的口鼻处有很淡的苦杏仁味。"

周毅清："苦杏仁味？我怎么闻不到？"

"正常，大多数人都闻不到。"魏恒在桌面上扫视了一圈，然后在桌角处的垃圾桶前蹲下，略一翻找，找到一支空的注射器。

周毅清连忙递给他一个证物袋："这就是装毒液的容器？"

魏恒把注射器放入证物袋后，撑着桌面缓缓站起来，淡淡地道："里面还有液体残留，想知道是什么液体可以把它带回去做鉴定，我现在只能给出推测。"

周毅清道："那你推，尽管推。"

死者的脚边有一只碎了的杯子，玻璃碎片上残留些许牛奶，魏恒拿起一块玻璃碎片闻了闻，静静地思索了片刻，把玻璃碎片递给周毅清，然后检查死者的领口和裸露在外的皮肤，问："谁报的案？"

周毅清："王屹，郭建民的同事，也是破产小组的。今天上午八点钟，他和郭建民的助理到这里找郭建民商量事情，结果发现郭建民死在书房里，遗书就放在桌子上。"

好歹"合作"了好几个月，周毅清知道他办事的习惯，不消他细问就把收集到的信息都一一告知："第一目击者是郭建民的同事和助理，我们查过外面走廊和小区门口的监控录像，从昨天晚上十一点钟郭建民回到家，到今天早上案发，他都没有访客。郭建民的同事和助理相互也不熟悉，都是临时被调入破产小组的，所以我觉得他们两个不存在串供的嫌疑，也没有杀人动机。"

听到周毅清如此莽撞地判断那两个人没有杀人动机，正在解死者皮带的魏恒略挑了挑眉，神色中流露出几分不以为然，一言不发地检查尸体的僵硬程度和尸斑的形成速度。几分钟后，魏恒用他一贯矜贵清冷、不大，却足以让每个人听到的声音说："尸温30℃，尸斑处于坠积期，恢复时间是八十三秒，空气的温度和湿度是多少？"

听到魏恒发问，一个女警连忙回答："温度27℃，湿度百分之六十左右。"

魏恒伸出戴着白手套的手在尸体的腹股沟处轻轻按压，道："结合死者下肢出现尸僵的状况来看，死亡时间超过七个小时，死亡时间应该是在凌晨一点钟左右。"

周毅清摸着下巴想了想："凌晨一点钟？那我可以确定当时郭建民没有访客，只有他一个人在家。"

魏恒仍旧不答话，拉起死者的手臂看了看，随后扒开死者的领口，接着分析：

"身上没有防卫伤，根据骨骼的扭曲程度来看，死者是在喝下氰化物溶液后几秒钟内毙命的。"说着看了一眼地上的一堆碎玻璃，"氰化物溶液的载体就是这杯牛奶。"

周毅清接上魏恒的话："既然没有访客，也没有防卫伤，牛奶只能是他自己主动喝的。"

魏恒退后两步，看了一眼开在死者身后的书房窗户，伸出手试了试室外的温度，片刻后，他又回头看了一眼桌面上的那封遗书，一双细长的眼睛微微眨了眨。

魏恒关上窗户，走出书房，周毅清忙跟上他，见他走进厨房，打开冰箱拿出一盒已经开封的牛奶反复看了看，然后又拿起一盒还没开封的牛奶看了看，末了又拿了一只杯子，往里倒了半杯已经开封的牛奶。

"这里面也有毒？"周毅清走上前，看着魏恒手里的半杯牛奶问道。魏恒把杯子举高，像是科研人员在调配试剂般认真地观察着杯中的牛奶，似乎在用肉眼分辨其中有没有毒。

周毅清的脑袋里忽然闪过一丝灵感，忙道："如果毒下在牛奶盒里，不是在杯子里，那就说明郭建民是死于他杀！"注射器被扔在书房的垃圾桶里，看起来就像是郭建民倒了一杯牛奶，然后又注射毒液自尽。但是反过来思考，如果盒装的牛奶里也有毒，那被人扔在垃圾桶里的注射器就是一个障眼法，郭建民必定死于他杀。

魏恒闻了闻杯子里的牛奶，然后把杯子搁在料理台上，说："没有毒。"

周毅清大失所望，刚要追问，就见魏恒转身走出这间公寓，脱下鞋套和手套，又戴上自己的手套，拄着伞走了。

守在门外的警察见他们出来，就问："周所，魏老师怎么说的？这案子上不上报？"

周毅清边脱鞋套边说："报吧，我刚才看到魏恒笑了一下，估计挺悬。"

周毅清慢了一步下楼，看到魏恒站在玻璃门外的房檐下，面对着门外的风雨，举着手机，似乎在寻找信号。

"是自杀还是他杀，给个准信啊，魏老师。"周毅清走过去问道。

魏恒微微低着头，面无表情地按着手机，屏幕的反光在他漆黑的眼珠里划过一道刀锋般的光芒。片刻后，他揣起手机，拿过周毅清手里的伞，撑开了走入雨中，冷冷地道："他杀。"

周毅清淋着雨，钻入他的伞下，不解地问："你不是说牛奶盒里没有毒吗？怎么会是他杀？"

大雨急促地拍打在雨伞上，似乎要将雨伞砸出个洞，远远近近都是雨声。魏恒不得已提高了音量问道:"报警的是死者的同事还是助理?"

周毅清:"郭建民的同事。"

魏恒又问:"他能确定发现死者的时候,那封遗书就摆在桌子上吗?"

周毅清:"我们问过好几次,他们两个都说发现郭建民尸体的时候,桌子上就摆着那封遗书。"

魏恒略一思索,又问:"死者的生活用品是他自己亲自采购的吗?"

"我们调查了,那是助理的活,助理每个星期都会给郭建民采购一次生活用品。但是据我了解,助理没有作案的机会,并且有充分的不在场证明。刚才你不是也看了吗,牛奶盒里没有毒,毒是下在杯子里的。郭建民死在凌晨一点钟,当时助理还在办公室加班。"周毅清一边说着一边留心观察着魏恒的表情。

魏恒低着头看着地面,并没有听周毅清在说些什么,过了片刻才意识到耳边的声音停止了,便问:"嗯?说完了?"

周毅清:"……"

魏恒抬起手腕看了眼时间,然后抓紧了雨伞,加快步伐,语速也快了些:"凶手是助理。"

不等周毅清问为什么,魏恒紧接着又说:"牛奶杯里的毒是死者自己主动喝下去的,所以死者身上没有防卫伤,房间里也没有打斗过的痕迹。但是死者不是自杀。垃圾桶里的那支注射器是今天早上助理和死者的同事赶到的时候趁乱扔进垃圾桶里的,桌子上的遗书也是助理发现尸体的时候放在那里的,目的是混淆警方的视线。"

周毅清:"证据呢?你怎么能确定遗书是助理放在桌子上的?"

魏恒拿出手机按了几下递给他:"我刚才查了昨天晚上的刮风情况,四级东南风,通过死者书房窗户所开的方向推测,如果那封遗书昨天晚上就出现在桌子上,不可能不被风吹掉,而且下这么大的雨,纸张表面却没有一点水渍。今天早上七点钟才改变风向,所以遗书只可能是在今早七点钟之后才出现在桌面上的。"

周毅清又问:"那你怎么确定是助理?"

前方邻近小区有一家超市,魏恒边在口袋里找零钱边说:"助理负责死者的生活用品采购,应该很熟悉死者的生活习惯,其中或许就包括死者在睡前会喝一杯牛奶。他有机会把毒药注射进牛奶盒里。"

周毅清:"你刚才不是才说牛奶盒里没有毒吗?"

魏恒在超市门口站住,语气显然有些不耐烦:"我说的是此时放在冰箱里的那盒牛奶里没有毒,有毒的那一盒已经被助理调包了,他肯定随身携带着公文包之类的东西,如果你们马上查一查他的随身物品,也许还能在他销毁罪证之前找到那盒掺了毒的牛奶。如果没有发现也不要灰心，以死者住所为中心，找一找这个小区的垃圾桶，不出百米，肯定能找到一盒被遗弃的牛奶。"

魏恒转身要进超市，胳膊忽然被人拉住。魏恒皱了皱眉，回头看向抓在自己胳膊上的手。

周毅清连忙撒开他，笑道："不好意思，有点着急。那个，助理他没有调包的时间啊，而且郭建民的同事也可以证明，他们看到尸体的时候，遗书已经摆在桌子上了。"

魏恒没有理周毅清，走进超市拿了一包烟，付了钱，又回到周毅清的面前，面色稍有缓和："你也看到了，死者的桌子上有很多文件，谁能确保发现尸体时在桌子上看到的那张纸和后来出现的遗书是同一张？助理为什么没有作案时间？当死者的同事报案的时候，谁能知道他在干什么？把一张遗书从文件里抽出来放在桌子上，把注射器扔进垃圾桶，然后打开冰箱把半盒牛奶调包，但凡是个手脚麻利的人去干，整个过程连半分钟都用不到。"

"你就这么确定牛奶被调包了？"周毅清还是有些疑虑。

"我刚才看过已经开封的牛奶盒的生产日期，是三天前的。其他没有开封的牛奶的生产日期都是五天前的。既然助理一周帮死者买一次生活用品，那么那些牛奶应该都是九月二十六号出厂的，也就是五天前，怎么忽然冒出来一盒二十八号出厂的？"

魏恒从周毅清的手中拿回自己的手机，在衣服上蹭了蹭，然后和烟盒一起放进风衣的口袋，又往小区门口走。

"还有一点。"周毅清追问道，"既然郭建民不是自杀，那他写遗书干什么？"

出了小区，魏恒沿着人行道往附近的公交站走去："因为他写的不是遗书，是遗嘱。"

周毅清："遗嘱？"

魏恒："准确地说，是遗嘱草案。我猜他应该在联系律师确定遗嘱，这一点很好求证，找到他的律师问一问就清楚了。"

把前因后果解释清楚后，魏恒刚好走到了公交站。

暴雨天，等公交的人不多，只有两个学生打扮的年轻女孩子站在站台的一角，将额头抵在一起，兴高采烈地聊着什么。

周毅清跟着魏恒走到公交站，又问："那助理的作案动机是什么？"

魏恒转头看周毅清，英眉微蹙，一脸平静地反问："我怎么知道？我又没见过他，更没有做人像侧写。"

周毅清心想：哎，我的脑子被雨水冲坏了，竟然想让他对这么"简单"的案子做侧写。周毅清拿出手机联系了派出所的同事，要他们扣下郭建民的助理和同事，同时找人搜查小区内部的垃圾桶。

"谢谢你啊，魏老师。"周毅清朝魏恒伸出手，笑道，"托你的福，我们华阳区派出所的结案率又高了一截。"

魏恒正在看公交路线，闻言礼貌性地伸出戴着黑手套的右手和他握了一下。

周毅清见魏恒的目光一直停在长淮路"公安局"那一站，忽然想起他前两天和自己辞行，便问："你今天就去西港区分局的刑侦支队报到？"

魏恒仰头看着公交线路，伸出手沿着13路公交车始发站一直移到"公安局"站，指腹在站牌上轻轻一点："嗯。"

"动作够快的啊！不过我早就知道我们所庙小，容不下你这尊大神。"说着，周毅清又拉了一把他的胳膊，"来，坐下聊两句，权当哥们儿给你饯行了。"

反正要等公交，公交站的长椅还算干净，于是魏恒在长椅上坐下来，和周毅清隔了一个人的距离。周毅清从裤袋里掏出烟盒，自己点了一根，又递给魏恒一根，帮他点着。魏恒一手夹着烟，一手按着手机屏幕编辑短信，他肩窝处的长发被雨水濡湿，黑得像晕开的墨。

"你这次去西港区分局的刑侦支队，都打好招呼了？"周毅清问。

魏恒按了几下手机，然后把手机揣进风衣的口袋里，抽了一口烟，如实答道："没有。"

周毅清："了解你未来的合作伙伴吗？"

魏恒："谁？"

周毅清："邢朗，西港区刑侦支队的队长。"

魏恒轻轻地揉捏着捏在指腹间的香烟，淡淡地道："有必要吗？"

周毅清笑道："我觉得挺有必要的。他不太待见你们这种学术派精英。刘青柏之前在公安大学招过一个，不到一个月就被他挤对走了。那个倒霉蛋走了以后还嚷嚷着要换专业，今后绝对不碰刑侦这一行。"

魏恒笑了笑："是吗？"

看到魏恒满不在乎的态度，周毅清也没有继续这个话题，正打算说点别的，就听魏恒问道："你很了解他？"

周毅清"啧"了一声："我跟他共过事，但也算不上多了解。"

魏恒转头看向周毅清，虽然眼神依旧平静，但是周毅清知道他想问什么。

周毅清道："邢队长时运不济，三年前被刘青柏调到治安队。鄙人好巧不巧，当过他三个月的领导。"

这句话的信息量很大，也就是说这位邢队长作为分局局长刘青柏的大将，在三年前被刘青柏调到治安队,而且不到三个月的时间,就再次被调任,回到西港区刑侦队混了一个正处级。

魏恒问:"为什么?"

周毅清望着乌云密布的天空,道:"说起来也算冲冠一怒为红颜。"

"怎么说?"魏恒难得有兴趣地追问道。

周毅清掸了掸烟灰,简明扼要地说:"那时你还在教书,可能不知道这件事。三年前,芜津有一伙飞车党,专门在各大医院抢夺患者的医药费。他们有规模、有组织,还具有反侦查能力,搞得当时很多百姓心惊胆战的。这案子一步步推进,被上报到了西港区刑侦队。说来也巧,邢朗刚接这个案子,他的女朋友就遇到了抢劫,还受了重伤,据说是被飞车党在地上拖行了十几米。他领着刑侦队的刑警扫街,动用了上百警力和他自己发展的特情,不到一个星期,就把这伙飞车党连窝端了,大大小小抓了四十多个地痞流氓,审出十几个有案底的,其中还有三个背着命案。"魏恒不动声色地听着,时不时地往下掸一掸烟灰,避免烟灰落在裤子上。

周毅清又点了一根烟,吐出一口白烟:"后来他把女朋友带到公安局指认了那个抢劫她的人,给那小子一通好揍。虽说他因为暴力执法受到了惩处,但还真让他审出一桩命案,悬了好几年的案子,没承想在一个飞车党身上破了。"周毅清在鞋底上磕了磕烟灰,接着说,"不过破案归破案,他用的法子不对,这属于'刑讯',当年正查这个。他那事闹得挺大,于是刘青柏把他下调到了治安队,不过三个月后又调回去了,还升了职,从副职升到正职。"

"邢朗也是有真本事的,他在各分局都是有名的工作狂,结案率数一数二。为了破案,刘青柏又把人接了回去。这事虽然了了,但是被传得沸沸扬扬的,邢朗也背了个'刑讯'的污点。"

魏恒只把周毅清的话当故事听,听完后,问了一个莫名其妙的问题:"他结婚了?"

周毅清倒是对这种八卦消息门儿清:"早吹了,现在还是一个光棍。"

闲话到此,13路公交车颤颤巍巍地顶着风雨来了。魏恒站起来,把烟头扔进垃圾桶,等待公交车进站。两个女孩好像赶时间,急急忙忙地抢在他的前面上了车,他不慌不忙地跟在女孩的身后走出站台。

公交车发车在即,周毅清赶在公交车关门的前一刻叫了他一声:"魏恒。"

魏恒回头看向周毅清。

周毅清笑着问:"你到底瘸不瘸?"

还没等到魏恒的回答,公交车就开走了。很快,周毅清收到一条微信消息:瘸。

后面还附赠一个聊天终结的表情——一个礼貌的笑脸。

公交车上的人不多，魏恒挑了一个靠近后门的座位坐下，摘下手套，捏了捏冰冷的手指。

公交车走走停停，下车的人多，上车的人少。两站过后，上来一个四十多岁的妇女，她的步履沉重，一路寻找着支撑点，最后坐在了魏恒前面的空座位上。

魏恒注意到她的脸色十分憔悴，形容枯槁，像久病不愈似的，而且她的脸上有明显的外伤。职业病促使他迅速给这名妇女"相了相面"。从她眼窝、颧骨和额头上的那些淤青的浮肿程度，以及皮下组织挫伤的面积和伤口的施力方向来判断，她脸上的那些伤出自同一个拳头。

又是一个被家暴的……不知不觉地，魏恒继续观察着前方的女人。

女人神情麻木地看着窗外，她皮肤皲裂，眼球上蒙着一层絮状的浊物，想必是眼眶的浮肿催生了眼睛的分泌物，如果不尽快治疗，恶化后很有可能造成视网膜脱落。

在大雨天出门，肯定有一定的目的，但是魏恒在这个女人的身上看不到手提包等物品，她只拿着一把粗制滥造的雨伞，雨伞的褶皱处依稀能看到"旭""集"等字样。

找不到其他信息后，魏恒把注意力从女人身上移开，看着窗外想着自己的心事，只在女人下车的时候又向她看了一眼。

雨天路滑，为了安全起见，公交车的速度也不快，二十几分钟的路程硬生生地开了快四十分钟。

魏恒在目的地下了车，远远看到马路对面的公安局门口的保安室的窗口前趴着一个老太太。她操着南方口音，或许是因为耳背，生怕别人听不清，所以她把嗓门扯得很高。魏恒走过去的途中就已经听清楚了老太太的来意，老太太说火车站西街那边有大批女子在揽客卖淫，要警察去管一管。

保安在大声劝老太太去找火车站辖区的派出所，压根没留意老太太的身后什么时候站了一个高高瘦瘦的男人。乍一看男人那冷白色的面孔和蓄到颈窝的头发，保安差点把他当成一个女人，稍一细看他的眉眼，才发现他是个极英俊的男人。

"你有事啊？"保安越过老太太问他。

魏恒把证件递给他，道："我找刘局长。"

"你等一等，我核实一下。"保安拿起内线电话想要打到局长办公室，无奈老太太一直缠着他，还扯着他的胳膊要把他从保安室里拽出来。正当他焦头烂额的时候，一个撑着绿伞的女人解救了他。来人是一个留着干练短发的漂亮女人，她走路的声音很轻，直到一把伞罩在头顶，魏恒才察觉到这个女人站在了自己的旁边。

　　这女人的身材高挑，和魏恒站在一起也不比魏恒矮多少。她眉眼间带着些冷漠，显得有些不近人情，属于那种男人看了第一眼就不敢明目张胆地看第二眼的类型。她提着几个打包的饭盒，对保安说："不用核实了，我带他进去。"

　　魏恒向她道了谢，主动接过她手中的伞，和她并肩走向公安局的办公楼。

　　女人淡淡地打量了他一眼，然后向他伸出左手，用比他有过之而无不及的清冷的嗓音说："沈青岚。"

　　魏恒微微握住她的指尖，很快放开，道："魏恒。"

　　沈青岚："你就是陈教授的助教？"

　　魏恒："是。"

　　两人都没有更进一步了解对方的意图，点到即止。

　　走进大楼时，沈青岚告诉魏恒局长办公室在六楼，然后就消失在楼梯的拐角处。

　　魏恒独自上了六楼，和几名警察擦肩而过，有两三个人对他略一打量，以示好奇，更多的人则直接无视了他，大家井然有序地忙碌着，并没有因为一个外来者乱了步调。

　　局长办公室的门半开着，魏恒站在门口，第一次见到这位刘青柏局长。刘青柏身材魁梧，粗壮结实，一张国字脸，额头上没有一丝皱纹，年过半百的他依旧健硕，像一位征战沙场的老将。此时，他一只手夹着一根烟，另一只手远远地拿着一份文件，鼻梁上架着一副老花镜，正站在办公桌后看文件。

　　魏恒轻轻敲了敲门："刘局长。"

　　刘青柏转头看到了站在门口的年轻人，仅用了几秒钟就猜出了他的身份，随后摘下眼镜笑道："进来吧！我刚好在看你的资料。"

　　早在魏恒来之前，所有的聘用事宜已经事先谈好了，魏恒和刘青柏的谈话进行得很顺利，刘局长也表示对陈教授举荐之人很信任。两人简短地聊了两句，就看到沈青岚从门口经过，刘青柏当即叫住她："小沈，你带小魏熟悉熟悉环境，见一见新同事。"

　　沈青岚依旧是不冷不热的样子，站在门口道："那我先带他随便参观参观，邢队还没回来。"

　　刘青柏："嗯，邢朗回来了让他上来找我。"

　　沈青岚领着初来乍到的新同事到各个部门转了一遍，转到四楼队长办公室的时候，道："这是我们队长的办公室，楼下那间是副队长的办公室。副队长基本不管事，以后你和邢队打交道的时候比较多，他现在还没回来，我先带你去你的办公室看看，待会儿他回来了，你再来见他。"

魏恒抬头看了一眼门框上印着"队长办公室"的标牌，点点头，才要跟她走，就听楼下传来一阵嘈杂的说话声。从他来了到现在，还没见谁敢高声说话，人人都是自顾自地低头忙碌，和同事交流也都控制着音量，很有作为执法机关的严肃性和纪律性。但是此时从楼下传来的声音，一下子把办公楼外围一层无形的透明外壳击得粉碎。

上下两层楼道里顿时喧闹起来，气氛瞬间大变。而除了魏恒以外的所有人都习惯了这种变化。沈青岚凝神听了听楼下几个男人的说话声，往墙上一靠，抠着食指圆润的指甲道："回来了，你在这儿等等吧。"

似乎预感到这个楼道里会过来很多人，魏恒往旁边站了一步，贴着墙根，看向前方楼梯口的方向。很快，从三楼上来几个披着统一样式的黑色雨衣的男人，把楼下的喧闹带到了楼上，走在最前方的男人身材高大、挺拔，正拿着步话机和频道里的人对话。

"省道又怎么了？行了，行了……我派两辆车过去给你们开道，尽快把人拉到医院……找个安静的地方跟我说话！听不到？让你们的技术员再架一条线啊！天才！"

领头的男人微微低着头，紧皱的眉头和眼中因为不耐烦而迸发出的凶意能逼人后退。在这个男人露面的同时，原本安静的楼道也变得热闹起来。

"邢队，西环路那件因非法占地导致框架倒塌砸死人的案子，检察院让咱们尽快调查清楚。"

邢朗站住了，甩着步话机上的水滴，回头看着那个警察，皱着眉不耐烦地道："还查什么？查承包商和项目经理喝了几顿酒？酒桌上点了什么菜？说了什么话？"

这边刚怼回去，那边又有警察喊道："头儿，高速公路103路段发生了连环车祸，说是让咱们调几个人，去现场帮忙。"

"你别管了，我在和武警协商。"

邢朗一边脱掉身上湿淋淋的雨衣拿在手中，一边拿起步话机喊道："我说再架一条线！架一条单线，单线！我听你们那儿比开音乐会都热闹！"

邢朗裹挟了一阵冷风，旁若无人地从魏恒的身边走过，进了办公室。魏恒闻到一股长时间坐在封闭的车厢里特有的汽油味和呛人的烟味。

沈青岚走到门口敲了敲门，正要开口却被里面的男人抢了先："你带着小李去一趟法院。"邢朗把雨衣搭在衣架上，走到饮水机前接了一杯热水，吹散杯口飘着的白雾，"刚才法院那边来电话，姓吴的在法庭上改了口供，你去看看。"

沈青岚秀眉一拧，冷冷地道："我就知道这个人不老实！"

邢朗喝了一口热水，烫得他忍不住皱了皱眉，声音愈加低沉地道："有困难吗？不行我就派别人。"

沈青岚冷哼一声，道："没有。"

邢朗摆了摆手，示意她赶快出发，然后随手把水杯搁在茶几上，走到窗边的文件柜前。

沈青岚却没走，看着他沉郁的脸色问："你没休息好？"

邢朗从裤子的口袋里摸出烟盒，磕出一根点燃了，叼在嘴里，边找文件边说："暴雨天，所有的航班都被取消。我和小徐只能开车从银江回来，还没进家门就被他们拽到高速公路的塌方现场，眼睛都没合一下，酒都还没醒。"

沈青岚："小徐也喝酒了？"

邢朗："没有，我放他回家休息了。"

沈青岚："那你跟谁喝的酒？"

"还能有谁？楚行云那边的人。"邢朗应了几句，注意力便回到了文件上。

沈青岚见他没有搭话的意思，刚要走，才想起站在门口多时的魏恒："差点忘了，邢队，这位是刘局聘请的顾问。"

魏恒站在门口，迎着邢朗的目光，微微笑了笑："您好，邢队长。"

邢朗站得懒散又随意，双手习惯性地叉在腰上，抬起一双深沉的眼睛朝门口看了过去。

魏恒正要抬脚朝邢朗走过去，就见一个还来不及脱下雨衣的人快步跑进办公室，把手机递给邢朗，道："邢队，华阳区派出所那边传来消息，郭建民死了。"

邢朗接住他递过来的手机，转身靠在桌边，侧对着门口，笑道："哟，周所……死了？"邢朗皱着眉，用拇指弹了弹烟灰，"怎么死的？"

魏恒被邢朗晾在门口，听他和周毅清聊郭建民的案子。

大概五分钟后，邢朗挂断电话，把手机还给前来报信的刑警，捏着烟抵在唇边，脸色阴沉："死得这么痛快，真是便宜他了。"说完转头看向门口，朝魏恒一笑，"新来的顾问是吗？请进。"

魏恒拿着雨伞慢慢地走进去，停在邢朗的面前，道："您好，我是魏恒，刘局长应该和您说起过。"邢朗的脸色很平静，他微微眯着眼睛，似乎是想把这位新来的顾问看得更清楚些。

人的第一观感来自一个人的外貌和气场，此刻在邢朗的眼中，魏恒的确和上一任"精英"不太一样。新来的顾问长得极好看，好看到挑不出缺点，更为扎眼的是他留着一头微卷的长发，虽然不算很长，但在男人当中也相当少见了。

在他之前，邢朗见过不少留长发的男人，但是长发留得看着这么顺眼，既不邋遢，也不显得女气，反而能衬托出一身清贵之气的男人，他还是第一次见。

魏恒被邢朗盯了一会儿，默默地将头转向别处。

"我们见过？"邢朗对魏恒说。

魏恒笑道："我想，今天应该是我们第一次见面。"

一阵风吹来，把邢朗手里的香烟烧出来的一截烟灰吹掉，落在他手中的文件上，邢朗掸落烟灰，看了看魏恒，起身关上了窗户。

他拍掉手上的雨水，又回到魏恒的面前，伸出手道："邢朗。"

魏恒隔着手套和他握手："魏恒。"

邢朗低头看了一眼魏恒戴着手套的右手，眼中陡然有了些兴趣："我应该怎么称呼你？"

魏恒收回自己的手，道："都可以，在学校里，学生都叫我魏老师。你可以直接叫我的名字。"

邢朗笑道："那多没礼貌，我也叫你魏老师。你觉得怎么样，魏老师？"

魏恒以不变应万变地道："可以。"

邢朗留意观察着魏恒的每一个动作，看着他不离身的雨伞问："魏老师，腿脚不方便？"

魏恒道："一点小毛病。"

邢朗咂舌："真可惜。"

魏恒："可惜什么？"

邢朗笑道："我刚才一进楼就听到几个女警围在一起说什么'岚姐领进来一个神仙似的哥哥'，就你这模样，如果脚上没有这点小毛病，从我这儿离职后，你能领走好几个小姑娘。"

魏恒明白自己这是被他摆了一道，自己是陈教授塞进来的"关系户"，没人相信他有真本事，这人也把他当成了空有其表的人。

他干脆笑了笑，道："邢队长，不用担心，我不会领走你的小姑娘的。"

两个人之间的气氛波谲云诡，好在忽然响起的急促敲门声打断了两个人之间的较劲。那个披着雨衣的刑警去而复返，站在门口道："邢队，有人报案，在垃圾场发现一袋尸块。"

芜津市临水而建，江水沿着城市东面流过，江水的一条分支无法汇入大海，成了一片湖泊，湖边就有芜津市最大的垃圾场。

这里是城市里生活垃圾和工业垃圾的暂时聚集地，所有的垃圾分类处理过后，大部分将运往焚烧厂，变成从地面涌向天空中的一股浓烟。发现尸块并且报案的是垃圾场的分类人员，因为这两天风大雨大，垃圾污染湖水的情况愈演愈烈，所以工人们冒雨加班加点地分类处理垃圾。没承想层层生活垃圾之下有一个装着尸块的黑色塑料袋。

魏恒随着大部队赶到的时候，勘查组的警察正在一座座小山似的垃圾堆上，顶着风雨搜寻尸块。

暴雨也压不住垃圾场中细菌的增生和繁殖，垃圾场的气味令人窒息，警察们在空地上搭了一个临时雨棚，搜寻到的几个黑色塑料袋就搁在雨棚底下。

邢朗小跑着窜入雨棚，打开其中一个黑色塑料袋，看到七零八落的尸块散在袋子里。几个没经验的刑警往里面看了一眼，纷纷捂着嘴跑到雨棚边上干呕。

邢朗面色阴沉地把袋口合上，摘掉白手套，拿出手机给法医拨了一通电话："你在哪儿？出现场了！你还休什么假？赶快回来！"

邢朗正和法医交涉，忽然看见魏恒蹲在他的身边，又把袋口打开，伸出食指，隔着白手套在尸块上按了按，随后观察尸块的表面。魏恒面色平静，神态专注，倒像是身经百战的模样。

魏恒对尸体的容忍度超出邢朗的想象，他本来以为魏恒会像上一位"精英"一样，看一眼尸体就得捂着嘴巴吐半天，没想到魏恒能如此沉得住气。

"法医的活你也能干？"邢朗问。

魏恒偏着头观察尸块切割面的痕迹，淡淡地道："一点点。"他又移到另一个塑料袋前，"肌肉和皮下组织已经开始产生气体，尸块表面腐败、气肿，死亡时间大概在七至八个昼夜前。"

邢朗："你说的是死亡时间，那抛尸时间呢？"

魏恒松开塑料袋口，看着邢朗问："你认为这里不是第一现场？"

邢朗给他一个"你这不是废话吗"的眼神，抬起手指了一圈，道："看看这里的环境，出入的只有垃圾场的工作人员，如果这里是第一现场，死者的身份基本就可以锁定在工作人员里。死亡等同于失踪，就算咱们不清楚他们中有没有人失踪，他们内部的人还不清楚吗？现在发现尸块，垃圾场那边到现在都没有动静，那就说明这些尸块不是内部人员，只能是外来人口。"

由于第一印象影响好感度，魏恒只觉得邢朗又粗鲁又狡猾，即使邢朗分析得头头是道，他也不愿意承认邢朗的脑子转得快，想得清楚。

魏恒道："你说的外来人口，只能被垃圾车运过来。"

邢朗："说说你的理由。"

魏恒起身走到雨棚边，把双手伸出去，用雨水洗掉手套上沾染的脏东西："这里的地面凹凸不平,有很多乱石和碎玻璃,碎尸又丢在最靠近湖边的地方,离垃圾场门口很远。电动车和自行车很难进入垃圾场内部,携带装有尸块的塑料袋又很引人注目,而且垃圾堆得很高,人力很难扔上去。目前看来最有可能抛尸的工具就是垃圾车。"

邢朗从一个人的手中拿来一件雨衣,边往身上套边说:"先不着急划定嫌疑人的范围,你想办法确定垃圾车抛尸的时间。"

魏恒没搭腔,向法医助理要了一个证物袋,又回到尸块前蹲下,拿着镊子从腐败的尸块上连皮带肉切下来一块放进证物袋,道:"垃圾场是蚊虫滋生的地方,蚊、蝇等双翅目卵生类昆虫很多。通常情况下,一个人死在野外不到十分钟就会吸引蝇类产卵,这两天虽然下暴雨,但是两天前的气温平均在30℃,是繁殖虫卵的好天气。我刚才查过,虫卵经过八到十二个小时就可以化成蛆,这种蛆的生长速度是每天两至三毫米。带几只蛆回去鉴定虫龄,测量长度,就能知道大致的抛尸日期。"

听魏恒说完,邢朗也穿好了雨衣,系着雨衣的暗扣笑着问:"你还学过生物?"

魏恒站起来,离开味道刺鼻的尸块,把证物袋交给法医助理,客套地笑了笑:"一点点。"

邢朗系扣子的动作慢了许多,把魏恒从头到脚仔仔细细地看了一遍,好像刚才在办公室里的会面不作数似的。

魏恒被邢朗看得心生不适,只能侧过头,无视他。

邢朗心里有点纳闷,心想自己长得这么没有亲和力?怎么这位魏老师总是对他一副避之唯恐不及的样子?莫不是自己已经被这个人讨厌了?

魏恒侧过身,避开邢朗的目光,踩了踩雨棚杆子边上的土,和旁边的刑警说,这雨棚经不住风雨,马上就要塌了。的确,临时搭建的雨棚质量很差,不一会儿就被风吹得七歪八扭,像一把破伞似的要被狂风掀去顶盖。

"头儿!"雷雨天不能在露天使用步话机,所以现场的刑警的交流基本靠吼。

邢朗朝他抬了抬手,却没着急过去,而是拿起铲子铲了几铁锹土,把雨棚杆子周围的土培得结结实实,末了又狠狠地踩了几脚。确定把杆子栽结实了,才撩起雨衣的帽子戴在头上,迈步走入风雨中。

魏恒本来以为邢朗不会放过任何一个劳动力,不料邢朗栽好杆子准备干活的时候只是瞟了一眼他拄在身前的雨伞,什么都没说就戴上雨衣的帽子出去了。

魏恒留在雨棚中,通过找到的尸块,大致拼凑出两名受害者的尸体。

邢朗从污水湖里出来,随手把雨靴脱掉,扔到了垃圾堆里,领着一群人走向警车,途中还接了个电话:"你过来?来哪儿?我们都收队了,法医室等着吧!

秦放，你别以为我不知道，你小子就是故意的——"

魏恒勉强跟上邢朗的步伐，走在他的旁边。

下雨天路滑，地面又不平，形成一片片高低不平的水洼。邢朗踩着一双厚底登山靴在积水里走来走去，如履平地，魏恒做不到，他拎着雨伞四处寻找落脚点，还不得不加快步子跟上领头的邢朗，冷不防脚底打滑，身体往后一倾，顿时失去平衡。

眼看他就要摔在泥水里，一条手臂忽然伸过去揽住了他的腰，用力把他往前带了一下。

片刻后，邢朗挂了电话，扭头冲他一笑："魏老师，你这身板也不行啊。"

魏恒："……"

回去的时候，魏恒有意躲着邢朗，没坐他的车，而是坐在了一个身材高大、长相英俊的刑警的车上，刚才在指挥现场搜查的除了邢朗，还有他一个，其他人都叫他"宇哥"。

路上，他主动自我介绍："我叫陆明宇。"

陆明宇五官端正，两道眉毛斜飞入鬓，像是武侠小说中描写的正义之士。魏恒和他简单聊了两句，觉得人民警察就应该是他这样，一身正气，平易近人。

回到公安局，魏恒率先摸进男卫生间洗手、洗脸、洗脖子，然后扯了几张纸蘸水，蹲下擦鞋子。把自己收拾干净，他走出卫生间往楼上走。刚才邢朗说在四楼的会议室开会，而且点名要他参加。

魏恒上了一层楼，刚过楼梯拐角就看到队长办公室斜对面的法医室门前站着两个男人，其中一个是邢朗。邢朗身上差不多全湿透了，此时他把外套脱掉拿在手里，只穿着一件黑色短袖，正在和一个穿着白大褂的年轻男人说话。

魏恒才朝他们走了两步，就见邢朗转过头向他招了招手。

在邢朗向自己招手的一瞬间，魏恒看到邢朗手里的那份文件，在文件的第一页看到了自己的名字——那是他的档案。

等魏恒走近，邢朗再自然不过地卷起手里的文件，慢悠悠地敲着左手的掌心："简单介绍一下，这位是刘局聘请的顾问，魏老师，这位是——"

"是你！"

魏恒一心只想着邢朗手里的档案，忽然听到这个穿白大褂的男人高声叫了一声。

穿着白大褂的男人激动地喊道："我的天！竟然能在这儿见到你，你不记得我了吗？我是秦放啊，秦放！"男人激动得双眼冒光，热情得不可思议，好像随时会扑过来抱住魏恒。

魏恒下意识地往左移动脚，离他远了些，困惑地看着他："秦放？"

秦放果真往前追了一步，双手乱摆了一圈，激动地道："蓝爵酒吧！我们在那儿见过，你忘了？我找了你好久啊！酒吧老板说那天后你再也没有去过，我在酒吧等了你好几天，你都没有出现过。没想到会在这儿见到你！"

秦放激动的情绪没有感染到魏恒，魏恒目光平静地看着他，和秦放的热络比起来显得有些冷漠。倘若秦放的脸皮薄一些，神经稍微敏感一些，就能察觉到自己正被魏恒冷落。

在秦放的注视下，魏恒终于想起他的脸来。那是一个月前的事了，当时酒吧客满，秦放主动找他拼桌，并且热情地请他喝酒，还主动提出酒后买单。魏恒念及是萍水相逢，而且走出酒吧大门便老死不相往来，这才接受了秦放的拼桌。那天晚上他和秦放坐了一宿，后半夜两人都醉了，以至于魏恒完全忘了和他都聊了些什么，只记得在酒吧门口分开时秦放约他晚上老地方见。

魏恒当时已经喝多了，便稀里糊涂地应下。然而他回到家里睡了一觉，宿醉后断了片的记忆随着秦放的脸一去不复返了。他没想到会在这里遇到一位"熟人"，而且这个人竟然还是他日后的同事。

认识到这一点，魏恒迅速在脑海里回忆那晚和秦放说过的话，怕自己喝多了口无遮拦，说出本不该说的话。魏恒不动声色地想了一会儿，但是实在想不起来，于是决定试探一下秦放，便斟酌着笑道："哦，我记得你。第二天我有事，就没有去酒吧，不好意思。"

秦放忙道："没关系，没关系。"

魏恒看着秦放的眼睛，又说："你在找我？我记得我告诉过你我的名字，其实你可以向酒吧老板要会员登记册查我的手机号。"

秦放一拍脑门，懊恼地道："就坏在这儿，那天晚上我喝大了，第二天一醒，死活想不起来你叫什么。"

闻言，魏恒顿时暗自松了一口气，佯装惋惜地对秦放笑了笑。

秦放笑呵呵地凑到魏恒跟前："刚才邢队说，你叫魏恒。"

魏恒点头，向秦放伸出手："你好。"

秦放握住魏恒的手，笑道："我叫秦放，是支队的主任法医师。"

魏恒这才正眼瞧他，秦放看起来很年轻，最多三十岁出头，没想到竟然是主任法医师。

秦放抓住魏恒的手不放，又道："你怎么还戴着手套？我记得你上次在酒吧就戴着手套。"

魏恒稍稍用力抽回自己的手，笑道："我有点洁癖。"

秦放有点兴奋过头："我……我真是太高兴了！"

秦放这样说着，伸出胳膊又往前走了一步。他一动，魏恒就避之唯恐不及地连连往后退了两步。随即邢朗硬生生地插入他们两个人之间，挡在魏恒的面前，替他接受了秦放的拥抱。

秦放顺势抱住邢朗，感激涕零地道："表哥，你真是对我太好了！"

邢朗垂眼瞧他，冷笑道："我对你好吗？"

秦放："好！"

"既然我对你这么好，那你是不是应该帮表哥完成那两幅人体拼图？"说完就把秦放从身上扒拉下来，抓住秦放的肩膀迫使他转过身，"赶紧干你的活去。"

秦放一步三回头，磨磨叽叽地下了楼。

邢朗盯着魏恒看了一会儿，无奈地笑了笑，道："我发现你这人挺有意思。看起来一副文质彬彬、礼貌得体的样子，实际上不仅会泡吧，脾气还比谁都大。不过我有点纳闷，你这拒人于千里之外的态度是只冲着我一个人来，还是人人平等，机会共享？"

魏恒侧过头，避开邢朗的目光，冷冷地道："邢队长想多了，我没有刻意针对你，就事论事而已。"

眼看着魏恒又摆出一副既疏离又冷淡的表情，邢朗忽然觉得没意思极了，就问："你怕我？"

魏恒道："没有。"

邢朗："讨厌我？"

魏恒犹豫了："……也没有。"

邢朗眼睛里的光一点点地渗入他漆黑的眼珠，沉声道："你既然不怕我，又不讨厌我，为什么总是提防我？别说你没有，我不是瞎子，你眼睛里对我的敌意都快漫出来了。"

魏恒的机敏、狡猾和伶牙俐齿在此时都派不上用场。他被邢朗问住了。

邢朗却不等他作答，自顾自说完就拿着魏恒的档案率先走入了会议室。

第二章
神秘女子

"城西郊外的垃圾场发现两具被分解的男尸，以下分别称为'一号死者'和'二号死者'。"

秦放坐在会议桌的一侧，一只手撑着额头，另一只手拿着激光笔在贴着尸体照片的白板上晃动，虽然他的神态十分懒散，但口气却很严肃："一号死者，男，二十六岁左右，体重六十三公斤左右，身高大致在一米七三。死亡时间在九天前，九月二十二号晚上。全身共四处皮肤擦伤，分布在颈侧、后背、肋下和小腿上，都是生前损伤，而且痂皮已经全部脱落，至少是半个月之前的伤，没有研究价值。不过在死者的手心发现一道长2.3厘米，宽0.85厘米的创源红肿，是创伤引起的炎症反应，伤口既没有继发感染，也没有形成痂皮，形成的时间在死者死亡之前的一至一点五小时。除此之外没有发现防卫伤。"

讲完一号死者的情况，秦放继续讲："二号死者，男，十九岁左右，体重六十公斤左右，身高一米七五左右，死亡时间在四天前，九月二十七号晚上到二十八号子夜之间。身上很干净，没有防卫伤和明显外伤。两名死者之间唯一相同的地方是他们身上都有四道长度相等间距相等、但不等高的划伤。你们看。"

秦放起身往前走了两步，但是依旧没有离开桌子，一只手扶着桌面，一只手拿起一张照片贴在白板的正中间，然后回过头对众人说："这些划伤集中在一号死者颈部靠近正线的位置和二号死者左上臂部位，是什么器具造成的，目前无法断定。"

"另外还有一点，"秦放放下激光笔，把贴在角落里的两张照片移到中间，撇了撇嘴，"他们的生殖器被割掉了，切割面很完整，应该是一把单面刀具。"

在看到照片上那一处泛着血肿，已经腐烂，丢失了生殖器的部位时，在场的男同胞们不约而同地夹紧了双腿。

邢朗一心二用，边听着秦放做尸检报告，边翻看摊在桌面上的档案。他大半的注意力被眼皮下的一份漂亮的履历吸引，没有在秦放结束汇报后及时做出反应，直到听到陆明宇叫了他一声，他才撑着额角道："死因。"

秦放把椅子往后一拖，随意地坐了下去："消化道充血水肿，胃部及十二指肠黏膜充血、糜烂、坏死，体腔内有苦杏仁味，不用做体液鉴定我就可以确定是氰化物中毒，而且是口服。"

听到这儿，魏恒看了秦放一眼，略显讶异。他没想到一天之间碰到了三具因氰化物中毒死亡的尸体。

魏恒等着听邢朗说些什么，但是邢朗貌似更专注于手中的那份档案，倒是把一摊正事暂时搁下了。

魏恒开口问："抛尸时间呢？"

秦放见魏恒说话，脸上堆了些许笑，殷勤地坐直了，看着魏恒说："不知道是哪个机灵鬼还是伶俐虫提醒我的助理，检测虫卵和虫龄，两具尸体的抛尸时间和死亡时间相差不多，基本可以确定在九月二十二号和二十七号。"

邢朗听着魏恒和秦放的话，合上文件，把文件不轻不重地扔到桌子上，道："大陆说两句。"

陆明宇道："抛尸现场已经被严重破坏，我们接到报案之前，垃圾堆至少被推整了四次。无法根据尸块周围发现的生活垃圾断定是由哪条线路的垃圾车运输来的，现在只能挨个询问垃圾车司机。"

从法院赶回来的沈青岚接着说："两名死者不在芜津市的失踪人口里，而且没有指纹记录。"

邢朗皱眉："都已经失踪八天了，怎么会没有人报案？"

沈青岚："或许死者是独居？"

邢朗道："那也应该有朋友和同事。"暂时放下这个问题，邢朗又看向秦放，"你刚才说尸体上有一处鉴定不了器具的外伤？"

秦放道："我只能描述伤口的特征，两名死者身上唯一相同的伤痕就是长度相等间距相等、却不等高的划伤。"

魏恒忽然插嘴问道："四道？"

秦放看向他："是的，四道，长度都在3.4厘米左右，间距都在0.8厘米左右。除此之外还发现一号死者的左腿耻骨到胫骨部位有严重的水肿。"

魏恒："不是巨人观现象吗？"

秦放肯定地道："不，是水肿。"

魏恒沉思了片刻，然后问："一号死者的肠胃中有食糜吗？"

秦放道："我已经做过检测，食糜中只有一些花生米和方便面。"

魏恒和秦放一问一答，不知不觉地就吸引了所有参会人员的注意力。似乎他们的对话中就夹藏着关于这起性质恶劣的案件的真相，魏恒的一举一动都在他们的眼中被无限放大。

身处众人的目光中心，魏恒装作不经意地扫视了一下这些人。他并没有在这些刑警们的眼神中看到期待和信任，他们留神听自己说话，只是在表达对陌生人的审视和好奇，包括那位领他走进公安局的沈青岚。

打破这种局面的是邢朗，他不知什么时候拿出一个薄铁皮盒，盒子只有手掌的一半大小。铁皮盒被他夹在中指、食指和无名指之间，像转笔一样被转来转去。绕了十几圈后，邢朗像弹硬币似的把铁皮盒向上弹起，盒子翻转几圈后"啪"的一声稳稳地落在他的手心。

魏恒被邢朗分去了注意力，微微侧头看向他，就见邢朗抬手接住那个铁皮盒，然后挑起唇角笑了一下，说："怎么？魏老师的花容月貌把你们都看傻了？"他说出这句话，众人才掩饰地调整了一下坐姿，顺势从魏恒的脸上收回目光。

邢朗转头看着魏恒道："说两句吧，魏老师。"

魏恒稍一沉吟，刚要开口时，身后的窗户忽然被风吹开，雨丝夹着风不偏不倚地吹在他的后颈，他条件反射般地缩紧了脖子。

邢朗见状，从椅子上站起身去关窗户，然后顺势倚在窗台上，抱着胳膊对沈青岚说："小岚，你帮我把外套拿到楼上烘干。"

沈青岚什么都没说，端起自己的茶杯出去了。

不用邢朗催第二遍，魏恒按着桌边连人带椅子往斜后方退了十几厘米，看着贴满照片的白板道："凶手应该是一个女人。"话音还没落，所有人又齐刷刷地看向他。

邢朗也感到有些意外，他只是让魏恒再次凭借他那"一点点"的法医知识和生物知识，给出一些秦放没有点到的痕迹和线索，没想到魏恒直接开始对凶手进行推测了。

"接着说。"邢朗道。

魏恒搭在桌面上的食指以某种缓慢的节奏轻轻地敲着桌面，声音清冷而且清晰地道："秦主任说的那些划伤，应该是女人的指甲留下的抓痕，是除去大拇指外，食指、中指、无名指和小拇指上的指甲留下的。大家看照片，四道伤痕从左至右的高度依次下降，其中第一道和第二道伤痕最深，第三道和第四道依次变浅，符合人体发力时，由于四根手指长短不一，施力点有强有弱，而长度和间距相等的特点。"

一位女警不禁看了一眼自己没有留指甲的右手，暗暗点头。

魏恒眼角的余光瞥到了女警的小动作，佯装没有看到，接着说："女性和男性的犯罪概率虽然不均等，但是在以'情杀'为前提的驱动下，他们的犯罪概率是均等的。而女性犯罪嫌疑人多是选择非体力的犯罪方式，比如下毒。按照数据统计法分析，下毒谋杀是最高等的谋杀方式，很少出现在渴望使用暴力征服受害者的男性犯罪嫌疑人身上。"

秦放问："你认为这两名死者死于情杀？因为他们被割掉了生殖器？"

紧接着，陆明宇也提出自己的疑问："这两名死者不仅仅被下毒，他们还被肢解。这也符合'女性非暴力犯罪嫌疑人'的说法吗？"

魏恒看了他们一眼，不紧不慢地道："这两个问题关系到人像侧写，待会儿我会回答你们，现在要先弄清楚两名死者的身份。"

邢朗倚在窗前，以全局视角把会议室里的所有人的表现尽收眼底，他像是在考魏恒，道："那你说说死者的身份。"

魏恒忽然站起身，拿起雨伞挂在身侧走到窗前，站在邢朗的身边，低着头，目光穿过窗户玻璃，落在公安局门口。

邢朗侧过身，循着他的视线向下一看，看到一位穿着雨衣、打着伞，头发花白的老太太正趴在门卫室的窗口，神色激动地对门卫说些什么。

邢朗认出了这个老太太，老太太几乎每天都来报案，不依不饶地在公安局门口堵了有一个多月，要求他们去火车站西街清理那些揽客的女人。

忽然，邢朗像是想到了什么似的，眼睛一亮，道："火车站？"

魏恒点头，道："一名死者下肢的水肿只出现在左腿耻骨到胫骨部位，而且他肠胃中的食糜是花生米和方便面，符合在火车上坐久了造成腿部水肿和吃随身携带的食物的推测。按照秦主任给出的死亡时间来判断，死者身上那道创源红肿应该是在下车时遭受拥挤的人流推搡留下的，留下伤痕的时间和死亡时间前后只有一个小时。那死者就是从九月二十一号晚上八点之前，旅途时间超过四个小时以上，在芜津市停靠或以芜津市为终点站的列车上下车，一个小时后被杀害。"

邢朗回头对一位技术队的警察使了个眼色，技术队的警察已经开始搜索列车时刻表。

"为什么是四个小时？"邢朗问。

魏恒拢紧了风衣的领口，道："因为在火车上四个小时以内不会大量饮水，就算饮水，时间过短也不会造成水肿。"

邢朗笑："这也是从你的数据统计中分析出来的？"

魏恒冷冷地道："不，这是我的个人经验加社会观察。"

邢朗点点头，又问："你刚才说的女性凶手的人像侧写，现在能说说吗？"

魏恒稍一沉默，转身靠在窗台上，颔首道："可以了。"

邢朗看着魏恒，抬手冲着陆明宇打了个响指。陆明宇会意，拿起笔准备记录。

魏恒的眼神逐渐涣散在空气中，神态专注，仿佛在回忆着什么，又像在描述脑海中的某个场景，道："女性，年龄在二十五岁到三十五岁之间，身高一米六五到一米七。有一份固定的工作，但社会地位不高，从事财务类的工作概率很大。长发，注重保养，皮肤较白，面容姣好，善于和男人打交道。独自居住在一间不起眼的两居室，如果结过婚，现在也离婚了。她混迹在火车站附近街道的失足女性当中，但不揽客。"

说着，他涣散的眼神迅速聚拢，视线投向了方才向他提问的秦放和陆明宇，回答他们方才提出的疑问："从火车上下来的男人和她素不相识，所以排除了情杀作案的可能。从她割掉男性的生殖器这一行为来看，她憎恨男人，应该遭受过家暴、性侵等伤害，加害者或许是她以前的情人、丈夫，或是她的父亲，总之是男人。而她在杀人后把尸体分解，应该只是为了方便抛尸，她应该没有帮手，是单独作案。"

邢朗勉强跟上魏恒的思路："既然她并不认识死者，难道是随机狩猎？"

魏恒喘了口气，道："没错，她挑选受害人有一定的随机性，一般选择年轻、瘦小，而且独身的男性下手。这两名死者应该是来芜津打工，或者是来投亲访友的，因为人生地不熟，所以容易被诱骗，并且失踪后也没有人报案。就算死者的亲人报案，也报不到芜津。凶手应该是以提供住宿，或者性交易的理由引诱他们。既然两名死者都服用了氰化物，说明死者都被带入了一个相对封闭的空间，在毫无防备的情况下喝下了凶手给他们的掺有氰化物的溶液。小旅馆的可能性很低，最有可能的是在凶手的'家'里，也就是第一案发现场。这个地方不会离火车站很远，也不会很近，嗯……给我一份火车站周边的地图，要详细一点的。"

邢朗看向桌边参会的警察："快！"

技术队的一名警察出去不久就拿回来一份地图，摆在了魏恒方才坐的位置上。

魏恒来到桌边，先仔细地看了一遍地图，然后拿起尺子和笔作图似的规规整整地画了个扇形。

邢朗走到魏恒的身边："别光闷声干活，说两句。"

魏恒边量图上的比例边说："从犯罪心理学的角度分析，作案人选择作案地点时一般会考虑三点：一、对行凶处的地形要熟悉；二、避开熟人；三、不能离居住地太远，也不会太近，方便逃离作案现场。那么火车站和作案现场就会出现一条真空地带，跨过真空地带，边缘地区就是凶手把受害者引诱去凶杀现场的地方。再加上凶手利用垃圾车运输尸块这条线索，可以进一步圈定在大型的垃圾转送站周围，缩短地理画像的误差，那么第一现场应该就在……"

忽然，魏恒手中的笔停顿了一下，然后在扇形边缘着重勾出两个椭圆形，末了用笔尖点了点，道："这里。"

邢朗凑近一看，发现他把有效范围圈定在火车站东面的一片自建房地区："凶手没有可能把受害人带回自己家吗？"

魏恒放下笔，若有所思地道："不会，这个女人头脑清晰，有条理。如果她把受害者带回家，极有可能有'目击者'。因此，我认为她应该租了一套房子用来作案，就在火车站附近。而她自己的住处应该远离火车站，所以她应该有一辆车。"

不知不觉间，邢朗已经完全信任魏恒，立刻追问："什么车？"

魏恒的眼神再次散开，道："手排挡，白色的，市价在十万元以下，常见的国产车。车里很干净，没有装饰物，定期做保养，日常上班不会开，只有作案时才会使用。"

话音刚落，窗外忽然划过一道闪电，紧接着雷声轰鸣，雨声愈发的大了。

听到雷雨声，魏恒忽然愣了一下，然后转身看向窗外，眼睛里似乎也压了两片阴云："今天几号？"

邢朗拿出手机看了一眼："十月一号。"说着，他目光骤暗，"今天是国庆。"

魏恒缓缓呼出一口气，双眼望着阴郁的天幕中被狂风割裂的乌云："几乎所有杀人犯都喜欢恶劣的天气，因为恶劣的天气会消除所有罪证和一切潜在的目击证人……下车的旅客急需一个去处躲避风雨，就会信任不该信任的陌生人，一个年轻漂亮的女人对他们而言几乎没有任何攻击性。而重大的节庆日对连环杀手来说具有某种纪念性的意义，他们会受到节庆日的鼓舞，上演一场谋杀庆典。"

魏恒忽然转向邢朗，笃定地说："今天晚上，她一定会再次作案。"

入了夜的芜津依然在下雨。

暴雨天，火车站的出口处也不乏接亲友的人，他们堵在出口处，向大批回乡或远道而来的人招手示意，叫着相熟的人的名字。

一个衣着单薄，背着旅行包的年轻男人从人群中挤了出来。他走出火车站，还没来得及喘一口气，又被新的烦心事困扰，因为他第一次来芜津，完全不辨方向，出了火车站就不知道该往哪里走。没办法，他只能暂时躲在火车站对面的一家超市门口避雨，思考今晚应该去哪里住宿。

他把沉重的背包卸下来，拿出一包纸巾擦着脸上淋漓的雨水，神色忧虑地看着外面的骤雨狂风。

"我的男朋友没有来找我。"忽然，他听到一个女人哽咽的声音。转过头，看到一个身材苗条的女人站在超市门口的另一边，肩膀耸缩着，抱着胳膊，在雨天里瑟瑟发抖。她看起来很年轻，披着长发，皮肤白皙，虽然穿得普通，但是掩不住她玲珑的身材。她身上那件针织外套已经被雨淋湿了，乌黑的头发也打了绺，披在肩上，遮住她白嫩的脸庞，看起来楚楚可怜。

"火车站里已经没人了，是吗？"女人向他微微转过头，哽咽着问。

面对突如其来的搭讪，男人表现得紧张、羞涩，支支吾吾地道："是——是的，雨太大了，我坐的那趟列车是今天最后一趟车。"

女人把头垂得更低，肩膀颤抖着道："我就知道，他失信了，他不会来找我。"

他不知道应该怎样安慰一个伤心的漂亮女人，只能笨拙地递给她一包纸巾。

女人接过纸巾，低声道谢，然后沉默了片刻，忽然羞涩地问道："你是一个人吗？"

"嗯。"

"没有人来接你？"

"没有。"

"这么大雨，今天晚上你有地方去吗？"

男人笑道："附近有很多便宜的小旅馆，我随便找一家住一晚。"

女人抱着胳膊又沉默了一会儿，声音低若蚊蝇地道："如果你没有地方去，可以送我回家吗？"随即，一双湿润、漂亮的眸子看向他，"今天晚上好黑，我不敢一个人回家。"

男人不禁愣了一下，惊讶地看着她，不知怎的就注意到她抱着左臂的右手：她的五根手指留着精致而又尖利的指甲，指甲上涂着猩红的指甲油，红得似血……

一道惊雷轰然炸开，雨下得愈发大了。

根据魏恒给出的范围，一号死者的身份很快被查出来了，是一名九月二十二号下午五点钟从某县城出发来芜津务工的外来人员。这些都不重要，重要的是他从火车南站下车，也就说明了凶手今晚将再次在火车南站寻找猎物。所有刑警紧急出动，虽然他们并不知道准确的抓捕目标，但是他们必须尽全力阻止今晚即将发生的一起谋杀。

邢朗拿起步话机，把调到治安队的刑警全部召回，让他们直接赶往火车南站。

一时间，大楼里显得格外忙碌，每层楼道里都响起杂沓的脚步声。

楼道里不断有人跑来跑去，做行动之前的最后准备。只有魏恒还站在会议室的门口，纠结要不要换一件衣服。他身上的这件风衣已经差不多全湿透了，穿在身上黏腻潮湿，难受得很，但是他并没有备用的衣服，虽然会议室门口的衣帽架上挂着几件主人不详的外套，但是他不会擅自动别人的物品，尤其是贴着身体的衣物，这对他来说是很私密的东西。想来想去，魏恒索性脱掉风衣挂在衣架上，然后拿起一件雨衣走出会议室。

邢朗站在楼梯口拿着步话机远程指挥着第一批赶去火车站的刑警："你们在火车站附近找一辆白色的手动挡车，把可疑的车牌号全都记下来……范围大？我能不知道范围大？让你找你就找，哪来这么多废话！"

无意间一转头，他看到魏恒上身仅穿着一件黑色衬衫就出来了，也发现魏恒虽然看起来有些消瘦，实际上却挺有肉。

"你怎么不穿外套？"忽然，魏恒听到邢朗如此问他。

魏恒抬起头看看邢朗，然后低头扫了自己一眼，又抬头看邢朗，非常无辜地跟邢朗对视了一会儿，魏恒才反应过来邢朗说的是自己的风衣，道："哦，湿了。"

邢朗想提醒魏恒可以随便向不出外勤的技术员借一件衣服，但忽然想起魏恒跟秦放说过他有洁癖，就把话咽了回去，抬头冲楼上喊了一声："小岚，把我的衣服捎下来。"

很快，沈青岚拿着邢朗那件烘干的外套下来，经过邢朗的时候把外套扔到他的怀里，一步都没停地下楼了。

邢朗接住自己的外套，转手又扔到魏恒怀里，然后走进会议室随便拿了一件不知道主人是谁的外套，边往身上穿边说："我的衣服刚洗过。"

魏恒站在楼梯口看着邢朗抖着衣领快步下楼的背影，然后低头看了一眼怀里的外套，犹豫了片刻，慢吞吞地将它套在了身上。邢朗比他高一些，身材也比他壮实，邢朗的衣服比他的大了一号，袖子得往上捋。

几辆警车接连开出公安局，邢朗坐在一辆吉普车里不停地按喇叭，也不知道在催谁。魏恒蹭了一个女警的伞走到邢朗的车旁，打开车门坐在副驾驶的位子。

邢朗开车驶向大门口，领着大部队赶往火车站。

晚上八点十分，几辆不闪灯的警车接连开到火车南站。最后一拨接亲友的人流已经散去，暴雨天里，火车站难得的安静，只有工作人员还在兢兢业业地守在各个窗口。

一组人去周围搜索白色手动挡的轿车，沈青岚则带着报案的老太太排查火车站西街，剩下的刑警拿着魏恒勾画的那张地理画像寻找凶手的作案地点。身着便衣的刑警们被雨水冲散，穿梭在一条条避人耳目的街巷，混入平常人中，开始了今夜的寻找。

这次的行动是盲目的，因为他们不知道抓捕目标是谁，只是在盲目地阻止一起或许根本来不及阻止的谋杀案。半个小时过去了，各组一无所获，听着步话机中传来的一声声"没有发现"，邢朗感到前所未有的被动。

火车站入口处连出租车都不见几辆，小旅馆来拉客的人更是绝迹了，邢朗站在空空荡荡的火车站广场的入口处，只觉得眼前这座往日人流不绝的建筑在今夜格外的荒凉。

"各小组，报告情况。"他说。

步话机里陆续传来一声声报告：

"头儿，还没发现可疑车辆。"

"邢队，我们这里没有发现。"

"老大，我们正在街道上排查。"

"邢队……"

总之，一无所获。

邢朗把步话机揣进雨衣口袋，转头看向隔着一条马路的美食街。那条街道上，魏恒脚步不停地穿梭在每一家店面，拄着雨伞走得匆忙又急切，竭力地寻找每一个还未离开的单身男性旅客。

"大陆！"邢朗忽然朝正在售票口打探消息的陆明宇喊了一声，陆明宇抬起头看向邢朗。

邢朗抬起手指了指魏恒在的方向："你跟着他！"

陆明宇什么都没问，拔腿向马路对面跑了过去。

邢朗拉紧头上的雨帽，加快步伐钻入了火车站出口处的一条街巷，像一位暴雨天钻入海里避难的鱼，很快不见身影。

陆明宇跑过马路，正好和从一家面馆出来的魏恒碰了个正着。

魏恒问："有线索了吗？"

陆明宇抹了一把脸上的雨水，道："没有，我们再到前面找找。"

其实他们都很清楚，这次的行动很盲目也很被动，但是却没有一个人停止或放弃。他们找了三条街，没有看到假想中的车辆和女人，更没有看到落单的单身男性旅客。

魏恒的脸被风雨吹得僵冷、麻木，视线变得越来越模糊，眼神甚至开始变得恍惚起来。

陆明宇留意听着步话机里不时传出来的报告声，过了许久才发觉魏恒的神色不对："你怎么了？"

陆明宇扶住魏恒的胳膊，看到他的脸色吓人，呈现出没有生命力的惨白色。

魏恒闭了闭眼睛，缓了一口气，道："没事，只是有点低血糖。"

低血糖虽然不算大问题，但要是发作起来也着实难受。而且看魏恒这副模样，貌似已经发作好长一会儿了，也难为他硬扛着转了几条街，陆明宇想扶他到旁边的店铺里休息一下，岂料魏恒忽然魇住了似的停住不动。

魏恒站在人行道上，遥望着远处的十字路口，忽然异常清晰地听到雨落的声音，看到前方路口亮起来的红灯，低血糖引发的眩晕和耳鸣瞬间消失，他所有的感官重新恢复清明。就在刚才，他看到一辆白色轿车在前方的十字路口处呼啸而过。

魏恒忽然抓起陆明宇的步话机："邢队长！能听到吗？邢队长！"

频道里很快传出邢朗因为着急而低沉嘶哑的声音："说。"

魏恒："富强路十字路口，刚才开过去一辆白色的轿车！"

他们之间仿佛迅速形成了某种默契，邢朗并没有追问那辆车里的人的身份，也没有向魏恒再三确认他的判断是否准确。邢朗很清楚，就算只有万分之一的概率，他也要去拦截那辆从富强路开过去的白色轿车。

邢朗从幽暗的街道里快步奔向停车的方向，跳上吉普车，掉转车头往富强路驶去。很快，他借着道路两边的路灯，在淌着雨水的挡风玻璃前看到了一辆在暴雨中快速行驶的白色轿车，但是因为距离太远，雨天能见度又太低，无法看清车牌号。

邢朗把油门踩到底，吉普车像一头愤怒的钢铁巨兽往前飞驰。他的两只眼睛紧紧地盯着前方的白色轿车，一手把着方向盘，腾出一手拿起步话机："发现可疑车辆，大陆，你开车从火车站东面堵，车牌号……"

前方路口忽然冲出来一辆出租车，猛地掉转方向往西边开去，恰好挡在了吉普车的前面。

邢朗及时踩了一脚刹车才没有笔直地撞上出租车的车身，踩下刹车后，他的身体猛地往前冲了一下，陆明宇还在追问："邢队，车牌号是多少？"

邢朗咬了咬牙，眼睛紧紧盯着把白车挡得结结实实的出租车车尾，再次往前追："车牌号看不到，只要看到白色轿车统统拦截！"

白色轿车和吉普车之间忽然插进来一辆出租车，出租车司机仿佛喝多了似的，像一条蛇般在公路上扭曲着飞速行驶。

公路狭窄，邢朗几次想开车从出租车旁边绕过去，又因为不时出现的逆向开来的车辆而作罢，他又踩了一脚油门，车头几乎抵到了出租车的车屁股，探出头往前方大吼道："让开！"

奇怪的是，那辆出租车恍如受惊般，再次加速。

被甩在后面的邢朗愣了一下，突然回过神来。刚才两辆车离得很近，他从后车窗看到出租车里有三个人，一个男人在开车，另一个男人坐在后座，神色惊慌地往后张望，如果邢朗没有看到后座的男人手里拿着的那把刀以及被那把刀抵住脖子的女人，就将放过一起恶劣的持械劫持人质案件。

"施广路八道口，赶快过来支援！"邢朗扔下步话机，捋了一把头发，双手紧握方向盘，猛地加速。吉普车轰鸣一声，碾过了公路上的积水。

邢朗紧跟着出租车拐了一个急弯，那辆白车出现在他的视线中，好像在为紧追不舍的出租车和吉普车领路。

邢朗把和出租车之间的距离拉到只剩几十米，从腰上的枪套里拔出手枪，朝着出租车的轮胎开了一枪。

"砰"的一声枪响，出租车的后车轮中枪，速度大减。

与此同时，身边的步话机里传出小吴的声音："我看到你的车了，邢队！"

邢朗收回枪，开着车和出租车擦肩而过："控制住那辆出租车，里面有一个女人被劫持了！"

把枪装回枪套，邢朗全神贯注地盯着前方那道白色的车影，不敢有丝毫懈怠，两辆车在风雨中追逐。

白色轿车在前方的十字路口忽然向右转，第二次消失在他的视线中。邢朗临时改变追击路线，驾驶吉普车冲入辅路，正要拐进狭窄的餐饮步行街时，一辆摩托车忽然从街口冲了出来。

这个弯转得很急，摩托车的速度又很快，上面的人连做出反应的时间都没有，笔直地冲向吉普车的车头，距离近到几乎可以看到对方头盔后那双惊恐的眼睛。邢朗的头皮一炸，以几乎把方向盘拧断的速度向左猛打方向盘。

车轮在地面上摩擦、挤压，发出类似野兽嚎叫的声音，车身向左猛转了一圈，后车轮擦着摩托车的保险杠惊险地划过，就像正在飞奔的马忽然被狠狠勒住了脖子。吉普车因为太过突然的刹车和转向而失去了重心，庞大沉重的车身轰然侧翻砸向地面。好在车身是右侧侧翻，邢朗伤得不重，他被夹在座椅和气囊之间，吃力地打开车门爬了出来。

"大……大哥，你没事吧？"逃过一劫的摩托车手亲身经历了刚才惊险万分的一幕，从轮胎底下逃生后竟然第一时间在四周搜寻摄影机，以为在拍电影。直到看到一个头上淌着血的男人从车里爬出来，才赶紧跑过去帮忙。

邢朗推开他要搀扶自己的手，又回到车边掏出步话机，蹲在地上，哑着嗓子说："各组汇报情况。"

陆明宇："我正在向南追。"

小吴："邢队，两个抢劫的已经控制住了。"

沈青岚："还在排查火车站西街。"

邢朗抹了一把淌到脸上的血水，站起身立在雨中，看了一眼白色轿车离开的方向，感到眼前一阵模糊。他很清楚，白色轿车已经追不上了。

一辆出租车开了过来，停在路边，魏恒穿着不合身的外套走了下来。

他撑开手里的雨伞，脚步略显迟缓地朝邢朗走过去。

在道路两旁的路灯下，暖黄色的灯光不受暴雨的影响，像一阵薄雾似的在风雨中飘扬挥洒。魏恒走在雾中，撑着雨伞，苍白的脸十分平静，似乎他出现在这里并不是为了侦破一起连环杀人案，只是路过而已。

邢朗看到魏恒的时候，岩浆翻涌般的内心忽然平静了一些，他在魏恒的身上感受到了一种足以抚慰人心的宁静与祥和，似乎今夜无风无雨，太平无事。

魏恒走得很慢。他的右腿发力较轻，身体的重心压在左腿上，只要定睛细看，就可以看出他走路的样子有些不协调。他身上已经湿透了，散在脸侧的两缕头发已经没有了卷曲的弧度，湿淋淋地挽在耳后。

魏恒停在邢朗的面前，把手中的伞移到邢朗的头顶，替邢朗遮住了冰冷的雨水，然后张开苍白的嘴唇，疲惫而沉静地道："我们迟了一步。"

第三章
酒吧

　　行动在大雨中落下帷幕,邢朗就地解散了刑警,留下几个人连夜赶去垃圾场,蹲守明天可能会运送尸块到垃圾场的垃圾车。

　　"我们的行动计划还没有暴露,凶手还会用以前的方式处理尸体。明天垃圾场肯定会发现新的尸块。只要找到运送尸块的垃圾车,就能确定垃圾车的行走路线,缩小地理画像。"

　　魏恒这番话说得很在理,但是需要一具崭新的尸体作诱饵,不免让人觉得心寒。

　　刑警们逐渐散去,陆明宇见魏恒的身体不舒服,好心提出送他回家,魏恒却婉言谢绝,坐一辆出租车走了。为了这份新工作,魏恒特意搬了家,在距离公安局不远的地方租了一套最便宜的一室。虽是一个中低档小区,但是房子的格局不错,通风好,采光也不错,除了面积小点,没什么大毛病。

　　魏恒推开房门,打开客厅的灯,墙壁新刷的还未散干净的味道扑面而来。

　　今天早上魏恒才把行李搬过来,被好心关照他的门卫大爷扛上楼,此时两个行李箱立在空荡荡的客厅里还没来得及打开。今天晚上是他在新家度过的第一个晚上,还好房东留下了必备的家具,虽然旧,但是还能用。

　　魏恒脱掉身上的外套搭在沙发背上,然后打开窗户,脱掉手套,撸起袖子,开始干活。

　　行李箱上放着一个鸟笼子,里面有一只虎皮鹦鹉。鹦鹉对他视而不见,蜷缩着脑袋在睡觉。他把鸟笼子放在窗边的一个花架上,给它倒上食物和水,就不再理会它。今天早上他搬行李的时候,房东见他带着一个鸟笼,差点反悔。因为这栋居民楼的隔音差,要是他的鹦鹉叫起来,肯定吵得整栋楼的人都能听到。

　　魏恒连忙解释道,这只鹦鹉不会叫,更不会说话。

　　"你的鹦鹉不会叫?"房东大妈不相信。

　　魏恒道:"它是个哑巴,天生就不会叫。"

　　房东大妈:"你怎么买个哑巴鹦鹉啊?"

魏恒笑："清静啊，会叫的讨人烦。"

房东大妈："那你买个鹦鹉有啥用？"

魏恒不说话了，只是笑。鹦鹉对他来说除了是个活物，没什么其他意义，他不愿意把自己的情感寄托到任何人身上，更别说寄托在一只宠物身上。魏恒和鹦鹉住在一起好几年了，这几年时间里，魏恒没有对它说过一句话，它也从未对魏恒开过口。

不出一个小时，魏恒就把几十平方米的房子打扫干净了，最后把干净的床单铺在卧室的一张单人床上，万事大吉。

魏恒撕开一桶方便面，烧了一锅热水，给自己泡了一碗面，在等面泡好的时候进浴室洗了个澡。几分钟后穿着一件浴袍出来，从手腕上拉起一根皮筋绑住湿漉漉的头发，搬了一张椅子放在厨房的料理台边上，准备吃个晚饭就去睡觉。

一桶方便面刚吃两口，手机忽然响了，是秦放打来的。

魏恒看了一眼手机屏幕上的来电显示，等了好一会儿才接通。他故意装出疲劳乏累的样子，秦放也很知趣，聊了两句就挂了，临挂电话时秦放忽然问起他住在哪儿，说是如果顺路的话，明天可以来接他去上班。

魏恒瞅了一圈身处的新家，客客气气地笑了笑，道："不用麻烦了，我朋友上班的地方就在公安局附近，我坐他的车就行。"眼瞅着秦放没了动静，魏恒又一笑，说道，"谢谢你的好意，没事的话我就先挂了。"

回到芜津这两年，他一直用这个态度待人。他坐在椅子上，继续跷着腿吃泡面。

刚挂电话没多久，手机忽然又响了。魏恒的眉头一皱，有些不耐烦了，但这次打来电话的不是秦放，而是郑蔚澜。

"在哪儿呢？"郑蔚澜问他。

魏恒开了免提把手机放在料理台上，拿着叉子慢悠悠地卷着几根面条，道："新家。"

郑蔚澜笑嘻嘻地道："哟，看来第一关过了，明天呢，打算怎么混？"

貌似郑蔚澜打电话来就是来奚落他的，魏恒放下叉子准备结束这通电话。他刚拿起手机，电话那头的郑蔚澜好像和他心有灵犀似的，语气突然变得郑重起来，道："你真以为你能瞒天过海，从邢朗的眼皮子底下全身而退？"

魏恒道："只要我不给他怀疑我的机会，为什么不可以？"

"凭什么？就凭你的那把伞和不离身的手套？"郑蔚澜叹了口气，"纸包不住火。"

魏恒累了一天，现在只想吃口面上床睡觉，管他什么事，一概抛在脑后，道："没别的事我就挂了。"

第三章·酒吧

郑蔚澜沉吟了片刻，道："你当心点，我真怕你死在他手上。"

魏恒挑起一侧的唇角，轻轻一笑："你放心，我不会死在他的手上。"

楼道里忽然响起脚步声和说笑声，魏恒侧过头留神听了听，说："我挂了。"

挂了电话，他起身走到门口，把房门拉开一条缝，就见斜对面502室的门前站着一个老太太和一个男人。

虽然那个男人背对着他，但是魏恒还是立刻认出了他，是邢朗。

邢朗浑身湿透，像个水鬼似的和老太太面对面地站着，两个人有说有笑的，看起来十分亲热。

看到邢朗，魏恒的心猛地一跳，跟见了鬼似的。

邢朗道："回去睡吧，明天我把碗给您送回来。"

老太太进了屋子，邢朗端着一碗菜刚转过身，就听到斜对面响起了"砰"的关门声。

魏恒躲避洪水猛兽似的锁上门，转过身用背抵着门板，好像那个人会随时破门而入。魏恒一时间竟反应不过来为什么邢朗会大半夜出现在这里，直到听到隔壁响起房门开合的声音，才发现自己竟然成了邢朗的邻居。

魏恒捂着额头，十分想搬家。正在他考虑现在搬家，付给房东押一付三的租金能要回多少的时候，房门忽然被人敲响，魏恒被吓了一跳，试探着问了一句："谁？"

"邢朗。"

魏恒无奈，他心想：不想开门怎么办？现在装家里没人还来得及吗？

邢朗站在门外足足等了好几分钟，才见房门被拉开，魏恒穿着一件黑色浴袍站在门口，装出一脸惊讶的表情，笑道："邢队长，好巧啊！你也住在这儿？"

邢朗一手掐着腰，一手撑着门框，似笑非笑地看着魏恒，他真的以为刚才他关门关得及时，自己没有认出他从门缝里一闪而过的脸吗？说来很奇怪，自己刚才竟然一眼就认了出来。

邢朗想看他接着往下演，所以没有拆穿他，笑道："巧啊，魏老师。你什么时候搬来的？"

魏恒守着门，丝毫没有让他进来坐一坐的意思，道："今天刚搬过来，没想到跟你是邻居。"说完，干笑了两声。

邢朗往他身后的客厅看了一眼，又问："自己一个人住？"

魏恒回头看了看客厅，然后笑着说："不够明显吗？"

邢朗的眉毛一挑，眼睛里划过一道魏恒看不懂的光芒："那你早点休息，今天累了一天。"说完冲他摆摆手，走了两步忽然又停住，回头对他说，"明天早上坐我的车去单位。"

邢朗并没有给魏恒拒绝的机会，强硬地留下这句话就转身走了。

魏恒关上门，随即听到隔壁又响起房门开合的声音。

短短半个小时内冒出来两个要送他上班的人，虽然不知道邢朗安的是什么心，但是车是肯定坐不得的。

魏恒关了灯躺在床上，望着黑漆漆的天花板，决定明天早起一个小时，避开邢朗出门的时间。一想到为了躲邢朗要早起一个小时，魏恒就想抓起枕头砸穿卧室这道墙，把邢朗打死。

第二天，芜津市的上空依旧积压着一层厚重的阴云，但是雨势已经小了很多。雨丝细密，不打伞依旧会被打湿衣服，但是和前两天的暴雨相比，已经算是天公作美。

魏恒给鹦鹉换了食物和水，临出门时看着搭在沙发上的那件外套，在扔进洗衣机里和送到干洗店这两个选项之间犹豫了一下。这件外套不是便宜货，一件抵得上他一个月的工资，但是送进干洗店的价钱也不低，抵得上他一个星期的口粮。

魏恒很想就这样把外套还给邢朗，或者直接塞到洗衣机里洗一下，但是这样做没准儿会毁了这件外套，导致邢朗更不待见他……

为了维持和邢朗那浅薄虚伪的人际关系，魏恒找了一个袋子装上衣服，拿着伞出门了。他把装着衣服的塑料袋放在头上遮雨，挂着雨伞加快脚步去赶公交车。

他先把衣服送到干洗店，再步行十分钟就到了分局，办公楼里的人已经开始忙碌了，刑警们对他的态度和昨天相比好了不只一星半点，如果说昨天人人看他都觉得他像个花瓶，那么今天，人人看他都觉得他像个装满墨水的花瓶。一路上都有人和他点头示好，叫他一声"魏老师"。

昨天还没来得及看看自己的办公室，于是他到外勤办公区找到沈青岚，请她领路。

沈青岚等人正在吃早餐，出来的时候给了魏恒一杯豆浆，沈青岚掸掉手上的点心渣，道："跟我来。"

沈青岚把魏恒领到三楼物证室旁边的办公室，推开门道："你先看看，如果缺东西就让小徐出去买。"

魏恒走进去，把这间看起来整洁、也很简单的办公室扫视一周，问："小徐？"

沈青岚："一个实习生，待会儿你就见到他了。"

魏恒漠不关心地点点头，回过头看着沈青岚问："陆警官还没回来？"

第三章·酒吧

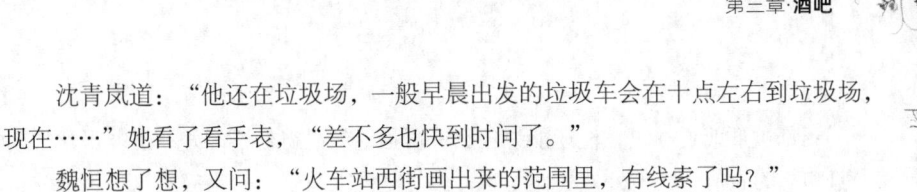

沈青岚道:"他还在垃圾场,一般早晨出发的垃圾车会在十点左右到垃圾场,现在……"她看了看手表,"差不多也快到时间了。"

魏恒想了想,又问:"火车站西街画出来的范围里,有线索了吗?"

沈青岚抿着嘴唇极浅地笑了笑:"你没去过那地方吧?"

魏恒摇头:"没有。"

"那地方全是违章建筑,网吧、夜店、商铺、小旅馆……再加上街上的人多,堵得水泄不通。在那种地方,地图没多大用处,毕竟地图更新的速度远跟不上违章建筑的抢建速度。"说着,沈青岚停顿了一下,又道,"不过我待会儿还会再带人去找找,起码你给我们指的方向是正确的。"

沈青岚说话虽然直白,却有分寸,并不会让人感觉下不来台,魏恒不知不觉地就和她多说了几句。他们正说着话,魏恒就看见邢朗带着一个年轻的男孩子上楼了。好巧不巧的,魏恒的办公室正对着楼梯,邢朗一抬头就和站在办公室门口的魏恒打了个照面。

被邢朗带着上楼的男孩子面相极嫩,若不是戴着一副厚重的黑框眼镜,简直像只小鸡崽。

邢朗一抬头,看到了魏恒:"哟,魏老师也在,你还不过去拜师?"

"小鸡崽"被邢朗推了一把,险些撞到魏恒的身上。他握住魏恒的手说:"你好,魏老师。我叫徐天良,邢队说从今天开始就让我跟着你了,那我是不是应该叫你师父?"

经他一介绍,魏恒才知道这个男孩子就是沈青岚刚才说的实习生小徐。

小徐的双眼闪亮,目光殷切地看着魏恒。魏恒无话可说,只能对小徐报以干笑,想抽回自己的手,无奈被小徐握得很紧。

于是魏恒看向邢朗,用眼神向他提出疑问:这闹的是哪一出?

邢朗装作没看到魏恒笑里藏刀的表情,对小徐说:"当然得叫师父啊,你的魏老师在学校里为人师表,教书育人,多收你一个学生是他老人家发扬精神,造福社会。"

徐天良忙叫了一声师父。

魏恒尴尬地冲徐天良笑了笑,用力抽回自己的手,还是什么都没说。

沈青岚带着徐天良先上楼了,他们俩一走,魏恒就直截了当地道:"邢队长,我并不打算做谁的师父,也不打算收徒弟。"

邢朗倒是很爽朗地"嗨"了一声,道:"就是这么一说而已,你就把他当成一个跑腿的。这小子又机灵又勤快,吃苦耐劳,任劳任怨,不会给你添麻烦。再说了,你又不在咱们的编制里,平日出去查案,有他跟着,也能帮你亮个证件。"

魏恒："……"

话都被邢朗说尽了，他还能说什么？再拒绝就显得他不知好歹了。虽然邢朗一脸和善的表情，貌似处处替他着想，但是魏恒很清楚，一旦应了这一声师父，对自己来说无疑是个麻烦和累赘。

但是没办法，邢朗执意给他塞个大包袱，他只能背着。魏恒冷冷地看了邢朗片刻，什么都没说，转身回办公室了。

他刚要关门，忽然被邢朗伸手挡住房门。

魏恒皱着眉头，脸上露出不耐烦的表情："你还有事吗？"

邢朗扶着门框笑道："不是说好了今天早上坐我的车来上班吗？你怎么提前走了？"

魏恒默默地往肚子里咽了一口气，笑着说："哦，因为你的那件外套需要干洗，我就早起一会儿，把它送到干洗店了。"

邢朗咂舌："干洗店？你怎么不提前跟我说一声？"

魏恒："……怎么了？"

邢朗："我姐就是开干洗店的，我一般都把衣服送到她的店里，不用花钱。"

魏恒："……"

大清早的，先是平白无故地花了几十块"大洋"，然后莫名其妙地收了个徒弟。现在这个可恶的始作俑者告诉他，"大洋"你白花了，徒弟你也拒绝不了，这实在……够糟心的。

只听"砰"的一声，魏恒用力甩上办公室的门，把邢朗关在门外，索性眼不见心不烦。

邢朗看着魏恒办公室的门，在心里感叹：魏恒这个人不是在生气，就是在准备生气的路上。临走时，邢朗敲了敲魏恒办公室的门，大声说："魏老师，十五分钟后我下来找你，跟我出去一趟。"

魏恒没搭理他，咬着吸管喝热豆浆，在办公室里暴躁地转来转去。大概转了十几圈，魏恒的火气渐渐消了，十五分钟也到了，办公室的门准时被人敲响。

魏恒深呼吸一次，又变成了那个彬彬有礼的魏老师，拉开门走了出去，问："去哪儿？"

邢朗一手提着几个包子，一手拿着一杯豆浆，向他那边扭着胯，说："帮我把车钥匙拿出来。"

魏恒："……"

邢朗冲他眨眨眼睛："愣着干什么？拿啊！"

魏恒瞪了邢朗一眼，从他的休闲裤的前面口袋里拿出一串钥匙。

第三章·酒吧

邢朗转身下楼："你开车，去音速酒吧。"

魏恒掂着钥匙试了试分量，很想把这串钥匙砸向邢朗的后脑勺。

音速酒吧开在并不繁华的街道上，出了酒吧的门往右拐进一条窄巷，走到头，就到了平价电子产品一条街。

魏恒来过几次，攒了一台二手的笔记本电脑，抱回家没用几天就气得七窍生烟，后来他抱着电脑来找店主，店主已经翻脸不认人了。有了前车之鉴，这个地方他不再光顾，也不想再消费第二次。但今天和邢朗一起来，魏恒还是下意识地去注意当初卖给他电脑的那家门店，朝那扇卷闸门投去气愤的一瞥。

"来这儿干什么？"魏恒问。

邢朗贴着墙边走，避开人行道中间积的雨水，道："查那批药。"

魏恒瞅了邢朗一眼，知道他说的是死者口服的氰化物。

魏恒没有接着问下去，邢朗主动解释道："我认识一个倒腾毒品和假药的，或许他知道点线索。"

邢朗领着魏恒从一排门店中间开出来的一条楼梯上到二楼，绕过几间库房，找到一扇紧闭的暗红色的房门。

邢朗敲了敲门，门里很快有人问："谁？"

邢朗往旁边一站，给魏恒使了个眼色，魏恒会意，朗声道："快递。"

过了一会儿，门被拉开一条缝，一个男人的脸出现在门缝里："谁的快……"

邢朗把魏恒往后一拽，抬起右腿，一脚把拴着链子的房门踹开。

"砰"的一声，房门晃得摇摇欲坠。开门的男人被房门不偏不倚地打到了胸口，当即捂着胸口躺在了地上。魏恒跟着邢朗像是土匪般蜂拥而入，看到屋子的正中间摆了一张大圆桌，四五个男人戴着口罩，像医生似的，正在把散在桌子上成堆的药片和药粉装进各种药瓶里。见房门被人踹开，几个人如惊弓之鸟似的站了起来，不约而同地把手伸到腰上。

"所有人都不许动。"邢朗用脚钩着门关上，扫视了一圈，厉声道，"我找你们领头的说几句话，谁要是不知好歹跟我动手，我让你们在这条街混不下去！"

魏恒站在门口，懒懒地靠墙站着，去瞄他们腰上别着的武器。他们的腰上都配着匕首。魏恒早有耳闻，邢朗在黑白两道上都挂了名，所以他觉得这些人不敢袭警。

邢朗走近那张圆桌，一眼认出桌子上的是迷幻类和催情类的药物。他大马金刀地往凳子上一坐，顺手扫掉了一堆药片，比真正的不法分子更像不法分子，态度嚣张地问："你们虎哥在哪儿？"

话音未落，就听房间东南角的卫生间里响起抽水马桶的声音，随后一个下巴和脖子上布满痘印的男人边系皮带边往外走，亲热地道："邢队长？好久不见！怎么想起来看兄弟我了？"

邢朗用指尖按了一点药粉，在桌面上划出一道白色的痕迹，末了搓着指尖一笑："陈虎，你刚从局子里放出来没几天，就又想进去了？"

陈虎佯装一脸无辜："您在说啥啊？邢队长，这是治牛皮癣的药啊！"

这类药的成分很难分析出来，所以很难定罪。这个陈虎又是个有些手艺的人，他既然说是治牛皮癣的药，那这些药八成也能治牛皮癣。

邢朗阴沉的目光在陈虎的那张圆脸上扫过，没有跟他掰扯那些彼此心知肚明的废话，道："问你个事。"

陈虎："您随便问，我就是您的十万个为什么。"

邢朗："你手里有没有氰化物？"

陈虎做出一脸苦相："没有，我不害人，就倒腾这些小玩意儿。"

邢朗也不逼问他，只起身到卫生间里接了一盆水，把水盆放在桌子底下，然后又坐回凳子上，伸长胳膊挡在了一堆药粉前，笑道："你什么时候想起来了，再告诉我。"说完，他胳膊一扫，一堆药粉从桌子上掉进水盆里，转眼就溶化了。

陈虎的嘴角一抽，眼睁睁地瞅着一堆人民币泡了水。

在邢朗把手伸向另一堆药片时，陈虎忙道："我想起来了！"

邢朗掸了掸沾到袖子上的粉末，笑道："翻到页数了？我的十万个为什么。"

陈虎道："哥哥，咱不骗你，我真不做那生意。"眼见邢朗又要去扫另一堆药片，陈虎连忙补上后半句，"但是我知道谁在卖。"

邢朗："谁？"

陈虎："一个叫冯光的，这小子以前贩过毒，现在卖毒药，干的都是没命的勾当。咱们芜津市，从曙光街到火车站西街，都是他的地盘。"

旁观许久的魏恒抓到一个关键词，向前走了两步，问："你能联系到他吗？"

陈虎看看他，又看向邢朗："这位是？"

邢朗笑："你不是十万个为什么吗？问你就答。"

陈虎懂了，对魏恒说："能是能，但是这小子的警惕性很强，我只能帮你们把他约到这附近。"

邢朗"啧"了一声："我们也没打算让你把他约到公安局。"

陈虎"嘿嘿"笑了一声，掏出手机帮他们"钓鱼"，末了又道："他通常骑个红色摩托车，戴蓝色头盔，个子不高，脸上有块疤痢。你们到音速酒吧的后门等吧，我们通常都在那儿碰头。"

第三章·酒吧

出了"电子一条街",邢朗和魏恒又回到音速酒吧,绕到后门躲进一条巷子。巷子里窄,为了全面监视后门两个方向,邢朗和魏恒靠墙站着,不得已和对方面对面。

邢朗拿出烟盒,抽出两根烟,抬手扔给魏恒一根。魏恒接住,拿在手里没有抽。邢朗点着火,叼着烟,又拢着火苗递向他。魏恒摆摆手拒绝了。

邢朗揣起打火机:"怎么了?昨天我见你在走廊里抽过烟。"

魏恒闭了闭眼睛,道:"有点头晕,犯恶心。"

邢朗瞟了一眼他拄在身前的雨伞:"你这又是什么毛病?"

魏恒"唰"的一下睁开眼睛,漆黑的眼睛里闪着一层明晃晃的冷光,道:"低血糖的毛病。"

邢朗倒是习惯了魏恒这极其不友好的眼神,满不在乎地笑了笑,然后拉开外套,在外套的内衬口袋里摸索着什么。

魏恒冷眼看着邢朗在口袋里摸了一会儿,见邢朗摸出一个铁皮盒,就是上次开会时被他拿在手里转着玩的那个。盒子又薄又小,只有半个手掌大。

邢朗把铁皮盒递到魏恒面前,魏恒接过来,才发现原来是一盒薄荷糖。

邢朗道:"你拿着吧,吃一颗。"

魏恒看看糖盒,又看看邢朗,打开盖子拿了一颗薄荷糖放进嘴里,问:"你怎么随身带着这个?"

邢朗往墙上一靠,吐出一口白烟,道:"戒烟。"

魏恒抬头看邢朗,绷着唇角有点想笑。随身携带烟盒和戒烟糖,这人到底是想用什么戒了什么?

邢朗叼着烟,掸掉落在外套上的烟灰:"我们家老太太怕我抽烟抽得短命,非让我戒,我就带一盒戒烟糖糊弄她。"

魏恒没说什么,合上盖子,把糖盒递给他。

邢朗道:"你拿着吧,这边还有的忙。"

巷子外忽然传来摩托车的引擎声,并且越来越近,魏恒察觉到引擎声从对面逼近,于是上前一步转身站到邢朗旁边,很快看到一辆红色的摩托车从巷子口闪过,随后停在了酒吧后门。

邢朗掐了烟往地上一扔,留给魏恒一句:"你别动。"然后悄无声息地走出巷子,朝骑在摩托车上正在打电话的男人走了过去。

魏恒听着邢朗逐渐远去的脚步声,心说没想到邢朗的眼神一向毒辣,竟然看不出来动手也是他的强项。看来伪装是有用的,邢朗已经把他当成了一个头脑发达、四肢简单的书生。在邢朗面前暴露得越少对他来说越安全,所以魏恒很乐意

041

被他误会，他站在巷子里不动，又打开糖盒，拿了两颗薄荷糖出来。

魏恒刚把薄荷糖放进嘴里，就听到巷子外响起急促的摩托车引擎声，只响了一声就灭了，紧接着传来摩托车被踹倒的撞击声和一个男人骂骂咧咧的声音。

等到外边差不多安静下来了，魏恒才揣起糖盒走出巷子。

戴着头盔的男人被铐住双手，狼狈地躺在地上，沾了满身的泥水。邢朗蹲在倒在地上的摩托车后座旁，熟门熟路地揭开座椅，拿出了几瓶装在黑色塑料袋里的药。

男人喊："你要抓我，总得给个理由吧！"

邢朗拿着袋子在他的面前晃了一下："这就是理由。"

那个人冷笑道："看清楚啊！警官，这只是捕狗药。"

邢朗也回应他一个冷笑："这是什么药，轮不到你做主。等进了局子，我说是什么药就是什么药。"

那个人一愣，被邢朗酷似黑警的架势唬住了，再不敢说话。

"魏老师你看着他，我去开车。"邢朗说完就直接从酒吧后门抄了个近路。

魏恒没有搭理他，因为他察觉到躺在地上的男人正盯着自己。他低下头，对上男人那双惊疑不定的眼睛。

那个人紧盯着魏恒，似乎在脑海中搜寻魏恒那张脸……忽然，他像想起了什么似的，整张脸瞬间白透，眼神空洞又僵直，像极了死人。

魏恒低着头和他僵滞的双眼对视了片刻，忽然挑起唇角笑了笑，问道："你就是冯光？"

从魏恒的嘴里听到自己的名字，冯光浑身狠狠地哆嗦了一下，恨不得把头埋进泥水里躲避他的目光。

魏恒的眼神越来越平静，越来越冷……忽然，他抬起雨伞，用伞尖轻轻地抵在冯光的肚子上，轻声道："我没见过你，你也没见过我。在道上混那么久，你应该知道什么话可以说，什么话——"说着，魏恒忽然用力，抵在冯光肚子上的伞尖似乎变成了一把利刃，即将穿透他的皮肉，他冷冷地道，"应该烂在肚子里。"

很快，邢朗把车开到后门，提着冯光的领子把他塞到车的后座上，他没注意到冯光陡然大变的脸色，只对魏恒说："走了。"

仿佛什么都没发生过似的，魏恒上车坐在副驾驶的位子，刚系上安全带，手机就响了，显示的是陌生号码。

电话一接通，魏恒就听到一个年轻的男性的声音着急地问："师父，你在哪儿？赶快到杏园路花城小区来吧。"

魏恒皱起眉头，又看了一眼通话界面，问："你找谁？"

第三章·酒吧

徐天良："你不是魏老师吗？我找魏恒，魏老师。"

魏恒："……你为什么有我的号码？"

徐天良："是邢队给我的，他让我有事直接跟你联系。"

魏恒转头看了一眼站在车外也在打电话的邢朗，心想他还真是不拿自己当外人，问道："花城小区怎么了？"

徐天良急道："发生大案啦！一家三口被灭门！"

第四章
曙光街

　　陆明宇蹲在一只黑色的垃圾袋前，打开袋口往里看，看到一张死不瞑目的、染着血、青乌的脸。

　　垃圾车司机早被吓坏了，蹲在一旁，捂着胃部不停地干呕着，一双腿也打着哆嗦。

　　陆明宇系上袋口，让勘查组的刑警把尸体带走装车，然后给秦放打了个电话："秦主任，发现一具尸体，我让小唐给你送回去……嗯，完整的。那个部位是当然不在了……我，我说的完整，是除了那儿以外，其他部位都完整。"

　　秦放拖着懒散的调子，说出口的尽是些气人的话："你们谁把那个戴着头盔的小子弄回来的？弄回来又不审，人家吵着要见律师呢。"

　　陆明宇道："可能是邢队吧？我也不知道那个人犯了什么事，我现在给邢队打个电话问问。"

　　秦放："不用打，他和魏恒去花城小区了。得了，你先把东西给我送过来。"

　　陆明宇发觉秦放说出魏恒的名字的时候，低低地"哼"了一声，嚣张又暴躁的气焰顿时下去了几分，像一条被人狠狠地揭了一拳的恶犬，臊眉耷眼地哼唧着。

　　挂了电话，陆明宇抓住双腿绵软的垃圾车司机的肩膀，把他带到垃圾场边上，味道不那么冲。司机不用他问，率先道："警察同志，你们可得查清楚啊，我真不知道那些，那些，呕……"

　　陆明宇先递给司机几张纸巾，才道："别紧张，就问你几个问题。你管哪条线？"

　　司机吐够了，脸色蜡黄地捂着肚子又蹲了下来，有气无力地道："从曙光街小广场中转站到火车站西街，都归我管。"

　　这条线路恰好卡在魏恒给出的范围当中。

　　陆明宇又问："晚上你把车停在哪儿？"

　　"以前都在小区外路边随便找个车少的地方停，后来附近的居民投诉多了，才停在小广场中转站。"

　　陆明宇："说清楚，哪几天？"

司机想了想："也就……也就半个多月前吧。"

陆明宇又把他提起来，走向路边的一辆警车。

司机被吓了一跳，叫嚷着："你们抓我干什么呀？我……我……我真没杀人！"

陆明宇任他叫喊，稍稍提高嗓门，耐心地解释道："不抓你，只是让你把你的运输线路勾出来。"说着拉开警车后门，把一张地图铺在后座上，递给他一支笔，"麻烦你了，师傅。"

司机见陆明宇态度好，不是凶神恶煞的人，心里稍安，他握住笔，低头细看地图上前一天被魏恒圈出来的两片区域，道："跟你们画出来的差不多。"说着，对原来的范围再次精简，范围从两片椭圆缩成两条"折线"。

陆明宇把地图收起来，道："还得麻烦你跟我们回去做个笔录。"

态度良好的执法人员让司机眼不花了、头不晕了、胃里也不犯恶心了，一抬腿爽快地上车了。陆明宇手扶着车顶笑了笑，道："坐后面那辆车吧，我的同事带你回公安局。"

陆明宇单独驱车离开，在车上给沈青岚打了个电话，简单地讲述了一下垃圾场的情况，然后问她现在的位置。

沈青岚站在街道上，看了一圈周围的建筑，发现自己已经偏离目标点挺远了，到了一条她叫不出名字的街上，而小组的其他人早已经散开了，于是她挂了电话，给陆明宇发了个位置过去。

十几分钟后，陆明宇到了目的地，大老远地就看到沈青岚站在一家饭馆门口打电话。他把车停在路边，放下车窗，按了一下喇叭，随后沈青岚挂掉电话，一路涉水朝他小跑过来。

上车前，沈青岚用力跺了跺脚，甩掉粘在鞋底的泥后，才坐在副驾驶的位子上。她系上安全带，把长腿一叠，抽了几张纸巾擦着靴子上的泥水道："我刚才把西街走了一遍，那种职业的人员还算固定，每天都向皮条客报到，不能单独拉活。如果来了一两个新人，她们都知道。"

陆明宇发动车子往曙光街小广场开去："咱们的目标不在那些女人当中？"

"应该不在，魏恒不也说了吗？她很聪明，特意制造目击者的蠢事她不会干。"说着，沈青岚的唇角一勾，似笑非笑，"其实越势单力薄、越弱小的人群，越懂得抱团生存，这就是边缘人群的生存法则。"

十几分钟后，陆明宇把车停在曙光街小广场，然后把地图拍照发给正在排查街道的刑警，拿起步话机下车了。他和沈青岚两个人率先找到了司机说的昨晚停靠车辆的垃圾中转站。小广场靠着一片正在建的商品楼，这商品楼建了大半年也只建了个雏形，这两天又因为下雨耽搁了进度，堆放在地面上的大批钢材和混凝土被雨淋了透，铁锈和泥水铺了一路，道路尤其泥泞难走。

高层商品楼中间有几排低矮的店铺，铺面大多已经竣工，此时成了工人的临时宿舍。从头到尾仅几百米的路边，全都是因为雨天不能干活，窝在宿舍里喝酒、打牌、聊天和睡觉的工人。

沈青岚和陆明宇带着一身和这个地方格格不入的气场闯入这片混乱的地带，所经之处总会看到两边目光麻木又冷漠的工人，有些胆子大的人会对沈青岚吹一声口哨，随后又被工友们的笑声淹没。

沈青岚挑选地面干净的地方落脚，没理会两旁的人群和那些不带恶意的口哨，她问陆明宇："你觉得凶手会把受害者带到这里吗？"她觉得陆明宇选择从垃圾车的停靠站开始排查，一定不是没有理由的。

陆明宇见地面湿滑，于是虚托着她的手肘，预备随时扶她一把，盯着她的脚下说："我观察过运送尸体的垃圾车，尸块被垃圾埋在下面，说明很早就被装上车。而和尸块混合在一起，也就是装载顺序最近的，是一家叫蜀香阁的饭店里的垃圾。蜀香阁在广场东面和西面各有两家店，咱们从西边这家开始找，一路找过去就是蜀香阁的另一家分店。"

沈青岚："你觉得凶手把装尸体的垃圾袋混在餐饮垃圾里？"

"很有可能，餐饮垃圾本来就量大，剩菜剩饭发酵发臭，很容易把尸体的臭味掩盖过去。"

前面横着几根从建材堆上滚落下来的钢管，陆明宇扶着沈青岚的胳膊绕了过去，沈青岚对他这体贴的举动丝毫没有表示，一副已经习惯了的样子。

陆明宇也丝毫不占她便宜，绕开钢管后就松开了她的胳膊。

沈青岚扯了扯袖口又问："你看这里的人，也有需求。凶手何至于大费周章地从火车站挑选受害者？"

陆明宇看了一眼两旁的工人宿舍，道："因为这些工人在这里有朋友、有亲人，而且人多嘴杂，不免会产生目击者。一个群体的感染性很强，他们几乎没有秘密，事事共享，这样的群体对一个暗中杀人的凶手来说具有很大的风险。所以我们也不用问他们有没有见到可疑的女人了，凶手一定会躲着他们。"

沈青岚极轻地"哼"了一声，道："还挺聪明。"

蜀香阁算是方圆十几公里内最大的饭店，但是前来消费的都是低消费人群，他们是周围住着的等待拆迁的、潜在的"百万富翁"。这里的住宅区很老旧，最年轻的楼也建在十几年前，而且格局很乱，小巷曲折蜿蜒，四通八达，很多店铺和出租屋都建在路边，是违章建筑的天堂。

有地的那一批人为了以后能多得点拆迁款，未雨绸缪，拼命盖房，违章建筑

第四章·曙光街

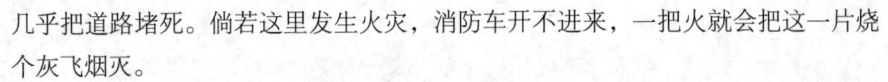

几乎把道路堵死。倘若这里发生火灾，消防车开不进来，一把火就会把这一片烧个灰飞烟灭。

秦放很快复原了尸体的面貌，查到了死者的身份，并且把死者的身份信息和照片发到了行动队警察的手机上。

沈青岚和陆明宇拿着手机，让街面上的每一个人辨认，问他们是否见过昨晚的受害者，有没有符合魏恒猜想的年轻女子来这里租房子。他们挨家挨户地走访，谁都没有注意到天上的阴云渐渐散了，太阳慢慢冲破厚重的云层，微弱的阳光像缭绕着一层湿热的雾气。

沈青岚蹲在一家商店的门口，举着手机让坐在门口的老太太辨认受害者的脸。

陆明宇顺手从架子上拿了两瓶饮料，付了钱，拧开一瓶，轻轻地碰了碰沈青岚的胳膊，低声道："停在前面巷子口的那辆白色轿车，你有没有注意到它是什么时候停在那里的？"

沈青岚稍一定神，接过饮料，往几十米之外的巷口瞅了一眼，果然看到了一辆露着车头的白色轿车，但只看得到侧面，看不到车牌号。

经陆明宇一提醒，沈青岚才想起他们刚才经过小广场的时候，广场的停车场里好像就停着一辆白色轿车。她下车时还朝着那辆车看了一眼，因为那辆车虽然在停车位上，却没有熄火，而巷口的那辆白色轿车的底盘下浮着一层极淡的烟雾，像是也没有熄火。

白色轿车停住不动，那面贴着防窥膜的漆黑的车窗里，或许也有一双眼睛同样在注视着他们……

沈青岚喝了一口饮料，淡淡地道："好像在跟着我们，你去看看。"

陆明宇点点头，直接穿过商店，从商店的后门往巷口抄过去。

为了不让巷口的白色轿车的司机察觉到他们少了一个人，沈青岚继续待在商店里，边用余光盯着白色轿车，边和老太太闲聊。

很快，她看到白色轿车的车头往前移动了几厘米，然而陆明宇才刚走出商店后门。来不及等陆明宇从后方突袭了，沈青岚果断地大步走出商店，双眼盯紧了那辆车，朝巷口快步走去。白色轿车的逃离之意很明显，在沈青岚走近后立刻加速驶过巷口。

沈青岚拔腿就追，脚下踩过一片片积水和泥洼。

其实用两条腿追上车不现实，沈青岚只是想在白色轿车钻入横七竖八的街道之前记下它的车牌号，然而她失败了，因为她跑了没几步，一条横切的巷子里忽然开出来一辆电动车。

电动车的速度不快，但沈青岚的速度很快，她来不及减速就和电动车撞在了一起。

"扑通"一声,电动车摔进泥里,滚下来一个瘦骨嶙峋的中年妇女。

"哎哟!"女人躺在地上哀号。

沈青岚崴了脚踝。她忍痛站起来,扶了女人一下,又想去追那辆白色轿车。

"小姑娘,你不能走啊!"女人一下子拽住她的胳膊,坐在地上,用双腿盘住她的一只脚,"你忽然跑出来把我撞倒,不想赔钱,也不能跑啊!"

沈青岚看着白色轿车消失在巷口,焦急地道:"大姐,我待会儿就回来。"

女人:"不可能,你跑了就没影了。"

然而此时,不知道开往哪个方向的车辆的引擎声彻底消失了。

沈青岚气馁地皱紧眉头,把看起来浑身没有二两肉,瘦骨嶙峋的女人扶了起来。

"我赔你修车钱。"不用女人开口要,沈青岚已经打开了钱包,把薄薄的一小摞钞票全都拿出来递给她,"够不够?"

女人倒还实在,只抽了两三张,道:"我不讹你的,以后千万小心一点。"说完推着电动车就要走,单薄、瘦小的身板像是随时会被身旁的电动车再次压倒似的。

"大姐,等一下。"沈青岚忽然叫住她,一瘸一拐地走到她的面前,先是向她道歉,然后问道,"您住在这里吗?"

女人:"是啊。"

沈青岚一摸兜,发现手机不见了,一回头,看见手机躺在刚才发生车祸的地方,已经沾了泥。她连忙折回去捡起手机,看到手机的屏幕还亮着,应该是刚才给商店里的老太太看完照片后忘了关闭屏幕。

她找出死者的生前照片,举到女人的面前:"这个人,昨天晚上八点钟左右,您见过他吗?"

女人仔细看了两眼,犹豫着道:"有点眼熟,好像见过。"

沈青岚忙问:"在哪里?"

女人抬手指了指小广场东面:"在蜀香阁大饭店后门,昨天晚上我下班打那路过,过马路的时候因为雨大,路又滑,差点和一辆车撞上。"

沈青岚问:"是一辆白色的轿车吗?"

女人:"是。"

沈青岚:"您继续说。"

女人道:"我的车倒了,一个姑娘和一个小伙子下车把我扶起来,那个小伙子好像就是你刚才给我看的这个人。"

第四章·曙光街

沈青岚追问："您看清楚那个女人的脸了吗？"

女人："没有，雨太大了，天又黑，路灯都被淋坏了。"

沈青岚又问她具体是哪条街，得到答案后就让那女人走了。

沈青岚正要给陆明宇打电话，就见陆明宇从白色轿车消失的巷口朝她走过来，像刚从泥塘里蹚出来似的，裤脚和鞋子糊着一层泥。

沈青岚问："看到车牌号了吗？"

陆明宇拨拨头发，懊恼地道："没有，被她跑了，回去查录像。"

沈青岚甩甩手机，笑道："我刚才找到了一个目击者。"

陆明宇忙问："有线索了吗？"

沈青岚道："咱们的方向反了，凶手应该把受害人带到了广场东面蜀香阁分店的后门附近。"

他们现在在小广场的西面，方向彻底反了。陆明宇立即用步话机通知各组外勤悉数赶去小广场东面的蜀香阁附近排查。

陆明宇见她踮着左脚不敢着地，问："你的脚怎么了？"

沈青岚满不在乎地道："崴了一下，你把车开过来先送我回单位。刚才邢队给我打电话，他弄回去一个中间人，让我回去审一审。"

天色难得地放晴了，秦放搬了把椅子坐在走廊窗前那一小片稀薄的阳光下晒太阳，边嗑瓜子边研究摊在腿上的一份报告，听到有人踩着楼梯上来，扭头一看，是陆明宇和沈青岚。

"那小子是谁弄来的？弄过来不审，也不放，留在这儿当吉祥物？"秦放往搁在脚边的垃圾桶里吐了一口瓜子皮，冷笑道，"有脑子没脑子啊！进了公安局还咋呼着叫人来劫狱，骂邢朗是黑警，骂我是黑心医生。邢朗是不是黑警跟我是不是黑心医生有什么关系啊！凭什么他是黑警，我就得是黑心医生？神经病！"

秦放一口一个黑警，听得陆明宇额头直冒汗，心道就算邢朗不是黑警，被他这么嚷嚷两句，嫌疑也已经落下了。

沈青岚倒是丝毫不怵，还能跟秦放聊两句："你们俩是兄弟，邢队如果黑了，你也白不了。"

秦放撇撇嘴。

陆明宇问道："人在哪儿？"

秦放朝楼上看了一眼："审讯室，刚才还喊着叫着要出去请律师呢。当自己是来旅游的，还是公安局开在他们家后院？早晚儿挖出他做的那些破事，让法律制裁他。"

沈青岚哈哈一笑，然后由陆明宇搀扶着上楼了。稍微准备后，她踮着脚来到审讯室的门外，抱着胳膊从门上的窗口往里看了一眼。一个戴着头盔，脸上有一块类似灼烧痕迹的年轻男人正坐在审讯椅上抖腿，态度又横又冲，俨然没把警察局和警察放在眼里。

手机忽然响了，沈青岚边观察里面的那个刺头边接通："喂？"

邢朗对她说："那小子的嘴难撬得很，吓唬吓唬他。"

沈青岚看着里面的男人，薄薄的嘴唇冷冰冰地吐出两个字："明白。"

第五章
花城小区

　　花城小区发生灭门惨案，邢朗和魏恒一刻都不敢耽搁，和红绿灯争分夺秒，用最短的时间赶了过去。到了地方，稍微一了解情况，邢朗气得抬手往徐天良的后脑勺上扇了一巴掌，骂道："你管这叫灭门？你上了十几年学只修了小学语文一门课？一家四口死了三口，还有一个被你灭了？想知道什么是灭门就去翻一翻六年前的'银江6·29灭门案'和'芜津7·13灭门案'，不认识的字让档案室的小赵给你标上拼音！"

　　眼见邢朗抬腿要踹自己，徐天良连忙躲在魏恒身后，哭丧着脸可怜兮兮地说："我错了，队长，我以为他们家没人了。"

　　邢朗伸出食指在徐天良的额头上狠狠地点了一下："你要是再乱说话，我让你当着我的面生啃一本《新华字典》！"

　　邢朗气愤难平，光骂人还不解气，骂完还要踹他，被徐天良一个蛇形走位躲开了。邢朗恶狠狠地瞪了徐天良一眼，率先跑进了单元楼。

　　徐天良揉揉后脑勺，抬脚跟上邢朗，走了两步，见魏恒还在原地站着，不知道在发什么呆，便道："我们进去吧！师父，待会儿邢队又该骂人了。"

　　魏恒看了徐天良一眼，往单元楼走去，上楼的途中，魏恒问："邢队长为什么忽然发这么大的脾气？"

　　徐天良道："哦，可能是因为我把今天的这个案子当成了又一桩灭门案。"

　　魏恒："又？"

　　徐天良避着煞神般，小心地往楼上看了一眼，没看见邢朗，才道："刚才邢队说的'银江6·29灭门案'和咱们这儿的'芜津7·13灭门案'至今没破。芜津案压在邢队的手里，他的压力很大。"说着看向魏恒，"师父，你不就是在银江读的大学吗？六年前银江发生灭门案的时候你没听说过吗？"

　　魏恒："一点点。芜津灭门案没有线索吗？"

　　徐天良："线索倒是有，但只是谣传，没有证据。"

　　魏恒："什么谣传？"

徐天良不知不觉地放慢了爬楼梯的步子，低声道："被灭门的一家五口姓常，他们家在十几年前收养过一个孩子，叫常念。这个常念有前科，十几岁就蹲过拘留所，在道上混，和常家人的感情并不好。每次常念回家，邻居都能听到常家摔盆打碗的声音，虽然没听到过谁的哭声，但是那些邻居都知道，是养父在打常念……后来有一天，常念被打急了，跑出家门，站在门口喊要把他们全都杀死，喊得左邻右舍全都听见了，当时他好像才十五六岁。后来常念就再也没回去过。直到十年后，常家上下五口被杀，房子又被放了一把火。消防车赶到的时候，常家的五口人都被烧焦了。邻居都说是常念干的，因为他们看到常家人死的那天晚上，一个年轻的男人鬼鬼祟祟地从他们家后院翻了出来，什么东西都没拿。邢队说过，既然杀人不为劫财，那就只能是报复了。"

魏恒："既然这个常念有嫌疑，那你们为什么不找他？"

徐天良："找不到哇，这人就像人间蒸发了似的，司法系统一直查不到他的行踪。到现在系统里的照片还是他十四五岁时在少管所时拍的。岚岚姐他们说，常念可能早被道上的人弄死了。"

魏恒极慢地点了点头，又问："那银江的案子呢？"

徐天良："银江的案子我也不太清楚，毕竟不在咱们的执法范围内。前天我和邢队去银江出差，邢队还和银江市局的刑侦队长聊过'银江6·29灭门案'，据说线索也断了，不好查。"

魏恒还想再问下去，忽然听到楼上的邢朗喊道："快点，你们两个！"

前两天下暴雨，小区里许多住户的阳台被风吹垮，一名工人在整修403室的阳台时，借道402室的阳台。402室的阳台垂着一层窗帘，窗帘后面是卧室，但窗帘并没有拉得严丝合缝，站在阳台上的工人无意间瞥到了满室的鲜血……

工人赶紧报了警，勘查组很快赶到现场，有经验的刑警闻到从门缝中飘出来的刺鼻味道是尸臭，便让小区里保管备用钥匙的物业拿来钥匙打开了房门。此时他们所面对的现场，就是案发后的第一现场。

魏恒一进门，立即被尸臭味塞满了鼻腔，发现这套房子几乎变成了一间密不透风的密封室，所有的窗户都关着，还拉着窗帘，尸体腐臭的气味在空气中一层层叠加，厚重得像是在阳光暴晒下的屠宰场。

在魏恒去拉开窗帘的时候，邢朗已经把三间卧室转了一圈。魏恒打开最后一扇窗户，刚转过身，就见邢朗站在餐厅对面的一间卧室门口，脸色阴郁地道："魏老师，过来看看。"

魏恒走过去，站在邢朗的身边往卧室里看去，看到一个四五岁的小男孩躺在一张儿童床上，身体盖在被子里，头转向门口，脖子上有一道深可见骨的伤口。

魏恒喊了一声："小徐！"

徐天良立刻递给他白手套和鞋套，魏恒把雨伞递给徐天良，穿戴完毕走了进去。

徐天良抱着魏恒的伞，又从随身的挎包里拿出纸笔，亦步亦趋地跟着魏恒，站在魏恒的身旁道："师父，你发现什么了？"

魏恒并着食指和中指，按在男孩脖子的伤口上，低头观察伤口切面，道："尸僵已经完全解除，尸体再次软化，皮肤表面出现腐败泡沫，少量皮肤组织已经剥离，死亡时间已经超过十天，粗略推测是在九月二十一日夜晚至凌晨。"

徐天良："晚上？"

魏恒耐心地提点："没看到他穿着睡衣？"

魏恒掀开被子，看到床褥上一片晕染开的血迹，并且渗到了床垫下，道："这个孩子应该是在熟睡中被利器割断了脖子。伤口长五厘米，深度二至四厘米，创壁光滑，创口齐整，凶器应该是一把单刃切器。"

徐天良想了想："水果刀？"

魏恒看了他一眼："知道还不去找？"

徐天良连忙跑了出去。

邢朗随后又来到门口，敲了敲卧室的门，道："有时间听我说两句？"

魏恒："说。"

邢朗："死者是这家的父亲、女儿和儿子，三人全都死在卧室，你现在看到的是小儿子的尸体。"

魏恒看了一眼邢朗身后那扇挂着珠帘的房门，想必就是女儿的房间了，问道："妈妈呢？"

邢朗看了一眼手表："她是菜市场的一个出纳，现在还在菜市场上班，我派人去接她了，不过她说，她不知道丈夫和孩子已经死了。"

魏恒的唇角微不可察地抽动了一下，冷冷地道："她知不知情我很快就知道了。小徐，给我拿一把尺子。"

很快，小徐一手拿着一把水果刀，一手拿着尺子回来了："师父，是这把刀吗？他们家只有这把水果刀。"

魏恒看了一眼，说："装起来。"然后拿过徐天良手中的尺子，后退一步单膝点地，用尺子测量滴溅在地板上一连串椭圆形血滴中的一个，没什么感情地说，"邢队长，你挡住我的光了。"

邢朗离开门口走了进去，和魏恒蹲在一起，说："照顾照顾你的小徒弟，看看他那双渴求知识的眼睛。"

魏恒撇撇嘴，耐心地道："床边有一道血迹，是凶手杀死孩子后，手里的凶器划过一定的弧度留下的血痕，血痕的边缘处是一道接连间断的椭圆形血滴。血滴边缘对称呈毛刺状，是当人体静止或者运动速度较慢的时候才能产生的血痕形状，你可以把'人体'理解成凶手。根据这些比较规整的滴落状血痕可以判断出血点的高度，也就是凶手杀人后，手持凶器，血液从凶器落到地板的高度。"

正在女儿卧室拉线的刑警们不约而同地停下手里的活，都往他们这边看。

邢朗看着魏恒的脸，眼睛里闪着一层薄弱的暗光："怎么判断？说说你的方法。"

魏恒量完三个血滴的直径，得出均值，道："我一般直接套公式。"说着他抬头问对面房里的刑警，"血滴的角度测出来了吗？"

一个人回答他："23.8度"

魏恒从徐天良的手里拿过纸和笔，写下一组公式，把数据套进去略一计算，得出一个高度——68.43厘米。他站起身，拿着徐天良找到的水果刀，刀尖朝下，移到和地面相距68.43厘米的距离，心算了片刻，道："凶手身高一米六四左右，这家的女主人多高？"

邢朗勾起唇角，反问道："你怀疑女主人？"

魏恒瞥了他一眼："你不怀疑？"

邢朗笑："巧了，我也怀疑。待会儿回到局里就知道她多高了。"

随后邢朗走出这家小儿子的卧室，回头冲魏恒打了个响指："过来看看孩儿他爹，我的大侦探。"

魏恒没有跟邢朗走，而是先看了一眼这家女儿的死相，发现十五六岁的女儿也是以正常的睡姿躺在床上，颈部有伤，身上盖着薄被，和小男孩的死相无异，都像是在熟睡中被杀的。

魏恒到了主卧门口，发现主卧里男人的死状比两个孩子要惨烈得多，不同形状的血痕几乎布满卧室，可见男人死前有过剧烈的挣扎，甚至和凶手展开过搏斗。此时，男人以俯卧的姿势倒在地板上，头冲着门口方向。

魏恒走进去蹲在男人的身边，弯下腰看了看男人的脖子，虽然他在男人的脖子上同样找到了切割伤，但是那个刀口却不如前两道那么齐整、光滑，甚至没有一击致命，除此之外，男人的身上有多处戳刺伤和击打伤，显然男人在生前和凶手展开过抵抗。

魏恒站起身，看向同样染血的床褥，然后顺着血痕看到床头柜，发现床头柜中的一个抽屉被拉开了，里面的一些杂物上也沾着血。

邢朗靠在门框上，看着魏恒在卧室里转了一圈，道："讲个故事听听，魏老师。"

很奇怪，魏恒每次都能听懂邢朗的话背后的意思。

魏恒又蹲在男人的身旁，拉起男人的手说："这个男人应该是第一个被杀的，凶手在他的脖子上留下伤口的时候还不是很熟练，甚至有些犹豫。凶手在杀人前应该给三名死者喂了安定类的药物，比如安眠药之类的，否则他和凶手的搏斗肯定会吵醒孩子。虽然他也吃了安定类药物，但是一个壮年男性的警觉性和身体素质使他能够对药物的作用做出一定的反抗，凶手在他的脖子上割了一刀，但是他没有毙命，他爬起来想反抗，拉开床头柜应该是想拿武器。"说着，魏恒皱眉，"但是死者的手中并没有武器，也没有任何刀具的柄部留下的纹路。"

邢朗走过去蹲在魏恒的身边，看着被魏恒抓在手里的死者的右手，道："他的食指骨折了。"

魏恒点头："没错，什么样的刀具会导致食指骨折？"

邢朗："剪刀？"

魏恒沉吟片刻："虽然有点牵强，但是有可能。"

邢朗站起身，环视卧室一周，道："现在的情况很清楚了，三名被害人死在床上，被喂了安定类药物，是有预谋地杀人，从就地取材使用水果刀的杀人手法来看，嫌疑人的范围可以从熟人作案缩小到目前唯一还活着的女主人。"

魏恒疑惑地问："但是这个女人为什么不处理尸体？也不逃？"

邢朗笑了笑："这就只能让她自己告诉我们了。"

"师父，邢队，你们快过来看。"徐天良忽然喊了一声。

邢朗和魏恒走出主卧来到厨房，看到徐天良蹲在厨房的垃圾桶前，垃圾桶边放着几个垃圾袋，里面装着大量的已经变质的饭菜。有饭菜并不稀奇，稀奇的是，垃圾袋里的并不是残羹剩饭，而像是从还未动筷子的餐盘中直接倒入垃圾袋里的食物，垃圾袋里面甚至有一条完整的红烧鱼和一些红色的红烧排骨。徐天良回头看着魏恒问："餐厅里也摆着一桌饭，会是谁做的？"

魏恒看着那些散发着变质味道的饭菜，目光不停地闪动……忽然，他起身走出厨房站在餐厅，看到餐桌上摆着包子、稀饭等早餐，而且摆着四副碗筷，俨然是一家四口的早餐，而且食材很新鲜，明显是早上刚出锅的。

魏恒愣了一下，像躲着谁似的往后退了两步，丝毫没有察觉到自己已经退到了邢朗身前，便被邢朗箍住了肩膀。

邢朗见魏恒的脸色忽然变得煞白，白得有些吓人，关切地问道："你怎么了？低血糖又犯了？"

魏恒好像听不见邢朗说话，他双眼发直地看着这套弥漫着腐烂的饭菜气味和腐烂的尸体气味的房子，看到一个浑身是血的女人提着一把水果刀从最后一个死去的小儿子的房间里出来，她站在小儿子的房间门口发了一会儿呆，顺着刀尖淌下来的血滴在地板上，滴滴答答的，像是忘关的水龙头……

女人把刀洗净放回厨房，然后进入浴室洗掉身上的血迹，换了一身干净的衣服。在一片死寂中，她关上三扇卧室的房门，开始打扫客厅里不小心留下的血迹。楼道里不时传来邻居们上楼、下楼的声音和几个调皮的孩子奔跑、打闹的笑声。她不时就会停下手中被鲜血染得通红的拖把，听一听门外的动静，然后露出一抹温柔又平和的笑容……

当把房间打扫干净以后，她躺在沙发上安详地睡了一觉。第二天，她照常做好早餐，把早餐摆上桌，依次敲响丈夫、女儿和儿子的房门，叫他们起床吃早餐。然后她一个人坐在餐厅吃完早餐，出门上班。 中午，她回到家，把剩下的早餐倒进垃圾桶，做了一顿丰盛的午餐，再次敲响丈夫、女儿和儿子的房门，叫他们出来吃午餐……她自导自演的情景剧日复一日地上演，今天已经是第十一天。

魏恒用低不可闻、喃喃自语般的声音道："是她。"

魏恒在那一瞬间，如同被一只大手硬生生地从原有的时空中一把抓起，扔到一条冰冷、湍急的河流之中，随着哗啦啦的水声，往深不见底的地下暗流中疾驰。

邢朗抓住魏恒的肩膀，看着他如被霜打般的侧脸问："你说什么？"

魏恒又低声说了一句话，邢朗依旧没有听清，或许魏恒只是光动嘴而已，并没有发出声音。

邢朗皱着眉问："你的脸色怎么这么难看？"

魏恒蓦然紧握着拳头，咬牙切齿地道："我说别碰我！"

魏恒忽然横起左肘，用力转身，挣脱邢朗抓在他肩上的双手。他细长的眼睛里布满冷冷的凶光和敌意，惨白的嘴唇还在不停地颤抖着。

像是预料到了魏恒会忽然动粗，邢朗早在魏恒转身的同时就松开了他的肩膀，举起双手往后退了一步，但是魏恒的速度太快，力道太猛，他被魏恒的手肘撞到胸口，来自成年男性的巨大撞击让邢朗往后退了一步。

邢朗沉默地看着魏恒那张几乎可以用"杀气腾腾"四个字形容的脸，有一瞬间模糊了眼前人的身份。这种神态，邢朗只在被警察包围、手持枪械在绝境中和警察殊死一搏的罪犯的脸上看到过。被包围的罪犯感到既恐惧又愤怒，既绝望又心存希望，他们很清楚，等待他们的命运不是击毙警察，就是被警察击毙，所以他们丧心病狂地大开杀戒，想要为自己赢得一线生机。而此刻魏恒脸上的表情，竟然和那些走投无路的犯罪分子如出一辙……

徐天良和房子里的所有刑警都被他们之间突如其来的冲突弄傻了，身为当事人的邢朗却很镇定。

邢朗冷冷地道："傻愣着干吗？都完事了？"他冷冷地看着魏恒，却在对勘查组的刑警发问。

几个刑警零零星星地应了他一声。

邢朗："收队！"

回公安局的途中，魏恒有意躲着邢朗，坐在了勘查组的警车上，望着窗外的街景一路无话，经过二十多分钟的路程，他脸上的"冰霜"才稍有缓解。

到了公安局大院，徐天良从邢朗的车上下来，跑到魏恒的身边，小心翼翼地观察他的脸色："师父，你……你没事吧？"

魏恒道："没事，邢队长跟你说什么了吗？"

事后，魏恒感到有些懊恼，他不愿意和邢朗把关系闹得太僵，这样对自己有害无益。

徐天良配合着魏恒的步伐，慢慢地拾级而上，道："刚才在车上吗？邢队什么都没说，但是他的脸色太吓人了，我也没敢和他说话。"

魏恒不再说什么，低着头一路保持沉默，走进办公楼。

到了四楼，魏恒刚转过楼梯口，就看到沈青岚和邢朗站在审讯室的门口说话。邢朗靠着墙，正在燃烧的香烟被他夹在手上，一边低头翻着一份笔录，一边和沈青岚说些什么。

沈青岚眼角的余光看到魏恒站在楼梯口看着他们，便向魏恒招了招手，魏恒会意，拄着雨伞走过去："怎么了？"

沈青岚微笑着道："找到线索了。"

魏恒瞟了邢朗一眼，见他只顾低头看笔录，不搭理自己，便问："分尸案？"

沈青岚点点头，往审讯室的房门看了一眼，道："你们送回来的这个卖药的，在一个月前，八月二十三号卖出了两瓶氰化氢溶液。买方的交易方式很谨慎，让他把药放在鑫诚旅馆的613号房间，房间的电视后面藏着现金，他们也是用鑫诚旅馆里的座机联系的。"

魏恒想了想："那接下来只要查一查鑫诚旅馆的登记表，确认在八月二十二号和二十三号入住613号房间的客人是谁，基本就可以锁定目标了。"

沈青岚："八月二十二号？"

魏恒点点头："买主很有可能提前一天把钱放在房间里。"他回头看了一眼身后空荡荡的走廊，"陆警官去旅馆了？"

沈青岚："嗯，和你们前后脚。"

魏恒："那我也……"

魏恒的话还没说完，忽然听到邢朗慢悠悠地开口打断了魏恒："大陆那边暂时用不着你，你留在这儿。"

魏恒瞟了邢朗一眼，随后把脸转到一边，没说话。

审讯室里有人在叫，魏恒听了两句就知道是冯光在嚷，嚷着让警察放他出去，就算要拘留他，也得让他请律师。

邢朗被冯光的鬼哭狼嚎弄得更加烦躁，一把推开审讯室的门，将正在燃烧的烟头朝冯光的脸扔了过去，冷冷地道："喊什么喊！你有日子出不去，等我忙完了跟你好好聊聊。"随即"砰"的一声摔上审讯室的门，风风火火地转身下楼。

魏恒站在原地叹了一口气，十分认命地抬脚跟上邢朗。

沈青岚忽然把魏恒拦住，低声问："他怎么了？"

魏恒自然知道沈青岚问的是邪火缠身的邢朗，撇了撇嘴，道："被狗咬了。"

女主人叫祝玲，三十二岁，已经是一个十五岁女孩和一个五岁男孩的母亲，与丈夫蒋志涛结婚十几年。邢朗没想到她会这么年轻，按照她两个孩子的年纪推算，大女儿今年十五岁，她生第一个孩子的时候还不到十八岁。祝玲在菜市场上班，衣着朴素，干净整洁，但衣服和皮肤上都带着一股挥之不去的海鲜腥味。她一头乌黑的长发束在颈后，梳得整整齐齐的。岁月厚待美人，就算她的眼角和脸颊零星地分布着几条皱纹，也丝毫不显苍老，反而有一种超越了文化、阶级的优雅与睿智。她不哭不笑，安安静静地坐在那里，只看一眼，就很容易对她产生好感。

"真是对不起。"祝玲率先开口了，微笑着道，"我身上的气味很难闻吧？请见谅。我离开菜市场的时候已经喷过香水了，但还是遮不住这股味道。"说着，她低头闻了闻自己的衣领，无奈地摇了摇头。

邢朗还是头一次遇到像她这样的审讯对象，他坐在桌子后面盯着祝玲看了一会儿，才道："没关系，喝水吗？"

"不喝了，谢谢。"祝玲十分矜持，有礼貌，"警察同志，能不能快一点呢？我的孩子快放学了，我还得赶回去给他们做饭。"

邢朗皱起了眉头，若换作其他人说这种装疯卖傻的话，他一定认为对方是在做徒劳的挣扎和狡辩。但是眼前的这个女人，她言辞恳切、目光温柔，眼神中流露着一丝焦急，捂着左手手腕上一个儿童用的廉价的电子表，好像在看时间。

这个女人真诚的目光可以轻而易举地取得任何人的信任，除了邢朗。邢朗把一摞照片放在桌面上，然后推到她的面前，看着她的脸问道："这是你的丈夫和孩子吗？"

祝玲看着一张张血淋淋的尸体的照片，愣了一下，她看着这些照片，好像在和脑海中的记忆进行比对。大约一分钟后，她抬起头看着邢朗说："是啊。"

邢朗道:"今天早上,我们在你的家里发现了他们的尸体。"

"尸体?"祝玲微微歪着脑袋,似乎不理解这个词语,又低头看了一会儿照片,随后看着邢朗,"没错,他们都变成尸体了。"

邢朗不知道祝玲是不是在装疯卖傻,如果是的话,那这个祝玲就是一个十分虚伪的女人。

配合着祝玲的语言风格,邢朗问道:"他们为什么会变成尸体?"

祝玲轻轻一笑:"因为我把他们杀了。"明明是一句令人后背发冷的话,从她的口中说出却有一种又宁静又温柔的美感。

虽然从祝玲的嘴里得到了供述,审讯的目的已经达到,祝玲也将因为这句话而被法庭起诉,但是邢朗却没有就此停止。他看着祝玲,就像在看着一团不断变换的、人形的迷雾。祝玲被迷雾吞噬,变成了迷雾的一部分,只剩下一捧轻飘飘的灵魂,晾晒在阳光下。

人的躯壳装载灵魂,人们往往试图通过各种各样的伪装,以掩藏自己的灵魂,无论是丑的还是美的,人们都不愿意把自己的灵魂展示出来。但是祝玲却没有这样一层虚伪的面具,她哭,她笑,都基于她内心真实的情感,而这样一个真诚而且单纯的人,却是一名最温柔、最残忍的杀人犯。

邢朗看着祝玲,试图用双眼捕捉飘浮在她身体之外的那层轻盈的、灵动的,可以称之为灵魂的东西:"你为什么杀死你的丈夫和孩子?"

祝玲微笑着,缓缓地摇着头,道:"我没有杀死他们。"

忽然之间,邢朗好像明白了什么,深邃的眼睛里出现一丝光亮,道:"但是你把他们杀了。"

祝玲笑着道:"是的,我把他们杀了。"

说着,祝玲忽然垂下眼睛沉默了片刻,问:"你刚才说,他们死了吗?"

邢朗:"没错,他们死了。你把你的丈夫和两个孩子变成了三具尸体。"

祝玲看着他愣了一会儿,然后极慢地点了点头。几秒钟后,掉了一滴眼泪。她被自己的眼泪吓了一跳,用袖口擦掉眼泪,羞涩地低下头笑了笑。余光中,她看到手腕上的手表,又恳切地问道:"我能走了吗?我的孩子放学了,我要回去给他们做午饭。"

邢朗道:"我已经派人去接你的孩子了,他们会带你的孩子去吃午饭。现在不要担心孩子,我们来聊聊。"

祝玲好像安心了,轻轻地吐出一口气,放松身体,稳稳地坐在椅子上:"你想跟我聊什么?"

邢朗:"就聊聊,你为什么要杀你的丈夫和孩子?"

祝玲不假思索地、轻快地回答："我必须杀了他们，不然——"

邢朗本以为她会说"不然他就会杀了我"，不料她说的是："不然我就会杀了我自己。"

祝玲说出这句话时，眼神忽然涣散了，不知道想到了什么，脸上的表情呆呆的，眼角再次凝结了一滴泪，讷讷地道："就像，那个女人一样。"

邢朗盯着她："哪个女人？"

祝玲忽然低下头，在眼泪流出来之前擦掉："很久之前的事了，久得我都记不清了。"

邢朗没有过度追究，又把话题移到正轨："你为什么必须杀了他们？"

祝玲缓缓皱起眉头，一副不愿意开口的样子。

邢朗口气强硬："你必须告诉我，否则你出不了公安局，也见不到你的孩子。"

祝玲看了看身处的审讯室和坐在对面的警察，最终选择屈服："好吧！那我告诉你。"

祝玲继续说道："我很小的时候就跟着蒋志涛了，那时我才十六岁。当时我的家里只剩下我和滥赌的父亲，父亲死后，我就跟他走了，他说会好好照顾我，我就死心塌地地跟着他，然后就给他生了孩子，是个女孩，他说他还想要个男孩，所以我又生了一个。他对我挺好的，菜市场里的很多女人都说他们的男人打老婆，蒋志涛从来没有打过我，所以我很感激他。

"后来孩子越来越大，我的生活完全围着他们三个人转，我好像……变成了一个机器。他们三个人分割我的灵魂，留下我的身体为他们洗衣、做饭、打扫房间。我每天睁开眼睛后都会躺在床上想一想今天都要干些什么，后来发现，我每天做的事情都一样，我的丈夫和孩子把我的生活塞得满满当当的，我思考的每一件事都离不开他们。

"两个星期前，那天是周末。我早上照旧醒得很早，躺在床上想着要做的事情。哦，前一天晚上，我的丈夫和孩子们商量好了，他们要去郊游，所以我需要提前把帐篷、食盒、餐布、饮料和食物准备好，还得早起一会儿把车加满油，不然从加油站走的话，还要多绕两公里的路。蒋志涛讨厌我铺张浪费，经常骂我不知节俭，我不想让他生气。还有我的女儿，她不喜欢那条我给她买的碎花裙子，她要穿牛仔裙。她当着我的面把那条碎花裙子撕破了，扔到我的脸上，我还得去给她买一条漂亮的牛仔裙。我的小儿子不喜欢鸡肉味的火腿，他想吃夹着奶酪和牛肉火腿的三明治，如果吃不到的话，他会大哭大闹，扑到我的身上对我拳打脚踢。有一次我被他踢到了下体，真疼，我一个星期都不太敢上厕所，所以我还要去买一块牛肉火腿回来做三明治。"

祝玲停下来，低低地叹了口气，道："但是我那天很不舒服，我的双手在帮菜市场的一位卖海鲜的老伯搬货的时候割伤了，缠了一层很厚的纱布。医生叮嘱我不能碰水，但我还是要做饭、洗碗，后来伤口发炎，手肿得拿不起筷子，做什么都很费力。偏偏我的例假又来了，身上感觉很沉，小腹很疼，头晕得站都站不起来。我很累，累得什么事都不想做，但是还有一堆事等着我做……我的丈夫和孩子们一醒，我就得围着他们转，所以……我想了个办法。"

邢朗："什么办法？"

"我们家的人有早起先喝一杯温牛奶的习惯，这是蒋志涛的习惯，两个孩子虽然一点儿都不听我的话，但是他们喜欢爸爸，听爸爸的话，蒋志涛让他们每天早上也喝一杯温牛奶。我在他们的牛奶里加了安眠药，拿到他们床边让他们喝下去。我必须那样做，因为只有他们接着睡，我才能接着睡。后来我躺在床上很舒服地睡了一觉，一觉睡到了傍晚。"

回忆起那次的睡眠，祝玲的唇角一扬，好像想起了什么开心事。

邢朗问："然后呢？"

祝玲："然后我醒了，我醒来后躺在床上想着，如果待会儿蒋志涛和孩子们醒来发现已经到了傍晚，他们没有去郊游，肯定会生气。一想到他们会愤怒地指责我，冲着我喊叫的画面，我就很害怕。所以我决定……必须做出一些改变。"

邢朗："你说的改变，是把他们变成尸体？"

"是啊。"祝玲用指尖轻轻地摩擦着照片光滑、冰冷的表面，微笑着说，"你看，他们一直在睡，到现在都没有醒过来。"

邢朗看向那些照片，照片上的男人和孩子都以熟睡的姿态长眠，永远地结束了对一个女人的暴行。

按照祝玲所说，她没有在家庭中得到丝毫的尊重，作为妻子时，她没有得到丈夫的尊重，作为母亲时，也没有得到孩子的尊重。祝玲说自己像一个机器，邢朗倒觉得她更像一个家庭中的奴隶。世上最残忍的事，莫过于和你最亲的人，却不亲近你。在亲人面前，在家庭当中，你却始终充当着最低贱的奴隶。或许祝玲在没有得到爱与尊重的家庭中已经被折磨得神经麻木，但是她在三十二岁这年做出了反抗。在这场她和亲人的对垒中，他们两败俱伤。

"他们醒不来了。"邢朗道，"他们已经死了。"

祝玲的眼中逐渐浮出一层透明的水光，却始终没有眼泪流下来，她笑着说："对啊，他们已经死了。"

邢朗把祝玲带出审讯室，在审讯室门外的墙边看到了魏恒。

魏恒稍稍向他们那边转过头，目光还没来得及接触他们中的任何一个人，就匆匆收了回去。

魏恒今天的反应太异常，邢朗脸色阴沉地看了他一眼，带着祝玲准备下楼。走着走着，祝玲忽然停下，目光微微一颤，好像忽然想起了什么似的，回头看向魏恒。

邢朗循着她的视线回过头，就看到魏恒面朝着他们，似乎也在看着祝玲。祝玲神色匆匆地折回去，停在魏恒的面前，脸上浮现出进入公安局以来最激动的神色，不敢置信地看着魏恒问："是你吗？"

魏恒看着她的眼睛，极轻地点了点头。

祝玲的眼睛迅速眨了几下，方才在审讯室里没流出来的眼泪此时流得汹涌。她边哭边笑，慌张地抬起双手摆动了一圈，似乎是想抱住魏恒，但她的手即将碰到魏恒的时候，就像触了电似的狠狠地收了回来。

魏恒什么话都没有和她说，只是静静地站在那里，看着她。

祝玲试着发出声音，好像有许多话想和魏恒说，但却一个字都说不出口，喉咙里发出来的只是一个女人悲伤得难以抑制的哭泣声。在魏恒的面前，她的悲伤忽然决堤，像一个受了莫大委屈的小女孩。

很快，沈青岚把祝玲带走了，临走时，祝玲不舍地看了魏恒最后一眼，死死地咬住嘴唇，一个字都没说出口。

魏恒还站在原地。

祝玲走后，过了一会儿，邢朗走到魏恒的面前，看着他微微发红的眼睛，问："你认识她？"

魏恒像是被冻结的眼珠微微一动，慢悠悠地转向邢朗，好像才发觉邢朗站在他的面前。

他们沉默地对视了一会儿，短短十几秒钟，魏恒已经调整好了呼吸和面部表情，像是话剧演员逐渐上了妆般，把所有情绪都藏在了脂粉后面。

魏恒朝邢朗露出一个微笑，眼睛还湿润着，唇角却高高地翘起，轻快地道："不认识。"他轻轻地吐出一口气，"我现在可以和陆警官一起去找分厂案的凶手了吗？"

没等邢朗说话，魏恒快步从邢朗的身边走过，径直下楼了。

邢朗看着魏恒的背影消失在楼梯之间，正要离开时，余光看到方才魏恒站的地方落了一个铁皮盒。邢朗弯腰把盒子捡起来，发现是自己给他的那盒薄荷糖，也不知他是有意还是无意。

邢朗掏出手机拨通徐天良的电话，看着盒子上薄荷的彩绘图案，沉声道："跟着你师父，他去哪儿你就去哪儿，寸步不离地跟着他。"

第五章·花城小区

魏恒前脚走出大楼,就听徐天良在背后叫他。

"师父,师父,等等我!"

魏恒拿着雨伞,快步走向门口,利索得像个腿脚没毛病的人。他在徐天良跑到身边时忽然停下,转向徐天良,怒道:"你跟着我干什么!"

徐天良愣了一下,莫名地心虚道:"啊?你是我师父啊!"

魏恒狠狠地瞪了一眼办公楼的某一扇窗户,冷笑道:"胡说,是邢朗让你跟着我的。"

徐天良小心翼翼地把腰杆挺直:"但是,我也想跟着师父学本事啊。"

魏恒"哼"了一声,又往门口走,走了两步又停下,闭上眼睛压下去一口恶气:"去开车。"

徐天良:"啊?"

魏恒:"去开车!"

徐天良这才想起他的师父腿脚不太方便,连忙跑去停车场开车,坐在车里哆哆嗦嗦地给邢朗发了一条信息:"邢队,我师父今天好凶啊!呜呜呜……"

邢朗秒回:"令师哪天不凶?"

天天都很凶的魏恒站在公安局的门口不耐烦地数着时间,还没等徐天良把车停稳,就一个箭步上了车,坐在副驾驶的位子上。在车上,魏恒给陆明宇打了个电话,问陆明宇在哪里,他要赶去帮忙。彼时陆明宇刚从小旅馆出来,约魏恒在万华路购物广场见面。

063

第六章
徐苏苏

十几分钟后,他们在购物广场会合。

魏恒率先问:"怎么样?"

陆明宇道:"查出来了,买药的女人叫徐苏苏,在海丰证券公司上班,我刚才给证券公司的前台打过电话,徐苏苏还在公司里。"

魏恒顿时明白了陆明宇约在这里见面的原因,因为海丰证券公司就在他们背后的这栋写字楼里。魏恒看了一眼陆明宇身后严阵以待的两位便衣刑警,问:"你们要上去抓人吗?"

陆明宇点点头:"你来吗?"

魏恒笑道:"我在这里等着。"

短暂的寒暄结束,陆明宇带着人穿过马路进了写字楼。

魏恒累了似的倚在车头上,远远看着三名刑警的背影。他到这里来的原因,只是想在第一时间见到他侧写的嫌疑人的真面目。

徐天良刚才被魏恒吼怕了,站在离魏恒远一些的地方,不敢靠近。

魏恒用眼角的余光瞟了一眼徐天良,看他那战战兢兢的可怜样,在心里叹了口气,没什么精神地问道:"有皮筋吗?"

徐天良推了推脸上那副笨重的黑框眼镜,指着自己的鼻子:"皮筋?"

魏恒看了徐天良一眼,没说话。

虽然很确定自己身上没有,但是徐天良还是翻了翻口袋:"没有,我去给你买吧。"

魏恒只是觉得刚才他把徐天良当成了撒气的对象,有些不礼貌,此时想变相地安慰徐天良而已,并不是真的要皮筋,再说他手腕上一直戴着一根黑色的皮筋。

魏恒刚想说不用了,就听徐天良道:"你要绑头发,是吧,师父?我给我姐买过好几次,你等着。"

徐天良的话还没说完,就风风火火地跑了,刚抬脚就差点撞上正在倒车的车屁股,魏恒没忍住,朝徐天良喊:"当心车!"

第六章·徐苏苏

徐天良："知道啦。"

徐天良转眼进了购物大楼，不到十分钟就出来了。

魏恒做好打算，就算徐天良给他买一堆花花绿绿的坠着珠子和小动物图案的皮筋，他也忍了。因为他自己去买的时候，眼神不利索的售货大妈就把他领到过女性饰品区，气得他的脸和那些花花绿绿的发饰一个色。

还好，徐天良递给他的是一包朴实无华的黑色发圈，他随便拿出一根绑住头发，只剩了两绺微微卷曲的头发贴着脸侧垂下来。他把剩下的发圈揣进口袋里，然后从钱包里拿出五十块钱递给徐天良。

徐天良连连摆手："我有钱。"

魏恒："你一个实习生，能有多少钱？拿着。"

徐天良还想再说点啥，被魏恒抬起眼睛轻飘飘地一瞪，立刻接住了。

徐天良装起钱，细细地盯着他看了两眼，大着胆子跟他说笑："师父，刚才我在里面看到一个明星的海报，那个明星也留着跟你差不多的长头发，但是他没你好看，嘿嘿嘿。"

魏恒叼着一根香烟，正在身上摸打火机，闻言弯起唇角笑了笑，点着烟吐出一口白雾才道："如果你敢说那是个女明星，我就把你退给邢朗。"

徐天良忙道："男的，真的是男的。"

魏恒没有继续跟徐天良闲扯，因为陆明宇带着一个女人回来了。

这是个年轻的女人，从面相看不过二十七八岁，穿着一身职业白领的工作套装，披着柔顺的黑发，皮肤很白，长相清秀，是扔进外企白领堆里，丝毫不引人注意的类型。

见到徐苏苏的第一眼，魏恒觉得她符合自己的侧写，但是再一打量她眉眼间的神态和浑身的气场，又似乎有所出入，但是出入在哪里，他却一时说不出来。

陆明宇把她带到魏恒的面前，有意让他"相面"。在魏恒打量徐苏苏的时候，徐苏苏也在看着魏恒，不同的是，魏恒是在审视她，而徐苏苏只是在看一位陌生人。

徐苏苏笑道："警官们，你们不是让我跟你们回公安局配合调查吗？"

魏恒看着她，终于知道她哪里不对劲了，这个女人的眼神太温柔、太清澈，没有丝毫的凶意。虽然杀人犯的脸上都不会写着"杀人犯"三个字，但是魏恒相信眼睛是心灵的窗户，窗后是怎样的风景，都可以透过这扇窗展示出来。而徐苏苏窗后的风景，似乎是草长莺飞，鸟语花香，有一瞬间，魏恒觉得她像极了祝玲……

陆明宇见魏恒一直不说话，只是脸越来越黑，便出言提醒道："魏老师？"

魏恒这才回过神来，问徐苏苏："你开车了吗？"

徐苏苏十分自然地和他对话："没有。"

魏恒道："没事了，陆警官，你先带她回公安局。"

陆明宇让其他两个人先把徐苏苏带上车，然后问魏恒："她有问题吗？"

魏恒皱眉道："不太对劲……她住在哪里？我想去她家里看看。"

陆明宇给了魏恒一个地址，然后带着徐苏苏先回了公安局。

赶往陆明宇给他的地址时，魏恒在车上收到了一条短信，是一个车牌号，虽然发短信的人没有明说车牌号的主人是谁，但是他清楚是徐苏苏的。魏恒顺理成章地以为是陆明宇发他的短信，回复道："谢谢，陆警官。"

很快，短信被回复了："不客气，我是邢警官。"

魏恒这才看了一眼发件人，上面明白地显示着"邢朗"。他眼角一抽，关上手机不再回复。

徐苏苏住的小区是几栋中低档的单元楼组成的居民区。正如魏恒预估的那样。

魏恒先带着徐天良到停车场找徐苏苏的车，很快在比较显眼的地方看到了一辆手排挡的白色轿车，和邢朗发给他的车牌号一致。魏恒站在车头前，看到车里挂着一串贝壳，驾驶台上有一个白色兔子玩偶，方向盘上还套着粉色护套。这些都显示着主人是一个颇有童趣和生活情趣的女人。徐苏苏的外貌和他的侧写相差无几，但徐苏苏的心理状态却和他之前的判断出入甚大，甚至可以说是截然相反……

魏恒顿时疑窦丛生。

"师父。"蹲在车胎旁的徐天良忽然叫了他一声，"你看轮胎上的泥，这车好像刚开过。"

魏恒走近看了一眼，道："上去看看。"

小区的门卫查看了徐天良的证件，用房主留下的备用钥匙帮他们打开了房门，然后站在门口等着他们出来。

魏恒本以为会看到样板间般的布局和摆设，没想到却看到一间被玩偶和水晶珠串装点得温馨又漂亮的单身公寓，房间里处处显示出一个女人的精致和浪漫，有浓厚的生活气息。

他依次看过洗手间和卧室，从洗漱用品看到衣橱，确定这套公寓只有徐苏苏一个人住，不禁站在卧室里走了一阵子神，然后回到客厅，仔细地观察每一件装饰物，只在电视柜上看到一件不太符合这套公寓装饰风格的摆件。

在电视柜的正中间，摆着一座长约二十厘米，宽约十厘米的金环蛇石雕。这条金环蛇高高立起，威风凛凛地吐着芯子，旁边却摆着一个零钱罐和一只泥塑的青蛙。

第六章·徐苏苏

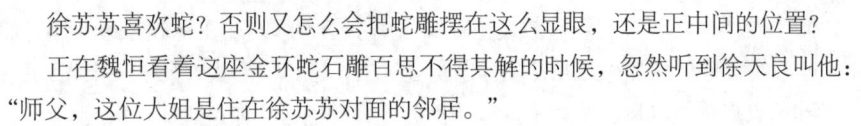

徐苏苏喜欢蛇？否则又怎么会把蛇雕摆在这么显眼，还是正中间的位置？

正在魏恒看着这座金环蛇石雕百思不得其解的时候，忽然听到徐天良叫他："师父，这位大姐是住在徐苏苏对面的邻居。"

魏恒走到门口，和大姐简单地问过好，便问："您和徐苏苏熟悉吗？"

大姐爽快地点头："我们熟着哩。"

魏恒："她是个什么样的人？"

大姐道："你说小苏啊？小苏是个好孩子，经常给我们送她自己做的饼干啊，小点心啊，还有一些小零食什么的。大伙儿都喜欢她。"

魏恒的眉头皱得更深："她有男朋友吗？"

这个问题是他心里仅剩的希望，但还是被大姐击碎了："有，我们都见过。她的男朋友是她的大学同学，是个老实人，到这儿来过两回。"

魏恒："他们没有一起住？"

大姐连连摆手："小苏可是个好姑娘，传统得很，做事特别规矩，她才不会在结婚前和男朋友住在一起。就连出去约会都在十二点之前回家，是一个规规矩矩的好女孩。"大姐摇头感叹，"这么好的孩子，现在真是不多见了。"

大姐还在喋喋不休地夸奖着徐苏苏，然而魏恒已经没有听下去了。他回到客厅，看着被存钱罐和青蛙围在中间的金环蛇石雕，沉思多时，拨通了邢朗的电话，问："你在审问徐苏苏吗？"

邢朗："嗯，你有发现？"

魏恒闭了闭眼睛，吐出一口气，道："有。"

邢朗："说。"

魏恒气馁地说："我们好像……弄错了。"

陆明宇刚把徐苏苏带进公安局大楼，从花城小区运来的三具尸体就到了。

"宇哥。"一名刑警在后面叫了他一声，示意他让路。

陆明宇领着徐苏苏快走了几步，站在楼梯拐角处看着三具装在裹尸袋里的尸体依次从他的身边经过，前两具还好，当他看到装着小男孩尸体的裹尸袋时不禁动了恻隐之心。

同时他也在留意观察徐苏苏看到尸体时的反应。

徐苏苏看到死人时的冷静出乎他的预料，裹尸袋经过的时候几乎擦着徐苏苏的衣摆，她不但没有躲避，反而直直地盯着裹尸袋移动的方向，在尸体被抬上楼时还抬起头用目光追随着，貌似在新奇地张望什么新鲜玩意。

陆明宇看着这个文静、清秀的姑娘，心中蓦然生起一丝寒意。

到了四楼，陆明宇看到秦放还坐在窗下嗑瓜子，邢朗站在秦放旁边抽烟。他让徐苏苏在楼梯口稍等一会儿，朝邢朗走了过去，道："邢队，死了三个人？"

邢朗点点头，打量着站在不远处的徐苏苏，问道："你这边什么情况？"

陆明宇用眼神往背后示意："八月二十二号和二十三号，入住鑫诚旅馆的就她一个，三名死者被害的时候她也没有确切的不在场证明。"

邢朗："确切？"

陆明宇："她说当时她都待在家里，但是没有人可以证明。"

邢朗叹了口气："也没有人可以推翻？"

陆明宇点点头。

邢朗："杀人的地点还没找到？"

陆明宇烦躁地拨了拨头发："很奇怪，往小广场东面蜀香阁分店那边找，反而一点线索都没有。"

徐苏苏看着左右走廊，像是对这个地方感到很新鲜似的，眼睛里泛出一层浅光，神采奕奕的，随后又向挤在走廊窗边的三个大男人的方向张望。

邢朗看着徐苏苏，觉得这个被陆明宇带回来的嫌疑人静如处子，眼神如幼鹿。看她的样子，已经是一个将近三十岁的成熟女人，但她眉眼间单纯、灵动的稚气让她看起来还像个少女。

徐苏苏被邢朗盯着，丝毫不躲避邢朗的目光，甚至朝他露出了微笑。

兜里的手机忽然振动了一下，邢朗按着手机说："先把她带上去。"

陆明宇随即带着徐苏苏走了，听到邢朗又在背后叫他："你吃什么？小唐去买饭了。"

陆明宇："和你一样。"

回复了去买饭的小唐的信息，邢朗装起手机，隔着走廊对面的法医室的窗户看着躺在里面的三具蒙着白布的尸体，"啧"了一声，道："忽然想吃排骨。"

秦放正在边嗑瓜子边看勘查组拍摄的血淋淋的现场照片："那我也换了吧，换成烤肉饭。"

安置好尸体，要吐的两名刑警刚从法医室出来就听到他们两个的对话，顿时胃里翻涌得更厉害，连忙捂着嘴跑了。

邢朗抓了一把秦放的瓜子，嗑着瓜子说："两个孩子没什么，魏恒已经分析得很清楚了。那个蒋志涛的右手食指的骨折有点奇怪，你想办法弄明白。"

秦放摆出消极怠工的态度："还能怎么明白？你以为我是村上春树的男主角，还是《识骨寻踪》的男主角？"

秦放说的作者邢朗不认识，他说的美剧邢朗也没看过，只道："你是法医队的男主角。"

邢朗快步上楼，先推开一号审讯室的门，站在门口嗑着瓜子笑着问："怎么着？还能熬？"

经过五个多小时的拘留，冯光浑身的戾气已经被消磨光了，没精打采，神情萎靡地道："我是真没什么可告诉你们的了，我确实没见到那个买药的人。"

邢朗懒懒地往门框上一靠，冷笑着："你还装傻。"

冯光："你到底想让我说什么啊？"

邢朗："说说你以前贩毒的那些事。"

冯光："你们有证据吗？就说我贩毒。"

警方的确没有证据，邢朗刚才也只是在诈他，没想到还真诈出来了。邢朗清楚地捕捉到了冯光眼中一闪而过的诧异和惊慌，尽管他全力掩饰，但还是被邢朗抓住了蛛丝马迹。

"啪"的一声，邢朗打开审讯室的灯，光线惨白的白炽灯像一个悬在冯光头顶上的太阳，烤得他睁不开眼睛。

冯光捂着眼睛，恼怒地道："你干什么？"

邢朗把剩下的瓜子揣进裤子的口袋，拍了拍手上的瓜子皮碎渣，道："你不是能熬吗？那就再熬一会儿，晚上我再过来看你。"

他走出一号审讯室，推开了隔壁二号审讯室的房门，一进门，他就察觉到了现场的胶着状态。

陆明宇撑着额角伏在桌上看着一份文件，旁边的记录员也停止了工作，而徐苏苏坐在正中的椅子上，低着头无聊地抠着自己的指甲。

"邢队。"记录员见邢朗进来了，要起身给他让位，但是被邢朗按住肩膀阻止了。

邢朗站在记录员的身边，手搭在他的肩上，弯腰看向他面前的电脑。电脑上的记录显示，陆明宇在问过徐苏苏一些简单的问题过后，就开始询问她三名死者死亡的时间段她的去向。徐苏苏的回答是"在家里"，而且说明了对面的邻居可以为她做证，证明她自从下班后回到家，就没出过门。

这句话等同于扯淡，邻居或许只看到她下班回到家中，并没有看到她是否再次出门。如果邻居没有看到她出门，就会为她做证。如果邻居看到了，她自然也就不会提出让邻居做她的证人。

至于陆明宇问她八月二十二号和二十三号为什么住在火车站西街的鑫诚旅馆，她的回答是公司在那附近新开了分部，她负责培训新员工，为了上下班方便，索性住在了附近的一家旅馆。

陆明宇又追问她是否在两个小时前出现在曙光街小广场附近，她也爽快地承认了："公司派我过去处理一些问题，我回来的时候走的是广场西面的街道。然后我回到家里换了身衣服，就回公司接着上班了。"面对邢朗再一次追问，她也是这么说。

　　陆明宇也向邢朗点头，表示已经和徐苏苏的公司核实过。

　　邢朗这才明白为什么他刚进来的时候看到陆明宇一脸的挫败，他们找到的线索并没有用处，而且还为徐苏苏的在场提供了合理性。虽然徐苏苏和魏恒的画像一致，但是去除这些时间上的证据，现实中找到的客观性的证据全都没用。而目前唯一还未定论的就是徐苏苏的动机，如果徐苏苏连动机都没有，那么这次抓捕就算是彻底失败。

　　陆明宇用眼神问邢朗：难道我们抓错人了吗？

　　邢朗没有理会陆明宇询问的眼神，只埋头把徐苏苏的资料粗略地翻了一遍，末了合上，把文件不轻不重地摔在桌子上。文件和桌面撞击发出的清脆的响声唤醒了昏昏欲睡的徐苏苏。

　　徐苏苏抬起惺忪的双眼看了看邢朗，掩着嘴唇浅浅地打了个哈欠。

　　邢朗问："你的父母呢？"

　　徐苏苏伸出左手的食指，指腹在冰凉的桌面上划来划去，好像在抚摸小动物柔顺的皮毛，道："他们啊，不知道。"

　　邢朗往前走了几步，倚在桌子边，看着她又问："为什么你的资料上，母亲一栏空着。"

　　徐苏苏："因为我妈没有和我爸结婚，可能她生下我就走了，或者死了吧？"说起母亲的死亡，她表现得依旧很淡漠，让人不免怀疑她是否已经对死亡司空见惯。

　　邢朗看着徐苏苏的脸，不放过她的任何表情："你从没见过你的母亲？"他看到徐苏苏滑到桌子中央的指腹停顿了一下，然后又转了回去。

　　徐苏苏点点头。

　　邢朗一眼看破她："你为什么说谎？"

　　徐苏苏微微蹙着双眉，做出努力回想的样子："我见过她，但那是在我很小的时候了。"

　　邢朗问："你最后一次见到你的母亲，是在什么时候？"

　　"最后一次……"徐苏苏沉吟了一阵子，右手食指的指腹再次在桌面上画着蜿蜒的图案，"最后一次见到她是在窗外。"她忽然缩回食指，好像被什么东西刺入了皮肤似的，稍显惊慌。

邢朗引导地追问："窗外发生了什么事？"

徐苏苏下意识地看向审讯室房门上那一扇透明的玻璃窗，好像在那扇窗后看到了不一样的风景，说："那天晚上，下着很大很大的雨，还打雷，我躲在被子里不敢睡觉……不，我不是被雷声和雨声吓得不敢睡觉，而是被我父母的卧室里传出来的声音吓得不敢睡觉。好像是我妈做错了什么事，我爸爸在打她。我爸爸经常打她，我已经习惯了……然后我妈满脸是血地跑进我的房间，把我从床上抱起来，说着'妈妈带你离开'这种话。但是她抱着我还没走出家门，就被我爸爸阻止了。那天晚上，我头一次看到我爸爸那么生气，他把我关在房间里，拽着我妈的头发出门了。"

邢朗盯着徐苏苏微微出神的眼睛："然后呢？"

徐苏苏的眼睛中好像闪过十几年前的那场风雨，她缩着肩膀，似乎在发抖："然后，我跑进厨房，站在凳子上从厨房的窗户往外看。窗外是后院，我看到我爸爸把我妈拽到后院，我妈跪在地上求他，但是我爸爸不理她。他扇我妈的脸，踹她的胸口，捡起地上的石头砸她的头……然后，她躺在地上一动不动……他好像，把她打死了。"

听到这里，邢朗忽然拿起徐苏苏的资料，找到她的父亲一栏，着重看了一眼他的名字——徐红山。如果徐苏苏所言属实，那么这个徐红山就是一名在逃的杀人犯。

虽然徐苏苏言辞恳切，邢朗却不敢轻易相信她，因为他看得出来，徐苏苏一直以来都在被她脑海中的那段"杀人回忆"所支配。她害怕自己的父亲，恐惧到了她的精神在她自己都不曾察觉的情况下悄然发生了异变。也许徐苏苏没有精神疾病，但她的心理疾病已经十分严重，如果不及时疏导，她严重的心理疾病将折断她纤细、脆弱的神经，她会永远陷在那段恐怖的回忆当中。

那个故事还没讲完，徐苏苏接着说："雨下得太大了，我回到房间，躲在被窝里。过了一会儿，我爸爸推门走了进来，他坐在我的床边，对我说我妈走了，因为我妈不听话，他把她赶走了。他让我一定要听话，以后他会好好照顾我。第二天一大早，他把我叫起来，收拾了一些东西，说带我去大城市。离开家的时候，我特意往后院看，想找一找我妈在哪儿，但是我没找到她，只看到昨天晚上她躺着的地方竖着一把铁锹，那里的泥土好像被翻新过。"

在诉说回忆的时候，徐苏苏丝毫没有露出悲伤的表情，如果无视她颤抖的话语中流露出来的恐惧，只看她的眼睛，就会发现徐苏苏的目光冷静又镇定，她紧紧地交握着双手，内心坚定得仿佛有什么力量在支撑着她，她并没有倒在回忆之下，反倒像在以这段回忆来警醒自己。

为了试探徐苏苏，邢朗故意问道："你的母亲死了，你不伤心吗？"

徐苏苏感到这个问题很难回答，皱着眉，摇摇头。

关于母亲的话题暂时告一段落，邢朗没有给她喘息的机会，又道："我们调查过你的父亲，两个月前，你的父亲徐红山中风进了医院，在医院住了一个多星期后，你给他办了出院手续，把他带走了，但是警方却查不到他的任何行踪。"邢朗忽然走近徐苏苏，双手撑在她身前的桌面上，弯下腰，注视着她的眼睛，轻声问，"你把他带到哪儿了？"

徐苏苏抬头看着邢朗，像是终于感受到了执法机关和面前的警察给她带来的沉重的压力，轻松的神色一扫而光，眼神中有瞬间的慌乱。继而，她低下头，伸出右手的食指按在桌上轻轻划动，再次画着蜿蜒的曲线，道："我不知道，他走了。"

"我不知道"和"他走了"这两个信息可以说是自相矛盾。

邢朗看着徐苏苏涂着鲜红色指甲油的指甲，目光跟随她的手指在桌上画了一个圈，轻飘飘地问："你把他杀了吗？"

徐苏苏的手缓缓地停下，然后慢慢地抬起头看着他，嘴唇不自然地抖动着，忽然，她发出一声嗤笑。

邢朗像是没懂徐苏苏笑声中的含义，也跟着笑了笑："我查过他的病历，中风偏瘫，只能依靠轮椅出行，你如果想杀了他，是一件很容易的事情。"

徐苏苏像个好学生般地把双臂规规矩矩地叠放在身前，笑容活泼："但是我没有杀他啊，警官。再说了，我为什么要杀他？他是我的父亲啊！"

邢朗察觉到了被徐苏苏刻意加重语气的这句话，她的口气慎重，又带着尊敬。

邢朗问："你也不知道他去哪儿了？"

徐苏苏："不知道。"

邢朗打量了徐苏苏许久，低低地笑了一声："那你就好好想想，按照你刚才所说的，他的身上应该背了一桩命案，如果你袒护他，就是在袒护一个杀人凶手。"

邢朗很清楚这番话对徐苏苏的撼动力为零，但是他不知道徐苏苏究竟在坚持什么。大多数人都会对执法机关持有一定程度上的敬畏，就算是真正穷凶极恶的杀人犯，到了这里，都得低头弯腰，矮上半寸。这个徐苏苏，她并非无视法纪，不尊重执法机关，但是执法机关在她眼中没有半分威严，她只敬畏于来自她心中的信念。她的心中有一股支撑她面对警察、执法机关绝不低头的力量。但是这份力量源自何处，邢朗到现在都想不明白。

徐苏苏被记录员带了出去，邢朗和陆明宇对视一眼，都感到很无奈。

邢朗的手机响了，他本来以为是终于把饭买回来的小唐打来的，低头一看，却是魏恒。

魏恒慌慌张张地说着什么"错了"。

"什么地方错了？"邢朗问。

魏恒在下楼，速度很快，说话时的气息紊乱："我看过她的房间，从映射来看，徐苏苏是一个性格开朗、稳重保守、对生活有热情、善于处理人际关系，并且相信男人、懂得和男人相处的女人。她的这些性格特征都和分尸的凶手的心理状态映射到人体的行为不相符。"在听魏恒分析的同时，邢朗被灯光下反射着氤氲光线的桌面吸引。他绕到桌子后面，在刚才徐苏苏坐的位置坐下来："会不会是你的侧写出现了偏差？"

邢朗听到魏恒极轻地"哼"了一声，然后魏恒不冷不热地道："虽然我不敢保证百分之百的准确率，但是，犯罪行为越复杂、越凶残的案件越容易分析作案人的外貌和心理特征。由同一个凶手连续实施的分尸案，可以简单地解释为凶手从这种独特而且稳定的犯罪手段中获得了快感和满足感，这种快感和满足感一定是她在日常生活中无法获得的。犯罪行为是有机体的系统的反应，犯罪嫌疑人的每一个心理变化都直接反映到行为，就和你渴了就去喝水是一个道理。我刚才说的满足感是每一个凶手都在追求的快感，但是我从徐苏苏的家里看到的人格映射全都是她对于经营生活，拥有朋友，善于处理人际关系，和男友感情稳固所产生的满足感。她完全没有动机通过杀人获得那种变态的满足感。"

邢朗："你觉得她没有动机？"

魏恒敏感地察觉到他语气里的深意，忙问："你说这话什么意思？"

光滑的桌面在灯光照射下，从某个角度可以看到之前被划过的痕迹，这种痕迹来自人的手指和手指上的汗水。邢朗看着徐苏苏留在桌面上的图案，微微一笑："如果你了解过她的家庭，或许会改变主意。"

魏恒沉默了片刻，道："我们马上到公安局了，回去再说。"

邢朗挂了电话，把手机放在桌面的一角，盯着桌面上的图案仔仔细细地看了一会儿，忽然道："大陆，你过来看，这是不是一条蛇？"

陆明宇走到邢朗的身边，也凝神分辨："很像，或者是龙？"

邢朗摇头："龙有角，有足，这玩意只能是一条蛇。"

陆明宇："一条蛇能有什么寓意？"

邢朗又拿起手机，不咸不淡地道："等魏大学士回来，请教请教他。"

买饭的小唐到现在还不回来，他感觉今天晚上可能得吃泡面了。

"邢队！"沈青岚忽然出现在门口，踮着一只脚往里蹦，陆明宇连忙去扶她。

邢朗按着手机看了她一眼："你也想换花样？正好，小唐还没回来。"

沈青岚急匆匆地拿出手机调出一张照片举到邢朗的面前："我发现一个问题。"

邢朗把脑袋往后一仰，眯着眼睛去看她的手机，看到今天早上发现的第三名死者的照片。

沈青岚没等邢朗追问，接着说："今天我和大陆去曙光街小广场走访群众，在巷子口发现一辆白车，我去追那辆车的时候不小心撞到了一个女人。我想问问她有没有在附近见过第三名死者，就给她看了看照片，结果她说看到了，还暗示我们找错了方向，第三名死者出现在小广场的东面。"

邢朗："然后？"

沈青岚又把手机塞到邢朗的面前："我以为我给她看的是第三名死者的照片，就在刚才我发现，我给她看的其实是第一名死者的照片！"

邢朗的眼睛一抬，立刻明白了其中的玄机，语气低沉地问："你确定？"

沈青岚点点头："秦放发给我的照片我都是按顺序保存的，第三名死者排在最前面。当时我把手机拿在手里跑了一阵，可能是跑动的过程中不小心按错了照片，就把第一名死者的照片给她看了。"

陆明宇一时有些糊涂，道："这有什么问题？"

沈青岚急忙道："第一名死者死在半个多月前，怎么可能会在昨晚出现在小广场东面？"

陆明宇："或许她没看清楚？"

沈青岚翻白眼，不想跟陆明宇说话。

邢朗摸着下巴慢悠悠地开口了："如果她没看清楚，怎么能确定她见过那个人？"说着，他冷冷地一笑，"无论她有没有看清楚，都可以证明一个问题，她在撒谎。"

沈青岚点点头："不过我觉得她压根就没认真看这张照片，当时我问她昨晚有没有见过这个人，她自然就以为是昨晚的死者。"

听到这儿，陆明宇一脸恍然大悟的表情："哦，原来她是在刻意误导我们，怪不得我们在东面一无所获。那我现在带人去小广场西面？"

邢朗叫住陆明宇："别着急，我刚才也发现了一个问题。"

陆明宇："什么问题？"

邢朗道："刚才魏恒说我们找错了嫌疑人，我现在觉得有点道理。我们抓徐苏苏是因为她有可能从冯光手里买毒药，但是我们忽略了一点，能自由出入旅馆房间而不引起怀疑的不只是客人。"邢朗停顿了一下，扫了他们一眼，"还有保洁。你们去查查鑫诚旅馆的职员表，运气好的话就能在职员表中找到那个撒谎的女人。"

他们之中只有沈青岚见过那个女人，所以沈青岚被陆明宇扶着马不停蹄地出

第六章·徐苏苏

去了。

审讯室里只剩下邢朗一个人，邢朗又盯着桌面上的"蛇"看了一会儿，看着看着就想起了蛇肉，他觉得小唐再不回来，他就要饿死在这儿了，于是他忍无可忍地把电话给小唐打了过去："还没买回来？你上西天取经也该回来了！"

小唐说什么，他没听清，因为楼道里忽然传来一阵喊叫声。

邢朗拿着手机到门口一看，警察小王急匆匆地从楼梯口往这边跑，就问："怎么了？"

"邢队，你关在一号审讯室的那个小子说要上厕所，我就带他去，没想到他突然翻窗跑了！"

邢朗立刻想到的是男洗手间在三楼，冯光为了躲他竟然能从三楼跳下去，他有这么吓人？

邢朗："那你往上跑什么？还不快追！"

邢朗快步下楼，在三楼楼梯口的尽头推开窗户一看，立刻明白了为什么冯光敢从三楼往下跳，三楼和公安局围墙差了将近一米多高，只要大着胆子往前一跳，就能跳到围墙上。

邢朗不假思索地翻过窗户跳上围墙，然后在公安局后门的小道上着地，冯光跑得够快，邢朗一跳下来就看到一个戴着头盔的背影消失在路口。他顾不上通知手下开车来堵截，拔腿就追了过去，在百米之外的街口转弯，不到半分钟就把和冯光之间的距离缩短了一半。

此时临近傍晚，街道上刚亮起路灯，冯光越跑越偏，慌不择路地跑进了一条深巷，虽然没用，但是邢朗还是喊了一声："站住！"

鬼才站住，冯光拼命地往前跑，但是貌似崴了脚，速度不断变慢，穷追不舍的邢朗跑得比他更快，很快就把和他之间的距离缩短到几十米。

前面是岔路口，冯光依旧没命地往前跑，忽然哑着嗓子带着哭腔喊："别追我！"

邢朗差点笑出声来，速度不减。

冯光精疲力竭地扶着路口的电线杆子往左转弯，他刚转过弯，邢朗就看到一辆越野车往前冲了过去，紧接着响起急促的刹车声。

邢朗的脚步一顿，愣了一下，连忙冲了过去。

堵在路口的越野车的车门开了，魏恒从车里下来，一脸冷峻地看着车头的方向。

邢朗跑过去一看，冯光抱着膝盖躺在地上哭号："我就卖了两瓶药，你们不仅放狗追我，还开车撞我！"

魏恒眨眨眼睛："放狗追你？"他看了一眼跑得满头大汗的邢朗，"哦……"

邢朗沉着脸走到冯光的身边蹲下，咬着牙骂道："你还真敢跑？就问你几句话，你至于跑吗？"

冯光被邢朗的语气吓到了，抱着擦伤的膝盖大气都不敢出。

邢朗把冯光提起来塞到车后座，问魏恒："你们从哪儿过来的？"

徐天良抢先道："老大，我师父跟着你过来的，大老远就看到你跑得火急火燎的，师父说你肯定不是在练习长跑，就跟着你过来了。"

此时魏恒已经先行上车了。

邢朗把声音控制在魏恒听不到的音量，看着徐天良讪笑道："一口一个师父，叫得挺亲热，不觉得他凶了？"

徐天良："凶怕什么，我师父贼聪明。"

邢朗揶揄道："对，他是比一般的贼聪明。"

徐天良又道："但是不知道又怎么了，刚才还好好的，看到你追这个人，他又不高兴了。"

邢朗："怎么说？"

"刚才他可以大老远就停车，不碰着这个人，但是我师父非得撞到这个人的身上才停，就像……"徐天良挠挠脑袋，"就像故意似的。"

邢朗看了一眼魏恒，又看向坐在后座的，把脑袋埋得低低的冯光，忽然有些怀疑，或许冯光躲的不是他，而是魏恒。

魏恒在车里等得不耐烦，放下车窗冷冷地道："可以走了吗，邢队长？"

看着魏恒的脸，邢朗又觉得自己想多了，魏恒怎么看都像是一个情商跟不上智商的暴躁破落户，虽然喜怒无常，阴晴不定，但也不虚与委蛇，圆滑伪善。这样的人尽管难相处，但是构不成威胁，不像是一个拥有双重身份的伪装高手。

如果魏恒真是一个拥有双重身份的伪装高手，那么全世界都欠他一个"小金人"。邢朗刚出了小巷，手机就响了，买饭的小唐终于把饭买回来了，让邢朗赶紧回去吃饭，但是，紧接着的电话让他感觉这顿晚饭算是彻底泡汤了。

沈青岚在职工表里找到了那个女人，在电话里说："她叫刘淑萍，据旅馆的老板说，刘淑萍就住在广场西面。"

挂了电话，邢朗把手机扔到驾驶台，先是叹口气，然后问："魏老师，饿不饿？"

魏恒不假思索地道："饿。"

魏恒中午就没吃饭，已经七八个小时水米未进了，回来的路上又想到刘局长给他开的那点工资，心里顿时感觉更加憋闷，谁料这时候又看到了邢朗，不免把邢朗拉入刘局长的队伍中一起仇视起来。

总之，魏恒现在的心情不太好，心里堵着一口暴躁之气无处发泄。自打见到邢朗到现在，还没露出个好脸色给他看。

邢朗当然不知道自己已经被魏恒单方面拉入了对立的阵营中，他又把那盒薄荷糖摸出来扔给了魏恒："垫一垫吧，先跟我去曙光街找犯罪嫌疑人。"

魏恒拿着糖盒，眼角抽了抽，很想把糖盒从车窗扔出去。

入夜，又下起了暴雨。曙光街小广场几乎被水淹了，几辆警车接连停在广场中积了水的停车场上，从车上陆陆续续下来十几名身穿雨衣的刑警。

邢朗刚下车就接到了武警支队打来的电话，因为雨势太大，他又躲回车上打电话。前不久向他借人的大队长告诉邢朗，有上百名工人聚集在西傈铁路线那边，还有一些说要卧轨。巡逻队、治安队、武警、刑警、民警已经上去阻拦了，但是工人态度坚决，不肯从铁路线上撤下来，几乎把一公里的铁路线堵死，如果这些工人耗到火车来，将造成难以估计的伤亡和不可挽回的恶劣影响。

这都什么时候了，还在打官腔，邢朗心想。

但是邢朗也明白大队长隐藏在官腔里的核心思想：一定要尽快想办法让工人从铁路线上撤下来，阻止他们造成进一步的影响，必要的时候，可以采取一定的强制措施。

大队长的电话刚挂断，指挥中心的电话就来了，市局的副局长让他立即带人去支援现场。邢朗答应了下来，挂断电话坐在车里想了一会儿，然后跳下车把陆明宇叫到身边。

陆明宇感到很惊讶："示威？"

邢朗抹了一把脸上的雨水，道："是旭日钢铁集团的失业工人在西傈铁路示威。我这儿留下三四个人就够了，剩下的你全部带走。"

想了想，邢朗没有向陆明宇复述市局的指令，压低了声音道："尽量避免踩踏和伤亡，别管其他警队的人用什么手段。把你们的警棍都装好，今天晚上不能亮出来。"

陆明宇看着邢朗，点了点头。

邢朗拿起步话机叫了几个人的名字，然后又道："没念到名字的人全都回停车场集合，快快快！"

魏恒刚走出两米远，就听到徐天良的步话机里传出邢朗召集人手集合的命令，他的小徒弟也在其中。

"那我走了师父，你自己当心点啊。"徐天良连忙把雨伞递给魏恒，淋着雨往停车场的方向跑。

魏恒撑着雨伞看着徐天良逐渐没入浓黑的夜幕中的身影，喊了声："小心。"徐天良回头冲魏恒摆摆手。

沈青岚和徐天良擦肩而过，沈青岚穿着雨衣往魏恒所在的方向走，虽然她的步伐很快，但是稍一留心就可以看出她的脚步一深一浅。沈青岚手里拿着手电筒，走到魏恒的身边说："没事，他们只是去拉几个工人。"

魏恒把一大半的雨伞都移到了沈青岚那边，右手虚托在沈青岚的手臂下，预备着随时扶她一把，问道："工人？"

广场边缘的小巷林林总总有好几条，他们随机钻入其中一条，由于四周有围墙挡风，所以风小了些，但是雨声依旧嘈杂。沈青岚一说出是旭日钢铁集团的失业工人，魏恒就懂了，也就不再追问。他预感到今晚将是个多事之夜，等到明天工人的事件见了报，芜津就要乱了。

沈青岚带着魏恒走到和刘淑萍相撞的地方，依循着记忆沿着刘淑萍推着电动车消失的方向追踪。被她包在一个塑料袋里的步话机被风雨阻隔了信号，声音时强时弱，听不真切，还是魏恒提醒她步话机已经响了好几声。

沈青岚连忙回道："收到，收到。"

邢朗的声音随着吱呀的电流声传出来："你们在哪儿？"

沈青岚："应该是第三条巷子。"

邢朗："有发现吗？"

沈青岚："暂时还没有。"

邢朗沉默了一会儿，又道："你和魏老师在一起？"

沈青岚看了一眼站在十字路口辨认方向的魏恒："嗯，我和他在一起。"

邢朗道："你们俩现在走路都不利索，稳一点，不求快。"

沈青岚回想起刚才她和魏恒摸黑探路的情形，发觉魏恒的腿脚好像没怎么不利索，还扶了她好几把。

"知道了。"沈青岚说。

邢朗又问了一遍各小组所在的位置，步话机里很快又恢复了安静。

魏恒指着黑漆漆的巷子的一端，道："沈警官，我们走这边。"

沈青岚走过去，往左右两端看了一眼："这么黑，一点标识物都没有，你怎么分析出来的？"

貌似魏恒做任何事都经过缜密的思考和分析，所以沈青岚觉得他随手指一个方向也是有道理的。

魏恒淡淡地道："蒙的。"

沈青岚笑了一下，主动挽住魏恒的胳膊借力，和他走进幽深的窄巷。

他们并没有在混沌的巷子里乱找，而是敲响了每一家邻着巷边亮着灯的商铺或人家。十几分钟后，刘淑萍的照片终于被一家商铺的老板认了出来。老板给他们指了路不说，还披上了雨衣在前面给他们领路。老板把他们领到一片自建房居民区，在其中一座四四方方、整整齐齐的独栋三层小楼前停下来。老板告诉魏恒和沈青岚，刘淑萍就住在这里，这个出租房子的房东还是他帮忙给刘淑萍引荐的。

魏恒见他知道的内情颇多，就问："刘淑萍大概什么时候搬来的？"

老板："也没多久，大概不到两个月。"

魏恒："她自己一个人吗？"

老板："是啊！没老公，也没孩子，两眼一抹黑一头扎在这儿，谁都不认识。"

魏恒："这么说，她以前不在芜津？"

老板："她不是本地人，我跟她聊过几句，她说老家是顺阳的。"

风雨太大，老板简单地回答了魏恒几个问题就走了，走之前还把小高楼旁边两间新盖的房子指给魏恒，告诉他，房东就住在那里。

第七章
门牌

　　魏恒站在房檐下敲响房门，很快，门开了，开门的是一个七十多岁的驼背老人，老人眼花耳聋，说话也不利索，魏恒问了几句，老人也听不明白，只知道他们在找人，索性把一本登记簿递给他们。

　　魏恒翻开一看，见里面写满了房间号和人名，每个人名的后面跟着交租的日期和拖欠房租等杂事。这些笔迹虽然规范，但每个笔画都略有扭曲，是老人小心翼翼地一笔笔写下来的。他很快在最后一页找到了刘淑萍的名字，上面写着入住日期是八月二十八号，住在一楼101号。

　　老人看过沈青岚出示的证件，领着他们进了小高楼。室外的风雨声骤小，老人走在前面不停地说着什么，芜津口音浓重，魏恒听不懂。沈青岚翻译道："他说，一楼很潮，没人愿意住一楼，所以一楼只有三个房间，直到前不久才把一楼的房间租出去。"

　　一楼确实潮湿，墙皮脱落了近半米高，这两天风大雨大，潮湿的墙皮的陈腐味飘散在走廊里。老人带着他们穿过楼道，拐过走廊就看到位置隐蔽、一溜排开的三间房，老人停在第一间房门前指了指，意思是就是这一间。魏恒朝门牌号上看了一眼，道："大爷，这是103号房。"

　　老人"唔"了一声，又把他们领到最后一间，特意看了看门牌号——101。

　　魏恒推了推门，推不开，问老人有没有钥匙，老人说101号房门的锁被刘淑萍换过了，他没有备用钥匙。

　　魏恒退后一步，抬起右腿往门上用力踹了一脚，房门还挺坚固，第一脚只把门牌号震掉了，魏恒又接连踹了两脚，房门才应声而开。

　　房门一开，火光伴着浓重的黑烟扑面而来。房子里空无一人，客厅里正烧着一堆被褥和衣物。

　　"快灭火！"沈青岚喊了一声，率先跑进去脱下雨衣扑打火堆。

　　房间是一居室，洗手间就在小小的客厅正对面，魏恒接了两盆水，很快浇灭了火堆。染了血的被褥和一些瓶瓶罐罐虽然被烧得一片焦黑，但是被包裹在里面的衣物还是留了下来。

火势并不猛烈的原因还有一个，房间里漫了一层能淹没鞋底的积水，茶几、桌子上也洒满了水，好像刚被大雨冲刷过似的，所以烟雾浓重，火势却不大。

沈青岚把被烧了一部分的衣物从废墟堆里抽出来，从一件黑色运动衣的口袋里翻出一个钱包，钱包里装着身份证，道："魏老师，是一号死者！"

魏恒看了一眼沈青岚手里的身份证，道："再找找。"

魏恒在小小的客厅里转了一圈，看到电视和电视柜被一块床单蒙着，魏恒走过去把床单揭掉，只见摆在电视柜正中间的是三名受害者丢失的东西："沈警官。"

沈青岚忙着在废墟堆里找另外两名死者的身份证明，忽然听到魏恒叫她，于是抬头向他的方向看过去，同时看到了摆在电视柜中间的一瓶装满白色半透明液体的小型酿酒用的玻璃瓶，里面漂浮着三根男性生殖器。

那瓶液体应该是福尔马林，毕竟那尸体的一部分到现在还没有腐烂的迹象。

沈青岚的喉头一滚，差点吐出来。

为了照顾女士，魏恒又把床单蒙上了，道："通知邢队长，我们找到了第一案发现场，但是刘淑萍不见了。"

说完，魏恒又进了卧室，卧室反倒比客厅大一些，里面摆着一张床，一个衣柜，除此之外别无他物，床上的被褥都被掀掉，刚才烧掉的应该就是这些被褥，床上只剩了一层床板。魏恒围着床看了一圈，发现这张床很矮，好像床脚被刻意锯断了一部分。他蹲下身子往床底看去，果然在床底下找出了一把锯子，锯齿上还沾着血，床脚下则散着一些木屑。

看来这把锯子就是作案凶器。

魏恒把锯子放在没有沾水的桌面上，继续在卧室里搜寻着什么。他看到窗边有一个大衣柜，衣柜是这套房子里最大的物件，有两米长，一米宽，左右两门。他打开左手边这扇门，见里面的隔板上放着一床被子，衣架上挂着几件衣服，看那花色和样式，都是中年女人穿的衣服。他又试着打开右边的门，但是右边的衣柜门上着锁，打不开。

魏恒走出卧室，又进了卫生间，卫生间更干净，洗手台上的瓶瓶罐罐和一些毛巾等物品已经被处理掉了。

魏恒不禁有些奇怪：刘淑萍为什么在这间房子中浇满水？为什么把被褥和卫生用品烧干净？她想要毁灭证据吗？那她怎么把挂在衣柜里的衣服忘了？还有，床脚和桌子又为什么被锯断了一截？

不过把这些分散的疑点整合起来，恰好可以解释为刘淑萍想要消除自己在这间房子里生活过的痕迹，但是她消除得并不干净，还是有线索留了下来。

沈青岚道："魏老师，勘查组的人马上就到。"

魏恒回过神来，点点头，道："那你在这儿等一会儿，我去帮邢队长找刘淑萍。"

这里需要留下一个人保护现场，沈青岚知道自己是个拖累，于是道："好，你当心。"

魏恒走出小楼才发现忘了带伞，返回去拿伞又实在浪费时间，于是撑开他一直拄在手里的雨伞，走进夜雨中。

天越来越黑，雨越来越大。虽说是帮邢朗找刘淑萍，但他全无头绪，此时刘淑萍俨然是逃了，不过根据房间里衣物、被褥的烧毁情况可以推测那把火点燃的时间，刘淑萍放火之后应该还没有逃远。她接下来会去哪里？乘火车离开芜津，还是暂时找一个避雨的屋檐躲起来？沈青岚已经向她提前暴露了警方的抓捕行动，所以她才会这么及时、迅速地出逃。如果她真的躲进了某个不见天日的角落，像一尾漏网的鱼般游入大海，今夜过后再想抓住她，当真如海底捞针。

不知不觉，魏恒回到了停车的小广场，站在广场边缘看着周围四通八达的街巷，一时不知道应该往哪里走。

天上劈下来一道闪电，停车场的几辆警车在夜幕下被照亮。忽然，他借着转瞬即逝的闪电看到了站在警车旁边的人影，天太黑了，如果没有方才的天光照亮，他还当真察觉不到女人瘦小的身影。虽然只在照片上见过她，但是直觉告诉魏恒，她就是刘淑萍。

刘淑萍如一个鬼影般站在警车旁，静静地看着魏恒。

没有时间深思，魏恒扔掉伞，径直朝刘淑萍走过去，他不需要躲避了，因为他看到刘淑萍的时候，刘淑萍正在注视着他，像是在等他。他快步走近，女人的身影犹如惊弓之鸟般迅速转向被路灯点亮的街道。看起来脆弱得不堪一击的人，跑起来竟然那样快。

魏恒追了她几步，忽然停下摸了摸风衣口袋，摸到了徐天良临走前交给他的车钥匙。他迅速钻到车上，不挂灯的警车在小广场绕了一个圈，轮胎摩擦地面发出刺耳的声响。

深夜，暴雨天，车辆鲜少的街道上，一个女人在狂奔，一辆吉普车在她的身后紧追，犹如一头钢铁巨兽向它的猎物发出了攻击。

刘淑萍奔跑的过程中回头看了一眼几乎逼到她身后的车辆，往右拐过十字路口。魏恒紧接着朝她消失的方向追去，却没有在前方的街道上看到她的身影，他一边搜寻女人的身影，一边踩下油门再次加速。

刘淑萍果真像钻入海里的鱼一般不见踪影，正在他分神巡视路面的时候，眼角的余光忽然瞥见从前方路口跑出来一个人，那个人不偏不倚地站在他的车头正

第七章·门牌

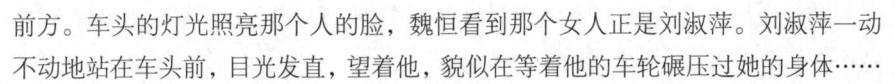

前方。车头的灯光照亮那个人的脸，魏恒看到那个女人正是刘淑萍。刘淑萍一动不动地站在车头前，目光发直，望着他，貌似在等着他的车轮碾压过她的身体……

雨天路滑，魏恒把刹车踩死也阻止不了车辆继续向前窜行，他咬了咬牙，狠狠地向左打满方向，但是他和刘淑萍的距离太近，车尾即将甩到她的身体上，这时一个人影从路口冲了出来，抱住刘淑萍的腰把她向前扑倒！

几乎是同时，车也停下了，只有暴雨还在下。

魏恒连忙从车上下来，借着路边的灯光和车头的灯光，看到刚才救了刘淑萍一命的人是邢朗。

邢朗垫在刘淑萍的身下，右臂手肘和整个后背遭受了一次犹如被粗糙的巨石滚压的重击，他的后脑砸在地面上，眼前黑了几秒钟。魏恒把刘淑萍拽起来，一手扣住她细瘦的手腕，一手去拉邢朗。

邢朗躺在地上闭着眼睛缓了缓，然后抓住魏恒的手从地上爬起来，一边活动肩膀，一边问魏恒："你受伤没有？"

魏恒扫了一眼邢朗身上被擦破的雨衣，喉头滚了滚，才发出声音："没有。"

邢朗捂着跳动的太阳穴，黑亮亮的眼睛看着浑身哆嗦的刘淑萍，道："大姐，寻死？何必呢？"

魏恒心中一颤，蓦然攥紧了双拳。

刘淑萍是杀人犯，邢朗竟对她说何必……

刘淑萍被邢朗塞入警车，邢朗的胳膊受伤不方便开车，就让魏恒开车折回公安局。

后座的刘淑萍颤抖着想说点什么："警官，我……"

邢朗往后仰倒进椅背，闭上眼睛，没精打采地道："大姐，有什么话回公安局再说，我现在脑袋有点晕，让我安静一会儿。"

邢朗明明说要安静，没过一会儿，却又第一个开口打破了车里的平静，向魏恒问道："你的伞呢？"

魏恒看了邢朗一眼："伞？"

邢朗拿手比画了一下："你的拐杖。"

魏恒咽下一口气，尽量保持平和的口气："丢了。"

邢朗偏头看魏恒："那你脚上的毛病也没多严重，我看你刚才走那两步挺利索的。"

魏恒的唇角一撇，冷笑道："我就算是个瘸子，也能利利索索地走两步。"

邢朗看着魏恒冰雕似的侧脸沉默了一会儿，摆正脑袋叹了口气："哎……没别的意思，就闲聊几句，怎么又生气了？"

魏恒像是为了证明自己没生气，故意笑道："那你聊天的水平可真不怎么样，我不相信你和女孩子聊天也是这个水平。"

邢朗低笑一声，声音低沉，只在胸腔里打了个来回就沉了下去，道："跟女孩子当然不能这样聊天。"

魏恒极其虚伪地笑了一声，唯恐他听不出自己的敷衍。

邢朗又道："如果你要求的话，我可以那样跟你聊天。"

魏恒："聊什么？"

邢朗："聊天啊，用和女孩子聊天的方式跟你聊。"

魏恒无语了片刻，冷冷地道："不需要，谢谢！"

邢朗抬起眼皮瞅他："不需要吗？我怎么感觉你就是这个意思。"

邢朗看魏恒皱眉，勾着唇角慢悠悠地道："你对我说的话总是这么敏感，我见你对别人可不是这样。你这么在意我说的话，难道不是在意我的看法？"

魏恒刚好在转弯，闻言心里一惊，手上使错了力，差点把车开到路边的林带里，他及时打了一把方向盘才堪堪稳住车身。魏恒的额头上出了一层冷汗，他扭过头狠狠地瞪了邢朗一眼："邢队长多虑了，我没有这个意思。"

邢朗发现自己特别乐意看到魏恒被惹毛的样子，魏恒冷言冷语骂人时的样子比他一本正经的样子有趣多了。

邢朗问："你没有吗？"

魏恒冷冷地道："没有。"

邢朗叹了口气，佯装一脸遗憾地道："如果你什么时候有了，一定要告诉我。"

魏恒明知道邢朗在胡说八道，但还是忍不住接了话茬："你到底什么意思？"

邢朗用余光把魏恒从头到脚看了一遍："就是觉得你生起气来很有趣。"

魏恒感到一阵无语。

天色阴沉沉的，雨又下了起来，从夜晚下到清晨，延续了前两日的架势。

魏恒不属于正式编制，昨夜把刘淑萍送回公安局后就回去休息了。

第二天，魏恒照例起了个大早，收拾完自己后给鹦鹉换食换水。他的鹦鹉跟着他多年，生命力和他一样顽强，被他如此随意地对待，依旧活着，就像一株长在大野地里的荒草，深知自己的主人是个什么德行，也就十分有求生欲地接受现实。魏恒就喜欢它这一点，能屈能伸，隐逸坚强，是个将才。

魏恒喂完鹦鹉，打开冰箱看了一眼，只看到一袋已经被冷气蒸干了水分的吐司面包。魏恒撕了一块面包塞到嘴里，打算今天无论如何都得抽个时间去超市购物，再不补充口粮他就要被饿死在这套房子里了。出门时，他往隔壁紧闭的房门看了一眼，昨天晚上他留心听着隔壁的动静，直到他睡着之前，隔壁都安静无声，貌似他的邻居彻夜未归。

临睡前他给徐天良打了个电话，问徐天良工人那边的情况。徐天良说带回来好几个人，刚询问完。不用魏恒询问，徐天良紧接着就说邢朗去医院了，从医院回来就一直待在审讯室，貌似要熬一个大夜。

照今天早上这种情况看来，不是貌似，而是肯定了。

魏恒站在电梯口等电梯，电梯即将停在六楼的时候接到了邢朗打来的电话："魏老师，出门了吗？"

邢朗的声音听起来很疲惫，一如既往的低沉，但嘶哑得厉害。

魏恒看了一眼距离自己不足三米的房门，镇定自若地开启胡说八道模式："嗯，快到公安局了。"

邢朗好像长着千里眼，一眼洞穿了他的谎话，也不拆穿，只懒懒地道："那就算了，本来想让你帮我捎件衣服，待会儿我自己回去拿吧……哎哟哟，胳膊抬不起来。"

魏恒听着邢朗在电话那边呻吟，虽然明知道他是故意的，但是连捎件衣服这么简单的忙都不帮，不免显得自己太不厚道，便道："我没有你家的房门钥匙。"

邢朗笑了一声，道："对面的老夫妻有，你就说是我的同事，老太太就给你了。"

魏恒挂了电话，去敲邢朗家对面的房门。不一会儿，一个满头华发、神采奕奕的老太太打开房门。听他说是邢朗的同事，老太太立即就信了，很快把一把钥匙交到他的手里。

魏恒不知道邢朗怎么和这老两口混得这么熟，熟得连家门钥匙都交出去了，他一边在心里吐槽，一边打开 508 的房门走了进去，站在门口往里看了一眼，就看到满屋的单身男性的气息。乱，虽然不脏，但是很乱。

魏恒没有兴趣窥探别人的私人领地，目不斜视地穿过客厅，找到了卧室。

虽然控制自己不乱看，但是眼角的余光难免会扫过，他看到卧室里那张铺着深蓝色床单的大床，而那张床此时也很乱，褥子扭得像团麻花，一张宽大的空调被掉在地板上一大截，床头柜上放着一个方形玻璃杯，杯底还盛着浅浅一层类似于威士忌的琥珀色的液体。

魏恒虽然控制好了自己的身体，但是没控制好自己的思维，看着眼前这张大床，不禁开始胡思乱想起来……

魏恒想起和徐天良闲聊时，徐天良说过邢朗算是混血儿，爷爷是大草原上放羊牧马的少数民族，因此他的眼睛有些异于常人。邢朗的眼珠乍一看是黑色的，但凑近了细看，就能看到他的瞳孔呈灰白色，很像某种昼伏夜出、行踪神秘的猫科动物。

　　回想起邢朗的那张脸，魏恒觉得这个人有点捉摸不透，邢朗脸上的表情总是很平静又很阴沉，看人的眼神既轻浮又凝重。他总是斜挑着一侧唇角，眼神盯在一个不上不下的位置，好像随时会变脸，却没人能看透他下一秒是会发怒，还是会说笑。

　　具体是哪种猫科动物，魏恒一时想不起来，总之一定是那种又奸又猾，鲁莽又轻浮的物种。想必这张大床，就是为了那些被他引到家的狂蜂浪蝶所准备的。

　　在心里把邢朗作贱了个够，魏恒才离开床边走到竖在窗户对面的衣柜前，推开了衣柜的推拉门。和床相比，衣柜里倒还整洁，上衣和裤子起码分开叠放，外套整齐地挂在衣架上。

　　魏恒随便拿了一件薄薄的圆领针织衫和一件黑色夹克，一同装在一个小众品牌的服装袋里，提着衣服出了门，走之前还不忘瞪了卧室一眼。他想把钥匙还给老夫妻，但是房门一直敲不开，想必是老夫妻外出晨练，或吃早餐去了，于是他装起邢朗家的房门钥匙，提着衣服快步下楼。

　　小区门口，一辆黑色大众停在路边，在魏恒走出小区后立即闪了闪车灯。

　　魏恒上车前往左右看了看，然后拉开车门坐在副驾驶的位子。开车的是一个戴着棒球帽和口罩的男人，男人坐在车里都显得很高，小轿车的驾驶室几乎搁不下他的两条长腿。

　　魏恒掏出烟盒利索地点了一根烟，吐出一口烟雾，说：" 这个地方，以后你不能再来。"

　　男人的口罩被拉到了嘴唇以下，只兜着下巴，把车开上公路才问："为什么？"

　　魏恒把衣服放在脚边："邢朗住在这儿。"

　　郑蔚澜看了看魏恒，揶揄着道："那你岂不是被他包围了？"

　　魏恒漫不经心地淡淡道："我被不被他包围无所谓，你被他包围就完了。"

　　郑蔚澜的十根手指在方向盘上轻捷地跳动，语气既轻佻又傲慢："我还真不怕他。"

　　魏恒瞥了他一眼，难得地说了句真心话："我怕，所以你躲他远点。"

　　郑蔚澜笑道："你要是真怕他，还上赶着羊入虎口？"

　　魏恒："不说这个，说冯光。"

　　郑蔚澜的眉头一皱，口气不再带着嬉笑的成分："我对这个人没印象。"

　　魏恒微微皱眉："或许他以前不叫冯光？"

　　"他那张脸，我也没印象。"郑蔚澜转头看向魏恒，"他认出你了？"

　　魏恒想了一会儿，道："我不确定，邢朗把他看得很紧，我想试探他都没有机会。"

郑蔚澜道："你最好和冯光保持距离，万一他听出来了反倒麻烦。我去试探他。"

魏恒："邢朗最多再扣他一天，到时候我给你消息。"

郑蔚澜点点头，瞥见魏恒腿边的服装袋："你带衣服干什么？出差？"

魏恒刚想说是邢朗的衣服，话到嘴边又咽回去，抽着烟不答话。

郑蔚澜腾出一只手在袋子里翻了翻："不是你的衣服吧？你什么时候穿过皮夹克啊？"

魏恒不想和郑蔚澜过多地聊起邢朗，或许是为了避免造成他和邢朗很熟的假象，随口编了个谎话应付过去。好在郑蔚澜对那两件衣服也没多大兴趣，在他编瞎话的时候已经不在意了，甚至都没细听他胡诌些什么。

不多时，公安局到了。

郑蔚澜把车停在公安局门口的摄像头监控不到的路边，笑嘻嘻地道："上班加油哦。"

魏恒提起服装袋下了车，扶着车顶弯腰透过车窗，面无表情地看着他，说："郑蔚澜，不做命案，你给我记住了。"

郑蔚澜但笑不语。

魏恒直起腰在车顶上拍了一下，目送黑色轿车汇入车流后，拐过路口消失不见。

直到郑蔚澜走了，魏恒才想起一件正事，他把徐苏苏的照片、家庭住址以及上班地点发给郑蔚澜。今天凌晨刘淑萍认罪，徐苏苏被无罪释放，但是徐苏苏的家庭情况却是一个疑点，徐苏苏的父亲徐红山至今下落不明，魏恒对徐苏苏还不能完全解除怀疑。

公安局里很热闹，昨夜从铁路线上带回来五个领头的工人，和旭日钢铁集团挂钩的人闻风而动，纷纷找公安局和检察院里的内部人员打探消息。魏恒一进大堂，就看到几个没有穿警服的男人站在那里不知道在秘密地谈论着什么。仅从他们的穿衣打扮和神态判断，魏恒很快分辨清楚了他们的身份：两名记者，三名市领导秘书，至于那个看起来最年长的男人，倒像是个警察。

魏恒谢过好心为他撑伞的保安，准备上楼时忽然被人叫住了。

"你是谁？"那个剃着寸头，身材精壮结实，四十岁上下的男人一脸威严地问道。

魏恒站在楼梯前，回头看向他，脸上露出职业性的笑容："您是王副队长吧？我是……"

一个路过的女科员代替魏恒解释道："王副队，魏老师是刘局特聘的顾问。"

王副队长不苟言笑，皱着两条浓密、黝黑的眉毛，毫不客气地打量着魏恒："哪个魏老师？我怎么不知道我们队什么时候有你这号顾问。"

魏恒一时沉默下来，他不知道这个王副队长是对所有人都这么摆谱，还是只针对他。跟王副队长一比，魏恒顿时觉得邢朗真是太可爱了。

此时沈青岚抖着雨伞上的水滴，从大堂门口走了进来，冷冷地道："魏老师是许教授介绍来的，刘局已经点头批准，邢队也知情。王副队您不知道很正常，咱们队里的事一般不从您手里过。就算过了，您也记不住几件。"

王前程被她这么一呛，脸色顿时有些不好看。魏恒看着眼前的这一幕，只觉得心累，看着王副队长即将要和心直口快的沈青岚过不去，而他作为中心人物，恐怕还得被搅和进去。谁料王副队长只是沉下了脸，转过头不再理睬他们，竟然咽下了这口气。

沈青岚一手拿伞，一手提着一个保温桶，兀自上楼了。

上楼途中，魏恒有意落后两步，和刚才的女科员聊天："王副队的脾气挺好的？"

女科员一脸诧异地看着魏恒："王副队的脾气不好啊！我们都知道。"

魏恒笑道："刚才沈警官那样跟他说话，他不是也没说什么吗？"

女科员道："那得分人了，岚姐跟他说什么，他都不会生气，换作我们，哪敢跟他这么说话啊！"

魏恒问："为什么？"

女科员凑在魏恒的耳边低声道："咱芜津市市长姓沈。"说完还朝他眨了眨眼睛。

魏恒一脸了然地点头，心说：就算沈青岚不是市长的千金，也是直系亲属。

女科员又补充道："行长和市长是两口子。"

这下，魏恒彻底懂了，沈青岚她爸是市长，她妈是某银行行长，怪不得王前程在她的前面不敢高声大气。

正想着，魏恒见邢朗从楼上下来了，沈青岚跟在邢朗的身后。邢朗皱着眉头，一脸不快，经过魏恒的身边只是扫了魏恒一眼，随后就越过他下楼了。

沈青岚有些慌慌张张的，下楼时对魏恒说了句："我买了包子在楼上。"

魏恒没有上楼吃包子，而是靠着楼梯扶手，看着沈青岚和邢朗参与进了一楼的官员、记者和王副队组成的圆桌会议之中。邢朗站在王副队对面，所以魏恒能清楚地观察到刑侦支队的两位队长在这场会议中的不同表现。

王前程神色严肃，口吻激愤，好像主席台上指点江山的兵马大元帅，而邢朗则是面无表情地听着，时不时地看一眼楼外的风雨，时不时地看一眼王前程。邢

第七章·门牌

朗看王前程的眼神有点意思，像是在冷眼旁观着一场大戏，唇角也挑出一丝笑意。

还是这张脸，魏恒心想：估计此时此刻站在邢朗对面的王副队也在肝颤，不知道邢朗的表情到底是赞同他，还是预备着驳回他。

市领导秘书和王前程好像商量出了结果，王前程又把他们的决议转述给邢朗，邢朗听完没什么表示，只给沈青岚递了一个眼色。

沈青岚打了一通电话，没过一会儿，一楼大堂彻底热闹了起来，五个被带到局里的工人接连被带到一楼大堂，随行的还有他们的家属，乌泱泱的共有十几号人。

被留置了一晚上的工人虽然已经没有了昨晚的气势，但是他们的神色依旧固执，好像他们在做一件足以影响世界的大事，你一言我一语地向警察和市领导秘书申诉自己遭遇的不公。秘书们不得已扯着嗓门压过他们的声音，说订了一个酒店，请他们吃饭，边吃边聊。

魏恒看着一楼混乱的一幕，看着看着，他觉得有些恍惚，想掉头上楼，目光又在不经意间锁定了邢朗，邢朗摸出一根烟叼在嘴里，但是没有点，眼睛不知道看向何处，或许只是在出神。邢朗虽然身处混乱的人群当中，但是他依旧保持着旁观者的姿态，并不掺和进他们当中的任何一方阵营。

忽然之间，邢朗察觉到一道视线一直在盯着他，他迎着那道视线看过去，就看到了站在台阶上的魏恒，他的嘴角微微一勾，向魏恒眨了眨眼睛。

魏恒："……"

本来他还在心里感慨邢朗颇有些稳如泰山般的风度，此时却觉得刚才那个严肃的邢朗是他的幻觉。

魏恒白了邢朗一眼，提着服装袋往楼上走，走了没两步，忽然听到大堂响起嘈杂的打斗声。

原来是其中一名工人将自己不被重视的怒火发泄到了自己的妻子身上，他对瘦弱的妻子动起手来。

邢朗的眼神一黯，拿掉含在嘴里的香烟，猛地抬起右脚踹在男人的肩上，骂道："把人给我铐起来！"

三名秘书和王前程连忙挡在邢朗的身前，其他工人迅速搀扶起施暴的工友快步离开了公安局。魏恒看到最先去搀扶那个男人的人正是被他施暴的妻子。他们走得匆忙，他的妻子连伞都忘了拿，丢在一楼大堂里。

魏恒没有接着看下去，径直上楼了。

四楼的会议室，陆明宇和几个刑警沉默地坐着，脸上露出若有所思的表情，摆在桌子中间的一屉小笼包已经见了底。

"师父，你吃早饭了吗？"徐天良秉持着好徒弟的行为标准，殷勤地去接他手里的袋子。

魏恒说了句还没有，然后在陆明宇的对面坐下，拿起他面前的一份文件，问："这是刘淑萍的口供吗？"

陆明宇道："对，她全都承认了。"

刘淑萍的这份口供里，叙述了她前半生不幸的经历，也解释了她的杀人动机。

虽然魏恒在翻看口供，但是陆明宇还是向魏恒陈述道："她是顺阳人，二十五年前离家出走，在多个城市兜兜转转，后来被皮条客哄骗着去做一些不正当的行业。两年后她逃了出来，认识了一个男人，同居一年又分手。她对男人有仇恨心理，恐怕这也是她的作案动机。"

魏恒只捕捉到一个重点："离家出走？"

陆明宇："她离家出走那年才十七岁，她的家里人一直在找她。但是后来她被骗进不法组织中，就没脸再回去了，索性彻底和家里人断了联系。我们和顺阳的警方核实过了，她的确在顺阳的失踪人口里。"

十七岁时离家出走，结果被迫进入不法组织，逃出虎口又遭同居男友的抛弃，这种惨痛的经历确实很有可能转变成对男人的仇恨。但是魏恒却在纠结她不符合自己的侧写的问题。

门外传来上楼声，紧接着邢朗就进来了，他的脸色比刚才下去的时候更阴沉了些，眼神尤其凶。

邢朗站在魏恒的旁边，点着了一直没来得及点燃的烟，问："东西带了吗？"

魏恒朝桌上的服装袋示意了一下。

邢朗又看向陆明宇："徐红山老家抚天的那个案子，有着落了吗？"

陆明宇揉了揉额头，没精打采地道："我就是在发愁这件事，抚天是个县，现在几乎全部重建了。徐红山老家的那座院子也早拆迁了，我刚才联系了当年承包工程的建筑公司和监理公司，都说没有发现什么女人的尸体。现在建筑图纸也丢了，老院子的方位也确定不了。"将近二十年的时间过去了，很难找出线索。就算当年的施工队发现了女人的尸体，为了工期不被延误，施工方很有可能会处理掉尸体，向公安局隐瞒不报。

邢朗在烟灰缸里磕了磕烟灰，道："你现在跑一趟抚天，我联系抚天的公安局，你去了也有个接应。"

陆明宇点点头："行，那我马上出发。"

邢朗简单地嘱咐了陆明宇几句，然后看了看在翻看文件的魏恒，临走时道："待会儿到我办公室来一趟。"

虽然邢朗没有指名道姓，但是魏恒知道他是在跟自己说话。

邢朗没有说立刻，所以魏恒也不急，拿起一个包子配着豆浆吃起来。

徐天良扒开袋子口，边看边问："师父，这是什么？"

魏恒："邢朗的衣服。"

徐天良："邢队的衣服怎么会在你这儿？"

魏恒："我在他家里拿的。"

徐天良和陆明宇，还有在场所有的刑警都不约而同地转头盯着魏恒。

邢朗自己一个人住，在公安局里尽人皆知。

徐天良感到十分震惊："你还有他家的钥匙？"

魏恒扯了一张纸巾擦了擦沾到手上的豆浆，漫不经心地点了点头。

沈青岚刚进来，听了个尾音："谁有谁家的钥匙？"

魏恒把纸巾扔进垃圾桶，朝徐天良伸出手："把衣服给我。"

徐天良一脸木讷地把袋子递给他，等魏恒一出门，就对沈青岚说："我师父有邢队家的钥匙。"

沈青岚："这唱的哪出？"

邢朗办公室的门虚掩着，魏恒刚到门口，就听邢朗在里面说："不用敲了，进来。"

魏恒推开门走进去，反手关上门，把装着衣服的袋子放在办公桌上，问道："找我什么事？"

邢朗从桌子后绕出来，把袋子里的衣服倒在桌子上，脱掉被擦破的外套，顺手扔进墙角的垃圾桶里，解着贴身的衬衣扣子说："我知道你对分尸案还有些不同的看法，说说吧。"

邢朗站得有点近，而且正在脱衣服，魏恒挪开了几步，转过头不看他："你没发现刘淑萍并不符合我的侧写吗？"

邢朗："你是说她的年龄？"

魏恒点头："她也没有代步车。"

邢朗脱掉衬衣，拿在手里沉默了片刻，然后把衬衣也扔向垃圾桶，但是扔偏了，于是他走过去弯腰又把衬衣捡了起来。

邢朗整理着袖口道："你说的代步车，是在凶手以曙光街为中转站的前提下做出的刻画。现在证实了凶手没有中转，而是直接在居住地杀人，自然就不需要代步车了。"

魏恒摇头："不，前后逻辑不通。我认为凶手具有更强的谨慎性和隐藏性，她一定能想到规避在自己居住地附近制造目击证人的风险。"

邢朗穿上夹克，抖了抖衣领，笑道："但是现在人证、物证俱在，犯人也招了。你还想怎么样？"

魏恒果断地说："我想再查一查。"

邢朗沉默了一下，道："那你就查吧，让小徐跟着你，也好给你搭把手。"

魏恒本以为邢朗会结案，阻止他深入调查，命令他转入下一桩案件，所以此时邢朗的态度让他颇感意外。邢朗应允得如此爽快，魏恒一时都不知道该说什么了，静静地站了一会儿就走了。

一所中学门口，魏恒和徐天良站在学校门口的人行道上等着学校中午放学，大约十几分钟后，校园里响起了放学铃声，学生和教师们鱼贯而出。一个戴着眼镜，推着自行车的年轻男人和学生们一边说着话一边走出校门。

在校门口分手，学生们向他摆手："韩老师再见。"

男人嘱咐他们路上小心，然后推着自行车走向人行道，在男人骑上车子之前，魏恒抢先挡在他的面前，问道："韩语先生？"

韩语看着魏恒："你是？"

徐天良掏出证件："我们是警察，问你几句话。"

徐苏苏的男朋友韩语被魏恒和徐天良带到学校对面的快餐店，放学时间是就餐高峰期，虽然他们去得早，也只捡了一张角落里被众人挑剩下的桌子。魏恒点了三杯果汁，然后向韩语阐明来意。

"苏苏？苏苏怎么了？"韩语紧张地问道。

魏恒道："她没事，我们想问你一些关于她父亲的事。"

韩语略显安心，问道："她父亲不是走了吗？"

魏恒看着韩语，微笑着道："徐苏苏的父亲徐红山中风偏瘫，没有独自出行的能力，我们警方更愿意相信徐红山是失踪了。"

说起徐红山，韩语皱了皱眉头，神色中浮现出不加掩饰的轻蔑和厌恶，道："你们问我也没用，我也不知道苏苏她父亲去哪儿了。"

魏恒："你和徐苏苏不是都要结婚了吗？你怎么会不知道自己的老丈人在哪里？"

提起这个老丈人，韩语显得更加不耐烦起来："我不想说这个人。"

魏恒道："抱歉，你必须说。"

韩语看着魏恒，无奈地道："既然你想听，那我就告诉你。"韩语继续说，"徐红山是一个大男子主义特别严重的人，我和徐红山见过几次面，他每次都在酒桌

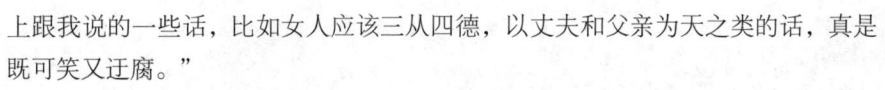

上跟我说的一些话，比如女人应该三从四德，以丈夫和父亲为天之类的话，真是既可笑又迂腐。"

韩语越说越气愤："他就是一个不折不扣的老疯子、老浑蛋！我很讨厌他，为了苏苏，才没有跟他翻脸。像这样一个满脑袋腐臭思想的老浑蛋，我才不在乎他去哪儿了。"

听着听着，魏恒皱起眉头："徐苏苏也和你一样讨厌徐红山吗？"

韩语无奈地叹了口气："他到底是苏苏的父亲，苏苏从小和他生活在一起，被他抚养成人，听他说那些混账话，不知道听了多少遍。这么多年，可能苏苏早就习以为常了吧？苏苏很尊敬他，也很怕他，从来没有在他面前说个不字。"

魏恒低头思考着，也就是说徐苏苏敬畏她的父亲，一个敬畏父亲的人，会有可能杀死自己的父亲吗？虽然可能性很小，但也不是完全没有可能。

韩语看了魏恒一眼，欲言又止地道："还有一件事，但是和苏苏的父亲无关。"

魏恒忙道："请说。"

韩语道："苏苏跟我提起过，她总是在上班和回家的路上遇到一个女人。刚开始一两次，她并不放在心上，但是后来那个女人几乎天天出现，不是在她公司的楼下，就是在她常去的早餐店，苏苏甚至还在小区门口见过那个女人。"

魏恒："什么样的女人？"

韩语："这个我就不知道了，苏苏说她是一个看起来精神很不正常的女人。"

魏恒："你有照片吗？"

韩语想了想："哦，对了，苏苏给我发过一张照片，我本来想带着照片去报警，但是被她拦住了。她说我小题大做，或许碰见那个女人只是意外，那个女人也没有伤害过她。我这两天换了新手机，照片在旧手机里，等我回去用以前的手机发给你。"

魏恒给韩语留了自己的手机号，就让他走了。

韩语走后，徐天良坐在魏恒的对面，露出一脸高深莫测的表情："师父，不简单啊。"

魏恒笑了笑，把菜单递给徐天良："点东西吃，别忘了开发票，回去让邢朗报销。"

在徐天良点菜的时候，魏恒的手机响了，是郑蔚澜，他避开徐天良接通电话："嗯？"

郑蔚澜问："你让我跟着的这个小妞什么来路？"

魏恒的表情立刻变得郑重起来："怎么了？"

郑蔚澜："警惕性够高的啊！转了好几次车，下了公交，又上出租，差点把我甩掉。"

魏恒："她去哪儿了？"

郑蔚澜："不是什么好地方，曙光街知道吗？就那附近的开发区。"

对了，他怎么忘了搜查徐苏苏是否住在那栋小楼里。当时警方都被找到的第一现场所蒙蔽，那次抓捕完全以刘淑萍为目标，找到第一现场后，警方完全不会想到继续搜查另一个刚被释放的嫌疑人徐苏苏的家，更不会继续搜查那栋楼。

菜刚端上来，魏恒忽然起身，道："走。"

徐天良："菜……"

魏恒："打包。"

徐天良赶紧揣上发票，拎着打包的饭菜跟着魏恒出了餐厅，开车往曙光街驶去。

三层小楼依然矗立在雨中，还是昨夜的模样，房东坐在屋子里练毛笔字，看到去而复返的警察，又把登记簿递给了他们。魏恒翻开登记簿挨个查看，终于在最后一页看到了"徐书"的名字。他看过徐苏苏的笔录，所以记得徐苏苏的笔迹，"徐书"这两个字俨然出自徐苏苏之手。

"徐书"租的是103号房间，入住时间是八月二十五号，仅比刘淑萍早三天，而明细栏写的是"十月三号退租"，也就是今天。

"大爷，钥匙借我用一用。"魏恒指着老人放在桌子上的一串钥匙。

老人忙着练字，又对警察很放心，索性把整栋楼的钥匙都给了魏恒。

魏恒快步走进楼里，来到昨夜他发现的第一现场。魏恒看着103号房，这间就是"徐书"，也就是徐苏苏租的房子。然后他移步到102号房，这间房里没有人住，房门虚掩着，里面堆着一些杂物。最后是101号房，是刘淑萍租住和她杀人的房间。

101号房门前拉着警戒线，该采集的证据全都被勘查组取走了。魏恒站在101号房门口，推开已经被他踹坏的门往里看去，房间里还是昨夜警察离开时的模样，衣物和锯子等物品已经作为证物存放在公安局的物证室里。

魏恒又回到103号房门前，在钥匙串上找到标着103号的钥匙，插入钥匙孔里扭了几下，却打不开。魏恒没有选择像昨天一样踹门，他把钥匙拔出来，折回到101号房门前，再次插入标着103号的钥匙。

徐天良亦步亦趋地跟着魏恒，虽然看不懂魏恒在做什么，但也没有出言询问，魏恒连开两扇门的过程像是在进行一种郑重的仪式，让人不敢出声打扰。

魏恒把钥匙插入101号发生凶杀案的房门，虽然门锁已经被他踹坏了，但是钥匙依然可以转动锁芯，松动的锁芯发出类似踏在空洞的地板上的声响。

094　CHAPTER 1·**女巫之锤**

第七章·门牌

魏恒的心情随着被转动的锁芯而逐渐变得亢奋起来，他拔出钥匙退后两步，着重看了一眼面前的101号房门。

徐天良刚想问他是不是要进103号房看看，就见魏恒再次回到了103号房门前。眼见魏恒后退一步，抬腿要踹门，徐天良连忙拦住他："师父，你的手里有钥匙啊，房东大爷没说103号换锁了呀。"

魏恒甩开他的手，抬腿在门板上连踹了两脚，门开了。

门一开，就连徐天良也觉察出不对劲："师父，这间房子怎么和发生命案的房间一样啊。"

没错，103号房的地面也积着一层水，厨房用具，洗手间的用品，卧室里的床单、被褥，甚至衣柜里的衣物统统都消失了，像是被强盗洗劫一空。

魏恒把每个房间都转了一圈，每个房间都空荡荡的，如同样板间，而且处处都蒙着一层水渍。一个答案在脑海中逐渐变得清晰，魏恒站在客厅里拨通了郑蔚澜的电话："那个女人有没有带着行李箱出去？"

郑蔚澜道："行李箱倒没有，但是带着两大包东西，不知道是什么。我跟着她到了垃圾箱附近，看到她把东西都扔进垃圾箱了，然后放了一把火。"

魏恒立刻变得紧张起来："放火？"

郑蔚澜："别急，我把火扑灭了，就在蜀香阁后门的附近。"

魏恒松了一口气，让他继续看守那些物品。

徐天良站到魏恒的面前，一脸幽怨地道："师父，你到底发现什么了？"

魏恒挂了电话，道："边走边说。"

出了小楼，魏恒把钥匙还给房东。

徐天良跟在魏恒旁边，帮魏恒撑着伞："师父，你告诉我吧！"

魏恒留神脚下的泥泞，反问："刚才咱们去的是几号房？"

徐天良："103号啊。"

魏恒："错，是101号。"

徐天良愣了一下："啊？"

魏恒耐心地解释道："登记簿上，刘淑萍住在101号，徐苏苏住在103号，对不对？"

徐天良："是啊。"

魏恒："发生命案的是刘淑萍住的101号房，对吧？"

徐天良："对。"

魏恒轻轻笑了笑："如果我告诉你，刘淑萍把门牌号换过了呢？"

徐天良又蒙了："啊？"

"刘淑萍把门牌号换了,她租的 101 号房的门锁被换过,钥匙只有她有,而徐苏苏租的 103 号房的房门锁没换。但是刚才我用 103 号房的钥匙开 103 号房的锁,打不开,却可以打开 101 号房间的锁。既然 101 号房门的门锁被刘淑萍自己换过,那为什么可以被房东手里的钥匙打开?"

魏恒停下来,看了一眼徐天良如坠五里雾中的表情,挑起唇角,道:"只有一种解释,我们刚才去的 103 号房,其实是 101 号房,而 101 号房,其实是 103 号房。"

魏恒停顿了一下,看着徐天良得出最后的结论:"刘淑萍把顺序为 1,2,3 的房门号码,变成了 3,2,1。发生命案的房间是假的 1 号房,真的 3 号房。三名死者其实是死在徐苏苏的房间里,并不是刘淑萍的房间里。"

徐天良:"……"虽然魏恒解释得很详细,但徐天良还是听不懂。

魏恒看出来小徒弟没听懂,但是他绝对不会解释第二遍,给徐天良一个"你自己慢慢悟吧"的眼神。魏恒又掏出手机给郑蔚澜发了一条信息,问徐苏苏的去向。

既然郑蔚澜在看守险些被徐苏苏烧毁的物品,那么徐苏苏自然无人监视了。很快,郑蔚澜回复道:"原路回去了。"

原路返回?魏恒当即停住脚步,凭直觉认为,又有什么东西被他遗漏了……

徐天良还在回想魏恒刚才的话,往前蹿了两步才发现魏恒不在伞底下,于是连忙折了回去:"又怎么了,师父?"

魏恒微微皱着眉,在心里想,徐苏苏已经退房,房东或许连她的长相都没看清,而且根据她租房时留下的信息,房东也不知道她真实的姓名,她也已经把刘淑萍租住的 101 号房中的生活痕迹清除干净,接下来她要么会继续隐藏,要么会逃离芜津,可是她为什么会返回?另一个答案在魏恒的脑海里呼之欲出……

"师父!"徐天良指着前面,"那是徐苏苏!"

没错,前方那个撑着一把墨绿色的雨伞,正迎面走来的女人是徐苏苏。

徐苏苏并没有看到他们,她微微低着头,目光落在脚下泥泞的路面上。她披着长发,穿着一双崭新的白色细跟皮鞋,皮鞋踩在泥水中,溅起的水珠打湿了她的裤脚。她没有避让道路中间的泥洼里的积水,每一脚都踏在污水中,像一个被上足了发条的人偶,每一步都沿着既定的轨迹往前行走。

雨水在她的伞下串联成片,使她看起来像隐在珠帘后的美人。徐苏苏忽然抬起头,看到了不远处的魏恒和徐天良。

徐苏苏愣了一下,面露惊慌,她回头看了一眼身后的长巷。

魏恒以为徐苏苏会逃跑,但徐苏苏只是回头看了一眼,便站住不动,眼神瞬间放空,神色呆滞。直到魏恒走到她的面前,她依旧望着长巷,眼神悠远又空洞,好像在无声地诉说着巷子太长,她跑不到出口,于是索性待在原地。

第七章·门牌

几乎是同时，魏恒的手机响了，韩语如约给他发了一张照片。

魏恒拿出手机看了一眼照片，然后看向徐苏苏，道："跟我走吧，徐小姐。"

被徐苏苏丢在垃圾箱里试图焚烧的是一些衣物和餐具，郑蔚澜在徐天良赶去收集证物前撤离，躲在一堵墙后看着徐天良把那些东西搬上警车。等魏恒和徐天良带着徐苏苏驱车离开后，他才从隐蔽处走出，消失在风雨中。

第八章
反转

　　在雨中耸立的公安局办公楼中，邢朗站在办公室的窗前，看着地面的积水被雨滴砸出一片涟漪，思绪就像随着高处的水流往低处，如针锥般钻向地面一方小小的排水口，流向地下。他正在和看守所的人通话，商议犯罪嫌疑人刘淑萍的去留。

　　刘淑萍今天要被移交看守所，接下来就是等待被检察院起诉、提审、判决，这一套流程他熟得不能再熟。然而，今天的邢朗却始终有些心神不宁，或许是魏恒述说分尸案的疑点时太过自信，给了他一种此案悬而未决的感觉。

　　邢朗道："你们下午四点过来接人。"

　　挂了电话，他把紧闭的窗户打开一条缝，然后回到办公桌后面坐下，看了一眼时间，现在是下午一点二十分。他拿起放在桌角的座机拨了个内线，不一会儿沈青岚拿着一摞文件推门进来。

　　"怎么忽然要看案卷？"沈青岚把分尸案的详细卷宗放在邢朗的桌子上，问道。

　　邢朗只点点头，然后道："出去吧。"

　　沈青岚关上门走了。

　　邢朗用脚蹬着桌面往后滑了一段，抬起双脚架在桌角，从头开始翻看分尸案的资料。

　　他是侦查工作的主力军，分尸案发生得猝不及防而且破案时间也很短，这两天过得风风火火，他还没有时间仔仔细细地把全部案卷过一遍。

　　在邢朗看资料的时候，王副队长来敲门，告诉他，裘秘书在鸿宴楼请客吃饭，特意邀他一起去。

　　邢朗目不斜视地盯着手里的案卷，只向王前程摆了摆手。

　　王前程道："市里的领导说，昨天晚上咱们队出力了，今天算是庆功宴。"

　　邢朗皱了皱眉，道："你做代表就行了，我这儿走不开。"

　　王前程笑道："我哪儿能代表你啊，快点吧，都等着呢。"

　　邢朗沉着脸把文件扔到桌子上，转头看向门口，唇角勾出一丝模棱两可的浅

第八章·反转

浅的笑意："老王，咱们俩虽然上的是一个牌桌，但拿的不是一副牌。你赴你的酒局，我看我的案卷，你要是能替我给领导敬杯酒，兄弟领你的情，你没那个心，我也不怪你。咱们俩共事好几年，也算是知根知底，你的路数我很清楚，我的路数你也多少了解一些，所以你不用把我往你的路子上引，你的路子虽然平坦，但是太窄，我这人走路一向没形没状，难免磕着碰着发生点不愉快。你就当我胸无大志，烂泥扶不上墙，凡事不必想着我，算我谢谢你。"

说完，邢朗抬起手腕敲了敲手表的表盖，笑道："两点了，不耽误？"

王前程被他挤对走了，走的时候脸涨成了猪肝色。

王前程一走，邢朗的脸就垮了下来，然后拿起刚才摔到桌子上的案卷接着看。

文件被他那么一摔，从十几页翻到了三十多页。他正要翻回去，捏着纸边的手忽然一顿，停住了。第三十二页是鑫诚旅馆的一些资料，包括员工的入职表和排班表，算刘淑萍在内，鑫诚旅馆共五名保洁员，两个人一组，白班、夜班来回倒。刘淑萍是最后来的，落了单，只能一个人一组，因此她的排班比其他人要更清晰、更一目了然。

邢朗在她的排班表中发现了问题。

警方怀疑凶手是利用保洁这一职务之便，向冯光购买氰化氢的，之后认定了刘淑萍是嫌疑人的原因则是八月二十三号和二十四号这两天恰好也是刘淑萍当值，她完全有机会取走613号房间的毒药。

但是此时的排班表却把刘淑萍已经招认的"既定事实"推翻了。

因为刘淑萍和另一名保洁的排班出现了重合，而同一时刻绝对不会出现三个人同时值班的情况，单独看刘淑萍的排班表并不能看出来，但是和其他人的排班表比对着看，就可以看出来了。

邢朗立刻按照员工信息表上留下的联系方式联系和刘淑萍排班重合的保洁，对方也是一个四十岁上下的女人，被他一细问就把事实说了出来。

"八月二十三号和二十四号本来应该是刘淑萍值班，但是她二十二号下午忽然不舒服。她的身体不大好，我们都知道，所以就让她回家休息了。她一病就病了两天，二十三号没来上班，我就帮她打扫了一天。她也不容易，没儿没女的，老板就没算她缺勤，还算她正常上班。"

邢朗挂了电话陷入沉思。冯光是二十三号在613号房间拿走钱，留下药，只定了一个小时的钟点房。那么买药的人必定会在二十三号当天把药取走，多留一天都是隐患。既然刘淑萍二十三号根本没有上班，那显然不是她取走的药。如果她不是买药的人，那她如何杀人？或许她还有别的途径取得氰化氢，但是她已经承认是她二十三号在613号房间中获走了药，无论她的毒药如何获得，都说明了一个问题,她在说谎。那么真正取走氰化氢的人,只能是二十三号晚上入住613号房间的徐苏苏。

邢朗忽然抬起头,眼神变得异常犀利。刘淑萍在掩护徐苏苏,她在替徐苏苏认罪!邢朗快步走出办公室,在下楼的途中拨通陆明宇的电话:"你在哪儿?不用去抚天了,马上到海丰证券找徐苏苏,我现在去她的家里,快!"

叫上两名刑警,邢朗快步下楼,在三楼拐角处忽然停住。

魏恒站在台阶上,仰头和邢朗的目光相接,徐苏苏就站在他的身边。

魏恒对徐天良道:"先把她带上去。"

经过邢朗的身边时,徐天良按捺不住,兴奋地对邢朗说:"老大,我师父简直太聪明了!他翻盘了!"

邢朗很无语地看了徐天良一眼:"你是不是想啃字典?这叫反转,还翻盘。"

徐天良摸摸鼻子,领着徐苏苏上楼了。

魏恒也不知道什么时候和邢朗培养出了默契,略微对一对眼神,就知道对方跟进到了哪一步。邢朗问:"你找到证据了"

魏恒上了几层台阶,站在邢朗的对面:"你是说能把徐苏苏定罪的证据?"

邢朗点点头。

魏恒道:"搜她的身,应该能搜到101号房门的钥匙。"

邢朗皱眉:"101号?"

魏恒把刘淑萍调换门牌号的事讲了一遍,邢朗听完只觉得匪夷所思:"房东不知道门牌序号?"

魏恒道:"你也去过现场,一楼只有三间房,还在楼梯背面,基本不会有人路过,所以其中一间干脆做了杂物间。房东半年前才接替儿女收租,老人家眼花耳聋,记忆力不好,你现在去问他门牌号的序号到底是1,2,3还是3,2,1,估计他也说不上来。"

邢朗还是有些疑惑:"那刘淑萍替徐苏苏认罪的原因你找出来了吗?"

魏恒没说话,拿出手机点了几下递给他:"徐苏苏的男朋友——韩语给我发了这张照片,徐苏苏曾经说过这个女人之前一直跟着她。"

邢朗把照片放到最大,看到一个站在超市的货架前挑选货物的女人:"刘淑萍?"

魏恒淡淡地道:"我怀疑刘淑萍是徐苏苏的母亲,或许徐苏苏的母亲并没有被徐红山打死。"说着,他抬起头看着邢朗,"她逃走了。"

沈青岚在徐苏苏的身上找到了一把钥匙,这把钥匙貌似是铁证,徐苏苏必须解释清楚她为什么会拥有这把钥匙,以及为什么要把沾有刘淑萍毛发和指纹的生活物品统统销毁。

邢朗看着面前依旧一脸单纯的女人，她坐在椅子上，低着头，用力地绞着手指，目光呆呆的，就像一个在考场上被试卷难倒的学生。

"你现在说谎没有任何意义，DNA 鉴定的结果说不了谎。"邢朗低沉、平缓的声音回荡在审讯室四面坚硬、冰冷的墙壁之间，使人感到一种威严。

徐苏苏像一只被囚禁在牢笼中的小鸟，茫然地环顾四周，最后发现无处可逃。她停止手指的动作，摊开双手盖在桌面上，保持着一种古怪的姿势一动不动，就像艺术家作画、写字之前的冥想状态。她哽咽着道："我之前不知道她是谁。"

虽然徐苏苏没有指名道姓，但是邢朗知道她说的是刘淑萍。邢朗从桌子后面绕出来，倚在桌沿，看着徐苏苏眼睫毛下的一道颤动着的阴影，道："从头开始，回答我每一个问题。"

徐苏苏点头。

邢朗："联系药贩子，在鑫诚旅馆交易氰化氢的人是不是你？"

徐苏苏："是。"

邢朗："九月二十二号杀害周伟，九月二十七号杀害钱志龙，十月一号杀害王峰的人是不是你？"

徐苏苏："是。"

邢朗："分尸的也是你？"

徐苏苏："是。"

邢朗："你是怎么做到的？"

徐苏苏口渴似的咽下一口唾沫，抿了抿下唇，右手的食指指腹缓缓地在桌面上划动，低声道："我说，只要跟我走，就可以免费过夜，他们就跟我走了。他们跟我回到我租的房子，喝下掺了药的水，很快就死了。"

邢朗："继续说。"

徐苏苏缓缓抬起眼睛，她的目光似乎穿透了时空，落在了肉眼无法捕捉的地方，说："他们身上的气味很难闻，酒味、烟味、汽油味，还有火车上厕所的味道。他们死了以后，我把他们的衣服脱下来，擦干净他们的身体。第一次，我有点害怕，不知道该怎么处理他们的尸体。当时，我坐在第一个倒下的男人身旁，发了一会儿呆，忽然想起隔壁储物间里有很多工具，所以我拿了一把锯子……警官，你不要小瞧我，我从六岁时就会做饭了，家里的活我都会干。我爸爸以前在菜市场批发活鸡，客人要求他把整鸡剁成块，我在旁边看着看着就学会了……其实很简单，我学得很快，我爸爸还夸我有天赋。"

徐苏苏"呵呵"低笑两声，笑声听起来就像是一摊糊到墙壁上的泥巴，绵软无力，还渗着丝丝凉意。

邢朗回头看了一眼记录员，记录员向他点点头，示意自己正在工作。

片刻后，徐苏苏又开口了："但是人的身体里有好多血，很稠，很黏，有温度，热乎乎的，很恶心，那些血流在地板上，渗进地板的夹缝里。当时我很庆幸，庆幸我在一楼，不然的话那些血肯定会从夹缝里渗入楼下的天花板……我记得当时的灯光很暗，血在灯光下不是鲜红色，而是有些发黑，味道很腥，像是铁器生锈的味道，闻多了就想吐。我每次都要用一个多小时去处理他们的尸体，很累。"徐苏苏像个小女孩一样嘟起嘴巴，似乎在埋怨着谁，在向谁撒娇。

听徐苏苏绘声绘色地叙述分尸的过程，其中有气味，有手感。邢朗甚至能从她眼中看到当时的场景，不禁感到有些毛骨悚然。邢朗用力揉了揉冒出一层冷汗的指尖："你还做了什么？"

徐苏苏："还？哦，我把他们的那个东西割下来了。"

邢朗："为什么这么做？"

徐苏苏抬起头，看着邢朗，邢朗几乎能看到她的意识从四面八方的角落里逐渐回归，像是一只从天空被拉回的风筝。

徐苏苏缓了缓，口吻笃定地道："我必须那么做。"

邢朗走到徐苏苏的面前，双手按在桌子上，低头注视着她的眼睛："告诉我原因。"

徐苏苏有些慌乱地低下头，右手的指腹又开始画一些古怪的图形，她的牙齿咬得咯咯作响，哽咽着道："因为我恨他们……没错，我恨他们！"

像是在和徐苏苏对抗，邢朗提高了音量，继续逼问道："你为什么恨他们？"

徐苏苏的手指在桌面上快速划动，几乎把皮肤擦破，她几近疯狂地道："我恨我的父亲，我亲眼看到他把我妈打死。他把我当作一条狗那样养活，从小到大，他从来没有尊重过我！从来没有！"

终于切入正题。

在徐苏苏疯狂地划动手指的时候，她忽然听到邢朗发出一声冷笑。浑身一哆嗦，抬起头看着邢朗，眼睛里有泪光闪烁。

邢朗笑道："我说了，你现在说谎没有任何意义。"说着，他再次俯下身，看着徐苏苏的眼睛，低声道，"刘淑萍是你的母亲，你的母亲并没有被你的父亲打死，你为什么说谎？"

徐苏苏愣愣地看着他："我，说谎？"

邢朗："是，你说谎，你故意告诉我，你的父亲打死了你的母亲，然而事实却是你的母亲并没有死，你的母亲就是刘淑萍。如果我们没有拆穿刘淑萍的身份，

第八章·反转

她就成功地替你认罪了。你为什么误导警方,让警方相信你的母亲已经死了?只是为了让她顺利地替你认罪吗?"

徐苏苏看着邢朗,面部肌肉不自然地抽动,露出上次被审讯时那如出一辙的笑容,道:"我没有骗你啊!警官,我也说了,我并不知道刘淑萍是我的母亲,至少在你们抓我之前,我不知道她是谁,我只是把她当作一个跟踪我的怪阿姨而已。"

邢朗也笑着说:"既然你不知道她是谁,那你为什么配合她帮你开罪?你就这么信任一个陌生人?"他拿出101号房门的钥匙扔到徐苏苏的面前,"现在,解释这把钥匙。"

徐苏苏低下头,看着这把在灯光下泛着金属光泽的钥匙,不急不缓地道:"她的确说过她是我的母亲,但是我没有相信。在我印象里,我妈早就死了,被我爸爸埋在后院,让我怎么相信她是我妈?我把她当作骗子。直到你们把她抓回公安局,就在这扇门外,我见到她……后来我回到出租屋,在她的房间门外的一棵盆栽里发现这把钥匙。以前我妈总是把家门钥匙放在盆栽里,那个时候,我才相信她是我妈。"

邢朗不给她喘息的机会:"接着说。"

徐苏苏轻轻叹了口气,右手食指的指腹继续在桌子上划动,只是她的动作已经不再疯狂,变得轻柔又缓慢:"不管她是不是我妈,在我心里,我妈早就死了,就在那天晚上,被我爸爸埋在了后院。对我而言,她只是一个陌生人,既然她愿意替我认罪,那我就只好配合她。"

说完,徐苏苏再次抬起头,看着邢朗微笑着道:"结束了,警官。真相就是这样。我憎恨男人,尤其憎恨我的父亲,所以我杀了那些男人。这一切,都结束了。"

当徐苏苏轻叹出"这一切,都结束了"的时候,邢朗看到她的眼神瞬间恢复清朗,仿佛乌云散去后的碧海蓝天。

都结束了?徐苏苏指的是什么?她父亲对她的施威、施暴和折磨吗?

和审讯室隔着一面单向镜的监听室,魏恒和刘淑萍站在镜子前,从头到尾目睹了徐苏苏认罪的全过程。刘淑萍瘦小、单薄的身体不断地哆嗦着,她低着头,没有看自己的女儿,神思不知游移到了何处。

魏恒有一个习惯,每次面对嫌疑人,总会在心里为嫌疑人的动机简单地划定一个方向,以甄别狡猾的嫌疑人口中的话。再次见到刘淑萍之前,魏恒为她做出的动机设想是:一个伟大的母亲,不惜赔上自己的自由和名誉,以拯救误入歧途的女儿。

而徐苏苏的供词恰好也佐证了他的设想,但是,魏恒此时却不这么想。因为刘淑萍亲手把他的设想推翻了，刘淑萍并不是一位伟大无私的母亲。魏恒时刻留心观察刘淑萍的一举一动，他看到刘淑萍在镜子后面见到徐苏苏的时候，起初很悲伤，是货真价实的悲伤，那种悲伤甚至压垮了她的脊梁，让她蹲在地上呜呜痛哭起来。

但是刘淑萍并没有悲伤许久，她很快重新站了起来，擦掉眼泪，瞪着双眼，就像一具老鹰的标本，全身上下都干枯了，只有眼神依旧尖锐。她用那双锐利的眼睛紧紧地盯着徐苏苏的脸，像一个过度严厉的母亲在台下监视着在台上表演的孩子，唯恐她说错一句台词……

或许刘淑萍爱自己的女儿，但是远没有魏恒所设想的那么爱，那么她为什么替徐苏苏顶罪？如果刘淑萍不爱徐苏苏，那她"作案"的动机是什么？

魏恒看着刘淑萍问："你的女儿说的对吗？"

刘淑萍双手交握放在下颌，好像在祈祷着什么，神经质地不断地点头："对对对，就是这样，就是我女儿说的这样。"

现在，魏恒很笃定地认为，刘淑萍并没有爱女儿爱到可以献出自己的自由和名誉。看着不断地在低声诵念着什么的刘淑萍，魏恒只觉得脊背发冷，他忽然觉得刘淑萍就像是一个走火入魔的异教徒，不断地在强化心中那股不知名的力量，这股力量强大到足以让她献出自己的女儿。

邢朗把徐苏苏带出审讯室，下一刻，刘淑萍就跑了出去。

刘淑萍站在走廊里，看着走出审讯室的徐苏苏，陡然之间泪流满面，用她那嘶哑、苍老的声音喊道："苏苏，你是爸爸妈妈的好女儿！你是爸爸妈妈的好女儿！"

然而徐苏苏只是冷漠地看了刘淑萍一眼，就被警员带走了。刘淑萍也被带走，重新录口供，楼道里立刻安静下来了。

邢朗站在审讯室的门口点着一根烟，静静地抽了半根，才发现魏恒站在几米外的走廊里，就是刚才刘淑萍离开的地方。

邢朗走到魏恒的面前，抬起手在魏恒的眼前打了个响指，强撑起精神笑道："仙人，下凡了。"

魏恒好像真的被邢朗这一记响指唤醒了，双眼迅速眨了几下，问道："你听到她刚才说什么了吗？"

邢朗："谁？"

魏恒："刘淑萍。"

邢朗回头看了一眼刘淑萍离开的方向，道："她说，苏苏，你是爸爸妈妈的好女儿。"

第八章·反转

魏恒自言自语地道:"刘淑萍为什么这么说?她应该恨他才对。"

邢朗没听清楚魏恒在嘟囔什么,道:"你跟我进来。"

邢朗往前走了两步,回头发现魏恒依旧站在原地,于是返回去抓住魏恒的手腕走向审讯室。

魏恒一直在走神,直到被邢朗拉到审讯室的门口才猛然回过神来,用力甩开邢朗的手:"你干什么?"

邢朗的手停在半空中,皱着眉笑道:"怕什么?"

魏恒欲盖弥彰地往后退了一步,目光闪躲着:"不,不怕。"

邢朗被魏恒逗笑了似的,道:"不怕就跟我进来,吃不了你。"说着他又抓住魏恒的手腕,把魏恒拉进审讯室。

魏恒一进审讯室,就感到头皮发麻,他晕晕乎乎地被邢朗拉到审讯椅前,被邢朗按住肩膀被迫往下坐。冰冷的铁椅上的触感让魏恒遍体生寒,浑身的毛孔立刻炸开:"你到底想干什么?"

如果被邢朗发现,大不了跟他拼了!魏恒这样想。

但邢朗只是竖起右手的食指抵在下唇轻轻地"嘘"了一声,然后指着桌面:"你看,这是什么东西?"

很奇怪,魏恒就这样被邢朗安抚了,像一只刺猬般逐渐收起全身的刺,僵硬地低下头看向桌面。

邢朗的神色凝重,看着桌面道:"我觉得这是一条蛇,你看像不像?"

桌面上依旧留着徐苏苏的指腹划过的痕迹,这的确是一条蛇,而且还是一条吐着芯子、威风凛凛的蛇。

魏恒看着这条蛇,不知不觉间再次陷入沉思。忽然之间,魏恒眼中的雾霾一扫而空,眼前划过无数疑点。

101号房中被锯断的床脚和桌腿……101号房与103号房之间闲置的102号房……徐苏苏处理完103号房的物品却又再次折回……徐红山出院后莫名其妙地失踪……刘淑萍分明不爱女儿,却甘愿替她顶罪……还有,101号房中那扇他没有打开的衣柜门……

邢朗见魏恒久久地愣住不动,以为他魔怔了,刚要在他的面前再打个响指,抬起的右手忽然被魏恒紧紧抓住。

邢朗的眉毛一挑,看着魏恒和他握在一起的手,察觉到魏恒的体温低得厉害。

魏恒死死地捏着邢朗的手,声音颤抖地说:"我知道了。"

邢朗把目光从魏恒的手上移到他的脸上:"说来听听。"

魏恒的神色中有些按捺不住的激动:"我们全都弄错了,徐苏苏不恨徐红山,

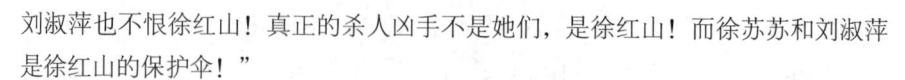

刘淑萍也不恨徐红山！真正的杀人凶手不是她们，是徐红山！而徐苏苏和刘淑萍是徐红山的保护伞！"

邢朗皱眉："说清楚。"

魏恒松开邢朗的手，指着桌面上的图案，道："这条蛇，我在徐苏苏的家里看到过，是一个石雕，摆在电视柜的正中间，在最显眼的位置。还有在发生命案的101号房，三名死者的生殖器也被摆在电视柜的正中间。"

邢朗纳闷地问："蛇怎么了？"

魏恒抬头盯着他，剧烈地颤抖着，一字一句地道："蛇代表着男人的生殖器，代表着父系社会的古老图腾，代表着男根崇拜！一个尊重自己的父亲、敬畏自己的父亲、崇拜男根的女人怎么可能亲手割掉男人的生殖器？除非……除非她受人控制！"

魏恒终于知道了，为什么101号房的床脚和桌腿都被锯断，修剪成一个孩子方便使用的高度，因为一个坐在轮椅上的成年人，正是一个孩子的高度。

那也就是说，那天晚上，当魏恒试图打开101号房的衣柜时，那扇打不开的衣柜的右边的门或许根本没有上锁，而是被一个坐在轮椅上的男人从里面死死地拉住。

魏恒想起来了，那天他离开后，101号房只剩下沈青岚一个人，而这个男人之所以没有被随后赶到的侦查组的警察发现，或许是因为他利用沈青岚到巷子里接应警车的时间，躲进了102号杂物间。

也就是说，男人此时孤立无援，无法离开那栋房子，现在很有可能依然藏匿在102号杂物间的某个阴暗的角落……

徐红山像一条寄生虫一样，依附着徐苏苏和刘淑萍生活，他扎根在她们的脑海中，吸食她们的血液和脑髓，把妻女变成他的傀儡。

魏恒想，如果他没有猜错的话，这条寄生虫没有能力依靠自己出逃，徐苏苏去而复返就是为了徐红山，而徐红山还留在那栋三层小楼中，暂时寄居在102号杂物间黑暗中的一角。也就是说，当他和徐天良去而复返，再次搜查凶杀现场的时候，徐红山就藏在黑暗的角落里，聆听着他们的一举一动。

邢朗召集人手立刻就要去抓人，出发前问魏恒："你去不去？"

魏恒坐在审讯椅上，看着桌面上被空气消除了痕迹的蛇的残体，神色忧虑："你把小徐带走吧，他应该能帮上忙。我要留下，再见徐苏苏一面。"

邢朗心里很清楚，魏恒提出再见徐苏苏，不是为了向徐苏苏宣告在这场对峙中，魏恒所代表的警察队伍获得了胜利，甚至不是向她求证，抑或让她更改口供。魏恒想见徐苏苏，或许只是纯粹出于一种人文关怀。

第八章·反转

邢朗看着天真的魏恒，很想告诉他，你的任务不是济世救人，而是抓住真凶。但是邢朗却没有说出口，而是拿出手机拨了一通电话，片刻后挂断电话，对魏恒说："二楼留置室。"

在即将走出审讯室时，邢朗停在门口，回头看着魏恒笑道："大侦探，你想拯救她？"

虽然邢朗的话乍一听并无深意，但是稍一回味，他说的每个字都是嵌入棉花中的鱼刺，就算裹着棉花囫囵吞下，也会被扎出内伤。

魏恒看懂了邢朗的眼神中那丝隐晦至深的讽刺和戏谑，直到此时此刻，他才醒悟过来，原来邢朗比陆明宇更像一名警察，邢朗如刑法般不讲人情。或许在邢朗的心里，徐苏苏并不值得被拯救，因为她是施害者，无论她拥有如何隐秘而惨痛的经历，她充其量不过是不幸者中的刽子手。

邢朗的心中并没有信仰，他只有责任，只遵从着一条——所有的刽子手，都应该由执法者砍下他们的头颅。

魏恒道："谈不上拯救，只是想在她掉进地狱之前拉她一把。"

邢朗："那刘淑萍呢，你不想拉她一把？"

魏恒静静地坐在灯光下，用不掺任何感情色彩的声音说道："刘淑萍已经无可救药，她比徐苏苏更该死。"

邢朗依旧只是微笑："为什么？刘淑萍也是徐红山的受害者。"

魏恒冷笑道："她不是徐红山的受害者，她是徐红山的崇拜者。"

此时，楼下集合的队伍打来电话，催促邢朗出发，邢朗挂断了电话，警告般地对魏恒说："不要引导她，不要做你不该做的事。"

邢朗的警告，魏恒收到了，但是转眼就被他抛到脑后。

二楼的走廊空荡荡的，魏恒敲响留置室的房门，得到应允后推门而入。里面只有两名刑警和徐苏苏，一名刑警坐在电脑前打印她的口供，打印出来后在另一名刑警的监督下，递给她过目，然后签字。

等到徐苏苏签了字，魏恒才说："你们先出去。"

一名刑警迟疑地道："魏老师，这……"

魏恒看了一眼徐苏苏手上的手铐，笑道："你们担心她袭击我吗？"

两名刑警没有走远，就站在门口，魏恒把房门关上，拉了一张椅子在徐苏苏的面前坐下。这里没有审讯室里那沉重的压迫感和使人窒息的氛围，所以徐苏苏脸上的神情放松了许多，但她的眼珠依旧像是木头雕刻似的僵硬无神。

魏恒把伞竖在桌子边，交叠着双腿，看着她轻声问："知道他们去干什么了吗？"

徐苏苏茫然地转动了几下眼珠，好像在寻找在她面前说话的人，迟了好一会儿才看到魏恒，她看了看魏恒，然后看了一眼窗外楼下的停车场，摇了摇头。

魏恒道："去抓你的父亲了，他还在那栋小楼里，是吗？"

徐苏苏逐渐回过神来，她盯着魏恒看了片刻，唇角挑起一抹僵硬、凄冷的笑意："你怎么知道？"

徐苏苏那活泼的声音此时毫无起伏，褪去了她这个年纪不该有的少女气息，她完全变成了一个罪恶满身、走投无路的、将近三十岁的女人。

魏恒顿时松了一口气，不由得有些庆幸，庆幸徐苏苏没有像她的母亲一样，变成一个走火入魔的异教徒。

像是在和徐苏苏聊天似的，魏恒笑着说："总之我就是知道。"然后起身到饮水机前接了两杯水，回来坐好，递给徐苏苏一杯。

徐苏苏伸手接过杯子，细瘦的手腕上扣着的手铐发出声响，她的眼睛一眨，像是觉得有趣，又把手铐轻轻地甩了甩。

魏恒双手握着杯子放在自己的腿上，抿着嘴，露出笑容，道："徐小姐，我想问你一个问题。"

徐苏苏尽管并不渴，但她还是因为一杯水而对魏恒生出些许好感，她俏皮地把头一歪，就像一个无可救药的乐天派，笑道："问吧，我允许你问我一个问题。"

魏恒点点头，随即笑着问道："你有多恨徐红山？"

徐苏苏被问得愣住了，她像是思索了一会儿徐红山是谁，然后才眨了眨眼睛，神情真诚，而且无辜："我为什么要恨他？他是我的父亲啊！"

魏恒把食指的指腹搭在单薄的杯口，缓缓地来回划动，轻声细语地道："嗯？你不恨他？"

徐苏苏愣了一阵子，然后把水杯搁在桌子上，抬起双脚，踩在椅子的边沿，抱着自己的膝盖，像个躲在屋檐下躲避寒风冷雨的小鸟般紧紧地合拢翅膀，蜷缩着身体，说："不，我尊敬他。"

魏恒看着徐苏苏像是在冷水里浸泡过的脸，想起刚才在审讯室，在邢朗的逼问下，她失控的那一幕。那一幕虽然很短暂，但是被他捕捉到了。

"我恨我的父亲，我亲眼看到他把我妈打死。他把我当作一条狗那样养活，从小到大，他从来没有尊重过我！从来没有！"

这是徐苏苏的原话，或许当时邢朗从她的心里挖掘出了冰山一角，或许她已经忘记了自己说过这番话，或许当时她的疯狂只是沉睡之人偶然的觉醒，但是魏恒看到了她的挣扎和反抗，也是到此时，魏恒才后知后觉地感慨起邢朗的敏锐。原来邢朗早就猜到他会引导徐苏苏，引导徐苏苏对抗她心里的恶魔，引导徐苏苏释放她心里对徐红山的恨意。

魏恒像一个心理医生抑或是催眠师一样,拿起桌子上一只不知道主人是谁的细长勺子,伸进装有半杯水的玻璃杯中缓缓搅动。他的手沿着一个既定的轨迹,以完全均衡的力量与速度,在水杯中搅起一个浅浅的漩涡,勺子的底部磕在杯底发出的摩擦声听起来也具有某种蛊惑般的意味。

魏恒一步步引导她,道:"不,你错了。"

徐苏苏不知不觉地被魏恒吸引了注意力,目光紧紧地被那漩涡吸引,喃喃地自语:"我……错了?"

魏恒轻声道:"是的,你错了。你对你父亲的感情并不是尊敬,更不是爱,而是恨。你恨他,因为他从未把你当作一个独立的生命对待。在他的心里,你只是依附着他的一个附庸而已,你永远是他身体里流出来的一摊血,被割掉的一块肉,你没有灵魂,没有生命,甚至在他的面前没有话语权。这些年来他是怎么教导你的?以父为天,还是父为子纲,还是命令你铭记作为一个女人应坚守的三从四德?"

说着,魏恒忽然停住,看向她的双脚:"他还给你缠足,对吗?"

早在第一次见到徐苏苏,魏恒就察觉到了。徐苏苏走路总是又轻又缓,步子迈得小而虚浮,她的鞋子永远是成人女鞋的最小号。

徐苏苏猛地倒吸一口冷气,像是踩在了涉水的河边,迅速收回双脚,把膝盖抱得更紧。她苍白的脸上陡然染上两朵殷红,眼睛里闪着一层晶莹的泪光。魏恒点到了她的痛处,一双畸形的脚,是她背了十六年的耻辱。

像是为了阻止魏恒忽然脱掉她的鞋子检查她的双脚,徐苏苏拼命想要捂住自己的脚,但是她的手上戴着手铐,就算把手腕勒断了也遮掩不住自己的耻辱。手铐一阵叮叮当当的乱响,徐苏苏的手腕被拉出好几道血痕,泛着金属光泽的手铐被鲜血染红,红得刺目。终于,她累了似的停下拉扯自己的双手,呆坐在椅子上歇了一口气,一直盯着魏恒手中的杯子里那缓缓转动的漩涡。

魏恒并不劝导她,直等到她折腾够了,累了,自己停下来了,才继续说:"你的父亲亲手造成了你身体的残疾,接着又不断腐蚀你的思想,试图把你变成他的崇拜者,现在,他又操控你的身体,利用你的双手杀人。你只是他操纵的一个傀儡,不,应该说你一直都是一个被他操控的傀儡。我刚才查了你父亲往年所有的病历和就诊记录,他在一年前就得了睾丸炎,因为血管坏死,无法供血,所以被切除了两个睾丸。在他的心里,象征着男性权力的男根忽然变得残缺不全,他一定很愤怒、很自卑。不久之后,他中风偏瘫,变成了一个不折不扣的废人,我能感受到他的绝望和愤怒,因为他的残缺和无能,所以他开始憎恶、嫉恨所有健全的男人。

但是他自己没有作案能力，所以他利用你杀死了那些男人，然后割下那些男人的生殖器……这真是太残忍了，他先是摧毁你的身体，然后奴役你的思想，现在又亲手毁了你的人生，你难道不恨他吗？"

徐苏苏："你想让我恨他？"

魏恒："你必须恨他。"

徐苏苏："为什么？"

魏恒："因为你只有说出他对你的虐待，说出自己是受他的威胁、受他的操控，法庭才会对你开恩。"魏恒手中的杯子里，水流旋转得越来越快，漩涡越来越深，勺子摩擦杯底的声音也越来越急促，像是女人的哀哭。

徐苏苏怔怔地看着旋转的水流，脑子里像是被什么无形的东西塞满了，又像是被一只无形的大手掏空了。就在她的意识即将随着锥子似的水流向下冲破杯底的时候，魏恒忽然把勺子从杯子里抽出来，轻轻磕在了杯口，发出一声清脆的响声，像是某种休止的信号。徐苏苏猛然抬起头，眼神立刻发生了变化，好像在害怕眼前的男人，尽管这个男人的初衷是为了救她，但是思想被他擅自入侵的不安还是让她感到惊慌。

魏恒盯着徐苏苏："现在回答我，你恨不恨他？"

徐苏苏看着魏恒，颤抖着，脸上露出一丝凄惨的笑意，说："恨。"

魏恒的眉头微微一扬，正要说话，就听到她又道："但不是恨我的父亲。"

徐苏苏直视着魏恒的眼睛，她的眼睛像是被撕裂了似的染上几条红血丝，她疯狂地大喊："我恨我的母亲！"

魏恒沉默下来，抬了抬手示意她说下去。

徐苏苏疯了似的仰起头哈哈大笑了两声，那笑声惶恐、短促、尖厉，还不等人皱着眉捂住耳朵，笑声已经消失了。

"你说得没错，我的脚的确被缠过。"徐苏苏把双腿放下来，踢掉脚上的一双粘了泥的皮鞋，露出一双骨骼畸形的脚。

虽然见识过诸多的苦难和罪恶，但直面一个女人残疾的双脚，魏恒还是第一次，他一愣，一时不知道该说什么。

为了美观，徐苏苏和其他女孩子一样，穿着一双透明的船袜。而她的双脚却和其他女孩子大不相同，她的脚掌像是被人硬生生地从中间割去了一段，然后将两端的皮肉堆合在一起重新粘连，愈合后呈现出一种怪异的倒三角形状。她的五根脚趾紧紧地合并在一起，像是生来长在一起，脚趾弯曲向下，是为了维持身体的平衡而不得不用尽全力地抓地，造成的骨骼扭曲。

魏恒看得出来，她至少缠了两次，因为她脚背的皮肉还留着缠足的纱布在她

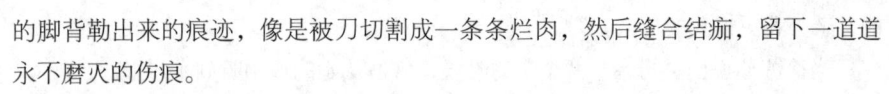

的脚背勒出来的痕迹，像是被刀切割成一条条烂肉，然后缝合结痂，留下一道道永不磨灭的伤痕。

家庭对一个女孩的迫害，竟惨烈至此。

徐苏苏低头注视着自己的双脚，她把双脚垂在半空中悠然地荡来荡去，像是坐在河边洗脚的少女，一副天真烂漫的模样。

"你知道我多久没有在除了家里之外的地方脱鞋子吗？"徐苏苏低着头，看不清楚脸。

魏恒没有接她的话，等着她继续往下说。

徐苏苏轻轻地叹了口气，道："十六年了，初一那年，我住在学校的宿舍。当时我还以为所有女孩子都和我一样呢，但是当我脱掉鞋子坐在床边准备洗脚的时候，才发现自己是一个异类……"徐苏苏停顿了一下，"我永远忘不了当时她们看我的眼神，就好像我是一个怪物一样。我再也不敢逛街，不敢去鞋店里试鞋子，不敢去人多的地方。我甚至没有办法长时间站立，走路。"徐苏苏在哭泣，她的哭声中没有丝毫怨恨，只有无尽的悲伤和刻进她骨子里的耻辱。

"那天晚上，我回到家，哭着说自己和同学们的脚不一样，埋怨我的父母弄坏了我的脚。但是却惹怒了我的父亲，他扇了我一巴掌，把我关在卧室，然后我听到我的父母在隔壁房间里吵架。"

忽然，她发出一声细微的冷笑："他们在争吵，到底应该在我几岁的时候为我缠足，我父亲认为在我七八岁的时候就应该为我缠足，我母亲坚持认为要等到我小学毕业……那是我母亲第一次敢和我父亲大声说话，母亲的无礼使父亲很生气，他动手打她。她一边躲一边来到我的房间，把我从床上拉起来说'妈妈带你离开，去找杜阿姨，再把你的脚裹一次'。杜阿姨是她的朋友，我母亲第一次给我裹脚，就是在她的指导下进行的，裹脚太疼了，我不想去，就赖在床上不起来，我母亲就打我，把我硬拖起来，结果在门口被我父亲拦住。我终于知道我父亲为什么隔了许久才追过来，原来我母亲不小心在他的脸上留下一道指甲印，很深，都流血了。"

随后，魏恒再一次听到了她第一次被审讯时说出口的话，她说："那是我第一次看到我父亲那么生气，他把我关在房子里，拽着我母亲的头发出去了。那天晚上在下雨，我跑进厨房，站在凳子上从厨房的窗户往外看。窗外是后院，我看到父亲把母亲拽到后院，我母亲跪在地上求他，但是我父亲不理她。他扇她的脸，踹她的胸口，捡起地上的石头砸她的头。"

徐苏苏的头低低垂着，乌黑的长发顺着她的脸侧垂下来，她的双脚仍在轻盈地摇晃，如果她的脚不是那么丑陋，那么这一幕将颇为赏心悦目，她说："相比我的父亲，我更恨我的母亲。"

当徐苏苏说出"母亲"两个字的时候，魏恒从她的口中听到了怨恨。

徐苏苏的眼泪掉得猝不及防，她用力地睁着双眼，盯着自己的脚背，眼泪顺着她的眼角滑落，她咬着牙，仿佛嘴里含着什么东西，要将其咬烂："我当时年纪小，只能听从于父母。我不知道父亲教导我的东西对不对，但是我的母亲一直从旁协助他，她帮助我父亲控制我、奴役我。他们先是毁了我的脚，现在又毁了我的生活！"

徐苏苏猛地抬起头，像是从水里伸出头颅的女鬼，恶狠狠地盯着魏恒，冷笑道："你以为她到这里是来找我的吗？她是来找我父亲的！她是个贱骨头，差点被他打死，差点被他活埋，竟然还像条认主的狗一样闻着味道一路找过来！我倒宁愿她死了，我倒宁愿当年被我父亲埋在后院的那个人是我！我恨她……我恨她！她从来没有告诉过我什么是对，什么是错，她从来都没有履行过一个母亲的责任！她只是把我当作讨好我父亲的工具，她把我当作一头猪、一只羊、一条狗一样向她心里的天神献祭！直到我父亲让我杀人，她还跑来劝我……很可笑吧？她竟然劝我？说我不听父亲的话就是不孝！"

徐苏苏越来越疯狂，疯狂地笑着，哭喊着："我不孝？我孝顺了他们这么多年！最后呢？最后他们联手把我变成了杀人犯！我恨他们，我恨徐红山，我更恨刘淑萍！我恨他们生下了我，我恨他们是我的亲生父母！他们有什么资格做我的父母？他们亲手把我变成了今天这副不人不鬼的样子，还说我是他们的好女儿。哈哈哈哈哈！我是他们的好女儿吗？我宁愿是一个孤儿，也不想跟他们沾上一丁点关系！我身体里流的血让我感到恶心，我浑身上下，到处都在流脓、生疮，我的身体从里到外、从上到下都烂透了！这就是他们想要的好女儿吗？我恨他们……我恨不得，恨不得亲手杀了他们！"

第九章
干尽

　　三辆警车接连驶出公安局大门，即将到达曙光街小广场的时候，邢朗接到一个电话。

　　"你是邢朗？"一个陌生的男人的声音响起。

　　邢朗看着前方正在读秒的红灯，沉默了两秒钟后问："怎么？"

　　那个男人道："通知你一声，徐红山在我的手上，如果你不在十五分钟内赶到红原工业区，我就把这个老东西从楼顶推下去。"随后，电话被挂断。

　　邢朗试着回拨过去，对方果断地再次挂断电话。

　　这个人不仅知道他的电话号码，知道他的名字，还知道他们正在抓捕徐红山，这个电话绝对不是一个无聊的骚扰电话。徐红山中风瘫痪，倘若谁想弄死他，是轻而易举的事情。

　　邢朗来不及深思，在前方的十字路口忽然掉转车头，开向和曙光街相反的方向，抓起步话机道："全部掉头，去红原工业区！"

　　警察们没有发问，步话机里只陆陆续续地响起几声"收到"。

　　在公路上急驰的时候，邢朗终于有时间仔细思考刚才那个电话的用意。打电话的人肯定是这桩案件的知情人，至少是一个认识徐红山，并和徐红山结仇的人，所以那人才会放言要杀了徐红山。邢朗想起刚才出发之前，魏恒告诉他，徐红山已经中风瘫痪，一个人不能生活，所以依附着徐苏苏和刘淑萍生活，而徐苏苏和刘淑萍都被公安局扣留，徐红山一定寸步难行。此时此刻，徐红山很有可能还在那间阴暗的杂物间里。

　　邢朗忽然想起了什么似的，眉心猛然收紧。

　　徐红山瘫痪了，站都站不起来，把这样一个废人从曙光街带到红原工业区，并不是一件简单的事情，如果打电话的人想要杀徐红山，为什么多此一举把徐红山带到红原工业区？那可是和曙光街相距十几公里的地方。除非，那个人和警方一样，都在"抓捕"徐红山的路上，那么刚才这个电话的用意就是把警方引到红原工业区。

两种可能，两条路线，无论哪一条都不能放弃。

邢朗在不允许转弯的单行道再次掉转车头，前轮的轮胎碾着公路中间的缓冲带，汇入开往曙光街的车流中。

陆明宇在步话机中问道："邢队，怎么了？"

邢朗没有解释，只是道："你们去红原工业区。"随后加大吉普车的马力，连超三辆车，顶着风雨，碾着泥浪驶向曙光街。

路上连闯了三个红灯，邢朗在接到电话五分钟后赶到了曙光街东面的平房区，他把吉普车停在巷口，跳下车拔腿奔向风雨中的三层小楼。房东的屋子锁着门，整栋楼房安静得没有一丝生气，仿佛里面一个活人都没有。

邢朗从积水中跑过院子，刚踏进一楼潮湿的楼道，就听到前方的走廊尽头传来一声极其细微的呻吟声，随着他的脚步声响起，那丝声响沉入黑暗，安静下来。

看来刚才给他打电话的人，就在楼道的拐角处。

邢朗和墙壁保持半米的距离，警戒着前后，压着步子朝楼道的尽头走去，那里没有光亮，漆黑一片，像是罩了一层黑色的迷雾。

邢朗在腰上摸了一圈，发现他出来得急，别说警棍，连手铐都没带。

楼道尽头拐角处的一堵墙壁后，邢朗站在拐角沉了一口气，厉声道："警察，里面的人出来。"

没有人回应他，楼道里死一般的沉寂。

邢朗攥紧拳头，正要冲出去的时候，一柄短刀先他一步从墙后冒头，紧接着，持刀的男人握着刀柄刺向他的颈窝！

邢朗忙往后撤了一步，泛着冷光的刀刃贴着他的脖子划过。

一个穿黑衣、戴口罩的男人窜出来，不由分说地亮出了武器，手中的刀刃闪着寒光。邢朗迅速撤回右腿，转身向左摆出格斗的架势，趁那个人的手臂还没有撤回去，立刻出右直拳，抬腿接了一招横踢。那个男人刚要回防时，只觉一道热风迎面扑来，持刀的右手遭受重击，刀应声落地，来不及捡回武器，直接上前和邢朗展开近身搏斗。

根据男人出刀的架势，邢朗看出他是个练家子，此时和他交上手才发觉他还是个高手。男人的打击迅猛有力，熟知人体的薄弱部位，他的每招每式都往邢朗的脖子和胸腹部位招呼，丝毫不拖泥带水，招式干净利落，极有杀伤力。

邢朗接了他几招，发现他的下盘稳当，惯用右手，而且好打直拳，往往是左右两记直拳后接一招扫腿，动作矫健又灵活，他的身材高大魁梧，和常人相比有压倒性的力量，和他交手，稍有不慎就会落下风。

但是邢朗不是平常人，他在警校时就以能打出名，毕业之初什么都不懂，愣

是靠着一身拳脚从基层"打到"了刑警队，后来才得到刘青柏的赏识，他是个实打实的实力派。

摸清这个人的路子，邢朗也不再避让，立刻调整身体的状态转守为攻，矮身躲过一记冲自己面门而来的直拳，挥出左勾拳接了一记右勾拳，然后转身扫了一道高边腿踢向对方的头部。那人连忙护住头部，挡了他一脚，随即发出一声痛呼，像个麻袋似的狠狠地摔到了墙上。

邢朗没有给他喘息的机会，追上去就要抓他的手腕，预备着控制住他，再以肘部袭击他的颈部，但是邢朗没想到他竟然主动贴了上来。男人的指缝间忽然多了一个刀片，刀片在邢朗的右手掌心割出一道深长的血口子。

邢朗咬了咬牙，下意识地收回右手，改绕住他的脖子向下压，然后抬起右腿膝盖用力地向上顶向他的腰部。

然而男人的反应十分迅速，在邢朗改换招式的时候已经稳住下盘，顺势抱住邢朗抬起的右腿，然后左脚上前别到邢朗右脚内侧，猛地往前一冲，把邢朗掀翻在地。倒地的瞬间，邢朗迅速颔首低头，把力量压在腰部，以背着地。

男人发现自己打不过邢朗，并不恋战，趁机捡起地上的刀具，冲向一楼的出口处。

邢朗站起来拔腿就追，不料忽然从门口进来一个推着婴儿车的女人，和那个男人撞了个正着。

"啊！"女人条件反射般地发出一声惊呼，那个男人猛地把婴儿从婴儿车里拎出来，双手掐在婴儿的腋下，像扔一个玩具似的用力往楼道另一端扔了过去。

孩子的啼哭声立刻响起，并且在不断地逼近。

邢朗停住脚步，双眼紧盯着被抛在空中的婴儿，迅速调整脚步，伸出双臂稳稳地接住了婴儿。女人哭喊着奔向邢朗，从邢朗的手中接过孩子，一句话都没说，抱着孩子匆匆上楼了。

邢朗忍着手上的剧痛跑到门口，发现外面下着暴雨，那个男人早已不见踪影了。他喘了几口粗气，在裤子上随意抹掉右手掌心的血，返回到方才发生激烈打斗的楼道里，在102号房门前看到了躺在地上的徐红山。

徐红山像只老蛤蟆一样四肢着地，趴在地上，试图自己爬起来，但是他做不到，只能徒劳无功地喘着粗气。

邢朗走到徐红山的面前，冷冷地看着他道："徐红山，你不简单啊！"

邢朗把徐红山拎起来放进轮椅，推着轮椅走出小楼，在路上给陆明宇打了个电话，让他们收队，直接回公安局。

公安局的大院里，邢朗刚停好车，陆明宇就带着人回来了，小吴等人从车里把徐红山连人带轮椅抬了下来。

陆明宇见邢朗一身狼狈，忙问："你怎么受伤了？刚才怎么回事？"

邢朗言简意赅地解释了一下，然后把自己的手机递给陆明宇，让陆明宇调查打到他手机上的号码。

小吴推着徐红山走向办公楼，但是邢朗还站在原地，邢朗看着不远处建在数层台阶之上，威严耸立，在风雨中屹立不倒的公安局大楼，陡然觉得它在今日的阴霾下失去了往日的光辉，楼顶与天空的相接处，似乎飘荡着一层仇怨之气。

"魏恒在干什么？"莫名其妙地，邢朗的脑子里忽然冒出这句话。

"头儿，咋了？"小吴见邢朗站在车头前止步不前，便叫了邢朗一声。

邢朗把心里的猜疑暂且抛置脑后，走过去帮小吴把徐红山的轮椅抬上台阶。

大堂外，邢朗刚把徐红山的轮椅放下来，就听到头顶传来一声玻璃破碎的声响，他下意识地抬头往上看，两个人影接连坠落，随即重重地砸在了台阶上。

"嘭"的一声，听起来具有某种残忍的破坏性。

邢朗立刻转身回头，看到躺在台阶上的徐苏苏和还在沿着台阶往下滚落的刘淑萍。大堂里传出来一阵喧嚣声，紧接着，几名警察与秦放的助理接连从大楼里跑出来，涌向徐苏苏。

徐苏苏仰面躺在暴雨中，白净的脸庞被雨水冲洗得一尘不染，身下却有一片血泊，雨水稀释了鲜血，像一条溪流似的沿着台阶流往低处。

邢朗站在远一些的位置，看到被几个人包围着的徐苏苏此时目光明亮，面带笑容，望着天空，吐出了最后一口气。

邢朗看着徐苏苏的神情，忽然想起不久前徐苏苏对他说"这一切，都结束了"的一幕，当时徐苏苏的脸上也是这么如释重负，显得轻松。甚至，邢朗在她的脸上看出了一丝幸福感。

魏恒迟了片刻才从大楼里走出来，他拄着雨伞，依旧迈着不急不缓的脚步，在经过邢朗的身边时，他的胳膊忽然被邢朗拉住。

魏恒停了一下，用力扯回自己的胳膊，走下台阶拨开一个人的肩膀，脱掉自己的风衣盖在徐苏苏的腿上，遮住了她那双赤裸、丑陋，又畸形的双脚。然后，他蹲在徐苏苏的身边，附身靠近徐苏苏，将耳朵贴在她的唇边。

邢朗沉默地注视着眼前的这一幕，他看到徐苏苏在魏恒的耳边微乎其微地动了动嘴唇，然后便闭上眼睛，陷入长眠。

法医助理小汪叫人把徐苏苏抬进大楼，而昏迷中的刘淑萍被送往医院。

"邢队，人已经死了。"小汪简单地向邢朗通知了一下，然后带着徐苏苏的尸体匆匆走进办公楼。

第九章·于尽

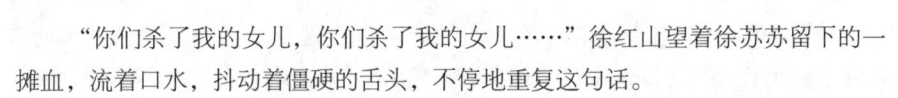

"你们杀了我的女儿,你们杀了我的女儿……"徐红山望着徐苏苏留下的一摊血,流着口水,抖动着僵硬的舌头,不停地重复这句话。

魏恒捡起自己被遗落在台阶上的风衣,站在离徐红山极近的地方,冷冷地道:"不,是你杀了你的女儿。"

邢朗再次握住魏恒的手臂,猛地用力把他往后拉了过去,然后对小吴说:"把他带进去。"

邢朗看得出来,如果没有人阻止魏恒,他会把徐红山的轮椅踹下台阶。

方才为徐苏苏做笔录的警察向邢朗解释道:"邢队,徐苏苏忽然提出要上楼见刘淑萍,说还有些别的事要交代。我们就带她去见刘淑萍,没想到徐苏苏见到刘淑萍就朝她冲过去,撞破走廊的窗户就翻下来了,邢队,我救人了,但是……"

邢朗抬手打断他,道:"写一份详细报告。"

"邢队……"

邢朗的心情不好,魏恒不想在此时触霉头,于是想要再次挣开邢朗的手,但是这次邢朗把他抓得很紧,让他不能挣脱。

邢朗无视魏恒的反抗,抓着魏恒的胳膊带他穿过大堂,快步上楼,无视了路上几名要汇报工作的警察,一路来到自己的办公室门前,打开办公室的门用力地把魏恒推了进去,然后"砰"的一声摔上了门。

魏恒往前冲了两步,及时用雨伞撑住地面才免得跌倒。

邢朗脱掉雨衣扔到地上,走到饮水机前接了一杯水喝光了。他握着纸杯静静地站了片刻,脸越来越阴沉,比窗外下着瓢泼大雨的天空还要阴沉。忽然,他揉烂纸杯,用力地扔进垃圾桶里,回头看着魏恒问:"你做了什么?"

魏恒迟疑了片刻,然后问道:"我?"

邢朗走到魏恒面前,目光冷厉:"没错,你……你对徐苏苏做了什么?"

魏恒看着邢朗的眼睛,神态自若地道:"没什么,我只是帮她认清自己。"

邢朗扯了几张纸巾塞到右手的掌心,堵住还在流血的伤口,道:"但是她死了,或许还杀死了刘淑萍。"

魏恒轻轻一笑:"她们不是该死吗?不然你费尽心思取得她们的口供是为了什么?"

邢朗一顿,停止擦拭掌心鲜血的动作,抬起一双深邃、冰冷,似有暗潮翻滚的眼睛看着魏恒,猛地掐住魏恒的脖子把他推到墙上,怒道:"我得到她的口供,是为了把她送上法庭,不是为了让你杀了她。"

后背撞到墙上,肩骨一阵灼痛,不过最痛的还是后脑勺,邢朗下手不知轻重,几乎是把魏恒扔到了墙上。

魏恒闭着眼睛，皱着眉头，等待脑子里的嗡鸣声退去，才睁开眼睛看着邢朗，勉强从被他紧紧掐住的咽喉里发出声音："我杀了她？请你搞清楚，邢队长，徐苏苏和刘淑萍掉下楼时我不在场。"

　　邢朗："你在不在场都无所谓，魏老师，我相信你有为人洗脑的本事。"

　　魏恒："你是说，我给徐苏苏洗脑，暗示她带着刘淑萍自杀？"

　　邢朗没说话，默认了魏恒的说法。

　　魏恒鲜少和人动手，被人锁喉还是第一次，他不懂得调整呼吸，没一会儿就在邢朗的桎梏下憋红了脸，但是他丝毫没有示弱，依旧用平静而且不失挑衅的目光看着邢朗："那请你告诉我，我这么做的意义在哪里？"

　　魏恒的脖子并不粗壮，甚至有点细，在他说话的时候，邢朗清楚地感觉到魏恒的喉结在掌心微微颤动，魏恒的皮肤细腻、紧致，摸上去就像某种冰冷、光滑的瓷器。他还夸过魏恒的下颌线条很漂亮，而此时魏恒漂亮的脖子就在他的手中，邢朗心中蓦然升起一个恐怖的念头，他此时就把魏恒的脖子捏在手里，只要他稍一用力，就能把魏恒的脖子扭断……

　　魏恒能忍住不向邢朗求饶，但忍不住干咳。

　　魏恒的咳嗽声好像把邢朗唤醒了，邢朗的眼皮微微一动，不自觉地卸下几分力道，怒火莫名其妙地去了大半，但依旧惩罚性地掐着魏恒的脖子，道："或许你是个疯子，你这么做的意义，只有你自己知道。"

　　魏恒冷笑道："别装作一副你好像很了解我的样子，无论你信不信，我都没有暗示过徐苏苏自杀。我只是帮她认清自己，帮她从徐红山的权威里跳出来，让她在法庭上说出自己受到徐红山虐待的事实，控告徐红山教唆她杀人。"

　　邢朗又松了几分力道，轻轻地划动拇指，指腹掠过魏恒的喉结："仅此而已？"

　　魏恒趁机把邢朗推开，揉着被他捏疼的脖子，瞪着邢朗冷冷地道："没错，仅此而已。"他停顿了一下，语气不再冷漠，眉宇间带有一丝怜悯，"你看到徐苏苏的脚了吗？那就是证据。"

　　邢朗当然看到了，不光是他，在场的所有人都看到了，邢朗还记得他看到徐苏苏那双畸形的双脚时的感觉，双眼好像被嵌入一根钉子，疼得他浑身一颤，随之想起来的，还有魏恒脱下衣服盖住她双脚的一幕。

　　邢朗看了一眼魏恒身上单薄的黑色衬衫，衬衫已经被雨淋湿了，黑色的布料紧贴在他身上。

　　邢朗扯了几张纸巾再折起来，在杯子里蘸了一些茶水，又回到魏恒面前，犹豫了片刻，最终还是将纸巾轻轻地放在魏恒的脖子上。

　　魏恒靠在墙上，沾了冷水的纸巾贴在皮肤上的感觉让他不禁一抖，他看着邢

第九章·于尽

朗冷冷地问："你还想干什么？"

邢朗的右手受了伤，伤在掌心，刚才他掐魏恒的脖子时，不可避免地把掌心的血蹭到了魏恒的脖子上。他抬起左手撑着墙壁，右手拿着纸巾细致又缓慢地擦拭着魏恒脖子上的血，听到魏恒如此防备地问他还想干什么，邢朗笑了笑，道："别紧张，在我手上，你死不了。"

魏恒瞪了邢朗一眼，脸扭到一边，不看他，接着自己的话继续说："但是被她拒绝了。"

邢朗："拒绝？"

魏恒的神色有些黯然："她不想被更多的人看到她的脚，更不想当众展示，就算是作为可以为她减轻刑事责任的证据，她也不愿意。她还说，她恨她的母亲，因为刘淑萍从未告诉过她，她接受的教育中什么是对，什么是错。刘淑萍把她改造成能让徐红山喜欢的样子，利用她讨好徐红山。相比徐红山，她更恨她的母亲。"

把魏恒脖子上的血迹擦干净，邢朗后退一步，把染了血的纸巾扔进垃圾桶："所以她想杀了刘淑萍，同时自杀？"

魏恒不禁抬头看了邢朗一眼，觉得他没有用"同归于尽"这个词是非常理智的行为。魏恒系上一颗衬衫扣子，道："其实我看出来了。"

邢朗盯紧了魏恒："看出徐苏苏会自杀？"

魏恒"嗯"了一声。

邢朗皱眉："那你为什么不阻止她？"

魏恒想了想，看着邢朗说："我很想阻止她伤害自己的生命，但我没有立场阻止一个女人维护她仅剩的尊严。"

邢朗脸色阴沉地看了他片刻，忽然低低地笑了一声："继续说。"

魏恒道："我跟她有过一次对话，你或许不知道那双缠过的脚对她来说意味着什么，但是我知道，那是她的伤疤、她的耻辱，如果她不在法庭上展示自己的耻辱，她会被判死刑；如果她在法庭上展示了自己的耻辱，她会被自己判死刑。反正都是死，又有什么不同？"

看着魏恒振振有词的样子，邢朗觉得换了任何一个内心不够坚定的人，可能都会被魏恒说服。但是邢朗没有，他反驳："因为她的手上有命案，从她进入公安局的那一刻起，她就失去了决定自己生死的权利。"

"我不想跟你辩论一个人的尊严和法律哪个更重要，"邢朗往前走了一步，站在魏恒的面前，看着他的眼睛，严肃地道，"但是我是警察，我的责任是把罪犯送上法庭。你可以不站在我的立场为我考虑，但是你不能妨碍我履行我的职责。"

说着，邢朗笑了一下，笑容很轻，没有丝毫暖意："看看你站在什么地方？"

魏老师，这里是公安局，不是你的大学课堂。在你的课堂上，以你为主导，但是在这里，请你把那套自以为是的想法收起来。"最后，邢朗看着魏恒的眼睛，以不容置喙的口气道，"如果你还想待在西港区刑侦支队，你就必须听我的。"

魏恒说："如果我不听呢？"

邢朗："那就说明你不适合在这里工作，而我，有权力请你离开。"

魏恒看着邢朗问："你要把我赶走？"

本来很笃定的事，被魏恒一问，邢朗竟然犹豫了。

就在邢朗犹豫的时候，办公室的门被敲响，为徐苏苏做笔录的警察拿着一张纸进来："邢队，你看看这个，在办公室里发现的。"

邢朗接过去，一眼认出了徐苏苏的笔迹，他手里拿着的，竟然是徐苏苏的遗书。

徐苏苏的遗书中写道，她没有受到警务人员的不公正对待和逼供，交代了她受到父亲和母亲逼迫作案的事实，并且写到她因为无颜面对男友，将会在离开公安局前结束自己的生命，最后写到对三名受害者及其家属的歉意。

最后一行"对不起"三个字上有几滴泪痕，后面附着"徐苏苏亲笔"的签名。

一纸遗书，条条款款，写着一个绝望的女人的悲伤史。

邢朗看完，沉默了一会儿，问魏恒："你也知情？"

魏恒转头避开邢朗的目光，沉默下来。

突然，秦放横冲直撞地闯进办公室，谁的脸色都没看，解开雨衣从里面拿出一份文件递给邢朗："你要的DNA鉴定报告。"他一转头看到魏恒，便露出笑容，"魏老师也在，咦？你的脖子怎么了？好像有点肿。"

魏恒摸了摸脖子，没说话。

邢朗靠在桌沿看报告，闻言看了魏恒一眼，然后低下头接着看报告。

其实他们已经确定了刘淑萍和徐苏苏的母女关系，但是还需要一份书面证明来证实。现在证明有了，人却死了，这份DNA鉴定报告也就没什么用了。

邢朗把报告扔到桌子上，叹了口气，道："你也出去。"

魏恒佯装邢朗在对他说话，跟着秦放一起往门口走，走了没两步又被邢朗叫住。

"魏老师，你留下。"

这时，走到门口的秦放回过头道："对了，你让我检查蒋志涛右手食指的指骨损伤情况，我没查出别的，倒是查出了一点火药残留。"

邢朗和魏恒不约而同地问："火药？"

秦放在他们两个人之间扫视了一下，道："对，0.8克的微量火药残渣遗留，结合蒋志涛右手的手掌留下的一道纹路，和他指骨由下而上翻折90度造成的指骨骨折的情况，像是……"秦放说着说着，发现自己在对武器进行推测，于是及时停住。

魏恒接着他的话说："像是有人从他的手里夺枪，所以掰断了他的手指？"他皱了皱眉，看着邢朗问，"你们在蒋志涛的家里发现手枪了吗？"

这句话问得多余了，如果邢朗发现，怎么可能错过这么重要的线索。

邢朗一句废话都没有，迈步走向门口，联系勘查组重回案发现场。

魏恒快走几步跟在邢朗的身边，邢朗看了看魏恒挂在身前的雨伞："你也去？"

魏恒点点头。

邢朗又看了一眼魏恒身上那件单薄的衬衫，脱掉自己身上还算干爽的夹克扔到魏恒的怀里，然后从一个警察的手里接过雨衣往身上套，道："不用再往干洗店送了。"

魏恒看了看邢朗，又看了看怀里的衣服，虽然他不愿意再领邢朗的人情，但是上一次穿了邢朗的衣服，这次反而不穿了，搞不好邢朗会多想，从而更不待见他，借机把他赶走。于是魏恒老老实实、一言不发地把邢朗的外套穿上。

徐天良紧跟着魏恒，谨记师父去哪儿，他就去哪儿的原则。出了大楼，徐天良帮魏恒打伞，一同往邢朗的那辆吉普车走去。

徐天良瞅了魏恒两眼："师父，你和邢队又吵架了？刚才我们都看到邢队把你拽到他的办公室……"

魏恒说："闭嘴，上车。"

邢朗看了一眼别别扭扭地上了车、坐在副驾驶的魏恒，脸上露出一丝笑意。

魏恒转头看着窗外。

两辆车在雨中行驶了一会儿，很快停在蒋志涛所住的单元楼下，一行人穿过雨幕，钻入单元楼。勘查组在主卧和客厅寻找枪支，邢朗也在帮忙翻找。找枪的人已经足够，人太多反而会乱，所以魏恒站在客厅一处不碍事的角落里看着他们忙碌。

众人找了一会儿，几乎翻遍了每个房间的每个角落，都没有任何发现。如果蒋志涛有一支手枪，遭遇危险时企图开枪自卫，结果被祝玲夺走，那么枪支应该还在这间房子里才对，但是警方找了两次都找不到。

魏恒心想，祝玲已经供认了杀害孩子和丈夫的罪行，事无巨细地交代了细节，没有必要隐藏一支手枪的存在，除非，她擅作主张处理了那支手枪，那么，手枪必定是被她交了出去。

徐天良早把他的师父当成了"人脑雷达"，见魏恒一低头，一抬眼，就知道魏恒肯定想到了什么，于是问道："咋了，师父？"

一个猜想在魏恒的脑海里闪现，他还没来得及下定论，就看到徐天良手中印有"旭日钢铁集团"的雨伞。

旭日钢铁集团……

魏恒问："这把伞是谁的？"

徐天良道："这把伞？是我在一楼大堂里拿的，不知道谁扔在那里的，我就拿来用了。"

魏恒想起了伞的主人，是那个被家暴的妻子，但是除此之外，他一定还在别的地方见过这把伞，就在这两天……

终于，他想起来了。在去西港区分局刑侦支队报到的公交车上，那个坐在他前面的女人，撑的就是这把印有"旭日钢铁集团"字样的雨伞。而那个女人下车时的地点，就是这个小区门口的公交站！

魏恒喊道："邢队长！"

邢朗很快从主卧出来："怎么了？"

魏恒道："我知道这把枪的下落。"

邢朗的眼睛一亮："在哪儿？"

魏恒道："还记得你昨天带回来的那几个工人吗？其中一个工人殴打他的妻子，被你踹了一脚。"

邢朗立即答道："苗龙？"

魏恒点头："就是他，祝玲把那把枪交给了他的妻子。"

话音刚落，室外忽然响起一声巨响。

派出所的人口登记簿上显示苗龙住在芜津火车西站鹿湾嘴。芜津是一座港口城市，水域广阔，渝江的一条分支流经鹿湾嘴，这里有一个种植荷花、盛产莲蓬的产业，也是芜津一处小小的风景名胜。政府为了保护这个天然的产业，更是为了城市绿化，十年内不准许房地产企业涉足其中，力保清风荷举、流水人家的天然风韵。

鹿湾嘴的居民收入远不及芜津市民收入的平均水平，即使政府每年拨款资助，也无法从根本上改善这里居民的贫困状况，所以这些年来居民们已搬离得差不多了，只留下一栋栋自建的小楼和满湖半枯萎的荷叶。

其实导致鹿湾嘴得不到开发的最根本的原因是它邻近西傧铁轨，火车行驶而过，轰隆轰隆的噪声终日笼罩着铁道两旁的居民，一栋栋自建的简易小楼像是胡乱落下来的俄罗斯方块，毫无规律地分布在居民区中。

早在警车到达之前，住在苗龙家附近的邻居就已经报了警，因为他们听到了

第九章·于尽

苗龙家里传出来的枪声。警车停在苗龙家门口的深巷中，几个胆大好事的男人已经围在了一扇朱红的铁门旁边，伸长了脖子想知道发生了什么。

邢朗淋着雨，下车走到铁门前，见门上挂着锁，抬手一指门锁，陆明宇立刻上前用蛮力破门。

邢朗走向在一旁围观的几个男人，抹了一把脸上的雨水，问："谁报的警？"

围观的男人中的一个站了出来，道："是我。"

邢朗看着他问："你听过枪声？"

"没有。"

邢朗："那你怎么确定你听到的是枪声？"

那个人被邢朗盯着，这么一细问，难免有点慌，舔了舔嘴唇道："在电视里听过，警匪片里常有，咱没吃过猪肉，也见过猪跑啊。"

邢朗继续盘问他："几声？"

"两声。"

邢朗："中间隔了多久？"

"不久，也就几秒钟吧。"

邢朗："之后有人出来过吗？"

"没，没看着。"

小吴忽然喊道："头儿！"

此时陆明宇破开了门，刑警们严阵以待，等邢朗发号施令。

邢朗撩开雨衣的下摆，从后腰处拔出手枪，走向门口："大家都机灵点，里面的人有枪！"

刑警们紧随其后有序地进入。

围观的男人们没见过这么大的阵仗，一个稍微年轻点的拽住刚才被盘问的那个人，低声问："这是拍电影啊？"

徐天良从车上跳下来，冲他们说："你们快走，我们这儿执法呢，一会儿可能要火拼！"

这些人吓得一溜烟地跑了。

魏恒最后下车，走在徐天良撑起的伞下，瞪了徐天良一眼："谁告诉你待会儿要火拼？"

"啊？那把枪不是在领头的工人手里吗？他很有可能因为失业而心怀不满，报复社会啊。"

魏恒又瞪了徐天良一眼："反社会型人格的促成原因很复杂，如果仅仅是因为失业，那咱们的社会不知将会经历多少次动荡。在没有准确判断之前，永远不

123

要随意揣测一个人是否具有反社会型人格，否则，你和对方，都会很危险。"

徐天良听傻了，他看着魏恒愣了好一会儿，直到上楼时差点被台阶绊倒，被魏恒扶了一把才猛然回过神来。

一楼的三间房子全是库房，苗龙和他的妻子、儿子和女儿都在楼上的房间居住。魏恒领着徐天良沿着两侧楼梯上楼时，忽然听到楼上传来房门被踹开的声响，想必是邢朗带人破门而入了。

魏恒快步上楼，看到了站在二楼的一个房间门口往里张望的邢朗。

房门口堆着几件雨衣，勘查组的警察穿上鞋套进入房内，正在采集证据。魏恒走到邢朗身边，往房间里看了一眼，就知道邢朗为什么止步不前了。苗龙死了，死在房间里的沙发上，而他面前的电视机还在播放着拳击比赛。

"邢队。"一个警察把装在证物袋中的手枪举起来给邢朗看。

邢朗沉着脸点点头，道："进去看看。"

魏恒看了他一眼，知道邢朗在跟自己说话，于是接过徐天良递来的手套和鞋套，穿戴好走了进去。

苗龙的死相凄惨，被枪击毙的时候他正坐在沙发上看拳击赛，结果被人从正后方爆头，子弹从顶骨穿过额骨，在他的眉心处开了一个血肉模糊的洞。除此之外，他的颈部右侧，偏离正中线两厘米左右的位置也被射出一个血洞，但不是致命伤。

魏恒站在沙发的背后，看了看歪倒在沙发上的死者，又看向由后向前喷溅在茶几上的大片血迹和被血染红的沙发坐垫。可以想象出，凶手是在苗龙毫无防备的情况下从后面接近苗龙，先是朝苗龙的脖子开了一枪，或许是因为紧张，或没有经验，总之第一枪没有要了苗龙的命，然后凶手又开了第二枪，第二发子弹则贯穿了苗龙的颅骨，令其当场丧命。

勘查组的警察告诉魏恒，发现枪支的地方就在他的脚旁，而苗龙的妻子曲小琴和一双儿女不见了踪影。

魏恒离开客厅，来到餐厅，餐桌上的碗筷还没来得及收拾，几杯热茶还飘着氤氲的热气，从桌上的剩菜可以看出这是一顿丰盛的午饭，但是在午饭之后，家里的男主人惨遭杀害，女主人和两个孩子下落不明。餐厅的墙上挂着几张相片，相片的主角是一家四口，如果客厅里没有一具尸体，那么眼前的一幕将是一个温馨的家庭的写照。

邢朗蹲在门口观察鞋柜里的鞋子，判断苗龙的妻子曲小琴和两个孩子到底是被人匆忙带走的，还是曲小琴带着孩子贸然出逃的。

魏恒回到门口，对邢朗说："曲小琴把两个孩子带走了。"

这一点，邢朗通过鞋柜里摆放的三双拖鞋和显眼位置缺少的鞋子，也看了出来。

邢朗站起身看着魏恒，问："她会去哪儿？"

曲小琴会去哪儿？

苗龙显然死于熟人作案，而曲小琴有最大的嫌疑，如果是曲小琴开枪打死了自己的丈夫，那她很清楚枪声会引来警察，尸体很快就会被发现。她或许会逃走，但是卧室里的现金和金银首饰等财物没有缺少，显然她没有带着孩子畏罪而逃，那么她和孩子会去哪儿？

忽然，魏恒抬起头看着邢朗，眼里透出噬骨的冰冷："卧轨，她想带着两个孩子卧轨自杀。"

曲小琴选择用开枪的方式杀死丈夫，绝对不是因为和丈夫体力上的悬殊。杀死一个和自己朝夕相伴的伴侣有很多机会，可以投毒，可以打开煤气，甚至可以像祝玲一样趁其熟睡时将其杀害，但是曲小琴却选择了用枪这种彰显力量的武器。

但曲小琴并不是在彰显力量，她是在示威，这是一个遭受压迫和家暴多年的女人，对暴力的示威和反抗。

魏恒想起上一次在公安局，苗龙把自己受到不公平待遇而产生的怒气全都发泄在妻子身上，那一次仅仅是他们看到的，可能在他们看不到的地方，相同的一幕不知道发生了多少次。苗龙怨天尤人，企图以卧轨自杀的方式示威，但是这个站在苗龙背后的女人，这个承载了丈夫所有无处发泄的怒气的女人，也在悄悄地策划着一个属于自己的行动。

曲小琴，一个没有权利、没有地位，甚至在家庭中都处于底层的女人，很有可能去做完丈夫未完成的事——就在此时此刻，曲小琴正带着两个孩子卧在铁轨上，等待着一列火车。

邢朗没有质疑和反问，立即拿起步话机联系武警支队请求支援。两名勘查组的警察留下保护现场，其余人被邢朗迅速集合起来。

"犯罪嫌疑人带着两个孩子准备卧轨自杀，从火车站西站进站口以东的西侲铁路线开始，一人为一组，每组间隔给我至少拉开五十米。展开地毯式的搜索，一定要把这三个人找出来！"

雨衣的帽子会影响听力和视觉，邢朗早就把帽子掀掉了，雨水不一会儿就泡红了他的双眼，他指了指徐天良："除了你，你跟着你师父，你们相互照应。"随后又看向陆明宇，"大陆，你带着人从西站进站口处开始搜查，联系铁路局，让他们也派人帮忙找，其他人都上车跟我走！"

支援的武警来得还算快，虽然只有二十个人，但是阵线拉得长。警察们像是在铁路边拉了一张大网，一路沿着铁路线向东，试图阻止这条铁路线上即将上演的一幕悲剧。

　　暴雨不歇，铁轨一眼望不到头，寻找一个女人和两个孩子谈何容易。

　　魏恒和徐天良掉了队，警察也被暴雨冲散，但是他们的搜寻工作并没有停下。每当魏恒迷失方向，不知下一步该迈往何处的时候，总能从徐天良的步话机里听到邢朗的指令。

　　徐天良的伞早就被风吹翻了，冰雹似的冷雨打得魏恒的脑门一片僵冷，魏恒体力逐渐流失，拄着雨伞在泥泞里艰难地挪动脚步。他的低血糖又犯了，每往前走一步就感觉愈加头晕目眩，头疼得像要裂开。不得已，他蹲下歇了歇。

　　徐天良比魏恒好不了多少，像一朵风雨中摇摆的小菜苗。徐天良瞥见魏恒的脸色白得实在吓人，担心魏恒会随时晕过去，便连忙把魏恒手里从未打开过的雨伞撑开，遮在两个人的头顶，担忧地道："要不你先回车上休息吧，师父。"

　　魏恒没有力气和徐天良说话，他现在耳鸣得厉害，像是在耳蜗里安了一个蜂鸣器，听什么都是带着噪声的四重奏。他忽然想起身上的这件外套是邢朗的，抱着侥幸的心理拉开拉链，在内口袋摸索了一会儿，果然摸出一个巴掌大的小铁盒。

　　魏恒想把糖盒打开，但是双手一直发抖，于是叹了口气，把糖盒递给徐天良。徐天良接过去立刻打开了，然后把盒子放在他的面前："这是你的药吗，师父？"

　　魏恒拿了两三颗薄荷糖塞到嘴里，咬碎了吞下去，然后又往嘴里塞了两颗，才吐出一个字："糖。"

　　魏恒把糖盒又移到徐天良面前，示意让徐天良也吃一颗。

　　徐天良摇头："你吃吧，师父，我不爱吃糖。"

　　魏恒："……"

　　他想骂人，但是体力不允许。

　　魏恒捂着额头，把"谁爱吃糖？如果不是因为低血糖，你以为我会吃糖吗"这句话咽回去，又缓了一口气，扶着徐天良的胳膊慢慢站起来，道："走吧。"

　　魏恒歇了一会儿，已经彻底和大部队失散了。他们沿着搜寻队搜过的铁路线一路向东走，走着走着，忽然听到陆明宇的声音从步话机里传出来："邢队，我们发现了曲小琴和两个孩子，在你的九点钟方向，在你的九点钟方向！"

　　一阵纷乱的脚步声过后，邢朗的声音传出来："我看到了，你们都过去，快！"

　　魏恒也加快脚步，在拐过山坳后终于看到了百米外涌向铁路上三道人影的十几名警察。

　　远远的，魏恒看到了一个女人坐在铁轨上的背影，她的怀里搂着两个孩子，一个七八岁左右的男孩和一个被她抱在怀里的两三岁左右的小女孩。

　　距离远，魏恒听不到现场的声音，却能看出现场的混乱。

第九章·于尽

女人坐在铁轨上不肯离开，和一名警察抢夺着自己的孩子，不慎被拉倒在地上，像是被人贩子抢夺了孩子的母亲般哭号得撕心裂肺。两个孩子被转移到铁路旁边的空地上，几名警察连拖带抱地把曲小琴从铁轨上带离。

魏恒走近，看到曲小琴瘫坐在泥地上，撕心裂肺地哭诉："我是杀人犯，我想去死怎么了？你们谁有权力不让我死？"

邢朗扭住她的双手给她戴上手铐，对曲小琴说："你可以去死，但是你没有权利让你的孩子陪着你一起死！"

曲小琴俨然一副疯魔状，什么话都听不进去，只躺在泥地上拼命地挣扎着，哭喊着。她的两个孩子坐在不远处，两三岁的小女孩哭得上气不接下气，滚在泥里叫"妈妈"。邢朗把小女孩抱起来递给陆明宇，陆明宇把女孩接过去，解开雨衣遮住了她。女孩的哭声立刻弱了一些。

被警察从铁轨上救下来的那个七八岁的男孩从头到尾都很平静，不挣扎，不哭喊，只是默默地看着母亲被戴上手铐。他的眼神平静得诡异，在曲小琴努力把手伸向他时，他甚至往后躲了躲，嘟着嘴，眼神里流露出一丝厌恶。

一把伞遮在头顶，挡住了风雨，男孩下意识地抬头往上看去，看到一个年轻的男人蹲在他的面前。面对陌生人，男孩也丝毫不躲避，他看着魏恒，眼神中充满敌意。

魏恒看了他一会儿，轻声问："害怕吗？"

男孩低下头，蹲在地上摸了两颗石子拿在手里把玩，用不符合他这个年龄的冷漠的声音说："不怕。"

魏恒："你妈妈把你带上铁轨，你也不怕？"

男孩玩着石子，道："有什么好怕的？我才不会真的陪她死。"

魏恒眉间的郁色更深："那你为什么不反抗？"

男孩嘟起的嘴巴抿出一个可爱的弧度，但他说出的话却让人毛骨悚然："我骗她而已，火车来了我就自己跑了，让她和妹妹两个人去死吧！"

魏恒觉得心里有什么地方被莫名地刺痛了，又问："你想让你的妈妈和妹妹去死？"

男孩点点头，既天真又残忍地道："她早就该死了，我爸爸说的。"

魏恒："你爸爸在哪儿？"

男孩歪着头想了想，说："他也死了，在家里。"

魏恒："怎么死的？"

男孩停止把玩手里的石子，他抬起手，做出枪的手势，然后眯起眼睛瞄准趴在地上的母亲的头部，开了一枪。

127

父亲的惨死和母亲试图自杀都没能激起这个小小少年的情感涟漪，至于他的那个小妹妹，更加不能。被陆明宇抱在怀里的小女孩一直在哭，男孩忽然跳起来，对着妹妹吼道："哭哭哭，就会哭！你们女人烦死了！"

男孩愤怒地要冲过去打他的妹妹，他还未接近陆明宇，就被邢朗揪住衣领，像只鸡崽似的被拎了起来。

男孩那张因为愤怒而扭曲的面孔，竟和苗龙在公安局殴打曲小琴时如出一辙，而眼前这位苗龙的后代比起他的父亲，更多了几分冷漠无情和不知名的仇恨。这个孩子更加无所畏惧，更加不服管教，眼神中燃烧着对所有人的仇视和敌意。

武警开过来一辆警车，邢朗把曲小琴和男孩都送上警车，陆明宇抱着小女孩也一同上了车。

魏恒站起身，看着男孩隐在车窗后左右张望的侧影，道："你不是想知道，具有反社会人格的人，是什么样的吗？"

徐天良看了看周围，才确定魏恒是在和自己说话，忙问："什么样的人？"

魏恒看着坐在警车里肆意欢笑的男孩，叹了口气，道："他就是。"

徐天良顺着魏恒的视线看过去，看到警车里的男孩跪在座椅上，面朝车窗，伸出双手比作两支手枪，眯着眼睛好像在瞄准般，冲着窗外的警察开枪。

徐天良的心里一惊，竟感到浑身发冷，好像男孩的双手真的变成了两支枪，从枪口里射出无数颗子弹，而倒在他枪口下的是无数具淌着鲜血的尸体。

第二卷 人间四劫

佛教的宇宙观将成、住、坏、空四个时期，称为四劫。

第十章
杀手

魏恒从鹿湾嘴回来后就病了,高烧达39.2℃,烧得他差点晕过去。邢朗放魏恒回家养病时还安慰他,说:"不怨魏老师你底子弱,我手底下的两个糙老爷们也发烧了,鼻涕、眼泪流了一箩筐,情况跟魏老师你差不多。"

邢朗说话向来如此,就算是好话,从他嘴里说出来也不怎么好听。魏恒不知道他是不是真心实意地劝自己好生养病,只知道邢朗把他区别于其他的糙老爷们,这又是什么意思?他暂时想不通。

魏恒回到家,吃了药,躺在床上发汗的时候,一时睡不着,脑海中不知不觉地想起了邢朗的话,思考良久依旧是一头雾水。他在睡着前觉得自己真是有病,竟然琢磨邢朗的话琢磨了大半宿。

魏恒还没睡几个小时,手机铃声就在五点多把他叫醒,他眯着眼睛看了看来电显示,是邢朗。

魏恒接起电话,瓮声瓮气地问邢朗有什么事。邢朗问他吃药没有,他现在回家,可以顺路帮忙带点药。邢朗或许是出于好意,但在魏恒看来,大半夜被吵醒就为了回答邻居一句是否吃过药,实在荒谬。这让他一时火起,但又不能发作,不然显得自己不知好歹,于是保持冷静,说了句:"吃过了,谢谢。"然后挂断电话,关机,把手机塞到了枕头底下。

不知道又过了多久,魏恒迷迷糊糊中听到似乎有人在敲门,但是他依旧闷头酣睡,就没搭理。还好敲门声持续的时间不久,很快就归于宁静。魏恒一觉睡到下午,才发现芜津的风雨已经停了。他昨晚被捂出了好几层热汗,现在感觉身上轻松不少,头晕目眩、头重脚轻的症状也大大减轻,貌似已经康复了。

魏恒拖着略有些虚浮的步子去浴室洗澡,洗完澡猛然想起邢朗好像半夜给他打了个电话。出于人情世故,魏恒觉得自己有必要回访,于是他简单地吹了吹头发,把睡袍的领口拉紧了些,出门走到隔壁508室的门前,敲了敲门。

没人应他,他以为邢朗还在睡觉,结果没把邢朗叫出来,倒是把对面的一对老夫妻惊动了,头发花白的老太太推开门,对他说:"小邢上班了,七点多就出门了。"

老太太的牙齿差不多掉光了，发音不清晰，魏恒险些把"小邢"听成"小星"。

魏恒向老太太道了谢，心想邢朗给他打电话的时候是五点多，那邢朗回到家应该在五点半左右，竟然七点多就出门了，那就说明邢朗压根没睡，充其量只洗了个澡，换了身衣服，或许还抽出几分钟刮了刮胡子。

魏恒胡思乱想着回到自己家门口，才发现门把手上挂着一个塑料袋，袋子里装着几盒药，分别是布洛芬、阿莫西林、头孢，甚至还有一盒维C胶囊。

魏恒盯着这几盒药看了一会儿才把袋子从门把手上取下来，拎着袋子进了屋。

他往沙发上一坐，琢磨了一下邢朗以公徇私在药里下药把他毒死的概率有多大，随即把药远远地扔到沙发一角，躺在沙发上给徐天良打了个电话。

昨天他离开公安局时交代过徐天良，有什么进展及时通知他，这么长时间过去了，这小子还没动静，不是太忙忘记了，就是偷懒疏忽了。

电话一接通，魏恒就知道原因是前者。不知道徐天良在哪儿，背景音乱糟糟的，说话的语气也很急。

魏恒问曲小琴案子的进展，徐天良说："曲小琴认罪了，邢队昨天晚上拿到了她的口供，今天下午看守所就来带人了。"说着压低了声音，"今天早上七点多，邢队因为徐苏苏自杀的事去监察委接受调查，才回来不久。而且刘淑萍受伤很严重，没法出庭，邢队一直在发火，刚才开会的时候摔了两个杯子。师父，要是他不叫你回来帮忙，你就在家好好养病吧，一般他发脾气时我们能躲就躲。这案子总共三个嫌疑人，死了一个，另外两个都上不了庭，死者家属现在闹腾得厉害，纪监委也不肯轻易罢休，非让邢队接受调查。他现在被三方责任人堵得焦头烂额，见人就发脾气，你最好躲一躲。"

不等魏恒有所回应，徐天良忽然打了个哆嗦，战战兢兢地道："邢……邢队叫我了，我要过去了。"

魏恒把手机放下，睁着眼睛看着天花板发愣。现在他几乎可以肯定，邢朗在那几盒药里下药想把他毒死的概率变大了。为了不主动找死，魏恒抓起手机给徐天良发了条信息："如果他让你叫我回去，你就说我病重，进医院了。"

徐天良很快回复道："交给我吧。"

魏恒顿时觉得，小徒弟还挺"孝顺"他。

魏恒躺在沙发上歇了一会儿，又打出去一个电话："你在哪儿？等我十分钟，马上下去。"

魏恒挂了电话，换身衣服，出门前给鹦鹉填满食物和水，带上钥匙出门了。小区门口老地方，一辆黑色的轿车停在路边，亮着右转向灯。魏恒刚走近，车门就被人从里面开了，他坐进副驾驶座，系上安全带。

第十章·杀手

郑蔚澜道："不是说不让我在你家门口露面吗？"

魏恒言简意赅地道："邢朗不在。"

郑蔚澜："你现在和他是邻居，我还得事事提防着他。"

魏恒轻飘飘地道："他是兵，咱们是贼。不提防着他，提防着谁？"

郑蔚澜把车开上路，问："你进警局那么久，找到你想找的了？"

虽说雨后初晴，阳光甚好，但一场秋雨一场寒，芜津已经实打实地迈入了深秋。

魏恒没几件外套，一件泡了水，还没洗出来，一件染了血，也没洗出来。此时他身上只有一件薄薄的帽衫，坐在车里都能感觉到窗外的寒意。他把车窗关死，拢紧衣襟抱着胳膊道："还没有，我才进去几天，连接近档案室和物证室的机会都没有。"

郑蔚澜："邢朗是不是防着你？"

魏恒想了想，道："应该不会，他顶多不信任我，到目前为止他没有理由提防我。"

郑蔚澜犹豫片刻，略显心虚地道："跟你说件事。"

魏恒："说。"

郑蔚澜："你不是跟我说，冯光最多拘留到昨晚吗，昨天晚上我就在公安局附近堵他。"

魏恒转头看郑蔚澜："堵到了？"

郑蔚澜看了魏恒一眼，眼神飘忽："差一点。"

魏恒皱眉："说清楚，差一点是什么意思？"

郑蔚澜叹了口气，道："我跟踪冯光的时候发现有人也在跟踪我。"

魏恒冷冷地问："谁？"

郑蔚澜看了魏恒一眼："邢朗。"

魏恒的心悬了起来："他看到你了？"

郑蔚澜皱起眉头，回忆着昨晚的遭遇，略带犹豫道："应该没有，我戴着口罩和帽子，巷子里很黑，如果不是我对他那张脸太熟悉，也认不出他。"

想起昨晚跟踪冯光的那一幕，郑蔚澜至今有些后怕。他低估了邢朗。凌晨四点钟，他躲在公安局对面蹲守冯光，虽然他没见过冯光，但是魏恒给他看过照片，所以当冯光走出公安局的大门时，他很容易就认出了冯光。

郑蔚澜没有在公安局附近动手，而是跟着冯光穿过两条街，走进一条巷子，当时风雨已经停了，巷子里只有两盏昏暗的路灯，异常安静。为了不让冯光起疑心，郑蔚澜有意落后了几十米，准备跟到冯光的住处，却在不经意间听到身后传来流浪狗的叫声。他当即停住脚步，警惕地竖起耳朵听着身后的动静，流浪狗的叫声很快消失，他却不敢再轻举妄动。

郑蔚澜把藏在袖子里的袖珍匕首滑至掌心，回头往身后看去，结果看到在距离他不到十几米的地方站着一个男人。即使夜色浓重，他也一眼认出了男人那双如野兽般锐利、明亮的眼睛——那个人是邢朗。

邢朗见郑蔚澜回头，舌尖轻轻舔过下唇，似乎是笑了一下。

郑蔚澜的瞳孔猛地一缩，不由分说，当即便跑，一头扎进了黑暗的深巷。

狂奔了十几分钟，他才歇口气，回头张望，见身后的巷子里空无一人，只有建筑物和路灯的倒影。这时，他却听到不知从哪个方向传来的脚步声，或许是他听错了，或许是邢朗真的对他穷追不舍，他不敢停歇，直到跑出巷子，钻进车里，才察觉自己出了一身冷汗。

事后，郑蔚澜仔细地回想昨夜看到邢朗的那一幕，竟然有些怀疑自己是否看错了，但是一想起那双眼睛，郑蔚澜仍旧感到心有余悸。

魏恒忽然觉得才好一点的头痛卷土重来，他按了按太阳穴，问："昨晚几点钟？"

郑蔚澜："不到五点。"

魏恒皱眉沉思，不到五点，那就说明邢朗是在发现郑蔚澜后，在回家的路上给他打的电话。此时魏恒不免开始怀疑邢朗给他打那个电话的用意，是在探听他在什么地方吗？他想不通。

郑蔚澜也知道这件事办得不利索，此时显得垂头丧气，忧虑重重。

魏恒从眼角处瞄了郑蔚澜一眼，见他表情僵硬，眼神中似乎还留有余惊，便低低地笑了一声，道："你不是说不怕他吗？"

郑蔚澜没搭腔，只把兜住下巴的口罩往上拉了拉，道："你快点拿到东西，咱们都离那个老鬼远一点。"说着停顿了一下，"我总有种感觉。"

魏恒："什么感觉？"

郑蔚澜看了看魏恒，目光复杂："你会栽在他的手上。"

魏恒懒懒地一笑："咒我？"

郑蔚澜摇摇头，沉默不语。

到了律师事务所，郑蔚澜把车停在大楼前的停车场，从后座拿出一把雨伞递到魏恒面前，笑着说："拿着？"

魏恒斜眼瞪他。

郑蔚澜笑道："做戏做全套。"

魏恒用力从郑蔚澜的手里夺过伞，率先走进写字楼。

在律师事务所待了大半天，他们在这期间见了两位刑事辩护律师，魏恒详细

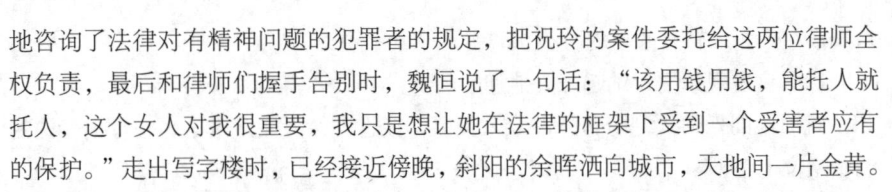

地咨询了法律对有精神问题的犯罪者的规定，把祝玲的案件委托给这两位律师全权负责，最后和律师们握手告别时，魏恒说了一句话："该用钱用钱，能托人就托人，这个女人对我很重要，我只是想让她在法律的框架下受到一个受害者应有的保护。"走出写字楼时，已经接近傍晚，斜阳的余晖洒向城市，天地间一片金黄。

郑蔚澜要把魏恒送回去，魏恒说先去逛超市，家里的冰箱已经空了好几天。

在超市里扫完货，他们两个来回搬了两次才把购买的全部商品搬到了后备厢里。魏恒在搬最后一提罐装啤酒时，超市门口一个五十多岁的妇人手里的购物袋忽然裂开了，里面的水果滚了满地。

魏恒放下啤酒，和正好赶来的郑蔚澜一起蹲下来帮妇人捡水果。妇人衣着朴素，身材纤细，保养得当，脸颊和脖子少有细纹，和善亲切的神情中可见年轻时的风韵。

"谢谢侬（你）啊，小伙子。"

魏恒帮她捡完水果，又从车里拿出一个新的购物袋在裂开的购物袋外包了一层，然后递到妇人的手中："不客气。"

也没同她告别，魏恒就催促着郑蔚澜驱车离开超市。

魏恒长了个心眼，只让郑蔚澜把他送到小区附近的大路口，然后搭了一辆出租车，付了起步价回到小区，好心的门卫大爷再次帮他把东西搬上楼。他把东西往冰箱放的过程中一直留神听着楼道里的动静，楼道里倒是一直人来人往，但是隔壁却始终安静。他既想探一探邢朗的口风，又怕打草惊蛇，结果纠结到凌晨一点多，隔壁依旧没有丝毫动静。

魏恒给徐天良打了个电话，徐天良没心眼，他一问，就说："邢队去检察院了，估计得到四五点钟。"

魏恒挂掉电话，索性好好睡了一觉，睡到自然醒，才收拾一番出门上班。他到公安局的时候，恰好刚赶上中午饭点，两桩大案告破，刑侦支队难得闲下来，貌似让邢朗烦心的那些杂事也解决得差不多了，所以警局里的气氛难得的轻松热闹。

魏恒在三楼自己的办公室待了不到十分钟，已经听到从楼上传来三次笑声。不是被笑声吸引，而是他觉得自己有必要在邢朗面前露一面，于是又上楼了。

魏恒才走上四楼，就见正对着走廊的会议室的门开着，里面坐着一水儿的穿着藏青色警服的同事们不知道在聊什么，你一言我一语的，有说有笑，十分热闹。

沈青岚靠在桌子边缘，即潇洒又慵懒的模样，她见魏恒沿着楼梯上来了，就朝魏恒笑了笑。

魏恒进门才发现队里的骨干基本都在，连邢朗都在长桌的一端坐着，正跷着双脚搭在桌角，转着手里的打火机，听几个女警说话。

徐天良发现魏恒，站起来向他迎了两步："师父。"

魏恒不同任何人寒暄，只冲众人笑笑，径直朝徐天良走过去，在邢朗旁边的一个空位上坐下。

对面的陆明宇好心问他："魏老师，病好了吗？"

魏恒礼貌地笑笑，说："谢谢，已经好了。"

邢朗把打火机夹在指间转来转去，看着他的脸端详了两眼，问道："吃药了？"

魏恒看他一眼："嗯，吃了。"

邢朗随即把目光从魏恒的身上移开，看着沈青岚说："既然你们这么要好，那她的婚礼你肯定不能空着手去，我说的可不是份子钱。"

沈青岚抱着胳膊，眯着一双细长的丹凤眼："嗯？"

邢朗道："把我们大陆带去吧，当手包挎着。"

忽然被点名的陆明宇抬起头看了邢朗一眼，然后低头继续看手机，权当没听到。

沈青岚看了陆明宇一眼，对邢朗笑着说："我挎着你。"

邢朗"啧"了一声，停止手上的动作，双手交叠枕在脑后，笑道："我这款太贵了，你挎不起。"

沈青岚瞪他一眼，不屑地道："德性。"

魏恒听了两句，听出沈青岚貌似要参加谁的婚礼，那么桌子中间摆着的一盒巧克力和一份精美的请柬，就是婚礼的邀请函了。徐天良见他看着桌子中间的巧克力，以为他想吃，于是整盒给他端了过来，说："这是喜糖，师父，你尝尝。"

魏恒拿了一颗，剥着糖纸随口问道："谁的喜糖？"

沈青岚接过话，不无感慨地道："我的大学同学，也是我的好朋友，不日将和她的梦中情人完婚。"

说着，沈青岚把请柬扔给魏恒，魏恒抬手接住，打开一看，找到了新郎和新娘的名字——周渠良、乔师师。

这两个人，魏恒当然不会认识，他听沈青岚刚才的说话语气中似乎充满了艳羡，于是小声问徐天良："嫁得好吗？"

徐天良忙点头："好，特别好。"

沈青岚也听到了，感叹道："何止是好？简直是太好了。"说着转头看着魏恒，"你不是在银江上大学吗？没听过周渠良？他是银江市数一数二的企业家。"

徐天良接话："岚岚姐，你忘了？还有一个贺丞呢。"

沈青岚摆摆手，道："他不算，他是太子爷，富二代。"

第十章·杀手

魏恒依旧不知道他们说的都是谁,但是又不能坦言自己没听说过这两个人,于是不置可否地笑了笑。

魏恒虽然伪装得很好,还是被邢朗一眼看穿。

邢朗目光深沉地看着他,心中有些疑虑,忽然对魏恒说:"银江市局刑侦队的队长叫楚行云,听说过没有?"

魏恒看着邢朗,在邢朗的眼神中捕捉到一丝不明显的猜疑,道:"这个人我倒是听说过。"不能继续装糊涂,也不能说自己不知道,论起来,他在银江读书的时候正是这位刑侦队长在银江闹得最凶的时候。

魏恒明知故问:"他怎么了?"

邢朗眼睛里的猜疑仿佛沉入了大海般,了无踪迹,看似在闲聊:"没什么,你不是对我们这行有兴趣吗?那你应该听过他办的那几件案子。"

陆明宇碰到了自己感兴趣的话题,看着手机笑道:"只要是我们这一行的,应该都听说过他。"

徐天良问:"什么意思啊,宇哥?"

沈青岚抠着自己圆润的指甲,慢悠悠地道:"银江市两位高官的落马案都是他办的。覃厅长、江行长,他们出事的时候你不知道?"

徐天良摇摇头:"他很了不起吗?"

邢朗又开始转动打火机,笑道:"要有手段有背景,敢做敢拼不怕死。不过他办了那么多件大案,也没见他飞黄腾达,现在没人敢用他,也没人敢动他。你还认为他很了不起吗?"

徐天良被邢朗问住了,一时不知道该怎么答。

魏恒当然听得出来邢朗是在故意难为他的小徒弟,从徐天良身上寻开心,于是对徐天良说:"别理他。"

邢朗捕捉到了他们间的小动作,笑了笑,道:"怎么还犹豫了?他就是很了不起啊,不过他最了不起的地方是他的背景。"

魏恒也有了兴趣,看着邢朗,等着他继续说下去。

徐天良好奇地问:"他有什么背景?"

邢朗抱着胳膊,故作神秘地想了想,然后扫了魏恒一眼,道:"这么说吧,楚行云这个人死不了,因为他的靠山非比寻常。"

魏恒禁不住追问:"靠山?他的靠山是谁?"

邢朗瞅着他,嘴角撇出一个耐人寻味的弧度,道:"下次再告诉你。"

陆明宇摇头笑道:"咱们比不了。"

邢朗也由衷地感慨:"是啊,比不了。"

说完摸出烟盒点了一根烟，然后散了两根烟给陆明宇和魏恒。

沈青岚停止抠自己的手指甲，转头看着邢朗问："他结婚了吗？"

邢朗："谁？楚行云？"

沈青岚点点头，疑惑地问道："这么多年，他怎么一点动静都没有？前两年师师还托我给他介绍对象，现在反倒不言不语了。"

邢朗又笑了，莫名其妙地又看了一眼魏恒，把魏恒看得浑身上下都不自在，拖动屁股底下的椅子离他远了点。

邢朗道："你就别操心他了，估计是落谁的手里了。你还是好好想想，参加你好朋友的婚礼时应该挎哪一款手包吧。"

听着他们闲聊了一会儿，魏恒寻了个邢朗不和任何人搭话的空当，又拖着椅子往他身边凑了凑，问道："你把冯光放了？"

邢朗在烟灰缸里磕了磕烟灰："嗯，放了。"说着抬眼看魏恒，"怎么？你还有事？"

邢朗把胳膊支在桌子上撑着脸，拉近了与魏恒之间的距离。魏恒这才看到他双眼中的那一片灰白色，冷冰冰的，显得不近人情。

魏恒避开邢朗的目光，一脸平静地道："没事，我以为他会向你吐出点别的什么。"

邢朗不声不响地盯着魏恒琢磨了一会儿，然后笑着问："比如呢？"

魏恒瞪了邢朗一眼："我怎么知道？"

邢朗或许习惯了装神弄鬼，又或许他从来都是这么神秘莫测，总之魏恒此时在他面前没有感到丝毫安全感，好像他的心事在邢朗面前全都无所遁形，邢朗早已看透了他，而邢朗不说破的原因只是想像此刻一样，逗弄、戏耍他。

魏恒面上不动声色，悄悄地捏紧了双手，险些把手中的巧克力捏碎。

邢朗忽然伸手过去，掰开魏恒的手指，把魏恒捏在手里的半颗巧克力拿了出来，慢条斯理地打开包装纸，道："他的确跟我说了点别的东西。"

魏恒定了定神，决定涉险多问一句："什么？"

邢朗把半颗巧克力放进嘴里，抬头冲他一笑："你猜。"

魏恒："……"他想起身走人，刚一站起来就被邢朗拽住胳膊。

邢朗笑着说："开个玩笑而已嘛，坐下坐下。"

魏恒被邢朗拉住胳膊，强拽回椅子上坐好，魏恒扯回自己的胳膊，留给邢朗一个冷冰冰的侧脸。

邢朗看着魏恒的侧脸，用只能让魏恒听到的音量说："冯光给了我一条银江'7·18灭门案'的线索。"

138　　CHAPTER 2·**人间四劫**

第十章·杀手

魏恒转头看着邢朗，看似不为所动，实则心潮汹涌。银江'7·18灭门案'？难道冯光真的和银江方面有关？

邢朗点到即止，只吐露这一句，随后无视魏恒追问的眼神，换了个话题："昨天晚上发生了一件有趣的事。"

魏恒心中一紧："什么事？"

邢朗把漂亮的金色糖纸撕碎，一点点撒在烟灰缸里："冯光的身份有问题，我怀疑他和芜津的贩毒网有关系。如果他真的有同伙，他被带到公安局接受调查，肯定会被那些人误认为他落网了，那么想把他灭口自保的人也不在少数。昨天晚上我放了冯光就是想看看有没有人对他下手，结果，还真被我逮着一个。"

魏恒看着盖在烟灰上的一层金色碎片，捕捉到从纸堆上升起的几缕青烟，定了定神，问："谁？"

邢朗把烟头也扔进烟灰缸里，道："没看到脸，但是我想，应该是我的一位老熟人。"

老熟人……

魏恒抿了抿干燥、发白的嘴唇，勉强笑道："是吗？"

谈话到此为止，魏恒没有继续追问，邢朗也没有继续说下去。魏恒本来以为是自己在试探邢朗，结果到头来才发觉，或许从始至终，都是邢朗在试探自己。

但是为什么？到目前为止，邢朗并没有理由怀疑自己。

面前忽然飘起一片灰尘粉末，呛得魏恒连忙捂住鼻子低咳了两声，皱眉道："你干什么？"

邢朗往烟灰缸里倒了一些水，瞬间烟尘乱飞，波及了离邢朗最近的魏恒和陆明宇，陆明宇跑开了，只剩魏恒一个人坐在那儿忍受呛鼻的烟灰。

邢朗挥散面前的烟灰，也咳了一声，道："哎，我担心它烧起来。"

魏恒白了邢朗一眼，把烟灰缸拿起来递给徐天良："放在窗台上。"

徐天良把烟灰缸放在窗台上，站在窗口往楼下一看，喜道："邢队，阿姨来了。"

邢朗还在拿着文件扇烟灰，闻言瞅了徐天良一眼："带东西了吗？"

徐天良："好多呢。"

邢朗把文件扔在桌子上，叹了口气，无奈地道："下去两个人，帮我们家老太太提东西。"

邢朗口中的老太太，是他的母亲。虽然有些不礼貌，但是魏恒还是很好奇能生养出邢朗这只"大妖"的女性到底是何方神圣。

一向清冷的沈青岚和徐天良一起下楼迎接，楼底下喧闹了一阵子，不多时沈青岚挽着一个体态纤瘦、面颊丰腴的妇人上楼来了。魏恒一看到她，就觉得有些

139

眼熟，不是对她的脸眼熟，而是觉得她那周身温柔、亲切的气质有些熟悉。这是一个五十多岁的女人，身材保持得很苗条。

"唐阿姨。"

"唐阿姨来了。"

"热不热啊，唐阿姨？"

这位唐阿姨一露面，会议室里的刑警们都热情地和她打招呼，可见这位唐阿姨是支队的常客。

唐阿姨捶了捶后腰，在沈青岚的搀扶下坐在靠近门口的椅子上："工人在疏通下水道，路上不好走呐，街上两三步一堵。"

徐天良和秦放也进来了，两个人各提着两袋子点心，秦放还提着两个装满汤的保温桶，坠得他的腰板差点直不起来，一进门就嚷着让人把保温桶接过去。

远远地坐在长桌一端的邢朗见状，无奈地道："说了多少次都不听，下次不要再送汤过来了，我们单位附近又不是没有饭馆，不差那一两口。您提那两桶汤跟背了两桶水差不多重，再闪着腰。"

唐阿姨瞪他："侬说啥子？我的腰好着咧。"

邢朗又开始转打火机，也学着她的口音，吊儿郎当地道："好着咧，好着咧，前两天下雨吵腰疼的四不四（是不是）侬啊？"

秦放把大兜小兜往桌上一放，气喘吁吁地指了邢朗一下，说："不要跟我舅妈吵。舅妈，您尽管来，来了尽管带汤，来之前给我打个电话，我让助理去接您。"

唐阿姨欣慰地抱了秦放一下："还是我的秦放好哦。"

邢朗讪讪地一笑，提高声调悠悠地道："秦主任好大的官威。"

秦放冲他比出小拇指，大拇指又掐着小拇指第一个指关节，说："还行吧，大概就是邢队长的这么一点。"

"什么邢队长啊？直接叫名字就好！"

秦放在自己嘴巴上轻轻打了一下："哎，瞧我又给忘了。"

唐阿姨还不放心，扭头环视会议室一周，郑重其事、苦口婆心地对众人道："还有你们哦，不要叫他邢队长，叫名字就好了，或者像我们家人一样叫他'朗朗'也可以。"

邢朗："……"

众人早已习惯，只点头，不言语，个别人还在挤眉弄眼地偷瞄邢朗。

沈青岚端了一杯茶放在唐阿姨的面前，就势在她身边坐下，打开一个装点心的袋子，问道："阿姨，这全都是给'朗朗'带的？有我们的份吗？"

警察们如何瓜分点心，魏恒已经没有心思看了，他所有的好奇心都已经被唐阿姨爆的邢朗的小名囧住了。

"朗朗"，魏恒自己瞎琢磨，虽然"朗"只有一个发音，但是唐阿姨自带口音，她口中的"朗朗"第一个念三声，第二个念一声，听来朗朗上口。

由于邢朗和"朗朗"的反差甚大，初次听闻其小名的魏恒很想笑。他暗地里偷瞄了邢朗一眼，见邢朗一副习以为常的样子，正垂着眼睛按手机。魏恒抬起左手挡住自己的脸，低声问徐天良："唐阿姨为什么不让你们管邢朗叫邢队长？"

徐天良偷偷摸摸地说："我也不太清楚，好像是因为邢队的身体不大好。"

魏恒沉默下来，不禁偷瞄了邢朗一眼，心道小徒弟不是在诓他，就是在胡扯，邢朗的身体不好？徐天良哪只眼睛的眼神不好，看出邢朗的身体不好？他怎么觉得邢朗属于不用喝三碗酒都能撸起袖子上山打虎的类型。再说了，就算邢朗的身体不好，和他妈不让人叫他邢队长有什么关系？

徐天良见师父对他的答案不太满意，于是连忙补充道："应该是邢队小时候的身体不大好。"

此时沈青岚正在分点心，刚好分到他们这边的时候，听到徐天良在说八卦。她这才想起他们队里还有一个不知道"不能管邢队叫邢队，只能管邢队叫'朗朗'"的渊源的人，便把徐天良赶走，坐在魏恒的身边，抬起胳膊搭在桌上，摆出一副促膝长谈的架势，道："我来给你解释解释。"

魏恒："……"他其实也不是很想知道，但是沈青岚貌似很想告诉他，简直已经把他当成了科普对象，他只好点点头，做出愿闻其详的模样。

经沈青岚的解释，魏恒才知道其中的缘由。

简言之，邢朗从生下来就命途多舛，不仅早产，还险些早夭。邢朗不到三岁的那年生了一场大病，眼看就药石无医了，唐阿姨病急乱投医，尝试了一种比较迷信的做法，一直叫邢朗的名字三天三夜，才让小邢朗渡过这场劫难。

自那以后，唐阿姨在家里立下一个规矩：无论是长辈还是晚辈，近亲还是外戚，一律叫邢朗的名字。为的是好养活，多活命。无论是邢朗上面的姐姐，还是下面的妹妹，都得直呼其名，不然被唐阿姨发现了，要用鸡毛掸子打手心。

魏恒听着听着，听出一个问题："邢队长还有一个妹妹？"

沈青岚点点头，打开一盒芋头酥："他有个姐姐，有个妹妹。"

魏恒不知道邢朗是少数民族，还是汉族，就算是少数民族，在他们那个年代充其量也就允许生二胎。他家里怎么三个孩子？关系到别人的家庭隐私，魏恒没有把自己的疑问说出口，但是沈青岚却看出来了，把掰了一半的芋头酥递给他，再次压低了声音道："他家是重组家庭。"

魏恒眨眨眼睛，一副似懂非懂的样子。

此时邢朗已经远离了热闹的众人，正站在窗口打电话。

沈青岚看了一眼邢朗严肃的侧脸，又道："唐阿姨算是他的继母，他家里的大姐是唐阿姨和前夫的女儿，三妹是他父亲和唐阿姨的女儿。"

魏恒只捕捉到一个重点：继母？

沈青岚道："邢朗的亲生母亲姓江，江阿姨在生下他的第十天就去世了，当时他爸还在军队服役，守在医院照顾江阿姨的只有唐阿姨。江阿姨和唐阿姨是很要好的朋友，江阿姨临死前把刑朗托付给唐阿姨，唐阿姨就尽心尽力地照顾他，生怕没把他照顾好，没法向江阿姨交代，待他比亲生的女儿还亲。当时唐阿姨已经和前夫离婚了，带着女儿生活，后来加上一个邢朗。不久后，邢朗的父亲退役回家，邢叔叔可怜唐阿姨独自带着女儿生活不易，唐阿姨也可怜邢叔叔独自带着儿子生活不易，两个人就互相帮衬，一来二去的有了感情。等邢朗稍大一些，就登记结婚了。"

魏恒不禁看了一眼正在为两个女警察讲解怎么煲汤的女人："邢朗知情吗？"

沈青岚道："知情，从他记事起，唐阿姨就告诉他，他的亲生母亲是谁，是怎么死的，让他不要忘记亲生母亲。她还不让邢朗叫她妈，到现在邢朗都只叫她阿姨，他们家里现在还摆着江阿姨的灵位。"

魏恒还在心不在焉地走神，忽然听唐阿姨朝这边道："岚岚，你旁边的那个小伙子我怎么没见过呀？"

沈青岚抬起纤手轻轻地搭在魏恒的左肩上，回头一笑："阿姨，这位是魏老师，是不是很帅？"

唐阿姨笑起来给人如沐春风般的温暖，看着魏恒细细地端详了一阵子，连连点头，笑道："看看这孩子俊的勒，像是明星一样哦。"

魏恒对上她温柔的眼睛，礼貌地笑了笑，然后低下头避开四周的人看过来的目光。

唐阿姨问道："侬叫啥名字？"

沈青岚代他回答："叫魏恒，是新来的顾问，和咱们'朗朗'是搭档。"

魏恒听着沈青岚毫无顾忌地叫着邢朗的小名，又看到其他人避免直呼邢朗名讳的模样，察觉到沈青岚和邢朗的关系比其他人要密切得多。

沈青岚面对唐阿姨也像个小女孩般调皮，手搭在魏恒的肩上，又往魏恒的身上一靠，道："阿姨，您再给我介绍对象就按照魏老师这样的给我找，我不要有钱有势的，反正再有钱有势也不如我们家有钱有势，我就想要魏老师这样的。"

唐阿姨极其宠爱地瞪了沈青岚一眼："长成这样子的小伙子哪那么好找哦，上次阿姨给你介绍的大老板你见都不见一面。"

沈青岚:"我可不要'土豪',我要高端知识分子,像魏老师这样的。"

唐阿姨:"没有的,没有的。小魏这样的不好找,你也不要找太好看的,光长得好看也不行啊。"

此时邢朗打完了电话,走过来接话道:"老太太,您这话有失偏颇了,我们魏老师可是才貌双全。"邢朗靠在桌边,冲魏恒挑眉一笑。

魏恒看了邢朗一眼,掩饰什么似的掏出手机摆弄着,谁的话都没接。

徐天良不遗余力地吹捧他师父,也道:"没错,我师父特别聪明!他什么都懂,特别厉害!"这话不可避免地引起了在场的几个对魏恒怀有倾慕之心的女警察的共鸣。

魏恒越听越觉得不好意思,头垂得越来越低,耳根隐隐发红。

邢朗把魏恒此时的神态看在眼里,从他的角度看去,魏恒低着头,一头微卷的长发被极其随意地用一根黑色皮筋扎在脑后,只有两缕头发贴着他的脸侧垂下,露出了线条漂亮的耳垂和脖子。因为此时魏恒低着头,所以看不到眉眼,只看到他的唇角浅浅地向上翘着。

邢朗低声笑道:"大家都听到了吗?魏老师人见人爱,有市无价。"

魏恒按着手机的手一顿,悠悠地抬起一双波澜不惊的眼睛,若无其事地与邢朗对视片刻,然后唇角稍稍向上一提,似怒非怒地瞪了他一眼,扭过脸不再看他。

魏恒有了前车之鉴,避免再次被邢朗调侃,索性扭过头,只给他留了一个后脑勺,专注地听沈青岚和唐阿姨聊天,殊不知邢朗的目光一直在他的身上没移开过。

唐阿姨又说起上次给沈青岚介绍的开连锁餐饮店的黄老板,引起沈青岚好一阵反感。

沈青岚挥了挥手,把魏恒当作靠枕似的,往魏恒的身上一斜,道:"光看他给我发过来的照片我就反胃,什么年代了,脖子上挂着手腕粗的金链子,还戴着墨镜,抽雪茄,我们前不久抓到的走私犯就他这样。这人什么意思?明知道我是警察还在我眼前扮黑社会,对我的职业有意见?还是喜欢角色扮演?难道我白天上班和黑社会作对,晚上回家陪黑社会睡觉?我难不成是精神分裂?"

沈青岚说起话来一向犀利,而且出言无忌,她的话一说出口,在场的人全都笑了,也包括魏恒。他许久没听到有人拿自己开这么"清新脱俗"的玩笑,一时没绷住,笑了出来。

魏恒行事总是谨慎、稳重、少言寡语,一副暗藏着诸多心事的模样。他平时无论对谁笑,都是点到即止,礼貌疏离,像现在这样没有杂念,只是被逗乐了,简简单单地笑一笑,邢朗还是第一次看到。在谁都没有察觉的情况下,邢朗抬手轻轻按在魏恒的肩上，低声道："你到我办公室来。"说完走出了会议室。

邢朗出去了好一会儿，魏恒才去找他，刑朗的办公室的门大开着，魏恒敲了敲门，然后走进去反手把门关上，问道："有事？"

邢朗像是烟瘾犯了，二话没说先摸出烟盒点了根烟，然后抬起双脚架在桌角，垂着眼睛沉默着。

魏恒也不着急，站在他的桌前等了一会儿，直到半根烟抽完了，邢朗才从冥想中回过神来似的，拉开抽屉拿出一份文件扔到桌子对面，道："签字。"

魏恒翻开一看，是自己的聘书，这份聘书一直被邢朗压在手里，或许是因为不信任他的业务能力，邢朗把聘书一直压到今天，直到现在才让他签字。其实签字只是一个形式，但这代表着邢朗从今天开始正式接受了他，接纳他成为西港区刑侦支队的一员。魏恒想起前不久，邢朗对他说我有权力让你走，还以为自己的试用期要被无限延长，或者直接走人，唯独没想到邢朗会在今天让他在聘书上签字。他一时愣住，没了动静。

邢朗捏着烟，看着魏恒笑着问："怎么，不想干了？"

魏恒没说话，拿起笔写上自己的名字，然后把聘书递还给他："谢谢。"

邢朗："谢我什么？"

魏恒看了邢朗一眼，淡淡地道："谢谢你愿意信任我。"

邢朗盯着魏恒看了一会儿，然后朝魏恒伸出右手道："今后，我们合作愉快。"

魏恒不禁再次看向邢朗，迟了些许才握住他的手："嗯。"

邢朗看了看魏恒手上的黑手套，打趣道："你的洁癖严重到连和人握手都不愿意吗？但是我看你翻动尸体时从来没犹豫过，还是在你的心里，活人还比不上一具尸体？"

魏恒抽回自己的手，生硬地岔开话题："没其他事的话，我先出去了。"

魏恒往门口走了两步，又听到邢朗说："我明天出差。"

魏恒停住脚步，回身看他，等他的下文。

邢朗把烟头按在烟灰缸里，看着魏恒一笑："到我回来为止，队里的工作由你主持。"

魏恒愣住了。

邢朗站起身，从办公桌后面绕出来，说："冯光给了一条线索，我得再去一趟银江，或许还能把'芜津灭门案'的线索引出来。"

"'芜津灭门案'？"

邢朗点头："两桩灭门案发生的时间太接近了，并且杀人的方式也相同，我们都怀疑可能是同一个人做的。"

第十章·杀手

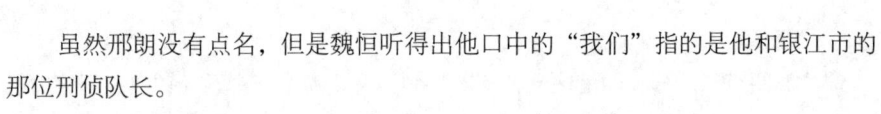

虽然邢朗没有点名，但是魏恒听得出他口中的"我们"指的是他和银江市的那位刑侦队长。

魏恒的心猛跳了两下，佯装平静地道："我或许能帮上忙。"

魏恒看着邢朗，拼命压制住眼神中迫切希望看到"芜津灭门案"卷宗的目光。

邢朗翘着唇角，但却没有什么表情地看着他，泛着一片冷色的眼睛依旧深得像两口黑井，让人难以分辨他到底在想些什么，道："等我回来，跟你好好聊聊。"

魏恒适可而止，没有继续这个话题，又问："你刚才说，让我主持队里的工作？"

邢朗道："对，明天我开会的时候会正式通知，队里的骨干你基本也都认识了，现在他们都认可你，要调遣他们也容易，别有压力。"

魏恒往楼下示意了一下："你是不是忘了王副队，你不在，队里的事应该……"

邢朗皱眉，抬手打断他，讪讪地一笑："你非让我说难听的话？"

魏恒的眉头一挑，懂了，于是不再提王副队，问道："你什么时候回来？"

邢朗："没准儿，几天或几个星期，不一定，看银江那边的进度了。"说着冲他眨眨眼睛，"有事就给我打电话，我的手机二十四小时开机。"

魏恒很无语地看了邢朗一眼，心道他这是把正事聊完了，又开始胡扯，于是向他摆摆手，又往门口走。

十月十三号，凌晨四点钟，外科医院的一名护士和同事交接完班，拖着疲惫不堪的身体回到了医院宿舍。以往此时，老旧的宿舍楼总是漆黑一片，今夜如常，整栋楼的人几乎都睡了，只有个别窗口亮着暗淡的灯光。

女护士一手拿着自己沾满酒精味的工作服，一手扶着楼梯的扶手向上攀爬。奇怪，楼道里的灯怎么坏了？她用力跺了跺脚，楼道里依旧漆黑，而且一片寂静，她自己的脚步声窸窣作响，老旧的居民楼中暗生的一些小生物不时贴着墙角一窜而过，安静的楼道里飘散着墙皮被水分腐蚀所滋生的潮湿的气味。

走在黑暗无人、窸窣作响的楼道里，她不禁感到有些害怕，想起前两天一个同事不知道从哪里带回来一个被泡在装满福尔马林的玻璃缸中的人的肺，那干涸的没有生机的器官让她感到不寒而栗，想到此，顿觉黑暗无人的楼道像极了怪物张开的大口，而她是走向怪物腹腔内的猎物……

一个女人因为恐惧而引发的联想是很丰富的，她被自己心底的恶魔吓得双腿虚软，浑身冒冷汗，向上攀爬的速度越来越快，此时她迫切地需要一点光亮。

终于，她看到五楼一扇大开的房门里透出白炽灯的灯光，在看到灯光的同时，她松了一口气，低跟皮鞋踩在台阶上奔向光源。她想在透着光的门口休息一会儿，却看到了房间里的地板上淌着一摊鲜血，以及鲜血之上的一具男尸。

"啊！"

凌晨四点二十分，西港区刑侦支队接到报案，魏恒在十五分钟内组织警力赶赴现场，勘查组先行，法医组其次。

魏恒坐在法医小汪的车上，给秦放打了一个电话，这个电话本来应该由法医队的其他人打，但是人人都深知秦放虽然平时看起来像个软绵绵的"包子"，其实脾气很差，起床气尤其大，谁敢把他从床上叫起来，后果跟被一条疯狗咬住喉咙差不多，所以这种活没人愿意干，一来二去，就落到了魏恒的身上。

好在秦放在得知电话那头的人是魏恒后，就以极大的毅力压制住了胸口澎湃的怒气，只用低沉的声音问魏恒地址在哪里，然后就挂了电话。

医院的宿舍楼已经被先赶到的派出所的民警和后赶到的支队刑警包围，驱散了往日的宁静与黑暗，宿舍楼里的灯光亮了大半，每层楼道里都有穿着睡衣探头看热闹的人。巧了，第一批赶往现场的民警中就有周毅清的身影。

周毅清看到魏恒弯着腰从法医的车上下来，一别数日，猛地在这儿见到魏恒，周毅清发现自己还是挺乐意见到这个人的。

周毅清往他们开来的三辆车上扫了一眼，三辆车都拔钥匙熄火了，也没见邢朗露面，就问："邢朗怎么没来？"

魏恒走向坐在台阶上的护士，言简意赅地道："邢队长不在芜津。是她报的案？"

周毅清："对，她是医院的护士，叫杨丽丽。"

从杨丽丽涣散的眼神和苍白的脸色就可以看出她受到了多大的惊吓，魏恒蹲在她的面前试着问了她几句话，她不是发呆就是摇头，被问急了，就掉眼泪。

魏恒打量她片刻，叫道："小徐！"

跟在魏恒身后的一名刑警说："魏老师，徐天良还在路上。"

魏恒："那就你吧，把她带到车上好好问问。"

刑警答应了一声，又叫来一名女警，把杨丽丽搀扶到停在甬道边的警车里。

案发现场在五楼，魏恒在上楼的途中就闻到了一股极淡的血腥味，随着他越来越接近现场，那股味道就变得越来越清晰。

陆明宇带着勘查组的人在房间里取证，魏恒没有进去添乱，而是站在门口观察躺在地板上的男尸。片刻后，陆明宇从卧室里转出来，站在男尸旁边的血泊边缘，看着魏恒向他抬手做了一个抹脖子的动作，说："一刀割断了颈部动脉。"

魏恒神色平静地看了陆明宇一眼，随后又看向尸体的脖颈处，那道皮肉外翻、深可见骨的伤口。

不一会儿，楼下传来纷乱的脚步声，魏恒边摘手套边问陆明宇："取完证了吗？"

陆明宇在室内看了一圈，道："让法医进来吧，现场很干净，几乎没有证物可以取。"

此时秦放已经领着两名法医上来了，他摇头晃脑的，头发凌乱，落了枕似的，不断地捶着后脖颈。

"魏老师，什么情况啊？"他说话的语气中带着懒散，以及不耐烦。

魏恒没有搭理他，只朝室内抬了抬下巴，然后把随身携带的雨伞靠在墙上，戴手套，穿鞋套，一套动作一气呵成，熟练至极。

秦放比他晚一步进入房间，蹲在尸体的右手边，检查尸僵情况，眯着眼睛，似乎还没睡醒，懒洋洋地道："尸温34℃，下颚出现尸僵，血液边缘处呈鳞状干涸，死亡时间在……"

秦放抬手看手表，但是出来得匆忙忘记戴手表，于是回头寻找房间里的钟表，魏恒淡淡地接上他的话："死亡时间在零点三十分到一点钟。"

魏恒扒开尸体脖子上的伤口，探进去一根手指测了测深度，然后抬起眼睛看着秦放道："伤口由左向右，长度八厘米左右，深度四到六厘米，创源整齐光滑，切止源弧度小，呈平直形。凶器的特点是双刃，两壁光滑，无弧度，中间厚，两边削薄。"

秦放想了想："匕首？"

魏恒摇头："没这么简单，死者的身上还有其他致命伤吗？"

秦放把男尸上衣的扣子解开，结果看到死者的肩颈处、胸腔处和腹部多处皮下充血和软组织擦伤，道："防卫伤，应该是和凶手打斗的时候留下的。"

魏恒扫了一眼尸体身上的伤，一路向下看，抬起死者的右手，看到死者右手的手背和手指关节都充血、红肿，并且在右手的大拇指、虎口和掌心发现两处切割伤，伤口不连续，但是两点一线，可以看出两处伤口呈一条直线，其中大拇指上的伤口被挑破了皮肉。

魏恒放下死者的右手，双手按在尸体的腹部向下按，按到大腿骨处忽然停住，对秦放道："右腿股骨骨折。"

秦放咂舌："狠人啊，一脚踢断大腿骨。"

"死者也不简单。"魏恒指着死者的右手，"他手背的擦伤是和凶手搏斗时留下的，力的反作用导致他使出去的力都反作用到自己身上。根据伤口的红肿程度，可见这个人的力量有多大。"

秦放继续检查尸体的伤口，道："狠不过凶手，你看死者身上的伤，打击精准，发力迅猛，每一下都往人体薄弱位置招呼，手法相当专业。"

勘查组一无所获，找不到有价值的指纹或足迹，只能寄希望于尸体上沾有凶手的毛发或皮肤组织。陆明宇把现场勘查的结果简单和魏恒说了一遍，魏恒听完倒是丝毫不意外的模样，道："这是一个很专业的杀手，高能力犯罪嫌疑人。"

陆明宇注意到魏恒说的是"杀手"，而不是"凶手"，皱眉问道："专业？你是说他是连环杀手？"

魏恒往旁边撤了一步，给搬运尸体的警察让路，道："回去查一查往年的案例，看看有没有和今晚作案手法一致的，就知道他是不是连环杀手了。按照今天的案发现场分析，这个凶手具有极其少见的作案能力和反侦查能力。"

说着，魏恒看向门口，微微出神，仿佛在脑海中重演死者与凶手相遇、打斗直至死亡的全过程："房门没有损坏，说明死者是在毫无防备的情况下为凶手打开的门，他们发生对抗的位置就在门口附近，说明凶手在进门的同时就向死者发出了攻击，目标非常明确。凶手的身手非常好，发力迅猛，打击精准，把打斗范围控制在门口附近，几乎可以说是咬死了死者，瞅准时机用一把双刃匕首割断了死者的脖子，丝毫不恋战，并且没有留下痕迹。"

听魏恒这么说，陆明宇越来越发愁："侦破方向呢？"

魏恒看向留在地上的血泊，眼睛里泛着一层映着血色的清光，道："查一查死者的背景，既然他能和凶手过招，并且遭遇袭击的时候没有呼救，那他很有可能和凶手认识，并且背景也不一般。死者很有可能死于仇杀，或是报复性杀害，如果我没猜错的话，他们两个人的背景都不简单。"

陆明宇揣在裤子口袋里的手机忽然开始震动，他掏出手机看了一眼来电显示，没有接，也没有挂断，只拿在手里，又问："你能推测出凶器吗？给一个大概的排查范围。"

魏恒皱眉想了想，道："不是一般的匕首，形状类似于双锋直出刀，目前我只能判断出这么多，接下来看秦主任能不能从伤口中提取刀刃的碎片或者微量元素。一般来说，只要刀尖没入皮肉，或多或少都会留下一定的物质，能不能检测出推断凶器的物质，就看咱们的运气了。"他听到陆明宇的手机停了一下，随后又开始震动，便问，"是邢朗吗？"

陆明宇只摆摆手，然后接通电话往楼下走。

从陆明宇刻意压低的声音判断，魏恒确定电话肯定不是邢朗打来的，或许他们这些人都还没来得及向邢朗汇报这起命案。

勘查组和法医组全都从现场退出去的时候，天刚蒙蒙亮，天边像是被一块劣质的橡皮擦去了黑暗，露出了一层天光。

魏恒断后，最后一个走出宿舍楼，他站在宿舍楼的门口仰起头看了一眼薄纱

148　　CHAPTER 2·人间四劫

第十章·杀手

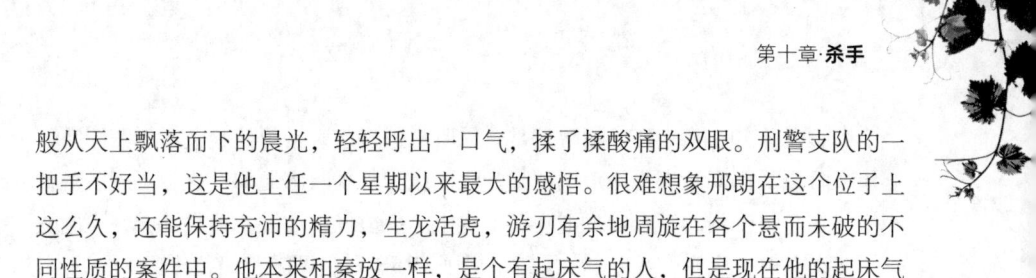

般从天上飘落而下的晨光,轻轻呼出一口气,揉了揉酸痛的双眼。刑警支队的一把手不好当,这是他上任一个星期以来最大的感悟。很难想象邢朗在这个位子上这么久,还能保持充沛的精力,生龙活虎,游刃有余地周旋在各个悬而未破的不同性质的案件中。他本来和秦放一样,是个有起床气的人,但是现在他的起床气已经被完全"治"好了。

留下派出所的几个警察把守现场,魏恒朝大部队抬了抬胳膊,精气神严重不足地道:"收队。"

回去的时候魏恒被秦放拖进了自己的车中,魏恒坐在副驾驶座上,打算抓紧时间补个觉,但是未能达成心愿。秦放一上车就戴上蓝牙耳机开始打电话,和他通话的人就是远在银江的邢朗。

魏恒索性放下车窗,让窗外清晨的冷风吹进来,驱散他连日的困意。

秦放在打电话:"入室杀人啊……对,目前只有一名死者,我和魏老师分析过了,凶手应该是个职业罪犯。魏老师?魏老师在我旁边,我们正在回公安局的路上。"

魏恒竖起耳朵听秦放那边的动静,时刻准备着拒绝秦放转述邢朗要和他说话的要求。不过邢朗只和秦放大致聊了聊今天的入室杀人案,很快就挂断了。

魏恒瞥到秦放把蓝牙耳机取下来,以为邢朗要和自己说话,下意识地伸出手,自己也搞不清楚是要接秦放的耳机,还是要摆手拒绝。

秦放刚把耳机扔到驾驶台,就看到魏恒把左手伸了过来,两人有些尴尬地对视一眼,秦放道:"他挂了,你想跟他说话?那我打回去。"说着,秦放就要回拨邢朗的电话,被魏恒连声阻止。

"不用了。"魏恒难得不淡定地把车载屏幕上的拨号页面返回,然后转头看向窗外,"我不想跟他说话。"

秦放扭头看看魏恒,笑着道:"哎……他走了这么多天,把所有的事都扔给你,咱们队里就你最忙,老王还总给你脸色看,你是应该生气。"

也就是魏恒管事的这几天,秦放才发觉他的脾气并不好,无论是第一次见到他,还是平日里,他对谁都是客客气气,谦逊有礼。如果不是偶然间听到他在办公室里面训斥犯了错的徐天良,秦放会一直被他的表象迷惑,把他当作一个好好先生。

直到前两天,秦放才终于理解了徐天良常挂在嘴边的"我师父又生气了"这句话到底是什么意思。

不过秦放也清楚,魏恒的脾气分人,魏老师杀熟不杀生,并且发作对象极其两极化,上至邢朗,下至他的小徒弟,中间留白了一大批"幸运的观众"。

魏恒并不知道秦放在心里琢磨他，只听秦放提起时常给他脸色看的王副队，心里顿时更加郁闷。也不知道邢朗临走时怎么和王副队沟通的，这位王副队貌似把平日在队里受到的气全都发泄在了他身上。魏恒仔细数过，上次开会，王副队摔了三次文件，冷哼了五声，拍了六下桌子，还瞪了他两眼，倘若魏恒软弱一点，王副队都敢把茶缸扔到他脸上。

魏恒问："对了，你通知王副队了吗？"

秦放满不在乎地道："通知他干什么？就算他在现场也是个摆设，棒槌都比他有用。"

魏恒感到心累，暗道虽然王前程在现场并起不到什么作用，但是这厮最好借题发挥，他不在现场的意义可是重大的。为了大局考虑，也为了不使两个人之间的关系进一步恶化，魏恒觉得自己有必要主动打一个电话向王前程解释一下出现场不通知他的原因。但是魏恒一想起他那张僵尸般的脸，就打心眼里堵得慌，就算是为了不影响队里的工作进度，他也实在不愿意低三下四地向那个老男人示好、赔笑。

魏恒闭上眼睛，默默地长出了一口气，第 N 次在心里骂了一遍邢朗这个不靠谱的，然后睁开眼睛看向窗外，低声道："乱就乱吧，我管你这么多。"

魏恒嘀咕的声音太小了，秦放只看到魏恒在低声嘀咕着，一个字都没听清。

秦放问："你说什么？"

魏恒不慌不忙地道："哦，我说应该尽快通知王副队来队里开会。"

秦放赞叹道："魏老师，你真大度。"

魏恒微微一笑，沉默不语。

回到公安局，太阳低低地悬在城市的东边，一缕缕阳光沿着云边洒落，金色的阳光照射着公路两旁金黄的林带，真是个好天气。

徐天良像一只受冻的仓鼠般缩手缩脚地站在公安局的大院里，脖子上围了一条虽然没有 LOGO（标签），但是价值不菲的围巾。他看到秦放的车开进院子，停在停车场，连忙小跑着迎了过去，小心翼翼地去看魏恒的脸色，一副做错事等待挨骂的小学生模样："师父。"

魏恒看了徐天良一眼，目不斜视地走向办公楼，道："知道你刚才错过了什么吗？"

徐天良跟在魏恒的身边，小心地问："什么？"

"少见的入室杀人案，凶手是一个高能力犯罪嫌疑人。"魏恒说着看了徐天良一眼，"不过徐警官天赋异禀，聪明过人，不需要出现场，待会儿看案卷就够了。"

徐天良低下头，讷讷地问："案……案卷整理出来了吗？"

魏恒刹住步子，转过身，眼睛微微一眯，笑着说："你想得还挺美，想看就自己去整理，不明白的地方问曾在现场的警察和法医。给你半个小时，不把现场资料装订成案卷，我就把你退给邢朗。"

徐天良一刻不敢耽误，飞奔着上楼了。

半个小时后，徐天良掐着点把资料整理了出来，发给参会人员每人一份，还抽空给魏恒倒了一杯热茶。

秦放依旧懒得起身，拿着激光笔在白板墙上画来画去："死者名叫董力，男，三十七岁，芜津本市人，是一名精神外科医生，死亡时间在今天零点三十分到一点钟之间，死因是被锐器割破颈部动脉，失血过多而死。死者身上共有四处骨折，多处皮下出血和软组织挫伤，致命伤是颈部一道长八厘米、深四点三厘米的刀伤。初步推测，凶器是一把双刃匕首，刀刃长八到九厘米，总长不超过二十厘米，便于携带。"说着，他转头看向魏恒，"我刚才仔细检查了死者董力的伤口，在胫骨处发现一道切口，已经在采样鉴定，看上面是否沾有刀刃的碎片。"

秦放关掉激光笔，向魏恒稍一点头，表示自己说完了。

魏恒看向坐在他斜对面的陆明宇，道："陆警官。"

陆明宇把手里的资料合上，道："现场勘查没有发现有价值的足迹、指纹和毛发。医院宿舍的楼道里没有监控，董力和凶手搏斗时也没有呼救，所以没有目击者。已经调取了医院宿舍楼前后的两条路上的监控录像，排查在案发时间内出现的可疑人员，不过……"陆明宇停顿了一下，眉头皱得更紧，"不过凶手具有反侦查能力，他既然能不留下蛛丝马迹，那么在监控录像中找到他的可能性也很小，目前只能寄希望于走访。"

魏恒皱眉想了想，问："董力的背景？"

陆明宇看着魏恒，摇摇头："我们查过他的人际关系和财产状况，他的风评还可以，同事和患者对他的印象都还不错，也没有借贷情况。但是有一个疑点。"

魏恒问："什么疑点？"

陆明宇摸着下巴沉思道："在二〇一四年到二〇一六年这两年时间里，这个人凭空消失了，司法系统中找不到他的任何踪影，直到二〇一七年五月他才到华诚医院工作。"

莫名其妙地消失过一段时间，这的确是一个疑点，并且还是一个无法求证的疑点。魏恒看着现场照片中董力那双死不瞑目的眼睛，若有所思。他在看谁？凶手吗？

魏恒疲惫地撑着额头，音量不高，但十分清晰地道："目前的侦查方向还是从董力的社会背景开始排查，凶手显然是受过专业训练的高能力犯罪嫌疑人，这种人不会平白无故地盯上他。还有，一些和他结怨的患者也不能放过，目前不排除患者报复医生的可能性，但是更多的……"话说一半，他忽然噤了声，抬头看向会议室门口。

果不其然，下一秒，王前程就风风火火地踏进会议室，出场时自带一身怒气。王前程不屑于看别人一眼，直接找领头的："魏老师，我听说华诚医院宿舍楼里发生了一起命案？"

魏恒露出笑脸："是，我们现在讨论的就是这件案子。小徐，去给王副队倒杯……"

"水"字还没出口，就被王前程不耐烦地挥手打断："案子报给谁了？我怎么不知道？"

魏恒脸上的笑容本来就淡，此时更是淡了几分，道："报给我了，当时您不在队里，时间不等人，我也来不及和您商量，就先带着人去现场了。"

王前程屈起手指重重地磕了磕桌面，冷笑道："那你的意思是，有了案子，我王某人连知情权都没有了？邢朗在的时候还不敢搞专权独大，怎么你魏恒的胆子比他还大些？"

很奇怪，王前程把话说得这么难听，魏恒非但不生气，还觉得好笑。

魏恒低低地笑了一声，道："王副队，您搞错了，我只是编外，严格来说不是区刑侦支队的人，所以我手中没有实权，更搞不了什么专权。只是邢队长临走的时候委托我主持队里的工作，至于他是什么用意，我不好揣摩，也揣摩不透。如果您对他的决定有异议，您大可以直接找他谈，跟我吵，可是吵不出什么结果的。现在发生了一起恶劣的入室杀人案，您要么坐下和我们一起开会，要么给邢队长打电话说服他从我手里把临时主持工作的权力收回去，除此之外，您和我说什么，都是毫无意义的，您要做什么，我也无法奉陪。"说完，魏恒微微皱起眉头，把钢笔扔到桌子上，提高音量冷冷地道，"这会还开不开了？"

虽然魏恒没有特定的针对目标，但却是做给在场所有人看的。

秦放懒散，只要凡事不触及他的底线，他就可以"装死"。而陆明宇则是怕触发战火，所以保持冷静的观望态度。至于其他说不上话的警察，则是大眼瞪小眼地看戏。

魏恒摔笔的声音反倒把秦放唤醒了，秦放看了一眼魏恒冷峻的脸色，忽然就神经病似的笑了，朗声道："开开开，听魏老师的，小徐，赶快给王副队倒水啊。"

王副队不肯就着坡下驴，猛捶了一下桌面，怒道："你少拿邢朗压我！如果没有陈教授举荐，你连坐在这儿的资格都没有！不过你说得对，我犯不着跟你说，咱们俩的级别不对等，你给我等着，我能让你怎么来的就怎么走！"王前程怒气冲冲地出去了，留下一屋子目瞪口呆的参会人员。

魏恒一点反应都没有，摘下左手的手套，揪掉手套上的一根线头，淡淡地道："陆警官，你接着说。"

陆明宇擦掉额头上的汗，按照自己的理解，接上他被王前程打断的思路，言简意赅地布置了两个布控点，确定了三个侦查方向。十分钟后，会议进入尾声，陆明宇看着魏恒问："魏老师，还有什么需要补充吗？"

魏恒："没有了，都去忙吧！"

警察们走了一半的时候，魏恒的手机响了，他掏出手机看到来电显示，脸色顿时就变了，很想把手机摔到地上砸个粉碎。任铃声响了好几遍，魏恒才接通电话放在耳边，冷着脸没说话。

邢朗："老王刚才去找你了？"

魏恒冷冷地道："嗯。"

邢朗停顿了片刻，再开口时语气柔和了许多，笑问："你和他吵架了？"

魏恒的眼睛一翻："呵。"心想：跟他吵架？我也至于。

邢朗自然听懂了魏恒的弦外之音，又道："这样吧，你把董力的案子给他，他手里有个流窜团伙的抢劫案，你拿过来办。"

魏恒皱眉："嗯？"

邢朗道："老王马上到退休的年纪，不再升一级，就得回家养老了。这几天你担待着他点，等我回去再跟他较劲。"

魏恒冷笑："哼。"

邢朗又道："这些天你辛苦了，回去给你带特产，我这儿还有事，先挂了。"

魏恒不再一个字一个字地往外蹦，赶在邢朗挂断之前连忙问："你什么时候回来？"

邢朗还是没个正形，笑着问："怎么，找我有事？"

魏恒朝天花板瞪了一眼，冷笑道："恐怕你回来就看不到我了。"

邢朗："怎么着？"

魏恒："王副队发话了，让我怎么来的就怎么走。"

邢朗沉默了一下，语气一变："你放心，他动不了你，等我回去。"

看着已经显示通话结束的手机屏幕，魏恒愣了一下，邢朗那句"等我回去"没来由地带给了他底气和安全感。他很快调整好自己的心态，端起徐天良给他倒的茶喝了一口，一口热茶下肚，整个胃都跟着暖和起来。他正端着茶杯发愣的时候，陆明宇拿着一份文件又回来了，道："魏老师，看看这个。"

魏恒坐在椅子上没动，抬手把文件接过去，看到一份弹道分析报告："这是曲小琴射杀苗龙用的枪？"

陆明宇道："对，是祝玲给曲小琴的那把枪。"

其中的端倪和疑点，魏恒看一眼就可以察觉，但是他佯装不觉："有问题？"

陆明宇道："当然了，祝玲说这把枪是蒋志涛的，蒋志涛只是一个项目承包商，但是他这把枪可是大有来头。"

魏恒合上文件，抬头看着陆明宇问："什么来头？"

陆明宇的眼神明亮又锐利："这把五四手枪在系统中有弹道备案。"

魏恒像是忽然想到了什么，目光闪烁不定，口气依旧平淡："也就是说，这把枪是警用枪。"

陆明宇点头："二〇一四年除夕，沭阳市武警中队的枪库遭窃，这把五四手枪就是丢失的枪支中的一把。巧的是，蒋志涛在二〇一四年到二〇一六年之间，也在司法系统中消失了。"

第十一章
许家胡同

　　酒吧里很热闹，舞池里"群魔乱舞"，大厅散座上的人三两成群，悄言密语。这种地方非常具有隐蔽性和包容性，适合所有怀有不同目的的人前往，因为在这种地方，人与人的距离可以很近，也可以很远，无论远或近，都不会引起其他人的注意和怀疑，这就是落入人群的好处。

　　魏恒避开几个端着托盘的服务生，一路在卡座中穿梭，走到了舞池边的吧台，他在郑蔚澜的旁边坐下，随手拿起一杯酒抵在唇边，来回扫视着四周的人群，道："为什么约在这里见面？"

　　舞池里的音乐声震耳欲聋，其中还夹杂着男女的欢呼声，郑蔚澜随着音乐节奏扭动脖子和身体，看着魏恒说了句什么。

　　魏恒不得已地凑近他："什么？"

　　郑蔚澜："我说，你太紧张了！"

　　魏恒横了他一眼，说起正事："你找到冯光了吗？"

　　舞曲停了，换了一曲轻柔的舞曲，顿时气氛大变。

　　郑蔚澜拿出烟盒，自己叼了一根烟，又递给魏恒一根，而后又拢着火帮他点着，吐出一口浓白色的烟才道："我就是因为他才来找你的。"

　　魏恒："说。"

　　郑蔚澜整理了一下兜在下巴上的口罩，道："很奇怪，这个人失踪了。"

　　魏恒顿时紧张起来："失踪？"

　　郑蔚澜点点头，把魏恒手里的酒杯拿走，喝了两口，接着说："我找到冯光的住处，却发现人不见了。租给他房子的房东说他并没有退租或搬家，但是已经好几天没露面了。"

　　魏恒："几天？"

　　郑蔚澜："从十月七号到今天。"

　　魏恒皱着眉头思索，今天是十月十四号，冯光从十月七号消失到现在，已经过了整整一周。冯光去了哪里？难道已经遭遇不测？

郑蔚澜看得出魏恒在担心什么，用胳膊肘碰碰他，笑着说："按我说，冯光肯定是被道上的人弄走了，他要是死了，对你而言是一桩好事。"

魏恒侧头看郑蔚澜，眼神幽冷。

郑蔚澜耸耸肩："你不就是担心他会认出你吗？现在他失踪了，或许再也回不到芜津，这样他就没有机会指认你，危险就解除了呀。"

魏恒猛吸了一口烟，然后把剩下的半截香烟按在烟灰缸里，道："你怎么知道，他一定被道上的人带走了？"

郑蔚澜："那他还能去哪儿？"

魏恒道："十月七号，是邢朗离开芜津去银江的日子。"

猛地听魏恒说起邢朗，郑蔚澜先是愣了一下，然后心中一惊："不会吧？"

魏恒道："他可是邢朗，为什么不会？"

郑蔚澜捂着脑袋忧虑地道："你是说，邢朗把冯光带走了，带到银江？那以前可是姓罗的地盘。"

说到这儿，郑蔚澜猛地盯紧了魏恒："如果冯光把姓罗的事说出去，那他肯定认识姓罗的，在姓罗的手下做事也有可能，那你……"

魏恒漆黑的瞳仁闪着一层幽暗的光，以平静得不可思议的语气说："冯光已经把我认出来了。"

郑蔚澜一下跳起来，拽住魏恒的胳膊："走走走，老鬼缠身，这地方待不下去了！"

魏恒稳稳地坐在椅子上没有动，用力把自己的胳膊扯回来，摘下手套捏了捏苍白、冰冷的手指："如果冯光认出我来了，只有两种可能，第一，他会告诉邢朗，那么邢朗肯定会对我做什么，比如监控和跟踪，也就是说，或许我现在的一举一动都在警察的眼皮子底下，这种情况下想跑，跑得了吗？"

郑蔚澜不像魏恒，在生死关头还能保持这样的冷静："那怎么办？"

魏恒慢条斯理地戴上手套："还有一种可能，冯光还没有告诉邢朗我的身份，那我现在就是安全的，在安全的情况下贸然出逃，除了会引起邢朗的怀疑，还会暴露自己。"

魏恒抬起头，看着郑蔚澜，道："你和邢朗打过交道，应该很清楚，如果邢朗要抓我们，你和我绝对逃不出芜津市。"

郑蔚澜在魏恒的分析下慢慢冷静了下来，正要坐回去的时候又听到魏恒说："你现在从后门离开，改变装束，如果发现被人跟踪，甩掉就行，不要和他们接触。"

郑蔚澜环顾四周，忽然觉得这间酒吧是一个虎口，每个人都是穿着便衣的刑警，在暗中监视着他们的一举一动。他问："那你怎么办？"

第十一章·许家胡同

魏恒淡淡地道："你不用担心我。"

郑蔚澜没有再逗留，戴上帽子，穿过大厅里的散座，往酒吧的后门走去。

魏恒付过钱，站起身拉紧了衣领，略低着头走向酒吧的出口。

酒吧里的光线明暗不定，魏恒只顾埋头走路，没有察觉到脚边跟着一个毛茸茸的小东西，等他发现这个小东西时，那小东西已经被他踩到了脚。那是一只泰迪，比老鼠大不了多少，毛色和地板的颜色融为一体，不瞪大眼睛去辨认，很难被发现。

泰迪的叫声也像耗子的叫声，被他踩到后就趴在地上呜呜地哭，更像个成了精的耗子。他没想到会有人带狗到酒吧，更没想到门口的酒保竟然会把狗放进来。

魏恒看着趴在他身前呜呜叫的小狗，一时有些不知所措。

"Snoopy！"夹道边的一个卡座里坐着四五个衣着靓丽、光鲜的年轻男女，其中一个穿着高定大牌衬衫的男人端着一杯酒朝这边看过来，大声道："艾比，你的小宠物又哭了。"

一个漂亮女生踩着高跟鞋"咚咚咚"地走过来，把小泰迪抱起来，埋怨魏恒："大叔，你怎么搞的啊？走路也不看着点！"

魏恒看着她的怀里和一条明星狗重名的Snoopy，道："抱歉，我没有看到它。"

女生甩了甩头发，仰头看向他："看看，你把Snoopy的脚都踩……"

这个骄纵、蛮横的女生一对上魏恒的眼睛，声音便逐渐低了下来，说着说着就没声了。女生的朋友们也在观望这边的事态，另外两个女生说："算了吧！艾比，别难为这位帅哥。"

那个率先发现魏恒踩了小狗的脚，穿着高定衬衫的男人从沙发上站起来了，端着酒杯走过来，看了看魏恒，然后对女生说："差不多行了，本来就是你非要把这个小东西带进来的。"

女生还要再说些什么，被男人轻飘飘地瞪了一眼，抱着泰迪回到卡座了。

此时魏恒只想尽快脱身，在连帮他解围的男人的脸都没看清的情况下向男人道了声谢，然后绕过他走向门口。

"先别走啊。"男人后退一步，挡在魏恒的面前，一只手揣在裤兜里，一只手端着酒杯，"你把我们小狗的脚踩了，也不能这么简单就放你走。"

魏恒这才正视他的眼睛，发现对方是一位衣着考究，发型精致，五官端正的年轻人。这人又高又帅，浑身上下透着一股富二代的气息，是站在舞池里就能吸引无数目光的类型。

魏恒露出不耐烦的表情，直截了当地问："你想干什么？"

富二代把魏恒从上到下仔仔细细地看了一遍，摇晃着酒杯，笑道："简单，回答我一个问题。"

魏恒戒备地看着他："什么问题？"

富二代往前迈了一步，倾身靠近魏恒的耳边，低声笑着问："我能请你喝杯酒吗？"

这个男人和魏恒一样高，随着他的靠近，魏恒闻到他身上的高级古龙香水的味道。

魏恒漠然地看着他，片刻后，道："不能。"

说完又要绕开他，但是富二代又抢先一步堵住魏恒的去路："没别的意思，交个朋友。"说着把一张名片递到魏恒的面前。

魏恒不胜其烦地接过来，低头粗略地扫了一眼他的名片，然后抬起眼睛看着他："佟野？"

佟野朝魏恒挑眉，笑出两行白牙。

摆脱纠缠，走到酒吧的门口时，魏恒风衣口袋里的手机响了，他拿出手机放在耳边。

徐天良说："师父，我去接你，你在哪儿？"

今晚有行动，王前程转给魏恒的是一件棘手的盗窃案，一个势力不小的团伙在西港刑警支队的管辖范围内流窜作案，以各种手段砸车窗偷盗，碰上个别安全系统薄弱的轿车，直接把车开走。魏恒召集众人开会研究过他们的行窃路线，在许家胡同附近布置了三个布控点，外勤已经蹲守了两天一夜，如果运气好的话，今晚就能守株待到兔。

前两天，巡逻队配合刑侦队故意打草惊蛇，在每个接到群众报案的地点来回巡逻，唯独放过了许家胡同。魏恒研究过团伙的作案周期，最短的间隔是半天，最长不超过两天，在警察把他们时常作案的几个地点监控起来后，他们很有可能选择被警方遗漏的那一个地点作案。

"天街酒吧。"魏恒说出酒吧的名字，挂掉电话，把手机揣回口袋。十五分钟后，徐天良把车停在公路对面的临时停车道，放下车窗冲他招手。

魏恒上了车，系上安全带，轻描淡写地问了一句："就你一个人？"

徐天良转着方向盘看了魏恒一眼："啊，宇哥他们都在布控点。"

魏恒点点头，胳膊架在车窗边上，撑着额角不再说话。

路上，徐天良稳稳地开车，不时看魏恒一眼，在他瞄向魏恒第六眼的时候，魏恒闭着眼睛懒懒地道："有话直说。"

徐天良"嘿嘿"笑了一声，道："师父，你给我讲讲呗。"

魏恒："讲什么？"

徐天良："讲讲你怎么知道那些人会在许家胡同作案。"

158　CHAPTER 2·人间四劫

第十一章·许家胡同

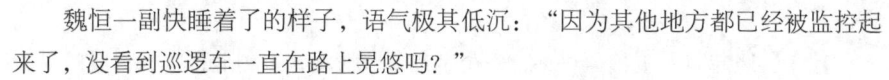

魏恒一副快睡着了的样子，语气极其低沉："因为其他地方都已经被监控起来了，没看到巡逻车一直在路上晃悠吗？"

徐天良："师父——"

魏恒叹了口气，依旧闭着眼道："因为盗窃也需要计算风险成本，盗窃团伙不会盲目地选择一个地点作案，他们会在作案前摸排出最佳的逃跑线路，既要避开摄像头，又要躲开岗亭，要选择人烟不稠密，也不稀疏，一条公路套着胡同，线路四通八达，乱七八糟的地方。他们一旦熟悉一个地方并且在那个地方得手，就会把那个地方纳入自己的安全作案区，在潜意识里把那个地方划归为自己的地盘。东城接到报案的地点已经被控制得差不多了，他们也有所忌惮，许家胡同是他们为数不多的选择。"

徐天良："那你怎么知道许家胡同是他们的作案区呢？目前许家胡同的居民报案啊？"

魏恒喘了一口气，接着说："无论是杀人案还是盗窃案，只要连续作案，作案人的犯罪行为都具有两个基本的空间特征，犯罪的'就地性'和'空间距离的衰弱性'，我上次跟你说过的地理侧写遵从的三要素还记得吗？"

徐天良忙道："记得。"

魏恒轻轻点头，又道："今天给你补充两点，就是犯罪行为的空间特征，我刚才说过了，自己慢慢回忆。简单概括，罪犯离居住地越远，他们实施作案的主观意愿就越薄弱，因为陌生的地方对他们来说不可控，恐惧源自未知，未知源自不了解，他们不了解，就会后退。并且他们一旦成功得手一次，出于心理安全机制保护，就会沿用同一手段和方式在同一地方连续作案。让他们感到陌生的地区就是无犯罪区域之一，另一区域是他们离开自己的居住地，为自己留下的一段后路和保护层。总之根据两个无犯罪区域就可以大致勾画出犯罪区域。许家胡同就是这伙盗窃犯心里的最后一片安全区域。"

徐天良一下子消化不了，自己想了好一会儿才说："师父，你刚才说的那个……什么性来着？"

魏恒抬起眼皮，屈起食指在徐天良的脑袋上重重地敲了一下："空间特性，没事多看书，多查资料，再这么吊儿郎当地三天打鱼两天晒网，不出现场，不看书，我就把你退给邢朗。"

徐天良揉揉头，"嘿嘿"笑道："你说得太高深了！师父，我再好好想一想。"

魏恒微微一笑："一点都不高深，人是最肤浅，也是最复杂的动物。只要你知道得足够多，足够全面，就能更清晰地了解这个世界，到那个时候你就会发现，每个人都是徒有其表的骷髅。"最后一句话，他蓦然压低了声音，几乎是在喃喃自语。

徐天良竖起耳朵听魏恒讲话,一个字都不敢遗漏,听到他自言自语般的最后一句,忙追问:"师父,你说什么?"

魏恒:"我说,前面就到布控地点了,还不停车?"

许家胡同不是胡同,而是一片低档住宅区,由其中一条留存至今的胡同得名。半夜一点多钟,街道上很安静,只有重重树影。刚拐过一条步行街,魏恒就见一个干瘦的男人从前方冲出来,怀里抱着一个挎包,身后紧跟着两个人。

"站住!"

"别跑!"

虽然没看清楚他们的脸,但是从这职业病般的呼喊声判断,魏恒确认他们是两名蹲守的刑警。他对徐天良使了个眼色,徐天良立刻跑过去帮忙了。

魏恒走进那个男人冲出来的路口右边的巷子,在狭窄的公路边看见了陆明宇。陆明宇和小吴,一人用膝盖压着一个人,正在给他们上铐子。沈青岚抱着胳膊站在一旁,远远看到魏恒从街口走来了,转向陆明宇说了句什么。陆明宇把落网的男人拽起来,抬起胳膊冲魏恒招了招手。

魏恒走过去站在沈青岚的旁边,打量着两个落网的人,问道:"抓到几个?"

沈青岚道:"一个人望风,两个人作案,差点把车开跑。"

魏恒:"知春路那边呢?"

陆明宇道:"小周那边也蹲到了,把这几个人带回去审一审,就差不多了。"

说话间,两名刑警和徐天良押着放风的那个人回来了,那个人垂头丧气的,老老实实地被上了手铐。

沈青岚走过去把那个人挂在脖子上的女士挎包取下来,看着挎包的款式和颜色,眼睛忽然眨了眨,猛然间想起了什么似的。她刚要和陆明宇说话,就听巷子的另一边传来高跟鞋踩在地面上时发出的有节奏的响声。

"青岚?"一个很纯净的声音传来。

因为路边有两排路灯,所以巷子里还算明亮,魏恒看到一个身材高挑,长发及腰的女人款款走来。女人穿着墨绿色的棉麻长裙,外套是一件长度及膝的驼色针织衫。她脚上穿着低跟皮鞋,一头秀发像是黑色的绸缎似的垂到腰际。她这身衣服很挑人,一百个女人里不见得有一个敢这样穿,但凡身材、气质、样貌有一点不合格,就会被这套衣服拖累,显得虎背熊腰,宽肩窄胯。但是她穿这身衣服,倒是很像是文艺片里男主角的标配前女友——只可远观不得近身,存在于广大宅男幻想中的高冷女神。

"海棠姐,还真是你的车啊。"沈青岚向她走了几步,把挎包递给她,"看

第十一章·许家胡同

看有没有丢东西。"

海棠先是对陆明宇点了点头,然后打开挎包看了看,道:"没丢什么,这是怎么回事?"

陆明宇道:"海棠小姐,我们执行任务蹲守一个盗窃团伙,没想到被偷的是你的车。"

海棠转头看向停在路边的一辆宝蓝色路虎,车窗已经被完全击碎,玻璃碴落了一地。她回过头,皱着两条细眉,看着被陆明宇抓住胳膊、臊眉耷眼的年轻人,冷冷地道:"是他砸破我的车窗的?"

陆明宇点点头。

海棠听后问沈青岚:"你们管赔偿吗?好歹我的车也为你们的行动出了一点力。"

沈青岚和陆明宇对视一眼,笑道:"我帮你问问邢队吧。"

海棠这才环视一周,把在场的六名刑警、三名犯人和一名不知名来客都看了一遍,然后问沈青岚:"邢朗呢?"

魏恒察觉到她问起邢朗的语气有些古怪,刻意把这两个字咬得比较含糊,声音也比刚才低了一些。

沈青岚的反应也很有意思,魏恒从不见她迎合过谁,但是面对这位海棠小姐,沈青岚好像见到邻居大姐姐的小女孩,始终带着几分敬意,道:"邢队不在芜津。"

海棠满不在乎地轻轻一笑,道:"不在芜津……怪不得这几天往他家里打电话都没人接。"

沈青岚笑了笑,转移话题:"海棠姐,这是你的车吗?我记得你的车是一辆白色的卡宴。"

海棠道:"我的车送到修车厂保养去了,这几天都是开我妈的车。"说着又皱起眉头,"谁知道今天晚上就出了这档子事。"

沈青岚问:"都这么晚了,你怎么在这儿?"

海棠:"师母过生日,我陪她多聊了一会儿。不说了,我得回去了。"

在上车之前,海棠对沈青岚说:"转告邢朗,我家里还有他的几件衣服,问他是自己去拿,还是我帮他送过去?"

宝蓝色的路虎缓缓地在巷子里前行,魏恒站在路边,路虎从他的身边经过的时候,他和车里的海棠对视了一眼。

回去的路上,沈青岚坐在徐天良开的车上,和魏恒两个人坐在后座。魏恒看着窗外,回想起海棠临走时和他对视的那一幕,起了探究的心思:"沈警官。"

沈青岚正低头按着手机,不知道和谁联系,闻言"嗯"了一声。

161

魏恒："刚才那位……"

不等他说完，沈青岚就道："哦，她叫海棠，华诚医院的精神科医生。"说着，她眨眨眼睛，补上后半句，"还是邢队的前女友。"

沈青岚收起手机，转头冲魏恒挑眉一笑："漂亮吧。"

魏恒："嗯，气质很好。"

沈青岚放下一半的车窗，感慨地道："她是我邻居，我们两家的关系非常好。当初她和邢队能成，还是我撮合的。"

魏恒："你？"

沈青岚笑道："我看起来不像是管这种事的人，对吧？其实本来我也不想管，但是海棠姐的样貌、家世都一等一的好，谁和她好是祖上烧高香，她难得喜欢一个男人，我怎么能不帮她呢？"

魏恒明白了，邢朗和海棠之间，率先出击的是海棠，既然他们之间有一段故事，那邢朗是接招了的。他也承认，海棠属于诱人的那类女人，既然邢朗有机会得到她那样的女友，应该会千方百计地守护住他们之间的感情才对，怎么会半途放弃呢？他不应该再追问下去了，所以他管住自己的嘴巴不再说话。

但是年轻的徐天良没有魏恒的觉悟，一边开车一边问："岚岚姐，那邢队和海棠姐为什么会分手？"

沈青岚道："感情的事，谁能说清楚？"

徐天良："那他们之间是谁提的分手？"

沈青岚："邢队。"

徐天良惊讶地道："啊？"

沈青岚笑着瞪了徐天良一眼："好好开你的车吧！一惊一乍的。"

回到家里已经是凌晨两点钟，魏恒洗了个澡，穿着睡袍，站在鸟笼边看了一会儿鹦鹉，然后给郑蔚澜回复了一条报平安的短信，躺在床上正要睡觉时，一个电话打了进来。

周毅清明知故问："还没睡啊，魏老师？"

魏恒没吭声，等周毅清说下去。

周毅清也习惯了魏恒的态度，赶在魏恒挂断电话之前赶紧道："我这儿有个案子，想麻烦你帮我看看。"

"睡了。"魏恒挂断电话，然后把手机塞入枕头底下，关灯睡觉。

卧室里拉着一层厚重的窗帘，把室外的天光尽数隔绝，室内伸手不见五指。魏恒习惯了这样的黑暗，有一丝光亮他都感觉不舒服。或许是在酒吧和郑蔚澜谈及的话题太过沉重,他沉沉睡去的时候思绪纷杂,于是那场经久不至的噩梦,在今夜悄然而至……

黑夜、树林、划过树梢的风声以及林中被月光拉出一道斜长影子的男人。梦境何其真实,真实到魏恒能清楚地感受到那天晚上树林里盘旋的飞虫,汗水顺着他的额头和鬓角滚落,脚下的枯枝烂叶不时地发出"吱呀"的轻响。他走在树林中,警觉地观察着周围,脚背上飞过去一只蚂蚱都把他吓得浑身僵硬,而被他扛在肩膀上的尸体,依旧那么冰冷,而且沉重。

树林深处,他握着铁锹挖坑,安静的树林里只有他喘息和沙土落地的声音。当月亮移到正东时,他跪在土坑边,用双手挖着,土质坚硬而且混有许多碎石,他的指缝中填满泥土,像是受了刑般剧痛难忍,手背和掌心被尖锐的石子划出无数道伤口,但是他像感觉不到疼痛似的拼命地挖着,直到双手僵硬得难以弯曲。

他瘫坐在坑边,喘着粗气,忽然感到无比焦渴,五脏六腑都迫切地需要水的润泽,但是他没有水,他舔了舔嘴唇,尝到一丝血腥味……忽然,他跪在地上干呕起来,血的味道让他感到恶心,更让他感到恐惧。

把尸体放入坑底,他把坑填平,扔掉铁锹,逃也似的顺着原路返回。忽然,他停住了,因为他听到身后传来极轻的脚步声,那个脚步声一步步朝他逼近,近到他能听到身后那个人的喘息……冰冷,微弱,又夹带着浓郁的血腥味的喘息声在他的耳边响起,那个人说:我不想死。

魏恒突然睁开双眼,惊慌地紧盯着天花板,如坠冰窖般,感到浑身冰冷。

魏恒闭上眼睛长出几口气,听着窗外传来的哗哗的雨声,坐起来脱掉被冷汗浸湿的睡袍,穿好衣服,走出卧室,洗漱后拿起伞,出门去公安局。依旧是保安小石打着伞把他送到大堂。

几个和他同时到达的女警埋怨着这场突如其来,而且来势凶猛的秋雨:"前两天雨刚停,怎么又开始下雨了。"

魏恒到了三楼,刚出楼梯口就见陆明宇迎面走来:"魏老师,周所找你。"

魏恒顿时感到很烦:"他在哪儿?"

陆明宇:"你的办公室。"

魏恒点点头,等陆明宇走了,才推开办公室的门。

周毅清正在欣赏窗边一盆长势喜人的文竹,手里拿着一份案卷。

魏恒关上门走了进去,直截了当地问:"你有什么事?"

周毅清迎向魏恒,笑道:"昨天晚上你挂了我的电话,我就只好今天来找你了。"

魏恒把伞竖在墙边,不近人情地道:"我没时间。"

周毅清恍若未闻地把案卷递给魏恒:"看看吧,看完你或许就有时间了。"

魏恒只能接过来，粗略地扫了一眼："失踪案？"

"可不是一般的失踪案。"周毅清道，"失踪的是一个十三岁的小女孩。"

失踪的小女孩叫梁珊珊，是师大附小的学生，家住老城区知春路，家属报案日期是十月十一号，到今天已经是失踪的第五天。

周毅清见魏恒看得潦草，忍不住提示重点："这个梁珊珊是单亲家庭，父母离婚后被法院判给母亲，但是母亲忙于事业，也没有时间管教她。她从小跟着姥爷生活，也是她的姥爷报的案，据她的姥爷吕伟昌说，梁珊珊在十月十号下午放学后就没有回家，他到学校找了一趟，还去梁珊珊的几个朋友家里找过，都没有找到，隔日凌晨四点钟报警。到现在为止，吕伟昌还没有收到索要赎金的电话。"

魏恒合上案卷，低头想了想："不是绑架，也不是离家出走，吕伟昌的背景很干净，梁珊珊的母亲做的也只是批发服装的小生意，结怨的可能性不大，也没有人贩子会对这么大的孩子下手。既然不为谋财，也就只能是害命了，一个小女孩失踪近六天，存活的概率不高，让家属做好最坏的打算吧。建议你们搜一下往年少女失踪案件，或许能从里面找出一些线索。"

一口气说完，魏恒打开办公室的门，笑道："那我就不送你了。"

周毅清好脾气地笑了笑："最后一句话。"

魏恒耐心地道："说。"

周毅清："这件案子归你们支队了，我就是来办交接的。"

魏恒忽然很想把周毅清一脚踹出去。他打开的房门没能送走周毅清，倒迎来了陆明宇。

陆明宇沉着脸，脸色相当不好看，对魏恒说："魏老师，城郊106路的月牙山西侧山坡被大雨冲毁，造成大面积塌方，今天早上……"

魏恒淡淡地打断他："联系武警中队，让他们想办法清除路障。"

陆明宇愁眉紧锁，看着魏恒的眼睛说："不是清除路障的问题。"

魏恒在陆明宇的眼中看到了一丝锐利的寒光，赶紧慎重起来："怎么了？"

陆明宇咽下一口唾沫："群众报案，发现一个尸坑。"

魏恒愣了一下："尸坑？"

陆明宇："嗯，目前已经挖出了六具尸体。"

忽然，一道阳光冲破窗口直射室内，刺痛了魏恒的眼睛。魏恒转头看着窗外，才发现暴雨已经停了，阳光从云层中直射下来。

第十二章
行刑

　　山路湿滑黏腻，其中杂木繁多，上山的警察一个拖着一个，一路寻找落脚点，费劲地爬上斜坡，前方是一处较为平坦的开阔地，也是发现尸坑的地方。
　　魏恒几次婉拒要搀扶他的陆明宇，凭借一己之力爬到了半山腰。
　　尸坑得以被发现，颇有戏剧性，大雨冲毁了表层，导致山坡出现一个斜切面，从环山路经过的行人就发现了镶嵌在土层间的一具尸骨。率先赶到现场的是派出所的警察，派出所的警察控制住现场才向刑侦支队通报并请求支援。
　　勘查组的警察们在现场拍照、取证，然而魏恒看到从坑里抬到地面的几具尸体时，已经预感到勘查组的取证是一场无用功。当初埋尸的痕迹早已消失在了随之逝去的时间中。
　　魏恒朝下陷的尸坑边缘走去，站在尸坑边，问陆明宇："怎么样？"
　　陆明宇皱着眉头，脸色极其不好看，嗓子里像塞了什么东西似的说："不乐观，还没见底。"
　　现场没有人说一句多余的话，人人面色沉重，预感到即将面临一桩非常棘手的案件，在一个尸坑中已经挖出七具尸体，这是芜津市极其少见的大案。
　　坑里的小吴察觉铁锹碰到了一个硬物，直觉和经验告诉他，那是人的骨头。他抬起头对陆明宇说："宇哥，又一具。"
　　陆明宇摆了摆手，示意他们接着干活，然后对魏恒说："魏老师，赶快联系邢队吧！这么大的案子，咱们搂不住。"
　　魏恒点点头："你给他打电话吧。"
　　陆明宇不再言语，掏出手机走到了一边。
　　魏恒叫了小吴一声，道："衣物一件也不能落下。"
　　不远处铺着一张军绿色的帆布，挖出的尸体暂时整齐地放在上面，两名法医正在按照"出土"的顺序为八具尸体编号，几名女警戴着白手套在尸体身上腐坏严重的衣物里寻找能够证明他们身份的物件。
　　"尸体已经完全形成尸蜡。手、脚和肘部位呈白骨化，死亡时间在两年到三年之间。"魏恒刚走到秦放的身边，就听到秦放这样说。

魏恒的目光在每具尸体上停留了几秒钟，当看到标号为"六号"的尸体时，目光忽然定在尸体的脚上，道："死亡时间在二〇一三年十到十二月之间。"

秦放忍不住转头看魏恒："这么细致？"

魏恒指了指六号尸体脚上那双灰褐色、依稀还可辨认的球鞋："看那双鞋，是二〇一三年六月份发售的联名限量款。死者的身上除了那双鞋，没有一件名牌，所以那双鞋应该是盗版的仿制品，正版流通后，盗版会在四到五个月后面世。这几具尸体身上的衣服都是夹克、外套和毛衣，可见他们死亡时气温比较低，但没到下雪的程度，所以他们的死亡时间大致在二〇一三年十到十二月之间。"

秦放听完想了想，笑道："还真是。"

魏恒上前蹲在一个正在对尸体检查的女警身边，戴上手套在尸体的额头部位触摸，随后又同样触摸另外两具尸体的额头，忽然问："谁带水了？"

一名法医道："我有。"

魏恒指着六号尸体额头正中间覆盖着一层泥垢的位置，道："冲干净。"

法医："魏老师，这会破坏尸体……"

话没说完，就见秦放蹲下去，夺走他手里的矿泉水瓶子，还拿了一支软刷，把尸体额头部位的泥垢小心翼翼地冲洗掉，露出附着在骨头上的干枯的皮肉。

魏恒像是闻不到尸臭似的，俯下身子近距离观察尸体额头上的圆孔，沉声道："是枪伤。"

秦放也看出来了，也摸了摸魏恒刚才摸过的两具尸体："全都是额头中枪。"

魏恒道："而且是近距离射击，射击方向由上而下，入口处呈不规则状，射击距离在一米以内。"说着，他忽然把一具尸体翻转，面朝下，背朝上，看到了尸体的双手被一段麻绳捆绑于背后，绳结是很常见的死结，但用的却是加固的双层绳结。

尸坑那边忽然传来几声粗话，魏恒连忙回头看："怎么了？"

小吴的脸上泛青，一副即将吐了的样子："魏老师，少说还有三四具！"

魏恒愣了一下，在场的刑警一片哗然。

一个尸坑里连续不断地发现十几具尸体，或许还远远不止这些，在场所有警察的心理防线都在面临着前所未有的挑战。陆明宇匆匆赶回指挥，又有两具尸体被搬运到了军绿色帆布上，魏恒同样在他们的额头上发现弹孔，而且尸体的双手也都被捆绑于背后。

在挖第十二具尸体的时候，杂木林中忽然响起一阵纷乱的脚步声，魏恒回头一看，见王前程带着人姗姗来迟，随之而来的还有徐天良。

第十二章·行刑

徐天良踩在泥泞里一路朝魏恒小跑过去，气喘吁吁地道："对不起！师父，我来晚……呕！"

小徒弟没见过这么大阵仗，看到一堆尸体的时候，脸上顿时呈青紫色，捂着胸口跑到一边去了。

魏恒没理徐天良，留意看了看王前程的脸色，见他神色匆匆的，貌似也被重案所困扰，都没正眼瞅自己，于是松了口气。

王前程走到尸坑边缘往里看了看，立刻让随行的几个警察下去帮忙，然后又转到放着尸体的军绿色帆布前，和秦放说了几句话，对魏恒视而不见。

魏恒巴不得王前程不搭理他，更不把王前程的冷遇放在心上，抬腿朝陆明宇走过去。不料他才走了两步，王前程忽然疾言厉色地叫住他："魏恒！"

魏恒回头："有事吗，王副队长？"

王前程抬手指了一圈，神色威严："我问你，这是怎么回事？"

魏恒："接到报案了，尸体被挖出来了，警察出现场了，有什么问题吗？"

王前程的两条浓眉一拧，不加掩饰地流露出对他的反感："你少扯这些没用的，我问你，你的工作怎么主持的？一把手怎么当的？为什么不叫支援？"

王前程到底是老刑警、老资历，在支队里还有些威信，现场忙碌的警察听他发怒，停了片刻，然后装作没看到魏恒正在被他刁难，各自低头忙自己的事。

魏恒沉默了片刻，然后笑道："叫什么支援？我们不就是支援吗？"

王前程不屑地"哼"了一声，道："你还真把自己当盘菜，这么大的案子，竟然不通知市局，不让市局派痕迹学专家来，现在现场已经被破坏了，如果这件案子破不了，全都是你的责任！"

这话虽然乍一听有些道理，但稍一琢磨，是无理取闹，连围观的群众都听得出来王前程在故意找碴儿，八成是王前程见案件棘手，怕砸在手里，因此迫不及待地先给魏恒扣个帽子，意图在市局问责的时候把魏恒推出来承担责任。

徐天良虽然很怕王前程，但是他更敬重魏恒，于是捂着胸口跑过去，皱着眉说："王副队，下这么大雨，再说时间过去这么久，就算当时留下了证据，现在也没了。市局再怎么问责，也问不到我师父头上啊！"

王前程奚落他："师父？你前段时间不是还跟在邢朗的屁股后面跑？现在又认下一个新师父？到底是你师父挑的你？还是你挑的你师父啊？"

徐天良板着脸，尽力把腰挺直了，道："王副队，您对我师父有偏见，您不能因为邢队把队里的事都交给他管就处处针对他，我觉得邢队这么做，肯定有他自己的道理。"

在场的刑警纷纷向徐天良投去看待英雄般的一瞥。

167

这个实习生是头一个敢当着王前程的面，捅破天窗说亮话的人。虽然徐天良说的是实话，但是这话说得实在不讨巧，没法找补不说，还极其容易和王前程结下梁子。徐天良只是一个实习生，要是王前程执意给徐天良使绊子，徐天良落不到什么好处。

王前程被徐天良气得愣住了，张了张嘴，一时竟然说不出话来。

魏恒很无奈地在心里叹了口气，小徒弟把话说绝了，他只能破罐子破摔，吸引王前程的火力，便道："王副队刚才说请市局派专家来？"说着笑了笑，"我就是专家，还叫什么专家？"说完，魏恒兀自扭过头，朝陆明宇走过去。

果不其然，王前程顷刻转移火力对准了魏恒，怒气冲冲地追过去和魏恒动起手来："我让你走了吗？你站住！"

王前程的力气大，他拽住魏恒的胳膊粗鲁地向后扯了一把。陆明宇见状，连忙上前阻拦："王副队，有话好说！"

魏恒被王前程拽住胳膊的时候也恼了，咬着牙横起一肘就朝王前程的肩膀撞了过去，这么一推一搡就挣开了王前程抓在他胳膊上的手，但是地上本来就泥泞、湿滑，魏恒站的位置又是个斜坡，和王前程动手的这一下又很突然，导致他没有站稳，连连往后退了好几步。就在他预感到自己即将要躺进泥地里的时候，一条坚硬有力的手臂横在了他的身后。

魏恒定了定神，转头看向拦住他的腰的人，邢朗的脸突然出现在他的眼前。邢朗戴着墨镜，鼻梁高挺，稍厚的下唇干燥、泛白，身上那件皮夹克带着淡淡的烟草味。

邢朗隐在墨镜后的双眼迅速把魏恒从头到脚打量了一番，问："没带伞？"

邢朗脸上的那副墨镜在阳光的直射下闪闪发光，魏恒被那光芒刺得有些睁不开眼睛，直起腰往旁边站了一步和邢朗保持距离，面无表情地道："没有。"

邢朗看着魏恒还要再说点什么，就见王前程捂着肩膀的位置，满面怒容地朝这边走过来："臭小子，也不掂量掂量你有几斤几两，还敢跟我动手？"

王前程直奔魏恒，伸手就要扣住他的肩膀。

邢朗上前一步挡在魏恒的身前，抬起右手在王前程的肩上重重地一捏，假惺惺地笑出两行白牙："老王，怎么了？他就一小辈，他多大年纪？你多大年纪？咱们队里数你有资历，你可是老前辈，也至于跟他过不去？"

虽然邢朗是在替他解围，但是魏恒不想领情，明明是王前程出手在前，什么叫"也至于跟他过不去"？

"邢朗，管管你的人，他要是在我面前还敢这么狂，别怪我收拾他！"王前程说完这句话，领着他的几个人先行下山了。

第十二章·行刑

邢朗回头看了一眼王前程负气而走的背影，语焉不详地，低低地笑了一声，然后摘掉墨镜朝魏恒伸出手，道："行了，你也消消气，当着这么多人的面跟他动手，你这事确实办得欠考虑。"

魏恒无视邢朗伸过来想搀扶自己的右手，一个人转身走开了。

邢朗照例没计较魏恒这不友好的态度，走到陆明宇的身边问了问大概情况。

陆明宇道："目前已经挖出了十一具尸体，小吴他们正在挖的应该是最后一具。"

邢朗把墨镜装进皮夹克胸前的口袋里，掐着腰，沉着脸，深沉的目光在现场环视了一周，转身又走到秦放的身边："简单说说。"

秦放挠着额头道："让魏老师给你说吧，他分析得比我全面。"

邢朗回头冲着魏恒所在的方向打了个响指，道："来吧！魏老师，我们过来聊两句。"

魏恒看了邢朗一眼，慢慢悠悠地朝他走了过去。

邢朗指了指面前一列排开的十几具尸体："你有什么想法？"

魏恒站在邢朗的身边，道："死亡时间在二〇一三年十月到十二月，死因是头部中枪，并且是近距离射击。死者额心的伤口和枪口之间的距离不超过一米，并且双手被双重绳结捆在背后，嘴巴被烂布堵住，射击角度与地面夹角为15度左右。综合这些信息，当时的情景应该是……"

魏恒停顿了一下，双眼微微出神："这些死者跪在地上，嘴巴被堵着，双手被捆，被同一把手枪依次射杀。"他说得如此笃定，眼神又如此平静，好像亲眼看见了死亡现场。

邢朗："一次性杀死十几个人？"

魏恒沉吟了片刻，看着邢朗说："我觉得，凶手不是在杀人，他是在行刑。"

这个词用得重了，邢朗感觉心里发冷："行刑？"

魏恒点头，目光从邢朗的脸上移开，又看向躺在军绿色帆布上的尸体："他们应该是一个组织，要么涉枪，要么涉毒。"

邢朗又问秦放："在尸体身上发现可以证明身份的证件了吗？"

秦放摇头："一干二净，连张纸都没有。"

这时，陆明宇和小吴抬着又一具尸体走来，放在标着"11号"死者的旁边。

陆明宇道："头儿，最后一具了。"

邢朗看向尸坑的方向："再下去看看，任何东西都不能落下。"

"是。"陆明宇领着勘查组的警察返回尸坑，几分钟后，一名女警拿着一件深蓝色的牛仔外套回来，牛仔外套脏污，纤维腐烂，但整体原貌保留了下来，还可以大概辨认出衣服胸前的品牌图案。

女警只把这件衣服当作尸体上的一件，放下衣服就走了，但是却引起了魏恒的注意。

魏恒蹲下去，戴上白手套把衣服拿起来看了看，然后再次看向并列的十二具尸体，眼中的怀疑之色越来越浓。

邢朗见状，也在魏恒的身边蹲下，问道："这件衣服怎么了？"

魏恒道："你看这些尸体，身上都穿着外套，并没有任何人的衣服被扒下来。"说着，他朗声道，"陆警官，确定没有尸体了吗？"

陆明宇答道："没有了，我确定。"

魏恒回过头，看着手里的牛仔外套，沉声道："这件衣服是多出来的。"他看向邢朗补充道，"它不属于任何死者。"

邢朗把衣服从魏恒的手里拿过来，看了看衣服的两只袖子和下摆处，忽然凑近了道："你看，这是不是血？"

魏恒仔细一看，点头："是，虽然颜色很淡，但是还是可以看出来。"

邢朗把衣服扔到军绿色帆布上，皱眉道："既然你说凶手杀这些人是在行刑，那这个行刑的人或许就是这件衣服的主人。看衣服上的血迹，只有袖口和下摆的位置沾了血迹，而且是点状喷溅型，只有站在死者对面，衣服上才有可能沾有这样的血迹。"

邢朗分析得不错，但是魏恒还有一个疑问："那这个行刑的人，为什么要把自己的衣服和尸体一起埋葬？"

秦放忍不住插嘴："或许是因为衣服脏了？那个人不想要了？"

邢朗瞪了秦放一眼，魏恒摇摇头。

魏恒若有所思地道："不会，凶手应该很清楚这些尸体迟早会被人发现，从死者身上找不到任何可以证明身份的物件就可以看出，凶手很警惕。这么警惕的人怎么会留下自己的衣物，等着被警察发现？"

邢朗忽然愣住，眼中闪过一道冰冷的光芒，利刃出鞘般："你刚才说什么？"

魏恒被邢朗盯着，心里忽然有些没底："凶手应该知道这些尸体……"魏恒忽然停住，眼神骤然发亮，"等着被警方发现？"

邢朗在魏恒的肩上用力拍了一下，又拿起那件牛仔外套，仔仔细细地翻找。终于，他在衣服袖口位置的夹层里找到了用黑线缝的三个英文字母——ZXH。

"ZXH？"魏恒问，"什么意思？"

邢朗没说话，盯着这三个字母看了一会儿，然后拿出手机拍了一张照片，不知道发给了谁。 很快，邢朗的手机响了，魏恒眼角的余光扫过邢朗的手机屏幕，看到来电显示——楚行云。

邢朗走到一旁接电话，刻意压低了声音，面色凝重。

魏恒又拿起那件牛仔衣，看了一眼正在打电话的邢朗，一把撕开了里衬。

魏恒那边"刺啦"一声裂响，引起了邢朗的注意，邢朗转头看了魏恒一眼，然后对手机那头的人说："就这样，咱们随时保持联系，有线索我会马上通知你。"

邢朗挂掉电话，回来一看，魏恒已经把本来就破烂的牛仔外套撕成了几块破布，看得蹲在魏恒旁边的秦放目瞪口呆。

邢朗发愁地道："魏大学士，你在干什么？"

魏恒不言语，一手拎着一块破布不断地抖动，忽然，从衣服里掉出来一个指关节大小的硬纸壳子，那是从烟盒上撕下来的一角，上面有黑色的字迹，但是因为潮湿、腐烂，字迹很难辨认。

魏恒把纸片拿起来，看着邢朗多此一举地问："我能看吗？"

邢朗瞅了魏恒一眼，把纸片从魏恒手里拿走，道："严格来说，不可以。"

但是已经晚了，魏恒已经把纸片上一行模糊的字迹印在了脑子里，当邢朗把纸片拿走的时候，魏恒的嘴角一撇，露出一丝意味不明的笑。

邢朗看着魏恒这似笑非笑的样子，觉得自己瞒他瞒得特别多余，魏恒根本不可能瞒得住，他有一副堪比CPU处理器的头脑，比任何病毒都具有穿透力。

回去的路上，魏恒被邢朗叫到他的吉普车上。前十分钟时间里，他们谁都没有说话，都若有所思。直到邢朗打开车载音响，一首披头士乐队的老歌响起来，才打破了车厢里的沉默。

魏恒率先开口："你什么时候回来的？"

邢朗一手握着方向盘，腾出一只手摸出烟盒点着一根烟，才说："半个小时前，刚到公安局的门口就接到大陆的电话。"说着瞅了魏恒一眼，"你这几天感觉怎么样？"

魏恒低低地"哼"了一声，看向窗外："你刚才不是看到了吗？"

邢朗油滑得很，当着魏恒的面又把刚才那番话说了一遍："他是什么人？一个老头子，过几天就退休了，咱犯不着跟他置气。"

魏恒转过头，白了邢朗一眼。

邢朗装作没看到魏恒朝自己斜过来的冷眼，不声不响地抽了几口烟，然后把口袋里的一个证物袋扔给他。

魏恒没打开就知道是被邢朗藏起来的那张纸片："你不是说，我不能看吗？"

邢朗讪讪地笑道："就你那个脑子，跟照相机似的，扫一眼就记住了，我倒是想瞒着你。"

魏恒笑了笑，把那张纸片拿出来搁在掌心里细细地端详："大风3……"念不下去了，因为最后两个数字完全因为纸张沤烂，实在无法分辨笔画。

魏恒着看邢朗问："这是什么意思？"

邢朗皱着眉头，沉思良久，道："芜津有个国企，叫大风服装厂，七年前体制改革，国企转私有，几百名工人全部下岗，一些持股的老员工分到了一套房。如果上面的大风是一个地址的话，可能是大风服装厂的旧家属楼。"

魏恒："还在吗？"

邢朗："在老城区，这些年说要拆要建，但一直没动静。"

邢朗把烟头扔进驾驶台上的烟灰缸，道："待会儿你去大风服装厂的旧家属楼碰一碰运气。"

魏恒把纸片又放进物证袋，口气平淡至极："你要找这个人？"

邢朗侧头看向魏恒，笑道："直接问，别绕弯。"

既然邢朗都这么说了，魏恒索性直说："大风服装厂的旧家属楼，是牛仔外套的主人留给你的线索吗？"

虽然让魏恒明说，但是邢朗还是犹豫了片刻，才道："准确来说，不是留给我的。"

魏恒直视着邢朗："谁？"

邢朗微扬着唇角，目不斜视地看着前方，话锋一转，换了个话题："我还以为你会迫不及待地问我在银江的见闻。"

魏恒沉默下来，才察觉自己显得太过急切，伴装无所谓地道："哦，那你在银江发现什么了？"

邢朗给了魏恒一个模棱两可的答案："等弹道分析出来，我才能确定银江的烂摊子和今天发现的烂摊子有没有联系。"

虽然邢朗的指向模糊，但是魏恒听得出，他说的弹道分析是十二名死者眉心的弹孔。既然邢朗已经把这十几具尸体和银江方面联系上，那就说明邢朗几乎已经断定了这位行刑者，也就是给警察留下线索的人，到底是谁。

魏恒对这个人的身份不感兴趣，但是牵扯到了银江，让他不得不关注："这次去银江，你不是一个人吧？"虽然内心忐忑，但是魏恒还是冒险多问了一句，话一出口，他就捏紧了自己的手指。

果然，邢朗向他投来狐疑的一瞥，眼中锋芒暗露："你怎么知道？"

魏恒心里"咯噔"一下，没料到邢朗会这么问，他只是想冒险诈一诈邢朗，本来以为无论怎样都会从他的言辞中得出答案，但是没想到邢朗会反过来诈他。

魏恒的脸上很平静，轻轻地笑了笑，道："猜的，猜对了吗？"

邢朗依旧不答，也笑："怎么猜的？说说看。"

魏恒道："我查过冯光，他在银江待过一段时间。前几天你莫名其妙地把他放了，并且严格控制他的口供，除了你之外，没人知道他向你说了什么。后来你又忽然去银江，与此同时，也不见冯光出来活动。我猜，或许是你把他带到银江协助侦查去了。"魏恒这番话说得很冒险，因为魏恒没有查过冯光的行踪，更无法明证冯光这几天不在芜津，魏恒只是在赌自己的运气。

邢朗不知道是信了还是没信，脸上始终带着极淡的笑意，似乎随时会变脸。万幸，几秒钟后，魏恒听到邢朗忽然笑了一声，道："你真聪明，没错，我把冯光带到银江了。"

好不容易聊到这里，魏恒觉得这次是个难得的机会，他缓了缓，又问："怎么样，发现线索了吗？"

邢朗忽然又不回答了，直到一首歌播完，他边调音量边说："现在还不是时候，等时机成熟了我自然会告诉你。"

魏恒停顿了一下，道："是不是和银江的灭门……"

邢朗忽然竖起食指抵在唇边，笑着"嘘"了一声。

魏恒看懂了他的警示，不再追问。

邢朗道："我给你带了特产，在后座。"

魏恒一下子没反应过来，愣了几秒钟，才把搁在后座上的一个纸盒拿起来，边打量边问："什么东西？"

邢朗向魏恒挑眉，笑得不怀好意："打开看看，很适合你。"

魏恒不相信邢朗能给自己捎什么好东西，打开盒子一看，脸就冷下来了："霸王龙？"

盒子里是一头木雕的霸王龙，霸王龙正张开大口，无声地怒吼。

邢朗纠正道："你应该叫它的学名，雷克斯暴龙。"

魏恒和雷克斯暴龙大眼瞪小眼，半晌才问："你刚才说它很适合我，什么意思？"

邢朗瞥了一眼魏恒分外沉静的侧脸，笑道："脾气暴，跟你多像。"

魏恒心想，他是被猪油蒙了心，才会对邢朗捎给他的礼物抱有那么一点期待，魏恒看着和自己脾气很像的暴龙，打心眼里觉得不爽。还没把礼物焐热，魏恒放下车窗，一甩手腕，暴龙木雕立刻从窗口飞了出去。

邢朗猛地踩了一脚刹车，瞪大眼睛，看着魏恒："它咬你的手了？"

魏恒拍着沾到掌心的木屑，轻飘飘地道："没咬手啊，你不是说它和我很像吗？"说着冲他一笑，"现在是不是更像了？"

邢朗无语地看了魏恒一会儿，想说点什么，又硬生生地忍住，最后无可奈何地打开车门下车了。

陆明宇的车在他们的车后面停下来，看着走向路边的邢朗问："怎么了，邢队？"

"没事，你们先走。"邢朗在路边的积水里捡起暴龙，回到车上抽出几张纸巾把暴龙身上的泥水擦干净，又扔到魏恒的怀里，"拿好，不帮你捡第二次。"

魏恒斜了邢朗一眼，看着窗外不再言语，剩下的路程始终握着失而复得的暴龙。

公安局的大院，邢朗停好车，刚从车上下来就接了一个电话，片刻后，他挂了电话快走几步追上魏恒，道："魏老师，你不用进去了。"

魏恒看着邢朗，眼神里的询问很明显。

邢朗拿着手机敲着掌心，沉默地看了一会儿公安局大楼，似乎在谋划什么。

魏恒看着邢朗，不知道他又在憋什么大招。

过了一会儿，邢朗道："这件案子市局已经知道了，我现在得去指挥中心开会，你现在就跑一趟大风服装厂的旧家属楼，受我直接调遣，不用向任何人汇报。"

魏恒看着邢朗："保密？"

邢朗挑起唇角微微一笑："没错，保密。这张字条和字条上的内容，你不能向第二个人提起，包括你的小徒弟。"

说话间，徐天良从楼里跑了出来，还贴心地带上了魏恒当作拐杖用的雨伞："师父、邢队，你们怎么不进去啊？秦主任在找你们呢。"

邢朗："主任找我重要还是局长找我重要？转告秦主任，有什么事先跟老王商量。我不回来你们就都不转了？还真把姓王的当成个泥菩萨供起来？"

邢朗骂完徐天良就转身走向吉普车，临走时着重给了魏恒一个眼神。黑色吉普车迅速开出了公安局大院，魏恒看着车消失的方向沉思片刻，然后把手里的木雕交给徐天良："放在我的办公室。"说完往公安局的门口走去。

徐天良看了看手中张着大嘴咆哮着的暴龙木雕，忙问："师父，你去哪儿啊？"

魏恒摆摆手，示意他不要跟来，拦了一辆出租车走了。

下出租车的时候，魏恒向司机要发票。

司机一边打发票一边偷偷从后视镜里打量了一眼坐在后座那个衣冠楚楚的小伙子，毕竟魏恒的气质挺清贵的，一点都不像坐几十块钱的出租车都不忘要发票的人。

魏恒无视司机投来的目光，把发票收好，下车后站在路边，看了一下身处的环境，有生以来头一次体会到了什么叫作寸步难行。

第十二章·行刑

邢朗只给了他一条信息：大风服装厂旧家属楼。然而这一片到处都是老式的居民区，楼房众多，城市规划完全不合理，到处乱搭乱建，楼房之间的间隔有的能跑马，有的只能走猫步，从而衍生了许多条错乱、交叉的巷子。

刚才魏恒在车上问过司机大风服装厂旧家属楼的位置，声称知道路的司机带着他在街道上兜了两圈，又回到了原点，魏恒连忙下车了。他在街上拦了七个人询问大风服装厂旧家属楼的位置，七个人里四个人都说不知道，只有个别年老的人粗略地给他指了个方向。

魏恒沿着几位老人指的东偏南 30 度的方向一路找过去，终于在半个多小时后站在了两栋旧居民楼组合起来的居民区门口。

第十三章
线索

旧居民楼被围墙围了起来,围墙间有一扇铁门,铁门边上有一个书报亭,摆着许多杂志和报纸,有的日期可以追溯到三四年前。旁边的树荫下,坐着两个正在对弈的老人。

魏恒走过去问:"大爷,这里是以前大风服装厂的工人住的地方吗?"

戴着老花镜的老人没有搭腔,只往门口指了指,示意他找对了地方。

魏恒向老人道了谢,然后走了过去。

此时大风服装厂家属楼里住的不只是老职工及其后代,很多工人都把房子或卖,或租给别人,以前的住客大多搬走了,住的都是后来者。一共两栋楼,一号楼和二号楼,魏恒站在单元楼的入口前犹豫了一会儿,抬脚走进一号楼。

旧家属楼共三层,楼道里阴暗潮湿,且肮脏,台阶上附着一层厚厚的污垢,像是油污和泥土的混合物,具有一定的黏性,走上去就像踩了一脚劣质的胶水。魏恒从上往下排查,发现三楼一共两套房,没有门牌号,只能分左右,他停在楼梯拐角处,看着紧锁的房门,看到了夹在门缝里和落在地上的传单,大多是房地产的宣传单,从这些传单的数量和房门的落灰情况来看,这户人家至少已经搬走半年了。

接下来是右边的房门,魏恒敲了敲门,里面很快有人应了一声。

一位满头银发的老婆婆把房门打开一条缝,口齿不清地问他:"你找谁?"

魏恒看了一眼客厅里的另一位风烛残年的老人,只说了句:"不好意思,找错门了。"

不久,魏恒摸排完了一号楼,从里面出来,转而进了二号楼。他刚踏上两级台阶,一个毛茸茸的东西忽然从他身边窜了过去,撞到了他的小腿,那是一条狗,黄色的短毛,威风凛凛,高大健壮,不是什么进口的名贵犬,而是城市里的人鲜少饲养的土狗,农村看家护院的那种。

黄狗抢在他的前头,回过头摇着尾巴,挑衅似的冲魏恒叫了一声。魏恒不确定这条狗是否会攻击人,所以站在台阶上没动弹,预备着随时转身逃跑。

第十三章·线索

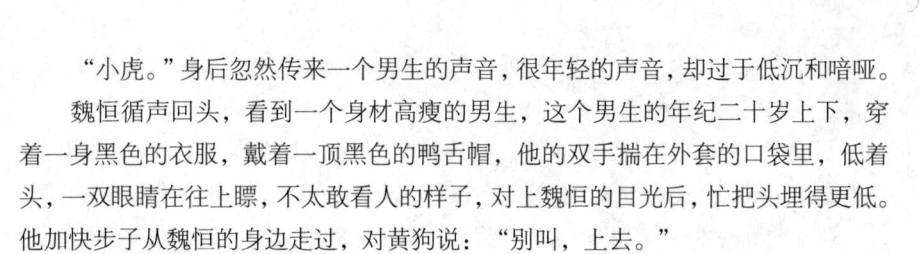

"小虎。"身后忽然传来一个男生的声音，很年轻的声音，却过于低沉和喑哑。

魏恒循声回头，看到一个身材高瘦的男生，这个男生的年纪二十岁上下，穿着一身黑色的衣服，戴着一顶黑色的鸭舌帽，他的双手揣在外套的口袋里，低着头，一双眼睛在往上瞟，不太敢看人的样子，对上魏恒的目光后，忙把头埋得更低。他加快步子从魏恒的身边走过，对黄狗说："别叫，上去。"

黄狗极有灵性，立刻往上奔跑。

在男生和魏恒擦肩而过的一瞬间，魏恒看到他那双灰褐色的眼睛里深埋着的厚重的阴郁，那是一种与他的年纪严重不符的冷漠和沧桑。

察觉到男生不愿与人接触，魏恒有意落后他两步，听到楼上响起开门声时才继续上楼。这栋楼有门牌号，虽然老旧，但是还可以认得出字迹，分别是301和302，301号房门上贴着一个"囍"字，结合刚才楼道里还有一些色彩斑斓的纸片，这一户要么是嫁女儿的老夫妻，要么是一对年轻的新婚夫妻。魏恒敲了敲门，无人应，今天是工作日，想必301号的住户正在上班。于是魏恒又敲响了302号房，率先回应他的是一声狗叫，随后门被打开一半，刚才那个穿着一身黑色衣服的男生站在门口，警惕地看着魏恒："有事吗？"

魏恒忽然想起徐天良不在，而他没有证件，再加上这个男生的戒备心如此之重，倘若他拿不出证件，这个男生多半不会配合他的问话，他一边在口袋里摸索一边说："我是警察，301号的人还没回来吗？"

听到"警察"两个字，男生脸上的肌肉顿时绷紧，本来就苍白的脸变得更加苍白，他匆匆地说了句"没有"，随后作势要关门。

魏恒连忙伸手按在门上阻止他关门，尽量露出一个毫无攻击力的微笑，道："我想问你一些关于301号住户的问题，可以进去聊聊吗？"

男生低着头，皱着眉头，十分不情愿地把门打开："那你进来吧。"

魏恒看得出，他同意让自己进去并不是信任自己，而是因为刚才自己说出来的警察身份。很明显，眼前这个男生害怕警察。

一进门，魏恒就闻到一股浓重的药味，是中药和西药混合而成的、气味浓郁而刺鼻，闻多了很容易感到胸口憋闷，头晕恶心。但是如果长期生活其中已经习惯了的话，那就另当别论了。

男生显然已经习惯了这种味道，在小小的客厅里收拾布艺沙发上散落的衣物，问道："你想问我什么？"

房子是老户型，很小的两室一厅，客厅对面是两间卧室，进门的左手边就是卫生间，和客厅连通的是一间小小的厨房，家具都很老旧，目测已经使用了超过五年以上。

"你先说一说对301号住户的印象。"魏恒在他收拾出来的沙发一角坐下，不甚熟练地从他的嘴里套话。

男生把脏衣服都放进卫生间门口的竹筐里，然后收拾起桌子上的一大摞书本，用他毫无生气、低缓嘶哑的声音说："没什么印象，半个月前他们才搬过来。"

魏恒看到一本印着"机械电子工程"的书，封面上写着一个名字——张东晨。

张东晨也察觉到魏恒在看桌子上的书本，于是加快动作把书本摞起来放在桌子一角，然后走向厨房："我连他们的名字都不知道，不了解他们的任何情况。"这句话，相当于逐客令了。

魏恒佯装不觉，看着他站在厨房忙碌的背影道："我在这里等一会儿，可以吗？"

男生："可以。"

此时那条叫小虎的黄狗从一间房门虚掩的卧室里跑出来，嘴里咬着一个棒球。

小虎停在魏恒的身前，把口水滴答的棒球吐在地上，还用鼻子往前拱了拱，然后吐着舌头，双眼发亮地看着魏恒。

魏恒露出些许笑意，摸了摸黄狗的脑袋，问道："你自己一个人住吗？"

迟了片刻，张东晨才答道："我和我爸住。"

魏恒抬头环视一周，没看到任何照片："你爸爸在上班吗？"

直到一股药味飘出来，魏恒才知道他在干什么，他在熬中药。

张东晨说："我爸生病了，没有工作。"

尽管张东晨满脸阴郁，眼神沧桑，但他面相很年轻，看起来最多二十岁上下。按照张东晨的年纪推算，张东晨的爸爸应该是四十多岁，倒符合他的推测。

魏恒又问："你父亲生的什么病？病多久了？"

张东晨似乎不愿意回答，但是出于某种畏惧，他还是答道："三年多了。"

魏恒捡起小虎放在他脚边的棒球，问："你在上大学吗？"

虽然距离有些远，但是魏恒还是听到了张东晨发出的一声冷笑："没有。"

魏恒看了张东晨一眼，随后看向放在桌角的一摞书，迟疑了片刻，问道："你在自学机械电子工程？"

张东晨没有说话，默认了。他把炉火调到适中的大小，然后用浸湿的洗碗巾遮住药罐盖子，做完这一切后，他转身走出厨房，却看到坐在沙发上的警察手里拿着什么东西递给了小虎。他被吓了一跳，以飞奔的速度冲过去，猛然把魏恒的手打掉："你喂它吃什么？"

魏恒的手腕一麻，手里的棒球落在了地上，小虎趴下去，用鼻子拱着棒球。魏恒皱了皱眉，缓缓握拳以驱散手腕的疼痛感，抬起头看着张东晨。

第十三章·线索

张东晨的面色大变,在发现魏恒手里的只是棒球后,依然没有放松警惕,他跪在地上搂着小虎的脖子,确定小虎没吃什么奇怪的东西,才支支吾吾地道:"对,对不起,我以为你……"

魏恒淡淡地道:"你以为我想毒死它吗?"

张东晨的脸一僵,像是想起了什么不愉快的事,眼神陡然变得愤怒起来。

魏恒又问:"有人想毒死它吗?"

张东晨没有说话,只是抱紧了黄狗的脖子,半晌才扯着唇角发出一声极其沉闷的冷笑:"太多人了。"

此时,从窗口飞进来两块石头,落在地板上往前弹跳了两下,随后滚动着钻入桌底。更多的石头则是砸在了玻璃上,玻璃发出一声裂响,碎片飞溅。魏恒皱着眉头看向窗户,刚想问怎么回事,却瞥见张东晨的脸上毫无变化,一副习以为常、司空见惯的模样。

"病痨鬼,大坏蛋!"

"病痨鬼,大坏蛋!"

"病痨鬼,大坏蛋!"

楼下清晰地传来三个男孩子的呼喊,夹杂着天真、顽皮,又恶劣的嘲笑。

张东晨恍若未闻,松开黄狗的脖子,捡起石头扔进垃圾桶,然后走到窗户前关闭窗户,拉上窗帘,对魏恒说:"可以请你离开吗?对面那家的情况我真的不了解。"

魏恒慢慢站起身,临走时着重看了一眼趴在地上啃棒球的黄狗,才看到它的耳朵是残缺的,就像被人用剪刀剪去了一半。

他刚一走出房门,张东晨就迫不及待地把门关上,随即响起锁门的声音。当魏恒走出单元楼的时候,几个砸张东晨家玻璃的男孩子望风而逃。魏恒看了一眼他们兴高采烈逃窜的背影,然后朝小区门口走去。

即将走出小区的时候,他接到沈青岚的电话,沈青岚问:"魏老师,你在哪儿呢?"

魏恒道:"外面,马上回单位。有事吗?"

沈青岚道:"你让我查的往年芜津市的少女失踪案,我这儿查出了一点眉目。"

魏恒停住步子,站在甬道边:"你说。"

沈青岚:"二〇一四年五月十三号,十三岁的女孩郭雨薇失踪,至今下落不明;二〇一四年七月十八号,十四岁的女孩佟月失踪,和上一个失踪的女孩不同的是,佟月获救了。"

魏恒意外地道:"获救?"

沈青岚道："对，当年佟月被人劫持后又逃了出来，并且受害者佟月指认了绑架她的嫌疑人，当时派出所的警察也搜集到了确凿证据，后来那个嫌疑人因为强奸未遂的罪名入狱，被判刑两年零四个月，半年前刚刚出狱。"

魏恒道："只是强奸未遂？他没有交代郭雨薇的下落吗？"

沈青岚："除了佟月的案子有目击证人可以直接指认他，郭雨薇的案子并没有可以指向他的证据。"

这名嫌疑人半年前刚出狱，而他坐牢时不再有女孩失踪，他出狱后梁珊珊就失踪了，如此看来这个有前科的犯罪嫌疑人很有可能走上了犯罪的老路，带走了梁珊珊。

魏恒问："他是谁？"

"不是芜津本地人，户籍所在地是银江，三年前转到芜津市金阳高中读书，名叫张东晨。"

张东晨？魏恒愣住了，脑子里瞬间划过302号，那张苍白、阴郁、目光愤怒，似乎敌视着全世界的少年的脸。

沈青岚还在说些什么，他没有继续听下去，而是回头看向那栋老旧斑驳的居民楼。

302号的窗前，少年的脸隐藏在出现裂纹的玻璃后面，那双不再明亮，像是蒙了尘般灰蒙蒙的眼睛正在看着他。

确认十二名死者的身份是一个大工程，秦放从尸体上采集DNA样本，分别送到市局和各大医院检验，虽然凶杀案的检测不需要排队，但是由于需要鉴定的样本多，人手不充足，需要等待的时间也比较长。

公安部的系统也存在诸多漏洞，比如这些死者如果没有留下案底，那么就算检测出他们的DNA，也无法确认他们的身份。

此时此刻，秦放无比艳羡某部美剧中凭借面部骨骼就可以还原出死者生前样貌的技术，但是幻想落入现实往往破碎，等待他的还是排着队的十几份样本。

法医室的门忽然被推开，邢朗站在门口问："进展怎么样？"

秦放埋头于显微镜中，道："别催我，你再催我，我就辞职。"

邢朗浑不在意地笑了笑，又问："魏老师还没回来？"

听到"魏老师"这三个字，秦放才抬起头，眯着眼睛死气沉沉地道："没有，你找他有事？"

邢朗道："他应该快点回来给你帮帮忙，他不是还懂一点点的法医和生物吗？"

秦放眼睛一转，不怀好意地笑了起来："那你打电话催催他，快催催他。"

第十三章·线索

邢朗给秦放一个"你真没出息"的眼神，关上法医室的门，站在走廊里给魏恒打了个电话。魏恒很快就接了，只说了一句"马上到公安局"就挂了，连让邢朗说句话的机会都没给。

邢朗看了一眼手机屏幕，快步走到自己的办公室门口。

恰好沈青岚抱着厚厚一摞文件从楼下上来，道："你要的案卷。"

邢朗走进办公室："进来说。"

沈青岚把两份案卷摆在邢朗的桌上，然后拉了一张椅子在邢朗的对面坐下，道："董力和梁珊珊的案卷都在这儿。"

邢朗点了一根烟夹在指间，翻开董力的案卷粗略地看起来，不时找到一个被红笔标注的重点："背景复杂？"

沈青岚往后靠着椅背，懒洋洋地抠着右手拇指圆润的指甲，道："魏老师说凶手的身手不同寻常，应该受过系统的训练，而且董力的身上有多处反作用力留下的瘀血红肿，应该和凶手过了几招，所以魏老师怀疑董力的背景也不简单。"

邢朗翻开页面上附着的伤痕图片，目光越来越沉，当他看到董力右胸一处软组织挫伤造成的红肿时猛地皱起眉头，把照片撕下来拿到眼前。

沈青岚拿着指甲锉慢悠悠地锉着指甲，眼睛乱瞟了一圈，时不时地就看一眼邢朗，当她向邢朗投去第六眼的时候，邢朗盯着照片道："有话直说。"

沈青岚调整了一下坐姿，才道："海棠姐来了。"

邢朗把视线从血淋淋的照片上移开，看向沈青岚，语气没什么变化："在哪儿？"

沈青岚："楼下，王副队的办公室。"

邢朗皱眉："这老小子又搞什么名堂？"

沈青岚道："董力和海棠姐都是华诚医院的医生，而且董力生前追求过海棠姐，但是海棠姐不喜欢他，所以在医院里很疏远他，后来，董力用的方式越来越极端，海棠姐甚至想过换一家医院工作，再后来，董力就死了。"

邢朗在烟灰缸里掸了掸烟灰："继续。"

沈青岚依旧是一副不冷不热的口吻，道："前两天董力的案子落在了王副队手里，魏老师不是怀疑凶手的背景复杂吗，海棠姐的哥哥不就是武警嘛，董力死的那天海棠姐的哥哥海阳刚好在芜津，王副队就怀疑是海阳……"

话没说完，就见邢朗把案卷摔到桌上，按灭烟头出去了。

沈青岚早就料到了似的，抿着嘴轻轻一笑，然后收起指甲锉，跟着邢朗下楼了。

邢朗下楼直奔王前程的办公室，沈青岚紧随其后，但是没有跟进办公室，而是站在楼道里，静观其变。不多时，她听到楼下的几名女警接连叫着"魏老师"，随后就看到魏恒出现在楼梯口，身后跟着一个穿着一身黑色衣服，头上戴着黑色棒球帽，脸色阴郁的年轻人。

沈青岚在张东晨的简历上看过张东晨的脸，虽然照片上的张东晨也是一副神情忧郁、眼神阴冷的样子，但是现在看到真人，她还是无法把面前的张东晨和照片上的张东晨联系起来。

一般情况下，真人大都比照片上灵动、有生气得多，但是张东晨却不然，他比照片上更加没有生气，他那双像是蒙了一层厚重、脏污的灰尘的灰褐色眼睛使得任何人都不想和他对视，他的眼神阴冷、僵直得让人不寒而栗。

魏恒在三楼停住脚步，张东晨也停在三楼，他始终低着头，避免与任何人产生眼神接触。

魏恒向沈青岚问："在这里干什么？"

沈青岚往王前程的办公室示意了一下，道："你从哪儿把张东晨带回来的？"

魏恒看了一眼低头不语的张东晨，刻意提高了声调，笑道："只是问个话而已。"随后又问，"邢队长回来了吗？"

沈青岚皱着眉又看了一眼张东晨，道："回来了，在王副队的办公室。"

魏恒以为邢朗和王前程在谈公事，于是点了点头，不再过问，正要带着张东晨上楼时就见王前程办公室的门开了，率先出来的不是邢朗也不是王前程，而是在许家胡同见过的那位邢朗的前女友。

海棠穿着米白色的长裙和墨绿色的针织衫，略施粉黛，眉目比那天晚上更加柔美，黑缎似的长发披着，随着脚步微微甩动，明艳动人。她提着包朝沈青岚走去，皱着两条秀眉，满脸不耐烦的表情。

沈青岚朝海棠眨眨眼睛，笑着问："我们老大把你救出来了？"

海棠笑着啐她一下，没说话，看向站在沈青岚旁边的魏恒。

魏恒向海棠点了点头，道："你好。"

海棠目光专注地看了魏恒一会儿，笑道："你好。"

说话间，邢朗从王前程的办公室里出来了，站在门口笑着说了句："你先别操心案子，待会儿专案组的同事就来了，帮我接待一下。"随后，他转身朝楼梯口这边儿走过来，目光依次在魏恒和海棠的脸上扫过，什么都没说，快步上楼了。

海棠看了一眼邢朗的背影，正要踏上台阶时忽然又停下，回头问魏恒："你有多余的橡皮筋吗？"

魏恒愣了一下，下意识地摸了摸自己的手腕，然而他手腕上的皮筋此时正绑在他的头发上，他抬手从颈后扯下来递给海棠："这个可以吗？"

海棠抿嘴一笑："那你用什么？"

第十三章·线索

魏恒道:"没关系,我不用了。"

海棠道了谢,接过魏恒手里的皮筋,上楼的途中迅速扎了一个低马尾。

等到邢朗和海棠走得都看不见影了,沈青岚抱着胳膊一脸神秘地对魏恒说:"打赌吗?不出一个月,他们俩肯定会复合。"

魏恒没兴趣和沈青岚打赌,但多问了一句:"你怎么知道?"

沈青岚冲魏恒挑眉一笑,自信满满地道:"只要海棠姐没有放弃邢队,他们两个就没完。"

从这句话中,魏恒得到两个消息:一、海棠是一个主动而且强势的女人;二、邢朗应该同样没有放弃海棠,这两个人藕断丝连。

魏恒不知道该说什么了,他静静地站了片刻,然后抬手指了指楼上,道:"我上去了。"

带着张东晨到了四楼,魏恒在邢朗的办公室门口看到了沈青岚口中迟早会复合的两个人。邢朗靠在墙上,双手插在裤子口袋里,微微低着头在听海棠说话,脸上平静得几乎没有表情。

海棠仰头直视邢朗的眼睛,表情也很平静,不过相比邢朗看她的眼神,她看邢朗的眼神更加专注,还有些女人面对自己心仪的男人时掩藏不住的温柔。

魏恒站在置留室门口看了他们一会儿,正想移开视线时,邢朗忽然有所察觉般转头朝他看了过来,随即,海棠也循着邢朗的目光看向魏恒。

被他们两个人盯着,魏恒忽然感到有些尴尬,连忙扭过头避开他们的目光,打开置留室的门,道:"进去吧。"

魏恒没有关门,让张东晨坐在一张木椅上,自己坐在张东晨的对面,然后叫进来两名警察在场监督,随后倒了一杯水递给张东晨。

"你知不知道我为什么把你带到公安局?"魏恒率先问道。

张东晨捂着一次性纸杯,低声说:"不知道。"

魏恒端坐在椅子上,跷着二郎腿,道:"那先说说你以前的事。"

听到魏恒提及以前,张东晨迅速抬起头看了魏恒一眼,那眼神里有冷漠,更有怨恨,他沉默地圈紧了烫手的纸杯,声音更加阴冷:"你是说佟月的事吗?"

虽然张东晨低着头,但是魏恒依然看见了张东晨轻轻牵起的唇角,他不是在笑,而是徘徊在暴怒的边缘,却又不得不压制。

张东晨恨佟月。

魏恒微微皱起眉头,他本来以为张东晨会表现出悔意,因为他看得出来张东晨依然心存善良。从张东晨对待小虎的态度就可以看出来,他依然对世界怀有一份温柔和希望,但是他却怨恨着佟月,他凭什么?佟月已经因为那次的绑架事件而精神失常，至今都住在医院，如果要恨的话，也应该是佟月恨张东晨才对。

魏恒道："是，我想和你聊聊佟月。"

张东晨低着头，脊背挺得笔直，冷冷地道："她没死，而我蹲了两年多的监狱，你们要我接受的惩罚我已经接受过了，你还想问我什么？"

魏恒："为什么绑架佟月？如果她当时没有逃出来，你想对她做什么？"

张东晨手中的纸杯在颤抖，有几滴热水洒出来落在他手背上，而他恍如未觉似的，平静地道："我想对她做什么？你觉得我想对她做什么？"他抬起头，猩红的眼睛看着魏恒，五官扭曲，"这个女人把我的一生都毁了，你觉得我想对她做什么？"

魏恒一脸平静地看着他，过了许久才道："那佟月的人生谁来负责？她的精神出现异常，已经在医院里住了两年多，变成了一个精神病患者，她今年才十六岁，你说她毁了你的人生，那你又对她做了什么？"

张东晨斜着眼睛，表情显得愈发狰狞："她活该！他们都活该！"

魏恒知道，张东晨说的他们是佟月和佟月的哥哥，当年佟月的哥哥也是指认张东晨绑架佟月的重要证人。他没有理会张东晨陡然转变的态度，向一名刑警要了几张照片，然后把照片放在张东晨面前，道："认识她吗？"

张东晨瞥了一眼照片里扎着两根麻花辫，穿着碎花裙的小女孩，像忽然意识到了什么似的，咬着牙一个字一个字地道："不认识。"

魏恒看着张东晨的脸，上身前倾，离张东晨近了一些，压低了声音道："这个小女孩叫梁珊珊，在十月十号失踪了，失踪时间在下午六点钟以后。"他把照片扔到张东晨怀里，不再隐瞒问讯的目的，"那个时间，你在哪里？"

张东晨低头看着落在自己腿上的照片，片刻后，忽然哼了一声，抬起头看着魏恒说："我在街心花园散步。"

魏恒："谁能证明？"

张东晨："我的狗，小虎。"

魏恒定定地看了张东晨片刻，感慨般地笑道："你还真是油盐不进。"

张东晨喝了一口水，慢慢地吐出一口气："不然呢？等你们把罪名加在我身上吗？"

魏恒发现任何询问技巧对张东晨都没用，索性直接问道："是你带走了梁珊珊吗？就像当年你带走佟月那样？"

张东晨笑道："你有证据证明是我做的吗，警官？"

魏恒被张东晨反将了一军，因为警方确实没有任何证据能够证明带走梁珊珊的人就是张东晨。魏恒对张东晨无计可施了，撑着额角闭上眼睛歇了一会儿，然后朝一名负责记录的警察挥了挥手。

警察便对张东晨道:"没事了,你可以走了。"

张东晨随即从椅子上起身,把水杯放在一旁的桌子上,迫不及待地走向门口,公安局对他来说似乎是一个火坑,多待一秒钟都让他倍受煎熬。在他走到门口的时候,忽然听到魏恒轻飘飘地道:"照顾好你父亲。"

张东晨的背影一僵,站在门口没有动弹。

魏恒端起被张东晨放在桌上的水杯,倾斜杯口把剩下的早已凉透的水倒入桌上的盆栽中,道:"或许有一天,他会站上法庭。"

张东晨的背影颤抖起来,即使隔得有点远,魏恒也能听到他咬牙切齿的声音。僵立了片刻,张东晨像是被人大声呵斥了一般,逃也似的冲向楼下。

张东晨一走,魏恒就皱起眉头,他能看出这个少年有心事,却不知道张东晨的心事是否和梁珊珊的案件有关,他得找邢朗谈一谈。

魏恒起身走出置留室,往邢朗的办公室走去,即将走到办公室门口才想起邢朗有访客,访客就在队长办公室。他在去和留之间摇摆不定的时候办公室的门被打开了,海棠走了出来,然后是邢朗。

海棠对魏恒礼貌地笑笑:"再见。"

魏恒对海棠也报以微笑。

邢朗把海棠送到了楼梯口,又和她说了几句话,目送海棠下楼后转身返回办公室,问魏恒:"你刚才带回来的那个人就是张东晨?"

邢朗一开口,魏恒就知道他已经看过梁珊珊失踪案的案卷了。

魏恒点头:"做过笔录了,但是什么都没问出来。"

邢朗停在魏恒的面前颔首思索了片刻,然后走进办公室:"进来说。"

魏恒也走进去,随即反手关上门。

邢朗站在办公桌后,翻开一本案卷,双手撑着桌面,弯腰看着一页资料,皱眉道:"这个人有案底。"

魏恒知道邢朗说的是佟月的案子,道:"我们可以因为张东晨有案底而怀疑他,但不能太过怀疑他,和梁珊珊家里的长辈结仇的人还需要继续排查,而且你就这么肯定,梁珊珊的案子是张东晨做的?"

邢朗直起腰看着魏恒:"不,我的意思是他目前有最大的嫌疑,下去的时候告诉陆明宇,让他安排人手日夜监视张东晨。"

魏恒点点头,道:"还有一件事。"

邢朗:"关于大风?"

魏恒:"嗯,我可以确定那里只有一个人符合你要找的那个人的特征。"

邢朗："谁？"

魏恒缓了一口气，看着邢朗道："张东晨的父亲，张福顺。"

像是陡然之间飘来一片乌云，邢朗的脸色顿时变得阴沉起来，似乎随时可能电闪雷鸣，许久，他抱着胳膊微微一笑："这就有意思了。"

不用邢朗吩咐，魏恒也知道接下来应该做什么，无非是彻底调查张福顺，全面监控张东晨，再协助秦放鉴定十二名死者的身份。想起这一摊子事，魏恒头疼得揉了揉太阳穴，然后抬腿走向门口。

邢朗却道："还有话跟你说，回来。"

魏恒又折了回去，皱着眉头略显不耐烦地看着邢朗。

邢朗从办公桌后绕出来，站在魏恒的面前，道："聊聊董力的案子。"

魏恒指了指邢朗桌子上的一摞案卷："你先看完再说。"

邢朗："全是一堆废话，我想听你说说。"

于是魏恒耐着性子把董力的案子分析了一遍，无外乎把对陆明宇说的话又对邢朗说了一遍，着重强调了凶手的背景。说起这个，魏恒口气不再那么公事公办，看着邢朗说："女神，哦不，我听说，海棠小姐的家里有人是武警？那她这次来公安局……"他有意不把话说完，时刻留意观察着邢朗的表情。

邢朗大大方方地道："她今天被老王叫过来问话，配合侦查工作。"

魏恒仔细瞅了邢朗两眼，又问："结果呢？"

邢朗把双手揣进裤子口袋，道："和她的家人没关系，我已经核实过了。"

魏恒沉默地看着邢朗，想起周毅清说过他当年冲冠一怒为红颜，剿了一窝匪，结果被下放到保安队的事迹，故事中的女主角应当就是这位海棠了。

邢朗见魏恒的眼睛不断地闪动，似乎一瞬间有许多事过了他的脑子，笑道："怎么，你觉得我会包庇她？"

魏恒看了邢朗一眼，淡淡地道："没有，你的原则性很强，我领教过。"

邢朗自然知道魏恒说的是上次被他掐脖子的事，"啧"了一声，道："这么记仇？"

魏恒冷着脸斜他一眼："不行？"

邢朗叹口气："那你记着吧，慢慢记。现在说一说你对杀害董力的那把刀的看法。"

魏恒严肃地道："秦主任没有从死者的体内发现……"

邢朗抬手打断魏恒，问道："是你首先提出来，凶器是一把双刃直出刀？"

魏恒犹豫了片刻，点头："但是我不能断定，因为死者体内没有发现可以检测出刀具材质的微量元素。"

第十三章·线索

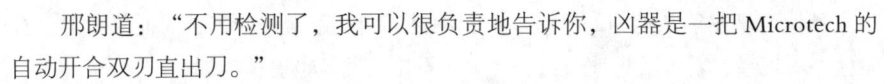

邢朗道:"不用检测了,我可以很负责地告诉你,凶器是一把 Microtech 的自动开合双刃直出刀。"

魏恒猛地抬起头盯紧着他:"你怎么知道?"

邢朗不答,把一张照片递给他:"还记得上次我跟你说过,我在抓捕徐红山的时候碰到一个杀手的事吗?"

魏恒看着照片上董力胸膛的伤痕照片:"记得。"

邢朗忽然脱掉外套,随后又开始解衬衫的扣子,脱衣服的动作把魏恒吓了一跳。

只见邢朗兀自把衬衫的纽扣解到倒数第三颗,露出大片胸膛,魏恒急忙转开脸。

邢朗扯开衬衫的左襟,把左侧胸口完全暴露出来,道:"看。"

魏恒眯着眼睛看过去,看到邢朗的胸口靠近心脏的位置有一片还未消退干净的瘀血,伤口呈较规则的圆形,很明显是挨了一记重拳。

忽然,魏恒明白了,低头看了看照片上董力胸前的伤,末了又看看邢朗的胸膛,怀疑地道:"你的意思是,你身上的伤和董力身上的伤出自一个人之手?"

邢朗点点头:"没错。"

魏恒皱眉:"有点牵强,一处伤痕而已,稍微懂得格斗术的人应该都可以做到。"

邢朗扯了扯衬衫的衣襟,笑道:"如果再加上那把刀呢?"

魏恒:"刀?"

邢朗:"上次我和那个人交手,亲眼看到他的武器是一把自动开合的双刃直出刀,而且我看得出来,他的招式里有擒敌拳的影子,这种拳法基本是每个刑警都必学的格斗术。伤痕、刀具,再加上特殊背景,你觉得天底下会有这么巧合的事吗?"

邢朗的分析很全面,这两名杀手之间确实存在诸多巧合,但魏恒还是怀疑:"但是徐红山和董力能有什么关系?为什么会有人想要杀他们两个人?"

邢朗道:"你现在提出来的问题,就是我们需要查清楚的疑点。"

邢朗的目光虽然平静,却蕴藏着使人信服的力量。魏恒逐渐被他说服,低头思考了片刻,道:"明白了,我知道应该怎么做,我现在就去找陆警官。"

魏恒走到门口正要开门时,又听邢朗叫住他:"等等。"

魏恒转过身:"还有什么事?"

邢朗从口袋里摸出一个什么东西,走到魏恒的面前递给他:"海棠让我还给你。"

魏恒低头一看,是他刚才借给海棠的一根黑色的皮筋:"哦,谢谢。"

魏恒要把皮筋从邢朗的手里拿走，不料邢朗把手掌一合，转而抵着下巴，看着他一本正经、若有所思地道："其实你不扎头发，也挺精神的。"

魏恒看了邢朗一眼，什么都没说，见邢朗一时半会儿没有把皮筋还给他的意思，也不继续讨要，转身就要走。

邢朗忽然往前走了一步，抬手按在门上，挡住魏恒的去路，笑道："老是这么着急走干什么？不给我一个机会感谢你替我管了这么多天的事？"

魏恒的眼睛一瞪："不需要，你不是给我霸王龙了吗？"

邢朗："你不是不喜欢吗？"

魏恒忙不迭地点头："喜欢。"

邢朗笑起来："瞧你这口是心非的样，你明明就不喜欢。"

魏恒听着邢朗的调侃，觉得这间办公室一刻也待不下去了，转身打开办公室的门走出去，狠狠地摔上门。

邢朗看着震了三震的门板，在心里摇头，暗道只送给他一只霸王龙真是委屈了他，魏老师配得上一个霸王龙军团。

市局和医院的DNA鉴定报告被陆陆续续地送到四楼的法医室，秦放停下手里的活翻开看了看，看到一份DNA鉴定报告和公安系统留有记录的一名失踪人员配比成功，这个人叫黄春树，山东人，三十七岁，失踪时间是二〇一三年十月份，其家人报案时留下的笔录记载黄春树在二〇一三年七月和同乡去银江务工，于二〇一三年十月十四号和家人失去联系，至今下落不明。

秦放把报案记录大致扫了一遍，又从一摞文件中找出两份鉴定报告，略一比对，对助手说："给魏老师打电话，让他上来一趟。"

很快，魏恒推门进来了，问："是有发现了吗，秦主任？"

秦放把三份文件递给他，道："目前只找出来三个人的身份信息，但是现在有一个小问题……"

魏恒一边问是什么问题，一边翻开文件，只看了一眼，就明白了秦放说的问题是什么。一共三名死者信息：沈翔、王兆强和黄春树。魏恒很快找到这三名死者之间的联系，暂时不提沈翔，王兆强和黄春树都有小偷小摸之类的犯罪记录，所以很容易在司法系统中找到他们的资料，王兆强和黄春树同为山东某渔村人，两个人在同年离乡打工，而且其家人在同月报案，称其失踪地点都在银江。

魏恒合上资料，双眼微微出神地盯着地板："看来这个案子，比我们预想的还要复杂。"

秦放耸耸肩："专案组的人到了？"

第十三章·线索

魏恒："嗯，正在开会。"

秦放："分院局抽调的精英是谁？"

魏恒："渠阳分局的副支队长，叫韩斌。"

秦放的眼睛忽然闪了闪，避着谁似的歪头看向别处，语气有些不自然："哦，是他。"

察觉到秦放的口气有些耐人寻味，魏恒多问了一句："怎么了？"

秦放似乎很不愿意说起这个人，皱着眉头想了好一会儿，才道："这个人有些背景，以前在缉毒处破获了一起大案，这两年升得很快，转眼就混了个副处。"

秦放明显有所保留，魏恒也不继续追问，拿着文件就出去了，到了三楼技术队办公室，他把三名死者的资料交给一名女警，让她联系死者家属。

女警先找到的是为死者黄春树报案的人——黄春树的母亲。

电话打过去，很快就接通了，魏恒特意支走女警，确保格子间里只有他一人，才道："您是黄春树的母亲，邓兰女士吗？"

从邓兰的声音判断，这位失去儿子的母亲至少已经六十多岁了，魏恒先询问她身边是否有人，得知她的身边还有女儿和女婿时，才向死者家属道出已经确认黄春树死亡的事实。邓兰在电话的另一端失声痛哭，话筒里传出一阵嘈杂的声响，想必黄春树的家人已经乱成了一团。

魏恒等了一会儿，等到那边哭声渐止，他试着叫了几声邓兰的名字，但是无人回应，于是他挂断电话重新拨了过去，这次接电话的女人明显年轻了一些，哽咽着称自己是邓兰的女儿，也就是黄春树的妹妹黄春桃。

魏恒先是安慰了她几句，告诉她随时可以过来认领尸体，然后才问起当年黄春树离家打工时的相关线索。黄春桃说当年和黄春树结伴去银江打工的还有两个人，一个是已经确认死者身份的王兆强，一个是王兆强的朋友薛海洋，他们三个人都是去投靠早年在银江扎下根的张福顺。

听到张福顺的名字，魏恒正在纸上持笔记录的手停顿了一下，迟了片刻才写下张福顺的名字，为了进一步确认，他询问黄春桃是否知道张福顺其他家人的姓名。

黄春桃道："张福顺的老婆早就死了，就剩下一个孩子，那个孩子好像叫……张东晨？我记不太清楚了，那个孩子应该叫这个名字。"

魏恒在张福顺的名字旁边写下张东晨的名字，又问："薛海洋也失踪了吗？"

"是的，我哥哥，还有王兆强和薛海洋都失踪了，王兆强和薛海洋的家人到银江找过他们一次，可是银江那么大，怎么可能找得到？我们只知道他们说在银江有个熟人，和我哥哥以前是同学，叫张福顺。但是我们没有张福顺的联系方式，委托警方去找这个人，警方也说找不到，我们没办法，只能一直等，谁知道等着等着，就等来……"黄春桃说不下去了，开始抽泣。

魏恒公事公办地安慰她两句，随后挂断电话，看着自己整理出来的一份名单陷入了沉思。他拿起钢笔在纸上画掉"张福顺"和"张东晨"的名字，把这张纸撕碎了扔进垃圾桶。五分钟后，魏恒拿着技术员整理出来的资料停在三楼的会议室门口，敲了两下虚掩的门，然后推门走了进去。专案组的人正在开会，一张长桌左右两端坐着的就是专案组的领导——邢朗和韩斌。

秦放口中背景颇深的韩斌在靠窗的位置坐着，这位韩队长有些文人气质，戴着一副无框眼镜，穿着一套虽然看不出品牌，但是绝不廉价的衣服。他很注重形象，指甲修整得圆润整齐，头发也精心梳理过，下巴因为时常刮胡子而微微发青，甚至连鬓角也做了修理，手腕处还有很淡的男士古龙香水的香味。魏恒在韩斌的身上看不到一丁点整日奔波在一线刑警的邋遢和狼狈样，比起刑警，韩斌更像一名外出洽谈合作的公司高管。

会议室里满是烟雾，夹在一群大老爷们之间的沈青岚和另外两名女警皱着眉头，捂着鼻子，一脸隐忍的表情。

魏恒索性把门开着，然后递给一名女警一个眼色，示意她去打开窗户。随后，他看到坐在一层薄雾中的韩斌向门口扭过头，向他点头微笑。

魏恒也对韩斌笑了笑，把打印出来的两份资料分别放在邢朗和韩斌面前，道："现在已经确认了三名死者的身份，我刚才询问过死者的家属，有一些发现。"

在邢朗和韩斌看资料的时候，魏恒拿起笔在白板上写下"黄春树""王兆强"和"薛海洋"三个名字，然后套上笔帽敲了敲白板，道："这三个人在二〇一三年七月五号从老家山东某县城出发去银江务工，同年十月份中旬和家人失去联系，三个人全部失踪。目前已经确认了黄春树和王兆强在市郊挖出的十二具尸体中，至于这个薛海洋，我想也是这些尸体中的一具。"

韩斌说："只确认了这几个人的身份吗？"他说话的语气低缓、平和，和他冷静、睿智的形象很相符。但是听他说话，魏恒始终有种喉咙里卡了一根鱼刺的感觉，让人感觉有些难以下咽，不太舒服。

韩斌看过现场的勘验记录后，扶着眼镜笑着说了句："只有十二具吗？"

邢朗的脸色当时就变了："你还嫌少？"

韩斌抬起头看着邢朗，道："也不多。"

虽然韩斌始终保持着一副彬彬有礼的态度，却能让人清楚地察觉到他的自信和傲慢。此时韩斌似乎是在变相地谴责他们工作的效率太低，但是俗话说"伸手不打笑脸人"，面对笑眯眯的韩斌，无论是谁都不好意思伸手扇人家的脸。

第十三章·线索

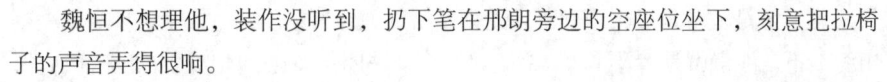

魏恒不想理他，装作没听到，扔下笔在邢朗旁边的空座位坐下，刻意把拉椅子的声音弄得很响。

邢朗把文件扔在桌子上，然后冲着韩斌笑道："我们单位的法医慢工出细活，不能催，催急了会跳槽，到时候不知道会便宜谁。"他意味深长地看了韩斌一眼，"你说是吧，韩队？"

韩斌没有接话，只是笑着。

邢朗连人带椅子往左转了十几度，看着白板上并列的三个死者的姓名，皱眉道："怎么又扯到银江去了？"

魏恒看了邢朗一眼，知道邢朗是在揣着明白装糊涂。邢朗或许能成功骗过所有人，但是瞒不过他，魏恒的心里很清楚，早在从市郊回来的时候，邢朗是第一个提出要和银江方面联系的人，也就是说邢朗知道这个案子会牵扯到银江。但是，邢朗不仅不说，还不许自己透露出去。

魏恒又想起邢朗回到公安局时说要去指挥中心开会，结果回来就拎了一份专案组成立的决议书，此时听到邢朗明知故问，佯装不知地代替所有参会人员发出疑问，魏恒才知道他这么做的意义在哪儿。赶在尸体的身份调查结果出来之前成立专案组，人员肯定会从本市抽调，那就没银江什么事了，如果拖到尸体的身份调查清楚，光是办案权，两市的警方都要争执半天，最后办案权能不能落在芜津警方手中都是个未知数，更别说尽快顺利地成立专案组。邢朗是在所有人都不提防的情况下先斩后奏。

但是，魏恒有一点不明白，虽然发现尸体的地点在芜津，三名死者生前活动的地方却在银江，甚至有可能这三名死者是在银江失联的。这桩案子属于重案，如果把这条线索提前暴露，两地警方跨省合作侦查的概率很大，此时邢朗的做法明显是不给银江方面主动参与的机会，就算银江警方后来也参与进来了，想抢占话语权也没有优势。邢朗为什么这么做？是想从这件案子里抢立头功，还是别有用心？

魏恒看着邢朗平静的侧脸，再一次感觉到眼前这个男人的城府深不见底。

韩斌是个喜欢揽权的人，听到邢朗这么一说，立刻道："既然案发地在芜津，那办案权当然也在芜津，现在牵扯到了银江，那就联系银江警方让他们配合调查就行了。"

邢朗就等着韩斌这句话，笑道："老韩说得有道理，我待会儿就联系银江方面，既然这三个人在银江待过一段时间，那多少会留下些痕迹，现在的侦查方向就是找到他们曾经的工作地点，排查社会关系，查出他们离开银江的原因。"说着，邢朗扭头看了看魏恒，"我的顾问还提出了一点，他觉得十二名死者的死法很有仪式感，像是被行刑般干净利落地处死，所以他怀疑这十二个人生前参与了一个组织，不是涉毒就是涉及军火，总之是一个非法团伙。这个团伙或许在银江活动，或许在芜津活动，从以前的案底里面查，看能不能查出一些线索。"

韩斌听得很认真，听邢朗说完，转头看向魏恒，正要开口，就见魏恒端起茶杯冲自己道："不好意思，我去倒杯水。"

明明旁边就有饮水机，魏恒却径直走出了会议室。

魏恒站在会议室外，拿出手机给邢朗发了一条短信，然后推开自己办公室的门走了进去。

很快，邢朗进来了，反手关上办公室的门，对着魏恒似笑非笑地道："知道我为什么一开始不待见你了吗？"

想也不用想，邢朗下一句话就是"因为你和韩斌那小子一样都是一副趾高气扬的精英范"。

魏恒把茶杯搁在桌子上，直入正题："我刚才隐瞒了一个名字。"

邢朗脸上的笑容一敛，看着魏恒问："谁？"

魏恒："张福顺，他们三个人在银江投靠的人是张福顺。"

邢朗一副丝毫不意外的模样："那就可以断定，张福顺和这十二具尸体有关系。"

魏恒抱着胳膊深思："刚才和黄春树的家属确认过了，黄春树和另外两名死者离乡就是想投靠在银江的张福顺，那有没有一种可能是张福顺给他们介绍工作，结果导致了他们的死亡？"

这番话说得有点冒进，但不是没有道理，既然张福顺和十二具尸体脱不了干系，那就间接说明了张福顺和这个团伙有脱不了的干系。后来三名同乡被处死，张福顺却全身而退，是否说明了张福顺在这个团队中的地位高于他们？或许，正是张福顺亲手处死了三名同乡？

邢朗点出魏恒话里的核心："你怀疑张福顺就是行刑的人？"

魏恒颔首不语。如果张福顺是行刑的人，那么尸坑里多余的那件牛仔外套很可能是张福顺留下的。张福顺的身份是什么？他为什么要冒着风险把"线索"留在尸坑，等着有朝一日被警方发现？

魏恒摇摇头，看着地面自言自语地道："不，如果张福顺是那件牛仔外套的主人，他大可不必留下一件衣服等着被警方发现。衣服随着尸体被掩埋了三年，张福顺还活着，在这三年里，他完全有机会选择其他渠道和他想联系的人取得联系，但是这三年他却几乎不和任何人来往，与世隔绝一样躲在家里。"他抬起头看着邢朗，"衣服的主人应该是一个已经失踪，下落不明，生死不详的人，而不是留在芜津的张福顺。"

邢朗真佩服魏恒的脑子，魏恒太聪明了，也正是魏恒的聪明让他产生些许危机感，道："为什么向韩斌隐瞒张福顺这条线索？"

魏恒低笑一声："不是我向他隐瞒，而是你向他隐瞒。"他正视着邢朗的眼睛，"你不仅想瞒着韩斌，你还想瞒着市局，瞒着更高层。"

邢朗目光复杂地看着魏恒，脸上漾起一丝介于无奈和赞许之间的笑容，道："但是我瞒不了你。"

魏恒："我不会告诉任何人。"

邢朗："那你知道我为什么隐瞒这条线索吗？"

魏恒看着邢朗，决定冒险猜一把："或许，和那件衣服的主人有关，ZXH，你知道这些字母的含义。"

邢朗笑而不语，像是在等着魏恒继续说下去。

魏恒懂得点到即止，即使他猜到了更深一层，也不会把牌出完，不给自己留后路。

对或不对，邢朗并没有给魏恒一个准确的答复，而是像什么都没发生过一样，看了看手表，道："我们走吧，接着开会。"

魏恒道："我不开了，去梁珊珊的家里走访。"他只是通知邢朗一声，随后就把邢朗丢在办公室里，叫上徐天良下楼了。

办公室里只剩下邢朗一个人，邢朗抱着胳膊靠在桌沿静静地想了一会儿，然后拿出手机给陆明宇打了一个电话，等待电话接通的时候，他顺手拿起摆在桌角的霸王龙木雕在手中把玩。

很快，陆明宇道："邢队，我马上到医院了。"

邢朗的拇指在霸王龙嘴里两排锋利的牙齿上来回抚摸，沉声道："看着张福顺和张东晨，不能让任何人接近他们。"他停顿了一下，"包括韩斌。"

第十四章
少女

梁珊珊的家在老城区，一座老旧的筒子楼里。徐天良把车开进去找了好一会儿，才在公共厕所旁找到一个停车位，彼时魏恒已经先一步到了梁珊珊家中，徐天良按照地址找到梁珊珊家的时候，魏恒已经和梁珊珊的姥爷吕伟昌聊了好一会儿。

魏恒向一位身着唐装的老人介绍道："这是徐天良，我的学生。"

吕伟昌六十多岁的年纪，两鬓斑白，身材精瘦，鼻梁上架着一副老花镜。他看起来很温和，面容慈祥，加上身上的白色唐装，有点仙风道骨的意思。

吕伟昌道："请坐吧，小同志。"

虽然上了年纪，但老爷子肩背和双腿依然有力，两只干枯的双手如鹰爪一般，他和徐天良握了握手，然后把徐天良让到魏恒旁边的沙发上。

对方明明没用劲，但是徐天良的手掌依旧被他抓得一酸，他缩回手笑了笑，然后坐在魏恒的身边，按下录音笔，拿出纸笔道："你们继续吧，师父。"

魏恒道："老先生，请您再把当天晚上的情况说一遍。"

吕伟昌道："十月十号下午，我到学校门口接珊珊，那天晚上我临出门时炖了汤，所以比往常迟了十五分钟左右，到学校的时候应该是六点四十左右，不到七点钟。我交代过珊珊一定要等我到了再走，珊珊也很听话，平常都在学校门口等我，但是那天不知道怎么了，她不在学校门口，我以为她在学校周围的商店里闲逛，就去她常去的精品店和小吃店找她，直到把整条街都找了一遍，我才发现事情没这么简单。"

老人叹了口气，脸上满是自责："后来，我又往珊珊的几个朋友家里打电话，那几个孩子都说自从放学后就没有见过珊珊……第二天，我就报警了。"

老人弄丢了孩子，心存愧疚，多回忆一次，对他来说就多了一次折磨，但是魏恒还是刨根问底："您在什么时候报的警？"

吕伟昌："凌晨，也就是十月十一号早上四点多。"

魏恒："那您在什么时候察觉梁珊珊或许已经失踪了？"

第十四章·少女

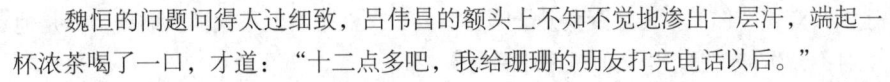

魏恒的问题问得太过细致，吕伟昌的额头上不知不觉地渗出一层汗，端起一杯浓茶喝了一口，才道："十二点多吧，我给珊珊的朋友打完电话以后。"

魏恒："打电话用了多长时间？"

吕伟昌显然没想到魏恒问得这么仔细，竟然被他问愣住了，过了好一会儿才道："不到一个小时。"

魏恒看着吕伟昌，脸上的表情很平静，平静得让人难以看出他在想什么，他接着问："那也就是说您在凌晨一点钟之前就已经确定梁珊珊失踪了？"

吕伟昌缓缓点头，捧着茶杯的双手因为痛苦而微微颤抖："没错。"

正在记录的徐天良忽然停下笔，看着吕伟昌又问："那您为什么在凌晨四点钟才报警呢？"

吕伟昌："我们后来又出去找了一会儿，确定珊珊确实不见了，才报的警。"

这么说来，倒也合理。魏恒忽然看到摆在茶几上的一部黑色老人机，摸着下巴想了想，又问："梁珊珊有手机吗？"

吕伟昌愣住了似的，捧着茶杯一动不动，直到额头上滚落了一滴汗，才道："有，是志新买给她的生日礼物，为了方便联系她，就让她带在了身上。"

魏恒落在吕伟昌脸上的目光轻飘飘的，似乎带着点漫不经心，却让人不敢和他对视："梁珊珊失踪前，您给她打过电话？"

吕伟昌点了点头："打过，大概在九点二十分左右，但是没有打通，后来再打，一直打不通了。"

魏恒："我可以看看您的手机吗？"

吕伟昌把老人机递给魏恒，魏恒翻找通话记录，结果看到一片空白，这种老人机已经被市场淘汰，每隔一段时间就会自动清理内存。

魏恒又注意到摆在茶几上的几张照片，除去梁珊珊与她的妈妈、姥爷的合影，还有一张是梁珊珊和一个年轻男人的合影，男人把五六岁的小女孩架在脖子上，小女孩冲着镜头笑得天真灿烂。

魏恒问："您刚才说的你们是指您和您的儿子，也就是梁珊珊的舅舅吕志新吗？"

吕伟昌："是，志新下班后也在帮我找珊珊。"

魏恒："吕志新和梁珊珊之间的关系怎么样？"

魏恒发现当他问出这个问题后，吕伟昌的神色变得有些僵硬，像是在斟酌着用词。

吕伟昌谨慎而小心地道："志新的工作很忙，平时都住在公司宿舍，只有周末才回来住。而且他不太喜欢孩子，所以和珊珊相处的时间不太多。"说完，他连忙补充，"你们不要怀疑我儿子啊，警官！虽然志新他不太喜欢珊珊，但是他绝对不会伤害珊珊，毕竟他是珊珊的舅舅！"

魏恒感到有些诧异，他没想到吕伟昌这么快就开始为家人自证清白，难道他已经猜到警察怀疑是熟人作案了吗？

想了想，魏恒决定试探他一下："我们走访过梁珊珊的同学和老师，他们都说梁珊珊是一个很乖巧、很听话的孩子，既然当天放学的时候没人察觉到异常，那么梁珊珊主动跟别人走的概率比较大，或许就是熟人把她带走的，我们怀疑带走梁珊珊的人是和她有过接触，并已经获取她信任的人。"

没错，一个十三岁的少女，已经过了能被一颗糖骗走的年纪，她们已经具备了一定的自我保护和识别能力，所以能让她放下戒备心的一定是熟人。

像是没想到警察这么说，吕伟昌出神地看了魏恒一阵子，问道："你们怀疑谁？"

魏恒笑："这就要问您了，梁珊珊的身边有没有这种人。这个人，梁珊珊见过，并且信任他，但也没有到很亲密的地步。"

吕伟昌低着头认真地回想，两分钟后，颓然地摇了摇头，道："没有，我想不到。"

魏恒皱眉，正要再说些什么的时候，房门忽然被人推开了，一个穿着西服的年轻男人大步走了进来，道："谁说没有这样的人？"

他是吕伟昌的儿子吕志新，魏恒一眼就认出了他。

吕志新也是一副没有休息好的样子，眼睛下泛着青乌，神色疲惫，但他的双眼很明亮、很敏锐，像一只在夜里睁开眼睛的鹰。

免去客套，魏恒站起身，直接问他："吕先生知道有这样的人？"

吕志新看着魏恒，礼貌地冲魏恒点点头，然后看了一眼自己的父亲，才道："有，而且我可以确定就是他害了珊珊！"

吕伟昌忽然沉下脸，道："志新，不要胡说八道。"

吕志新："谁胡说八道了？那个疯子跟着珊珊不是一天两天了，而且他还有前科！"吕志新的神色激动，脸色迅速涨得通红，一副既气愤又悲伤的模样。

魏恒道："请你说清楚。"

吕志新道："你们来的时候，看到马路对面有家'宏兴超市'吗？"

魏恒点点头。

吕志新浑身发抖，咬着牙道："就是那家超市老板娘的儿子！他的智力有问题，肯定是他把珊珊带走了！"

魏恒皱眉，也不安抚吕志新的情绪，只等他自己平静下来，把事情说清楚。

吕志新很快调整好自己的情绪，快步走到沙发旁坐下，歇了一口气道："那个人叫陈雨，是个脑瘫，别人都叫他'傻子'。他和他妈妈以前就住在这个小区，陈雨一直都喜欢跟在漂亮的小女孩身后转悠，小区里的孩子母亲都让自己的女儿躲着他，因为女孩子们都躲着他，他还发过几次疯，砸过几个小女孩家里的玻璃。后来我们报了几次警，警察也只能调解一下就走了。直到……"吕志新低下头，咽了一口唾沫，语气悲伤了许多，"直到住在 3 单元 506 的郭雨薇失踪。"

郭雨薇？魏恒很快在脑海中检索到这个名字，想起郭雨薇是少女失踪案的第一名失踪者，失踪时间是二〇一四年五月十三号，至今下落不明。

魏恒跷着腿道："你是说，你怀疑郭雨薇的失踪和……"他不记得那个脑瘫患者叫什么名字，于是转头看向徐天良，徐天良忙道："陈雨。"

魏恒接着说："和陈雨有关？"

吕志新冷笑道："不止我这么怀疑，这个小区里的所有人都怀疑他。"

魏恒淡淡地道："理由呢？"

吕志新："理由就是那个陈雨整天跟着郭雨薇，直到有一天郭雨薇的妈妈不允许郭雨薇接近他，陈雨就疯了，跑到郭雨薇家的楼下砸了郭雨薇家的窗玻璃，结果第二天郭雨薇就失踪了！"

魏恒淡淡地道："这只是你的主观臆测，有客观的证据吗？"

吕志新抬起头看着魏恒，眼神冷冷的："陈雨的衣服上别着郭雨薇失踪那天戴的发卡，算吗？"

魏恒的眼睛微微闪了闪，沉默下来。严格来说，不算，除非那枚发夹上沾有郭雨薇的头发和指纹，不然仅凭一枚发卡，不足以作为让陈雨被公诉的证据。

魏恒又问："陈雨现在住在哪儿？"

吕志新嗤笑一声："郭雨薇失踪的第二天，他们娘俩就从这个小区里搬走了，住在超市的库房里了。警官，他们忽然搬走的原因，难道不是因为心虚吗？"

在没有证据之前，魏恒不会轻易判断任何事，对任何人做出评判。吕志新再没有别的线索提供了，于是魏恒站起身，向吕伟昌父子告辞。

梁珊珊的家住在一楼，魏恒刚走出单元楼，就听到吕志新喊道："警官！"

魏恒停住脚步，回头。

吕志新握着拳头，双眼冷冷地看着他说："你们一定要把陈雨抓起来，不然他还会糟蹋更多的女孩！"

魏恒一愣，眉心忽然不受控地抽搐了几下，等他回过神来的时候，吕志新已经消失在楼道里了。他的思路被吕志新刚才的那句话搅得很乱，直到走出小区站在人行道上，才被喧闹的车流声和人声唤醒。

马路对面的确有一家"宏兴超市"，与其说是超市，不如说是一家面积比较大的商店。店里的生意不错，不时有人进进出出，一个干瘦的女人在柜台忙着收款，丝毫没有察觉到从马路对面投来的审视的目光。

魏恒看到店门口摆着一个塑料桶，里面插着各式各样的风车。一个身材微胖、体态笨拙的年轻男人举着风车在店门口那片小小的空地上跑来跑去，手里的风车无论是顺风还是逆风，都旋转出五颜六色的光圈。他应该就是陈雨，虽然看起来行为举止像个小孩，但是他完全具有作案的能力。

魏恒隔着一条公路，望着陈雨。

陈雨慢慢停下了，转过身面向着马路的对面，呆板、僵滞的双眼看着人群中站着不动的那个男人。

魏恒看到陈雨也在望着自己的方向，纹丝不动，而陈雨手里的风车还在疯狂地转动，过了一会儿，陈雨的眼睛好像被某种光芒填满了，他的目光从这条公路离开，好像被拉到了一个很远很远的地方，脸上露出一种又满足又幸福的笑容。魏恒认得那种笑容，那是人类生存的本能欲望和口舌的附加欲望得到满足后，才会露出的餍足而贪婪的笑容，而陈雨此时的表情，则是在享受与回味。

魏恒一时迷失在陈雨的幸福之中，过了许久才发现手机响了，他接通电话，手机那端传来邢朗的声音。

邢朗问魏恒："你在哪儿？"

魏恒动了动嘴唇，却没有发出声音。

邢朗又道："老城区玻璃厂，快过来。"

魏恒的心猛地一跳，问道："怎么了？"

邢朗的语气低沉："发现一具尸体，是一个十三岁的女孩。"

魏恒头昏脑涨地挂断电话，抬头看向马路对面。陈雨结束了回味，继续举着风车，不知疲倦地沿着固定的路线，疯狂地奔跑着。

金鑫玻璃厂早在七八年前因为严重污染居民生活环境从老城区迁出，目前的厂房位于市郊，而早年间建下的仓库则遗留在原地。友谊路23号在两个小区间的一条深巷里，玻璃厂的仓库就废弃在这里，因为其地理位置尴尬，不适合大兴土木，所以被迅速发展的城市所遗忘，这个仓库拖着越来越衰败、越来越荒凉的身躯孤独地等待被重新唤醒。

两扇刷着银灰色涂料的、斑驳的大门外拉着警戒线，门外停着几辆警车，附近还有闻讯而来看热闹的居民。

徐天良掀起黄色的警戒线，魏恒略一弯腰，钻了进去。入眼的是一片杂乱的荒草，荒草上遗落着一些附近居民丢弃的大物件和生活垃圾，破旧的衣柜、废弃的家电，还有一些无法辨明材质的碎片，通道两边是两排早已褪去色彩的彩钢

第十四章·少女

仓库。

沈青岚早在甬道边等着，见魏恒到了，就说："这边。"

魏恒跟着她走在一地荒草上，没走几步就看到一众警察站在西边仓库的第一个入口前，每个人都面色凝重地往里面张望。

邢朗低着头，用力踩着一棵几乎半人高的野草，听沈青岚说魏恒到了，便侧头朝他看了一眼，然后率先走进仓库。

魏恒会意，赶忙跟上邢朗，走在前边的警察和法医自动给他让道。

仓库里阴暗潮湿，顶棚破了，前些天的暴雨从顶棚流入室内，在地面形成一片浅浅的积水。仓库四周放着一些破旧的木箱和废弃的钢材，墙边不时跑过一两只体形硕大的老鼠。老鼠在这个无人看管的地方嚣张惯了，竟然不怕人。邢朗走进去时，一只老鼠才从女孩的肚子上爬下来，嗅着地面慢悠悠地离开。

女孩躺在冰冷的水泥地上，两根麻花辫被扯开，蓝白色的校服领口很凌乱，看来死前有过一番挣扎。此时她歪头朝向仓库出口的方向，双眼紧闭，脸色呈一种死人特有的、没有丝毫生气的青白色，身旁放着一个红底黑花的书包。

魏恒把伞放在地上，单膝点地蹲了下来，一边戴手套一边问："为什么不让勘查组和法医进来？"

邢朗打开了落在女孩脚边的书包："不急，你先看看。"

魏恒把女孩全身上下看了一遍，然后才着手检查尸体，道："这次我可能帮不上什么忙。"

邢朗看了魏恒一眼，没说话，继续在书包里翻找。

魏恒回身向一名法医招手，法医略带犹豫地看了一眼邢朗，见邢朗没有异议才走进去，蹲在魏恒的身边，暂时给魏恒当副手。

魏恒问："秦主任呢？"

法医道："秦主任还在鉴定剩下的几具尸体的身份，韩队长一直在催。"

魏恒不再多问，给法医打了一个手势，示意他测量肛温。

法医道："28.93℃。"

魏恒让他用笔记录，道："尸僵已经蔓延全身，尸斑处于预滞期，右下腹出现腐败绿斑，颜色恢复时间至少五分钟，死亡时间在十到十二个小时之间。"

魏恒把女孩的校服袖子撸高，又解开女孩的衣领，看着女孩脖子上的一道红痕道："死因应该是机械性窒息，凶器是一条类似于麻绳的绳索类器具。"他抬头环顾一周，"这里没有符合凶器测定的东西，凶手应该事先准备好了凶器，不是临时起意。"

最后一句话，他是看着邢朗说的。

邢朗的手里拿着两本练习册，挨个翻开看了看，然后把练习册放回书包里，看着魏恒沉声道："再说点别的。"

魏恒停顿了一下："你想让我做人像侧写？"

邢朗的脸色极其凝重："你上次给徐苏苏做的侧写，准确率很高。"

魏恒犹豫着："你应该知道，案件越复杂，作案手法越凶残，而且必须是连续作案的案件，才有利于做侧写。"

邢朗阴沉沉地看着他，没说话。

魏恒和邢朗对视片刻，忽然间懂了他的意思："你怀疑梁珊珊的案子和今天的这起案子，是同一个凶手干的？"

邢朗把视线从魏恒的脸上移开，看向站在门口的陆明宇，向他使了个眼色，陆明宇立刻带着人搜查周围所有的仓库。

邢朗道："失踪时间超过十天，你也应该知道，梁珊珊存活的可能性很小。"他又从书包里拿出一本练习册，"白晓竹，十三岁，师大附中初一的学生。"

十三岁的初一女学生此时躺在这间冰冷的仓库中，与老鼠为伍长达十几个小时。

邢朗合上练习册，看着魏恒又道："梁珊珊十月十号失踪，十二天后，白晓竹的尸体被发现。她们都是师大附中的学生，同年级不同班级，或许还是朋友，你觉得这两起案件只是单纯的巧合吗？"

魏恒被问住了似的，沉默不语，这两起案件当然不会只是巧合，就算不是同一人所为，至少存在着关联。但是他不能在梁珊珊的尸体被找到之前主观臆断梁珊珊和白晓竹是被同一人所杀害的，人像侧写成立的基础是"推测"而不是"猜测"。

邢朗起身走到白晓竹的正前方，注视着女孩的尸体，道："我知道你遵循着你的导师传授给你的原则，不会让自己不成熟的猜想影响警方的侦查方向，在任何情况下，人像侧写只是辅助，不能代替侦查手段。但是，现在第二名受害者已经出现，第一名失踪者或许也已经遇害，或许几天后还会出现第三具、第四具尸体。虽然现在的证据不足以证明这是一起连环杀人案，做人像侧写有一定的难度。"

邢朗抬起头，用如一簇在风中摇晃的火苗般，既昏暗又明亮的目光看着魏恒："但是我总觉得你和我们都不一样，你能看到我们看不到的东西。大胆说吧，我相信你，把你想到的全都说出来。"

魏恒不知道邢朗是不是在变相地承认他、夸奖他。他只知道，当听到邢朗这番话时，他的心里忽然淡定了许多，也不再担心自己主观的猜测会影响警方的侦查方向。他很清楚，就算有失误，邢朗也不会怪罪他，甚至，邢朗会和他一起承担后果。

魏恒面对冰冷的尸体时也毫无起伏的内心就因为邢朗这简简单单的几句话而温暖了几分。稍微定了定神，魏恒缓了一口气，看着白晓竹的尸体道："你看她的衣服，领口完整，没有撕扯的迹象，刚才我拉开她的衣服下摆看过，裤腰也没有被撕扯、被褪下来的痕迹，这一点有些奇怪。"

邢朗把法医赶走，蹲在他的旁边："继续说。"

魏恒沉思道："大部分少女失踪案中的犯罪嫌疑人都是性掠夺者，无论犯罪嫌疑人在侵犯少女后是否把她们杀死，他们的作案动机几乎都是出于性冲动。但是白晓竹的衣着很整齐，只有手腕处有一道软组织挫伤，身体其他部位并没有伤痕，说明她生前并没有遭受虐待，也没有遭受性侵。你再看她的身体，双臂紧紧贴在身侧，双腿也合拢在一起，如果凶手是一个性掠夺者或者性暴力犯罪者，他会在侵犯女孩后把女孩的尸体摆出羞耻的姿势，通过对女孩的侮辱，获得附加的快感。但是这个凶手并没有侵犯白晓竹，更没有侮辱她，反而把白晓竹的尸体摆放得很整齐，就像她只是睡着了似的。"

魏恒伸出手，抚摸着女孩脖子上的勒痕，又说："凶手没有折磨她，没有侵犯她，只是勒了她的脖子，从伤口的情况来看，发力方向在女孩身后，凶手从她的身后勒住她的脖子，果断地勒死了她。既然凶手没有侵犯她，也没有折磨她，那说明凶手没有性欲和愤怒时需要的发泄，那他杀害白晓竹的动机是什么？"

忽然，魏恒抚摸白晓竹脖子的手像是触了电般地收回，转头看着邢朗道："或许，连凶手自己都不知道他杀害白晓竹的动机是什么。"

邢朗："你是说，凶手是在无意识下杀的人？"

魏恒缓缓皱起眉头，觉得自己的猜测有些过于主观，道："意识模糊、无意识、精神错乱，这种无动机式的消遣杀人出现的概率很低，并且一般都在连环杀人案中出现。"

邢朗没有和魏恒继续深入讨论这个问题，他拍了拍魏恒的肩膀道："过来看看这个。"

魏恒跟着他走到尸体的正对面，目光随着邢朗所指的方向看向尸体的双脚。

邢朗道："看到了吗？女孩的鞋底没有泥。"

魏恒的目光一闪，突然道："这里不是第一现场，而是抛尸现场。"

邢朗点点头，转身看向仓库外的萋萋野草，道："这里地面潮湿，走在地上，鞋底或多或少肯定会沾有泥土，但是白晓竹的鞋底很干净，那就说明她是在死亡或者被打晕的状态下带到这里的，既然你刚才说白晓竹的身上只有一处致命伤，那就可以排除是凶手打晕了她。"

邢朗看着魏恒又问："死者的口腔内有挫伤吗？"

魏恒蹲下去检查白晓竹的口腔，道："没有。"

邢朗："没有被打晕，嘴巴也没有被堵住，如果她呼救，周围的居民肯定会听到动静，那就只剩下一种可能，白晓竹被带到这里的时候已经死了。"

魏恒紧皱着眉头站起来，怀疑地道："但是凶手为什么要把白晓竹藏到这里？如果是为了隐藏尸体，为什么不把尸体放在更隐蔽的地方？反而把尸体放在这么靠近入口、这么容易被人发现的地方。"

邢朗向魏恒转过身，道："说到这儿，我得告诉你一件事。"

魏恒："什么事？"

邢朗环顾仓库内部一周，道："这里正是两年前的失踪少女佟月逃出来的地方。"说完，他抬起左手搭在魏恒的肩上，"这三件案子可以并案侦查了，魏老师。"

邢朗虽然在笑，但是他脸上的那点笑意却不达眼底。他深邃的眼睛里依旧泛着如刀锋出鞘般锐利的冷芒，眼底晕开一圈不易察觉的灰白色。

风衣口袋里的手机忽然响了，魏恒晕晕乎乎地拿出手机，连来电显示都没看就接通了。

"喂？你是魏恒吗？不说话？那肯定就是你了。哈哈，你还记得我吗？上次我们在天街酒吧见过。"

魏恒只顾着走神，听到对方叫自己的名字就"嗯"了一声，除此之外一个字都没往耳朵里去。

"哎呀，我还以为你给我的号码是假的呢，没想到是真的。"对方笑了笑，"今天晚上有时间吗？我想请你吃饭。你在哪儿上班？我去接你。"

魏恒睁着眼睛，沉浸在自己的思绪里不可自拔，直到对方一再询问，他才道："嗯？什么？"

邢朗慢悠悠地把搭在魏恒肩上的左手收回来，抱着胳膊笑道："他说，晚上请你吃饭。"

魏恒的目光一闪，才发觉自己正在接电话，而且还不小心打开了免提。

此时邢朗的眼神带着调侃，魏恒只和他对视一眼，就匆匆避开，对着手机道："不好意思，你是？"

"我是佟野啊，前两天我们在天街酒吧见过。"

魏恒皱眉："佟野？"

"对对对，佟野。我还给了你我的名片，结果你一直不联系我，那我就只好联系你喽。"

随后佟野如数家珍似的起一家家有名的饭店，然而魏恒早已没心思听他介绍美食，捂着手机问邢朗："你刚才说，这里也是佟月当年逃出去的地方？"

邢朗看着魏恒点了点头。

魏恒："佟月的哥哥叫佟野？"

邢朗："你想问什么？"

魏恒不答，从风衣的口袋里摸出一张名片递给邢朗："是这个佟野吗？"

名片上印着芜津市一家有名的游戏公司的名字，后面是瘦金体镀银的名字和职位：佟野，总经理。

邢朗只扫了一眼，就把名片还给魏恒，道："是他。"

魏恒没有接那张名片，颔首沉思了片刻，也不避着邢朗："佟野是吗？我在西港区公安局，你有时间的话，现在就可以过来找我。"

佟野乐呵呵地追问魏恒是不是答应了和他出去吃饭。

魏恒察觉到邢朗一直在盯着他，于是侧过身避开邢朗的目光，微笑着道："嗯，你先过来再说。"

挂了电话，魏恒迎着邢朗的目光，神色平静地道："看什么？把他叫过来问话而已。"

邢朗正要说点什么，忽然被法医打断："邢队，你们看这个。"

邢朗折回去蹲在法医的身边："什么？"

法医拖着白晓竹的右手，掰开她的手指，在她的掌心发现一片红色的塑料纸，很薄、很光滑。

邢朗戴上手套，拿起那片塑料纸："这是什么东西？"

法医道："材质应该是很普通的聚丙烯，具体要……"

魏恒思索了片刻，道："看起来是风车的碎片。"

邢朗回头看向魏恒："什么风车？"

魏恒逆着门口照进来的光线，身体的边缘处镀着一层光雾，但是他的身体却处于阴影之中，他那双乌黑、漂亮的眼睛在阴影中也闪烁着冰冷的寒光。

魏恒道："是陈雨手中拿着的那种风车。"

韩斌敲响法医室的门，里面很快传出秦放懒洋洋的声音："进来。"

听到开门声，秦放抬头往门口看了一眼，然后接着搅拌量杯里的试剂，道："别催我了，韩队长，我这人越催越慢。"

韩斌扬了扬手中的纸袋子，笑道："不催你，来慰问你。"

秦放的办公桌上堆满各类文件和瓶瓶罐罐，一点空地方都没有，韩斌把咖啡放在唯一稍显空荡的窗台上。随后，在桌角堆放的一摞文件中翻找着什么，道："太乱了，你怎么不整理整理？"

秦放:"你找什么?"

"现场勘查记录和物证记录,邢朗说都在你这里。"韩斌把摞得有半米高的文件依次拿起来,看了一眼文件封皮,然后分类摆在一旁。他的手脚很麻利,很快就把成堆不成类的文件整理成两摞。

看着韩斌整理文件,秦放忽然皱起了眉头,"啧"了一声道:"别乱翻。"

韩斌冲他一笑:"还能更乱吗?我整理完就不乱了。"

韩斌很细心,每拿起一份文件都会先看一眼封皮,然后把封皮擦干净,分类放置。不一会儿,他十根修长的手指都裹上了一层灰。

秦放放下手中的量杯,面无表情地看着韩斌把一摞文件分别归类,他的脸越来越沉,眼神越来越冷。

忽然,秦放拿起一份文件,手腕一甩,文件飞旋着砸向韩斌,怒道:"都说了别给我乱翻!"

韩斌早在秦放拿文件的时候就预感到了会发生这一幕,他松开双手让手中的文件自由坠落,后退一步,躲开即将砸到他胸口的文件。

"小李!"秦放朝门外喊了一声,助手小李应声而入。

"帮韩队长把市郊月牙山的勘查记录和物证记录全都找出来!"

秦放说完就埋头于显微镜中,唇角绷得紧紧的,胸口起伏不定,看着看着,他忽然拍了一下桌子,抬头冲小李喊道:"我让你换镜片你换了没有!"

小李:"换了,秦主任。"

"换成什么了?老花镜?你过来看看,糊了一层马赛克!跟雾里看花一样!"助手小李站在门口瑟瑟发抖,不敢跟他对话,更不敢反驳他。

韩斌仿佛感知不到秦放如野狗般逮谁咬谁的怒气,弯腰捡起掉在地上的文件,掸了掸封面上不存在的灰尘,对小李说:"你出去吧,我自己找。"

小李迫不及待地夺门而出。

韩斌很快从文件堆中挑拣出两份记录,翻开其中一份,平静地问:"秦放,你闹够了没有?"

秦放攥着拳头砸在桌子上,冷笑道:"韩队长,别装出一副你跟我很熟的样子,你管我闹没闹够?"

韩斌专注地看着手中的现场勘验记录,平静地道:"你恨我?"

秦放摊开手,耸了耸肩:"我表现得还不够明显吗?"

韩斌从文件中抬起头,一双乌黑、冰冷的眼睛看着秦放,语气毫无起伏:"又不是我杀了他,你凭什么恨我?"

秦放沉默了片刻,然后发出一声冷笑。他转头环顾四周,看到韩斌放在窗台

上的几杯咖啡，他拿起一杯咖啡，看了韩斌一眼，然后把咖啡摔在韩斌的脚旁。

"啪"的一声，纸杯被摔开，深棕色的液体瞬间淌了一地。

秦放扯了一张纸巾擦着沾在手上的液体，问："你看到我拿起那杯咖啡了吗？"

韩斌低头看了一眼自己被溅湿的皮鞋，往旁边站了一步，依旧平静地道："看到了。"

秦放："你不知道我想砸了它？"

韩斌："知道。"

秦放点点头，然后佯装一脸疑惑，看着他问："那你为什么不阻止我？"

像是觉得好笑一般，韩斌挑着唇角，脸上浮现出一丝既无奈又冷淡的笑意，反问："你怎么知道我没有阻止？如果你需要一个假想敌，想找出一个凶手去憎恨，我认，因为我早就向你坦白过我的自私，但是我不相信你真的把他的死归罪于我，我也不相信在你的心里，我的命，比他低贱。"韩斌再次直视着秦放的眼睛，道，"我更不相信你是真的恨我。"

秦放漠然地迎着韩斌的目光，眼睛里的冰霜似有消融之势，就像从雪山顶上洒下来了一缕阳光，虽然微弱，但是却能撼动冷漠的根基。就在他几乎快被韩斌"感化"的时候，秦放深吸了一口气，眼睛里的犹豫和动容统统不见了。

他脱掉白手套扔进垃圾桶，紧接着脱掉身上的白大褂，轻快地道："我们支队的拳击馆换了一个教练，既不抗打，也不能打。连小李都能在三局之内把他揍趴下，水平实在太菜了。你来得正好啊，陪我去练练拳。"说完，他从办公桌后面绕出来，不由分说地抓住韩斌的手腕走出法医室。

韩斌知道秦放想干什么，秦放想揍他，他当然不会还手，于是他在心里叹了一口气，坦然地接受了。

不过秦放想要假公济私的心愿落了空，他拉着韩斌还没走出楼道，就听到外面传来一阵脚步声，紧接着邢朗和魏恒并肩走过来，身后紧跟着一众警察。

秦放纳闷地问："这是怎么了？"

韩斌趁机扯回自己的手腕，道："刚才接到报案，他们出现场了，或许又是一起凶杀案。"

说话间，陆明宇和法医小汪推着一具尸体向法医室走来，陆明宇把尸体推到秦放身边，对秦放道："秦主任，让这个女孩插个队，尸检报告抓紧时间出。"

秦放点点头，让小汪把女孩的尸体推进法医室，然后撇下韩斌跟着尸体走了。

韩斌整理着被秦放抓乱的袖口，叫住了准备离开的陆明宇。

陆明宇问："韩队，还有事吗？"

韩斌走到一扇百叶窗前，摘掉眼镜，又重新戴好，才道："有点事想问你。"

陆明宇走过去，问："什么事？"

韩斌倚着窗沿，微笑着问："你确定现场只有十二具尸体吗？"

陆明宇稍一思忖就知道韩斌问的是月牙山尸坑中挖出来的尸体，不假思索地道："当然了，你可以看勘查记录。"

韩斌扬起手中的一份现场勘查文件，道："这里面的确只记载了十二具尸体。"然后又举起另一份文件，"但是这份物证记录里面却记载了在现场一共发现二十六件衣物，其中有十三件外套。"

韩斌笑了笑，接着说："既然一共十二具尸体，那为什么会多出来一件外套？"

陆明宇迎着他质疑的目光，不动声色地笑道："这我就不清楚了，您可以直接问勘查组的人，不过当时您没有到现场，不清楚尸坑里的情况，尸体身上的衣服大多已经全部腐朽了，还有一些破损的衣物。物证记录上那件多余的衣物应该属于十二具尸体身上衣物的一部分，目前市局鉴定科的同事正在拼凑那些衣服，应该很快就会有结果。"

韩斌默不作声地盯着陆明宇看了一会儿，然后轻轻一笑，抬脚从陆明宇的身边走过，道："转告邢朗，我去市局看看。"

陆明宇答应了一声，目送韩斌走下楼，拿出手机拨通邢朗的电话："邢队，韩队长发现那件衣服了。"

邢朗沉默片刻，严厉地道："让物证科的小吴把嘴闭严，不然就脱衣服走人。"

陆明宇："明白，那我现在就去看着张福顺。"

邢朗挂断电话，走到窗边往下看，刚好看到韩斌的车开出公安局大门。办公室的门被敲响，随后徐天良探头进来，道："老大，陈雨和他妈妈到了。"

邢朗皱眉："这怎么还拖家带口的？"

徐天良指了指自己的脑袋："陈雨这儿有毛病。"

邢朗："人在哪儿？"

徐天良："我师父把他们领到他的办公室了。"

魏恒有个毛病，无论是审问嫌疑人，还是询问证人，都坚决不进审讯室，不是把人带到留置室就是他自己的办公室，但都遵守规定叫两名警察在旁边监督。

邢朗下楼来到魏恒的办公室门前，先听了听里面的动静，然后推开了房门。

魏恒坐在靠窗的一组实木沙发上，对面坐着的就是徐天良口中脑子不太好的陈雨，以及陈雨的妈妈。两名警察坐在魏恒左右两边，一个人拿着录音笔，一个人拿着记录板。

貌似询问进行得并不顺利，魏恒蹙着眉头，一副明明很不耐烦，又强迫自己保持耐心的样子。他看了一眼推门而入的邢朗，对陈雨的妈妈解释道："这是我

第十四章·少女

们支队的队长。"

邢朗抬手示意两名记录的警察出去，坐在魏恒的旁边，拿起一份记到一半的笔录，一行行看下来，道："你们继续。"

嫌疑人陈雨很年轻，今年二十一岁，正是读大学的年纪。陈雨的外貌和普通人比起来并无异常，他的身体发育得很健康，但是他脸上那双空洞的眼睛和痴傻的神色，以及他嘴角蜿蜒而下的口水都显示着这个年轻人在智力上的缺失和精神上的障碍。

魏恒递给邢朗一份诊断书，上面写明陈雨是一名脑瘫患者。邢朗看了一眼诊断书，随后又看了一眼陈雨。

陈雨自始至终都看着窗外，双手插在双腿中间，深深地驼着背弓着腰，身体来回上下摆动，像是一只被遗漏在角落里的不倒翁。

"你们看看我儿子，看看他的样子，这还有什么好说的，他能做什么事？"说话的是陈雨的母亲何秀霞，她只有四十多岁，却早早熬白了头发，她的身材干瘪枯瘦，脸色暗黄，布满皱纹，像一张被揉烂的破抹布，她像一只斗鸡一样的伸长了布满皱纹的脖子，庇护着翅膀下的幼崽，用尖厉的嗓音向她眼中的敌人发出警告和攻击。

魏恒无奈地看了一眼邢朗，从开始到现在，陈雨没有开口说一句话，开口的都是他的母亲。何秀霞俨然不肯好好配合警方的问询，来来回回地重复着刚才那句话，对警方的敌意和不信任全都表现在了明处。

邢朗看完了方才警察留下的笔录，发现全是些废话。他用力把记录板扔在桌子上，发出"啪"的一声脆响，让何秀霞缩回脖子，略有收敛。

邢朗严厉地道："先不讨论你的儿子是什么样子，现在回答我的问题，只要你配合，回答完问题就可以带着你的儿子离开，如果你不配合，公安机关有权力扣留你们满四十八小时，甚至可以以妨碍公务罪拘留你。"邢朗看了一眼还在发呆的陈雨，"还有你的儿子。"

何秀霞眼中有了忌惮之色，既气愤又无奈地道："怎么能？怎么能抓我们……"

邢朗沉着脸对何秀霞说："我们有执法权，女士。"

然后，他给了魏恒一个眼神，示意魏恒可以随时开始。

魏恒调整了一下坐姿，把桌子上的两个证物袋推到陈雨的面前，叫了一声陈雨的名字。陈雨听到有人唤他，循着声音看向魏恒。

魏恒放柔了声音，尽量不给陈雨造成任何压力，看着他的眼睛轻声问："看看这两样东西，你见过吗？"

两个透明的证物袋里，一个装着一只普通的红底白花的发夹，一个装着一块红色的塑料纸残片。发卡是当年郭雨薇失踪后，警方调查走访时从陈雨的卧室中搜出来的，而红色的塑料纸残片则是死者白晓竹紧握在手中的唯一物证。

现在魏恒把这两个物证拿出来，试图刺激陈雨，逼他做出一些反应。让他感到失望的是，陈雨看到发卡和碎片并没有什么过激的反应，陈雨本来就呆滞的目光落在两个证物袋上时变得更加呆滞、更加迷茫。

魏恒观察着陈雨的神色，正欲进一步引诱他开口时，忽然听见何秀霞哇哇叫道："你不要问他！他的脑子坏掉了！"

陈雨被母亲突如其来的号叫吓了一跳，眼睛里浮现些许惊恐之色，然后痛苦地捂住耳朵，低下了头，像一只把头扎在沙地中的鸵鸟。

邢朗皱了皱眉，屈起食指叩了叩桌子，音量不高却十分威严："你坐下。"

何秀霞忌惮邢朗，一边忧心忡忡地盯着魏恒，一边慢慢坐下。她看着魏恒的眼神充满了敌意，魏恒在她的眼神中看到了徐苏苏的母亲刘淑萍的影子。她们同样都是疯狂的母亲，只是她们疯狂的源头大不相同，刘淑萍是丈夫的"狂热信徒"，而何秀霞是儿子的"保护神"。

陈雨受到惊吓，一时半刻无法接受问话。魏恒索性向何秀霞提问："那你来回答，十月二十一号晚上六点到九点钟，你的儿子在哪里？"

何秀霞两只凹陷下去的眼睛瞪得很大，盯着魏恒一刻不敢放松："他在店里，和我在一起。"

魏恒："你的店里有摄像头吗？"

"有。"何秀霞像是想到了什么似的，连忙补充，"他在后面的仓库里睡觉，仓库里没有摄像头。"

魏恒感到既无奈又好笑，何秀霞虽然战斗力强悍，但是她显然不是聪明的人。不过退一步来讲，就算何秀霞露出了底牌，但只要警方找不到证据推翻她的证词，就无法证明她说谎。

魏恒拿起装有残片的证物袋，举到她的面前："知道这是我们在哪里发现的吗？"

何秀霞摇摇头。

魏恒看着她那双露出些许凶光的眼睛，道："一个女孩的尸体上，她被人活活勒死，然后被丢弃在金鑫玻璃厂的旧仓库里，死亡时间是昨天晚上六点到九点之间，如果你不能为你儿子提供有效的不在场证明，我们就可以拿着搜查令搜查你们的家，直到找到与这个碎片相同的物品。"

对于审问技巧，何秀霞一概不知，她也不懂得如何避让、如何拆招，她只是基于心底对儿子的保护欲，迫使自己的大脑做出防御。她跳起来，粗俗又野蛮地叫道:"你们不讲理!我们家里卖的就有这种风车,难道我们家有这种风车,人就是我儿子杀的吗?你们警察不可以这样办事!我儿子是病人,但是你们不能因为他是病人就欺负他!你们和那些欺负我们娘俩的人有什么两样?"

邢朗问道:"欺负你们?谁欺负你们?"

何秀霞陡然变得激动起来,她粗鲁地把陈雨捂住脑袋的双手掰开,拉开陈雨的运动服外套,撸起陈雨的袖子,露出零星分布的伤痕:"你们看看,这些伤,全都是那些人打的!"

魏恒略扫了一眼,就看出那些伤是木棍抽打出来的伤痕,皮下出血严重,表面大面积挫裂,甚至有可能造成了骨骼损伤,可见打他的人下手多么毒辣。

魏恒的心猛地一沉,问:"什么人干的?"

何秀霞抹掉脸上的泪,又帮儿子把衣服穿好,狠狠地道:"郭雨薇那家人,他们差点把我儿子打死!"

邢朗的手抵着额角,并没有因为陈雨身上这点伤就对他产生同情,语气一如平常地道:"为什么?"

何秀霞的目光一闪,闭紧嘴巴不说了。

邢朗道:"如果你不配合,我们就找郭雨薇的家人。"

何秀霞似乎意识到自己的隐瞒没有一点用,搓着双手垂下脑袋,低声道:"几天前,郭雨薇的生日到了,我儿子拿了一个风车放在他们家门口,但是被郭雨薇的爸爸发现了。然后,他们就把我儿子拖进他们家里,打了个半死。"

回忆起那天,何秀霞浑身发抖,眼泪止不住地流下来,用力揉搓粗糙的手掌,发出类似枯萎的老树被撕掉树皮的声响。

被施暴的受害者陈雨此时依旧看着窗外发呆,双手插在双腿之间,依旧像个不倒翁似的前后摇晃着。

魏恒看着面容呆滞、眼神空洞的陈雨,忽然想起了张东晨,想起张东晨家中浓重的中药味、被砸碎的阳台玻璃,和被剪掉半只耳朵的小虎。

不知道从哪儿来的默契,魏恒转头看向邢朗,发现邢朗也在看着他。虽然他们没有交流,但是魏恒看懂了邢朗眼神中的含义。

邢朗对他说:结束吧。

陈雨被母亲牵着手走出魏恒的办公室时,忽然在门口停住脚步,他回过头,原本浑浊的目光忽然变得清亮,如大梦初醒般,看着邢朗发了一会儿呆,然后咧着嘴挤出僵硬的笑容,道:"朋友。"

何秀霞一听,忙拽着儿子匆匆离去。

魏恒看着空荡荡的门口,思索着陈雨临走时留下的那句话——朋友。

陈雨把谁当作朋友？邢朗？不，没有道理，他今天是第一次见到邢朗，何以把邢朗当作朋友？

　　邢朗也显然被陈雨的一句"朋友"所困扰，但是他没有纠结很久，很快结束思考，拿出手机给沈青岚打了一通电话，让她派人监视陈雨，申请搜查令。

　　挂了电话，他看到魏恒的眼神散乱，明显是在走神，于是抬手在魏恒的眼前打了一记响指："醒醒，天亮了。"

　　思绪忽然被人打断，魏恒的目光一闪，觉得自己刚才闪现的思路一去不复返了，他瞪了邢朗一眼，然后抵着额角闭目养神。

　　邢朗起身绕到魏恒的对面坐下，摸出一根烟点燃了，看着他问："陈雨和张东晨，你怀疑谁？"

　　魏恒闭着眼睛："你怀疑他们两个人之间有一个人是凶手？"

　　邢朗往后靠向椅背，抬起右脚架在左腿上，吐出一口烟，反问："难道你不怀疑？"

　　魏恒沉默了一会儿，道："第一名失踪者郭雨薇至今下落不明，怀疑对象是陈雨；第二名被劫持者佟月，已经证实犯罪嫌疑人是张东晨；第三名失踪者梁珊珊，至今下落不明，怀疑对象是张东晨；第四名受害者白晓竹，被发现死在玻璃厂旧仓库，怀疑对象是陈雨。"

　　说完，魏恒轻轻一笑："乱不乱？"

　　邢朗道："两种作案模式。"

　　魏恒睁开眼睛，右手伸向邢朗："给根烟。"

　　邢朗把烟盒递给魏恒，等他抽出一根烟夹在指间，又掀开打火机盖子，拢着火苗给他递了过去。魏恒就着邢朗的手点着火，往后靠在椅背上，夹着烟抵在唇边，沉思道："连模式都算不上。一共四个女孩涉案，一人逃生，两个人生不见人，死不见尸，只有白晓竹陈尸在玻璃厂仓库，而那个仓库就是当年佟月逃出来的地方……你确定仓库里没有其他尸体吗？"

　　邢朗点头："确定。"

　　魏恒挑着唇角微微一笑，道："那这个案子就有意思了。"

　　邢朗把桌角的烟灰缸推到桌子中间，磕了磕烟灰道："听我说两句？"

　　魏恒看向邢朗，不语。

　　邢朗叼着剩下的半根烟，双手交叉枕在脑后，仰头看着办公室的天花板道："佟月和白晓竹的案子都涉及玻璃厂旧仓库，当年佟月逃出来之后，无论张东晨的原计划是什么，最后的结果都是佟月逃走了，张东晨的计划落空。三年后，白晓竹遇害，尸体被丢在仓库，这种形式像不像……一种弥补？"

第十四章·少女

魏恒听着，觉得不无道理，但是也有漏洞："弥补什么？当年的杀人计划？"

邢朗垂下眼睛看魏恒，笑道："这就是你的专业范围了。"

魏恒想了想，道："你做出这种假设的前提是确定了这两桩案子是同一个人做的，其中猜测的成分居多，严格来说这种猜测不应该用于犯罪心理分析……"

话没说完，魏恒听到邢朗"啧"了一声，于是话锋一转，道："除了你说的弥补，还有一种情况。"

邢朗来兴致了："什么？"

魏恒看着邢朗说："模仿。"

邢朗皱了皱眉头："模仿？你是说不止一个凶手？四个女孩子，有人活着，有人死了，还有人失踪了，谁模仿谁？这也太乱了。"

魏恒瞪了邢朗一眼："不是你让我猜的吗？"

一旦魏恒瞪他，就意味着魏恒已经十分不耐烦了，并且徘徊在发怒的边缘。邢朗闭上嘴，给他一个"接着说"的手势。

魏恒白了邢朗一眼，又道："就像我在仓库里说的，少女失踪被性侵的概率很高。我看过佟月的案件，当年佟月逃出来后做的笔录中也阐述了险些被张东晨性侵，而且遭受了虐待的事情。但是白晓竹却没有遭受虐待和性侵，从白晓竹尸体摆放的姿态分析，白晓竹的双腿并得很紧，从犯罪心理学上说，这种紧紧掩盖着女性私处的行为，是一种拒绝的行为。"

邢朗不解："拒绝？"

魏恒点头，接着说："有多重含义，拒绝被窥探，拒绝性行为，拒绝被侵犯。但是当这种心理反转到凶手身上，由凶手代替死者做出这种身体语言，就变成了拒绝窥探，拒绝性行为，拒绝侵犯。"

邢朗看着魏恒说："你的意思是，凶手是在保护白晓竹不被侵犯？"

魏恒缓慢而慎重地道："有这种可能，还记得我跟你说过，凶手的动机模糊吗？"

邢朗不以为然："保护女孩不被性侵，就不模糊了吗？"

魏恒摇头："不，不是这个意思。就算凶手是想保护白晓竹不被性侵，也仅仅是为了保护她不被性侵，至于白晓竹生或者死，他并不在乎。而且这份保护欲并不强烈，因为凶手把白晓竹的尸体扔到了那种地方任凭她和老鼠为伍，可以看出凶手并不爱护她，凶手想保护的只是……"魏恒再次停住，想了一阵子，迟疑地道，"只是一个少女的纯贞。"

邢朗忽然感到脑海中闪过一丝光亮，似乎抓住了一个思路，接着魏恒的话说："或许他是在挽回？"

挽回？这又是一个新名词，魏恒在心里默念了几遍，蓦然抬头看着邢朗："只有失去，才会想要挽回。"

邢朗斜挑着一侧唇角，露出一抹诡异的笑："凶手是女人？所以她想挽回自己失去的贞洁？"

魏恒说："如果不是为了挽回自己的贞洁，而是为了挽回别人的贞洁呢？"

似乎有针芒在背，邢朗看着魏恒，莫名地心生寒意："第一名受害者，郭雨薇？"

魏恒笑了，是志在必得的笑："或许和白晓竹的案子有关联的不是佟月，而是郭雨薇。"

还有一句话，魏恒没有说出口。如果白晓竹的死亡真的和郭雨薇的失踪案有关，那么凶手很有可能是陈雨，陈雨在杀死白晓竹后把尸体摆出拒绝性行为的挽回行为，可以理解为赎罪。

过了许久，邢朗才把烟头扔进烟灰缸里，笑得有些无奈："分析得很精彩，现在只缺证据了。"

魏恒："你不是申请搜查令了吗？"

邢朗："你觉得能搜出什么东西？除非找到郭雨薇的尸体。"

提起郭雨薇的尸体，魏恒道："还是再在仓库里找一找吧，凶手把白晓竹扔在那里，颇有一种仪式感，仔细搜一搜，或许会找出点线索。"

邢朗连连点头："还有什么吩咐，领导？"

魏恒十分没趣地抿了抿嘴，然后白了邢朗一眼。

邢朗笑了笑，拿出一盒糖扔到魏恒怀里："吃药吧，看你的脸白的。"

魏恒打开糖盒，刚捏了一块糖放进嘴里，手机就响了。

佟野打来的，说是已经到了公安局的门口。

魏恒透过窗户往下一看，在公安局的门口看到一辆停在路边的黑色奔驰GLE，道："稍等一下，我让人下去接你。"

挂了佟野的电话，魏恒打给徐天良，让小徒弟下去接人。

邢朗也在往公安局的门口看，赞道："这车真霸道。"

魏恒没搭理邢朗，吃饭一样又捏了几颗糖放进嘴里。

邢朗看着魏恒冷冷的样子，说："待会儿还需要我在场吗？"

魏恒掀起眼皮斜他一眼，放下糖盒淡淡地道："随便。"

邢朗的眼睛一眯，觉得魏恒刚才斜过来的眼神像一把软刀子似的，专拣着人心窝子扎。

邢朗笑道："那我就留下了，你轰我的时候我再出去。"

话音刚落，徐天良敲了敲门，道："师父，佟先生来了。"

第十四章·少女

魏恒道："进来。"

佟野推开门，冲魏恒挑了挑眉，笑道："你们警察局真难进，我等市井小民如果没有……哟，邢队长。"

佟野迟了好一会儿才发现邢朗在魏恒的对面坐着，连忙走过去跟邢朗握手。

邢朗和佟野握了握手，然后指向魏恒身边的空座，道："请坐。"

佟野晕晕乎乎地坐下，直到徐天良倒了一杯茶放在他面前，才发现让他到公安局来的目的没有那么简单。

魏恒看出了佟野的疑惑，解释道："约你来，是为了你妹妹佟月。"

提及佟月，佟野终于明白了魏恒叫他来此的用意——配合查案。出乎魏恒的预料，佟野还算好脾气，没有质问，也没有敷衍，很快就适应了自己出现在这间办公室的新身份——一个证人。

佟野看着魏恒问："怎么着，那案子还没完？"

魏恒和邢朗对视一眼，邢朗笑眯眯地看着他，显然是不打算插嘴。

于是魏恒说："没有，想找你再核实一下当年的情况。"

佟野抬起胳膊往后架在椅背上，皱了皱眉，稍显不耐烦地道："我都不愿意再提了，就因为那个人，我妹妹现在都在医院住着。"

魏恒没说话，端起纸杯递给佟野。佟野从魏恒手里把纸杯接过去，眉宇间的戾气顷刻散了干净。

魏恒微笑着道："简单说说吧。"

佟野喝了两口热茶，清了清嗓子，道："二〇一四年七月十八号，当时学校正在放暑假，我妹妹每年暑假都在兴趣班学油画。十八号那天我从公司出来已经是晚上八点多了，当时我们公司小，需要我这个老板亲自去老城区的几个网吧和网吧老板谈生意。我到老城区的时候是九点多，一家家网吧跑过去，就到了友谊路20号的极速网咖。当时停车位不好找，我把车停在了网吧后门，和老板聊了一会儿，出来的时候已经快到十点了，谈完事我就去后门取车。"

回忆到这里，佟野握紧了杯子，神色即悲伤又柔和，叹了口气道："结果就看到一个被蒙着眼睛，绑住双手的女孩在巷子里朝我的方向跑过来，起初我还没认出她是谁，直到我看清楚她身上的衣服，是我带我妹妹到服装店挑的新裙子，我才知道她是小月。当时我正准备开车离开，没有发动车子，也没有开车灯，我下车朝她跑过去，却看到一个男人在她身后追她，那个男人看到我以后，掉头就跑了。"

佟野把杯子放在桌子上，道："剩下的事你们都知道了，我带小月到公安局报案，找到小月被囚禁的地方，然后为警察做证，证明当时追在小月身后的男人就是张东晨。"

魏恒问："你确定吗？"

佟野看着他，露出冷笑："我当然确定，我不会忘记他的脸，就在他绑架小月的前一天，他还往我们家送过快递。"

魏恒："快递？"

佟野点头："当时我和小月都在家，我教小月玩我们公司发行的一款游戏，中午的时候，送快递的来了，我下去签收快递，那个送快递的突然说闹肚子，想借用我们家的卫生间，我就告诉他在楼上。"

说到这儿，佟野狠狠地捋了一把头发，懊恼地道："是我太大意了，那个人上楼去卫生间，我就在楼下拆快递。然后我听到小月在房间里尖叫了一声，我连忙上楼，就看到那个张冬晨站在我的房间门口，小月吓得躲在了床上。虽然送快递的什么都没干，但是我从他看小月的眼神里就可以看出来，他对小月有非分之想！后来我把他赶走，打电话到快递公司投诉他，谁知道那个时候小月就已经被他盯上，第二天就被他劫持了！"

听佟野说完这些话，魏恒扭头看向邢朗。

邢朗看着魏恒点了点头，表示已经核实过张东晨高中毕业后的确在快递公司工作，佟月出事的前一天，张东晨确实往佟野家里送过快递，并且在事后遭到过投诉，投诉的原因和佟野所说的相差无几。

魏恒又看着佟野问："我想去看看佟月，可以吗？"

佟野皱着眉头，为难地道："不是我不配合你们，而是小月的精神已经受到了刺激，我怕你们……"

魏恒道："我不会逼问她任何问题，只和她的主治医师谈一谈。"

佟野犹豫了片刻，点头道："好吧，什么时候？"

魏恒站起身，整理了一下风衣的衣襟："就现在吧。"

佟野抬起头看着他，露出狡黠的笑容，道："我算不算帮了你的忙？"

魏恒笑道："当然算。"

佟野："那你得跟我去吃晚饭。"

魏恒爽快地应允："没问题。"

佟野喜不自禁地站起身，嘴里说着："我先去开车，然后在门口等你。"话音没落，人已经不见了。

魏恒拿起竖在桌角的雨伞，不紧不慢地走向门口，即将出门时回头看了一眼邢朗，道："我走了，有事打电话。"

办公室的门被关上，只剩下邢朗一个人。

第十五章
暗杀

芜津市医科大学第一附属医院的地下停车场,一辆黑色的吉普车灵活地避开驶向出口的一辆轿车,钻入轿车腾出来的停车位。

邢朗熄火,下车,快步走出停车场,往医院大楼走去。

无论什么时候,医院和菜市场都是最有人间烟火气息的地方,分诊台前挤满了拿着病历的患者家属,几个疏于看管的孩子在一楼大厅里来回跑动,把繁忙的人群当作了自己的乐园,像在林间捉迷藏似的躲藏在每一个陌生人的身后。一个瘦小的男孩子为了躲避即将找到自己的小伙伴,从垃圾桶后面站起身,在人群中穿梭,不小心和一个陌生男人正面相撞。

男人很高,男孩趴在他的膝头,不得已地高高仰起头,看到一张戴着墨镜的陌生的脸。

邢朗低头看着男孩,从他苍白的脸色、眼睑下的乌青和他过于消瘦的身体足以看出这个五六岁的孩子正被病痛所折磨。他抓住小男孩如细秆似的手臂,往周围看了一圈,叫住一个路过的医生。

医生很快认出了他身边的孩子,道:"张磊磊,你怎么又乱跑啊?快跟我回去。"

医生把穿着病号服的孩子领走时,邢朗特意看了一眼医生胸前的名牌:血液科,许森。

绕开人群最密集的分诊台,邢朗在走廊看到了陆明宇,陆明宇正在朝他招手。等他走过去,陆明宇把一份病历递给他:"我刚才问过医生了,张福顺的确在一年前确诊为急性淋巴细胞白血病,去年十月份在医院里住过一段时间,不到一个月就出院了,昨天病情忽然恶化,张东晨叫救护车把张福顺送进了医院。"

邢朗接过病历粗粗扫了一眼:"进医院之前,张东晨在哪儿?"

陆明宇知道他在问白晓竹被害时张东晨的去向,道:"这一点我也核实了,从昨天晚上七点钟到现在,张东晨一直在医院。"

七点钟,在白晓竹被害的时间段内。

邢朗问:"张福顺醒了吗?"

陆明宇:"醒了,在七楼703病房。"

邢朗没有在一楼等异常繁忙的电梯,而是一路小跑着直奔七楼,等他从七楼的楼梯口拐出来,路过电梯口时看了一眼墙上的指示灯,电梯还在从十一楼往下行。他按照病房号很快找到了703病房,邢朗站在703病房前,没有急着进去,而是看着不远处的楼道尽头,站在一扇窗户前的两个人,一个是穿着白大褂的医生,医生对面的是张福顺的儿子张东晨。

张东晨依旧穿着那身黑衣服,戴着一顶遮到眉毛的鸭舌帽。虽然距离远,张东晨还侧面对着他,但邢朗还是能看出张东晨比起前两天在公安局的时候更加没有精神。

张东晨睁着两只无神的眼睛看着地板,既像是在专注地听医生说话,又像在走神。如果仔细地盯着他的双腿,可以看出他消瘦的身形略有摇晃。

很快,医生结束了和张东晨的谈话,为了表示同情和悲悯,医生临走时拍了拍张东晨的肩膀。医生下楼后,张东晨结束僵立已久的站姿,像一位年近古稀的老人似的撑着膝盖慢慢贴着墙蹲下,好像肩上压了两座大山,若不蹲下缓一口气,他就将被沉重的大山压死。

邢朗也没有过多地关注他,很快将注意力从张东晨的身上收回来,推开了病房的门,病房里充斥着医用酒精味和病床下窜出来的尿骚味。张福顺躺在床上,头发稀疏,脸色枯黄,瘦得只剩下一副骨头架子,病床旁竖着一个点滴架,针头插在他血管鼓胀的手背里。

张福顺没有睡着,当房门被打开的时候,就睁开了眼睛,随后他看到一个戴着墨镜的男人朝他走来。

邢朗低头看了张福顺片刻,然后拉了一张椅子坐在他的床边,摘掉墨镜,露出一双平静并且没有温度的眼睛,冷不丁地道:"问你一个问题,你那三个老乡是怎么死的?"

邢朗那张脸亦正亦邪,在他没有自报家门的时候,无论如何也无法使人相信他是一名警察。张福顺也这么认为。

听闻邢朗提起已经死去的三个老乡,张福顺那双之前好像怎么睁也睁不开的眼睛猛然间睁大了,然后抬起右手想要按响呼叫铃。

邢朗把张福顺的手打了下去,掏出证件放在他的眼前:"看清楚,我是警察。如果你不回答我的问题,就跟我回公安局,咱们换个方式聊。"

张福顺瞪着眼睛,把警官证上的每一个字都看了一遍,像是在辨别真伪。当他看到警察编号下的姓名时,干涩的双眼忽然泛起几分湿意,扭头看着邢朗,哑声道:"邢……邢朗?"

邢朗笑："对，是我。"

收起证件，邢朗看着张福顺的眼睛又重复方才的问题："告诉我，王兆强、黄春树和薛海洋这三个人是怎么死的？"

邢朗每说出一个名字，张福顺的脸就白一分，三名死者的名字说出来，张福顺的脸色已经不像个活人："我……我不知道。"

邢朗目光阴沉地看着他，嘴角扯出一丝冷漠的笑意："二〇一三年七月五号，黄春树带着同村的王兆强和薛海洋到银江找你，十月中旬，这三个人和家里失去联系。直到前几天，他们的尸体从市郊的月牙山挖出来。"

张福顺闭上眼睛，胸膛起伏得越来越快，气息越来越粗重。

邢朗弯腰凑近他，捏住他的下巴迫使他转头面朝自己，乌黑的眼睛里带着寒光，道："你知道他们被挖出来的时候是什么样子吗？他们浑身都被虫子啃光了，那些虫子把他们啃得千疮百孔，面目全非，连骨头都露出来了。只要是他们身上有洞的地方，全都生满了虫卵。眼窝、嘴巴、鼻子，骨头快被咬烂了。其实死亡三年被土葬，尸体变不成白骨，但是你的老乡却几乎被啃光了，知道为什么吗？因为他们的尸体里钻了一条蛇，蛇把他们的五脏六腑掏了个稀烂，连脑浆都没有放过，就从这儿开始……"

邢朗伸出食指，轻轻按在张福顺的胸口上，笑得有些狰狞："一直钻到脑子里。"

张福顺忽然转头趴在床边冲着地面狂呕，隔夜饭混着胃液的异味顿时盖过了病房里难闻的尿骚味。

等他吐了一会儿，邢朗猛地抓住他的领子把他按在床上，冷笑道："你觉得他们是可怜，还是恶心？"

张福顺怔怔地看着邢朗，脸上淌着眼泪和鼻涕，嘴角还沾满了污秽物，颤抖着嘴唇道："不是我杀了他们，不是我！"

邢朗逼到他面前："不是你？就你自己一个人活着，他们全都死了，你敢说不是你？"

张福顺捂住脸大哭："我没有办法，真的没有办法啊！"

邢朗把他的领子揪得更紧："没有办法？所以你就杀了他们！"

张福顺："不是我！"

邢朗："我告诉你他们是怎么死的，他们被捆住双手，跪在地上，而你拿着枪把他们一个个打死，开枪的人是你，对不对？"

张福顺疯狂地大喊："不是我！不是我开的枪，我只是把他们捆起来！"

邢朗的眼睛一眯，心道果然还有一个人。

"开枪的人是谁？说出他的名字！"趁热打铁，邢朗再次逼问。

张福顺浑身颤抖着，气息愈发粗重，似乎随时会晕过去："我……我不知道，真的不知道……"

邢朗正要按响呼叫铃，就听到病房门被推开，跑进来一个年轻人："你干什么？"

张东晨在邢朗的肩上用力推了一把，少年的力量竟大得把邢朗往后推了一个趔趄。

邢朗往后退了两步，看着张东晨神色慌张地为张福顺顺胸口，拿着纸巾擦掉父亲脸上的污秽物。

张东晨的眼角迅速被逼出一点湿润的痕迹，朝邢朗吼道："你们是警察就可以为所欲为吗？"

邢朗对张东晨的质问置若罔闻，走到饮水机前抽出一个纸杯接了一杯水。

张东晨把父亲的脸擦干净，盖好被子，用那双满是冷漠和怨恨的眼睛看着邢朗，说："警官，我想知道，你刚才为什么那样对我爸爸？"

邢朗面无表情地看着张东晨，习以为常地接受张东晨对他的斥责。面对这样一双年轻，却早已被仇恨，准确来说是被仇视执法机关、仇视警察的恨意蒙蔽的眼睛，邢朗忽然觉得有些疲惫。为什么？因为职业的原因，更是因为从尸坑里挖出来的十二具尸体。眼前这个少年虽然恨他，但是却太单纯，单纯地以为一个警察可以凭借自己的喜恶对一个无辜的人动粗。

邢朗没有选择告诉张东晨真相，喝了几口水，就云淡风轻地转移了话题："昨天晚上你一直在医院？"

面对警察的提问，张东晨一直不敢掉以轻心，也不敢不答，只能道："是。"

邢朗往前走了两步，看着他说："昨天晚上出事了，知道吗？"

张东晨没说话。

邢朗看着张东晨的脸，道："一个刚上初一的女孩被人勒死，尸体被扔在老城区玻璃厂的旧仓库里。"

张东晨依旧没说话，邢朗补充道："就是当年佟月逃出来的地方。"

张东晨终于有了一点反应，一个冷笑，他看着邢朗，干脆利落地说："是我干的。"

邢朗沉默着，目光愈加深沉。张东晨往前走了两步，调整点滴架的高度，口气轻松得好像在夸赞今天的天气不错："是我杀了那个女孩，把她的尸体扔在旧仓库里，我承认。只要你们能找到证据，我就跟你们走。"说完，他扭头看向邢朗："您可以去找证据了，警官。"少年的笑容，是对他的讽刺和挑衅。

邢朗喝光杯子里的水，把杯子揉烂扔进垃圾桶，再次朝病床走去。他刚一靠

第十五章·暗杀

近张福顺，张东晨就像小狼似的跳了起来，盯紧了他。

邢朗苦笑："最后一个问题，问完我就走。"说完从外套的内衬口袋里拿出一张照片，放在张福顺的面前，"睁开眼睛。"

张福顺颤抖着眼皮，睁开双眼。

邢朗把照片放在只有张福顺可以看到的角度，低声问："开枪的人，是他吗？"

张福顺的眼球上蒙着一层油物，导致他视线模糊，看东西很费力，他看着照片上的人脸，起初并无反应，直到他的目光逐渐变得清晰，才终于看清了照片里的人。

张福顺没有说话，眼皮愈发颤抖起来，看不出对照片里的人到底是恐惧，还是悼念。

邢朗又问了一遍："开枪的人，是不是他？"

良久，张福顺嘶哑的声音响起来："是。"

邢朗追问道："这个人现在在哪儿？"

张福顺闭上双眼，从胸腔里发出一口气："走了，都走了……"

邢朗直起腰，看了张福顺片刻，一言不发地装起照片，离开了病房。邢朗离开的时候，张东晨丝毫没有注意到邢朗带走了他放在桌子上的住院通知单。

邢朗走在楼道里，把住院通知单浏览了一遍，然后在兜里摸银行卡。

一个穿白大褂的医生端着一个托盘从他的身边走过，邢朗眼疾手快地拽住他的胳膊："医生，住院处怎么……"

话没说完，邢朗忽然停住了，因为他察觉到医生被他拽住的时候，胳膊上的肌肉忽然绷紧了。虽然这个医生戴着口罩，但是从他平静而且带着丝丝寒意的眼神中，邢朗几乎可以断定他藏在口罩后面的脸也是紧绷着的。

"怎么了？"医生问。

邢朗收回手，笑道："没事了，谢谢。"

医生点点头，端着东西走了。

邢朗站在原地待了几秒钟，继续往前走，没走几步，他再次停住脚步，眉头渐渐皱了起来。刚才只一瞥，他看到医生胸前的名牌上是血液科许森，这个名字有些熟悉，好像在哪里看到过……

忽然，邢朗回过身，恰好看到医生进入703病房。他想起来了，刚才在大厅里，他叫住的医生就是许森，这个许森刚才还是个矮胖的人，是打了激素吗？半个小时的时间竟然长高这么多？

邢朗拔腿往回跑，一进门就看到"许森"正在给张福顺换输液瓶，张东晨站在他的旁边，仰头看着。

邢朗抓住张东晨的肩膀往后一拽，抬腿踹向医生正在挂瓶子的手腕。"啪"的一声，瓶子掉在地上，摔得四分五裂。

医生的手腕挨了一脚，看见了去而复返的邢朗，预感到事情败露，当即撞开张东晨的肩膀跑出病房。

"你留在这儿别动！"叮嘱张东晨一句，邢朗立即从病房里追了出去。

邢朗追上了那名医生，伸手阻止医生逃跑。医生挣脱了邢朗的桎梏，两个人面对面僵持着，似乎在用眼神估计对方的深浅。邢朗结束了对峙，沉胯弓腰，率先把右拳送了出去，想要揭掉医生脸上的口罩。

医生也迅速摆出防守的姿态，弯腰躲开邢朗挥过来的一道直拳，顺势把右手绕到他的颈后，把他的脖子往下一压，抬起右腿向上顶向他的胸骨。

泰拳的打法让邢朗有些始料不及，邢朗连忙向前逼近一步，右腿插入他的胯下，右脚绕到他稳固下盘的左脚后方，钩住他的脚后跟用力往前一拉，解开了这一招难缠的锁技。

医生摔倒在地上，站起身时，手里已经多了一把黑色的弯刀。

邢朗暗暗咬牙，习惯性地在腰带上摸了一圈，没有带武器。

医生的手里有刀，简直是如鱼得水，招式迅猛有力，灵敏得像一条蛇，让人眼花缭乱，应接不暇。很快就让赤手空拳的邢朗落了下风，邢朗好几次缠住他的腕子想夺下医生手中的弯刀，但那把弯刀仿佛长了眼睛般从他的手背绕了一圈，调转方向后又回到医生手中，邢朗数次险些被刀尖挑断手筋。

当对方的弯刀挥向邢朗脖子的时候，邢朗迅速后撤一步，沉腰下胯，抓住他挥刀的左手，拧住他的手腕向左拧身下潜，屈起右臂手肘猛然砸向他的后脑勺。

如果医生的实战技巧不那么丰富，应变能力不那么迅速，邢朗的一击足以让他失去行动能力。但是医生是个硬茬，他弯下腰用左肩撞击邢朗的右肩，同时手里的刀在邢朗的右臂割出一道深长的血口。

医生没有恋战，立刻跑向楼梯口。邢朗在医生的身后紧追，转眼到了一楼大堂，喊了一声："大陆！"

陆明宇恰好出现在大门口，一眼就看清了眼前的局势，和邢朗两个人一前一后把医生堵在大堂里。

医生手中染着鲜血的弯刀使得分诊台前排队的人群尖叫着一哄而散，人群以最快的速度给站成一条直线的三个男人让出一片空白的区域。

医生握着刀，站在原地，看着堵在他前后的两个警察。

邢朗抬手冲陆明宇做了一个战术手势——贴过去，掐死。

就在他们两个人同时向医生逼近时，医生忽然掀开白大褂，从后腰处拔出来一把枪，抬起胳膊朝天花板放了一枪。

"砰"的一声枪响，大厅里接连响起尖叫声，本来挤在一起看热闹的人群像是被洪水冲了似的，四散奔逃。

邢朗的脸都绿了，用眼神询问陆明宇是否带了枪，陆明宇绝望地朝他摇了摇头。即使隔着口罩，邢朗也看得到那个人的脸上露出的得意的微笑，随后，医生抬起手臂，黑洞洞的枪口指向了邢朗的胸膛。

邢朗的脑子里嗡嗡作响，冷汗立刻湿透了后背的衣服，他有瞬间的恍惚。

从警这么多年，被威胁过多次，但他还是最痛恨被人用枪指着。因为他知道，但凡拥有枪支的人都不乏开枪的勇气，只要对方心念一转，就能要了他的命。邢朗看着指向自己胸膛的枪口，几乎能看到从枪口处迸射出来的火花和子弹……

医生的食指扣下了扳机，却在开枪的一瞬间，将子弹偏离了轨道，向左移动了十几度。邢朗立刻看向他瞄准的方向，结果看到张东晨站在他的斜后方，怔怔地看着他们。

一点思考的时间都没有，邢朗转身朝张东晨扑过去，在枪响的同时，抱住张东晨把他扑到地上，子弹贴着邢朗的肩膀射入分诊台的后墙上。

"砰"！又是一声枪响，开枪的人从侧门跑出大堂。

陆明宇："邢队！"

邢朗咬了咬牙："追！"

张东晨在邢朗的身下喊道："喂，你没事吧？"

邢朗翻身坐起来，没理会张东晨的追问，胡乱地在裤子上抹掉淌到掌心的鲜血，掏出手机拨出去一个电话。

魏恒很快接了："嗯？"

"你那边怎么样？"邢朗用肩膀夹着手机，脱掉被划烂的外套，这动作牵动伤口蔓延出的刺痛感让他忍不住皱了皱眉。

魏恒纳闷地问："什么怎么样？我和佟野在华诚医院。"

邢朗缓了一口气，沉声道："没事。"末了又补充了一句，"小心一点。"

电话被挂断了，魏恒有些疑惑地看着结束通话的手机屏幕，后知后觉地开始思考邢朗给他打这个电话的用意。往常，邢朗给他打电话，总是说完正事后说几句无关紧要的话，今天倒是格外干净利落，而且邢朗的语气比以往更严肃，声音也哑得厉害，确实有些不同寻常。

"魏老师？"海棠见魏恒在走神，就唤了他一声。

"哦，病历找出来了吗？"魏恒把手机放在桌子上，问道。

魏恒的手机屏幕没有关闭，所以海棠看到了他刚才的通话页面，很清楚地显示通话三十四秒，通话对象是邢朗。

海棠只看了一眼就收回目光，然后把一个厚厚的病历本递给他："这是佟月住院以来的所有记录。"

魏恒接过来，翻开第一页，看到上面写着住院时间是八月二十七号。

"八月二十七号？"魏恒问。

海棠拿着一支圆珠笔，把圆珠笔尾部的开关抵在桌子上来回按着，单手托着下颌道："嗯，八月二十七号。"

"她不是七月份就……"魏恒的话没说完，但是已经把自己的疑惑传递给了海棠。

海棠道："不奇怪，虽然她在七月份经历了那样的事，但是精神出现问题引起家人的重视是在一个月后，如果她的家人能够重视她的心理状态，在事发后让她及时接受心理疏导，或许就不会得PTSD（创伤后应激障碍）了。"

魏恒问："目前你们用什么方法给她治疗？"

海棠略有犹豫地看着魏恒，貌似在斟酌用词，担心他听不懂："很温和的方式。佟月的年纪小，而且遭受了毁灭性和灾难性的打击。PTSD的治疗过程本来就是一个循序渐进的过程，很缓慢，而且方式也很重要。我们主要通过药物和心理疏导给她治疗。"

魏恒看出了海棠的顾虑，微笑着道："你们没有尝试过使用心理剧疗法吗？"

海棠的眼睛一亮："你懂病理心理学？"

魏恒道："一点点。"

能够说出这个名词已经相当不简单，海棠开始重视眼前这个人，说："这种方法我们没有用过，因为没有临床试验，我们也没有经验。"

海棠停顿了一下，又道："不过佟月的情况并不适合采用心理剧疗法。一来，她的年纪很小，对情感的控制能力较差，在这过程中稍有误差可能会给她造成更大的创伤和阴影；二来，她遭受的经历对于一个女孩来说过于羞耻，所以我们不建议通过情景再现的方式帮她克服心理障碍，这样做或许还会导致她产生更深的羞耻感，从而降低自我认同，做出轻生的举动。"

魏恒皱眉，心想，佟月并没有被侵犯，也只是受了轻伤，就算当时年纪小，心理防御机制很容易被摧毁，也不能算是"毁灭"性的打击，和海棠口中过于羞耻的经历也有些出入。

虽然魏恒没有宣之于口，但是海棠却能猜到他的想法。

海棠抿着嘴轻轻笑了一下："你不知道吗？"

魏恒："什么？"

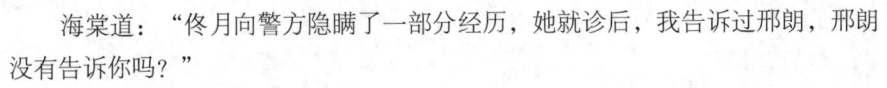

海棠道:"佟月向警方隐瞒了一部分经历,她就诊后,我告诉过邢朗,邢朗没有告诉你吗?"

魏恒如实地道:"没有。"

海棠犹豫了片刻,又开始按圆珠笔上的开关,低声道:"佟月当年被绑架她的人逼着吃了很多葡萄。"

魏恒更加疑惑:"葡萄?"

海棠抬头看着魏恒,又道:"那个叫张东晨的年轻人,还往她的私处塞了很多葡萄。"

魏恒一愣,忽然之间就懂了海棠口中"过于羞耻的经历"是什么意思。同情心油然而生,他开始同情这位素未谋面的少女。

办公室里静悄悄的,一时没有人说话,只有风翻动书页的声音。

海棠拿起办公桌上的一个小小的喷壶,在办公桌上每一盆绿植上喷洒些许水雾,让这些绿色的小生命在干燥、萧条的秋天也能保持鲜活的生命力。魏恒看到摆在电脑桌左边的一盆淡紫色的花朵,有六瓣花瓣:"番红花?"

海棠很诧异地看着魏恒:"你也懂花卉?"

魏恒微笑着道:"一点点。"

海棠感慨似的摇了摇头:"你认得这种花,还能叫出名字,可不是一点点。"说着笑了笑,"很漂亮,对吗?"

魏恒点头:"很漂亮。你能把它养活,也很了不起。"说着拿起海棠找出来的病历,"我可以拿回去看吗?"

海棠想了想,笑道:"好吧,谁让你什么都懂一点点呢。"

魏恒笑了笑,站起身道:"我们去看看佟月。"

佟月在一名护士的陪同下,坐在医院花园里的长廊下画画,她穿着病号服,雪白的皮肤在阳光下闪闪发光,像一个收敛羽翅的天使。但是天使的脸上缺少笑容,她漂亮的脸上没有一丝少女应有的灵动,只有一层浓雾笼罩下的阴霾。

佟月拿着画笔在作画,却画得并不专心,不时就会抬起头往四周张望,像一只被遗落在森林里的小鹿。她的防备心很重,重到连佟野都不能接近她。佟野坐在远处的一张木椅上,面带忧愁地望着被折断羽翼的妹妹。

魏恒和海棠站在一棵榆树下,看着佟月沉默了一阵子。

海棠轻声道:"她现在没有方向感,上下左右、东南西北都分不清。"

魏恒道:"是当年被蒙住眼睛在巷子里奔跑的原因吗?"

在黑暗中摸索着奔跑,的确有可能使人的方向感缺失。

海棠点头:"只能是这个原因了。"她转向魏恒问,"我听说,当年的凶手出狱了？"

魏恒点点头。

海棠皱眉，眼神中流露出一丝厌恶，冷冷地道："法律还是太宽容。"

魏恒蓦然有些沉重，一时语塞，不知道该说些什么。或许相比佟月受到的伤害，法律的确有些宽容。正当他们若有所思，相对无言的时候，魏恒的手机响了。

是徐天良，魏恒接通了电话，问："什么事？"

徐天良急匆匆地道："师父，你没事吧？"

魏恒一时无语，想起刚才邢朗也是开口就问他是否安全，心想难道他长了一张随时要出事的晦气脸吗？

"有话直说。"魏恒道。

徐天良咋咋呼呼地说："你不知道啊，师父？邢队受伤了，那个人都开枪袭警了！"

几乎在听到的同时，魏恒就迅速提炼出了两个重点：有人开枪袭警、邢朗受伤。

魏恒挂断电话，有瞬间的慌乱，转身要走的时候，海棠追问了一句："怎么了？"

魏恒不假思索地道："邢队长受伤了。你想跟我回去看看吗？"

"回哪里？"海棠本来以为他说的是公安局，岂料魏恒说："家。"

医院里发生枪击，围观的群众早就报了警，在邢朗还没来得及拦截消息的情况下，韩斌迅速带人赶到了现场。彼时，分诊台前重新排起长队，排队的人们不时向四周张望，那心有余悸的神色好像是被猎人围堵在森林里的猎物。

开枪的人早就跑了，警察到了现场也于事无补，只能取走监控录像，外加向在场的目击者们询问事发经过而已。韩斌命人取走镶嵌在分诊台后墙体中的子弹，叫来一名有资历的老医生，询问当时事发的经过。

在老医生接受警察问讯的时候，韩斌看到邢朗从急诊室里走了出来，邢朗脱掉了外套拿在手里，身上的衬衫被撕扯得崩开了几颗扣子，右臂上缠着纱布，纱布里隐隐见血，明显刚进行了一场近身搏斗，并且没占上风。

看到邢朗的这副惨样，韩斌的眉毛一挑，心里顿时愉快起来。

邢朗是刑警队伍中公认的最能打的人，他刚毕业的时候被分到治安队就是因为能打，后来被刘青柏看上，调到刑侦队，犯了事以后又回到治安队，治安队那帮人至今对他死心塌地的。因为邢朗在治安队的时候领着治安队的警察们获得了多次散打赛的冠军。

近身格斗，邢朗还没在谁的身上吃过亏，今天竟然被揍成这样。韩斌看了一眼医院大楼外残云缭绕的夜幕，觉得今天真是个好日子。

等邢朗走到他的面前，韩斌微微侧头问身边的警察："今天几号？"

第十五章·暗杀

警察说:"十月二十四号。"

韩斌点点头,道:"记住今天,以后每年的今天都出去庆祝。"

警察瞟了一眼脸色阴沉的邢朗,没敢接话。

邢朗舔了舔被撕开一条血口的下唇,笑道:"你来得倒挺及时。"

韩斌推了推鼻梁上的眼镜,笑道:"这不是来支援你了吗,袭警的人呢?"

邢朗朝大堂侧门抬了抬下巴:"跑了,派人去追吧。"

韩斌给一个警察使了个眼色,警察立刻带人出去了。

两个人走到一楼的安全出口,找了个比较安静的地方,韩斌率先道:"我不认为你出现在这里是一个巧合,你来医院干什么?袭击你的人是什么身份?"

邢朗道:"我现在是你的审讯对象?"

韩斌往后靠在墙上,耸了耸肩道:"你是当事人,我当然要审问你。"

邢朗也往后退了一步,靠在墙上,中间隔出一个楼道宽的距离,道:"我到医院盯一个嫌疑人。"

韩斌抱着胳膊,笑问:"市郊的案子?"

其实韩斌长得挺不错,就是面部表情太过死板,给人感觉不是板着脸的那个死板,而是他的脸几乎没有什么纹路,像是用模具扣出来的一张脸,给人感觉没什么感情和温度。每当韩斌对他笑的时候,邢朗总感觉对面站的是一只会说人话、会咧嘴笑的狐狸。

在医院大堂见到带队的人是韩斌的时候,邢朗就知道张福顺这回算是被迫浮出水面了。韩斌是个很聪明的人,他自然会顺藤摸瓜地找到凶手想要袭击的对象,既然如此,邢朗决定主动说出张福顺父子,或许能使一招障眼法,转移目标。

邢朗道:"不是专案组的案子,是我们队里的案子。"

韩斌点头,摆出一副愿闻其详的样子。

邢朗很清楚韩斌会刨根问底,把早就编好的一套真假混杂的说辞讲给他听,末了着重点题:"这个张东晨有前科,我怀疑玻璃厂旧仓库的那个案子就是他干的。"

韩斌:"就因为他有前科?"

邢朗皱着眉头,不耐烦地道:"当然不止这一个原因,如果我们没有掌握足够多的线索,就不会怀疑到他头上。你问这么清楚,案子交给你好了。"

韩斌也懂得见好就收,适可而止,只笑了笑,然后又提出一个疑问:"你刚才说这个持枪的人想对张东晨下手?为什么?他也是这几起少女失踪案的参与者?"

邢朗指了指缠着纱布的右臂,讪笑着道:"如果我什么都知道,还会被人割一刀？"他拍了拍韩斌的肩膀，"找人的事交给你，张东晨还是归我管。咱们俩的合作项目仅限于市郊月牙山尸坑大案，我队里的其他工作你别插手。"

韩斌的眼睛往下一斜，看了一眼邢朗搭在他肩上的手："当然，我对你队里的其他案子并没有兴趣。"

明知道韩斌在膈硬他，邢朗还故意在他的肩上拍了两下，然后才抬脚从他的身边走过，径直出了医院。

天已经全黑了，黑得连一丝星光都没有，邢朗抬起手腕看了一眼手表，晚上八点钟，他回到车上给陆明宇打了一通电话："人追到了吗？"

陆明宇道："没有，被他跑了。"

邢朗："回医院，看着张福顺，韩斌问起来就说目标是张东晨。"

陆明宇："是，我明白。"

邢朗挂了电话，心事重重地驱车回到小区。

上楼的途中，他又拨出去一个电话，但是无人接听。开门的时候，他特意往隔壁507号房看了一眼，房门紧闭，看不出人是回来了，还是没回来。

邢朗回到家，先进卧室脱掉身上被撕破的衬衫，套了一件宽松的薄毛衣，然后打开客厅茶几上的一台笔记本电脑，输入关键字。在他浏览网页的时候，放在笔记本旁边的手机响了，他拿起来接通，还没说话，先从胸膛里发出一声沉沉的闷笑，道："兄弟，你还有事瞒着我。"

"什么事？"

邢朗挂断电话，对着电脑屏幕拍了一张照片发了一条彩信出去，一分钟后，又把电话打过去："看到了？"

"你搞什么？"

邢朗气愤地道："我搞什么？这人今天差点把我搞死。我问你，你不知道有这帮人？"

电话那头没动静，只传来一阵窸窸窣窣的脚步声。

邢朗把鼠标一摔，冷冷地道："我帮你瞒上瞒下，帮你找一个被黑白两道除名的死人，结果你还不告诉我水沟子的深浅，你想干什么？等我被淹死了，再捞我？"

对方"啧"了一声，不耐烦地道："你想知道什么？"

邢朗道："来龙去脉。"

"不可能，我要能告诉你，早告诉你了。"

邢朗的眼睛一眯，轻飘飘地道："没得商量？"

对方沉默了一会儿，叹了口气道："有。"

第十五章·暗杀

邢朗笑："那就商量商量。"

"电话里说不清楚，我找个时间到你那里去一趟。"

邢朗道："行，那你尽快。"

"不过我话说在前面，如果我到了芜津，你没把人找到，那就没得商量了。"

邢朗咬牙："你这是在威胁我？"

对方笑："不是威胁，是合作。"

门铃忽然被人按响，邢朗转头看了一眼紧闭的房门，道："你到芜津再说吧，挂了。"

邢朗放下手机走到门口，先从猫眼里往外看了一眼，愣了一下，然后闭了闭眼睛，又看了一次。没错，门外的确站着两个人，分别是魏恒和海棠。魏恒和海棠，这两个人中任何一个人出现在门外，都不值得大惊小怪，可是这两个人组合起来，就有种莫名其妙的感觉，邢朗怀疑他们两个人中的一个是不是走错门了。

虽然心里感到有点奇怪，但是邢朗没有把两位客人晾在门外，打开门后什么都没问，只道："进来。"

海棠看了邢朗一眼，丝毫不扭捏，侧身进去了，轻车熟路地在玄关的鞋柜里拿出拖鞋。

魏恒站在门外没动，从风衣的口袋里掏出上次没来得及还给邢朗的钥匙，道："我不进去了，钥匙还给你。"

看到邢朗生龙活虎的样子，哪像是受了枪伤，徐天良那张嘴还真是看热闹不嫌事大，总爱夸大其词，明天要把那小子的嘴撕烂，让他改掉这个臭毛病。

邢朗俨然不知魏恒在嫌他伤得轻，接过钥匙顺手放在鞋柜上，看着魏恒重复道："进来。"

这一次，是命令的口气。

魏恒只好走了进去。上次来的时候只匆匆扫了一眼，连房子的格局都没看清，这次应邀登门，他才把这套房子从上到下、从里到外地看了一遍。

房子的格局和他租的那一套差不多，坐北朝南，开放式的厨房，阳台连着客厅，客厅正对面是一间主卧，与主卧隔着一个卫生间的是一间次卧，此外还有一间小小的书房。邢朗的这套房子比他那套面积大了几十平方米，房间装修得非常简约，一眼就可以看清楚房子的全貌，目光所到之处没有视觉阻碍，所以显得十分开阔。

房间的沙发和茶几上乱扔着几件衣服，地板上随意搁着几本杂志、书，除此之外没有明显的脏乱差，作为一个独居的单身汉，邢朗能把房间维持成这样，已经比上不足，比下绰绰有余了。

"我听魏老师说，你受伤了？"他们三个人之中率先开口的是海棠，她脱掉外套搭在沙发背上，像在自己家里似的，随意地走到落地窗前，在落地窗前的一张造型颇可爱的蓝色单人沙发上坐下，看着邢朗问道。

魏恒自己找座位，坐在客厅的沙发上，顺手拿起茶几上堆着的几本杂书中的一本。

邢朗倒了两杯茶，一杯放在魏恒面前的茶几上，一杯递到海棠手里，然后拖了一张餐厅的椅子放在海棠的对面，坐下跷着腿，道："不严重，一点小伤，你们从医院过来？"

闻言，魏恒向邢朗瞥了一眼，见他穿着一件浅灰色的宽松款式的毛衣，毛衣的质地很薄，很贴身，所以他右臂绑着的一圈纱布在毛衣下隐约可见，看来只是伤到了胳膊，的确不严重。

邢朗和海棠在落地窗边聊天，刻意避着他似的，声音压得有些低。魏恒听不到他们在说什么，也不想听，为了使自己不显得那么尴尬，他翻开手中的《家庭装修创意指南》。

虽然没有刻意去听，但是邢朗所说的只言片语还是钻进了魏恒的耳朵里，魏恒从他的口中听到了"佟月"的名字，想来邢朗和海棠在聊佟月的病情。

《家庭装修创意指南》很无聊，魏恒没翻几页就把书放下，正打算挑本别的书，就听到旁边传来手机振动的声音。

魏恒挑着书，头也不抬地说："电话。"

邢朗起身走过去，看了一眼来电显示，然后拿起手机走进卧室接电话。

虽然不可能听到卧室的声响，但是魏恒还是留神去听，他心不在焉地把几本书挨个拿起来又放到一边，连海棠什么时候坐到他身边都没发觉。

海棠拿起被魏恒嫌无聊、搁在一旁的那本《家庭装修创意指南》，翻开一页，道："这本书他怎么还留着？"

不用问，这本书肯定是他们在一起的时候幻想将来组成家庭，要在新家用于装修实践的指导手册了。

魏恒借着拿水杯的动作往旁边挪了一点，和海棠保持距离。

海棠把书摊在腿上，一页页翻看，她翻到某一页的时候，忽然笑出了声。

魏恒端着水杯朝她看过去，见她从书中拿出一张照片，本来就亮的眼睛因为带了许多笑意而显得格外明亮。自己开心还不够，海棠本着娱乐共享的精神坐到魏恒身边，把手里的照片放在他的面前，抿着唇角微笑道："你看。"

魏恒定睛一看，顿时就愣住了。照片上的人是邢朗，照片的背景是一个夜店的舞池，舞池周围挤满了振臂高呼的男女，舞池中央站着一个男人，这个男人穿着一件黑色衬衫，头发被汗水打湿了，显得有些凌乱。从舞池四周人群疯狂的神

第十五章·暗杀

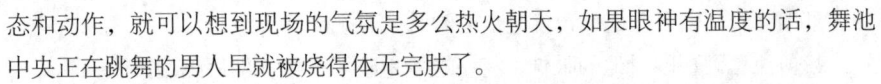

态和动作，就可以想到现场的气氛是多么热火朝天，如果眼神有温度的话，舞池中央正在跳舞的男人早就被烧得体无完肤了。

海棠看着照片上的邢朗，眼睛里像掺了水一样明媚动人，低声笑道："我到现在都记得那天晚上，这些人都闹疯了。"

魏恒端起杯子喝了几口水，问道："这是怎么回事？照片上的人是邢队长吗？"

海棠点点头，笑道："去年三月份，邢朗他们队里搞庆功宴，说是庆功宴，其实就是一群同事和朋友聚在一起吃饭、喝酒、聊天而已。当时我们还没分手，所以我也在场。大家从饭店里出来就去夜店，我们几个女生玩游戏，他们在旁边聊天。我也忘了是谁提出来的，玩游戏输了的人要去舞池里跳舞，大家都喝了很多酒，正在兴头上，这个建议很快就被所有人采纳了。结果我就那么倒霉，连输了三把，被她们逼着去舞池跳舞，我只会跳交谊舞，从来没有在夜店跳过舞，但是又不想扫大家的兴，在我打算硬着头皮上的时候，邢朗说他替我跳。"

说到这儿，海棠笑了笑，挽了挽耳边的头发，接着说："那天晚上啊，夜店里特别热闹。他下台的时候被好多人围住，收到了好多电话号码。"

魏恒礼貌地陪着她笑了笑。

海棠把照片搁在茶几上，右手的食指在照片上轻轻点了点，道："还挺怀念。"

说完，她起身走向厨房，打开厨房的冰箱，站在冰箱前查看里面的食材。

不一会儿，卧室的门开了，邢朗拿着手机走出来，看到海棠在厨房，就朝她走过去，开玩笑似的问："做晚饭吗？"

海棠不答，拿出一盒牛奶、几瓶罐头、半袋速冻饺子，统统装进袋子里，道："自己做吧，不用做我的。"说着晃了晃手里的袋子，"这些过期的，我帮你扔掉。"

邢朗看了一眼本来打算作为晚饭的半袋饺子，道："那我送你回去。"

海棠："不用，我开车来的。"

邢朗还是把她送到门口，道："到家给我发一条短信。"

海棠走后，魏恒也站起身，道："那我也……"

邢朗关上房门，冲他压了一下手掌："坐下。"

魏恒坐了回去，顺手拿起一本书盖住被海棠放在桌上的那张照片。

邢朗坐在海棠刚才坐的位置上，先拿起桌角的烟盒抽出一根烟点燃了夹在手里，然后把笔记本电脑拉到面前，看着电脑屏幕说："过来。"

魏恒没动弹："干什么？"

邢朗道："过来看这张图。"

魏恒还是没动，只朝他那边伸长了脖子，眯着眼睛努力分辨屏幕上的图片："什么东西？"

邢朗叼着烟，很无语地看着他，怕他把脖子扯断了。

魏恒注意到邢朗看他的眼神，有些尴尬地咳了一声，然后缩回脖子，喝了一口水："有事直接说。"

邢朗眯着眼睛看了魏恒一会儿，然后低头闻了闻自己毛衣领口，问："我身上有怪味？"

魏恒："没有。"

邢朗："那你为什么不过来？"

魏恒转开脸，淡淡地道："不想动。"

邢朗的眉毛一挑，笑得很不正经："哦，那我过来。"说完，他抱着笔记本坐在魏恒的身边。

魏恒下意识地想离他远点，不料还没站起来，肩膀就被一只手按住了。

邢朗皱着眉道："就这么巴掌大点的地方，你想去哪儿？"

魏恒一把拍掉他的手，抬起右腿搁在左腿上，皱着眉头看向他的笔记本电脑："到底什么东西？"他定睛一看，才发现邢朗找出来的是一张匕首的图片，准确地说是一把黑色的弯刀，虽然图片上没有配文字解说，但是他很快凭借弯刀的造型认出了这把刀，道："廓尔喀刀？"

邢朗的眉头一扬，着实有点惊讶："你还懂刀？"

魏恒抿了一口水，冷冷地道："一点点。"

邢朗笑了笑："你的'一点点'还真多。"

魏恒："这把刀怎么了？"

邢朗拍了拍右臂，道："今天在医院碰到的那孙子，用的就是这种刀。"

魏恒看着邢朗："不是枪击吗？"

邢朗："他打不过了，才掏枪。"

魏恒又看向电脑屏幕里的弯刀图片，蹙眉想了想，道："这种刀很名贵，是尼泊尔的国刀。廓尔喀刀多数出自廓尔喀人，也基本上都是廓尔喀人在使用，那里有一个……"说着说着，魏恒逐渐没了声音，觉得自己的猜想太过于异想天开，说不下去了。

邢朗摸着下巴，饶有兴致地看着魏恒："说啊，有一个什么？"

魏恒瞥了邢朗一眼，端起杯子喝水，不说话。

邢朗轻笑了一声，吸了一口烟，目光直视着前方，吐出烟，道："有一个赫赫有名的雇佣兵组织——廓尔喀军团。"

魏恒用手圈着杯子，把杯子搁在腿上，淡淡地道："这把刀的经销渠道还是有的，但是喜马拉雅山那边的雇佣兵闲着没事干跑到芜津来干什么？廓尔喀刀虽然少见，但不一定是……"

邢朗打断他："我今天和那个人交手，他的身手极好，用的都是要人命的杀人技巧，很明显受过正规的系统训练。"

魏恒问："你觉得他是一名雇佣兵？"

邢朗道："为什么没有可能？"

魏恒缓缓皱起眉："那他找张福顺干什么？就算张福顺干过不法营生，他有本事惊动一个雇佣兵军团？"

邢朗累了似的往后靠进沙发里，抬腿架在桌角："换一个思路想，张福顺被咱们挖出来是因为那十二具尸体，如果这个雇佣兵军团被挖出来的原因也是因为那十二具尸体呢？"

邢朗说话有个毛病，点到即止，从不讲明。

魏恒的眉头一阵跳动，为这个被挖出来的雇佣兵军团感到头疼，闭上眼睛揉了揉额头，道："你是说，张福顺所服务的非法组织和廓尔喀雇佣军有关系？"

邢朗看着魏恒，笑道："聪明过人，一点就透。"

魏恒没理会邢朗那阴阳怪气的夸赞，又问："那把双刃直出刀呢？也和军团有关系？在医院的雇佣兵就是杀死董力、杀徐红山未遂的人？"

邢朗双手交叉枕在脑后，看着天花板道："不，用直出刀的人身手远在这个雇佣兵之下，而且他们的武器也不一样。"他看了魏恒一眼，"这你肯定不知道了，像我们这种时不时就得跟人拼拳头，搞实战的人，如果用趁手了一件兵器就不会轻易更换，况且那个人把弯刀玩得出神入化，为什么还要换成死板的直刀？杀董力和想杀徐红山的是一个人，今天在医院想杀张福顺的是另外一个人，变相说明了董力和徐红山与尸坑没有关系，而雇佣兵军团和尸坑有关系。"

魏恒听完邢朗的解释，逐渐捡起了自己的思路，疑惑地道："但是为什么军团的人不早一些对张福顺下手？张福顺还活着，这不是秘密，他们既然能找到医院，就能找到张福顺的家。早点把他解决掉不好吗？非得拖到十二具尸体被警方发现，让张福顺浮出水面？"

邢朗沉默了一下，悠悠地道："或许，张福顺还活着就是一个秘密呢？"

魏恒愣了一下："那这个秘密身上，肯定还有别的秘密。"

邢朗打了个响指："最大的秘密，就是那十二具尸体。"

魏恒忽然有一种感觉，或许邢朗什么都知道，尸体的来历、凶杀案的真相，还有神秘的行刑者。

魏恒犹豫片刻，道："你说过会和我聊聊银江的一些事，现在是时候了吗？"

邢朗抬起眼皮，看着魏恒反问："你想知道什么？"

魏恒移开视线看向别处，拒绝直视邢朗的眼睛，道："关于冯光的事。"

邢朗笑了一声："你很在乎冯光？"

魏恒在最短的时间内把这句话分析了一下，然后给出一个模棱两可的回复："当然了，他和银江灭门案有关系。"

邢朗点点头，道："没错，他的确和银江灭门案有点关系。"

魏恒转头看向邢朗，听他继续说下去。

但是邢朗却吊足了他的胃口，又拿起烟盒慢悠悠地抽出一根烟，点燃了，抽了一口才道："这次去银江，倒是有不小的收获。"

魏恒："锁定嫌疑人了？"

邢朗："嫌疑人倒没有锁定，不过锁定了被害者的身份。"

魏恒闻言，脑子晕眩了片刻，心道，果然……他定了定神，道："你说的是被害的姓罗的那家人？"

邢朗点头，撑着额角懒懒地道："银江灭门案一共四个受害者，姓罗的一家三口和一个保姆。保姆的身份清白，只是一个家政公司的员工，倒是罗家的男主人罗旺年死了以后留下一个皮包公司，没什么业务，但流动资金量很大，还设有多个账户，经侦局怀疑罗旺年洗钱，但是人死了，死无对证，查都没处查。银江警方还从罗旺年的账户里找到了一笔三年前七月份的进账，打款的账户是已经落网的一个军火贩子，军火贩子在监狱里被狱友杀死，走私军火的证据链也断了，银江警方想确认他的身份都确认不了，直到前些天，我把冯光带到银江。"

终于点到了正题，魏恒不动声色地听着，丝毫未觉察自己几乎把手中的玻璃杯捏碎。

邢朗坐起来，稍一用力把魏恒握在手里的杯子拿走，醒酒般地晃了晃杯子里的水，接着说："冯光以前跑码头，到处给人做小弟。罗家出事的那几天，他被人叫去银江帮忙。"

魏恒："帮什么忙？"

"这就有意思了。"邢朗喝了一口杯子里的水，然后垂着眼睛看着杯子里的水纹，"他去接一艘船。"

魏恒的声音嘶哑得厉害："什么船？"

邢朗没有告诉魏恒真相，而是打了个模棱两可的擦边球："一艘渔船。"

渔船？魏恒等着下文，邢朗却不继续说下去，并不是邢朗在故意吊他的胃口，卖关子。魏恒看得出来，此时邢朗也陷入了迷茫和沉思当中。

谈话进行到这里，魏恒已经完全变成了一个局外人，但是他没有就此中断这次来之不易的谈话机会，大胆猜测："那艘渔船，在芜津靠岸了，是吗？"

第十五章·暗杀

邢朗的神色一动,才从沉思中回过神来似的,看着魏恒笑道:"接着说。"

看邢朗的这副样子,好像并没有怀疑到他。魏恒在大脑中解除警报,才发觉自己已经出了一身汗,他把邢朗手中的杯子拿走,起身走到厨房里,拿起桌上的水瓶准备倒水,不料水瓶里空空的,一点水都没有。

魏恒晃了晃手里的水瓶,对邢朗说:"没水了。"

邢朗把厨房里烧开的水倒进水瓶里,为了尽快降温,又放进去大半盒冰块,随后给魏恒的杯子里倒满了水。

魏恒也不知道今天晚上为什么渴得厉害,接过邢朗递给他的杯子一口气喝了半杯水,才接着说方才没说完的话:"王兆强、黄春树、薛海洋,还有张福顺都是银江人,却死在芜津,你怀疑他们和从银江来的那艘渔船有关系?"他停顿了一下,"那艘船上会有什么东西?"

邢朗没说话,笑而不语地看着他。

魏恒见邢朗没反应,只好继续猜:"银江的渔船,终点站是芜津,埋在芜津的尸体,存活的张福顺,忽然冒出来的雇佣兵军团……这些人和事物之间一定有联系,或许把他们联系起来的就是那艘从银江开来的渔船?"

最后一句话,魏恒是看着邢朗说的,然而邢朗依旧没有任何反应,他平静得没有一点表情,眼神深沉得像深海。

忽然间,魏恒像是找到了一个思路,慎重而缓慢地道:"或许,那艘渔船……"

"嘘。"邢朗竖起食指抵在唇边,笑着给他的猜测画上一个休止符。

魏恒看着邢朗,眼睛里的光缓缓熄灭。

邢朗把魏恒手中的杯子拿走,叹道:"你的脑子是人工智能的吧?"

魏恒以为他想给自己添水,不料邢朗把剩下的半杯水喝光了。他看着邢朗手里已经空掉的水杯,忽然想起不久前邢朗也是这样把杯子从他的手中拿走,然后他又从邢朗手中把杯子抢回来。也就是说,刚才那一杯水和现在的这一杯水,被他们两个分着喝了。

魏恒的脸青一阵红一阵,勃然大怒道:"你家没水了?还是没杯子了?"

邢朗被魏恒吼得一愣,看看手里的水杯,这才反应过来魏恒在抱怨自己和他共用一个杯子。随后一脸诚恳地道:"不瞒你说,我家真的只有一个杯子。"

魏恒:"碗呢,碗也没有?"

邢朗:"发这么大的火干什么?我又不嫌弃你。"

魏恒:"我嫌弃你!"

邢朗的脸一沉,把水杯搁在餐桌上,皱着眉盯着魏恒琢磨了一会儿,道:"魏老师,你上辈子是不是死在我的手上了?"

魏恒的目光一颤，略微收敛起自己的脾气，扭头看向别处，冷冷地道："不知道邢队长在乱扯些什么。"

邢朗抱着胳膊，看着他讪讪地笑了笑："不然的话，你为什么这么讨厌我？用一下你的杯子而已，看你的表情，要吐了似的。"

魏恒故意恶心他，瞪了邢朗一眼，道："没错，你又不是不知道我有洁癖。"

第十六章
实验

宏兴超市暂停营业，门外挂着"盘点库存"的牌子。是陆明宇的建议。陆明宇很清楚警察登门将对一户人家产生的负面影响，他不愿意在罪行还未落实时，加深街坊邻里对陈雨母子的偏见，尽管这种偏见从郭雨薇失踪开始，就如影随形地潜伏在陈雨母子的生活中，至今已经长达两年之久。

陆明宇带着刑警来到宏兴超市，在收银台后面看到何秀霞那双对执法机关又畏惧又憎恶的眼睛时，他才发觉其实这两年来何秀霞和陈雨一直在"服刑"，施刑人就是不时登门的警察和冷眼旁观的众人。

他们已经去何秀霞的家里搜过，一无所获，才会改道来超市。

何秀霞接受了陆明宇的提议，拉下卷闸门，挂上"盘点库存"的牌子，打开店里的灯，然后退到一旁，默默地看着在她的店里大肆搜查的警察。

陈雨坐在收银台后面的椅子上，在看一部十年前的电视剧，手里拿着一包怪味豆。电视剧很无聊，剧情又低俗，但是陈雨看得很专心，一只手放在零食袋里忘了拿出来，嘴角流着口水，专注地欣赏演技拙劣的演员卖力演出，不时跟着演员说出一两句发音不准的普通话。

陈雨的母亲像一只守护巢穴的猎鹰般站在他的身边，用一双目光尖锐的眼睛紧盯着每一个在店里徘徊的不速之客。

陆明宇站在一排陈列着洗漱用品的货架前，一边指挥着刑警们在超市的仓库和厨房里搜索，一边和何秀霞闲聊些什么。何秀霞对陆明宇唠家常般的询问漠不关心，只是偶尔以短音节词回答陆明宇的问题，两只眼睛犹如追光灯一直紧随着每一个在店里转来转去的刑警。

"你们在芜津还有亲戚吗？"陆明宇问。

"没有。"

对于这些琐碎而且没有攻击力的问题，何秀霞回答得不假思索，想要尽快把警察送走，所以也加快了自己的语速，而她加快的语速和丝毫不友好的态度使她看起来就像陈雨正在观看的那部电视剧中凶狠而且没有人情味的老太婆。

陆明宇丝毫不在意何秀霞无礼的态度，又问道："朋友呢？"

这次何秀霞连话都没有说，只是迅速地摇了摇头。

陆明宇又道："你们不是芜津本地人，你的丈夫在十几年前因工伤去世，工地补偿你二十万块钱，你就租下这家店做生意。近年来房租越涨越高，生意不好做，陈雨看病又是一项很大的开支。"说着，他拍了拍货架，"你的这家小店，还能撑得住吗？"

说话时，陆明宇看着何秀霞那双如干枯树皮却利如鹰爪的手，那是一双连常年做苦工的男人都不会有的手。

何秀霞没有因为警察对她关怀似的询问而动容分毫，更没有借此而大倒苦水，她只是草草地点了点头，然后向一名在小小的厨房里忙碌的刑警喊道："那是我剁好的排骨，你不要动！"

陆明宇向在厨房里搜查的刑警招了招手，刑警走出了那间逼仄、昏暗的厨房。何秀霞不配合询问，陆明宇也没有勉强她，不再继续和她说话，而是把视线转移到放在收银台前的一个红色的小水桶里。

水桶里没有水，装着几根孩子喜欢的泡泡机、琉璃泡气球，还有几个五颜六色的风车。

陆明宇从水桶里拿出一个风车，隔着收银台，递给陈雨。

陈雨正在看电视，当一个风车出现在他面前的时候，他立刻被风车吸引了注意力。他看着那个风车，呵呵傻笑着，然后鼓起腮帮子用力吹动风车，风车呼呼地转了起来。

陆明宇弯下腰，手撑在桌面上，看着陈雨笑问："你喜欢风车吗？"

陈雨点头，更用力地吹动风车。

陆明宇再次压低了自己的声音，又问："那个女孩也喜欢吗？"

听到女孩两个字，陈雨忽然抬起头看着他，迷茫的眼睛逐渐恢复了清明，像是在回忆某个画面似的，道："雨薇，雨薇喜欢。"

雨薇？陆明宇的目光一黯，哄孩子似的又问："当然了，她很喜欢，她在哪里？我想给她送一个风车。"

陈雨的眼睛迅速眨动，像是被强光刺激到了似的，眼角渗出一丝湿意："她在，她在……"

何秀霞忽然跑过来，抢走陆明宇手中的风车放进水桶里，朝着陆明宇大叫道："他不能回答你的问题，他的脑子坏了，他是病人！"

何秀霞就像一个扑向幼崽的猛禽，不小心打翻了陈雨手中的零食袋，怪味豆立刻撒了满地，许多怪味豆滚到了货架底下。陈雨趴在地上，把怪味豆一颗颗地

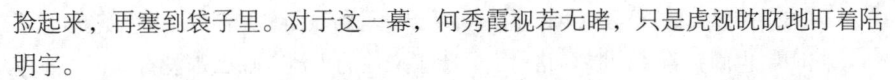

捡起来，再塞到袋子里。对于这一幕，何秀霞视若无睹，只是虎视眈眈地盯着陆明宇。

陆明宇只好无奈地离开这对母子，走到仓库门口，问在里面搜查的刑警："怎么样？"

仓库不到十平方米，里面摆着两张行军床和简易的桌子、柜子，被改造成一间勉强可以住人的房间。仓库里很潮，刷了白漆的墙皮上到处都有脱落的痕迹，床上的被褥看起来也是湿漉漉的样子，长期住在这样的环境中，不免会得病。仓库有一个后门，本来是为了卸货方便，现在改造成居住的地方后，后门就锁死了。两名警察在仓库中各处搜寻指纹、毛发等，一名警察在检查后门的上锁情况。

警察道："宇哥，这后面好像是友谊路。"

陆明宇走过去拉了拉门，发现门是锁着的，他正要叫何秀霞，回头就见何秀霞正站在仓库门口，道："把后门打开。"

何秀霞从绑在裤腰上的一串钥匙里拿出一把钥匙，打开了后门。

门外是一家餐馆的后门，巷子两旁堆满了厨房垃圾，而几十米的巷子走到头，就是和巷子十字相交的友谊路。顺着友谊路往前十几分钟，就到了金鑫玻璃厂的旧仓库。陆明宇站在油烟浓重的巷子里往前看了一会儿，然后从后门返回，让何秀霞锁上了后门。

率先发现后门的警察向陆明宇眨了眨眼睛，神色中有些按捺不住的激动，像是找到了一条重要的线索。

陆明宇脸上却没有丝毫喜色，虽然便利店的后门距离玻璃厂的旧仓库只有十几分钟的路程，看似可以将嫌疑指向陈雨，但实则并不具有什么有用的价值。白晓竹的尸体被发现的地方是玻璃厂的旧仓库，又不是便利店的仓库，除非他们能找到白晓竹曾经到过便利店仓库的证据，否则很难从这条线索中获取有用的信息。

勘查组的警察把该采集的物证都采集完了，陆明宇带着人正要从正门离开。

何秀霞打开卷帘门，目送一行刑警离去，在他们即将过马路的时候，忽然道："等一等！"

陆明宇转过身，见何秀霞急匆匆地跑过来，站在他的面前，两只眼睛先往四周扫视了一圈，貌似周围有许多双眼睛在监视着她。

陆明宇等了何秀霞一会儿，却不见她开口，于是催促道："有事吗？"

何秀霞虽然叫住了警察，但却没有信任警察，面对警察，她依旧疑神疑鬼，欲言又止。

"有……有个事。"像是下定了决心似的，何秀霞低着头吞吞吐吐地道。

陆明宇很有耐心地追问："什么事？"

何秀霞抬起头看着马路对面,道:"前几天,马路对面总是停着一辆黑色的车。"

陆明宇也回头看了一眼马路对面,除了来往的人流,什么都没看到:"黑色的车?"

何秀霞:"对,那辆车里的人在看着我们。"

陆明宇很快明白了何秀霞的意思,皱着眉问:"你是说,那辆车里的人在监视你和你的儿子?"

何秀霞连忙点头:"对对对,监视,就是在盯着我们。"

陆明宇疑惑地看着何秀霞:"你确定吗?"

何秀霞露出一脸苦恼的表情,好像有满肚子的话要说,但是却无法组织语言,一时着急,前言不搭后语地道:"那辆车,它……以前没来过,就前几天,天天来,昨天晚上又不来了。它就在那里停着,一动不动的,每次我出去看它的时候,它就开走,隔了一会儿又开回来……它就是……就是在盯着我们!"

陆明宇耐心等何秀霞说完,想了一下,道:"如果你什么时候再看到那辆车就把车牌号记下来,然后给我打电话。"说着,陆明宇从勘查组的警察手中拿过笔和纸,写下自己的名字和电话号码递给她,"有事就打这个电话。"

何秀霞接过纸条,看了一遍那串数字,然后将信将疑地看着陆明宇:"你会保护我们?"

此刻何秀霞只是一位辛酸、无助,又渴望得到保护的妇人,甚至相比其他人,她的眼中有了更多的祈求,貌似在她的心里,她和她的儿子已经是被世人抛弃和定罪的两个人,就算是警察也会对他们不闻不问,更别提什么保护。

陆明宇郑重地道:"我们是警察,我们会做好我们应该做的每一件事。"

离开老城区,陆明宇在回公安局的路上给邢朗打了一个电话,汇报了这边的进度。

邢朗在学校,陆明宇听到了从他那边传来的下课铃声和孩子们的喧闹声。

邢朗听完陆明宇的汇报,沉吟了片刻,然后找了个安静的地方道:"你把样本分别送到市局检验科和秦放的法医室,让市局的小陆加个塞儿,就说是我说的。"

陆明宇说了声"是",然后问:"头儿,魏老师和你在一起吗?"

邢朗:"怎么了?"

陆明宇:"发现点线索,让他分析分析。"

"他在公安局,回去找他吧。"邢朗说完就挂了电话。

陆明宇看了一眼被挂断电话的手机,有点纳闷。魏恒虽然干的是脑力活,但是一个不爱开会,也不爱坐办公室的人。如果让他坐在办公室里这么长时间,他肯定会火冒三丈地跑出来。

第十六章·实验

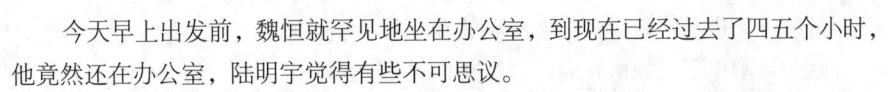

今天早上出发前,魏恒就罕见地坐在办公室,到现在已经过去了四五个小时,他竟然还在办公室,陆明宇觉得有些不可思议。

陆明宇回到公安局,刚走上三楼,就听到楼上传出摔门声,随后秦放站在走廊里喊道:"韩斌呢?韩斌,你给我出来!"

陆明宇的嘴角抽了抽,心道普天之下敢这么跟韩斌说话的只有秦放一个人了。

韩斌的手下连忙跑过去,对秦放说:"秦主任,韩队不在办公室,要不你给他打电话吧。"

秦放狞笑着道:"我给他打?你给他打,告诉他,市局送来的物证检验分析和我做的报告一模一样,他是信不过谁?信不过就自己去检验!他不是有能耐吗?不是能使唤市局检验科吗?那就别再来烦我!从今往后他要是敢进我法医室的门,看我不打断他的腿!"

韩斌的手下听得一脑门子汗,说着都是误会,韩队是为了分担您的压力云云,可惜秦放现在压根听不进去。

此时,徐天良"噔噔噔"地上了楼,趴在三楼和四楼拐角的护栏上朝秦放道:"秦主任,我师父让您小声点,他看案卷呢。"

秦放咂巴了一下嘴,立刻压低了声音,咬牙切齿地对韩斌的手下道:"让他滚,有多远滚多远,老子不想再看到他!"

陆明宇搂着徐天良的肩膀往魏恒的办公室走,问道:"你师父的心情怎么样?"

徐天良抹了把汗,苦哈哈地道:"不好啊,就比秦主任好一点。"

陆明宇:"今天早上魏老师不是说要出去走访吗?"

徐天良:"是啊,邢队说和我师父一起去,结果我师父就不去了。"

回想起今天早上,徐天良还很纳闷,魏恒正打算带着他出门的时候,赶上邢朗从楼上下来,邢朗看到他们就热情地喊了一句:"出去啊,魏老师?正好,咱们俩一块儿。"

魏恒听了,二话没说,扭头就往办公室走,把邢朗一个人晾在楼道里。

徐天良纳闷地问邢朗:"老大,你们怎么了?"

邢朗掐着腰闷笑一声:"谁知道他怎么了?被狗咬了吧?"

当时魏恒刚走到办公室门口,闻言对邢朗报以冷笑,道:"对,的确差点被狗咬。"

然后魏恒就坐在办公室里看案卷,一直到现在,门都没出过。虽然魏恒没有对谁发脾气,但是徐天良知道,他师父正在气头上,哄不好。

陆明宇和徐天良走到魏恒的办公室门前,先敲了敲门,得到应允后才推门进去。魏恒的确在看案卷,办公桌上摊了许多文件,他正埋头于案牍当中,细心研读。

陆明宇一进去，魏恒就从文件堆里抬起头，对他说："坐。"

陆明宇刚坐下，魏恒就问："搜查的结果怎么样？"

陆明宇说采集到的样本还在检验，然后正色道："有一个疑点。"

魏恒本来看案卷看得有些头昏脑涨的，为了缓解脑袋的压力就把头发散开了，现在听陆明宇说有疑点，又把头发拢到脑后，扯起手腕上的皮筋随便绑住头发，然后掏出烟盒点了一根烟，把烟盒推到陆明宇的面前，吐出一口烟，才问道："什么疑点？"

陆明宇摆了摆手，示意自己不抽烟，然后道："何秀霞不是芜津本地人，十几年前嫁给工人陈海，陈海死后也没有遗产留给她，只有工地赔偿的二十万元钱。何秀霞拿着这二十万元钱在学校对面租了一个铺面做生意，这几年学校对面的铺面租金大涨，我让小岚查过何秀霞的账本，她的店其实不挣钱，每月的流水刚够维持店里的运转，有时甚至会亏本。"

魏恒抬起右手的食指轻轻地敲击着桌面，若有所思地道："继续。"

陆明宇接着说："我问过租给何秀霞铺面的房东，当初房东租给何秀霞铺面，签的合同是五年租期。后来房东想收回铺面自己经营，愿意支付何秀霞违约金，但是何秀霞不同意，还主动提出加两成房租，比同地段的租金足足贵了三分之一，房东见她坚持，只好继续租给她。如果何秀霞的店挣钱，她这么做无可厚非，但是何秀霞几乎每个月都在赔钱，她还坚持支付高昂的租金把店开下去。其实她在老家的房子拆迁了，分到了一套房子。她在芜津没有亲人和朋友，也没有房子，如果她回到老家生活岂不会更好？而且……"

魏恒忽然打断陆明宇，接着他的话说："而且她在芜津根本没办法生活下去。所有人都认为郭雨薇的失踪是陈雨所为，他们天天生活在街坊邻里的排挤中，这日子肯定不好过。既然她在芜津无牵无挂的，又过不下去，为什么不带着陈雨回老家？反而还执意待在芜津受人排挤和欺凌？"

陆明宇点头："这正是我想说的。"

没错，为什么？魏恒给自己提出疑问，他默默地抽了几口烟，道："你说她执意待在芜津是一个疑点，我倒觉得疑点不在芜津。"

陆明宇皱眉道："什么意思？"

魏恒把香烟搁在烟灰缸的边缘，轻轻掸了掸烟灰，道："芜津哪里都能待，何秀霞如果想留在芜津，带着陈雨换个地方住都比住在老地方要好过得多，但是她却没有搬家，前些日子反而从家里搬到了店里住。"

陆明宇稍一思索，恍然道："你是说，她想留的不是芜津，而是她的店？"

魏恒点头："没错，她的店。她执意把店开下去，是为了不把店面转让。她

想守住她的店,却不是为了挣钱,那是为了什么?"

魏恒把问题抛给陆明宇,陆明宇百思不得其解,只是看着魏恒,等他解答。

魏恒轻轻磕了磕烟灰,道:"秘密。"

陆明宇依然不解:"她的店能有什么秘密?"

魏恒看着烟灰缸里还在燃烧的灰烬,片刻后把半根烟按灭在烟灰缸里,反问:"你今天去何秀霞的店里,是为了找谁的踪迹?"

陆明宇如实道:"被害者白晓竹。"

魏恒:"为什么?"

陆明宇:"因为陈雨有杀害白晓竹的嫌疑。"

魏恒抬头看着陆明宇,微微笑道:"那你应该改变搜查目标,找一找郭雨薇的踪迹。"

陆明宇面露讶异之色:"郭雨薇?她两年前就失踪了,就算有……"

话说到一半,陆明宇的眼神一冷,看着魏恒道:"何秀霞在二〇一四年四月份租的铺面,在郭雨薇失踪之前。之后何秀霞宁愿支付高额租金也执意要把店开下去,为什么?"

魏恒托着下颌,饶有兴趣地道:"如果何秀霞想守住的店是一个秘密,那我们不妨做一个大胆的猜想,或许这个秘密和郭雨薇有关。"

陆明宇忽然觉得脊背发冷:"你怀疑,何秀霞把郭雨薇藏在她的店里?"

魏恒点头:"没错,但是有一个问题。"

陆明宇隐隐猜到魏恒会说什么,但还是问道:"什么问题?"

"一个活生生的少女怎么可能藏得住?还藏了两年。"说着,魏恒的唇角一翘,眼睛里却翻涌着寒气,"除非是尸体。"

魏恒道:"查一查超市在过去两年内有没有大动土木,装修店面。就算没有请专业的工人,只要何秀霞买过装修材料也一并算在内。"

陆明宇立刻起身:"我马上去查。"

魏恒点了点头,在陆明宇即将出门时又问道:"有人在看着何秀霞吗?"

陆明宇:"有,我留下了两个人。"

魏恒:"让那两个兄弟打起精神,何秀霞很可能是郭雨薇失踪案的重要嫌疑人,这段时间警察登门频繁,她肯定有所警觉。无论她往店里买什么东西,或者往外运什么东西,都要留心。"

陆明宇:"好的,我明白。"

陆明宇关上门出去了,不一会儿,徐天良拿着两个橘子进来,把橘子搁在魏恒的办公桌上,问:"师父,你们刚说什么呢?宇哥风风火火地走了。"

241

魏恒没有闲工夫把刚才和陆明宇分析的内容一字不落转述给徐天良听，他瞥了一眼放在桌角的新鲜橘子，道："谁让你不老老实实地待在这儿，跑出去放风。没听到是吗？活该。"

徐天良："是你说想吃水果，我才去给你买橘子的呀，师父！"

魏恒把桌面上的文件收起来，只留一份文件，不以为然地道："买橘子？就买这两个？"

徐天良："本来买了好多，都被他们抢了。"

魏恒翻开一本案卷，直接转移了话题："给我一份友谊路的地图，越详细越好。"

没一会儿，徐天良就把友谊路的地图找了出来，搬了张凳子往魏恒的旁边一坐，伸头看着他手中的案卷："师父，你在看佟月的案卷？"

魏恒"嗯"了一声。

徐天良有点不理解，目前梁珊珊失踪案和白晓竹被杀案都悬着，两件案子都压在支队，别说邢朗了，就连他这个小小的实习生都感觉到了一种压力整日笼罩着公安局。但是魏恒却不研究眼前的失踪案和被杀案，反而把目光对准了当年的逃生者——佟月。

徐天良不理解，但是不敢多问，只好在一旁静静地看着，试图跟上他师父的思路，从这些笔录里看出一些蛛丝马迹来。

魏恒专心看着一份当年佟月在公安局留下的笔录，对旁边凑过来的脑袋视若无睹。案卷上记载，佟月在二〇一四年七月十八号傍晚六点三十分左右被张东晨绑架，后被张东晨带到玻璃厂的旧仓库。佟月趁张东晨不备，逃出旧仓库的时间是在晚上十点十分左右，随后碰到了恰巧到友谊路极速网咖谈生意的佟野，然后被佟野救下来，十点三十四分到公安局报案。当天晚上的详细情况均有记载，笔录长达四页。

起初魏恒有些担心，佟月受了刺激会出现记忆差错，或是遗忘她被蒙住双眼是如何判断方向等诸如此类的细枝末节的问题，但是当他看到详细的笔录的时候，才发现自己的担心完全多余。

记录表明，佟月从玻璃厂的旧仓库逃出来后一直向着有光的方向跑，而且她听到不远处的广场上正在播放大妈们跳广场舞时的歌曲。她跑出来的时候一首民歌恰好播放完毕，紧接着开始播放《最炫民族风》《荷塘月色》《山里红》。三首歌曲的时间总长就是当年她在巷子里奔跑逃生的时长。她被蒙着眼睛，在巷子里依靠仅剩的一点光感向着光源奔跑，耳边依次播放这三首歌曲，而当她被佟野救下来的时候，第三首歌正好播放到了末尾。所以她回答警察问出"你还记得在巷子里跑了多久吗"的问题时，很清晰也很确定地给出了答案："十二分钟左右。"

第十六章·实验

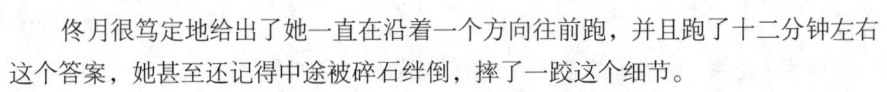

佟月很笃定地给出了她一直在沿着一个方向往前跑,并且跑了十二分钟左右这个答案,她甚至还记得中途被碎石绊倒,摔了一跤这个细节。

看到这里,魏恒感到有些疑惑,从佟月当年和警察对话的文字记载可以看出,这个女孩的情绪还算稳定,思路很清晰,记忆也很完整。当时在警察局报案的佟月完全没有 PTSD 的症状,但是在一个月后,她突然出现精神错乱、方向感完全缺失等症状,住进了医院。或许真如海棠所言,张东晨在她身体里塞入的那些葡萄,是引起她精神错乱的源头。

想起张东晨,魏恒又翻开另外一份口供,这份口供很简短,只简单地记述了佟月亲口指认张东晨的情况,张东晨的老板证实曾接到佟野的投诉,案发前一天张东晨曾到佟野家里送过快递,并且案发时张东晨确实在友谊路 24 号附近出现,被摄像头拍到。再加上受害者佟月的亲口指认,"他的身上有水果的味道",佟月的这句话是为张东晨添上的最后一份罪证。

张东晨在水果店兼职做搬运工作,被警察逮捕的时候,他的身上依然沾有浓郁的水果香气。人证、物证确凿,不久之后,张东晨被提起公诉,被判刑两年零四个月。

看完一整本案卷,魏恒有些出神地盯着那些机打出来的文字,沉默了一阵子,然后往后靠向椅背,摘掉手套,来回捏了捏冰凉的十根手指。

"我让你找的地图呢?"魏恒忽然问。

徐天良把被压在重重文件下的一张地图找出来放在魏恒的面前:"这是最详细的了。"

魏恒低头一瞧,发现这份详细的地图并不能派上什么用场,他要找的是佟月逃出和获救的地点,但是这条线并没有被列入到地图当中。地图上只有几个标志性的建筑,连重要的案发地——金鑫玻璃厂的旧仓库都找不到。

魏恒叹了口气,头疼地按了按太阳穴,道:"给邢队长打电话。"

魏恒说话的声音太低了,像说梦话似的,徐天良凑近魏恒追问:"什么?"

魏恒抬起眼皮瞪了徐天良一眼,冷冷地重复:"我说,给邢队长打电话,问他在什么地方。"

徐天良立刻掏出手机拨出邢朗的电话,接通后问道:"邢队,我师父问你在什么地方?"

魏恒现在很想掐死徐天良,为什么一开口就把他卖了!

邢朗很诡异地沉默了一会儿,然后沉声笑道:"告诉你师父,让他自己问我。"

徐天良对着手机点点头,傻乎乎就要传话:"师父,邢队说让您……"

魏恒的嘴角一抽,猛地把他的手机抢过去,按下免提扔在桌子上:"你还有完没完了？"

邢朗还是笑："哟，魏老师终于肯纡尊降贵，搭理我了？"

魏恒按住怦怦直跳的太阳穴，咽下一口气，问："你在哪儿？"

邢朗："刚从学校出来。"

魏恒："有发现吗？"

邢朗："目前没有，我把人都派去走访群众了。"

魏恒不说话了，思索着什么。

那边的邢朗上了车，把手机放在驾驶台上，开车汇入主路，道："想让我干什么？直说吧。"

既然邢朗都主动开口了，魏恒索性直接说道："去友谊路的旧仓库再看看。"

邢朗："看什么？看凶手有没有回到案发地重温杀人时的快感？"

虽然邢朗说的有可能，但是魏恒笃定地道："不会。你到了地方再打过来。"

挂断电话十几分钟后，魏恒的手机响了，来电显示是邢朗。

魏恒接通电话，按下免提，把手机放在桌上，然后把地图拉到面前，问："到了吗？"

此时已经临近傍晚，太阳低低地悬在城市的西边，天边烧着大朵大朵的残云，云层里像藏了一团火焰，烧得云边发黑。

邢朗下车甩上车门，为了遮挡从平房的屋顶漫射而来的光线，他从胸前的口袋里拿出墨镜戴上，道："到了，下一步该怎么做，领导？"

魏恒看着地图上的标识，问："你的右边是不是一条巷子？"

邢朗往右边看去，前方是安静、幽深的巷子："嗯，你不是也来过吗？"

魏恒没理会他，接着说："从仓库大门往东一直走，走到极速网咖的后门，注意中途有没有其他十字路口，路边有没有路灯。"

邢朗依言走在僻静的巷子里，不时扫一眼四周，道："这不是当年佟月逃跑的路线吗？"

坐在公安局的办公室里，指挥邢朗跑现场的魏恒惬意地跷着腿，剥着橘子，淡淡地道："嗯，我在重塑现场。"

邢朗明白了，佟月现在的精神状态不可能配合魏恒重塑现场，所以魏恒就找到了他，把他当成了实验的小白鼠，便道："那我是不是得被蒙住眼、绑住手，最好再跑起来？"

魏恒慢悠悠地剥着橘子，道："那倒不用，你还得注意观察周围有没有其他岔路。"

邢朗无语了一阵子，很快在极速网咖的后门处停住脚步，回头望着刚才一路

第十六章·实验

走来的深巷,正色道:"这条路没有其他路口,路边一共七盏路灯,南三北四。"

魏恒掰开橘子,分了一半给徐天良,问道:"距离有多远?"

邢朗在脑子里粗略又迅速地计算了一下:"从仓库到网咖后门,大概九百米左右。"他看了一眼手表,"我步行需要十一分三十秒。"

魏恒低着头,慢条斯理地剥着橘子上的橘络,想了一会儿,道:"九百米,十一分钟……佟月当年虽然是奔跑的状态,但她的速度肯定不快,因为她被蒙住双眼,双手被绑,身体难以保持平衡并且失去方向,她当时奔跑的速度应该和你步行的速度差不多。"

这样看来,佟月的记忆很准确。

魏恒有些失望地道:"实验结束了。"

邢朗顺着原路返回:"结果怎么样?"

魏恒把橘子上的橘络剥光,却不吃,投食般地递给了徐天良,然后扯了一张纸巾擦着手说:"结果证实,佟月当年的记忆并没有出现差错,从仓库到网咖确实是她逃跑的路线。"

邢朗走在巷子里,在对方浑然不觉的情况下露出一脸讨好的笑容,道:"公安局的斜对面有家新疆馆子,知道吗?"

魏恒瞪着手机,似乎在瞪着手机那头嬉皮笑脸的某人,不无警惕地道:"你想说什么?"

魏恒如此防备的口气让邢朗着实感到糟心,不过糟心归糟心,邢朗依旧笑道:"晚上请你吃饭。"

魏恒不假思索地一口回绝道:"不去,不吃。"

邢朗无奈地道:"就当我正式向你赔礼道歉,以后坚决不开玩笑,行吗?"

魏恒把纸巾扔到垃圾桶里,冷笑了一声,不说话。

邢朗的嘴角一抽,摘掉墨镜捏了捏眉心,问:"你还没消气?"

魏恒理直气壮地反问:"我为什么要消气?"

邢朗叹了口气,又问:"那我怎么做,你才肯消气?"

不等魏恒说话,邢朗给出建议:"我有一条中华,归你了。"

魏恒心道这人还挺大方,但还是坚决地道:"不要。"

邢朗:"那我请你吃一个月的晚饭,你说去哪儿就去哪儿。"

魏恒:"不吃。"

邢朗:"车给你开,你每天坐公交车挺不方便的。"

魏恒:"不开。"

邢朗把牌都出完了,对方就是不接招。他站住,用力捋了一把头发,纳闷地低声道："魏老师，我有一点不明白。"

魏恒抬起眼睛瞄了一眼正在通话的手机，道："说来听听。"

邢朗继续往前走，又把手机换到另一边，道："你到底是在生什么气？"

听到这句话，魏恒的第一个反应是关闭免提，但是已经晚了，他手忙脚乱地拿起手机，用眼角的余光瞄了徐天良一眼。徐天良正趴在桌子上，睁着一双炯炯有神的大眼睛，专心地听邢朗说话，还勤学好问地提出疑问："师父，邢队在说什么？他惹您生气了？"

魏恒的耳尖泛红，瞪了徐天良一眼，徐天良识相地闭嘴了。

邢朗还在喋喋不休地说着什么，魏恒听都没听，咬牙道："闭嘴！"

邢朗如魏恒所愿地闭了嘴，不仅闭了嘴，还挂了电话。倒不是邢朗的心眼小，也动了怒，而是因为他看到围着一条黄色警戒线的仓库大门是虚掩着的。他记得很清楚，刚才他经过仓库的时候，仓库大门是紧闭的状态。

邢朗收起手机，摘掉墨镜放进胸前的口袋，掀开黄色警戒线弯腰钻了进去。

天色渐暗，空气中笼罩了一层稀薄的雾气，院子里依旧杂草丛生，不时响起一两声城市中难寻的秋虫的低鸣。邢朗放轻了步子，猫着腰，和墙壁保持半米的距离往前走，他在墙壁的尽头止步，留神听了听拐角外的动静，只隐约听到皮鞋踏在水泥地上发出的空泛的响声。

看来真的有人，而且还在仓库里，至于是不是他口中返回现场重温快感的杀人犯就不知道了。

邢朗悄无声息地走到仓库门口，借着余下的天光，看到仓库里站着一个男人，那个男人背对着门口，貌似已经在那里站了很久。

邢朗盯着那个男人的背影，习惯性地在腰带上摸了一圈，摸出一副铐子。他甩开铐子撒开腿向那个男人跑过去，身形敏捷如豹。

男人被突然响起的动静惊动，只略微向后转了一下头，连后面的人是谁都没看清楚，条件反射似的往仓库的更深处跑去。他一跑，邢朗就职业病发作似的喊了一声："站住！"

男人像是被追逐的猎物，迅速拐过一道急弯，往仓库的另一个出口跑去。邢朗的速度更快，转眼就追到那个男人身后，把男人扑倒在地，单膝压在男人的背上，扭住他的两只胳膊就要上铐子。

男人问道："你是谁啊？"

邢朗铐住他的左手，正打算铐他的右手，忽然觉得这个声音有点耳熟。他把这个人翻过来，反问："你又是谁？"

男人眯着眼睛看着邢朗的脸，辨认了一会儿，偏头吐出一口沾了血的唾沫："邢

246　　CHAPTER 2·人间四劫

队长？"

邢朗皱了皱眉头，揪住他的领子把他提起来，借着朦胧的光线一看："佟野？"

佟野的颧骨被擦破了皮，忍着痛道："不至于吧，邢队长？我就过来遛个弯儿，你就把我当贼铐啊。"

邢朗揪着佟野的领子没松手，皮笑肉不笑地道："遛弯儿遛到老城区？你就没说实话。"

说着，"咔嚓"一声把他的两只手全铐住了，然后把他拽起来走出仓库。

"你这是干什么？"佟野一脸震惊的表情。

邢朗："带你回公安局，好好地解释解释你为什么遛弯儿遛到抛尸现场。"

佟野嚷道："什么抛尸现场？这不是我妹妹当年逃出来的地方吗？"

邢朗："那又怎么样？"

佟野："我就是到我妹妹当年被囚禁的地方来看看，真没别的意思啊！哎哟哟，别拽我的胳膊，疼疼疼疼疼。"

邢朗把佟野扔到车头前，端详了他几眼："说清楚。"

佟野皱着眉头，苦不堪言地道："我妹妹这两天情况又恶化了，连我是谁都不认得。海医生说她这是选择性的记忆缺失，要想让她想起来，就得用什么感官刺激疗法，让她看一看她最想遗忘的一些事，所以我就来这儿拍些照片让她看看，看她能不能想起来。您要是不信，就看我的手机。"

邢朗扳住佟野的肩膀让他转过身，从他裤子口袋里拿出手机，找到相册看了看，果真看到几张仓库的照片，道："心里没鬼，那你见我跑什么？"

佟野觉得委屈："大哥，就您那个架势，谁见了不跑啊？"

邢朗把手机给佟野装回去，又把手铐解开，道："以后没事别往这儿溜达，走吧。"

佟野扭着手腕，又跟着邢朗上了吉普车，见邢朗拿眼睛斜他，忙道："捎我一段吧，我把车停在前面的路口了。"

邢朗把佟野捎到前面的路口，靠路边停车，佟野下车时又问："魏恒还在公安局吧？"

邢朗瞅着佟野："怎么？"

佟野道："请他吃晚饭，他还欠我一顿饭呢。"

邢朗笑了笑："在，去请吧。"

佟野下了车，在一家饭店门口的停车位上开走一辆黑色的奔驰，跟在邢朗的吉普车后面开到了公安局的门口。邢朗把车停在公安局大院里，刚下车就见魏恒从大楼里走出来了。

"下班了？"邢朗走到魏恒面前，笑着问。

魏恒停下，看了邢朗一眼，"嗯"了一声，然后准备绕开他。

邢朗伸长胳膊把魏恒拦住，看着他的脸，诚恳地道："给个机会吧，晚上请你吃饭。"

魏恒的眉头皱了皱，脸色十分复杂地看着邢朗，说："'给个机会'这句话不可以乱用。"

邢朗愣了一下，恍然大悟地点了点头，笑道："那给个赔礼道歉的机会？"

魏恒敷衍地冲邢朗一笑："不用了。"说完就绕开了邢朗，继续往门口走。

邢朗站在原地，回头看向公安局的门口，看到魏恒上了佟野的车，黑色的奔驰车载着两个人转眼消失了。

车里，佟野还在坚持不懈地劝说："真不去吃饭啊？我都订好位子了。那家日料特正宗，鱼都是每天早上空运过来的。特别新鲜，我特意订了两条，到了明天就不能吃了。"

魏恒的声音虽然不大，但是不容置喙："我今天真的累了，不好意思，改天吧。"

好在佟野也没有死缠烂打，叹了口气，不无惋惜地道："好吧，那就只好便宜我那些狐朋狗友了。"说着看了魏恒一眼，"你什么时候想吃了，提前一天告诉我。"

魏恒不置可否地点了点头。佟野见魏恒的兴致不高，自己也没了多少精神，怏怏地闭了嘴，车里顿时显得格外安静。

好歹坐了佟野的顺风车，魏恒觉得自己不能太过冷淡，于是问道："你脸上的伤是怎么回事？"

佟野对着后视镜看了看自己的脸，"嗨"了一声，道："别提了，点儿背。"

魏恒果真不提了，转头看向窗外，沉默了一会儿，道："第一次在酒吧见到你，你的左手就戴着手套，今天也是。"

佟野看了一眼自己搭在方向盘上的戴着一只黑色手套的左手，眼神蓦然暗了许多，强撑着笑脸道："是吧，跟你多像。"

魏恒握紧了自己的手指，没说话。

第十七章
不由己

佟野沉默着往前开了一段路，忽然笑着说："想听听关于我这只戴着手套的左手的故事吗？"

魏恒把目光从窗外收回来，透过挡风玻璃看着前方的路况，算是给了他一个回应。

佟野抬起左手，张开五根手指放在面前看了一眼，然后又落在方向盘上，道："我左手的小拇指，是残疾的。"

魏恒转头看着佟野，目光依旧冷淡，而且平静。

佟野向魏恒挑了挑眉，道："被我自己切了，现在装的是假指。"

魏恒微微皱眉，像是在思考这句话的真伪。

佟野正视前方，眼睛一瞬间放空了许多，笑道："真的，我不拿这种事开玩笑。"

魏恒沉默了一下，问道："为什么？"

佟野歪着头看着前面想了想，语气蓦然低沉了许多，道："跟我妈吵架。"

魏恒看了佟野一眼，没接话。心里很好奇他们母子究竟为了什么吵起来，能逼得佟野自断手指。

佟野似乎是在等魏恒问他，但是魏恒迟迟不问，就自己接着说："前两年，我找了个对象。但是我妈不接受，还用跳楼威胁我，让我分手。我不同意，和我妈说她如果继续威胁我，我就剁了自己的手指。"

说到这儿，佟野低低地笑了一声："起初我妈还不信，我就把小拇指切了。后来她就信了，不再威胁我，也不再管我了。"他抬起双手用力拍了一下方向盘，"我赢了。但是没多长时间，我们还是分手了。"

佟野显然不是一个讲故事的高手，母子间的一场惊心动魄的对峙被他叙述得平淡无奇，毫无波澜。但是魏恒却能从他平淡的话语中听到他对自我选择的坚持，和愿意为爱情所付出的代价。

到了小区门口，魏恒向佟野道谢，然后下了车。

"魏恒。"佟野忽然叫了他一声。

249

魏恒回过头，见佟野趴在车窗上，问："你什么时候才会跟我出去吃饭？"

魏恒沉默了片刻，然后笑道："很快。"

佟野继续看着他："那我能上去喝杯水吗？"

魏恒没说话。

佟野笑道："我真的渴了，喝杯水我就走。"说着，他比了个"1"的手势，"就一杯。"

本来是打算拒绝的，但是魏恒看到他无法弯曲的左手小拇指，犹豫了片刻，点头答应了。

佟野立刻把车开到小区的停车场，下了车站在甬道边老老实实地等着他，兴高采烈地问："你住哪栋楼？"

魏恒把3号楼指给他看。

佟野："哎呀，这数字好啊，吉利。"

此时距离下班晚高峰还有一段时间，所以电梯里空空荡荡的，只载着他们两个人上到五楼。

魏恒把佟野带到507的房门前，习惯性地看了一眼隔壁，然后打开房门，道："不用换鞋。"

佟野走进去，站在客厅环视一周："你自己倒是够住了。哎？这只鸟是你养的？"佟野走到竖在窗边的花架前，弯腰看着站在鸟笼里的虎皮鹦鹉："还是只鹦鹉啊，会说话吗？"说着对鹦鹉说了句"你好"。

鹦鹉不乐意搭理人，佟野对它热情了点，它还背过身去，躲着佟野。

佟野感叹道："你养的鹦鹉和你真像。"

魏恒在厨房里烧水泡茶，没留意佟野在说什么，很快端了两杯茶放在落地窗边的茶桌上。

魏恒放下茶杯，拉开一把椅子坐下："我这里没有好茶叶，只是普通的绿茶。"

佟野坐在魏恒的对面，端起茶杯喝了一口烫嘴的茶："没事，我又不精通茶道，无论是太平猴魁，还是西湖龙井，在我嘴里都是一个味道。"

魏恒笑笑，目光投在楼下已经亮起了路灯的甬道上。

佟野放下茶杯，抬起手轻轻晃着鸟笼，闲聊似的问："我听说，最近有一个女孩死在旧仓库？"

这个案子不是秘密，估计半个城市的人都知道了。魏恒点点头，不愿意多说的样子。

佟野停顿了一下，陡然发狠："那个张东晨真应该千刀万剐。"

魏恒："你认为是张东晨做的？"

第十七章·不由己

佟野停止逗弄鹦鹉,看着魏恒反问:"除了他还有谁?没准都是他干的。在我妹妹之前不是还有一个女孩失踪了吗?难道不是他干的?"

魏恒如实道:"没有证据可以证明是他干的。"

佟野"哼"了一声:"证据?"他停顿了一下,又问,"第一个女孩的尸体找到了吗?"

魏恒端起已经放凉的茶水,正要喝,忽然皱了皱眉,眼睛陡然暗了许多,看着佟野反问:"尸体?"

佟野一愣,然后粗声大气地"嗨"了一声:"不该说这种丧气话,兴许那个女孩还活着呢。"说着,他扯着唇角笑得有几分苦涩,"但是人失踪了这么久,还有几分存活的希望?"

魏恒盯着佟野细细地看了一会儿,眼里的猜疑逐渐退去,道:"虽然生还的概率很小,但不是没有可能。"

佟野不再继续这个话题,转而和魏恒说起了那只不爱搭理人的虎皮鹦鹉。魏恒和佟野聊了几句,看了两次手表,用这种小动作来催他离开。

佟野也得得懂魏恒的示意,很快把茶水喝到只剩浅浅一层,端起杯子打算一饮而尽的时候注意到杯子壁上的图案,来回打量着说:"这个图案挺别致的,没见过。"

杯壁上是一道七色彩带串成的"F"。

魏恒陪客陪得心不在焉,闻言只是敷衍地点头,直到佟野喝光了水,把杯子放在桌子上的时候才把佟野刚才说的那句话过了一下脑子。

忽然间,魏恒眼中已经熄灭的暗火再次重燃:"你没见过这个图案?"

佟野没留意魏恒的眼神,抽了张纸巾擦了擦嘴:"没见过,今儿还是头一次见。"

深夜,小区的停车场早已被住户的车停满,邢朗不得已把车停在花坛边,下了车锁上车门离开停车场时忽然瞥见一辆熟悉的黑色奔驰车,他着重看了一眼车牌号,确定是佟野的车。他没想到魏恒会把佟野带回家做客,好奇魏恒和佟野有什么话题要聊到深更半夜,于是他乘电梯到了五楼,径直走到魏恒的家门前,正要敲门,房门突然开了,佟野走了出来。

邢朗看看他,笑着问:"走了?"

佟野见到邢朗也是一愣,笑笑,把搭在胳膊上的外套穿上,道:"走了,回头见啊,邢队长。"

佟野走后,邢朗进了门,见客厅里没人,而卧室的门虚掩着,里面有光漏出来。他向来是个厚脸皮的人,丝毫没有纠结,果断地走进了魏恒的卧室。

251

只见魏恒盘腿坐在床上，拿起放在床头柜上的烟盒，抽出一根烟叼在嘴里，掀开打火机的盖子点着了烟，问道："有事？"

邢朗毫不避讳地拎了把椅子在他的面前坐下，上下打量了魏恒一番，戏谑着说道："我本来看见佟野的车停在楼下，怕魏老师遇到危险，冲上来打算英雄救美，不过现在看来，你好像并不需要啊。"

楼下响起车辆启动和车轮碾压在地面上的声音，魏恒侧头倾听楼下的动静，直到声音完全消失。他累了似的躺在床上，左手夹着香烟伸到床边，让烟头悬空，以免烟灰落在床上。

邢朗随即起身，站在床尾看着魏恒问："你把佟野这个不知是敌是友的人叫上来干什么？"邢朗很清楚魏恒的警惕性有多强，强到一句话都不肯多说，一步路都不肯多行，好像全世界都是他的假想敌。他丝毫不认为像魏恒这样的人会让一个仅仅见过两次面的男人来家中做客，更何况这个人还和这次的案件有着千丝万缕的联系。

魏恒抬起右手，将手背搭在额头上，看着天花板，自言自语地道："我在做一个实验。"

邢朗往前走了一步："什么实验？"

魏恒磕了磕伸到床边的烟，让烟灰落在地板上，然后抽了一口烟，说："关于佟野的实验。"

邢朗没说话，等着他说下去。

魏恒把佟野自断手指的缘由说了一遍，邢朗听完没什么表示："所以呢？"

魏恒道："郭雨薇失踪，到现在下落不明。平常你和我，和任何人聊起这起案子都把郭雨薇当作失踪人口，在寻找她的下落。但是佟野，是第一个提出寻找郭雨薇的尸体的人。"

没错，就算他们在潜意识里都认为郭雨薇已经死了，说出口的也总是失踪少女。但是佟野询问的则是郭雨薇的尸体在哪里？他为何这么笃定郭雨薇已经死了？虽然他后来的解释也很合理，但魏恒觉这并不是一句口误。

谈话进行到这里，邢朗觉得有必要和魏恒交换一下信息："我也有一件事要告诉你，关于佟野。"

魏恒闻言，看向邢朗。

邢朗道："刚才我在玻璃厂的旧仓库见到佟野了，他说是为了佟月，到旧仓库拍照片。回来的路上我问过海棠，海棠证实她们的确有那个治疗方案，佟野出现在旧仓库虽然是有原因的，但是现在听你这么一分析，我觉得他今天出现在旧仓库或许还有点别的原因。"

第十七章·不由己

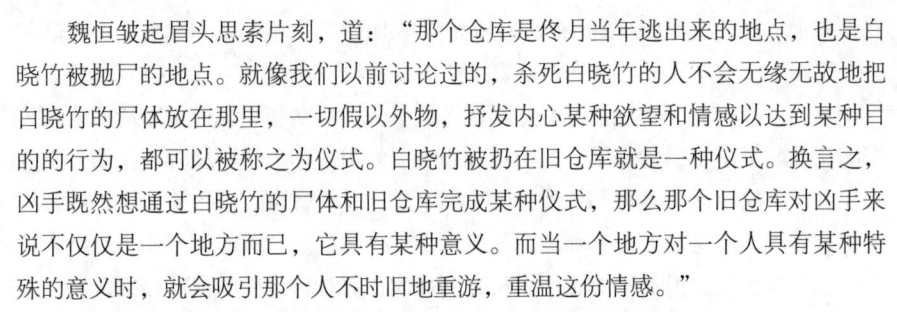

魏恒皱起眉头思索片刻，道："那个仓库是佟月当年逃出来的地点，也是白晓竹被抛尸的地点。就像我们以前讨论过的，杀死白晓竹的人不会无缘无故地把白晓竹的尸体放在那里，一切假以外物，抒发内心某种欲望和情感以达到某种目的的行为，都可以被称之为仪式。白晓竹被扔在旧仓库就是一种仪式。换言之，凶手既然想通过白晓竹的尸体和旧仓库完成某种仪式，那么那个旧仓库对凶手来说不仅仅是一个地方而已，它具有某种意义。而当一个地方对一个人具有某种特殊的意义时，就会吸引那个人不时旧地重游，重温这份情感。"

邢朗很快抓住重点："你是说佟野回到旧仓库是为了重温？"

魏恒闭上眼睛，摇了摇头："我不确定，目前案件的线索都无法指向佟野。其实你和我现在的猜测有些不负责任，完全基于臆想。佟野如果是凶手，那他回到旧仓库的行为就是在重温，但是现在你有证据能证明佟野是凶手吗？"

邢朗听得头疼，感到有些烦躁："你就直说，你怀不怀疑佟野？"

魏恒闭着眼睛轻笑一声："怀疑……怀疑是个最不负责任的词了，怀疑一个人需要证据，而不是主观臆断。如果我怀疑佟野，那白晓竹手里的风车碎片又怎么解释？陈雨难道是无辜的吗？"

魏恒说的有道理，现在所有的证据和线索都无法指向佟野，他们此时对佟野的怀疑其实是很不负责任的，更不能因为怀疑佟野而抹除对陈雨和张东晨的嫌疑，这两个人才是这个案子的重要嫌疑人。

邢朗道："上次你说过，白晓竹被杀案和佟月被绑架案有关系，因为地点都发生在玻璃厂的旧仓库，而且你说白晓竹的尸体被扔在玻璃厂的旧仓库是一种仪式，那有没有一种可能，白晓竹不是旧仓库的第一具尸体？"

魏恒想抽烟，但是手里的烟已经燃到了尽头，只剩了一个烟头。他把烟头扔进床边的烟灰缸里，又拿出一根烟，点着了："有可能，另一具尸体要么是郭雨薇，要么是梁珊珊。"

邢朗："说说你的理由。"

魏恒依旧只留给邢朗一个侧脸，道："佟月没有被强奸，白晓竹的尸体被摆放出拒绝性行为的信号，这个信号源显然不是佟月。做一个大胆的假设，如果在白晓竹之前有一个少女死在旧仓库，被侵犯，然后被杀死。随后白晓竹出现在那里，死后受到保护和尊重，可以解读为凶手的赎罪或者挽回，这个逻辑才是通顺的。但是有一个同样的问题，我们没有在仓库里找到其他女孩存在过的痕迹，就算我们知道死在仓库里的另一个女孩不是郭雨薇，就是梁珊珊，但是没有证据。"

听完魏恒的分析，邢朗只能沉默，因为他知道，魏恒说的是正确的。到这里，这起案子的线索好像又断了。

然而，这还不是最坏的消息，对死在华诚医院宿舍楼的董力案的调查也陷入了瓶颈。

董力没有前科、劣迹，除去在司法系统中失踪的两年，其他记录清清白白。邢朗让人联系了董力的家属，这个年近四十岁的男人还是一条光棍，只剩一个老娘在乡下，除此之外没有和他保持联系的亲属。总而言之，这个人背景干净，社会关系简单，但是却无法解释他临死前出于正当防卫而造成的自卫伤，这个人显然是会些拳脚的，但是他的履历表没有解释他在何时何地出于何种原因，被何人教导，学会了这几招。

虽然没有确凿的证据，但是邢朗却认定当日在小楼里杀徐红山未遂和杀害董力的是同一个人，董力死了，徐红山还活着。但是徐红山早已跟个死人无异，预审当天，徐红山坐在审讯室里毫无征兆地二次中风，从头到脚都瘫了，如今也只能躺在病床上等死。

邢朗不甘心，去找了他两次，每次都被不知道内情而且富有责任心的小护士从病房里赶出来。

"就算你们是警察，也得看看患者的状态适不适合再问话吧？"刚踏入社会不久，正义感十足的护士这样斥责邢朗，末了红着脸害羞地又补了一句，"没有一点人道主义精神。"

邢朗站在门口，看着里面那个满头白发、咧着嘴、流着口水的老人，目光冷酷得好像在看着一个死物。直到小护士斥责他不顾及患者的状态，没有人道主义精神时，他才转动僵冷的眼珠看着面前青春靓丽的女孩，道："人道？"

邢朗从胸腔里发出一声沉闷的冷笑，他伸手拿走护士手里的记录板和圆珠笔，在记录板上龙飞凤舞地写了一串数字，道："他在你的眼里是患者，在我眼里只是个罪人。"说着把记录板塞到护士的怀里，"什么时候他能说话了，打这个电话。"

邢朗转过身往前走了两步忽然停下，回过头看到小护士抱着记录板站在病房门口看着他，眼神似幼鹿，目光天真，眼睛明亮，还有些胆怯。像是哄孩子似的，邢朗阴沉的脸色一扫而空，冲她挑眉一笑，道："拜托你了，有情况及时联系我。"

出了医院，邢朗把车从医院的停车场开出来，汇入公路上的车流中。因为没有确凿的证据，刘青柏不同意他把董力的案子和徐红山的案子并案调查，虽然没有得到支持，但是邢朗依旧能够调遣支队的技术队调查董力和徐红山的社会关系是否有交叉。终于，在昨天晚上，技术队的小赵告诉他，在董力的手机的通讯记录中发现他在九月二号接到过两次区号为本市的座机号码打来的电话，并且回拨过一次。经查证，该座机号码系"大和酒馆"的电话号码，而徐红山是这家酒馆的会员。这恐怕是徐红山和董力之间唯一的联系。

254　CHAPTER 2·人间四劫

第十七章·不由己

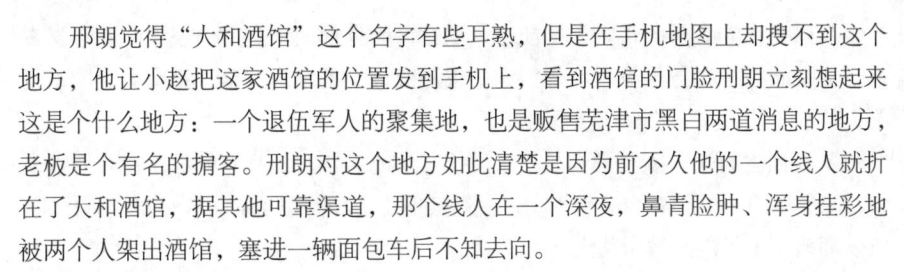

邢朗觉得"大和酒馆"这个名字有些耳熟，但是在手机地图上却搜不到这个地方，他让小赵把这家酒馆的位置发到手机上，看到酒馆的门脸刑朗立刻想起来这是个什么地方：一个退伍军人的聚集地，也是贩售芜津市黑白两道消息的地方，老板是个有名的掮客。刑朗对这个地方如此清楚是因为前不久他的一个线人就折在了大和酒馆，据其他可靠渠道，那个线人在一个深夜，鼻青脸肿、浑身挂彩地被两个人架出酒馆，塞进一辆面包车后不知去向。

邢朗把车停在路边的临时停车道上，拿出手机打了一个电话："出来吧，马路对面。"

大约五六分钟后，一个戴着帽子的年轻男人穿过斑马线朝停在路边的吉普车走过来，即使走在青天白日下，年轻男人依旧惴惴不安地东张西望。

冯光拉开车门坐在副驾驶的位子，掀掉帽子，露出一脸不耐烦的表情，但是他敢怒不敢言："去哪儿？"

邢朗把车开上路，道："大和酒馆，熟吗？"

冯光咧嘴，露出一个不太熟练的冷笑："我熟不熟，你不是早摸清楚了吗？"

邢朗斜了冯光一眼，把烟盒扔到冯光的身上："你应该知道，我有的是办法让你蹲大牢。"

冯光捏着烟盒，耷拉着脑袋咕哝一句："还不如给我个痛快呢。"

邢朗装作没听清，故意大声问："什么？再说一遍。"

冯光泄愤似的用力捏着烟盒里的香烟，道："没什么，如果你要查大和酒馆，应该从大和酒馆的老板入手，他是一名退伍老兵，据说还当过雇佣兵，社会关系非常……"

"慢着。"邢朗扭头看了冯光一眼，"雇佣兵？"

冯光张了张嘴，立刻意识到自己说出了一个警方还没掌握的情报，他正在脑子里思忖该怎么圆过去，一转头看到了邢朗那双阴沉的眼睛，只能选择说实话："我也不敢肯定，酒馆里一些和老板比较熟的常客说他当过雇佣兵。"

邢朗又问："哪个组织？"

冯光摊开双手："大哥，不如你把我剖开吧，看我的肚子里是不是藏着答案。"

邢朗闻言，认认真真看了他一眼，好像在考虑这个方案的可行性。

冯光被他看得冒出一脑门子冷汗，连忙岔开话题："大哥，你看路，别往马路牙子上撞。"

大和酒馆在城西，董力和徐红山都住在城南，跨越大半个城市跑来喝一杯酒，这么简单而纯粹的目的说出去，连实习生小徐都不信。

邢朗带着冯光探访酒馆，这家地理位置偏僻的小店客流量不大，却是会员制。

非会员只有在老会员的带领下才能进入酒馆，而且邢朗来之前让技术队的小赵查过，这家酒馆在税务上没有丝毫漏洞，在工商局的备案也完整，每个月交的税也不少。

从表面上看来，大和酒馆是一个遵纪守法的店铺，而且它的注册法人有些名望，除非拿着一纸搜查令登堂入室，否则其他正当和不正当的手段很难起到作用。所以邢朗拉来了冯光做引路人。

大和酒馆里里外外都是日式装修，一楼大堂的吧台和操作台全都是实木的，包间也都装着推拉门，几个服务员也穿着和服，能说几句日语，连走路的姿态和说话的语气都像极了日本人。

若不是在听到一位甜笑着说出いらっしゃいませ（欢迎光临）的和服姑娘，下一秒就问"你们有卡吗，大哥"，邢朗还真的把她当作了日本人。

邢朗对冯光使了个眼色，冯光掏出一张会员卡递给服务员，服务员在收银台后面查了查，然后把会员卡还给冯光，一边说日语一边给他们引路，把他们引到一楼一个空闲的包间。

待两位客人在榻榻米上坐下后，服务员在过道里跪下来，递上酒水单。邢朗扫了一眼酒水单，嘴角不禁抽了抽：这么高的价格。

邢朗把酒水单推到一边，看着一脸甜笑的服务员问："谢老板在吗？"

服务员："老板在楼上办公室。"

邢朗道："把你们的老板叫下来聊两句。"

服务员看懂了他颇有深意的眼神，却无动于衷，只是看了一眼被他推到一边的酒水单。

邢朗自然也看懂了服务员的眼神，把酒水单又拉回来，正准备随便点一瓶，就听冯光说："咳，邢……大哥，要见谢老板，得往后翻。"

邢朗看了冯光一眼，把酒水单往后翻了一页，嘴角又是一抽，后面一页的价格比前面还要贵上一倍。他随手指了一瓶看不懂名字的清酒，然后把酒水单递给服务员，道："请谢老板下来说句话。"

服务员笑笑，踩着小碎步走了。

白天的客人并不多，除了他们这一桌，其他包间几乎都空着，只隐隐听到西南角传来两个男人说话的声音。

等人的间隙，邢朗起身站在过道里，往收银台看了看，想看到一些符合店老板军人背景的摆设，但是收银台和吧台只摆着一些雅致的摆件，墙上挂着几幅樱花图和富士山风景图，除此之外，别无他物。

冯光一直警惕地盯着邢朗，像是邢朗随时会拔出警棍或者手枪大杀四方似的，

第十七章·不由己

嘴上也忍不住提醒道:"大哥,刚才门口那几个穿夹克的男人,你看到没?"

邢朗一手揣在兜里,捏着口袋里的烟盒,闻言转过头看着冯光讪讪地一笑:"我知道他们是这家店的打手。"

冯光神秘兮兮地比了个"八",低声道:"他们都有这个。"

邢朗的眼睛暗了一下,回到榻榻米上坐好,倒不是被打手身上的家伙唬住了,而是他听到一阵下楼的声音,听那动静,体重远超体态轻盈的小姑娘。不一会儿,一个身材高大、留着络腮胡、扎着马尾辫、一身西部牛仔打扮的男人端着一个托盘露面了。

邢朗微微眯着眼睛,不动声色打量他。虽然没见过谢世南,但是他认定这个看起来四十多岁的男人就是谢世南。谢世南一手端着酒,一手夹着一支雪茄。他走到邢朗的包间前止步,像一个日本人似的坐在榻榻米上,摆好三只杯子,边倒酒边问:"两位朋友,谁点的酒?"

邢朗对谢世南笑道:"我点的,请谢老板喝一杯。"

谢世南看了邢朗一眼,把一杯酒推到邢朗的面前,脸上虽然笑着,但他的眼神却没有丝毫温度,道:"第一次来?"

邢朗朝对面的冯光示意一下,道:"朋友介绍,说您这儿有我想要的东西。"

谢世南笑呵呵地摆手:"没这么邪乎,都是朋友们给面子。"

邢朗看了一眼摆在桌面上一溜排开的六只酒杯,忽然间他对谢世南做交易的方式无师自通。果不其然,谢世南拿起一只杯子跟他碰了一下,道:"那就开始吧。"

邢朗拿出董力和徐红山的照片放在谢世南的面前,切入正题:"我在找这两个人。"

谢世南没有拿起那两张照片,只粗略地扫了一眼,好像没打算认真辨认那两张脸,抽着雪茄问:"找他们干什么?拿钱还是拿命?"

邢朗道:"不拿钱也不拿命,他们是我的朋友,近来忽然断了联系,这才找到了您这儿。"

谢世南眯着眼睛看了邢朗一会儿,鼻腔里喷出大朵的浓烟,露出一嘴洁白、整齐的烤瓷牙,笑道:"喝酒。"

邢朗依言喝了一杯,见谢世南无动于衷的样子,又接连喝了两杯,正当他一口气喝了四杯酒,犹豫着是否喝第五杯的时候,谢世南慢悠悠地开口了:"九月二十四号,他们在这儿坐了一会儿。"

这家酒馆就是个黑店,邢朗尝出来了,他点的这瓶日本清酒其实就是高度数的老白干兑了一些劣质的梅子酒,勉强有些清香味,但本质上还是劣质的白酒,而且度数不低。

邢朗一口气喝了四杯酒，喝得脸上发热，有点上头，但是稍微缓了几秒钟就把那直冲头顶的酒意压了下去，他拎起酒瓶，倒满最后一杯，道："他们？"

谢世南点点头，端起一只酒杯，很敷衍地抿了一口，喝完直皱眉头，看来也在嫌弃自己卖的酒不好喝。

邢朗又问："他们一共几个人？"

谢世南默不作声地抽了一会儿雪茄，忽然抬起眼皮看了邢朗一眼，眼神冷酷，使人难以看透他到底在想什么。随即，谢世南抬手叫来一个服务员，服务员很快给他拿来了纸和笔，谢世南拿着笔潦草地在纸上写了几个名字，然后把那张纸甩给了邢朗。

邢朗拿起来一看，见上面写着五个名字，分别是高木、董力、祝九江、窦兴友、徐红山。看来这份名单就是当日在酒馆中聚会的几人，至于这份名单是否完整，就不可得知了。

邢朗收好名单，打量着谢世南，见谢世南把最后一杯酒倒进了酒壶。这个人的一举一动都高深莫测，他把酒装入酒壶一定也别有含义，邢朗去看冯光，只见冯光蜷缩在角落里，拼命朝他使眼色，不停地向门口努嘴。

邢朗这才得知，原来谢世南是在暗示他们赶快离开。

邢朗随即告辞，路过收银台时，忽然听到从二楼传来一声异响。动静虽然不大，但是邢朗却从中听到了女孩子的哭泣和呻吟声。

他转身看向二楼，二楼和一楼不一样，二楼不是营业场所，倒像是住人的地方。

几乎是条件反射般地，邢朗的双手掐在了腰上，手指摸向腰上的手铐，面色无异地看着谢世南笑道："老板，你养的猫跑出来了？"

谢世南夹着烟淡淡地一笑，往门口抬了抬手，送客的意味很明显。

邢朗却静静地站着不动，黑沉沉的眼睛紧盯着二楼的帷帐，不多时，帷帐的一角被风吹动了似的，略有晃动，随即又传出来一个女孩子清晰的哭声。

谢世南的脸色已经变了，正要挡在邢朗的面前，就见邢朗快速蹿上楼梯，他紧跟着邢朗上了两层台阶，从后面抓住邢朗的肩膀，脸上的肌肉略微扭曲："朋友，你该走了。"

邢朗感受到抓住他肩膀的手的力量不可小觑，谢世南的拇指和食指紧紧地扣在他的肩胛骨的位置，似乎随时会用力捏碎他的肩骨。

邢朗沉着脸回头看他，从胸前口袋里掏出警官证放在他的面前，道："放手，警察。"

谢世南的脸色又是一变，把手从邢朗的肩上拿开。

邢朗拔腿跑上二楼，掀开帷帐，二楼有多个房间，每个房间都紧闭着门，只

第十七章·不由己

有东边的一间房门虚掩着，泄出红色的光线，女孩的抽泣声就从那个门缝里传出来。邢朗走过去一脚踹开房门，在血雾似的光线笼罩下，看到一个穿着和服的瘦小的女孩被一个粗壮的男人压在身下，男人正在对女孩上下其手。

门忽然被踹开，女孩惊叫了一声，更加用力地推搡着身上的男人，但男人只是眯着眼睛往门口看了一眼，嘴里嘟囔着什么，甩手往女孩的脸上扇了一巴掌。

邢朗走过去把那个男人从女孩的身上掀开，抡起拳头朝他的面门上揍了一拳。男人被他这一拳打蒙了，晕晕乎乎地摸了摸从鼻子里冒出来的血，忽然清醒了似的，暴怒地爬起来扑向邢朗。

邢朗当胸一脚把男人踹出几米远，骂了一声："老实点！"

男人捂着胸口倒在地上，一时起不来，嘴里还在骂骂咧咧的。

邢朗正要掏出手铐把男人的双手铐住，手背忽然被人狠狠地咬了一口，他忍着痛没撒手，对咬他的女孩低吼道："我是警察！"

"警察"这两个字让女孩愣住了，女孩呆呆地看着邢朗的脸，还保持着张大嘴咬人的姿势，嘴角流出口水。

邢朗把女孩滑下肩膀的衣领拉好，对她说："别动。"随后掏出手铐朝倒地不起的男人走过去，提着他的领子把他拽了起来，又是一巴掌朝他糊着一层鼻血的脸扇了下去："强奸未成年人，信不信我让你死在牢里！"

男人被打得脸上红肿一片，分不清是手印还是鲜血，叫道："她成年了，她是自愿的！"

短短几分钟内，女孩已经换回了自己的衣服，抱着一个双肩包站在了门口，战战兢兢地看着邢朗。

邢朗箍着男人的胳膊朝她走过去，伸出手，道："身份证。"

女孩愣了一下，连忙从牛仔裤的口袋里摸出身份证递给他。

邢朗略去姓名，直接看出生年月，发现这个女孩两个月前刚刚成年。

邢朗问："你在这儿干什么？"

邢朗的表情太严肃，气场太有压迫性，女孩有点怕他，低声道："打……打工。"

邢朗："他强迫你？"

女孩看了一眼男人，没有回答，而是抓住了邢朗的胳膊，用祈求的目光看着他，说："警察叔叔，你带我走吧，我不想再待在这儿了。"

邢朗看了她一眼，道："你跟着我。"

邢朗押着男人，女孩跟在他的身后，刚掀开帷帐就见四个穿着黑色衣服的男人站在一楼的楼梯口，每个人都把手搭在腰上，虎视眈眈地盯着他。

259

邢朗领着女孩下了两层台阶，停在领头的一个男人面前，看都没看一脸挑衅的男人，对谢世南笑道："谢老板，我到你这儿是照顾你的生意，你可不能做完我的生意，再妨碍我执法。"

谢世南倚着收银台，举着那半根好像永远也抽不完的雪茄，神情依旧从容，道："被你铐住的人是我的朋友，你想带走的是我的员工，你要把他们带走，总得让我这个老板知道原因吧。"

邢朗捏着被他上了铐子的男人的后颈往前推了一下，冷冷地道："强奸未遂。"

谢世南阴鸷的目光从邢朗的脸上移开，投向他身后的女孩，笑着问："兰兰，赵大哥强迫你了吗？"

被称作兰兰的女孩浑身颤抖了一下，躲在邢朗的身后，伸手捏住邢朗的衣角，低声道："没有。"

谢世南笑了一声："听到了吗，警官？她说没有，男欢女爱，你情我愿，很正常啊。"

邢朗还没说话，就听到女孩在他的身后低声啜泣着，又把他的衣服揪紧了一些，似乎怕他妥协，把她扔下。

邢朗回过头给了女孩一个安慰的眼神，对谢世南说："如果我执意把她带走呢？谢老板还打算袭警吗？"他扫了一眼围在他面前的几个男人，"就凭他们这几块料？"

领头的男人被邢朗激怒了，二话不说抡拳就上。

邢朗抓住他挥过来的手腕，像扯一块破布似的把他的手臂往前一拉，随后抬起右膝向上顶向他的胸腹，最后一脚把他踹下了楼梯。

第一个送了人头的男人没有给其他人造成威慑，其他人反倒受了鼓舞似的，一拥而上。

"住手！"谢世南忽然吼了一声，四个男人如同被拉了电闸般，顿时停住。

谢世南看着邢朗，把剩下半截雪茄揉烂在手里，抽动着脸部肌肉对邢朗说："你可以走了，警官。"

邢朗一手抓着强奸未遂的男人，一手拉着女孩，快步走出酒馆。

冯光见事态不妙，在邢朗冲上二楼的时候就跑出来了，躲在停在街口的吉普车后等了许久才见邢朗出来。

邢朗打开车门把男人塞入后座，然后让女孩坐在副驾驶座，冯光麻利地爬上后座，忙不迭地催促邢朗快点开车，好像酒馆里的打手会随时追上来似的。

把车开上公路，邢朗看了一眼坐在副驾驶座抱着背包，不敢说话的女孩。刚才在店里，光线昏暗，看不清楚，此时在大太阳底下，邢朗才看到她的脸上化着妆，

260　　CHAPTER 2·人间四劫

第十七章·不由己

劣质的化妆品被她的眼泪洇染得不成样子,像是在脸上扣了一张脸谱,但是她看起来非常显小,如果刚才没有看过她的身份证,邢朗会把她当成一名初中生。

邢朗问:"家住哪儿?"

女孩没说话,又把身份证掏出来递给他。

邢朗一手把着方向盘,一手接过她的身份证,这才得空仔仔细细地看了一遍。女孩叫曲兰兰,刚满十八岁,户籍所在地是一座外地的小县城。

邢朗把身份证还给她,察觉到车厢里烟味浓重,于是放下来半扇车窗散烟味:"来芜津干什么?"

女孩低声道:"打工。"

邢朗皱眉:"不上学?"

女孩:"上学没用,挣不到钱。"

邢朗忍不住又看了她一眼,心说这是什么见鬼的逻辑:"你家里人呢?"

女孩:"我跟奶奶一起生活。"

邢朗:"父母呢?"

女孩的口气毫无波澜:"死了。"

邢朗不再过问她的家庭,透过后视镜看了一眼后座上那个神情呆滞的男人:"刚才他是不是在强迫你?"

本来十拿九稳的问题,没想到女孩却迟疑了,这让邢朗心里窝着一团火,语气也冷淡了许多:"怎么,你还真是自愿?"

女孩嘟起嘴巴,揪着背包的带子,低声道:"我不愿意陪他。"

邢朗的脸色越来越冷,恰好前面一辆电动车堵在他的车头前,不愿让路,他便泄愤似的狠狠地按了两下喇叭,偏偏后座那个男人还在哼哼唧唧,他抓起扔在驾驶台上的半瓶矿泉水朝后座砸了过去,喝道:"闭嘴!"

女孩也随着邢朗的怒吼抖了一下,瑟缩着肩膀挤到了角落里。

邢朗看了她一眼,脸色缓和了一些:"酒馆老板和你什么关系?"

女孩:"是,是赵哥给我介绍的工作。"

女孩说完,怯怯地看了他一眼:"警察叔叔,你带我去哪儿?"

邢朗想了想,说:"派出所。"

女孩愣了一下,受到惊吓般地想要打开车门:"我不去,我不去派出所!"

邢朗眼疾手快地锁上车门,低吼道:"坐好!"

女孩又抖了一下,不敢动弹。

邢朗抹了一把脸,把脸上的戾气抹净,语气稍有缓和:"不难为你,待会儿问你什么问题你就回答什么问题。"停顿了一下,又道,"如果你想回家,我会联系你的家人把你接回去。"

女孩听到回家两个字,眼睛立刻亮了起来,可是很快,她眼中的光芒再次熄灭,只捏住了手中的身份证。

邢朗把车停在华阳区派出所的门口,带着男人,领着女孩,走进派出所一楼,随手拦住一个警察,道:"把你们周所长叫过来。"

这个警察还不认得他,但是认得他手中的警官证,很快把口信传到了所长办公室。穿着一身笔挺警服的周毅清从楼上跑下来,看到刑朗一行三人的组合,立刻就猜到了邢朗意欲何为,打趣道:"来就来吧,还捎什么伴手礼?"

邢朗把男人和女孩全都交给他,指着臊眉耷眼的男人说:"强奸未遂,好好审审,兴许还能审出点别的来。"然后把周毅清领开两步,"这个女孩,你把她的来历查清楚。"

周毅清回头看了曲兰兰一眼,点头:"行,我知道了。"

邢朗看了一眼不远处还在盯着他的女孩,道:"给她找个地方住,你们招待所就行。"

周毅清:"放心,我会安排。"

邢朗又把女孩叫到一边,把身上的现金摸出来给她,道:"配合警察的工作,过两天我再来看你。"

邢朗要走时,女孩忽然追上他,捏着几张钞票犹豫着道:"叔叔,你能帮我一个忙吗?"

邢朗:"说。"

"其实我有钱,但是被我的男朋友拿走了。"她抬起头看着邢朗,面露恳求之色,"还有我离开家的时候偷走的银镯子,那是我奶奶的。你能帮我把它拿回来吗?"

暂时忽略男朋友那三个字,邢朗问:"姓名、地址。"

女孩忙道:"他叫陶小飞,在光明路13号,路口的魔兽网吧上班。"

邢朗记下这个名字,随后离开派出所,看到冯光已经下了车,蹲在马路牙子上。

冯光站起来对他说:"邢警官,那我也走了。"

邢朗走到冯光的面前,从钱包里拿出五百块钱递给他。冯光不敢接。

邢朗皱眉,不耐烦地道:"拿着,线人费。"

冯光嫌钱烫手似的接过去迅速揣到兜里,嘟囔着道:"你发展这么多线人,得发出去多少钱。"

这句话戳到了邢朗的痛处,邢朗瞪了他一眼,说:"你懂什么?"临走时,邢朗坐在车上,放下车窗对站在人行道上的冯光说:"我让你帮我找的人,尽快打听，你如果敢走漏风声……"

冯光撇撇嘴，帮他补上后半句："你就请我吃牢饭。"

邢朗不再多说，发动车子汇入车流。

刚开出去没几米，他接到魏恒打来的电话，电话接通后，魏恒却没说话，过了一会儿才试探性地说："喂？"

邢朗道："是我。"

魏恒沉默下来，声音立刻变得冷淡："你的手机进水了吗？刚才给你打了四五个电话都无法接通。"

邢朗沉默了一下，立刻反应过来，魏恒说的刚才应该是他在大和酒馆里的那段时间。电话无法接通，那就只能是信号被阻断了，看来大和酒馆的水，比他预想的还要深。

无意把前因后果解释给魏恒听，于是邢朗不正经地笑着问："怎么，担心我出事？"

魏恒果然不再追问，只是道："快点回公安局，我们找到梁珊珊了。"

邢朗的精神一振："在哪儿找到的？谁把她带走了？"

魏恒沉默了片刻，道："不知道？"

邢朗："不知道？"

魏恒低低地叹了口气："她死了，我们找到的是一具尸体。"

第十八章
疑点

芜津市老城区与市郊接壤地带有一座从清朝时期留下来的城门楼子。几百年前用来抵御外来入侵,一直被保留了下来,城市的发展中心从城西移至城东,城西的城门楼子也就慢慢荒废了下来。城门楼子早已失去了往日战火连天的年代里被市民当作保护神的尊荣,变成了城西的早市。

城门外有一座跨越江水的旧大桥,桥下的江水是渝江的分支,近年来水量骤减,旧大桥也失去了传统的作用,只是日复一日地用两只"手掌"紧紧地抓着河流两岸,就算在岁月的打磨中失去了往日的色彩,也固执地不肯随着人们的遗忘而消失。

梁珊珊的尸体在旧大桥的桥洞中被发现,报案的是附近的拾荒老人。

漆黑的桥洞深处,有一个非法安装的排污管道,非法安装这个排污管道的饭店被停止营业后,排水口就此荒废,成了暗夜生物的温床。但在今天,这个排污管道突然裂开,女孩的尸体随着水流和垃圾等杂物被污水带出来,出现在河边乱石上。

当时,拾荒的老人在河流的浅滩旁寻找可回收的瓶瓶罐罐,像是被从地心传来的轰隆声惊动,那一瞬间,他还以为是地震,赶紧远离了浅滩,等他再次靠近后,就看到一个穿着蓝白色校服的女孩仰面躺在乱石上,尸身浮肿溃烂。

邢朗的手机打不通,王前程又不在公安局,魏恒只得暂时行使领导的职责,调动警察和法医赶赴现场。此时已经深秋,尽管天上太阳高照,但是深秋的寒意还是使人裹上了外套。魏恒站在河床上,看了一眼站在对岸不远处往这边探头看热闹的附近居民,他们都穿上了厚衣服,但还是抵御寒风般缩着肩膀缩着手,目光中带着好奇和惊疑。

"魏老师。"沈青岚踩着一地碎石,朝魏恒走过去,"死者身上背着书包,书包里有学生证和课本,现在已经确认了身份,是失踪少女梁珊珊。"

魏恒如木桩般站在那里,一动不动地环视着四周,道:"现场还可以采集到证据吗?"

第十八章·疑点

沈青岚摇摇头："脚印倒是发现了几个,但是提取有困难,而且无法确定是不是凶手留下的脚印。"

魏恒抬起右手,指了指围着人群的东南方和城楼门子的方向："排查那两个入口,调出附近的所有监控记录。"

沈青岚当即领着人走了。

魏恒站在原地,看着每一张观望者的脸。杀害梁珊珊的人或许就在他们当中,把梁珊珊丢弃到废弃的排污管道中的人一定熟悉附近的地形,而且"他"很清楚这根管道不会再使用,梁珊珊能在黑暗的管道中永远沉睡。

但是今天,那根排污管道却因为某种机缘巧合,吐出了内藏的脏污和罪恶。拾荒老人受了刺激,附近的市民都跑来看热闹,此时围观警察勘查现场的人群中,一定有一双隐藏在阳光之下满是罪恶的眼睛。"他"就躲在人群中,注视着警察的一举一动。

魏恒紧紧地握着手中的雨伞,愤怒和挫败感在心里油然而生,他知道凶手就藏在人群中,却找不出来,因为那一双双观望者的眼睛,都是那么的麻木、冰冷。

陆明宇忽然喊了一声："魏老师!"

魏恒转身朝被警察和法医包围的尸体走去,看着女孩的脸颊,她的耳朵和鼻子,还有一只左眼几乎被暗夜里的生物啃光了。

陆明宇把梁珊珊的校服上衣往上拉了一下,抬起头,瞳孔一缩："凶手在她的衣服里塞了一个风车!"

魏恒愣了一下,低声道："陈雨。"

二十多厘米长的风车藏在梁珊珊的衣服里,贴着她的肚子,而风车上手持的棍子被塞入梁珊珊的校服裤子里。

秦放抬起女孩的下巴,在她的脖子上看了片刻,然后起身走到魏恒的面前,神色凝重地道："脖子上有勒痕,死因和白晓竹一样,机械性窒息。"

魏恒看着梁珊珊的脸,轻声道："带回去,收队。"

邢朗开车回到公安局时,大老远就看到梁珊珊的爷爷吕伟昌和舅舅吕志新站在公安局外的人行道上,吕伟昌站不稳似的靠着墙,而吕志新蹲在路边,抱着脑袋,揪着自己的发根。父子两个都在走神,都没有发现一辆吉普车从相反的方向驶向了公安局,停在了公安局门口。

邢朗跳下车,让保安小石把车开进去,然后迈步走向他们。

随着邢朗的脚步声靠近,吕伟昌闻声看过去,看到邢朗,便立刻站好,略显慌张地叫了一声："邢警官。"

蹲在地上揪头发的吕志新浑身一颤,把双手慢慢放下来,露出一张因痛苦而扭曲的脸。

才几日不见，原本看起来健硕的老人如今走路都需要用拐杖，邢朗看了一眼吕伟昌手里的拐杖，又看了一眼撑着膝盖慢慢站起来的吕志新，心里涌起一丝狐疑，但是什么都没说，对他们招招手："走吧。"

邢朗领着他们走进公安局，上台阶的时候吕伟昌忽然在他的身后说了句："让我怎么和珊珊的妈妈交代。"

邢朗把他们领到三楼法医室旁边的尸检室，在窗边看到了魏恒。

吕伟昌和吕志新走进尸检室，片刻后，尸检室里响起两个男人痛哭的声音。

邢朗心情沉重地走到魏恒的身边，掏出烟盒，抽出两根烟，一根衔在嘴里，一根递给魏恒。

魏恒目不转睛地看着尸检室里站在梁珊珊的尸体旁失声痛哭的两个男人，摇了摇头，示意自己不需要。

忽然间，邢朗觉得尼古丁对他也没有多大的作用，索性把烟又装回烟盒里："说说现场的情况。"

魏恒什么都没问，只把现场的情况简明扼要地说了一遍，给邢朗提示了重点，那只藏在梁珊珊衣服里的风车。

邢朗听完沉默了一会儿，问："梁珊珊的书包里缺了什么，或者多了什么吗？"

魏恒道："现场带回的物证正在鉴定，梁珊珊的书包里没有多余的东西，也看不出少了什么。"

邢朗："死前被性侵了吗？"

魏恒摇摇头："等鉴定结果。"

说话间，吕志新忽然冲出来，紧紧地抓住邢朗的胳膊，红着眼睛，露出凶狠的表情："凶手在哪儿？你们把凶手带回来了吗？"

邢朗顿时感到心累，什么都没说，只对站在一旁的陆明宇使了个眼色。陆明宇走上前，把吕志新拉开，吕志新还在挣扎着，怒吼着："你们警察真无能！珊珊死了，你们却找不到凶手！你们都是一群废物！"

此时吕伟昌拄着拐杖颤颤巍巍地走出来，抬起胳膊指着吕志新，颤抖着嘴唇道："畜生，你给我闭嘴！"老先生浑厚有力的声音在走廊里响起，盖过了吕志新的怒吼。吕志新的脸通红，眼神急切地看着邢朗，像是急于对他说些什么："邢……邢队……"

吕伟昌忽然扬起拐杖狠狠地抽在吕志新的小腿上，低吼道："还不闭嘴？你还想闹什么？"

面对受害者家属的责骂，邢朗已经习以为常，所以他没有动怒。吕伟昌代替

第十八章·疑点

儿子向他道歉时,邢朗只是定定地看着他们,一言不发。直到吕志新和吕伟昌走出公安局,邢朗看着他们消失的背影,忽然说了句:"有点意思。"

魏恒也觉得刚才的一幕有些怪异,吕志新貌似有话要说,却被吕伟昌用暴力打断。而且吕志新说的话让他再次想起初次去梁珊珊家里时,吕志新追出来对他说的那番话。

邢朗有了方向,问魏恒:"你还有事吗?"

魏恒道:"等秦主任的尸检报告。"

邢朗抬手在魏恒的肩上按了一下:"你跟我出去转转。"

邢朗说的转转当然不可能是出去逛街,魏恒早有心理准备,坐在副驾驶座问他:"去抛尸现场?"

邢朗点着烟,把打火机往驾驶台一扔,道:"不然呢?警察干的就是体力活。"

正午的阳光将车厢里的温度升高了好几度,魏恒觉得有点热,于是脱下风衣放在腿上,又解开一颗衬衣的扣子,胳膊撑在车窗上支着额头,闭着眼睛懒懒地道:"刚才你不在,我已经让沈警官带人去调取录像,走访城门楼子附近的居民了。"

看着魏恒一副慵懒的、将睡不睡的模样,邢朗道:"那咱们就从学校开始,和小岚他们把住两头,往中间会合。"

魏恒闭目养神,过了好一会儿才说:"梁珊珊衣服里的风车……"

虽然魏恒没有说完整,但是邢朗明白他想说什么,于是接上了他的思路:"白晓竹的尸体上也出现了风车,你怀疑梁珊珊和白晓竹是一个人杀的?"

魏恒想了想,眉毛不知不觉地皱在了一起:"但是为什么,凶手把梁珊珊放进排水管,却把白晓竹放在旧仓库?"

他之前设想凶手把白晓竹的尸体放在旧仓库是一种具有仪式感的行为,暗示着曾经在旧仓库发生的一些事,凶手对那些事进行弥补或在进行挽回。这个逻辑在发现梁珊珊的尸体出现之前都是成立的,但是梁珊珊的尸体却被放置在不见天日的地下排污管道,并且衣服里同样藏有风车。

至今,魏恒还记得陈雨在郭雨薇的生日那天往她家里送风车,却险些被郭雨薇的家人打死的那件事。而且陈雨亲口说过,郭雨薇喜欢风车。暂时做一个最大胆的猜测,风车代表了郭雨薇,所以两名死者的身上都留有风车,凶手把两名死者当成了郭雨薇,那么凶手在白晓竹的尸体上所作的弥补,就是对郭雨薇的弥补。按照这个逻辑继续往下推,有可能作案的人就是陈雨。那佟月和旧仓库的联系又该怎么解释?

邢朗不知道魏恒在想什么,但他同样想到了佟月:"那佟月呢?本来咱们分析佟月和白晓竹的案子是一个人做的,现在冒出来一个身上藏着风车的梁珊珊,难道佟月、白晓竹、梁珊珊这三个案子是同一个人做的？"

光是想一下，邢朗就觉得很混乱，皱眉道："这个作案模式也太千变万化了吧？白晓竹被扔在旧仓库，梁珊珊被扔在污水管里。况且绑架佟月的人是张东晨，有嫌疑杀害白晓竹和梁珊珊的人却是陈雨。这两个嫌疑人什么情况？组团作案？"

邢朗只是着急上火，胡说八道，却在无意中点拨了魏恒。

魏恒掀起眼皮，一道寒光从眼睛里射出来："组团……对啊，为什么不可能？"

邢朗觉得魏恒用脑过度，昏了头了，揶揄道："魏老师，难道你真的觉得陈雨会和张东晨联手作案吗？他们是一个作案团伙？"

魏恒的眼神陡然变得明亮，道："不是团伙，而是组合。"

邢朗皱眉："说清楚。"

魏恒想了片刻，道："咱们一直以来的思路是把佟月、白晓竹和梁珊珊的案子当作同一系列的案件，因为这三起案子之间有不可忽视的联系。但是，如果她们被杀案的联系是巧合呢？"

魏恒停顿了一下，接着说："如果佟月的案子只是和白晓竹的案子偶然出现交叉呢？"

邢朗很快理解了魏恒话中的意思："你是说，绑架佟月的人和杀害白晓竹的人不是同一个人？案发地点和抛尸现场都在旧仓库只是一个巧合？"

邢朗理解得这么快，魏恒不禁看了他一眼，道："巧合与否，我现在不敢断定，至少我可以给出推测，绑架佟月的人不是杀害白晓竹和梁珊珊的人。"

邢朗的关注点和魏恒不一样，他立刻想起另一个人来："按你这么分析，张东晨是嫌疑人的可能性较小？"

魏恒点头："可以这么说。"

邢朗道："那嫌疑人就只剩下一个脑瘫的陈雨？"

这话让人感到丧气，但却是实话。魏恒无奈地再次点头。

邢朗皱着眉，沉默地往前开了一段，等红灯变成绿灯的时候忽然问："佟野又找你了吗？"

魏恒看了邢朗一眼，冷下脸："没有。"

邢朗看他一眼，笑道："这倒出人意料，你说，我们是不是应该把他纳入侦查范围？"

魏恒冷眼斜他道："邢队长，你是怎么把佟野与案子联系上的？"

邢朗冲魏恒挑挑眉，笑得很开心，但他也懂得见好就收，见魏恒的脸冷得像带着冰碴，笑了两声就不笑了，把车停在路边，道："等我一会儿。"

魏恒冲他下车的背影瞪了一眼，沉默地坐在车里等着。

第十八章·疑点

邢朗下车穿过马路，走进马路对面的一家本市有名的小吃店，点了几样好做且方便带走的点心，然后在一个空座上坐下，等点心出锅的时候拿出手机联系沈青岚。本来他打这个电话只是想问问沈青岚所在的外勤小组的方位，给他们送点吃的过去，没想到沈青岚她们这么快就突破了瓶颈，有了进展。

沈青岚告诉邢朗："我们找到梁珊珊失踪当天，被监控拍下来的录像了！"

邢朗立刻从椅子上站起来："在哪儿？"

"华凌皮货大卖场后门的摄像头拍到了梁珊珊，经过粗略对比，女孩的背包、衣着以及身材都和梁珊珊很相似，我给你发照片。"

沈青岚挂断电话，迅速给邢朗传了几张照片。

邢朗打开照片，看到深夜里在巷子口一闪而过的人影，虽然摄像头的质量不错，但是由于角度问题只拍到了被一个人扛在肩上的女孩。女孩穿着校服，扎着马尾，背着一个白色的书包，书包上隐约可见拴着一只皮卡丘玩偶。邢朗只看了一眼，就可以断定，她就是梁珊珊。他把电话打回去，告诉沈青岚："把录像送到单位做技术处理，你们按照那个人行进的路线继续排查。"

沈青岚说了声"明白"，就挂了电话。

此时店老板提着打包好的一兜点心从厨房里出来，邢朗付了钱，带着点心回到车上，道："吃吧，午饭。"

魏恒没有搭理邢朗，而是皱着眉头看着手机出神。

邢朗见魏恒的脸色凝重，问道："怎么了？"

魏恒道："刚才秦主任给我打电话，告诉我梁珊珊尸检的结果。"

邢朗挑眉："这么快？"

魏恒道："不，只是他初步推测的死因和死亡时间。"

邢朗："说说。"

魏恒道："梁珊珊死于机械性窒息，死亡时间是在十月十号，失踪的当天晚上到凌晨。"

邢朗："没了？"

"还有一点。"魏恒沉着脸去看邢朗，"梁珊珊死前并没有遭受性侵，但是她的处女膜陈旧性破裂。"

邢朗的眼神立刻变冷，他当然知道处女膜陈旧性破裂是什么意思，邢朗立刻在脑海中搜索上次在学校走访时，从梁珊珊的老师和同学口中得到的对梁珊珊的评价。梁珊珊是一个品学兼优又内敛文静的学生，在同班和外班都没有几个和她玩得好的男同学，和她关系好的女同学都说她平常不怎么接触异性。

梁珊珊失踪初期，邢朗就找人全面调查了梁珊珊在学校里的各种关系，其中就包括中学生谈恋爱的情况，而几乎和梁珊珊形影不离的一个女孩说梁珊珊不可能有男朋友，因为梁珊珊在放学后就立即回家，课余生活十分简单。

邢朗没有说话，心里越来越冷，甚至觉得点心散发的香味有点恶心。

魏恒的脸色也很不好看，静坐了一会儿后给秦放打了个电话："秦主任，可以找到精斑吗？"

秦放很无奈："不行，都清理过了。"

魏恒皱着眉，正在思索的时候，听到电话那头较远的陆明宇的声音，陆明宇问秦放在和谁打电话，听秦放说"是魏老师"后，便接过秦放的电话，道："魏老师，我这里有点发现，邢队和你在一起吗？"

魏恒按下免提，把手机放在两个人的中间："嗯，你说。"

陆明宇道："我刚在梁珊珊的书包里发现一部手机，手机被水泡坏了，但是电话卡还可以使用，刚才我查了梁珊珊的手机卡，调取了她失踪当天的通讯记录，结果发现一点和你在梁珊珊家里的笔录不符的细节。"

邢朗："哪一点不符？"

陆明宇停顿了片刻，好像在文件中翻找，然后道："十月十号，晚上九点三十八分，梁珊珊接到手机号为15489654XX0的号码打来的电话，通话时间是四十三秒。经过核实，这个手机号是梁珊珊的姥爷吕伟昌的电话号码。我刚才翻了翻你拿回来的口供，梁珊珊的姥爷吕伟昌说他在九点多给梁珊珊打过一个电话，但是……"

魏恒仿佛自言自语一般，替他说出后半句话："但是吕伟昌却说那个电话没有打通。"

午后的秋风从窗口钻进来，却让魏恒浑身一抖，他目光如炬，注视着挡风玻璃，冷冷地道："吕伟昌在说谎，那个电话，他明明打通了。"

十月十号，晚上九点三十八分，梁珊珊接到了姥爷吕伟昌打来的电话，和吕伟昌通话四十三秒。但是梁珊珊却在几个小时后被丢弃在黑暗、潮湿、脏污的排污管道中。吕伟昌在说谎，他在隐瞒梁珊珊的死亡时间。

邢朗临时改变目的地，他们依旧是去城西，但是目的地变成了梁珊珊的家。

"梁珊珊死前遭遇暴力劫持，手腕和脖子处有轻微的防卫伤，但是……"魏恒看着秦放发到他手机上的伤口分析，念着念着忽然停住。

邢朗问："但是什么？"

魏恒慢慢地道："但是凶手勒死梁珊珊的时候，是从正面将其勒杀。"

邢朗一心二用，看着前方的路况："有疑点吗？"

魏恒放下手机，也看着前方，此时太阳已经移到正西，阳光直射到挡风玻璃上，

第十八章·疑点

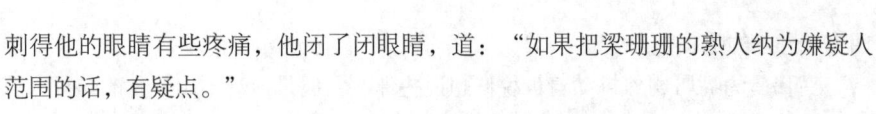

刺得他的眼睛有些疼痛，他闭了闭眼睛，道："如果把梁珊珊的熟人纳为嫌疑人范围的话，有疑点。"

邢朗皱着眉想了想："你怀疑和梁珊珊保持性关系的人是梁珊珊的家人？"

车里的温度明明不低，但是魏恒依旧把风衣穿起来了，整理着衣领道："梁珊珊没有男朋友，也没有和别人提起过她的性经验和性生活，或许正是这个男人要求她不能说出去的。从现在掌握的线索来看，梁珊珊的处女膜陈旧性破裂，却不为任何人所知，她也没有向谁求助过，显然她遵从了这个男人，信任这个男人，并且自愿和他保持性关系。或许梁珊珊自愿和这个男人保持性关系，也是出于梁珊珊对他的信任。这种信任感需要长期培养，一朝一夕很难建立，而梁珊珊的家人更有机会和她建立这种彼此间的信任。"

和一个十三四岁的女孩保持长期的性关系，这让邢朗想起了他从大和酒馆带出来的曲兰兰。

梁珊珊的年纪还小，没有父亲在身边，母亲更是对她疏于管教，她自然会全权听命于抚养她的人，就算对方让她脱下裤子，她也会懵懂地照做。后来，她已经习以为常。

邢朗沉默良久，冷冷地道："家庭成员，男性，地位高于梁珊珊，梁珊珊没有父亲，那就只剩下……"他转头看着魏恒，"吕伟昌。"

魏恒没有看他，出神地看着窗外，忽然牵动唇角轻轻笑了一下，念道："姥爷。"

邢朗听见了，胃里一阵犯恶心。他从烟盒里磕出一根烟点着了，狠抽一口才略好些，停顿了一下，又道："你刚才说，梁珊珊的死有疑点？"

魏恒道："梁珊珊被人从正面勒死，熟人甚至亲人作案都不会选择正面面对受害者，因为他们大多熟悉被害人，对被害人有感情，通常会选择在被害人的身后动手。"他的手指在车窗上点了两下，"所以，侵犯梁珊珊的是一个人，杀害梁珊珊的是另一个人。"

傍晚，残阳红得像血，像是被什么东西生生咬去了一半，剩下半副躯体血淋淋地挂在天边，淌着猩红色的鲜血。第二次拜访吕伟昌的家，邢朗和魏恒都不再疑惑和迷茫，他们知道，所有的真相都藏在这栋斑驳、老旧的居民楼中。

门铃响过，房门被打开了，吕伟昌站在门口，问："两位警官，你们……"

邢朗用力推开门，抬手捏住吕伟昌的颈部把他往后推了两步，狠狠地道："强奸你的外孙女，感觉很爽吗？"

吕伟昌那张布满皱纹的脸像是干旱龟裂的土地忽然崩裂了似的，两只凹陷的眼睛立刻瞪圆，急速地喘息了一声，嘶哑着道："我，你，你们……"

魏恒轻轻关上房门，累了似的倚着沙发的扶手，目光平静地看着邢朗和被邢朗掐着脖子的吕伟昌。

吕伟昌的嘴唇剧烈抖动着，貌似想说些什么，但是他说不出完整的句子。邢朗捏着他的脖子把他推倒在沙发上，吕伟昌仰着头，看着不像警察，倒像是暴徒的邢朗。

邢朗抬起右脚踩在他的小腹上，脚后跟压在他的双腿之间，稍稍用力踩了下去，吕伟昌立刻白透了脸，冒出了冷汗。

"你这根东西还好用吗？用在什么地方不好，竟然对你的外孙女下手。"

成年男性的力量让吕伟昌无从反抗，他抓住邢朗的脚踝，浑身剧烈地抖动着，说："我不知道你在说什么，我没有伤害珊珊。"

邢朗冷笑："嘴硬。"他从外套的口袋里拿出手机，找出一张照片举到吕伟昌的面前，"看看这是谁？谁把梁珊珊的尸体扛在肩上？又要去什么地方？你觉得凭我们警方的手段，把这张照片做技术处理后，看不到你这张老脸吗？"

吕伟昌愣住了，邢朗手中的照片像是给他兜头浇下一盆冷水，他的眼神中涌现出一种叫作绝望的东西："这……这是……是……"

"是你！"邢朗再次掐住他的脖子，逼到他面前，乌黑的双眼如被冻结的水面般冰冷，"现在告诉我，你在哪里发现了梁珊珊？你发现她的时候她是活是死？我猜她当时应该还活着，因为你在九点三十八分和她通过电话！你为什么不救她？难道就为了不被人发现你对她做的那些脏事吗？"

吕伟昌被邢朗掐住脖子，整张脸在短时间内涨得青紫，他拼命地喘息着，把求救的目光投向魏恒。

魏恒站在沙发旁，对吕伟昌正在遭受的痛苦视若无睹，只是抬起手腕看了一眼时间，然后看向窗外已经完全暗下来的天色。

邢朗松开吕伟昌的脖子，揪住他的衣领，再次逼问："把你发现梁珊珊的地点说出来，说！"

吕伟昌捂着脖子大口呼吸，像是想起了无比痛苦的回忆，他揪着发根痛苦地呜咽："没错，是我害了珊珊……可怜的孩子，可怜的孩子啊！"

魏恒的目光微微一震，转头看着吕伟昌，眼神更加冷冰。

邢朗："是你杀了她？"

吕伟昌疯狂地摇头："不是，我发现她的时候，她已经死了！"

邢朗揪住吕伟昌的头发迫使他抬头，目光狠厉，像是一头正在捕猎的野兽："你发现梁珊珊的时候，她在哪儿？"

"在，在许家胡同13号巷子里。"吕伟昌喘息着说完这句话，"扑通"一声跪在邢朗的脚旁，以忏悔的姿态垂下头，"你把我带走吧，我承认是我伤害了

第十八章·疑点

珊珊，都是我干的！"

魏恒看着年过半百的老人下跪忏悔的一幕，内心并没有受到丝毫撼动，反而疑虑更深。

房门忽然被人推开，一个女人的声音响起来："爸！"

一个穿着时尚、漂亮的女人跑进来，蹲在地上搀扶吕伟昌，惊疑地问道："您这是干什么啊？快起来！"

吕伟昌几乎把身子伏在地上，愈加无法抬头。

魏恒看着眼前的一幕，眼中像是被投入一颗石子，扰乱了平静，激起一圈圈凌乱的波纹。忽然，他回头看向门口，看到了站在门口，手里提着两个塑料袋的吕志新。

吕志新的目光惊恐，神情呆滞地看着跪在地上的吕伟昌。

像是自嘲般，魏恒笑着摇头，一步步走向吕志新，轻声道："乱伦，侵犯幼女，这种行为并非一朝一夕可以养成，一个母亲就算再不负责，也不会把女儿送到曾经侵犯过自己的恶魔手中，和梁珊珊发生并且维持性关系的不是你的父亲，而是你啊，吕志新先生。"

"扑通"一声，吕志新手中的塑料袋落地，一个个苹果从袋子里滚出来，在地板上徐徐滚动。

吕志新看着魏恒，眼中的恐惧几乎撕裂他的眼睛，下一秒钟，他拔腿跑出房门。

魏恒像是站不稳似的，抬手扶着墙壁，回头看着邢朗，说："是他。"

邢朗什么都没说，什么都没问，冲出房门往吕志新消失的方向追了过去。

梁珊珊的母亲至今还不知道自己的女儿生前遭遇了什么，她诧异地看着魏恒："你们是警察？你们抓我的弟弟干什么？"

魏恒看着她保养得当的脸，细数她眉眼间的愤怒，却没有发现她对亲生女儿的悼念和哀痛。他觉得可笑极了，但是他无力把心里的感情外化出来，他面无表情地看着梁珊珊的母亲，说："既然你不能保护她，就不应该把她生出来。"

走出单元楼，魏恒发现天已经黑了，夜幕中蹦出零零散散的几颗星星，一层黑雾似的云彩后面闪着月亮的清辉，月光冷得像冰水。

魏恒从侧门走出小区，在静谧无人的深巷中缓缓向前走了一段，仿佛有什么东西在指引他一般，他拐过了一个分岔口，在一盏昏黄的路灯下看到了邢朗和吕志新。

吕志新浑身滚满泥土，蹲在墙角，捂着脑袋，邢朗站在他的面前，嘴里叼着一根烟，正在点火。远远看到魏恒朝这边走过来，邢朗收起打火机，对魏恒招了招手。

魏恒慢慢地走过去，蹲在吕志新的面前，目光依旧保持着平静和冷漠，看着他说："告诉我，他是谁？"

　　吕志新放下胳膊，露出一张惊恐交加的脸，闪烁不定的眼睛不敢直视魏恒，还在装傻："别问我，我什么都不知道！"

　　魏恒忽然转移话题："我还记得，第一次去你家里走访，你追出来对我说，'你们一定要抓到凶手，否则他会糟蹋更多的女孩子'，如果我没记错的话，你说的是糟蹋，当时我就有点奇怪，为什么你笃定地认为梁珊珊被糟蹋，直到现在我才明白。"魏恒的声音越来越平静，越来越冷，他注视着吕志新异常慌乱的眼睛，"因为你看到了，对吗？你亲眼看到梁珊珊被那个人糟蹋，你看到了凶手。"

　　吕志新像是受到了莫大的惊吓，再次紧紧地捂住脑袋，从喉咙里发出痛苦的低吼："不，我没有！我没有看到他！"

　　魏恒轻轻一笑，叹道："你还真是聪明。你很清楚梁珊珊的尸体不能曝光，因为她的尸体一定会引来警察，到那个时候警察就会发现梁珊珊的处女膜陈旧性破裂，你和梁珊珊的关系就会被曝光。同样，你也不能说出你看到凶手这个事实，因为凶手必定和梁珊珊同时在场，如果你看到了凶手，怎么可能会看不到梁珊珊？所以你不能让警察找到梁珊珊的尸体，更不能让警察检查梁珊珊的尸体。"

　　魏恒像是在讲故事，声音低缓，却带着让人侵肌刺骨的寒意："我猜，梁珊珊被杀死的时候你就躲在旁边，默默地看着她。直到她被丢弃，你才从黑暗中走出来，扛起她已经失去呼吸，逐渐变得冰冷的身体，把她放进了桥洞下的排污管道中，你敢说这不是你干的吗？我们查过你的资料，你在环保局工作，两年前旧大桥非法安装排污管道的案子就由你负责。你很清楚，只要把梁珊珊放入那条禁止使用的排污管道，她的尸体就没有再见天日的一天。"

　　说到这里，魏恒轻轻笑了一声："但是谁能想到呢？不知道出于什么原因，那根管道竟然破裂，梁珊珊的尸体和那些污秽物一起被冲出来，曝光在所有人面前。"

　　吕志新梦魇般呆呆地道："不，不是我，我什么都不知道！我不知道！"

　　魏恒的眼神一暗，忽然握住吕志新的手腕，神色在陡然间变得凶狠起来："你看到他了，你看到了杀死梁珊珊的凶手，告诉我，他是谁？"

　　吕志新疯狂地在魏恒的肩上狠狠地推了一把："我都说了我不知道！"

　　魏恒没有维持好重心，身体向后仰倒，却没有倒在地上，而是被一条有力的手臂紧紧抓住。

　　邢朗扶了魏恒一把，然后揪住吕志新的领子把他抵在墙上，吐掉嘴里的烟，冷笑道："不承认？没关系，那我就陪你耗，我们的法医已经在梁珊珊的阴道里

第十八章·疑点

提取到了精斑,最迟明天早上,鉴定报告就会告诉我们答案。到时候我一样把你送上法庭,但是上法庭之前,我会先把你扔去看守所。"

吕志新被吓得面色惨白,双眼空洞无神,嘴唇哆嗦着低声说了句什么。

邢朗捏紧吕志新的下巴:"大点声!"

吕志新闭上眼睛,咬了咬牙,低声重复了一遍。

魏恒问:"他说什么?"

邢朗松开吕志新的领子,回过头,一双如黑潮般涌动的眼睛注视着魏恒:"他说,是陈雨。"

夜晚,秦放拿着完整的尸体检验报告走出办公室,爬上四楼,在楼道里撞见了迎面走来的陆明宇。

陆明宇道:"秦主任。"

秦放点点头,问:"邢队还没回来"

陆明宇站在他面前:"没有,他和魏老师一起出去了。"

秦放把手中的文件递给他,口吻焦急:"那你看。"

"梁珊珊的尸检报告吗?"陆明宇伸手接了过去,往旁边撤了几步,站在楼道边上翻开了文件。他扫过绪论,直接从第二部分'检验'开始看,还没把尸表检验部分看完,报告就被秦放不耐烦地往后翻了几页。

秦放翻边说:"尸检记录和现场勘验结果基本没有出入,你看我标注的地方。"

陆明宇由着他翻,跳到他标注的地方开始看,只见满满一页文字中有几行被红笔标红:阴唇肿胀,尿道外口有轻微出血,处女膜呈陈旧性撕裂,阴道内无精斑残留。他继续往后翻,在第三部分论证页面中同样找到了被标红的几行文字:在梁珊珊右手中指和食指指甲中均发现微量人体皮肤组织残留,已提取出 DNA,经过比对,系属犯罪嫌疑人陈雨。

陆明宇神色一振,眼神中涌出几分欣喜:"是陈雨!"

警方一直怀疑陈雨,但是苦于没有证据,此时在梁珊珊身上发现了陈雨的 DNA,凭借这份物证,他们完全可以对陈雨实施抓捕。

然而秦放关注的并不是这份 DNA 检验记录,他又把文件往后翻了几页,停在最后一页结论上,指着最后几行文字道:"颈前部多处皮内伤出血伴有中毒表皮脱落,外表皮红肿,皮下呈线状软组织挫伤。并且颈项部位宽 2.3 厘米索沟、颈前部肌肉群、软组织点片状出血。损伤特征符合扼颈、勒颈所致。结论,梁珊珊系机械性窒息而亡。"

陆明宇的注意力早不在眼前这份尸检报告上了,他拿出手机翻着通讯录问:"有问题吗,秦主任?"

秦放很想翻白眼，心说整个支队上下能跟他聊两句的只有一个魏恒，但是现在魏恒不在，所以他只好耐心道："根据尸体检验结果和现场勘验记录来看，梁珊珊死于机械性窒息，但是她前颈部受损肌肉群和皮下组织面过大，出血点也很乱，目前无法断定她到底死于扼杀还是勒杀。"他想了想，补了一句，"和白晓竹的颈部损伤不同，白晓竹颈部有一条很清晰的勒痕，并且肌肉群和软组织损伤都均匀分布在勒痕上，而梁珊珊身上的损伤和白晓竹有很大的不同。"

陆明宇无奈地叹了声气，抬手撑住墙壁，看着秦放温声道："秦主任，你可以直接告诉我你的结论吗？"

秦放抬手在自己脖子上比画了一下，严肃地道："损伤面积和伤口叠加程度不同，简单来说，白晓竹是被一次性勒死，但是……"

说着，秦放皱起眉，像是觉得匪夷所思："梁珊珊似乎被勒了两次。"

陆明宇觉得秦放此时说的话比刚才满篇的专业术语还难懂："两次？"

秦放脸上的严肃一扫而过，吊儿郎当地耸耸肩："或者是死了以后又被勒了一次，这就是需要你们搞清楚的问题了。"

死了以后又被勒了一次，这句话让陆明宇想到鞭尸，但是什么人会如此憎恨一个小姑娘，在勒死她之后又勒了她一次？

这个问题暂时按下，陆明宇先潦草答应，然后从秦放身边走过，快步下楼，给小吴打电话，小吴被他派去保护何秀霞母子，让他问何秀霞母子情况，小吴却说："宇哥，韩队把我们叫过去帮忙了。"

陆明宇顷刻阴下脸："你们两个在找死！"

他挂了小吴的电话，拨给邢朗，邢朗先他一步开口："带人过来陈雨家里抓人！"

看来邢朗虽然没有看到尸检报告，也时刻掌握着案情进度，陆明宇应了一声，然后问："你在哪儿？"

邢朗道："我和魏老师在过去的路上。"邢朗顿了顿，"我感觉不太好，你们抓紧时间。"

魏恒看着车窗外夜晚的街景，右手轻轻抵在唇边，在邢朗挂了电话后，道："前两天陆警官说过，何秀霞告诉警方，有人在监视他们。"他转头看着邢朗，"你觉得是什么人？"

邢朗边开车边分神看手机，此时还要回答魏恒的问题，胡乱应付道："谁？吕志新。"

魏恒沉默了片刻，然后摇了摇头，转头看着窗外："不，应该不是吕志新。"

吉普的四只轮子几乎贴着地面在飞行，邢朗把四十分钟的车程硬生生缩短了

第十八章·疑点

将近一半，停车后，一向不晕车的魏恒强忍住胃里的呕吐感，步履不停地跟在邢朗身边穿过人行道。

何秀霞的店铺临街开设，每天到了后半夜才会关门，但是今天晚上却早早关门了，魏恒也察觉到了异样，心说：邢朗的预感虽然没有什么科学论据作为依托，但却非常准。

"这条街除了医院全都停电了，巡逻车都绕着走。"

邢朗如此说，但是步伐却没有变慢，反而更快。

魏恒明白了，停电意味着所有的摄像头关闭，在此时做任何事都不会留下痕迹。

宏兴超市放下了卷闸门，从窗户往里看去，店内黢黑一片。邢朗拍了两下门，没有回应，他蹲下在卷闸门下找锁头，准备破门。

魏恒想了想，拿出手机拨向何秀霞的号码。

蹲在地上正在找锁的邢朗忽然停住动作，把耳朵贴在卷闸门底部听了听，对魏恒说："里面有手机振动声。"

手机响了，却没有人接，并且就在卷闸门后的地板上，那么何秀霞和陈雨……邢朗显然意识到了什么，起身在商店的防盗窗前走了一圈，发现无计可施，只能回到卷闸门前，打电话叫支援。

魏恒忽然拉了一下他的胳膊："我看过这家店的图纸，南边有一个后门。"说完，他快步往友谊路走去。

邢朗边和巡逻队通话边跟在魏恒身后，魏恒走得太快，他一时竟跟不上。挂了电话，邢朗小跑几步到马路对面开车，接上魏恒往友谊路开，按照魏恒的指引把车开到了和玻璃厂旧仓库同在的一条巷子里。

吉普车停在一杆路灯下，邢朗率先跳下车往前跑了百米，果然在路灯的照明下找到了宏兴超市的后门，是一扇黑色的常见款房门，他握住门把手用力拉了两下，拉不开。

"退后。"

他对魏恒说，然后掏出手枪对准锁孔开了一枪，一声枪响在深巷里回旋，消失在浓黑的天幕中。邢朗只开了一枪，然后抬腿往门上猛踹，在他踹了四脚后，房门终于被踹开了。

房门一开，邢朗的心霎时就沉到了底，他闻到了浓烈的煤气味，虽然还没有浓到见火就燃的地步，但是足以让人窒息。

魏恒也闻到了这股味道，他跟在邢朗身后刚想走进去，就被邢朗往外推了一把："你守着门口。"

魏恒便在门口站定，听着里面的动静，不时扫一眼深巷左右。

277

邢朗打开手机手电筒照亮，门内有光透出来。

"找到人了吗？"魏恒扬声问。

邢朗没有回答他，不到一分钟后，魏恒听到他在里面骂了一句脏话。

他刚想进去帮忙，就见邢朗抱着一个人冲了出来，邢朗的速度太快，经过魏恒身边的时候魏恒只看到被邢朗抱在怀里的是个干瘦的女人，直到邢朗把女人放进车里，魏恒才反应过来那个满脸血的干瘦女人是何秀霞。

邢朗一句话都来不及解释，把何秀霞放在车里，又折回了超市后门，很快就扛着陈雨出来了，陈雨比何秀霞更为凄惨，他脸上皮开肉绽，几道被刀割出来的皮肉外翻，几乎可以看到骨头。

魏恒尚在吃惊的时候，邢朗已经把何秀霞母子都放在了吉普后座，大喊："走！"

魏恒快步走过去坐在副驾驶座，转头看着后座的何秀霞和陈雨，感觉到太阳穴在狂跳："还活着吗？"

邢朗调转车头驶出巷子，没有回答魏恒的问题，猛地加速把油门踩到底。吉普车像离弦的箭般飞了出去，一路闯红灯到了医院。

直到何秀霞和陈雨被医生和护士推走，邢朗才有时间脱掉沾着何秀霞和陈雨鲜血的皮衣。他站在楼道里，一手拿着衣服一手掏出手机拨出去一通电话，电话一通先咬了咬牙，压着嗓音问："我让你在宏兴超市附近安排哨子，人呢？你安排到哪儿去了？现场一个人都没有！嫌疑人这会儿都快死了你知不知道！"

起初，邢朗还能克制住嗓门，渐渐就压不住了，最后一嗓子吼出来，楼道里过往的人全都止步向他看，个别房门被打开，探出几颗想要一探究竟的脑袋。

邢朗用力把衣服摔在地上，抓着手机走到没人的楼梯口。

魏恒弯腰捡起邢朗的皮衣，折了两下挂在胳膊上，找了一张长椅坐下，进入漫长又没有目的的等待。

魏恒闭上眼睛，把这两天发生的事情一件件地在脑子里过了一遍，想要在那些事之间找出可以将其全部串联起来的线索。但是他一闭上眼，困意像一张厚棉被似的压在了身上，脑子里的杂事渐渐消隐，魏恒由原来的思考变成纯粹的闭眼养神。

他并没有睡着，身处如此嘈杂的环境，他不可能卸下防备小睡一会儿。他时刻聆听着周围的动静，用耳朵分辨每一个从他面前走过的人，甚至能从他们的脚步声中判断他们的性别、年龄和体重。

几分钟后，邢朗回来了，在魏恒身边坐下，递给魏恒一瓶矿泉水。

魏恒还真渴了，接过水瓶问了声："你呢？"

第十八章·疑点

邢朗还在按手机，不知在跟谁联系，脸色阴得可以拧出水："你先喝。"

魏恒拧开瓶盖喝了两口水，常温的矿泉水顺着喉咙流进胃袋，在空空如也的胃里绕了一个圈，让他忽然有些胃疼。

邢朗瞥见他皱了皱眉，把水瓶从他手里拿走，问："头晕？低血糖犯了？"

魏恒紧紧抿着嘴唇，摇摇头，什么都没说。

邢朗的手机又响了，他起身走开几步接电话，没一会儿就挂了电话走回来，对魏恒招手："走。"

魏恒以为他要跑现场，就撑着雨伞站起身跟着他进了电梯。

在电梯里，魏恒看到邢朗把他喝过的那瓶水一口气喝光了，走出电梯后顺手把瓶子扔进垃圾桶。医院大堂的玻璃门被推开，陆明宇领着两个刑警急匆匆走进来，和邢朗在大堂分诊台前会合。

魏恒略迟了两步，看到陆明宇微低着头站在邢朗面前低声说了两句话，邢朗猛地抬了一下右腿，作势要踹人，但是又把腿收了回去，想必是当着两个下属的面，给陆明宇留了几分面子。

陆明宇看到慢慢走过来的魏恒，对魏恒点了点头，道："魏老师。"

魏恒点点头，什么都没说，走开两步在一旁等着。

两分钟后，陆明宇带着人穿过大堂往电梯方向走去，魏恒跟着邢朗出了医院。医院周边有很多小饭馆，邢朗挑都没挑，随便进了一间面馆，向老板要了个小小的卡间。直到坐在卡间，魏恒才确定邢朗不是带他跑现场，而是带他来吃饭。

这难得的殊遇让魏恒惊讶，他看着邢朗掂起水壶往两只杯子里倒水涮杯子，还不忘确认："吃饭？"

邢朗瞅他一眼，把一杯水推到他面前："验尸。"

魏恒皱了皱眉，被他的说法恶心到了。

邢朗笑了笑，拿起菜单自作主张点了几个菜，点完才问魏恒的口味。

魏恒摆摆手，示意自己什么都可以。

等菜的期间，谁都没有说话，却不显尴尬，两个人都各有所思。

最终，打破沉默的是邢朗。

邢朗拿起摆在桌子上的一只手掌大小的做装饰用的瓷器熊猫把玩，道："我已经让巡逻队的兄弟帮忙找线索了。"

魏恒交叠着双腿，坐得端正，看着他问："什么线索？"

邢朗看着他，没说话。

魏恒和他对视了几秒，然后端起水杯喝了一口水，简单整理了一下思路，不急不缓道："嗯……打伤何秀霞和陈雨的人？"

邢朗纠正他："不是伤人，是谋杀。"

魏恒垂下眼睛，唇角微微一抿，微不可察地笑了一下："不见得。"

邢朗："不见得什么？不见得这个人想杀了何秀霞和陈雨？"

魏恒点头。

邢朗把熊猫扔出去又稳稳接住："理由。"

魏恒道："何秀霞和陈雨受了很严重的伤，而且是刀伤。那些伤分布在他们的脸部、胳膊和四肢，重要部位反而没有受伤，如果把他们弄伤的人想要杀了他们，随便挑一个出血的位置划一刀，何秀霞和陈雨一定救不回来。但是那个人没有把他们杀死，而是打开了煤气，想让他们窒息而死，又有什么理由？"

"伪装成他们自杀的假象？"

"不，何秀霞和陈雨受了那么重的伤，就算最终死因是煤气中毒。警方也一定会探查他们受伤的原因。"

邢朗捏了捏眼角，有些不耐烦："那你怎么想？"

魏恒抬手搭在桌上，像是弹钢琴似的，指腹以某种节奏依次落下，反复两次后，道："伤害何秀霞和陈雨的人，并不想杀了他们。"

不得不承认，无论在何时何地，魏恒那冷静睿智的样子都是赏心悦目的。邢朗靠在椅背上赏画似的看着魏恒，不知不觉就纾解了心里的愁闷，忽然之间也模糊了这场谈话的意义，好像只是在和他扯些无关紧要的闲话："那你说说，这个人的目的是什么？"

然而下一刻，魏恒给出的答案再次让他不得不慎重起来。

魏恒说："逼供。"

邢朗霎时皱紧了眉头，没有发问，耐心等他说下去。

魏恒又喝了一口水，才道："我说的逼供，只是一个形式。"说着顿了一顿，"何秀霞身上的伤没有陈雨严重，陈雨的伤基本都在脸上，那个人像是虐杀似的一刀刀划破他的脸，每一刀都深可见骨。这种心理情感要么出于报复，要么出于逼问。想要报复陈雨的人，范围在陈雨涉嫌杀害的郭雨薇和白晓竹这两人的家属之间。但是我觉得陈雨这次受伤并非出于报复，如果受害者家属想要报复陈雨，随时可以下手，没有必要等到现在。他们可以把陈雨随便带到一个没有人的地方，杀人，埋尸。但是这个人没有，而是选择在陈雨的居住地展开报复，这没有逻辑。"

邢朗道："那就只剩一种可能，逼供？"

魏恒点头，口吻依旧冷静且平淡："刚才我说过，陈雨的伤像是受到虐杀，既然'他'不想杀了陈雨，那就只是出于'虐'的目的。虐待陈雨的人想从陈雨口中得到一个答案。看陈雨的伤就知道了，那个人在他身上割的每一刀都很残忍，

第十八章·疑点

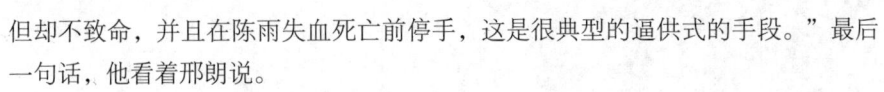

但却不致命,并且在陈雨失血死亡前停手,这是很典型的逼供式的手段。"最后一句话,他看着邢朗说。

邢朗当然看得懂魏恒的眼神,他不屑地哼笑一声。

魏恒斜了他一眼,没滋没味地抿了抿唇角,道:"我又没说什么。"

虽然邢朗说得精彩,但是这些天相处下来,魏恒认准他不是用以上手段逼供的人。邢朗善于攻心,这些虐身的把戏他不屑用。

菜来了,两碗排骨面,三盘小炒,摆了小半桌。

邢朗抽出一双筷子搅着面条说:"是,你没说什么,你想说的话都写在脸上。接着往下说吧魏老师,你刚才说到逼供了。"

毕竟吃人家的嘴短,魏恒没有和他争,擦着筷子说:"这个人没有杀死陈雨和何秀霞,说明陈雨和何秀霞还没有给他想要的答案。但是何秀霞和陈雨受了那么严重的伤,没有报警也没有求助,说明何秀霞想掩盖他们受伤的原因。他们不敢声张,恐怕也是他敢对这对母子下狠手的原因。顺着推,何秀霞一定隐藏了某个秘密,这个秘密不能见光,即使威胁到她和她儿子的生命,她也死守这个秘密。但是这个秘密同时涉及别人,这个人就是今天晚上伤害他们母子的人。"

"那煤气呢,煤气怎么解释?"

魏恒想了想,不紧不慢夹了一块回锅肉,道:"何秀霞想自杀。"

邢朗抬起头看着他:"你是说,是何秀霞打开煤气,想带着陈雨一起死?"

魏恒淡淡道:"你也看到她和陈雨受的伤多吓人,既然那个人没有得到答案,发生在今天晚上的事就会上演第二次、第三次。但是何秀霞很清楚自己的秘密不能曝光,与其活着受折磨,不如痛快去死。"

说着,魏恒停下筷子,看着邢朗道:"你可以想象,一个被虐待、受了重伤的女人在遭遇威胁后,因为绝望而寻死的概率有多大?"

邢朗不假思索道:"很大。"

魏恒给出总结:"所以,就在不久之前,某个人因为某个秘密而对何秀霞和陈雨展开逼供,但是何秀霞和陈雨没有开口。这个人走后,何秀霞因为绝望和伤痛想带着儿子一起死,却被你救了回来。"

邢朗注意到,当魏恒说出何秀霞带着儿子一起死的时候,魏恒的口吻瞬间变得冰冷,像是隐藏某种情绪似的低下头,搅拌着碗里的面条。

第十九章
罪恶

　　刚才点了一盘虾，红彤彤的颜色很勾人食欲。邢朗放下筷子，戴上一次性手套，拿起一只虾剥着虾壳，口吻稀松平常地道："不说案子了，说说你。"

　　魏恒看似无动于衷，吃了两口面才道："我没什么好说的，想看我的档案，你可以随时调。"

　　邢朗佯装没听出他对这个话题的排斥，道："真人就在我对面坐着，干吗还多此一举调档案？而且你的档案我看过，除了一份漂亮的履历就没什么了。"

　　魏恒心下有所警惕："你还想知道什么？"

　　邢朗想了想，笑道："既然你不想说，那就我说。"

　　魏恒低头吃饭，不置可否。

　　邢朗看他一眼，垂下眼睛继续剥虾壳："你没有家人，父母和妹妹在你八岁的时候死了，然后你被送到孤儿院，一年后才被资助就学。你品学兼优，一路被保送，本科毕业后读犯罪学研究生，年纪轻轻就有了今天的成就。我第一次看到你的档案的时候还以为那是只有在小说里才能看到的主角背景。"

　　魏恒手中的筷子早已停下了，面无表情地听邢朗讲话，听完后微微挑着唇角，微微地笑了笑，道："是吗？"

　　邢朗在他苍白的脸上端详了两眼，又道："不过你的档案中没有提到你家人的死因，介意我问吗？"

　　魏恒抬起眼来，看着他，眼神中的拒绝和戒备悉数外露，冷冷道："为什么想知道？"

　　邢朗手上动作停下了，慢悠悠露出一点笑容，显得很无奈："别急，你想说就说，不想说就算了。"

　　魏恒："不好意思，我不想说。"

　　邢朗点点头，不再问什么，摘掉手上的一次性手套，把剥好的一盘虾肉推到他面前："吃吧，你刚才不是想吃虾吗？"

　　魏恒愣了一下，眼中的冰霜似有消解的迹象。

第十九章·罪恶

刚才他只是多看了这盘虾一眼,提着筷子在盘子上方犹豫了片刻,最终因为吃虾还要剥壳而放弃这道菜,没想到邢朗注意到了他的那个小动作,帮他剥去了虾壳。

邢朗埋头吃面,俨然不觉魏恒盯着他看了许久。

魏恒分明很抗拒这个话题,也疾言厉色地拒绝讨论这个话题,但是魏恒却在邢朗撤销对话之后忽然说:"你还记得祝玲吗?"

邢朗本以为按照魏恒的性子,至少在今天过去之前都不会搭理他,没想到魏恒主动又挑起话头,忙应道:"记得。"

他不仅记得,他还记得祝玲见到魏恒的那一幕。

魏恒夹了几个虾,没有吃,而是放进碗里,直到在碗里铺了薄薄一层,才说道:"我的母亲,和她很像。"

短短几个字,其中包含的意味却是无穷的。

邢朗想起祝玲在审讯室说出'我必须杀了他,否则我就会杀死自己'的那一幕。那个女人温柔、美丽,又多情,却亲手杀死了她所有的家人,其中的原因,任何学问高深的犯罪学家和心理学家都无法定论。

魏恒说他的母亲和祝玲相像,难道是这两个女人的经历和她们最后做出的抉择相同吗?看着魏恒颔首低眉静静拨弄着面条的样子,邢朗又想起祝玲那句'不然我就会像那个女人一样',祝玲口中的'那个女人'又是谁?

难道,是魏恒的母亲?

魏恒没有抬头,他知道邢朗此时一定在牢牢盯着他,用那双深得像海一样的眼睛盯着他,企图看透他的灵魂。

魏恒吃了一个虾,然后看着邢朗轻轻一笑,说:"到此为止,别问了。"

如他所愿,邢朗没有继续这个话题,更没有追问,只抓起茶壶给他的杯子倒满水:"我想知道,你是不信任我,还是不信任所有人?"

魏恒很认真地想了想,反问邢朗:"你说的是什么样的信任?"

魏恒道:"如果你说的是把身心都交付出去的那信任,没有,我不信任任何人。"

邢朗点点头,又问:"那我呢,你信任我吗?"

这只是一个普通的问题,但是魏恒却觉得尤其难回答,他看着邢朗考虑了很久,才道:"信。"

邢朗看着他:"信我什么?"

魏恒觉得自己顶不住他的目光,于是偏头看向别处:"你是一个优秀领导者。"

邢朗皱了皱眉,像是对他的答复不太满意,但哪里不满意,又一时琢磨不透,只潦草地点点头:"今天晚上不用你留守,吃完饭回去休息吧,这边有消息我会通知你。"

走出饭馆已经是深夜，邢朗提着几个打包好的饭盒站在路边垃圾桶旁抽烟。魏恒站在他不远处，在车流如梭的公路上拦出租车。很快，一辆空车停在路边，魏恒秉持着一贯不与人道别的习惯朝出租车走过去。

在他握着门把手打开车门，正欲弯腰上车的时候，忽然听到邢朗叫了一声他的名字。

"魏恒。"

邢朗一贯称其为魏老师，从未直呼姓名，魏恒愣了一下才回头看他。

邢朗吐出一口浓白色的烟，烟在深秋的夜里迅速被冷风稀释，他隔着眼前的薄雾看了魏恒片刻，说："你不能谁都不信，否则你会孤立无援。"

魏恒不想再和他讨论这个话题，沉默着准备上车。

邢朗朗声道："考虑考虑我吧。"

魏恒的背影一僵，回头看着邢朗，紧紧抿着嘴唇，一言不发。

出租车载着魏恒在灯火阑珊中行驶，魏恒坐在后座，通过车窗看着窗外转瞬即逝的街景。他从来没有静下心来好好看一看沿途的景致，今天晚上一看才发现，原来芜津挺美的。

很快，出租车把他送到小区门口，魏恒下车走进小区。

他刚出电梯就看到房门前坐着一个男人，楼道里飘着一股浓郁的酒气。

走近一看，魏恒立刻皱起了眉，是佟野。

佟野坐在他家门口，靠着墙正在睡觉，一副醉醺醺的样子。

魏恒站在他旁边看了两眼，然后拿出钥匙打开房门，视若无睹地进了门，"哐当"一声又把门关上了。

半分钟后，房门又被打开，魏恒脱了外套，上身只剩一件衬衫，蹲下身推了一下佟野。

佟野迷迷糊糊地睁开眼睛，看到了面若冰霜的魏恒，咧嘴笑道："魏老师，你……你回来了。"

魏恒面无表情："回去。"

佟野像个孩子似的耍赖："我不，我是来找你的，我不回去。"

魏恒索性不再管他，站起身又要进门，忽听对面房门开了，满头白发的老奶奶探出身子对他说："小魏啊，这个小伙子等你好久了。"

魏恒对老人笑笑，又看了一眼佟野，只能在老人的注视下提起佟野的领子把他拎到房里。

佟野被扔进客厅，茫然地转了一个圈，主动找到沙发爬了上去。

第十九章·罪恶

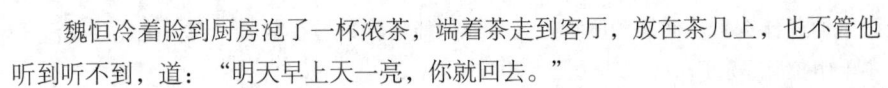

魏恒冷着脸到厨房泡了一杯浓茶，端着茶走到客厅，放在茶几上，也不管他听到听不到，道："明天早上天一亮，你就回去。"

佟野猛地抓住魏恒的手腕，眼神明亮又迷茫地盯着魏恒看了一会儿，眼眶渐渐涌上一层雾。

魏恒用力掰开他的手，离开了客厅。

佟野着实醉了，没一会儿就睡得人事不知，连魏恒往他身上扔了一条毯子都没察觉。

魏恒简单冲了个澡，关掉客厅的灯抹黑进了卧室，把卧室门反锁，躺在床上胡思乱想了一会儿，不知不觉就沉沉睡了过去。

第二天，魏恒被客厅闹了贼似的动静吵醒，他睁开眼睛看着天花板蒙了一会儿，然后卷着被子翻了个身继续睡。真闹贼他也不怕，这破房子里最值钱的就是他那只高贵冷艳的鹦鹉，其次是他身上的两颗肾，而且他清楚外面的动静不是闹贼，八成是昨天被他捡回家的佟野醒了。

其实客厅里的人已经刻意压低了说话的声音，但是这该死的破房子一点都不隔音，那窃窃私语般的动静还是不可避免地传到了他耳中。

魏恒闭着眼睛，自己跟自己闹了一会儿起床气，等到情绪平复得差不多了才掀开被子下床。他先拉开卧室窗帘，让窗外的阳光透进来，然后拉紧了睡袍带子，打开卧室房门走了出去。看到客厅里的情形，魏恒脚步一顿，忍不住皱眉。

佟野昨晚被他从门外捡了回来，所以佟野出现在客厅里并不稀奇，稀奇的是坐在沙发上和佟野聊天的邢朗。

见到邢朗，魏恒下意识想抬起手腕看时间，但是手表还没来得及戴，他只能看了看电视背景墙上的挂钟，早上六点二十三分，这个时间邢朗为什么会出现在他家里？

邢朗本来正和佟野闲聊，听到卧室门被打开，两人不约而同回头看向卧室，结果就看到魏恒穿着一件黑色的睡袍出来了。

虽然魏恒把睡袍系得紧，但是挡不住领子开得低，露出了大片的胸膛和两道完美的锁骨。魏恒肤色本来就白，穿黑色更加显白，此时魏恒的头发也散着，曲卷的长发略显凌乱地垂在颈窝，发丝后隐着一双慵懒又冷漠的眼睛。

魏恒的目光在邢朗和佟野身上扫过，谁都没理，把客厅里的两个人当作空气，视若无睹地走向洗手间。

佟野见状，对邢朗说："你坐一会儿，邢队长。"

听这话，佟野俨然以主人自居了，邢朗斜他一眼，假惺惺笑道："你忙，佟先生。"

随后，他看到佟野像一条尾巴似的跟在魏恒身后，靠在洗手间门口不知道在跟魏恒说什么。从他的角度看过去，他只能看到魏恒在洗脸，魏恒洗完脸又洗了条毛巾擦脖子和胸口。

邢朗起身走到落地窗前的花架旁，逗那只死气沉沉的鹦鹉。

没一会儿，魏恒从洗手间出来了，扫一眼正在逗鸟的邢朗，又进了卧室。

佟野兴高采烈地走到邢朗身边，乐得像吃了一嘴蜂蜜，不无炫耀地道："他答应晚上跟我吃饭了。"

邢朗钩着鹦鹉的鸟嘴："哦，是吗？"说着把手指从鸟笼里收回来，随手在裤子上擦了擦，"一点经验之谈，听不听？"

"什么经验之谈？"

邢朗故作神秘地往卧室方向看了一眼，露出秘而不宣的笑容。

佟野看了看卧室房门，心里隐约觉得不太对："你……你说说。"

邢朗便说："你别看他长得偏南方，其实他喜欢吃北方菜，他爱吃辣，口味重。出去吃饭别让他点菜，他这人很懒，懒得出奇，点个菜都嫌麻烦。而且也别问他的口味，你问了，他肯定会说都可以，这是他很奇怪的地方，在不熟的人面前从来不提要求，就算是最简单、最容易做到的要求他也不会提。还有，他喜欢吃海鲜，尤其喜欢吃虾，但是他懒得剥，所以通常不会点，如果你有心就给他剥盘虾。做到以上几点，他基本就能开心了。"

佟野听得一愣一愣的，直到邢朗说完了，他还盯着邢朗，笑着问："邢队长，你怎么知道这么多？"

邢朗笑了笑，不答话。

此时佟野的手机响了，一个娇滴滴的女声叫他佟总，问他什么时候去公司，什么什么总已经在办公室等了他十几分钟。

于是佟野走到卧室门前，敲了敲门向魏恒道别，魏恒在里面懒洋洋地应了声。

"那我晚上给你打电话。"佟野留下这句话，匆匆忙忙地走了。

他走了以后，邢朗接着逗鹦鹉。

没一会儿，魏恒换了一身衣服，拉开卧室门，系着衬衫扣子走出来，站在客厅看着邢朗问："你在这儿干什么？"

邢朗抬手指了指厨房流理台上的春卷、豆浆等物："来给你送早餐，没想到开门的是佟野。佟先生很好客，请我进来坐坐。"说着回头冲魏恒一笑，"我就进来坐了坐。"

魏恒看了一眼厨台上的早餐，秉着吃人嘴软的待客精神才没催他离开。

魏恒走到厨房拿出几个盘子和碗，把点心捡到盘子里，一抬眼看到邢朗还在捅鹦鹉的翅膀，提醒道："它咬人。"

第十九章·罪恶

话音刚落,邢朗就"嘶"了一声,连忙缩回手指,指腹已经冒出了血珠。他从裤子口袋里随便拿了一张纸巾缠住手指,走到餐桌前坐下,问魏恒:"有名字吗?"

魏恒拉开椅子坐在他正对面,喝了一口豆浆,反问:"什么名字?"

邢朗晃了晃自己光荣负伤的手指:"你的鸟,有名字吗?"

果不其然,魏恒道:"没有。"

邢朗回头看了一眼死气沉沉的鹦鹉,摸着下巴煞有介事地道:"那我起一个。"

魏恒看他一眼,没接话。

邢朗全然不在乎他的冷淡,一脸认真地想了想,打了个响指,道:"富贵儿。"

魏恒夹起的春卷"啪嚓"一声又摔回盘子里,他看了看邢朗,貌似想反驳他,但是觉得没有必要,于是装作没听到,继续吃饭。

邢朗还不知道他取的名字被魏恒不动声色地拒绝了,冲着鹦鹉叫了两声富贵儿,末了掉头对魏恒解释道:"我养过一条狗叫富贵儿,夭折了。这名字挺好,就给你的鸟吧,聚财。"

魏恒抬起头,敷衍地冲他笑了笑,依旧没理他。

邢朗的目光在他脸上停了一会儿,掏出烟盒问:"介意我抽烟吗?"

魏恒:"把窗户打开。"

邢朗依言去开窗,回到魏恒对面坐好,掀开打火机盖子点着烟,看着魏恒那张颇为下饭的脸抽了半根烟,冷不丁问:"为什么养鹦鹉?"

魏恒把垂到脸侧的头发挽到耳后,言简意赅地道:"寿命长。"

刚挽到耳后的头发转眼又掉了下来,魏恒放下筷子,用手指简单梳理了一下头发,然后把头发拢到颈后,扯起手腕上的皮筋随便地绑了两圈。

邢朗看着他扎头发,烟灰没有及时掸断,"吧嗒"一声掉在了餐桌上,邢朗后知后觉发现烟灰弄脏了桌子,他赶在魏恒皱眉头之前用纸巾擦掉烟灰,打趣似的笑了一笑,说:"人的寿命更长。"

魏恒吃饱了,有了力气跟他抬杠,把筷子往桌上一放,抬起头注视着他,也笑:"那得分人了。"

邢朗捏着烟嘴用力转了两圈,忽然离座朝魏恒走过去,把夹在左手指间的香烟塞到嘴里咬着,摊开左手放在魏恒眼前,道:"看看。"

魏恒纳闷:"看什么。"

邢朗笑道:"看我的生命线。"

只这一句,魏恒就知道此人又在开这种又没营养又没意义的无聊玩笑。

邢朗看着他的脸,继续说:"我小时候碰见一个云游的和尚,和尚给我看过手相，说我命格旺，寿命长，只要不是自己想不开找死，活到九十九没问题。"

魏恒对他的胡言乱语没兴趣，当即起身离开了。

小区停车场，邢朗紧走几步打开副驾驶车门，握着门把手对着魏恒笑。

魏恒看都不看他，径直朝后座走过去，刚打开车门就听邢朗说："后面还没来得及清理，坐前面吧。"

昨天邢朗把何秀霞母子放在后座，此时座椅上零星分布着斑斑血迹，的确不能坐人。魏恒坐在副驾驶座拉上安全带，转头冲着窗外，脸色比车外肃杀的秋风还冷。

邢朗把车开出小区，汇入公路上的车流中，他频频看向魏恒，都快把眼睛看成斜眼了，魏恒都没有往他这边看一眼。

"咳。"邢朗握拳抵在唇边低咳了两声，"吕志新暂时被收押了，现在在预审科。"

魏恒没理他。

邢朗看了一眼他的后脑勺，正要跟他聊聊案子，就听到他手机响了。

魏恒掏出手机看了看，接通了："秦主任。"

电话是秦放打来的，魏恒没有像往常一样打开免提和邢朗一起听，他独自听完了秦放转述的关于梁珊珊的尸检结果。

因为对方是魏恒，所以秦放并不担心自己的专业术语对方听不懂，只简明扼要复述了梁珊珊的伤口鉴定结果。魏恒心里已然发觉了隐藏在梁珊珊尸检报告中的疑点。

魏恒疑道："两次？"

秦放道："我把解剖图给你发过去。"

秦放挂了电话，很快把两张照片发到了魏恒的手机上。魏恒打开图片放大了仔细看，的确发现了秦放所说的问题；梁珊珊前颈部的肌肉和皮下组织挫伤的确呈大面积分散，和白晓竹的伤痕很不相同。

可是当梁珊珊被杀死后，谁会如此痛恨她，连一个少女的尸体都不肯放过？目前他们找到的嫌疑人只有陈雨和吕志新，他们两人之中谁都没有理由虐待梁珊珊的尸体，难道还有第三个人吗？

魏恒觉得头疼。

邢朗知道他在为什么事烦心，他昨天晚上已经看过梁珊珊的尸检报告，知晓了其中的一个疑点，但是他不像魏恒这么自虐，魏恒习惯于用脑，无论什么线索都竭尽所能去分析，从不喜欢借用外物。但是邢朗用的手段比他丰富得多，魏恒一直在死者身上寻找答案，而他更善于让嫌疑人开口说话。

第十九章·罪恶

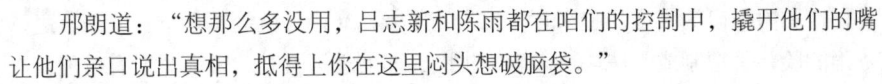

邢朗道："想那么多没用，吕志新和陈雨都在咱们的控制中，撬开他们的嘴让他们亲口说出真相，抵得上你在这里闷头想破脑袋。"

他说得不错，两个嫌疑人都在监控之中，真相就存在于他们之间，无论是吕志新的供认，还是陈雨在梁珊珊身上留下的罪状，警方都找到了能把他们定罪的证据。

但是魏恒却始终有个疑虑，陈雨和吕志新，究竟是谁应该对梁珊珊的死亡负责？

邢朗把车停在医院停车场，还没熄火就见魏恒已经先他一步下车，独自一人往医院大门走了过去。邢朗在心里叹了声气，小跑几步走在他斜后方，和他保持着两三步的距离。

何秀霞和陈雨在凌晨四点钟转入普通病房，这对母子很幸运，倘若邢朗再晚五分钟发现他们，此时何秀霞和陈雨应当躺在医院太平间。

陆明宇坐在走廊长椅上，闭着眼睛抱着胳膊在养神，一脸的疲惫。听到有人在逼近，陆明宇睁开眼睛站了起来："邢队、魏老……"

一句"魏老师"没叫出来，陆明宇就说不下去了，因为魏恒的脸实在太臭，脸上写着两行大字"心情不好，人畜勿近"。

陆明宇疑惑地去看魏恒身后的邢朗，邢朗冲他摇了摇手。

魏恒没有看到来自身后的小动作，只对陆明宇点点头，然后推开病房门走入病房。

邢朗刚要跟进去，就见病房门"咣"的一声关上了，险些撞到他的鼻子。邢朗看着紧闭的房门无语了片刻，瞥见陆明宇正一脸探究地看着他，便抬手指了指房门，没滋没味地笑了一下："脾气挺大。"

话音刚落，房门从里面被打开了，魏恒站在门口，冷着脸说："你审。"

魏老师擅长动脑子，动嘴皮子这种活仅限于跟人抬杠，正儿八经询问嫌疑人，他十分有自知之明地认为自己不能胜任。

邢朗看他一眼，拿走他手里的文件，走进病房。

何秀霞已经醒了，此时正坐在陈雨的病床前，面容呆滞地握着儿子的左手，看着儿子那张缠满纱布的脸，石化了似的一动不动。

她脸上带着严重的瘀青和红肿，额头被刀割了一道五厘米长的伤口，此时已经缝针包扎。她瘦小的身体裹在肥大的病号服里，像一副骨头架子。而陈雨则比她严重得多，从陈雨被包裹得只剩一双眼睛露在外面的情况就可以看出这个人在昨晚遭受了多么残酷的刑罚。

邢朗掀开床尾的被褥，拿出一份病例粗略看了一遍：陈雨脸上多处贯通伤，外伤口和内伤口的长度加起来竟有二十几厘米，光缝针就缝了几十针。简言之，陈雨的脸几乎被割成了一块块破碎的拼图，即使送医及时，未来也很有可能二次溃烂。

邢朗走到陈雨病床前，一言不发地看了何秀霞片刻，然后把手中的文件递给了何秀霞。

何秀霞浑身一哆嗦，猛然被惊醒了似的缩着肩膀，一脸惊恐地抬起头，她看着邢朗的脸仔细辨认了几秒钟，当她看清楚邢朗的脸后，戒备的眼神略显松动，像是卸下了一两分对警察的防备。然后，她低头看着邢朗递到她眼下的文件，仿佛预感到了什么似的，手指颤抖着接了过去。

这是她第一次看DNA鉴定报告，大篇术语她都看不懂，但是她认得最后一行字"系属嫌疑人陈雨"。

像是堵在心里的情绪终于得以宣泄，何秀霞扔下那张薄薄的纸，趴在病床边放声痛哭，哭声绝望又激烈，让人不免怀疑这声音究竟是不是从她单薄的身体里发出来的。

魏恒远远站在窗边，打开窗户，让窗外干燥寒冷的秋风吹进来，也带走了何秀霞的悲鸣。

邢朗容她哭了一会儿，两分钟后，他把何秀霞从地上搀扶起来，让她在床边的一张椅子上坐下，递给她几张纸巾。

痛哭过后，何秀霞逐渐变得冷静，她把脸上的眼泪抹净，顶着苍白无神的脸，眼睛里没有丝毫生气。她已经不再悲伤，只剩下绝望，就算此时有人挥刀砍断她的脖子，她也不会挣扎和反抗。

邢朗在她脸上看到了求死的决心，或许是陈雨罪证确凿，所以她也无心生还，但是这种情绪并不是邢朗想要的，他见过太多绝望的犯人，也见过很多背着多重罪赴死的犯人。一个人如果对生命失去希望，那么必定伴随着对掠夺他们生还希望的执法者的怨恨，这种破釜沉舟式的怨恨很可怕，他们宁愿带着满身的罪状去死，也不愿意向执法机关坦白自己的罪行。他们会用自己的死亡掩藏罪恶的真相，让探求真相的人永远处于迷雾中。

邢朗审讯过许多犯人，也拿下了许多人必死的口供，但是他的初衷从来都不是让他们死，而是为了给那些死于非命的受害者一个明明白白的交代。

那些人当然该死，但是他们必须死得有前因，有后果，必须让一切真相大白，否则他们死得没有丝毫意义。

邢朗把被她扔在地上的一页纸捡起来，丝毫没有怜悯和同情地再次展示足以让这个女人悲恸的源头："看到了吗？这是DNA鉴定报告，梁珊珊的指甲里有陈雨的皮肤组织,你知道这意味着什么吗?"

邢朗把那页纸扔到依旧在沉睡的陈雨身上,对何秀霞说:"意味着你儿子是个杀人犯。"他看着何秀霞轻轻地笑了笑,"他死定了。"

旁听的魏恒忍不住在心里诧异,何秀霞的情绪已经很低落,低落到求生的意识都没有了,他不知道邢朗为什么在这种时候还要为她的悲伤下一剂猛药,邢朗在要什么手段?

果不其然,何秀霞似乎已经陷入淤泥中的思维,被邢朗这句话所搅动,她怨恨地看着诅咒她儿子的警察。

邢朗像是对她的反应非常满意,翘起唇角微微一笑,又道:"你想说什么?说你儿子脑子有毛病,不用负刑事责任?"

被他言中,何秀霞眼神中闪过一丝慌乱。

邢朗嘴角的笑意逐渐变得冷漠:"别天真了,找个律师问一问,翻一翻刑法,看哪条法律保护脑瘫患者杀人犯?得了这种病考上大学的都大有人在,你儿子凭什么因为智力低下就能逃脱杀人的罪责?他又不是神经病。"

最后一句话,他看着何秀霞,用佯装无意的口吻说出来。

听到这儿,魏恒才知道他用的什么手段,邢朗在引诱何秀霞自首。

何秀霞的眼睛里霎时闪过一道异彩,好似绝处逢生般,身体里被灌入了全新的生命力,说:"他……他脑子不清楚,他是病人啊,他就是神经病!"

邢朗笑了笑,言语轻快:"是吗?谁能证明?"

何秀霞一愣,被问住了似的,眼睛里的光逐渐消失。

在那求救的信号消失之前,邢朗忽然倾身靠近她,压低了声音道:"我能证明。"

何秀霞猛地抬起头看着他,眼睛里有什么东西在翻涌。

邢朗道:"你清楚法院起诉嫌疑人的流程吗?不清楚?那我告诉你。一个嫌疑人是否有罪,其实不由法院判定,而是由预审决定。"

"还不明白?那我说得更直白一些,我抓的人,我负责审讯,负责拿下口供,负责移交法庭。从陈雨被捕到被判刑,全程由我负责。至于陈雨是被判死刑、死缓,还是蹲大牢,全由我交到政法科的证据决定。"

邢朗看着何秀霞那双惊疑的眼睛歇了一口气,接着说:"也就是说,陈雨的罪行是轻是重,他该死还是该活,其中很大一部分由我说了算。"说着,他挑眉一笑,"懂了吗?"

何秀霞脸部的肌肉抖动着,看似想和他说些什么,却死死咬住嘴唇,一言不发。

邢朗又道:"还不懂?我的意思是陈雨有没有精神病,是否在无意识下犯罪杀人,是否需要为他的行为负法律责任,你说了不算,医生说了也不算,只有我说了算。有时间翻一翻刑法第十八条,特殊人员的刑事责任能力划分条件,陈雨到底是不是在无法控制自己行为的前提下出手杀人,取决于我对他的审讯和呈交法院的供词。当然了,如果陈雨上法庭的时候有一名全程参与侦查工作的警察愿意出庭做证,那我可以很明确地告诉你,陈雨多半死不了。"

他虽然没有把这些话全都摆在明面上,不过暗示到如此明显的程度,已经足以让何秀霞明白他的意思。

何秀霞怔怔看他半晌,不知是忧是喜地咧开嘴,不敢置信地问:"你……你能出庭做证吗?"

邢朗的笑容有些残忍,像是在拿她打趣:"给谁做证?被告还是原告?证明陈雨属于不用负刑事责任,还是需要负刑事责任?"

何秀霞涨红了脸,羞恼地瞪着他。

邢朗把放在陈雨身上的一页报告又拿起来,看着纸照本宣科似的说:"这么跟你说吧,何女士,我是警察,我的工作是抓到犯人,拿下口供,把他们顺利移交法庭。至于法庭如何裁决他们,我并不关心,我只想把我职责以内的事做好。但是现在很棘手啊,有些事我们心照不宣,死在陈雨手上的女孩不止一个,梁珊珊不是第一个,也不是最后一个,还有郭雨薇和白晓竹。现在你可以想象一下,假如陈雨上了法庭,三个女孩的家属联合把他告死的概率有多大?我很负责地告诉你,很大。受害者的家属想为孩子报仇的心,和你想保护自己儿子的心是一样的,你会为了自己的儿子不惜付出任何代价对吗?巧了,他们也会为了给自己的孩子报仇不惜任何代价。"

邢朗把那一页纸折了起来,折成一个小小的正方形,装进外套右侧的口袋,紧贴心脏的位置,冲着何秀霞冷然一笑:"无论陈雨身上背着一条人命还是三条,只要他上了法庭,上到法官、陪审,下到听众、媒体,都会用三条人命的罪行去审判他。也就是说,法律会在陈雨能够承担刑事责任的前提下给他最残酷的惩罚。比如说,判死刑。"

"死刑"这两个字让何秀霞的瞳孔一缩,仿佛瞬间跌入了深渊,脸上满是绝望,但是她依旧用祈求的目光看着邢朗:"但是……但是你刚才说,你可以……可以……"

何秀霞说不下去了,她忽然发现,这个警察是多么狡猾,他是多么的善于玩弄语言游戏,他给足了她希望,却不包含任何承诺。

邢朗摊开手,佯装疑惑:"我可以什么?哦,你是说出庭做证?"

何秀霞慌忙点头。

邢朗看着她,眼睛里有黑雾在翻滚,似乎预备着将他面前的女人吞噬,他说:

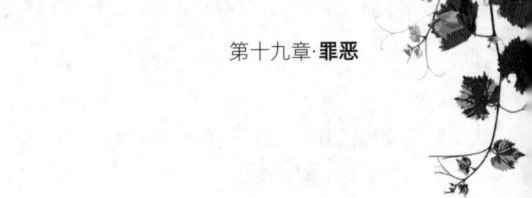

"只要你配合我,我就可以。"

"配……配合你什么?"

"还是刚才那句话,我要真相,只要你把全部的真相都说出来,我就可以。我不在乎陈雨是否被判死刑,我可以让他去死,也可以让他继续活着。这全都取决你是否肯和我做这笔交易。"

"什么交易?"

邢朗紧紧盯着何秀霞:"你有真相,我有你儿子的命,这就是交易。"

窗户早已被魏恒打开,秋风源源不断地从窗口吹进来,不向阳的病房内流动着厚重的寒冷气流。直到此时何秀霞才感觉到寒冷似的抱着胳膊,颤抖着说:"你想知道什么?"

"我要你承认,是陈雨杀死了郭雨薇和白晓竹。还有,说出昨晚伤害你和陈雨的人是谁?"

终于,邢朗向她抛出了带着尖刺的橄榄枝,何秀霞倘若接住,必定会伤得血肉模糊。

何秀霞道:"只要我说了,你就帮我儿子做证,让他可以不负刑事责任吗?"

邢朗:"至少,他不会死。"

何秀霞用她枯瘦的手掌紧紧握住陈雨的手,咬着嘴唇,陷入异常艰难的抉择当中。

终于,她迟疑着开口了:"我不知道他是谁。"

邢朗注视着何秀霞:"我在和你合作,何女士,你必须对我说实话。"

何秀霞摇头,眼泪扑簌簌地落下:"我真的不知道他是谁,他戴着帽子和口罩。我只知道他长得很高,是个很年轻的男人,声音很好听。"

像是想起了什么,何秀霞神色一变,声音越来越低:"他很有力气,他在我脸上打了一拳,我就昏过去了,等我醒来的时候,我儿子已经被他打得满脸是血。"

何秀霞的声音越来越颤抖,悲愤的泪水流得汹涌:"他用刀割我儿子的脸,那是刀啊,怎么能往脸上割呢!他就像一个魔鬼,一直在折磨我们,不断用刀割我们的身体,他说要亲眼看着我们的血流光!但是他没有杀了我们,他说他还会再来。他走了以后,我疼得浑身都没有力气,我儿子早就昏过去了,他的血流了一地,一个人怎么能流那么多血?肯定会死啊!如果我儿子死了,那我活着还有什么意思!"

邢朗问道:"是你打开了煤气?"

"是,是我,我也不想死,但是那个时候我感觉我活不下去了,所有人都希望我们去死,他们都恨我们,但是我的儿子也可怜啊,他根本不明白他在做什么!"

如果那些人肯对我儿子友好一点，如果雨薇的父母肯让雨薇继续和我儿子做朋友，这一切都不会发生！"

何秀霞呜呜痛哭："雨薇是唯一一个愿意接近小雨的人，小雨把她当作妹妹一样对待。直到雨薇的父母不准小雨再接近她，小雨才做那些事。小雨有错，难道那些瞧不起他、孤立他、把他当作怪物的人就没有错吗！"

或许换了别人会被何秀霞的质问所打动，但是邢朗没有，在旁观的魏恒也没有。

他们都不是滥用同情的烂好人，他们心里自有甄别罪恶与无辜的准则。而受到歧视，并不是一个人终于人性，始于兽性的理由。或许陈雨可怜，但是那些已经死去的女孩更可怜。

这个世界的确冷漠，但是这份冷漠并非针对陈雨而言，那么陈雨凭什么把他受到的冷漠当作施暴于人的借口？仅仅因为他是弱势群体吗？那这套逻辑未免太过强盗。

邢朗很想告诉何秀霞，他们的确没有错，有错的是陈雨，而做错事的人找任何原因、任何借口都无法减轻他犯的错。

从受害者身上找原因，这可真无耻。

虽然他不认同何秀霞的说法，但是他没有反驳，因为他必须利用此刻卸下防备的何秀霞，继续这场谈话。

"郭雨薇在哪？"

就这样猝不及防的，邢朗问道。

何秀霞低下头，躲避他的目光。

邢朗用一种冷酷无情，公事公办的语气说："你告诉我郭雨薇的下落和昨天晚上你和你儿子受到袭击的原因。我就帮你把你刚才说的话，一字不落地在法庭上说出来。"

"可是我……我不知道……"

邢朗皱眉，抬起腕表看了一眼时间，强硬地打断她："我没有让你告诉我那个人的身份，我问的是他找你们的原因。"

何秀霞神经质般地撕扯着她右手中指断裂的指甲，像感觉不到疼痛似的，几乎把整个指甲盖揭掉。

邢朗看了看她流着血的手指，看出她心里的某种坚持已经被击碎，便瞅准时机，又说："难道那个人找你们的目的和我一样，也是为了郭雨薇？"

随后，邢朗看到何秀霞猛地倒吸一口冷气，虽然她面部受伤严重，但掩盖不住她脸上失去血色的惨白。邢朗心道，果然被他猜中了。

第十九章·罪恶

何秀霞的眼神再次陷入迷乱和疯狂，像是回忆起了某种可怕的情形。

邢朗忽然抓住何秀霞的肩膀，弯下腰盯着她的眼睛："他也在找郭雨薇，那他是谁？找郭雨薇的原因是什么？既然你说不出他的名字，那他肯定不是郭雨薇的家人，否则你会向警方寻求帮助。既然他不是郭雨薇的家人，那他为什么寻找郭雨薇？他找郭雨薇的目的是什么？解救她？他凭什么认定郭雨薇还活着？既然郭雨薇没有存活的可能……那么他找的就是郭雨薇的尸体。"

"刺啦"一声，何秀霞的指甲盖被她生生撕裂，露出大片白色的皮肉。

何秀霞捂住脸，从单薄的胸腔里发出哀鸣般的哭声。

邢朗看着她，接着说："这样一来就解释清楚了，他找的是郭雨薇的尸体，你当然不会说出郭雨薇的尸体在哪里。为了不让警方介入调查，你更不会在受到残害后报警，所以你才会选择带着你的儿子自杀。我说的对吗，何女士？"

何秀霞无话可说，用哭声应对着他的逼问。

邢朗忽然觉得口渴得厉害，但是他并不想喝这间病房里的水，只抿了抿干燥的下唇，又道："你手中已经没有筹码了，何女士，和警方合作说出郭雨薇尸体的下落，才是你唯一的选择。"

一阵令人窒息的沉默过后，何秀霞发出两声尖锐的怪笑，那笑声中有绝望、有无奈，还有浓浓的悔恨。

她抹掉脸上的眼泪，抬起头，看着陈雨还在沉睡的脸，徐徐说出三个字："地下室。"

她好像用尽了全身力气，但是发出的声音依旧低不可闻。

邢朗没有听清，凑近她问："什么？"

魏恒忽然朝他们走过去，对邢朗说："她说的应该是宏兴超市的地下仓库。"

邢朗看他一眼，目光又移到何秀霞脸上，见她面如死灰没有反应，就知道魏恒说对了。

邢朗即刻要去宏兴超市，他刚起身，袖子就被何秀霞拉住。

何秀霞的脸很平静，但她的眼神却异常的激荡，她看着邢朗说："你要说话算话，你说你会出庭做证的。"

邢朗却说："我只说我会把你刚才说的话转述给法官，并没有答应你，会帮陈雨做证。"的确，这场谈话从头到尾，他只许一个承诺。

何秀霞目光一震，忽然明白了什么似的，看向被他折成一个正方形放在他左侧胸前口袋里的那份鉴定证书。

"你根本没打算帮我们，你也想让我儿子去死！你们都想害死他！"

邢朗推开她的手，扯了一下被她拽下肩膀的衣领，看着何秀霞冷声道："害死陈雨的到底是我还是你？你是他的母亲，是他的监护人，如果他杀害郭雨薇之后你没有包庇他，那个时候，法律或许会对他开恩。但是现在，他已经杀了三个人，郭雨薇、梁珊珊，还有白晓竹，这三条人命怎么就换不来你儿子一条人命？养虎为患的是你，纵容你儿子杀人的也是你。你根本不是一个合格的母亲，无论是对陈雨，还是对受害者家属而言，你都不是。"

何秀霞怔了许久，忽然发出一声歇斯底里的尖叫，死死拉住邢朗的袖子："我不管！你说你会出庭做证！你说过的呀，你们警察不能说话不算数！"

此时此刻，邢朗暂时忽略了她帮凶的身份，没有继续苛责这位愤怒又悲伤的母亲，再次推开她的手，往门口走过去。

"你不能走，你不能走！"何秀霞疯了似的扑过去抱住邢朗的腿，既是祈求，又在控诉。

邢朗喊了一声陆明宇，陆明宇即刻推门走进来，二话不说蹲在地上搀扶何秀霞。或许是因为病房里太过热闹，陈雨忽然醒了，他睁开布满血丝的肿胀的双眼，就看到自己的母亲正跪在地上，号啕大哭。

一直以来就像团烂泥似的陈雨陡然间"唔"了一声，即使满身伤痕也从病床上爬了起来，四肢并爬到何秀霞身边，把母亲枯瘦的身体紧紧抱在怀里。因为他的嘴巴被割烂，所以不能说话，只用一双通红的双眼瞪着邢朗，喉咙里咕哝着什么。

邢朗面无表情地看着他们，往后退了一步，对陆明宇说："叫护士。"

陆明宇刚走出病房，病房里忽然响起披头士乐队的一首老歌，魏恒记得那首歌，是邢朗新换的铃声，邢朗的手机遭过几次重创，出了点问题，每次来电的铃声总是很小。为了不漏接电话，邢朗把手机铃声换成了最嘈杂的摇滚乐。

然而就在邢朗的手机响起的同时，发生了一件他们都意想不到的事：音乐声一响，陈雨忽然怪叫一声，像是受了莫大惊吓似的钻进了何秀霞怀中。刚才他还像一个勇士一样保护母亲，此时听到音乐，反倒成了需要母亲保护的孩子。

何秀霞抱着陈雨的脑袋，捂住他的耳朵，大喊："他不能听这种声音，你快把它关了！"

邢朗拿出正在响铃的手机按下拒接，正要走出病房时，胳膊忽然被魏恒紧紧抓住。

魏恒看着躲在何秀霞怀里的陈雨，他的眼神像是被摔碎的镜子，布满了被分割成碎片的波光。忽然之间，魏恒解开了所有谜题。

梁珊珊生前饱受侵犯……

吕志新为了隐藏罪行而把梁珊珊的尸体放入不见天日的污水管道……

第十九章:罪恶

尸检报告中那句前颈部肌肉挫伤,出血点面积过大……

梁珊珊明明接了电话,吕伟昌却谎称那通电话没有打通……

还有,陈雨惧怕一切分贝过高的噪音……

邢朗看到魏恒自言自语般低声说了句话,他靠近魏恒问道:"你说什么?"

魏恒站不稳似的紧紧抓着邢朗的胳膊,道:"错了,杀死梁珊珊的凶手不是陈雨。"

邢朗目光骤暗,声音愈加低沉:"什么意思?"

魏恒目光涣散,意识似乎从身体中抽离,回到了梁珊珊被杀的那个晚上,道:"九点三十八分,梁珊珊接到了吕伟昌打来的电话,手机铃声吓跑了正在对她施暴的陈雨。她奄奄一息地拿出手机,向自己的姥爷求救,当时她还没有死,但是她的尸体后来却出现在了城西河道。"

魏恒像是在寻找支持似的看着邢朗,道:"梁珊珊被吕志新发现的时候还没有死,是吕志新掐住了梁珊珊的脖子,杀死了梁珊珊。"

黑夜也有一双明亮的眼睛,藏污纳垢的黑夜,目睹了发生在一名少女身上的全部罪恶。

陆明宇带人去宏兴超市寻找郭雨薇的尸体,邢朗和魏恒又马不停蹄地离开医院赶往看守所。在路上,邢朗给沈青岚打了一通电话,问道:"你在哪儿?"

沈青岚道:"还在看守所,我已经核实过吕志新的口供了,等他签字,马上可以移交法制处。"

邢朗道:"看住吕志新,我马上过去。"

他把车开得飞快,魏恒不得不紧紧握住车顶的扶手才能确保自己不被甩出车外。

邢朗忽然问:"你有多大把握?"

他并非不信任魏恒,只是目前找到的证据中只有陈雨的罪证,现在魏恒提出杀害梁珊珊的人不是陈雨而是吕志新,案情又来了一次大反转,但是这次没有充足的物证做支撑,只是依靠魏恒的推测。就算魏恒的推测属实,取证又是一大难题。

魏恒勉强压制住因晕车引起的生理不适,白着脸道:"不然呢?还有其他可能性吗?"

邢朗看了他一眼,不再说什么,又踩了一脚油门。

吉普车停在看守所大门外,邢朗跳下车无视上前搭话的执勤警察,大步流星走向办公楼。

魏恒靠在车头缓了一会儿,等到头晕恶心的感觉消退一些才迈开步子朝看守所大门走过去,却被执勤的民警拉住。

警察问:"干什么的?"

魏恒这才想起自己不是编内人员,没有邢朗领着,他还真进不去,但是邢朗已经把他忘了,这会儿连人影都寻不见。他指了指刚才邢朗消失的方向,煞白着脸没精打采道:"我和邢队长,我们是一起的。"

警察打量他两眼,并不打算通融:"那你在这儿等着吧。"

魏恒没办法,只好给沈青岚打了个电话。

不一会儿,沈青岚从楼里出来了,远远朝这边喊了句什么,魏恒没听清,但执勤的民警却听清楚了,很快就给魏恒放了行。

魏恒和沈青岚进了办公楼,魏恒远远看到一楼一间办公室门外站着两个穿警服的男警察,他们一脸紧张地看着屋里,右手均搭在腰间警棍上,准备随时冲进去干预的模样。

"我没杀她!我发现她的时候她已经死了!"

刚走近办公室,魏恒就听到吕志新在里面如此吼道,紧接着邢朗又说了句什么,吕志新发出一声哀号,里面又传出掀桌子砸椅子的声响。

魏恒正欲往里看,就见房门被关上了。

想必里面的情形一定不好看,沈青岚好言把站在门口的两个男警察劝走,等楼道里安静了才终于得空问魏恒:"究竟发生什么事了?"

魏恒靠着墙壁站定,歇了一口气才说:"吕志新是杀害梁珊珊的凶手。"

沈青岚心里一惊:"吕志新?不是陈雨吗?"

魏恒摇头,说话的声音很轻,却很笃定:"不是陈雨,是吕志新。"

此时房门忽然被打开,邢朗开门走了出来,又反手把门关上,他阴沉着脸转身进了隔壁的一间办公室,不一会又走了出来。

邢朗回到问询室,这次魏恒赶在他关门之前跟了进去。

问询室里的桌子椅子都移了位,中间留出一块空地,吕志新缩在墙角,脸上和身上都没有外伤。

邢朗踩着桌沿,双手揣在裤子口袋里,弯下腰看着他,笑道:"现在可以答我的问题了吗?"

吕志新涨着脸点了点头。

"梁珊珊是你杀的,承认吗?"

吕志新再次点头。

邢朗把纸笔推到他面前,指腹点了点空白的纸面,道:"写下来。"

吕志新迫不及待抓起笔,以最短的时间写了一份潦草的自述书。

第十九章·罪恶

邢朗粗略扫了一眼,收起自述书转交给沈青岚,然后把水递给吕志新。

吕志新接过去,仰头猛灌。

几分钟后,邢朗重新打开墙角的摄录机对着他们,然后坐在吕志新对面立刻又转入审讯状态。

邢朗道:"把你杀死梁珊珊的过程一字不落地说出来。"

吕志新还未从恐惧中缓过神来,他睁着双眼颓然地坐在椅子上发了一会儿怔。忽然像想起了什么似的,捂着脸低声呜咽。

"我……我真的没有办法啊,她已经活不成了,我只能杀了她!"

邢朗:"从头开始,把你看到了什么,做了什么,全都说出来。"

吕志新把脸埋在手掌中,声音沉闷得像是某种哀鸣:"珊珊失踪后,我和我爸分开找她……我路过许家胡同的时候听到13号巷里有动静,我还以为是流浪猫,但是我准备离开的时候听到了铃铛的声音。珊珊的书包上就挂着一颗铃铛,我就朝巷子里走过去,结果就看到那个傻子压在珊珊身上,正在脱她的裤子……我很想过去救她,但是陈雨是个傻子啊,谁知道他会做出什么事,或许他身上带了刀,发起疯会把我们全都杀了!"

说到这里,吕志新浑身颤抖,似乎在后怕。

直到此时邢朗才发现,坐在他面前的男人远没有他预料的那般处心积虑,吕志新只是一个胆小如鼠的废物。

邢朗敲了敲桌面:"然后?"

"然后我听到珊珊的手机响了,那个傻子被吓了一跳,一转眼就跑得没影了。他走了以后,我去看珊珊,珊珊已经快晕过去了,但是她手里的手机一直响,我爸爸问她在什么地方,要过来找她。但是我不能让我爸发现珊珊,他找到珊珊以后肯定会送珊珊去医院,珊珊伤在下面,医生一定会检查她有没有受到性侵,那样的话他们就会发现,就会发现珊珊已经……"

吕志新的声音越来越低,直到说不下去。

邢朗帮他补充:"他们会发现梁珊珊已经不是处女,然后他们就会找到长期以来和梁珊珊维持性关系的你。这就是你杀死梁珊珊的原因?"

吕志新默认。

邢朗:"说说你用什么方法杀了她。"

吕志新揪住自己的头发,忽然开始哽咽:"当时她还活着,但是她不能活着,只要她活着,我和她的秘密就会曝光。"

他越说越痛苦,揪着发根不知在怨恨谁,咬牙切齿地道:"那个傻子在她脖子上留下了一道勒痕,他本来想把珊珊先奸后杀!无论他有没有杀死珊珊,珊珊都不能活了，我只能沿用他的方式，掐住珊珊的脖子，用力……再用力……"

吕志新的眼神陡然变得疯狂，他用力揪自己的头发，快把整片头皮揭下来："再用力……我能感觉到珊珊的脖子在我手里断掉，她就像一只小猫一样，没有挣扎，软绵绵地在我手里停止了呼吸。"

邢朗沉默地看着他，忽然冷笑了一声："你还在说谎。"

吕志新眼神一颤，蓦然从幻境中坠落似的，脸上浮现瞬间的迷惘："我……我没有说谎。"

"你说你不救梁珊珊是因为不想让别人发现你和梁珊珊的关系，是吗？"

"是。"

"其中就包括你的父亲？在梁珊珊出事之前，你父亲不知道你对梁珊珊做的那些脏事？"

"是。"

邢朗目光一暗，猛然把正在燃烧的烟头扔到吕志新脸上，咬牙道："我们刚发现梁珊珊处女膜破裂的时候第一个怀疑的就是吕伟昌，吕伟昌可是很爽快地承认了，明明不是他做的，他又为什么承认？因为他在替你顶罪！如果他事先不知道你做的那些脏事，他帮你顶什么罪！"

邢朗凶相毕露的一面使得吕志新抖如筛糠，吕志新坦白道："你们打电话让我们去警局认尸的时候，我就向我爸坦白了！"

邢朗顿了片刻："理由。"

吕志新喘了几口粗气，不知不觉间早已大汗淋漓，浑身的衣服都湿透了："我知道你们会解剖尸体，你们肯定会发现珊珊不是处女。首先被你们怀疑的就是和珊珊关系最近的男性家属，所以，我就把事实告诉我爸，让他帮我想办法。"

忽然间，邢朗心力交瘁，他还以为吕志新是个厉害角色，原来是一个天下第一窝囊废，世界顶级大草包。

为了自己的"名誉"，吕志新可以杀死外甥女。

为了自己的"清白"，吕志新可以央求父亲顶罪。

邢朗："吕伟昌想的办法就是替你认罪？"

吕志新再度默认。

邢朗累了似的捏了捏眼角，问沈青岚："口供整理出来了吗？"

沈青岚坐在一台电脑后迅速敲击键盘，道："马上。"

很快，她拿着三页笔录纸走到邢朗身边，把整理出来的口供递给邢朗。

邢朗草草翻了一遍，然后把笔录扔给吕志新："签字。"

吕志新迟迟不肯下笔，瞪着两只眼睛频频看向门口，似乎在等谁出现。

第十九章·罪恶

邢朗忽然往桌子上狠狠砸了一拳，桌子险些被他砸成两半："你已经成年了！没有监护人！你爸救不了你，签字！"

吕志新浑身一哆嗦，不敢不签，唰唰几笔写上自己的名字。

沈青岚当即拿着他的口供出门联系法制处。

签完字，吕志新一脸绝望地瘫坐在椅子上。

旁观已久的魏恒悄然走过去，站在邢朗身边，看着吕志新沉默了一会儿，有所不忍似的轻声道："你弄错了。"

吕志新昏昏然抬起头看着他，眼神空洞又呆滞。

魏恒道："你说你亲眼看到陈雨糟蹋梁珊珊，还说梁珊珊下面受了很严重的伤，这全都是你的臆想。或许你看到的只是陈雨压在梁珊珊身上的一幕，你就以为陈雨强奸了梁珊珊，如果那个时候你选择救梁珊珊，梁珊珊一定会被做妇科检查。你杀死梁珊珊的本意只是为了不让梁珊珊做妇科检查，并不是想要梁珊珊的性命，对吗？"

吕志新眨了眨眼睛，眼泪流得汹涌，颤声道："是。"

魏恒扯动唇角笑了一下，笑容很无奈："但是陈雨并没有强奸梁珊珊，他脱下梁珊珊的裤子，只是在她身上放了一个风车，但是你却以为梁珊珊被陈雨强奸了，所以才索性杀了她，好让你的罪行随着梁珊珊的生命终止。"

说到这儿，魏恒摇头一笑，目光冰冷地看着他："梁珊珊明明有机会活下去，是你的自私、懦弱、多疑害死了她。"

第二十章
危机

　　走出看守所，魏恒看着西下的斜太阳，前所未有的疲惫感如潮水般由下而上席卷全身。他坐在车里吃了两颗糖，捏着冰凉的铁皮盒盖子，看着窗外来往的行人和如梭的车流。

　　这些人神色平静，步履稳健，他们或是赶着下班回家，或者招呼朋友出来一聚，或是刚从血拼完的商场出来。总之他们的生活忙碌且充实，人人都行走于阳光之下。对他们而言，各种骇人听闻的刑事案件只是电视上的几句口播，报纸上的寥寥几言。那些血腥和杀戮看似和他们毫不相干，与他们的生活相差甚远，其实就隐藏在他们不曾关注，或刻意忽视的角落里。

　　一起连环少女失踪案侦破到今天，经历了几次波折，坐在吉普车里的两个人都有些精疲力竭。

　　邢朗坐在车里静静抽了一根烟，吐出最后一口烟，扔掉烟头，发动吉普车汇入公路中的车流中："送你回去？"

　　魏恒摩挲着手中光滑冰冷的薄荷糖盒，想了想，道："送我去医院。"

　　邢朗看他一眼："找佟月？"

　　"嗯。"

　　邢朗没精打采地笑了一下："你这工作强度都快赶上我了。"

　　临时改变路线，吉普车在前方路口右转，驶向华诚精神外科医院。

　　邢朗熟门熟路地领着魏恒搭乘电梯直奔七楼，在七楼一间办公室门外止步。办公室里，海棠正坐在电脑桌后往手上挤护手霜，旁边站着一个穿白大褂的高瘦医生，医生戴着眼镜正跟海棠说话，看起来倒是很儒雅。

　　海棠垂着眸子，但笑而不语，揉着沾满护手霜的双手，一旁的办公桌上放了一束很夸张的玫瑰花。

　　魏恒看了里面的两人一眼，然后看了看邢朗。

　　邢朗面色如常地抬手敲了敲办公室房门，扬声道："海医生。"

　　海棠一转头就看到了站在门口的邢朗和魏恒，便扬起唇角朝他们走过去。她

扫了魏恒一眼，目光停在邢朗脸上，揉着手背淡淡地道："找谁？"

邢朗笑笑："佟月。"

海棠很不明显地白了他一眼，似乎在说，我就知道。

海棠率先走向楼梯："走吧。"

上楼途中，魏恒有意落后一两步，走在邢朗和海棠后面，尽量让自己看起来不那么像电灯泡。

"你脸色怎么这么差？"海棠问。

"有吗？这两天没睡好。"邢朗道。

海棠端详他两眼，道："待会儿你忙完了先别走，跟我去一楼拿点药。"

邢朗看着她问："什么药？"

"阿姨不是风湿痛吗，前两天我们医院刚进了一批新药，临床试验效果很不错，你拿回去两瓶让阿姨试试。如果有用的话，我通过内部渠道给她买，比你们买要便宜一些。"

邢朗笑道："行，那就麻烦你了。"

海棠没接邢朗这句话，停了停，又道："这两天阿姨总是给我打电话，让我过去吃饭。"说着微微侧眸，看他反应。

邢朗皱了皱眉，无奈地道："这老太太……我会抽时间和她说清楚，你不用理她。"

海棠笑了笑："说什么？"

毕竟交往了一年多，邢朗很熟悉她露出冷淡的笑容就是生气了，便适时岔开了话题，聊起佟月的病情。

比之刚才，海棠的态度冷淡了许多，只惜字如金地说："好一些了。"

海棠把他们领到八楼一间单人病房门口，先敲了敲门，才推开房门。单人病房的条件很好，还带着飘窗，一个穿着病服的少女坐在飘窗上，腿上摆着一个画板，正借着窗外昏黄的光线画画。

上次魏恒只是远远看了一会儿佟月，当时佟月惊惧的眼神依然清晰在目，今天再次见到佟月，魏恒在她眼睛里看到了一些上次没有看到的东西。

佟月看到两个陌生人，依旧显得胆怯又戒备，但是她眼神中防备和敌意已经大为消减，看来佟月的病情真如海棠所说，好一些了。

"月月在画什么？"海棠走到飘窗前，抬手搭在佟月肩上，弯腰看她怀中的画板，"这是谁？"

佟月低下头，有些羞涩地笑了，两颊染上淡淡的红晕，低声道："是海棠姐姐。"

"真的吗？"海棠显得很高兴，仔细端详着画上的人，"我有这么漂亮吗？"

佟月点点头，依旧有些不安地看了看站在不远处的邢朗和魏恒。提出要见佟月的是魏恒，于是邢朗给魏恒使了个眼色，示意他抓紧时间。

魏恒慢慢走过去，看着佟月，温柔地笑了笑，道："你好。"

佟月抬起头匆匆看了他一眼，没答话。

魏恒在飘窗边沿坐下，见她没有露出反感的情绪，才道："我想问你一个问题，可以吗？"

佟月依旧不说话，只拿着铅笔继续在画板上作画。

魏恒和海棠对视一眼，海棠看着他轻轻点头，示意可以问话。魏恒再度放柔了声音："我叫魏恒，能告诉我你的名字吗？"

终于，佟月说话了，低声道："我叫……佟月。"

"佟月，这真是个好名字。"魏恒看向她怀中的画板，"佟月，你在这里住了多久了？"

佟月停笔，想了想，但是想不到答案，于是回头看向海棠，海棠笑着提醒她："快两年了。"

佟月向魏恒转述："快两年了。"

魏恒又问："为什么住在这里？"

这次，佟月没有求助海棠，自己思考了一会儿，看着魏恒严肃认真道："我生病了。"

"什么病？"

"医生们说，我忘记了一些事情。"

魏恒看着她逐渐褪去防备的双眼，笑道："那一定是很重要的事情，对不对？"

不知不觉间，佟月似乎已经对他建立起信任，说的话渐渐变多："很重要的呢，我失去了很重要的东西，我告诉你，但是你不能告诉别人。"

魏恒道："我向你保证。"

佟月低下头，感到羞愧似的红了脸，道："我……我不会走路了。"

魏恒很温柔地笑了笑："怎么会呢，我在医院花园里见过你，当时你就在走路，走得很好。"

佟月摇摇头，低声道："我在晚上不会走路，到了晚上我就会迷路，不知道该往哪里走，总是跌倒。"

魏恒沉默了一会儿，反问："跌倒？"

"嗯，我跌倒以后，就不知道该往哪里走了。似乎总有一个人在我耳边说，你走错了，走错了，走错了……"

一个少女犹如低吟般控诉，却让魏恒不寒而栗，佟月魇住了似的，双眼无神地看着画板,来来回回,不停地重复"走错了",似乎她此时的确跌倒了,她坐在黑暗里,不辨方向,四顾茫然。

"但是,我没有走错啊。"忽然,佟月开始哭泣,豆大的眼泪一滴滴落在白纸上,晕染了她笔下优美的线条。她摇着头说:"我没有走错啊,为什么她会说我走错了呢?为什么呢?"

魏恒问:"谁?谁说你走错了?"

佟月怔了怔,像是受到了惊吓般,脸色瞬间白透,哭喊道:"走开!你走开!不要碰我!"

海棠连忙把她抱在怀里,对魏恒摇了摇头。

魏恒看着陡然间变得疯狂的少女,还没回过神来就被邢朗拉住胳膊从病房里拽了出来。

站在楼道里,邢朗松开他的胳膊,问:"得到你想要的了吗?"

魏恒无端感到挫败,眼前一遍遍回放佟月说"走错了"这三个字时的画面,说:"不知道。"

邢朗深深看他一眼,然后又看了一眼手表:"我送你回去,这几天你太累了,回去好好睡一觉。"

魏恒禁不住看他一眼,说起累,他远不如邢朗奔波劳累。

邢朗揽住他肩膀把他往前带了几步,两人离佟月的病房越来越远,就在他们准备下楼时,忽然听到身后传来佟月的呼喊。

"一直往前跑!"佟月站在病房门口,颤抖着身体,握着双拳,既恐惧又激动地看着邢朗和魏恒,大声喊:"一直往前跑,不要回头,千万不要回头!"

千万,不要回头。

魏恒神思恍惚地被邢朗带离医院,直到上车都没缓过神来。

邢朗想起刚才佟月冲着他们疯狂大喊的那一幕就无比头疼:"一直往前跑,不要回头……这是什么意思?"

魏恒也气馁:"不知道。"

此时天色已经完全暗了下来,芜津市迎来了又一个黑夜。邢朗的手机响了,摇滚乐回荡在车里,听起来具有某种振奋人心的力量。是陆明宇打来的。邢朗听着手机里的传出的案情汇报,疲惫的神色陡然间一扫而空,道:"知道了,我马上回去。"

邢朗挂了电话,立即驱车上路,掩不住兴奋地道:"郭雨薇的尸体找到了。"

魏恒也是神色一振:"在宏兴超市里?"

邢朗点头,挑着唇角似是想笑,但是没笑出来,神色复杂地道:"何秀霞在地下仓库里挖了一个坑，把郭雨薇的尸体放在里面，然后用水泥填平了尸坑。"

魏恒沉默，适才有些振奋的心逐渐被冷意覆盖。他很难想象，何秀霞掩埋郭雨薇的尸体时，是怎样的心情。

不知为何，他不想看到那具他们费尽周折才找到的少女尸体，按着额角道："我想回去休息。"

邢朗看他一眼："行，我先送你回家。"

很快，魏恒的手机也响了，是佟野。佟野问他在那里，要去接他下班。魏恒虽然已经很累了，但是拖欠佟野的人情不得不还，而且他还想再和佟野聊聊佟月的病情。

"你在哪儿？"魏恒反问。

佟野报上一栋写字楼的地址，魏恒发现前方不远处拐个弯就是，于是对佟野说："等我五分钟。"

挂了电话，魏恒把写字楼的地址转述给邢朗。

邢朗听完，瞥他一眼，问："现在就过去？"

魏恒把后视镜拉下来，用手指梳理了几下头发，然后把头发重新扎住，淡淡地"嗯"了一声。

往前开了不到五分钟，魏恒道："前面路口停车。"

吉普车在路边缓缓停下，魏恒打开车门弯腰从车里下来，到了约定见面的地点，魏恒掏出手机给佟野打了一个电话。

佟野道："看到你了，在路边等我。"

魏恒挂了电话，不多时，一辆黑色大奔在他身边停下，佟野放下车窗，冲他笑得热情洋溢："哈喽帅哥，上车吧。"

魏恒打开车门坐在副驾驶座，拉安全带的时候看到副驾驶车板上摆着一套高尔夫球具，道："这么晚了，去打高尔夫？"

佟野甩了甩腕子，"嗨"了一声，把车开上路，抱怨道："还说呢，今天中午陪客户打高尔夫，那两个老男人打得贼烂，我还得比他们打得更烂。打了一下午，腰都快给我扭断了。"说着扭头看了看魏恒，"你会打高尔夫吗？"

魏恒摇头："不会。"

佟野笑道："那我教你，哪天你有空了就给我打个电话，我有个朋友开高尔夫球场，让他给咱们俩包个场。"

他这话说得豪放又逗乐，魏恒笑了笑，不置可否。

佟野问他："去哪儿吃饭啊？你想吃哪国菜？"

魏恒看了看手表："你上次说的那家日料就很好。"

第二十章·危机

佟野瞄他一眼，撇撇嘴，道："魏老师，你是不是觉得日料全是生冷的，上菜速度快，吃饭速度也快，才提出去吃日料？"

被他说中，魏恒有些不好意思地笑了笑，很不走心地辩解道："不是，你上次不是说那家店很好吃吗？"

佟野道："偏不吃日料，我们去吃法国菜，前菜加主菜再加饭后甜点，一顿饭能吃好几个小时。我现在就定位子。"

魏恒头疼："现在定位子来得及吗？"

佟野腾出一只手唰唰唰地按着手机："来得及，我一哥们是开餐厅的，让他想办法。"

这下魏恒再没什么好说的了，心道他倒是朋友遍天下，各行各业都有个把熟人。

佟野和开餐厅的哥们讲完电话，对魏恒说："行了，一个小时后过去，现在咱们随便找个地方待一会儿。"

魏恒想了想，道："去老城区友谊路吧。"

佟野看着前方沉吟了一会儿，脸上的笑容变得有些不自然："去那儿干什么？"

魏恒简言："看看。"

就在刚才，他改变了主意，佟野或许对佟月的经历与病情和警方掌握的一样多，再问佟野也问不出什么。既然如此还不如再次回到案发地，回到当年佟月逃出来的地方看看。

佟野的情绪也受到了影响，往城西去的路上和魏恒闲聊时也不再刻意逗趣说笑，一副心事重重的样子。

当年关着佟月，现在发现白晓竹尸体的旧仓库依旧拦着一圈警戒线。这个地方成了凶地，夜晚几乎没有人来，就算是偶有路人路过，也是加快速度匆匆走过。

佟野听魏恒的，把车停在了当年他停车的网咖后门。

魏恒下了车，站在灯光暗淡的巷子里，往左右看了一圈。夜晚寒冷，佟野穿上了西装外套站在他身边，脸色稍显凝重。

魏恒在网咖后门看了一会儿，抬脚往正西方，也就是旧仓库的方向走过去，佟野一直沉默地陪在他身边。

上次他让邢朗走过这条路，他们计算过路程和时间，核实了佟月出逃、被搭救的路线的确是从旧仓库到网咖后门。魏恒并非不信任邢朗，而是觉得自己有必要在夜晚来一趟案发地，这样或许会更接近当时的场景。

佟月当年被张东晨带到旧仓库，张东晨准备施害时，不知出于何种原因，暂时离开了佟月，给佟月留下了一线生机。不得不说，佟月很坚强，她能在受到惊吓和侮辱后勇敢反抗，没有丧失对生命的渴望。所以她跑出旧仓库，向着有光的方向一直跑，直到遇见佟野。

巷子里很安静，只有两个男人的脚步声，年岁已久的路灯要么灯光昏暗，要么被砸碎了灯泡，至今没有人修。

不知不觉间，他们走到了旧仓库门口，魏恒停住脚步看着前方仿佛没有尽头的街道。

佟野弯腰捡起一颗石头，用力朝前方的黑暗中砸了过去，石头像是沉入大海般无踪无影。佟野拍了拍手上的土，道："前面的路灯坏了，这个地方的路灯老坏，时不时就得摸黑走路。"

魏恒点点头，道："回去吧。"

随后，两人顺原路折返。

走到一半的时候，魏恒忽然被地面一个不明显的坑洼绊了下脚，一个重心不稳跌到了地上。

佟野连忙伸手扶他："没事吧？走路也不专心点。"

魏恒轻轻推开他的手，说了声"没事"，然后继续往前走。

五六分钟后，他们回到了佟野停车的地方——网咖后门。

佟野率先上车掉头，魏恒站在墙边等着。他看着佟野把车开到了巷边，车头扭转了180度，由朝西的方向转成朝东的方向，方向彻底相反。

一个简单的倒车动作，魏恒却看愣了。

方向……

方向？

方向！

魏恒忽然回头看向巷子正西，刚才他们从旧仓库门口走来的方向；巷子里依旧很沉寂，只有幽暗的路灯，和两边厚重的围墙，魏恒的瞳孔剧烈颤抖，不知不觉握紧了双拳，脑海中瞬间划过一幕幕情景……

八百米的路程……

十一分钟的时间……

从旧仓库到网咖后门……

被蒙住双眼，于黑暗中朝着光源逃生的佟月……

巷子里幽暗的灯光……

四周飘来的广场舞歌声……

"扑通"一声，被绊倒的佟月……

第二十章·危机

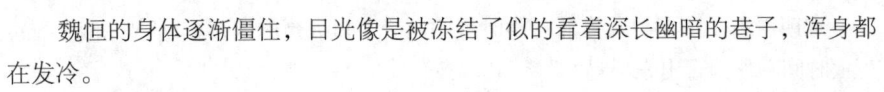

魏恒的身体逐渐僵住，目光像是被冻结了似的看着深长幽暗的巷子，浑身都在发冷。

"扑通"一声，佟月跌倒了。她的双眼被蒙住，身处黑暗中，当时她跌坐在黑暗中肯定会丧失方向感，既然没有方向感，那她怎么能确定她一直在朝着东边奔跑？哦，对了，是光，她说身后没有光，只有前方有光，她一直在追着光跑。

魏恒想起刚才他也跌了一跤，摔到后，他的身体彻底转变了方向，如果没有什么东西做指引，他难以在站起身后辨别方向，如果有光就不一样了。但是，如果当时仓库门口的路灯坏了呢？如果仓库门口本来就没有一丝光，如果佟月逃出的地方本来就没有光……那佟月逃出的地方是哪里？

一直往前跑，不要回头！

佟月的呼喊忽然在耳边响起，魏恒头皮一麻，浑身血液凉透，忽然之间疏通了所有疑点。

难道说，佟月回头了？

佟月回头了，当她跌倒后，她迷失了方向，而恰好前方无光，她把前方当作了身后，那她逃出的方向不是西方，而是东方！

她从东方逃出，跑了一半路程，又往回跑，跑回了囚禁她的地方。

那么在东方的就是……网咖后门。

身后忽然响起脚步声，魏恒下意识地回头，就看到了佟野的脸置于幽暗的灯光之下，他的眼睛就像一摊黑色的死水，带着瑟瑟杀气。

紧接着，他看到佟野挥起了手中的高尔夫球杆。

晚上九点钟，公安局大楼的灯熄了一半，而一楼法医室彻夜亮着灯。邢朗前脚踏进一楼大堂，陆明宇就已经闻讯从楼上下来了，手里还拿着一份文件。

陆明宇把薄薄的几页纸递给邢朗："这是现场勘查记录。"

邢朗步履不停地走在楼道里，低头翻阅文件。

寻找和挖掘尸体的过程暂且被略去，邢朗一眼就被几张在现场拍摄的照片吸引了目光。他只在失踪者档案上见过郭雨薇的照片，郭雨薇是一个留着短发，朝气蓬勃的女孩，笑起来单眼皮的眼睛弯成弦月。现在，他依然能在照片上看到郭雨薇，但此时的郭雨薇已经没有了朝气和笑容。因为尸体被包裹在水泥中，阻隔了空气和水分的腐蚀，甚至在一定程度上起到了冷却的作用，所以郭雨薇的尸体没有过度腐烂，裸露的面部、脖子、双手都接近水泥的颜色，女孩的双眼、耳朵、鼻孔、嘴巴中都塞满了已经干涸成形的水泥。

邢朗在法医室门外止步，把文件合上又递给陆明宇："通知死者家属了吗？"

"已经通知了，他们应该在赶来的路上。"

邢朗看着法医室百叶窗后时隐时现的两个穿白大褂的人影，问："郭雨薇的死亡时间和死因查出来了吗？"

"刚才秦主任检查过，郭雨薇的脖子也被勒断了，发力方向是在身后，和白晓竹的死因一致。至于死亡时间要等详细的鉴定结果出来。"

邢朗看了看手表，晚上九点二十分，等秦放的鉴定结果至少要两三个小时，就在他考虑应该留在警局等郭雨薇的家属，还是去人大医院看看张东晨和张福顺的时候，法医室的门忽然被推开了。

听到开门声，邢朗往前走了一步，迎向秦放。

秦放拽下脸上的口罩，神色焦急，手里端着一个医用托盘，道："这些东西是在郭雨薇身体里发现的。"

邢朗垂眼一看，看到托盘里是几颗如针鼻般大小，灰褐色的类似植物种子之类的东西，还有一截长约两厘米，宽不到一厘米，呈腐烂状的物体。

邢朗看到那干枯腐化的皮肉中包裹着的一块指甲盖："这是人的手指？"

秦放拿着一只镊子拨动那截人体手指，道："根据指甲盖的大小和骨骼关节长度判断，是人体小拇指的第一个指关节。"

"在哪儿发现的？"邢朗问。

秦放神色复杂地看着他："死者的胃里。"

邢朗霎时拧紧了眉头，好像看到了什么令人作呕的脏东西，顿了片刻才问："是郭雨薇自己的手指？"

秦放的脸色也很难看，皱着脸说："不，郭雨薇的十指完好，她吞下的不是自己的手指。"

不是自己的手指，那是谁的手指？她又为什么会吞下一截人的手指？是凶手所逼吗，还是自愿？

秦放拿着镊子拨动盘子里的几颗种子，道："还有这个，在死者的阴道中取出来的。"他看着邢朗补充，"是葡萄籽。"

邢朗猛地抬起眼睛看着他，黑黑的瞳孔中泛着零星的寒意。

葡萄籽让他想起了佟月，佟月也曾险些遭遇不幸，下体被塞入数颗葡萄，现在多了一个郭雨薇，郭雨薇是第一个受害者，佟月是第二个，她们的下体都被塞入葡萄，其次是梁珊珊，最后还是白晓竹。

梁珊珊是一个"意外"。

而白晓竹被扔进旧仓库，意味着一个"句点"。

这两名受害者身上再无其他线索可追寻，唯一贯通案件的线索就是被塞入少女下体的葡萄。

第二十章·危机

　　一致的作案手段,意味着凶手是同一个人吗?但是劫持佟月的人是张东晨,杀害郭雨薇的人是陈雨。如今在宏兴超市中找到郭雨薇的尸体更是为陈雨添上了一份无法推翻的罪证。但是郭雨薇身体中的葡萄籽是怎么回事?还有那截人体手指,又是怎么回事?

　　等等,手指……犹如一阵飓风吹来,邢朗眼中的迷雾瞬间消散,他再次看向托盘中的那截手指:"你刚才说,这是人体小拇指的第一个指关节?"

　　"对,现在表皮已经腐烂,无法根据指纹确定到底是左手还是右……"

　　话没说完,秦放忽然没了声音,目光惊疑不定地闪动着:"我的天……是佟野?!"

　　邢朗缓慢而慎重地点头,眼睛里似乎有什么东西在烧,烧得他目光灼热,眼眶发红:"佟野的左手第一个小拇指是缺失的。"

　　就在刚才,他在心中推出一个全新的假设,如果这截手指不是郭雨薇被迫吞下肚,而是她自愿且主动吞的呢?一个女孩被远超她力量的人压制,她手脚被缚,无力挣扎,她唯一能做的反抗就是如同一头绝望又愤怒的小兽般用她尖利细小的牙齿咬住凶手身体的某一个部位,狠狠地,连皮带骨的咬下来,吞进肚里。

　　或许这截手指,是郭雨薇留给警方的一个罪证。

　　"我马上做 DNA 鉴定!"秦放端着托盘匆忙回到法医室。

　　在 DNA 鉴定结果出来之前,邢朗也只是猜测,现在有一个更深的疑团逐渐浮现:陈雨的十指是完好的,郭雨薇吞下的手指显然不是他的,那陈雨和这截手指有什么关系?

　　邢朗拉紧了外套,转身往大堂方向走去:"大陆跟我走!"

　　陆明宇跟着他来到停车场,正要打开副驾驶车门,就见邢朗隔着车头把车钥匙扔给了他:"你开车。"

　　陆明宇把车开出公安局,驶在车流繁忙的公路上,问:"去医院找陈雨吗?"

　　邢朗嗯了一声,随后拨出一个电话,把手机放在耳边。

　　陆明宇转头看他一眼,心里有些纳闷,邢朗一向很稳得住,身为刑侦支队的核心人物,他的一举一动都直接影响到部下的节奏和效率,所以他的情绪一向不流于表面,就算是在十万火急的情况下,他也不会因心烦气躁而首先乱了自己的阵脚,但是现在却面露焦虑。

　　邢朗拨了两三次电话都没有打通,陆明宇清楚地看到他眼中的火光越烧越烈。

　　陆明宇忍不住问:"老大,出什么事了?"

　　邢朗又一次拨出电话,呼了一口气才道:"今天晚上,魏恒和佟野在一起。"

　　闻言,陆明宇也不禁开始担忧:"魏老师在监控佟野吗?"

电话还是打不通，邢朗想起他们分开的时候魏恒说过他的手机快没电了，而此时究竟是魏恒手机已经没电了，还是遇到了其他的意外，这一点无法求证。

"就麻烦在这儿。"邢朗又拨出佟野的号码，"魏恒还不知道佟野有嫌疑。"

佟野的手机也关机……

邢朗忽然横起肘子撞在车门上："开快点！"

陆明宇什么都没说，猛踩了一脚油门。

两名便衣警察坐在712病房门口的长椅上吃晚饭，一份盒饭还没吃完，就见电梯门开了，随即走出邢朗和陆明宇。

"老大。"

"宇哥。"

两名警察放下盒饭站起身。

陆明宇冲他们按了按手掌，邢朗径直走到病房前推开房门走了进去。

陈雨已经彻底苏醒了，正靠在床头输液，房间里还有一名医生和一名护士，何秀霞正在和医生说些什么。邢朗的忽然闯入把他们都吓了一跳。邢朗大步走到床边，猛地拽起陈雨的衣领把他拖到窗前，手按着陈雨的胸口用力往下一压，陈雨上半身都悬于窗外。

"到底是不是你杀了郭雨薇！"邢朗紧紧揪着陈雨的领子，倘若他一松手，陈雨就会失去平衡翻出窗口。

陈雨下意识紧紧抱住他的手臂，嘴里含糊不清地说着什么。

何秀霞尖叫一声，冲过去捶打邢朗，很快就陆明宇拉开，陆明宇低吼："安静点！你儿子可能不是凶手！"

何秀霞一怔，难以置信地看着陆明宇："你说什么？"

陆明宇按了按脸上被何秀霞抓出的一道指甲印，耐心道："你儿子可能不是杀害郭雨薇的凶手，你必须把当年处理郭雨薇尸体的过程一字不落全都说出来。"

邢朗还在逼问陈雨，提着陈雨的领子几乎把陈雨大半个身子都悬在窗外："是不是你杀了郭雨薇？说！"

陈雨的声音依旧模糊而断断续续，只是疯狂摇头。

邢朗在他口中听到几个模糊的字眼，他弯腰凑近陈雨，道："说实话，有还是没有？如果你骗我，我就把你扔下去。"

这一次，他听得很清楚，陈雨从喉咙里挤出了两个字"没有"。

换作平常，无论陈雨怎么申辩自己"没有"，他们都不会相信。不仅是警方，就算和陈雨最亲的何秀霞都不会相信他。因为陈雨拥有最大的嫌疑，但是这次邢朗却信了，因为他发现了和陈雨的罪名相悖的证物。

第二十章·危机

陈雨被他从窗外拽回来后立刻蜷缩身体挤在墙角，抱着肩膀瑟瑟发抖，脸上唯一没有被纱布缠绕的双眼因恐惧而漫上一层泪光。

邢朗朝他走过去，蹲在他面前，目光灼灼地盯着他的脸，低声问："我相信你没有杀郭雨薇，但是她死了，你知道她是怎么死的，对吗？"

陈雨闻言，小心翼翼地转动眼珠想看着邢朗，但是他的目光还未触及邢朗的脸就匆忙收回。

邢朗沉下一口气，慢慢抬起右手搭在他肩上，感觉到他的身体因自己的触碰而剧烈颤抖，道："不用怕，我是警察。你告诉我，我可以帮郭雨薇报仇。"

不知是"警察"还是"报仇"触动了陈雨，陈雨愣了片刻，闪烁的目光中逐渐褪去恐惧，身体里好像被贯注了某种力量和勇气，邢朗看到他缓缓抬起双手比了两个圆放在眼前，好像戴了一副望远镜，然后从喉咙里低低地发出一个音节。

陈雨说："看。"

邢朗眼神一颤，乌黑的眼睛里迸射出如利刃般的寒光："看？你看到了什么？郭雨薇吗？"

陈雨点头，放下双手，握着拳头，左手不动，右手绕了一圈，然后两只拳头用力往一旁分开，停了片刻后，双手之间的距离拉得更大。

邢朗看着他的动作，手心在不知不觉间渗出了一层层冷汗。

陈雨是在模仿用绳子拴住脖子用力往旁边拉紧的动作。也就是说，郭雨薇被勒死的时候，他躲在某个地方默默观看了全程……陈雨眼中忽然掉下眼泪，滴落在地板上摔成两半，他握成拳头的双手不停地颤抖，然而，他还在用力、用力……

邢朗忽然握住他颤动的双手，看着他的眼睛问："这个人是谁？你看到他的脸了吗，他是谁？"

陈雨抬起闪着泪光的眼睛看着他，指了指自己缠满纱布的脸。

邢朗懂了："他就是昨天晚上割伤你的脸的人？"

陈雨点点头，随即又垂下眼睛，沉下双手像是拖了什么东西似的往上抬起，喉咙里翻滚几番，竭尽全力说了一句最完整最清晰的话："雨薇，回家。"

雨薇，回家。

陈雨并没有杀郭雨薇，他只是把郭雨薇的尸体带回了家。

邢朗心里好像被谁狠狠捅了一拳，一阵闷痛，他缓了好一会才起身走向何秀霞。他站在何秀霞面前，看着眼前这位自以为一直在充当儿子的保护神的母亲，觉得疲惫极了。

"为什么不报警？"此时他能问出口的，只有这句话。

何秀霞怔住了，似乎也在反问自己：是啊，为什么不报警？

忽然，她放声痛哭："我不知道啊，那天晚上他抱着雨薇回来，雨薇已经断气了啊！我以为是他把雨薇杀了……他是个傻子，脑子不清楚的！就算他说不是他干的，也没人会相信，我真的没有办法啊！"

无论是愧疚，还是气馁，邢朗很清楚他此时唯一需要发泄的情绪就是愤怒，但是他没有发泄愤怒的对象。

邢朗道："你一直口口声声说你儿子受到歧视，没有人会相信他说的话。其实歧视你儿子、不相信你儿子的人只有你一个，因为你把陈雨当作杀人犯，掩藏郭雨薇的尸体，所以陈雨被其他人当作杀人犯。这两年来，你把陈雨以罪人的身份囚禁在身边，你能想象他心里的感受吗？如果陈雨把郭雨薇带回家的那个晚上，你信了他的话，报警，让警察调查郭雨薇死亡的真相。那么现在，陈雨就不是一个杀人凶手。"

邢朗停了片刻，歇了一口气，接着说："他杀死白晓竹，既是在弥补郭雨薇受到的伤害，又是在替郭雨薇报仇。因为你已经把郭雨薇的尸体隐藏起来了，他就只好再制造一具新的尸体，用和凶手相同的方法杀死白晓竹，把白晓竹的尸体扔在郭雨薇被抛弃的地方。"

看着何秀霞那双迷茫又无知的眼睛，邢朗苦笑了一声："还不明白吗？白晓竹是郭雨薇的替身，陈雨杀死白晓竹是在报警。"

没错，陈雨在报警。

郭雨薇的尸体已经被他强势的母亲藏了起来，他深知杀害郭雨薇的凶手另有他人，但是没有人会相信他说的话。就在他被所有人都视作凶手的时候，他心里依旧相信警察，他相信警察能够解开郭雨薇的死亡真相，还这名少女一个清白，将她从阴暗的地下室掘出，葬于她能够安详沉睡的地方。

于是他只能通过这种"复制"的手段，向警察发送救助信号。

陈雨其实是在通过杀人来报警。

直到此时，邢朗才明白他第一次在警局见到陈雨，陈雨临走时，回头冲他痴痴一笑，对他说出"朋友"两字的含义。原来陈雨一直把警察当作朋友，他一直试图向警察发出求救信号。他何其单纯，何其无辜，何其残忍。

病房的角落里，陈雨跪在地上，双手虚托在空中，好像抱着一个虚无的灵魂。他从地上站起来，慢慢走到窗前，慎重而缓慢地把双臂伸出窗外，置于微冷的夜风中。

他看到一个留着短发，笑起来双眼如弦月弯弯的女孩那透明又缥缈的身影在他手中缓缓站起身，她理了理头发，扑了扑裙角，背着双手对他嫣然一笑。

然后，她向他挥手告别，转过身，迈着轻盈的步子走向夜空中那轮洁净无瑕

的明月。

我终于帮你找回了真相，现在你可以永远沉睡了，我亲爱的朋友。

离开医院时，夜色浓重，秋风肃杀，风声在街道上放肆地流窜、哀号。

DNA 鉴定结果出来了，那截手指的确属于佟野。

邢朗没有时间去唏嘘陈雨的命运，此时他更关心魏恒的安危。魏恒和佟野的手机全都打不通，刚才他派人回家看了，魏恒家里没人，佟野也没有回家，更巧的是他们两个人的手机都不能被技术队的小赵追踪到。

魏恒很有可能在手机里安装防跟踪系统，那么佟野呢？他也在手机中安了防跟踪系统？难道他早就知道会有被警察搜捕的一天吗？

邢朗拨通技术员小赵的电话，按着怦怦直跳的太阳穴，压制住心里的急躁："魏恒最后下车的地方是胡杨路三青园大路口，后来应该上了佟野那辆黑色大奔，调附近所有的监控，找那辆黑色大奔的下落。"

小赵说："头儿，这么找不太好找啊，咱们是不是应该把警力都……"

邢朗："我让你找你就找，支队什么时候轮到你做主了？！"

陆明宇眉心跳了跳，忍不住瞄他一眼。

邢朗虽然脾气不好，但从没像现在这样吼过女下属，这次他是真着急了。

邢朗挂了小赵的电话又拨通了韩斌的电话，电话一通，邢朗语气缓和了些，道："老韩，帮个忙，帮我查一辆车。"

韩斌说了句什么，邢朗闷笑了一声，道："咱们东部队和西部队联手，效率不是快些吗？月牙山尸坑？没忘啊，正打算明天跟你好好谈谈，刚好我找到了一些线索。嗯，那我把车牌号发给你。"邢朗沉沉一笑，"兄弟，你上点心，我的顾问落在嫌疑人手里了，行动结束我请你吃饭。"

韩斌本来都快睡着了，被他这句话驱散了一二分睡意，停了半晌才说："哦，是你们队那个……新来的警花？"

"警花？"邢朗以为他搞错了对象，耐下心解释，"你是说沈青岚？不是，那天咱们在支队开会你也见过他，叫魏恒。"

韩斌道："唔，就是他嘛。"

韩斌这懒洋洋、慢悠悠的节奏听得邢朗无端烦躁，再次重复："失踪的人不是沈青岚，是魏恒。"

韩斌："谁跟你说沈青岚了？我说的就是他。"

邢朗更烦躁了，以为韩斌大晚上犯蠢，脑子短路，竟然连沈青岚和魏恒都分不清楚。眼看邢朗要和韩斌吵起来，陆明宇连忙道："邢队，韩队知道你的意思，他说的就是魏老师。"

邢朗狐疑地瞥他一眼："你确定？"

陆明宇点头。

于是邢朗对着手机又道："对对对，就是我们支队的警花，帮我找找。"

挂了韩斌的电话，邢朗嘀咕了一句："魏恒什么时候把沈青岚的头衔抢走了？"

陆明宇没接茬，心想全队上下都传开了，只有你不知道。估计也是因为没人敢在邢朗面前说此类闲话，导致邢朗至今才知道魏恒和沈青岚的地位早在全体警员心中来了一个大对调。

邢朗没过多纠结西港支队的警花桂冠到底属于谁，又开始联系技术队员。

陆明宇沉默良久，问道："邢队，既然佟野是杀死郭雨薇的凶手，那佟月……"

他有所保留把话说一半，然后把探寻的目光投向邢朗。

邢朗看着手机说："佟月被绑架的时候下体也被塞入了葡萄，和郭雨薇的遭遇相同。现在有两种可能，第一，当年绑架佟月的人是张东晨，那么张东晨往佟月身体里塞葡萄是在模仿作案，你觉得这个可能性有多大？"

陆明宇想了想，道："没有可能，郭雨薇的尸体直到今天中午才被挖出来，如果陈雨所说属实，他把郭雨薇的尸体从旧仓库带回宏兴超市，第二天何秀霞就把尸体埋在地下室，张东晨连见到郭雨薇尸体的机会都没有，更谈不到什么模仿作案。"

邢朗收起手机揣进口袋，看着前方街道两边的霓虹灯，眼中划过一道与周遭格格不入的寒光："那就只剩一种可能，当年绑架佟月的人不是张东晨，而是佟野。"

虽然心里早有预感，但是亲耳听到邢朗这么说，陆明宇还是心悸了片刻，绑架佟月的人不是张东晨，而是她的亲哥哥佟野。如此一想，当年的一些疑点貌似都可以捋顺了，佟野那么巧地出现在网咖后门，不是为了搭救自己的妹妹，而是为了追捕他的妹妹。也就是说佟月自认为救了自己的哥哥，其实是伤害她的凶手。

陆明宇又想起一个当事人："那张东晨是怎么回事？"

邢朗沉思片刻，道："张东晨的确在案发前一天到佟野家里送过快递，案发时也的确在旧仓库附近出现。或许正是因为他在佟野面前露过脸，而一天后佟野也恰好在仓库附近见过他，所以佟野在报警的时候就选了一张他见过的脸替他顶罪。"

"可是张东晨的老板也承认了佟野曾投诉过他。"

"证人也可以造假，明天把那个老板带回来问个话，聊不到十句他就说实话了。"

如果事实真如邢朗推测这般，那么张东晨是这桩延续了三年的连环案中最无辜的受害者。

高三那年，张东晨因两分之差和他心仪的学校擦肩而过，落榜后，他决心再复读一年，便利用假期时间找了份送快递的工作，晚上还在一家水果店兼职。然而就在他如此努力地生活，为未来而拼搏的时候，却受到了恶魔的窥视，不知不觉间，已经落入了佟野的圈套。

他找的两份工作，都成了帮助佟野把他推入人生深渊的帮凶。

张东晨入狱时刚满十八岁，被判刑两年半，出狱后，他不再是为了未来奋斗的高三学生，而是一个背着前科和强奸犯污名的罪人。他就这样被猝不及防地丢入社会，明明什么都没做，却早已被伤得鲜血淋漓。

邢朗忽然感到很悲哀，总有一些人，像一只只蛀虫似的，把一张恢恢天网啃噬得破烂不堪。虽然悲哀，但是邢朗无能为力。

又回到了警局，陆明宇把车停在大院，正要拔车钥匙，忽听邢朗道："钥匙留下，你上去吧，帮他们找魏恒。"

陆明宇看他一眼："你去找张东晨？"

邢朗点点头，直接从副驾驶位跨到驾驶座，临走时叮嘱陆明宇："发现线索立刻告诉我。"

"我明白。"今夜注定彻夜奔波，一口气都缓不了。

邢朗再次开车驶在公路上，摸出烟盒点了一根烟提神，然后拨出了张东晨的电话。过了好一会儿电话才被接通，张东晨的声音依旧很清澈，也很疲惫，低声问道："干什么？"

邢朗看着前方的路况，一时竟不知该跟他说什么，沉默了许久才道："绑架佟月的人是不是你？"

电话那头也沉默了，他可以听到张东晨的呼吸逐渐变得粗重，继而，张东晨似乎无奈地低笑了一声，道："我都坐过牢了，你还问是不是我？"

邢朗的心被这短短一句话刺痛了，他眼圈发热，沉声道："说吧，是不是你？"末了，着重补充道，"我相信你。"相信这两个字瞬间瓦解了张东晨的防备之心。

城市另一边，立在黑暗中的张东晨握着手机放在耳边，不知为何，忽然之间泪流满面。

他咬着牙，强忍住翻滚在胸腔抽泣声，对邢朗倾诉："不是我，真的不是我。真的不是我，你们错怪我了，真的不是我。"

这孩子一直坚强隐忍，此时听到他的哭声，邢朗感觉胸腔里某个地方瞬间破碎了，他捏了捏有些酸涩的眼睛，问道："在哪儿？"

张东晨抹掉眼泪，抬脚缓步上楼，像个孩子似的哽咽道："在家，帮我爸拿几件换洗的衣服。"

"等着，我马上就到了。"邢朗挂了电话，又踩了一脚油门。

老城区大风家属楼位置偏僻，此时接近凌晨，街道上更是没有什么人，只有一杆杆路灯彻夜不息地立在路边，散发着昏黄的光。邢朗开车穿过一条巷子，把车停在家属楼斜对面的巷子口，两边围墙恰好落了一道阴影把吉普车遮住。

前面不好掉头，他把车熄火，打算在这儿等张东晨。

他拿出手机拨出张东晨的电话，电话还没接通，忽见斜对面百米外的小区门口走出两个男人，两个男人扭着一个被蒙着头的人迅速钻进停在路边的一辆面包车，面包车转过路口随即呼啸而去。

邢朗目睹他们绑人的这一过程不到几秒钟，他扔下手机迅速看了一眼居民楼三楼，三楼全都黑着，没有一扇窗户亮着灯，而且张东晨的手机莫名其妙地关机了。不出意外，刚才被带走的那个年轻人，就是张东晨！

来不及深思，邢朗猛然挂挡，狠踩油门，吉普车犹如一道骤风般钻出巷口，朝面包车消失的方向急驰而去。

白色面包车速度很快，沿着知春路一直往城西开，像白色的幽灵般行驶在深夜里，车轮碾碎了一片片飘零在地的枯枝落叶。

邢朗很清楚自己已经暴露了，白色面包车从刚才就开始不断提速，车底的排气管喷出一阵阵黑烟，可见面包车里的人企图甩掉后方的吉普车。沉寂的夜幕下，斑驳的路灯树影中，正在上演一场不为人知的追击战。

两辆车之间的距离不断被拉近，邢朗狠狠按了两下喇叭，面包车恍如受惊般，车头猛然向左转了九十多度，钻入一条即将闪过的路口，右边的后视镜被墙壁刮掉，紧接着被后轮碾碎。

面包车驶入深巷，瞬间隐藏于黑暗中。

邢朗跟得太紧，在看到面包车紧急转弯时连忙踩了一脚刹车，但是吉普车还是被车身的惯力往前甩了几十米，刺耳的刹车声惊飞了深秋路灯下飘浮的几只飞虫。

吉普车向后猛退了十几米，迅速钻入白色面包车消失的巷子。巷子里没有灯，邢朗开进巷子的时候恰好看到车尾灯消失在前方巷口右侧。他加足马力往前猛冲过去，终于在面包车企图再次钻入另一条巷子时死死咬住了车尾。

巷子里狭窄，不足以容两辆车并驾齐驱，邢朗紧跟在白色面包车后方，在面包车离左右高墙不足半米的情况下忽然狠踩了一脚油门，往右打了半圈方向，车

第二十章·危机

身紧贴着右边墙壁往面包车和墙壁间的夹缝间冲了过去！

他想在面包车冲出巷子之前把面包车夹死，迫停面包车。

吉普车头撞击面包车尾，发出一声巨响，面包车尾灯瞬间破碎，司机连忙向右打满方向抵着左侧墙边，以免车尾被吉普顶到相反的方向，陷入被前后墙壁夹击的绝境。

眼看面包车就要横在巷子里陷入瘫痪，邢朗正欲下车去抓人，就见面包车居然抵着墙壁像是要把墙壁撞破般往前钻，面包车头很快被压扁，竟在逼仄的巷子里制造出几分空余之地，面包车随即掉转方向如同绝境逃生般冲出险为牢狱的深巷。

对方狗急跳墙般的逃脱方式把邢朗看得一愣，面包车逃出巷子之后他也没有犹豫，立刻又沿着前车的踪迹追了过去。刚才在巷子里，白车自毁般地撞击墙壁导致车速变慢，邢朗开着吉普车很快从后面追了上来，和它并排驶在公路上。

这下，邢朗终于看到了面包车里的情景，驾驶座和副驾驶各坐着一个人，想必还有一个人在后座看着张东晨。

"停车！"邢朗吼道。

面包车非但不停，反而加速，随后副驾驶车窗玻璃被放下，一个在深夜里看不清面貌的东西飞速旋转着冲向吉普车的挡风玻璃。

邢朗只看到视野中忽然冒出一个黑点，他来不及思考就把头低下，就在他低头的同时，那东西砸穿挡风玻璃笔直地插在挡风玻璃和座椅之间，倘若他的反应稍微慢一些，就会被击中头部。

邢朗甩了甩落在头发里的碎玻璃，抬头一看，发现险些正中他面门的暗器是一根钢管。他用力把钢管拔下来扔到副驾驶座，再次把油门踩到底，车身轰鸣一声，贴着地面往前猛冲。

转眼间，面包车已经穿过了城门楼子，行驶在城西大桥上，过了桥就是市郊公路，而公路两旁是一片杂木林，林中视野不开阔，更没有路灯，倘若放任面包车钻进杂木林，就很难再找到他们的踪迹。无论如何都不能让面包车过桥！

邢朗向左打了一把方向，车头再次挤在大桥护栏和面包车之间向前猛冲，车轮胎碾压在地面上发出刺耳的声响。就在吉普车头即将撞到面包车车尾的时候，邢朗忽然向右猛打方向，车轮胎在地面画了一个半圆，吉普车尾被转向的惯力向前猛甩过去！

"轰隆"一声巨响。

吉普车尾甩到面包车后轮，将面包车向右横转了将近90度，面包车连忙刹车，车身横在大桥路面，车头撞破护栏悬在桥外。车身发生的撞击差点把邢朗从车里也甩出去，他拎起副驾驶座的钢管，踹开车门跳了下去。

就在他下车的同时，两个男人小心翼翼从车头悬空的车厢里下来，一手拎着一把长刀，迫不得已和邢朗来了一个正面相对。

邢朗站在大桥东面，堵住他们的退路，看了一眼半个车身悬在空中的面包车，看到车头里还有个男人试图往外爬，但是车身前后力量不均，随着他的动作，车身前后摇晃得更加厉害，面包车似乎随时会一头栽到桥下。

"车里的人别乱动！"邢朗吼了一声，然后把手里的钢管从左手换到右手，看着对面两个人。

"动手吗？"

拎刀的两人对视一眼，不约而同挥起长刀向他冲了过去，一左一右，瞬间把他夹死。

从这两人拎刀的架势和走的这几步，邢朗就看出这两人身上有几分功夫，但是没受过正统的训练。他们虽然出手很快，但是打得乱，一柄长刀被他们挥来甩去看着惊心动魄、气势十足，其实破绽甚多。每次他们一挥刀，就把胸脯和下盘暴露出来。就这样的水平，别说两个人，就算再来两个，邢朗也能应付。

邢朗虽然没有刀，但是有对方送的一根钢管，他把钢管甩出了刀花，一棍子朝一人的刀背上甩了过去，刀刃霎时发出一声铮鸣，震得拿刀的人虎口发麻，差点撒手把刀丢下。

又是一道冷光朝邢朗的脖子斜劈过来，他往后撤了一步，沉胯弯腰躲了过去，一把叼住对方挥过来的腕子，握着对方的手腕猛地往后折，刀刃霎时变换方向，扎向主人的颈子，这人眼看就要死在自己挥出的刀下，瞪着眼忙喊了一声同伴的名字。

他的同伴刚才被邢朗一棍子抽到小腹，嘴里冒出了血花，半身不遂似的躺在地上半晌没爬起来。

邢朗听到他叫唤，连忙回头看向刚才趴在地上的那人，那人不知什么时候竟顽强地爬了起来，就在他回头的时候，刚才还在吐血的男人正挥刀劈向他的后背！

邢朗松开右手换成左手叼住那人的手腕，死死扣着他的手筋，借着转身的动作连忙往后撤了两步，抬起一脚当胸踹在从背后偷袭的那人胸口。这一脚不留情面，几乎踹断了胸骨。

但是邢朗也受伤了，虽然他反应快、躲得及时，但是对方的刀更快，刀刃在他右臂拉了一条长达十几厘米的血口，顿时血流如注。

邢朗没理会右臂淌下的鲜血，依旧死死扣着一人的腕子，而那个被他当胸踹了一脚的男人这回彻底歇菜了，躺在地上抖得像筛糠。

第二十章·危机

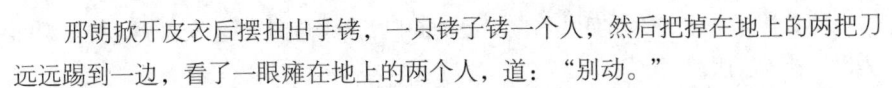

邢朗掀开皮衣后摆抽出手铐，一只铐子铐一个人，然后把掉在地上的两把刀远远踢到一边，看了一眼瘫在地上的两个人，道："别动。"

他走到被撞破护栏的桥边，抬脚踩住已经被拉开车门的后车厢地板，看到张东晨被绑着双手双脚，堵住嘴巴，躺在后座夹缝里。

张东晨看到他，双眼一瞪，立刻开始挣扎，嘴里发出求救的声音。

邢朗一手撑着车顶，一手拽住张东晨的衣领把他从摇摇欲坠的面包车里拖出来。刚救出张东晨，车身的后半部分少了重量支撑，面包车顿时摇晃得更加厉害。

驾驶座传出一个年轻男人的号叫声："救我啊！"

"别乱动！"

邢朗连忙用力踩住后车板，勉强让面包车保持在一个平衡点上，左手按着车顶，右手伸向副驾驶座打开车门，对车里的人说："抓住我的手，我让你往外跳你就往外跳。"

车里的人连忙抓住他的手，探头往后看了看。借着桥上的路灯看到他的脸，邢朗忍不住在心里暗骂了一声，这还是个孩子！看面相，这个男孩顶多不超过二十岁，比张东晨还小。

邢朗把手卡在他的大拇指虎口和他的手腕上，缓了一口气，看着他说："跳。"

男孩被吓得脸色煞白："我……我不敢，你拉不住我怎么办啊？"

"车马上掉下去了，你再不跳，咱们俩都得死！"

男孩怔了一会儿，下定了决心似的咽了一口唾沫，忽然蹬着车板从车里跳了出来。面包车霎时翻下大桥，掉进了黑暗的深渊，桥下发出一声巨响。

邢朗趴在大桥边缘，忍着右臂伤口撕裂般的剧痛紧紧抓着男孩的手，一条血注从他的袖口钻出来流在指缝里，咬牙道："抓紧，千万不要松手。"

男孩仰着脸看着他，很信赖他似的重重点了点头。

右臂实在太疼，邢朗把左手也伸下去抓住男孩手臂，正在他用力把人往上拽的时候，忽听张东晨在他背后"嗯嗯"乱叫。

邢朗回头一看，只见被他铐住的两个人正在沿着大桥往前跑，那个彻底歇菜的人不知从哪儿来的力气，竟然又爬起来了，两个人没命地往前狂奔，好像身后有猛鬼在追，不一会就只剩了两道细小的背影。

似乎是怕邢朗丢下他去追别人，还悬在半空中的男孩连忙抓紧了他的手，哭着说："警察叔叔，你救救我！"

邢朗回过头，脸色血红，脖子上暴起青筋，接着把他往上拽："抓紧，别松……""手"字还没出口，忽见男孩的身体像是被秋风抽打了一下似的，微微颤动起来。

男孩愣了一下，然后低头看向自己的胸口，他胸前出现一个血洞，鲜血瞬间染湿了他的衣服。

邢朗也怔了怔，下意识把他的手握得更紧，用尽所有力气把他往上猛拽，就在男孩即将被他拉到桥上的时候，男孩的身体再次颤抖了一下。这次，中枪的是他的额头，子弹从后脑射穿了他的前额。男孩瞬间失去了所有力气，瞪着迷茫的双眼看着邢朗，早已松开了他的手。邢朗依旧没松手，忽然低吼一声，把他拽到桥上。

来不及检查男孩的伤势，他站起身看向子弹射来的方向，只在远处的河岸边看到一点豆大的星火。很快，星火熄灭，岸边陷入平静的黑暗之中。男孩身中两枪，已经死了。

邢朗蹲在他身边看了他片刻，然后合上他的双眼，起身走向还没来得及松绑的张东晨。

张东晨瘫坐在地上，眼睛发直地看着躺在桥面上的那具尸体，等邢朗解开绑住他手脚的绳子，才回过神来问："他死了吗？"

邢朗没说话，他把男孩的尸体放在后座，然后对张东晨说："走。"

张东晨坐在副驾驶座，神情恍惚地看着车头前夜晚的街景，忽然扒着窗户干呕了两声。

邢朗看他一眼，把四面车窗都放了下来，晚风瞬间灌满了车厢，吹淡了车里的血腥味。

张东晨很快坐好，抬起袖子擦了擦嘴，瞥见邢朗的右臂在流血，连忙抓起一团纸巾帮他堵住伤口。

邢朗面色冰冷，直视前方："怎么回事？"

"我回家帮我爸拿衣服，还没来得及开门就被他们按到了墙上，一个人问我东西在哪儿，我不知道是什么东西，就说不知道。他们不信，在我家找了一圈，没找到，就把我带走了。"

邢朗问："什么东西？"

张东晨摇头："我真的不知道他们在找什么。"

张福顺被邢朗派人严密看守，张东晨也常在医院里，这些人没有机会接近张福顺，自然会退而求其次地选择张东晨，那么他们又怎么会知道今天晚上张东晨会离开医院？

邢朗问："谁知道你今晚回家拿东西？"

张东晨愣了愣，看着他说："没有人知道，是我爸忽然让我回家……"

"我爸！"

邢朗立刻给陆明宇打了一通电话，让他亲自去人大医院看张福顺。

挂了电话，邢朗对张东晨说："今天晚上你哪都不能去，我现在把你送回警局。"

张东晨很清楚自己跟着他是个拖累，老老实实点头答应了。

很快，邢朗再次回到警局，法医小汪把他车里的尸体推走了，张东晨被技术队的小赵带进警局大楼。

邢朗蹲在车头边又给陆明宇拨了一个电话，这次陆明宇过了许久才接电话。

"头儿，张福顺死了。"陆明宇说。

邢朗瞬间感觉一道冷刃割裂了他的太阳穴，头疼得厉害："什么人干的？"

陆明宇道："没有凶手，他是自杀，他给张东晨留了一封遗书。"

邢朗蹲在地上，闭着眼睛歇了一口气才道："城西大桥掉下去一辆面包车，车牌号是732X，你带人去看看。"

挂了电话不久，他的手机再次响了起来，是韩斌打来的。

韩斌道："我找到你们队的警花了。"

第二十一章
活着

魏恒记忆中的最后一个画面，是朝自己的头部斜挥下来的高尔夫球棍，随即而来的是漫无边际的黑暗和疼痛。

魏恒觉得自己被扔进了深沉的大海中，仅剩的一缕意识逐渐沉入海底……像是在海底忽然睁开了双眼，察觉到灌满心肺和咽喉的海水阻隔了他的呼吸，强烈的求生意识让他拼命往上划动，试图浮出水面。

窒息感一过，魏恒猛地掀开眼皮喘了几口气，才发现自己并没有被扔进海中，感官中的湿冷黏腻来自浑身渗出的一层正在被秋风吹干的冷汗。

"你醒了。" 一个温柔亲切的男声在耳边响起，魏恒等晕眩感逐渐消失，才吃力地扭动脖子寻找声源。

说话的人是佟野，此时佟野坐在床边的一张椅子上。一旁的床头柜摆着一个水盆，他拿着一条蘸了温水的毛巾，正在擦拭魏恒额角的血痂。

随着佟野的动作，各种感官随之苏醒，魏恒很快感知到头部撕裂般的疼痛，好像被人拿着钻子狠狠往皮肉里钻磨。魏恒躺在床上，闭上眼睛缓了几口气，他想检查自己的伤势，抬起手时才发现他的右手被一条铁链锁在床头，只有左手可以自由活动。

他这才认真打量自己身处的环境，明显不是在自己家里，身处的这间卧室比他家里面积加起来都要宽阔，天花板吊着一盏璀璨的水晶灯，四周装潢得精致又奢华，身下这张大床铺着冰冷光滑的蚕丝被。或许是他的体温过低，又或是床褥温度过低，总之身下这张床冷得像是冰做的。

魏恒抬起自由的左手揉了揉眼角，低缓又平静的语气听起来没精打采的："你让我去哪里我就去，为什么要跟我动手？"说着皱了皱眉，拨开佟野帮他擦汗的手，"还下手这么重。"

佟野不好意思地笑了笑，把毛巾泡进水盆里洗了洗，洗下来的鲜血霎时把整盆水染得殷红，道："我当时太紧张，稀里糊涂地就把球棍拎起来了。"

魏恒撑在床铺上慢慢坐起来，捋了捋散乱的头发，转头正视着佟野，眼神

第二十一章·活着

又沉又静。

佟野脱掉了西装外套，上身只剩一件白色衬衫，衬衫袖子被他卷到了手肘，露出精壮结实的小臂。他察觉到魏恒在盯着他看，便朝魏恒一笑。

魏恒没理他，屈起左腿踩在床铺上，在床尾不远处的地板上发现了自己的外套，这才感到冷似的拉紧衬衫衣领。

室内气温的确有点低，两幅窗帘拢在窗户左右，窗户大开着，深夜的冷风吹得窗帘下摆不断飘动。随着晚风不断吹入，魏恒闻到了一阵阵被微风送至鼻端的香甜气息。

"葡萄？"魏恒问。

佟野洗了一把毛巾，拿着毛巾再次清理他额角的血迹："嗯，我有一座葡萄园。"

皮肤接触到温热的毛巾，的确舒缓了不少疼痛。尽管魏恒此时还有些头晕，但他还是敏锐地捕捉到了葡萄园这个重点。卧室窗外是延绵的山脊和婆娑的树影，既然还有一座葡萄园，那他们肯定不在市里了，此地多半是一栋市郊别墅。

佟野貌似猜到了他的想法，道："别猜了，我们在御龙山度假村，已经出城了。"

说完，他把毛巾扔到水盆里，拿起酒精棉棒轻轻地沾在魏恒额角的伤口上。冰凉的刺痛感使魏恒忍不住躲了一下，皱眉道："不用消毒了，帮我贴一片创可贴。"

佟野无奈地看他一眼，笑道："你怎么像孩子似的，别动别动，马上就好。"

在佟野帮他消毒、上药、贴纱布的间隙，魏恒不动声色地环视卧室一周，除了窗户和门没有发现第三个出口，这间卧室明显不在一楼，卧室房门也紧闭着，想必已经上了锁。

佟野帮他处理好伤口，端详了几眼，道："好了，你想喝水吗？"

魏恒："喝酒。"

佟野看着他，似是没想到他会这么说，诧异了片刻才道："有，我去倒。"

卧室里就有一个酒柜，窗格上摆着几瓶年份不一的红酒，佟野挑选了一阵，拿出两个方口玻璃杯各倒了一杯，然后一手端着一个杯子返回："高脚杯在楼下，将就一下吧。"

把一个酒杯递给魏恒，佟野抿了一口红酒，看着杯子里透亮橙红的液体，忽然问："想看看我的葡萄园吗？"

魏恒看他一眼，缓缓点头。

随后，佟野拉开床头柜，拿出一把手枪放进西装裤口袋，然后解开了绑住魏恒右手的铁链。

　　魏恒揉了揉被勒肿的手腕，端着酒杯下床，光着脚走到窗前，借着楼下门庭的灯光看到了楼下院子里一片枝繁叶茂的葡萄树，树叶犹如风翻翠浪般在晚风的吹拂下簌簌作响。此时正是葡萄成熟的季节，这片葡萄园被打理得非常好，香甜的水果气息把院子中间的一栋洋房紧紧包围。

　　窗台非常宽大，伸出一个飘窗的宽度。魏恒坐在阳台上，背靠着墙壁，端着酒杯看着楼下那片犹如暗潮翻涌的葡萄园。

　　佟野也在阳台上坐下，看着坐在他对面的魏恒，说："本来我的计划是先和你去吃饭，在饭桌上好好表现，争取把你哄开心，到那个时候，我就可以名正言顺把你带到这儿，讲一些故事给你听。"

　　说着，佟野叹了口气，面露失望："谁知道，忽然就出了意外。"

　　魏恒扎头发的皮筋早就丢了，此时他的头发散着，不断被窗外吹进来的风吹动，发梢不停地搔弄他的眼角、眉梢。他再一次把脸侧的头发挽到耳后，极轻地笑了一下："是吗？"

　　佟野注视着他的眼神中涌现几分愧疚，朝他举起酒杯："伤了你，不好意思。"

　　魏恒跟他碰了碰杯，喝了一口红酒，道："既然都来了，那就说说吧。"

　　"说什么？"

　　魏恒看着他懒懒一笑："说说你本来打算讲给我听的那些故事。"

　　佟野把酒杯搁在阳台台面，从裤子口袋里拿出烟盒，点着烟深吸了一口，然后朝窗外吐出浓白的烟，看着白色的烟融进漆黑的夜里，才道："你想听？"

　　魏恒直视着他："我想了解你。"

　　佟野看着窗外，脸上带着一抹自嘲般的笑容："想了解我为什么会变成一个杀人犯？"

　　这句话太敏感，魏恒没有回答，等他继续说下去。

　　佟野的目光似乎随风飘散了，不知去了何处，他望着远处模糊的山影轮廓怔了好一会儿，才道："我想先问你一个问题。"

　　魏恒看着他："你说。"

　　佟野问得由衷："你是从什么时候开始怀疑我的？"

　　魏恒也答得真切："从你送我回家，临走时说不认识茶杯上的符号开始。"

　　佟野想了想，恍然大悟："我说呢，你怎么忽然让我留在你那，那个时候你怀疑我什么？发现我在找郭雨薇的尸体吗？"

　　魏恒道："不，当时我只是怀疑你的身份。真正怀疑你就是我们一直在找的人，是在刚才。"

第二十一章·活着

佟野笑道："那我岂不是隐藏得很好？"

魏恒挑着一侧唇角，语焉不详地道："嗯，你的确隐藏得很好。"

好到，我险些相信你。

佟野沉默了一会儿，静静抽了一会烟，等到手里的香烟快要燃到尽头了，才说："我的故事待会儿讲给你听，现在你可以问我问题。"

魏恒放下酒杯，面无表情看着他："杀死郭雨薇，劫持佟月的人，都是你？"

佟野举起带着黑色手套的左手，左右端详着，道："是。"

魏恒看了一眼他的左手，语气更冷："你接近我，是为了寻找郭雨薇的尸体？"

"是。"

"你左手小拇指是怎么断的？"

佟野看着他一笑："你可以猜出来的。"

魏恒不知不觉攥紧了双手，目光愈加冰冷："你找郭雨薇的尸体，是因为你的手指就在郭雨薇身上？"

佟野叹服："我就说你可以猜出来。"

魏恒："为什么？既然你已经杀了她，又怎么会弄丢她的尸体？"

佟野脸上的神情黯淡了许多，轻轻按揉着自己的左手小拇指："那丫头把我的手指咬断吞了下去，我一时气愤，把她勒死，后来我想把手指从她身体里取出来，不然等到她的尸体被警察发现，警察一定会发现我的手指。我出去找工具，等我回来的时候，她的尸体已经不见了。"

"那你怎么知道是陈雨把郭雨薇的尸体带走了？"

"我不知道，我只是听到谣传是他杀死了郭雨薇，就在他身上碰碰运气喽。"

"昨天晚上闯进宏兴超市对他们施刑的人也是你？"

"是我，你们越来越接近真相，我必须在你们之前找到郭雨薇的尸体，从她身体里取出属于我的东西。"

看着他淡然叙述杀人的过程，寻找尸体的缘由，魏恒感到心底一片冰冷，连骨缝都在冒着丝丝的寒意。

魏恒端起酒杯喝了半杯酒，闭上眼睛歇了一会儿，又问："那佟月呢，你为什么会对自己的妹妹下手。"

"妹妹？"佟野嗤笑了一声，"她不是我的妹妹，虽然她和我有血缘关系，但是她不是我妹妹。"

"那她是谁？"

佟野被问住了似的，看着窗外，紧皱眉头，认真地思索了一阵子才道："她是那个女人和她现在的丈夫生的孩子。"

百分之八十的男性杀手在童年时代所受的创伤都来源于他们的家庭，而给予他们创伤的大多是他们的母亲。他们杀人也是为了发泄对母亲的愤怒，所以他们结束屠杀时会以弑母作为句点。

但是佟野却和那些连环杀手不同，他没有强奸郭雨薇和佟月。或者说，他没有用传统的方式强奸郭雨薇和佟月，他在两个女孩的阴道里塞满了葡萄，这一行为比强奸她们更耻辱，也表现出他对受害者极端的怨恨。

此刻，佟野口中的"那个女人"，应该就是他的母亲。

谈话不能就此结束，魏恒引诱他继续说下去："她是谁？"

魏恒没有表明自己问的"她"是佟月还是他的母亲，只要这两个问题有一个解开了，另一个也就不远了。

佟野像是被他问住了，呐呐自语般道："是啊，她是谁？"

忽然间，佟野眼中的温度全不见了，取而代之的是一双如冰霜般冰冷的眸子，漆黑的瞳仁里散发着彻骨的寒意。

佟野掀开唇角，露出一抹血腥的笑容："佟月是我妈的女儿，但是她却不是我的妹妹，你想知道我和她们是什么关系吗？"

直到此刻，魏恒才充分意识到坐在他对面和他聊天喝酒的这个男人是一个杀人犯。

像是为了不惊醒沉睡的猛兽，魏恒极轻地点了点头。

佟野的脸开始扭曲，似乎随时会在月色下变形，撑破人的躯壳，露出野兽般的面貌。

"从我开始记事起，我妈就给我定下一个规矩，除了在外人面前可以叫她妈妈，只要我和她独处，没有旁人在场，我就不可以叫她妈妈。如果我执意叫了，她就会惩罚我，但是她惩罚我的时候不能让她的丈夫看出来她在惩罚我，所以她惩罚我的方式不是打骂我，而是买来很多很多的葡萄，把我关在房间里，不允许我上餐桌吃饭，也不允许我出门，就把我关在房间里让我吃葡萄。有时候一连好几天，我都在房间里吃葡萄，不吃就会被饿死。"

佟野把烟头扔到窗外，迎着晚风吐出最后一口烟："想知道她为什么不让我叫她妈妈吗？"

魏恒依旧没有说话，保持静默在旁聆听。

佟野转头直视着魏恒，眼神冰冷，没有丝毫光亮："因为她还有一个身份，她不仅是我的妈妈，她还是我的姐姐。"

魏恒眼神微颤，默默倒吸了一口冷气。虽然早有预感，但是亲耳听到佟野说出来，又是另一番心悸。

第二十一章·活着

佟野竖起食指抵在唇边笑了笑，低声道："这是个秘密，除了我和她，没人知道。现在你知道她为什么厌恶我了吧？"

杯子里的酒喝光了，魏恒想起身去倒酒，但是他刚一有动作，佟野就朝他扑了过去，并揪住他的领子把他抵在墙上，像是终于撕破了人皮的野兽，低吼道："她不止一次告诉我，佟野，你就不应该被生出来，我真想把你塞回子宫里！"

说着，佟野狂笑了一声："听我的名字，佟野，是她给我起的，是野种的意思！"

魏恒仰着头，被迫承受他的怒火，被佟野揪住的衣领紧紧箍着他的脖子，让他呼吸得越来越困难。

魏恒吃力地咽了一口唾沫，冷冷道："松开我，你想把我也勒死吗？"

佟野垂下头，额头抵在他的肩上，不再勒着他的脖子，但依旧紧紧抓着他的衣领，像是突然间害怕了似的，颤抖着说："我不想伤害你，也不会再伤害任何人了。"

魏恒没有因为他这句话而卸下防备，试探性问道："待会儿警察就来了，你打算怎么办？"

"警察？"

"你把我带走，邢朗肯定在找我，他很快就找到这里了。"

佟野呵呵低笑两声："你们抓到我，会直接毙了我吗？"

"不会。"

"啊……那真可惜，我想死得痛快一些呢。"

说着，他掏出西装口袋里的手枪，把枪口对准魏恒的额头，恶作剧似的观察他的反应。

魏恒眼睛微微一眯，目光平静地看着他，笑问："你刚才不是说，你不会伤害我吗？"

佟野把手腕一抬，枪口从魏恒额前移开，对着天花板，笑说："这是假枪。"

魏恒松了一口气，忽然间感到心力交瘁、精疲力竭："那就把它收起来，不然他们会以为你想开枪袭警。"

佟野不语，坐了回去，手指插在扳机里把手枪转来转去，像一个玩性大发的孩子。

魏恒的头晕乏力丝毫没有减轻的趋势，反而还加重了，他眼前逐渐开始模糊，终于了悟："你在我杯子里加了什么东西？"

佟野道："一点麻醉剂，为了防止你跟我动手。"

魏恒无奈又气愤，咬牙道："你真卑鄙，我都说了不会跟你动手！"

佟野愣了一下，笑道："你说脏话了，还挺好听。"

魏恒撑着额头，勉强压下席卷而来的睡意。

佟野盯着他看了一会儿，又道："继续问吧，我想跟你多聊几句。"

魏恒用拇指重重按压着太阳穴，勉强打起精神："那就再说说佟月。"

佟野耸耸肩，做出愿闻其详的模样。

魏恒道："她早就知道了是吗？"

像是引他多说话，佟野明知故问："知道什么？"

"知道当年绑架她的人不是张东晨，而是你。"

佟野很爽快地笑了笑："对，她早就知道了。"

魏恒抬头正视他："她发现了真相，但是她现在却住在医院里，为什么？"

佟野黑沉沉的眼睛里仿佛聚了光，看着魏恒笑得顽皮而诡秘，反问："你知道那个女人是做什么的吗？"

"那个女人"显然指的是他的母亲，或者说姐姐更合适。魏恒稍一回想，顿时恍然："心理医生？"

佟野点头："是啊，她是心理医生，而且还是很出色的心理医生。"说着，他露出一抹残忍的笑，"佟月怎么可能是她的对手。"

佟月怎么可能是她的对手。

魏恒的思路紊乱了片刻，他看着佟野那张再次陷入复仇快意之中的笑脸，被割裂的思绪迅速地从四面八方回笼，吃力道："佟月发现你就是绑架他的人，于是向母亲求助，但是你们的母亲却选择维护你，无视向她求助的佟月。还给她灌输心理暗示，让她对自己的记忆产生怀疑，最后把她送进医院。"

佟野鼓掌："你很聪明，又很冷静，真的太有魅力了！"

没有理会他的褒奖，魏恒撑着额角，缓缓吐出一口气，接着问："为什么？她为什么明知道你是凶手还维护你，而且还伤害自己的女儿。"

佟野的掌声渐弱，最后双手手掌重合在一起，十指交叉紧握在一起，逐渐用力，像是在手里藏了什么东西，要把它们碾压成粉末。

"因为她是一个自私冷酷、没有感情的女人。你以为她把我当成儿子，把佟月当作女儿吗？呵，那个女人心里除了自己谁都没有，她不在乎我的死活，更不在乎佟月的死活。她维护我，只是不想落个杀人犯母亲的污名。所以她把佟月关起来，阻止佟月说出真相。"

她把佟月关起来的方式，就是把佟月送进医院。

佟野仰起头放肆笑了一声："本来我都打算好了，佟月之后的下一个对象就是她，我一定要杀了她。但是我的身份却被佟月发现了，让我没想到的是，她居然为了自己的名声选择包庇我这个杀人犯，更可笑的是她还威胁我，我如果再杀人，她就告发我。那个时候我就想，就是现在吧，把她杀死，她死了，一切就结束了。但是当我看到她亲手把佟月送进医院的时候，我才发现她是一个多么冷酷的女人，她谁都不在乎，她心里只有自己，只有她自己的事业和名誉。而我的存在就是威胁到她所在乎的那些东西的定时炸弹，所以我不想杀她了。"

佟野低下头看着魏恒，眼睛里空无一物，只有黑暗："你知道吗？她每天都和佟月的主治医师通话，确保佟月的病情每天都在加重，确保没有任何人会相信佟月说的话。至于我，她早就联系律师拟好了诉状，她威胁我，一旦再有命案发生，她就告发我。魏老师，你觉得是她在控制我和佟月吗？"

魏恒不语，等他继续说。

佟野冷笑："其实是我和佟月在控制她，她每天忧心忡忡、提心吊胆，唯恐我的事败露。这两年她一直靠吃安眠药入睡，我和佟月就是揳进她眼睛里的两颗钉子，她没有魄力杀死我们，就只能忍受我们，忍受我们带给她的折磨。看似是她在控制我们，其实是我们在折磨她。"

佟野道："这就是我报复她的方式。"

魏恒听完，心里只有一个感悟：这一家人为了互相伤害，真是费尽心机。

佟野扭头看着远山的轮廓，把他口中的假枪伸出窗外，枪口对着黑夜中虚晃一下，缓缓扣下扳机。

"砰！"

一声枪响炸开在无边夜幕中，邢朗猛地踩下刹车，吉普车停在林间的公路上。

小汪的声音从步话机中传出来："老大，是枪声！"

邢朗看着林颠之上被惊飞的群鸟，有瞬间的晕眩。

林间路窄，小汪的车被忽然停下的吉普车堵在后面，焦急地按了两声喇叭。

邢朗心绪烦乱，再次挂挡上路，冲向枪声响起的地方。

忽然响起的枪声把魏恒吓了一跳，他诧异地看着朝窗外开枪的佟野。

佟野伸长胳膊，右臂和枪管连成一条笔直的直线，以分外娴熟的姿势接连不断地打出枪膛里的子弹。

"砰！"

"砰！"

"砰！"

"砰！"

五声枪响过后，漆黑的枪口中冒出几丝灼热的火药气息。

"嗯？"佟野似乎没料到子弹这么快用完了，皱着眉头又扣了几下扳机，再也没有子弹从枪口射出，"不经用。"

　　说着，他把打空的手枪扔出窗外，摸出烟盒想抽烟，可是他的烟盒也空了。

　　佟野烦躁地把烟盒扔到一边，撑着下巴看着方才承受枪响的山峦沉默了一阵子，忽然露出一抹笑，转头看着魏恒说："你在这里等一会儿吧，他们马上就到了。"

　　魏恒不语，但是已经预感到了他想做什么。

　　像是告别似的，佟野深深地看了魏恒一眼，然后起身站在窗台上，迎着夜晚呼啸的冷风，悠长地吐出一口气。

　　魏恒想说点什么阻止他，但是话到嘴边又发现自己无话可说，他想把佟野从窗台上拽下来，但是佟野刚才给他下的麻醉剂让他连思维都有些费劲，四肢酸软得动都动不了。

　　没有言语上的告别，佟野闭上眼睛，抬脚踏入虚空之中。

　　静止不动的夜幕背景下，他的身体以与背景格格不入的形态由半空中坠落，像是一辆被遗落在车站的列车。身体悬空的那一刻，佟野听到了耳畔加急的风声，但是下一秒，他的手腕忽然被人紧紧抓住。

　　他抬头往上一看，只见魏恒不知从哪儿来的力气，竟然趴在窗台上，用双手拉住了他的手腕。

　　佟野笑道："松手吧，我杀了人，得偿命。一命抵一命，很公平。"

　　魏恒的双臂不断痉挛着，脸迅速涨得通红，他看着佟野说："不一样。"

　　不一样？

　　佟野愣了一下，发现自己难以读懂这句话，只无奈笑道："你很快就坚持不住了。"

　　的确，魏恒很快就坚持不住了，他用膝盖死死抵着窗台才没有被佟野拖下去。就在他以为他要和佟野一起翻下窗台的时候，院子大门外忽然响起一阵急促的刹车声，随后一个人影爬上两米多高的围墙，一跃着地。

　　魏恒大喊："快点！"

　　他认出了邢朗的身形，邢朗看了一眼四楼大开的窗口外坠在半空中的一个人影，飞快跑向院中别墅的房门。邢朗的出现好像给魏恒灌输了许多力量，他紧紧握着佟野的手腕，看着佟野那双求生意识淡薄的眼睛，怕佟野拨开他的手，坠入死亡深渊。

　　"佟野，你的确有罪，但是你不能就这么死了。"魏恒的确拼尽了浑身的力气，每说一个字都异常吃力，"你不能，到死都不负责任。"

　　佟野看着他，唇角扬起一丝极淡的笑容："什么责任？"

第二十一章·活着

"郭雨薇和佟月,你需要为他们负责。"

佟野的眼神恍惚了一瞬,似乎是听懂了他的话,似乎更是不解。

此时楼下传来踹门声,是邢朗在暴力破门。

魏恒又道:"你恨的是生你的母亲,不是郭雨薇和佟月,她们不应该为你的怨恨付出代价。但是现在郭雨薇死了,佟月病重,你既然有以命换命的决心,为什么不能堂堂正正站出来为她们的不幸负责?"

魏恒喘了一口气,道:"别让我看不起你,佟野。"

卧室房门被踹开,邢朗携带着一阵冷风跑到阳台前,伸出双手抓住佟野的胳膊把他从悬空的窗外拉了回来。

魏恒顿时气竭,瘫坐在地板上,满头虚汗地喘着粗气。

邢朗看了魏恒一眼,扳着佟野的肩膀让他趴在墙上,把他的双手扭到背后,从腰带上拔出铐子铐住佟野的双手:"佟少爷,既然你想找死,那你已经很清楚我们抓你的理由是什么,待会儿我会给你机会让你联系你的律师。"

佟野全然没把邢朗的话听进去,置若罔闻地打断了邢朗,看着魏恒轻声问:"魏老师,如果我有命活着出来,你会和我做朋友吗?"

邢朗猛地皱眉,转头看着魏恒。

魏恒歇了好一会儿才扶着墙壁慢慢地站起来,看着佟野,道:"会。"

其实魏恒和佟野都很清楚,此时的这场谈话,是彼此间最后的交谈。佟野死罪难逃,他将为郭雨薇和佟月负责,坦然潇洒踏上刑场。

佟野再也无路可回头,他和魏恒之间,今晚就是永别,再也没有来日方长。

几名刑警冲进卧室,领头的小汪把佟野从邢朗手中接过去,押着佟野走向门口。

"魏老师,如果我早些认识你,我就不会杀人了!"

在佟野即将消失在他视野中的时候,魏恒看到佟野在两名警察中间忽然回头,眼含热泪向他喊出这句话。此时佟野的表情,是对伤害他的人永不能消除的痛恨,和生命即将走到尽头时才找到生命意义的懊悔。这是佟野对自己残忍至极的惩罚。

佟野走了,房间里的刑警陆陆续续撤了,警笛声一声接连一声地响起,邢朗的步话机里传来小汪询问他是否收队的声音。

"你们带着嫌疑人先走。"邢朗关掉步话机,在地板上捡起魏恒的大衣,找齐散落在床边的两只鞋子,他把鞋子放在魏恒脚旁,道:"走了。"

魏恒坐在阳台上,弯下腰把双脚塞入短靴,但是系鞋带的时候每活动一下手指都异常吃力。

邢朗站在他面前看了一会儿，忽然蹲下身拨开魏恒的手，迅速帮他把鞋带系好。

邢朗蹲在地上，仰起头看着他问："自己能走吗？"

魏恒撑着阳台想站起来，但是一用力，就眼前一黑，朝前倒了下去。

邢朗连忙接住他："魏恒！"

五泉山殡仪馆大堂外，数层台阶之下停着一辆吉普车。戴着墨镜的男人倚在车头，略低着头正在打电话。

张东晨穿着一身黑衣，抱着暗紫色的骨灰盒，站在西厅外台阶上，仰起头看了一会儿悬在天空的那轮光芒刺目的太阳，低下头时眼前划过一簇簇斑驳的黑影，那些黑影拼接成一个熟悉的人影，当他用力去分辨的时候，人影已经飘散。

他抱着骨灰盒沿着台阶慢慢往下走，裹着黑衣的消瘦身影就像一个徘徊于人间的阴阳使者。

邢朗见他出来了，就对电话里的人说了一句"等我回去再说"，随后挂断电话，打开副驾驶车门。

张东晨一言不发地上车，坐在副驾驶座，系好安全带，抬起双手搭在盒盖那并不精致的浮雕上，如释重负般地低声叹了一口气。

邢朗把车开出殡仪馆西门停车场，行驶在市郊墓园周边寂静的公路上，两旁不断划过绵延不绝的柏树林。

张东晨很坚强，得知父亲自杀后，没有出现过任何情绪波动，直到取出父亲的骨灰盒，邢朗也没有在他平静的脸上找到哭过的痕迹。他的眼圈隐隐泛红，眼中始终悬着一层泪光，却始终没有眼泪流下。

因为特殊的工作性质，邢朗在警局接待过许多得知亲人去世前来认尸的死者家属，他们大都悲伤得不知所以，对着已故的亲人哭得天昏地暗，但是张东晨却没有表现出如同那些人一样的悲伤。

邢朗至今都记得当他告诉张东晨"你父亲昨天晚上自杀了"时，张东晨只是神色茫然又疑惑地看着他静止了片刻，随后张东晨的眼神略有闪动，忽然间理解了那句话的含义，垂下眼睛说："哦，那我……"

一句话没说完，张东晨忽然噎住，略显慌乱地站起身，出门去了卫生间。

邢朗在办公室等了他半个小时，半小时后张东晨回来了，洗了一把脸，脸上和双手都布满水珠。

他在邢朗对面坐下，抬起袖子慌乱擦着脸上的水渍，说："口供还没录完吧，我刚才说到……"

第二十一章·活着

随后，张东晨很冷静地录完了口供，过程中只是偶有出神，语言组织得略有语病，除此之外，他的情绪一直保持得很稳定。

一场只有两个人参加的告别仪式过后，张东晨捧回了张福顺的骨灰盒。

邢朗抱走了张东晨手里的骨灰盒，道："走前面开门。"

张东晨走在前面，到了门口，拿出钥匙打开房门，率先走进去整理房间。

邢朗站在门口，看到客厅里被推翻的桌椅和散落一地的书籍与衣服。他帮张东晨把桌椅和沙发翻正，把地上的一些杂物简单地分类，小小的客厅很快被整理到可以待客的状态。

"你坐一会儿，我去拿东西。"张东晨指了指沙发，然后进了洗手间。

邢朗把骨灰盒放在桌子上，随后在沙发上坐下。

很快，张东晨出来了，手里多了一个香皂盒。他把香皂盒递给邢朗，搬了一张小凳子坐在邢朗对面，两人中间隔着一张放着骨灰盒的矮桌。

张东晨把盒子拿到面前，双手捧着盒子两侧："我爸在信里说的新肥皂应该就是这个。"

盒子里面沉甸甸的，的确装着什么东西。邢朗把盒子打开，拿出一个被黑色塑料袋缠了好几圈，只有一块肥皂大小的东西。几层塑料袋被揭开，邢朗发现裹在里面的是一个面积很小，款式老旧的黑色手机。

他试着开机，但是手机屏幕始终不亮，想必是没有电了，一直沉睡在盒中。

他问张东晨："怎么来的？"

张东晨起身去烧水，站在厨房里说："我不知道，可能是我们搬到芜津后才出现的。"

邢朗收起手机，看了一眼摆在桌上的骨灰盒，又问："你不知道你爸一直在干什么？"

张东晨靠在厨台上，盯着炉火等着水烧开，微微有点走神："我只知道我爸经常出门，一消失就是两三天，长达一个礼拜的情况也有。偶尔还会受伤，我也问过他在外面做什么，但是他从没告诉过我。"

邢朗："为什么忽然搬到芜津？"

张东晨："他说想给我换一个更好的学习环境。"说着，张东晨苦笑了一声，"肯定是谎话，但是我不知道真正的原因。"

邢朗看着他的侧影，沉默了片刻："你见过你父亲的三个同乡吗？"

水烧开了，发出蒸汽顶动壶盖的声音。

张东晨关了火，拎起水壶往水瓶里倒："没见过，他从来不把任何人带到家里。"

看来张福顺做这些事都有意地回避张东晨。

不多时，张东晨端着两杯茶返回客厅，把一杯茶放在邢朗面前，问道："我爸他……犯了什么事？"

邢朗看他一眼，端起茶杯抿了一口滚烫的茶水："现在还不确定。"

张东晨不知是信了还是没信，盯着骨灰盒，又道："佟月的哥哥，叫佟野的那个人，说实话了吗？"

邢朗把茶杯放下，看着他说："嗯，他什么都说了。"

佟野遵守约定，毫无保留，和盘托出，连他的母亲和当年贿赂快递公司老板的事都一字不落地录入他的口供当中。

"你想申诉吗？"邢朗问。

张东晨抬起头看着他，平静的目光里没有失去亲人的悲伤和被法律冤枉的愤怒，只有一片静谧的迷惘和经年不化的忧郁。

你想申诉吗？想为自己所遭受的不公做出抗争吗？

眼前这少年何其勇敢、坚强，邢朗本以为他一定会点头，一定会走上为自己洗清冤情，依法追责的道路，但是他却看到张东晨极轻地摇了摇头。

张东晨说："我不想。"

邢朗很意外，重新认识了眼前少年似的端详他许久，才问："为什么？我们现在有佟野的口供，证据确凿。你有权利追究当年参与这件案子的所有人的责任。"

张东晨看着他的眼睛，脸上露出一抹苦涩的笑容："我什么权利都没有，我仅剩的权利就是好好活着。"

听到这句话，邢朗再次感觉到胸腔里某个东西渐渐地破碎了。

"你害怕？"沉默许久，邢朗才问出这句话。

张东晨坦然点头，垂下眼睛看着桌上的骨灰盒，轻声道："你说得对，我的确害怕，我怕坐牢，怕失去自由。坐牢的那两年，我有很多次机会一死了之，但是我没有，因为我更想活着，现在我出来了，我的命还在，我更想活着。"

最后，张东晨说："我不想行使自己的什么权利，追究什么人的责任，我只想活着。"

我只想活着……

邢朗道："我说我能帮你，你信吗？"

张东晨目光真诚地看着他："信，你是好人。"

邢朗听过很多次你是好警察的夸赞，但是张东晨却说你是好人。

张东晨又道："但是你只比我拥有多一丁点的话语权，当你的权利用完了，你的下场就会和我一样。我不想你为我做那些无济于事的蠢事。"

邢朗很吃力地笑了笑："你在担心我？"

张东晨也笑了笑，道："希望你不要自作主张替我申诉，我不稀罕，我也不稀罕谁还我个清白。"

此时邢朗看到的，是一个无比绝望，又无比洒脱的年轻人。

邢朗不再和他聊过去，转而和他聊别的事："什么时候走？"

张东晨的眼神恢复些许光亮，微微笑着说："后天，我婶子今年承包了几百亩果园，人手不够，让我回去帮帮忙。"

"不想留在芜津考大学了？"

"不了，我想去一个没那么多人认识我的地方，重新开始。"

邢朗走出单元楼，站在阳光下，回头看，张东晨立于灰蒙蒙的窗后，朝他挥了挥手。

他离开老城区，把车停在步行街一座小公园外的停车场，拿着那个黑色手机走进购物大楼一楼的手机大卖场。手机款式太旧，一时很难找到合适的充电器。

"你这手机太老了，关键国内也没这款哪。"一位手机维修店老板说。

邢朗："能不能配个充电器？不能配我找别家。"

"你找哪家都没用，我这儿货源最充足，等我给你找找啊。"老板扭头进了库房。

邢朗刚把一条信息发出去，手机铃声就响了，是陆明宇打来的。

陆明宇好一阵没说话，等邢朗不耐烦地催问了两次，才道："老大，佟野死了。"

邢朗愣了一下，脚底竟有些发软，他抬手撑着柜台，问："死了？"

"刚才看守所那边传来消息，今天早上八点，他们发现佟野在牢房里割腕自杀了。"

"他哪来儿的刀？"

"一个犯人卖给他的，收了他两盒烟。"

陆明宇还在说着什么，邢朗没有继续听下去，他看着挂满一墙的手机壳，眼前一阵晕眩。

佟野自杀了？怎么会？他连口供都录了，也答应了魏恒会站上法庭，他怎么会自杀？

口供……

冤情……

申诉……

佟野不是自杀，是有人想让他死，就是张东晨不愿意追究责任的那些人。

"你来得巧了,这种老式的充电器只剩下这一个。"老板从仓库里出来一看,买充电器的男人已经不见了。

（未完待续）

图书在版编目（CIP）数据

余烬 / 斑衣著 .—— 北京：中国致公出版社，2023
ISBN 978-7-5145-2148-1

Ⅰ.①余… Ⅱ.①斑… Ⅲ.①长篇小说-中国-当代
Ⅳ.① I247.5

中国国家版本馆 CIP 数据核字 (2023) 第 119216 号

余烬 / 斑衣 著
YUJIN

出　　版	中国致公出版社
	（北京市朝阳区八里庄西里 100 号住邦 2000 大厦 1 号楼西区 21 层）
发　　行	中国致公出版社（010-66121708）
责任编辑	刘　羽
责任校对	魏志军
策划编辑	仪雪燕
封面设计	唐小迪
责任印制	徐　琛
印　　刷	北京君达艺彩科技发展有限公司
版　　次	2023 年 9 月第 1 版
印　　次	2023 年 9 月第 1 次印刷
开　　本	787mm×1092mm　1/16
印　　张	21.5
字　　数	400 千字
书　　号	ISBN 978-7-5145-2148-1
定　　价	55.00 元

（版权所有，盗版必究，举报电话：010-82259658）
（如发现印装质量问题，请寄本公司调换，电话：010-82259658）